Knaur.

Über die Autorin:
Brenda Joyce stammt von russischen Einwanderern ab und wurde in Brooklyn geboren. Seit der Veröffentlichung ihres ersten Romans 1988 gewann sie zahlreiche Auszeichnungen und gehört mittlerweile mit einer Gesamtauflage von mehreren Millionen zu den erfolgreichsten amerikanischen Romanautorinnen. Brenda Joyce verbrachte viele Jahre in New York City, lebt heute aber im ländlichen Colorado.

Brenda Joyce

Isabels Fluch

Roman

Aus dem Amerikanischen
von Katharina Volk

Knaur Taschenbuch Verlag

Die amerikanische Originalausgabe erschien unter dem Titel
»House of Dreams« bei St. Martin's Press, New York.

Besuchen Sie uns im Internet:
www.knaur.de

Vollständige Taschenbuchausgabe Juli 2007
Knaur Taschenbuch.
Ein Unternehmen der Droemerschen Verlagsanstalt
Th. Knaur Nachf. GmbH & Co. KG, München

Umschlaggestaltung: ZERO Werbeagentur, München
Umschlagabbildung: FinePic, München
Satz: Ventura Publisher im Verlag
Druck und Bindung: Clausen & Bosse, Leck
Printed in Germany
ISBN 978-3-426-63936-8

2 4 5 3 1

*Dieses Buch ist Jennifer Enderlin
und Cheryl Nesbit gewidmet,
zwei meiner besten Freundinnen,
die es erst möglich gemacht haben.
Ich weiß das sehr zu schätzen!*

Erster Teil

Das Geheimnis

Eins

Belford House, East Sussex – Gegenwart

Wo, zum Kuckuck, steckte ihre Schwester?

Cass hatte fast ihr ganzes Leben im Schatten ihrer Schwester verbracht – Tracey war eine der schönsten, schillerndsten Frauen, die Cass kannte, doch unglücklicherweise hatte sie die Angewohnheit, ständig zu spät zu kommen. Cass war ein nervöses Wrack. Dieses eine Mal, nur heute, konnte Tracey doch wohl pünktlich kommen. Nur dieses eine Mal.

In zwei Stunden würden Traceys Gäste das ganze Haus füllen. Alles Reiche und Berühmte mit ihren Modepüppchen von Ehefrauen, der eine oder andere Millionär aus Silicon Valley, VIPs, Würdenträger, die Presse, zwei japanische Banker, ein paar Rockstars, ein israelischer Reederei-Tycoon, ein Botschafter und ein paar eingestreute Herzöge, Gräfinnen und Grafen. Allein beim Gedanken daran drehte sich Cass der Magen um.

Doch Tracey sollte heute vor allem deshalb pünktlich sein, weil sie ihre eigene Tochter seit drei Monaten nicht gesehen, sondern nur am Telefon mit ihr gesprochen hatte.

Cass stand nervös am Fenster und starrte über den weißen Kies der Auffahrt hinaus auf die grüne Hügellandschaft von East Sussex. Sie schwitzte. Milchkühe sprenkelten die Weiden zwischen dem Anwesen und dem Dorf Belford, von dem sie gerade noch die blassen Dächer aufragen sah. Es war ein trüber Tag, und bald würde es regnen, so dass sie nicht sehr weit sehen konnte. Dennoch erkannte sie auch den nächsten Ort auf einem der umliegenden Hügel – Romney, berühmt für seine Touristenattraktion, eine intakte Burg, die ganze fünf Jahrhunderte alt war. Cass konnte auch noch einen schmalen Streifen Straße sehen, der sich durch die Landschaft schlängelte. Kein Auto war in Sicht.

»Wo ist Mutter? Warum ist sie noch nicht da?«, fragte ein leises Stimmchen.

Cass spürte etwas wie einen Stein im Magen, als sie sich zu ihrer siebenjährigen Nichte umdrehte. »Deine Mom kommt bestimmt jeden Moment, ganz sicher«, log sie. Und sie dachte: *Bitte, Trace. Tu es für Alyssa, tu es für mich, komm endlich!*

Alyssa saß auf ihrem Bett mit der frischen, rosa und weiß gemusterten Tagesdecke und zahlreichen weichen Kissen, alle hübsch bestickt und vorwiegend rosa, weiß und rot wie das übrige Schlafzimmer. Sie trug ihre neuesten Sachen – ein kurzes, hellblaues Kleid von Harrods, marineblaue Strümpfe und schwarze Wildlederschuhe. Ihr rabenschwarzes Haar war mit einer Schildpatt-Spange zurückgebunden, ihr Gesicht war so klar wie frisch geschrubbt. Sie war hübsch, aber nicht mit ihrer Mutter zu vergleichen – in keiner Hinsicht. »Sie hätte schon vor einer Stunde hier sein sollen«, bemerkte Alyssa trübselig. »Was, wenn sie gar nicht kommt?«

Cass eilte zu ihrer Nichte, die auch Cass' schlimmste Befürchtung ausgesprochen hatte. »Sie kommt, Schätzchen. Darauf kannst du wetten. Das ist schließlich Traceys großer Gala-Abend, auch wenn Tante Catherine die offizielle Gastgeberin ist. Das weißt du doch. Sie *muss* kommen.«

Alyssa nickte, doch sie wirkte nicht überzeugt.

Cass wusste, dass ihre jüngere Schwester sprunghaft und unzuverlässig war, aber so sprunghaft und unzuverlässig war sie dann doch nicht. Das heutige Gala-Dinner verdankten sie Traceys neuem Arbeitsplatz bei Sotheby's in London. Catherine hatte sofort zugestimmt, als Tracey sie gefragt hatte, ob sie hierher einladen könnte, um drei Dutzend potenziellen Käufern – der Crème de la crème der internationalen Gesellschaft – ein sehr seltenes

Collier zu präsentieren. Tante Catherine schlug ihren Nichten selten etwas ab. Hinter Cass' Schläfen pochte ein dumpfer Schmerz. Tracey würde doch noch auftauchen – oder nicht?
Cass konnte sich nicht vorstellen, Tante Catherine an einem solchen Abend als Gastgeberin zur Seite zu stehen. Sie gehörte nicht zum Jetset wie ihre Schwester. Sie stieg nicht in Fünf-Sterne-Hotels ab, flog First Class, ging mit Playboys und Polospielern aus oder besaß mehr als nur ein einziges Abendkleid. Sie wurde nicht zu Hochzeiten irgendwelcher Supermodels eingeladen. Cass' letzter Freund war Journalist gewesen und kein Rockstar.
»Manche Leute kommen eben immer zu spät«, sagte Cass schließlich mit gezwungener Fröhlichkeit. »Das ist eine schlimme Angewohnheit«, fügte sie hinzu. Und das stimmte auch. Cass wusste, dass Tracey die Leute nicht absichtlich warten ließ. Es ergab sich eben immer so. Das hatte weniger mit Egoismus zu tun als vielmehr mit mangelnder Organisation und schlechtem Zeitgefühl. Niemand sonst, den sie kannte, führte ein so ungewöhnliches Leben wie ihre Schwester.
Dennoch graute Cass schon den ganzen Tag vor diesem Abend. Das Dinner – und der Besuch ihrer Schwester – würde eine einzige Katastrophe werden. Da war Cass irgendwie ganz sicher, auch wenn sie nicht hätte sagen können, warum.
Cass hoffte nur, dass diese böse Vorahnung nicht darauf hindeutete, dass sie schließlich doch für ihre Schwester würde einspringen müssen.
»Sie hat bei ihrer neuen Arbeit so viel zu tun«, sagte Alyssa, die dunklen Augen niedergeschlagen, so dass ihre dichten schwarzen Wimpern wie ein Fächer über ihren zarten, hellen Wangen lagen. Sie war ihrem Vater wie aus dem Gesicht geschnitten – Rick Tennant, der Rockstar, befand sich zur Zeit auf seiner Welttournee irgendwo in Asien.
Cass hoffte, dass Alyssa Recht hatte. Sotheby's schien das perfekte Arbeitsumfeld für ihre Schwester zu sein – sie konnte die Gesell-

schaft der Reichen und Berühmten genießen, während ihre Arbeitgeber von ihrem VIP-Status und ihren hervorragenden Verbindungen profitierten. Seit ihrer Hochzeit, und vor allem seit ihrer Scheidung, war Tracey ständig auf den Society-Seiten der meisten Zeitungen und Zeitschriften zu finden.

Traceys Ehe mit Rick hatte keine drei Jahre gehalten. Cass bedauerte das, vor allem um Alyssas willen. Doch Alyssa war das Beste, was ihr je widerfahren war, und sie liebte sie wie eine eigene Tochter. Manchmal vergaß sie ganz, dass Tracey jederzeit hereinspaziert kommen und ihr Alyssa wegnehmen konnte, ohne ihr auch nur eine Erklärung dafür geben zu müssen. Cass betete, dass sie das niemals tun würde.

»Ich höre ein Auto«, rief Alyssa. Sie sprang vom Bett, und ihre Miene hellte sich auf.

Cass fiel ein Stein vom Herzen. Alyssa rannte zum Fenster, wobei ihr schwarzes Haar wie ein Mantel hinter ihr herflatterte, während Cass die Arme um sich schlang und erleichtert seufzte, weil sie jetzt doch nicht die Gastgeberin spielen musste. Und Alyssa würde endlich ihre Mutter wiedersehen, von der sie eine Ewigkeit getrennt gewesen war – jedenfalls aus der Sicht eines kleinen Mädchens.

»Sie ist es nicht«, sagte Alyssa tonlos.

Bestürzt riss Cass die Augen auf. »Was?« Wo blieb Tracey nur!

Alyssa schien den Tränen nahe. Cass warf einen Blick auf ihr enttäuschtes, bleiches Gesicht und griff nach ihrer Hand. »Sie kommt eben etwas später. Sollen wir ein bisschen spazieren gehen? Dann geht die Zeit schneller vorbei«, schlug Cass vor.

»Ich möchte lieber hier warten. Ich will sie nicht verpassen«, erwiderte Alyssa mit störrisch vorgerecktem Kinn.

Bevor Cass eine andere Ablenkung vorschlagen konnte, klopfte es sacht an der Tür, und Tante Catherine erschien mit einem silbernen Tablett. Sie wechselte erst einen kurzen Blick mit Cass, bevor sie das Zimmer betrat und Alyssa anlächelte. »Rosinenbrötchen und Tee, mein Liebes. Du musst doch schrecklichen Hunger haben, Alyssa. Du hast den ganzen Tag noch keinen Bissen gegessen.«

Alyssa verschränkte trotzig die Arme vor der Brust. »Warum kommt sie nur so spät? Vermisst sie mich denn gar nicht?«

Catherine stellte vorsichtig das Tablett auf dem Chippendale-Tisch vor den Fenstern ab, an dem zwei Stühle mit rosa Samtbezug standen. Cass' Tante war zwar schon siebzig, aber eine große, aufrechte Frau, die keinen Tag älter aussah als fünfzig. Ihr rotblondes Haar war schulterlang und zu einem Knoten geschlungen, und sie war immer noch eine sehr gut aussehende Frau mit leuchtenden blauen Augen. Selbst jetzt, da sie nur eine schlichte graue Hose, eine weiße Bluse und eine dunkle Strickjacke trug, strahlte sie Haltung aus – eine edle, selbstsichere und unabhängige Frau. Cass bewunderte sie sehr, ihren Charakter, ihre Großzügigkeit und ihre Bereitschaft, ihr Leben vielen wohltätigen Zwecken zu widmen. »Aber natürlich vermisst sie dich. Unsere Gäste kommen um sieben, und wie ich deine Mutter kenne, braucht sie mindestens eine oder zwei Stunden, um sich für einen solchen Anlass fertig zu machen, also muss sie jeden Moment kommen«, erklärte Catherine lächelnd.

Alyssa ging hinüber zum Tisch und blickte auf die Rosinenbrötchen hinab. Sie war heute Morgen so aufgeregt gewesen, dass sie sich nach dem Frühstück übergeben hatte; deshalb hatte Cass sie heute nicht in die exklusive Mädchenschule geschickt, auf die sie ging.

Cass gesellte sich zu ihr. »Natürlich vermisst sie dich, Schätzchen. Sie ist deine Mutter. Niemand ist ihr wichtiger als du, glaub mir. Aber es ist bestimmt ganz schön anstrengend, für Sotheby's zu arbeiten; sie schicken sie ja in der ganzen Welt herum. Ich glaube, erst vor ein paar Tagen war sie in Madrid. Deine Mutter ist wahrscheinlich sehr erschöpft, Schätzchen, und sehr aufgeregt wegen heute Abend.«

Alyssa sah ihr direkt in die Augen. »Sie war in der neuen *Vogue*. Mit einem Mann. Hat sie schon wieder einen neuen Freund?«
Cass blinzelte. Diese Ausgabe hatte sie offenbar verpasst. Eigentlich mied sie sogar die Zeitschriften und Magazine, in denen ihre Schwester üblicherweise zu sehen war. Cass war nicht neidisch. Es war nur seltsam schmerzlich, ihre Schwester so oft auf diesen Hochglanzseiten zu sehen, umringt von Berühmtheiten, makellos und strahlend. »Ich weiß nicht«, antwortete sie nach einer Pause, und das war die Wahrheit. Tracey hatte Cass gegenüber keinen neuen Liebhaber erwähnt.
Catherine rieb Alyssa den schmalen Rücken. »Mach dir nur keine Sorgen, Liebes. Deine Mutter kommt sicher bald, und dann kannst du sie selbst fragen, ob es einen neuen Mann in ihrem Leben gibt.«
Alyssa biss sich auf die Lippe; sie schien den Tränen nahe.
Catherine sagte fröhlich: »Ich glaube, wir sind allesamt einfach erschöpft. Seht mal, seit zwei Tagen schwirrt das Personal durchs ganze Haus, um diesen Abend vorzubereiten, von den Sicherheitsleuten von Sotheby's ganz zu schweigen, die dafür sorgen sollen, dass dieses Rubincollier nicht gestohlen wird – wo die sich überall herumtreiben! Trinken wir erst einmal einen schönen Tee. Dann fühlen wir uns gleich besser, und ich bin ganz sicher, noch bevor wir fertig sind, kommt Tracey zur Tür hereingeschneit.«
Alyssa nickte, die Lippen geschürzt, setzte sich in einen der rosa Samtstühle und ließ die Füße in ihren Plateausohlenschuhen baumeln. Als sie nach einem Rosinenbrötchen griff, während Catherine den Tee einschenkte, erklärte Cass: »Ich gehe hinunter und schnappe noch etwas frische Luft, wenn ihr zwei nichts dagegen habt.«
»Ich denke, ein schönes heißes Bad wäre vielleicht besser, Cassandra. Du möchtest dich heute Abend doch bestimmt von deiner besten Seite zeigen«, bemerkte Catherine sanft.
Cass erhaschte einen kurzen Blick auf ihr Gesicht im Spiegel, als sie

sich zu ihrer Tante umdrehte. Sie trug keinerlei Make-up, und das Sweatshirt mit dem Emblem ihrer ehemaligen Uni, das sie heute Morgen übergeworfen hatte, war ebenso alt und verwaschen wie ihre Jeans. Ihr honigblondes Haar war schulterlang und zu einem Pferdeschwanz gebunden. Wie ihre Tante hatte sie kräftige, ebenmäßige Gesichtszüge und einen makellosen Teint. Doch im Gegensatz zu ihrer Tante würde sich nach ihr niemand umdrehen.

Und sie wusste genau, was ihre Tante meinte – sie sollte sich heute besonders sorgfältig zurechtmachen, denn man wusste ja nie, wer einem plötzlich gegenüberstehen könnte.

»*Moi?* Mich zurechtmachen? Ich kenne dieses Wort gar nicht, würdest du es mir bitte erklären?«, neckte Cass sie lächelnd.

Alyssa kicherte. »Ich helfe Tante Cass beim Anziehen«, sagte sie. »Sie kann auch meinen Lippenstift haben. Der würde dir ganz toll stehen, Tante Cass.«

Bevor Cass noch annehmen oder ablehnen konnte, erklärte Catherine: »Du bist viel zu jung, um einen Lippenstift zu besitzen, geschweige denn zu benutzen, Alyssa.« Ihr Tonfall war streng.

»Eigentlich«, sagte Cass rasch, »wollte ich meine Notizen von gestern Abend durchsehen. Ich war so müde, dass ich am Schreibtisch eingeschlafen bin, und ich muss nachsehen, ob ich mein Gekritzel überhaupt noch entziffern kann.«

Catherine sah sie stumm an, mit einer Mischung aus Resignation, mildem Vorwurf und Respekt.

Cass flüchtete, bevor es wieder einmal Diskussionen darüber gab, dass sie sich so ausschließlich auf die Schriftstellerei konzentrierte – sie hatte in den vergangenen Jahren sechs historische Romane veröffentlicht – und deshalb praktisch kein Privatleben hatte und sich auch nicht darum bemühte.

Cass eilte in ihren Hausschuhen mit den ledernen Sohlen die Treppe hinunter. Diese Diskussion hatte sie mit ihrer Tante schon dutzende Male geführt – sie sollte mehr ausgehen, mehr unter Leute kommen, eigentlich schon verheiratet sein und eigene Kinder haben. Catherine verstand das einfach nicht. Sich um Alyssa zu kümmern und ihre Bücher zu schreiben war schon genug, mehr schaffte sie gar nicht. Schließlich hatte jeder Tag nur vierundzwanzig Stunden.

Ein Hausmädchen lächelte sie an, als sie an ihr vorbei einen düsteren Flur entlangeilte. Sie war ganz in Gedanken, hin- und hergerissen zwischen Überlegungen, wann Tracey wohl kommen und wieder abreisen würde; dem Wunsch, Alyssa vor den Enttäuschungen des Lebens zu bewahren, den kleinen wie den großen; und einer inneren Stimme, die ihrer Tante Recht gab. Vor fünf Jahren hatte sie ihr Leben in Kisten gepackt und war mit Alyssa aus einer kleinen Wohnung in New York nach Belford House gezogen; damals hatte sie es aufgegeben, ihr privates Glück zu finden, und seither nicht mehr viel darüber nachgedacht. Sie hatte auch keine Entscheidungen treffen müssen. Alyssa hatte sie vom ersten Tag an gebraucht, und als Tracey und Rick sich hatten scheiden lassen, war für Cass sonnenklar: Wenn sie sich nicht um das Kind kümmerte, würde es niemand tun. Sie konnte sich das allerdings allein nicht leisten, also war es die beste Lösung gewesen, mit Alyssa bei ihrer Tante einzuziehen. Sie bereute es nicht.

Cass trat durch eine Flügeltür, die in den Blumengarten hinausführte; von hier aus konnte sie die Auffahrt zu ihrer Linken gerade noch im Auge behalten. Sie wandte den Kopf hierhin und dorthin und zögerte, als sie einen schwarzen Citroën in der Auffahrt stehen sah. Ihre Schwester fuhr einen Aston Martin. Na ja, eigentlich fuhr den Wagen ihr Fahrer. Tracey war bei der Scheidung finanziell sehr gut weggekommen.

Es war noch zu früh, als dass schon Gäste eingetroffen sein könnten, und noch während Cass darüber nachdachte, bemerkte sie, dass jemand im Garten stand, links von ihr; er hatte ihr den Rücken zugewandt. Zuerst dachte sie, es könnte einer der Sicherheitsleute von Sotheby's sein. Er war groß, dunkelhaarig und gut gekleidet mit einer braunen Hose und einem schwarzen Sportsakko. Die braune Hose verriet, dass er nicht zur Security gehörte, denn die waren ganz in Schwarz. Cass ging auf ihn zu und räusperte sich, um ihn zu fragen, ob sie ihm helfen könne – oder ob er sich vielleicht verlaufen hätte.

Er drehte sich um.

Cass spürte einen Stich des Wiedererkennens, noch bevor sich ihre Blicke trafen. Sie zögerte, für einen Augenblick wie vor den Kopf geschlagen.

Was, in Gottes Namen, hatte Antonio de la Barca im Ziergarten ihrer Tante verloren? Sie kannte ihn nicht persönlich, aber er war einer von diesen Männern, die eine Frau niemals vergaß, selbst wenn sie ihm nur einmal begegnet war. Er war Professor für Mittelalterliche Geschichte in Madrid, genoss international einen hervorragenden Ruf, und Cass hatte vor sieben Jahren eine Vorlesungsreihe besucht, die er als Gast im Metropolitan Museum in New York gehalten hatte. Sie erinnerte sich gut daran: »Mythen des Mittelalters – Fakten oder Fantasie, ein Spiegel unserer Welt.« Sie hatte damals für ihren dritten Roman recherchiert, und diese Reihe hatte kurz nach Alyssas Geburt und kurz vor der Blitzscheidung ihrer Schwester stattgefunden.

»Señora, ich habe Sie wohl erschreckt. Bitte entschuldigen Sie«, sagte er mit einem schwachen Lächeln. Er hatte einen faszinierenden spanischen Akzent.

Cass rang um Fassung. »Ich habe nur hier draußen niemanden erwartet«, brachte sie hervor. Ihr Herz raste. Das war ja lächerlich. Warum überraschte es sie so, ihn hier zu sehen? Er war offensichtlich auch zu dem Gala-Dinner eingeladen. Ja, natürlich, das Collier, das Prunkstück der nächsten Sotheby's-Auktion, war ein historisch sehr interessantes Stück aus dem sechzehnten Jahrhundert. Ein Artikel nach dem anderen war über diesen erstaunlichen Fund geschrieben worden. Vielleicht hatte er es sogar auf seine Echtheit hin geprüft.

»Einer der Angestellten hat mir versichert, ich könnte ruhig im

Garten spazieren gehen, ich würde hier niemanden stören. Aber ich habe Sie offenbar doch gestört. Ich bitte vielmals um Entschuldigung.« Er trug eine Brille mit Perlmuttrahmen, die jedoch kaum von seinen kräftigen, anziehenden, typisch spanischen Gesichtszügen ablenkte. Sein Blick war selbstsicher und fragend zugleich.

Cass merkte, dass sie errötete. Er erinnerte sich offensichtlich nicht an sie – natürlich nicht, wie sollte er auch, selbst wenn sie nach jedem seiner Vorträge Dutzende Fragen gestellt hätte. Ihr Blick fiel auf seine Hände, doch die hatte er in die Hosentaschen gesteckt. Vor sieben Jahren hatte er einen Ehering getragen, und unter den Zuhörerinnen waren wilde Gerüchte kursiert, seine Frau sei im Jahr zuvor spurlos verschwunden. Cass erinnerte sich an die endlosen Spekulationen – stimmte das überhaupt? War sie ihm davongelaufen? Oder war ihr etwas unaussprechlich Furchtbares zugestoßen? Natürlich hatte niemand diese Fragen beantworten können. Doch es hatte ihn in den Augen seiner weiblichen Zuhörerschaft nur noch mehr zur romantischen Figur gemacht. So ziemlich jede Frau dort war ein wenig in ihn verliebt gewesen. Cass eingeschlossen.

»Verzeihen Sie, ich bin eine schlechte Gastgeberin«, sagte Cass, als sie endlich die Sprache wiedergefunden hatte. »Sie sind bestimmt einer unserer Gäste heute Abend. Catherine Belford ist meine Tante. Ich bin Cassandra de Warenne.«

Einen Moment lang betrachtete er sie, ohne die dargebotene Hand zu ergreifen. Cass fragte sich, ob sie etwas Dummes gesagt habe, doch dann war der Moment vorüber – er nahm ihre Hand, sein Händedruck war fest und kühl, und er deutete eine Verbeugung an. »Sie sind Amerikanerin?«, fragte er überrascht.

Ihr Akzent verriet sie eben überall. »Meine Mutter war Amerikanerin, und ich bin auch dort geboren, aber nach ihrem Tod hat meine Tante uns bei sich aufgenommen. Damals war ich elf Jahre alt. Ich habe hier so viel Zeit verbracht, dass ich mich mindestens zur Hälfte als Britin fühle.« Cass wusste, dass sie nervös drauflosplapperte.

Er nahm die Brille ab und schob sie in die Innentasche seines maßgeschneiderten, marineblauen Sportsakkos. »Sie waren auf der Barnard?«

Plötzlich fiel Cass zu ihrem Entsetzen auf, wie sie gekleidet war. Und das ließ sie nur noch tiefer erröten. »Ja. Ich habe meinen Abschluss vor zehn Jahren gemacht«, sagte sie. »Danach habe ich mir ein Jahr freigenommen und dann noch den Master gemacht.«

»Ich habe ein paar Mal an der Columbia Vorlesungen gehalten«, bemerkte er lächelnd. »Ich kenne beide Universitäten. Gute Schulen.«

Cass schob die feuchten Hände in ihre Hosentaschen. Hörte sie sich dümmlich an? Oder wie ein nervöses Schulmädchen? »Ja, ich habe vor ein paar Jahren Ihre Vortragsreihe im Metropolitan gehört.«

Er sah sie mit undurchdringlicher Miene an.

Am liebsten hätte Cass ihre letzten Worte zurückgenommen. Hätte sie nicht lieber verschweigen sollen, dass sie sich an ihn erinnerte? »Sie *sind* doch Antonio de la Barca, oder?«

»Ich muss mich nochmals entschuldigen.« Er fuhr sich mit der Hand durch das schwarze Haar, das sogar noch dunkler als Alyssas war. »Ich weiß gar nicht, was heute mit mir los ist.« Er schüttelte den Kopf, als wollte er ihn damit freibekommen. Dann starrte er sie wieder an. »Ja, ich habe vor sieben Jahren diese Vorträge gehalten.« Ein Ausdruck huschte über sein Gesicht, den Cass nicht recht deuten konnte. »Eine wunderbare Institution«, murmelte er, wandte sich leicht ab und starrte hinaus auf die Hügel in Richtung Romney Castle. Cass bemerkte erst jetzt, dass es nieselte.

Sie ignorierte es. Und ebenso den leisen Stich, den es ihr versetzte, dass er sich überhaupt nicht an sie erinnerte. »Das waren auch wunderbare Vorlesungen, Señor de la Barca. Ich fand sie großartig.«

Er wandte sich ihr wieder zu und sah ihr in die Augen. »Sind Sie Historikerin?«
Sie zögerte, ihm die Wahrheit zu sagen. »Ich habe im College Europäische Geschichte belegt«, sagte sie. »Meinen Uni-Abschluss habe ich in Britischer Geschichte gemacht. Und jetzt schreibe ich historische Romane.« Sie behielt die Hände in den Taschen.
In seinen Augen blitzte etwas auf. »Wie interessant«, sagte er, und es lag keine Spur von Herablassung in seiner Stimme. »Ich hätte zu gern eine Liste Ihrer Bücher.«
»Ich gebe sie Ihnen, bevor Sie wieder fahren«, erwiderte Cass und fragte sich, ob er tatsächlich eines ihrer Bücher lesen würde; sogleich machte sie sich Sorgen, er könnte historische Ungenauigkeiten darin finden. »Sind Sie wegen des Colliers hier?«
Er nickte, und seine Augen leuchteten auf. »Ein Stück aus dem sechzehnten Jahrhundert. Den Beschreibungen zufolge muss es eine wahrhaft königliche Summe wert sein – und es muss einer ganz besonderen Person gehört haben. Wenn es echt ist, und das ist ja offensichtlich der Fall, denn Sotheby's würde kein derart gravierender Fehler unterlaufen, dann interessiert mich ungemein, wem es ursprünglich einmal gehörte.« Er lächelte sie an.
»Es ist umwerfend«, erzählte Cass begeistert. »Ich habe natürlich bis jetzt nur Fotos davon gesehen. Diese Rubine sind so zurückhaltend und schlicht geschliffen, dass jeder Laie sie für Glas halten muss. Ich kann es kaum erwarten, heute Abend das Collier mit eigenen Augen zu sehen.«
Er nickte. »Rubine waren im sechzehnten Jahrhundert sehr rar«, erklärte er und sah sie unverwandt an. »Nur die Reichsten und Mächtigsten besaßen damals Rubine. Dieses Collier könnte einer Königin oder Prinzessin gehört haben. Dass die Hepplewhites es eher zufällig in ihrem Besitz entdeckt haben, ist äußerst erstaunlich.«
»Können Sie sich vorstellen, dass Lady Hepplewhite es zunächst wegwerfen wollte, weil sie es für billigen Modeschmuck hielt?«

Er schüttelte lächelnd den Kopf. Auch Cass lächelte nun.
»Ich schreibe gerade einen Roman, der in der Zeit der Herrschaft von Mary Tudor spielt«, erzählte sie plötzlich. »Das war eine faszinierende Epoche, und Mary I. ist so oft missverstanden und voller Vorurteile betrachtet worden.«
Seine dunklen Brauen hoben sich. Er starrte sie an. »Tatsächlich.«
Cass biss sich auf die Lippe. »Ich kann nicht anders. Meine Fantasie geht einfach mit mir durch. Dieses Collier könnte ein Geschenk gewesen sein, das Mary einem ihrer Günstlinge gemacht hat. Sie war sehr loyal und großzügig gegenüber ihren Hofdamen und Bediensteten.«
»Ja, das könnte sein.« Ihre Blicke trafen sich. »Es hätte auch ein Geschenk ihres Vaters an Gott weiß wen sein können – eine seiner Frauen, eine seiner Töchter –, oder vielleicht hat sein Sohn Edward es einer seiner Damen verehrt.«
»Es wäre sehr interessant, der Geschichte dieses Colliers nachzugehen«, sagte Cass nachdenklich.
»Sehr interessant«, stimmte Antonio de la Barca zu, den Blick noch immer auf ihr Gesicht geheftet.
Etwas an seinem Tonfall ließ Cass aufhorchen. Sie konnte den Blick nicht von ihm abwenden, und nun erinnerte sie sich. Sie hatte sich nach einem der Vorträge kurz mit ihm unterhalten, und damals war sie von der Wärme seiner braunen Augen ebenso gefesselt gewesen wie jetzt. Von ihrer Leuchtkraft und der Intensität seines Blickes.
Sie musste einen Schritt zurückweichen. Er war zwar Witwer, aber dennoch ein paar Nummern zu groß für sie. Außerdem hatte sie ihre Lektion schon vor Jahren gelernt. Vor acht Jahren, um genau zu sein – kurz vor Alyssas Geburt. Wenn man sich verliebte, verlor man jegliches Urteilsvermögen, und das konnte nur tragisch enden. Sich das Herz ein Mal brechen zu lassen reichte ihr für alle Zeit. Der Mann, der es gebrochen hatte, war eine College-Liebe

gewesen – doch er hatte ihr offensichtlich sehr viel mehr bedeutet als sie ihm. Sie wusste, dass sie über diesen Kummer hinweg war. Sie wollte so etwas nur nie wieder erleben. »Es regnet«, sagte sie, um den Zauber dieses Augenblicks zu brechen, der ihr viel zu vertraut und ein wenig peinlich vorkam.

Er blickte zum Himmel hinauf und lächelte leicht, als sich dort oben plötzlich alle Schleusen öffneten und es zu schütten begann.

»Allerdings«, sagte er.

»Kommen Sie«, sagte Cass und drehte sich um, um ihn ins Haus zu bitten.

Doch er schlüpfte aus seinem edlen Sportsakko und legte es ihr über die Schultern, die in dem verwaschenen Sweatshirt steckten. Cass hatte gar keine Chance zu protestieren. Er nahm sie mit festem Griff beim Ellbogen und führte sie eilig ins Haus.

Sobald sie im Trockenen war, reichte Cass ihm sein nasses Jackett. »Ich hoffe, es ist nicht völlig ruiniert.«

»Nicht weiter wichtig«, erwiderte er.

Cass zögerte. Sie war sich plötzlich der einsetzenden Dämmerung bewusst und der Tatsache, dass dieser besondere Gast einige Stunden zu früh da war. Was sollte sie nur mit ihm anfangen?

Diese Gedanken standen ihr wohl ins Gesicht geschrieben, denn er sagte: »Ich bin hier mit Señora Tennant verabredet, doch sie verspätet sich anscheinend.«

Cass erstarrte. *Er ist hier mit Tracey verabredet?* »Tracey ist meine Schwester.«

Er fuhr sichtlich zusammen. »Sie hat nie erwähnt, dass sie eine Schwester hat. Ich nahm an, Sie seien eine Cousine.«

Woher kannte de la Barca ihre Schwester? »Nein, wir sind Schwestern, obwohl wir uns überhaupt nicht ähnlich sehen«, sagte sie langsam. Sie wurde erfüllt von einem neuen Gefühl des Grauens, ganz anders als jene ungute Vorahnung, die sie schon den ganzen Tag plagte.

Warum traf er sich hier mit Tracey? Bevor Cass Gelegenheit hatte,

darüber nachzudenken, stürmte Alyssa die Treppe herunter und rief aufgeregt, ihre Mutter sei endlich angekommen.
Und hinter ihnen ging die Haustür auf. Cass hörte es im selben Moment, als ein Schwall kalter, feuchter Luft sie traf; nun konnte sie endlich einen Blick auf seine Hände werfen, denn er hatte sie aus den Hosentaschen gezogen. Er trug einen sehr auffälligen Ring mit einem blutroten Stein an der rechten Hand, doch der schmale Ehering, den sie vor sieben Jahren gesehen hatte, war fort. Aha. Er hatte also nicht wieder geheiratet. Und das erklärte dann wohl alles, dachte sie grimmig. Seine Verabredung mit Tracey hatte nichts mit Schmuck aus dem sechzehnten Jahrhundert zu tun. Da war Cass ebenso sicher, wie sie wusste, dass ihr ein grauenhafter Abend bevorstand.
»Hallo, allerseits!«, rief Tracey hinter ihr.
Eine gewaltige Last senkte sich auf Cass' Schultern, und sie drehte sich um.
Tracey stand in einer fantastischen, maßgeschneiderten weißen Hose, einem hervorragend geschnittenen grauen Blazer mit Chanel-Knöpfen und hochhackigen weißen Stiefeln auf der Schwelle. Sie trug das lange blonde Haar offen, und in der feuchten Luft kräuselte es sich leicht um Gesicht und Schultern. Sie sah aus, als käme sie direkt vom Laufsteg oder sei eben der *Vogue* entstiegen. Was ja, wenn man Alyssas Kommentar von vorhin bedachte, auch zutraf.
Tracey war auf klassische Weise attraktiv. Ihre Züge waren vollkommen ebenmäßig, ihre Augen blau, ihr Teint makellos. Sie gehörte zu den Frauen, die ohne Make-up genauso gut aussahen wie mit. Es kam vor, dass sich mehrere schöne Frauen im selben Raum aufhielten, doch Tracey war immer diejenige, die alle Aufmerksamkeit auf sich zog. Sie war diejenige, nach der man sich umdrehte, weil sie eine Figur hatte wie ein Model und beinahe einen Meter achtzig groß war. Außerdem trug sie stets umwerfende Designer-Mode. Niemand konnte solch einen Auftritt hinlegen wie

ihre Schwester, dachte Cass säuerlich. Sie merkte, dass sie die Arme um sich geschlungen hatte.
»Cass, wie geht's dir?«, fragte Tracey lächelnd. Offenbar hatte sie Alyssa noch gar nicht bemerkt, die auf der untersten Treppenstufe stand und sich ans Geländer klammerte. Tracey drückte ihre Schwester fest an sich, doch Cass bekam es kaum mit. Wie, zum Teufel, hatten ihre Schwester und Antonio de la Barca sich kennen gelernt? Wie?
Traceys Blick wurde fragend. »Cass?«
»Hallo, Schwesterherz.« Cass brachte sogar ein Lächeln zustande.
Tracey strahlte sie an und wandte sich dann Antonio de la Barca zu. Das Lächeln, das sie ihm schenkte, sagte Cass alles. Er war ihr Liebhaber. Das war nichts Neues – warum also war sie so überrascht? Bestürzt?
»Ich sehe, ihr beide habt euch schon kennen gelernt«, sagte Tracey fröhlich. »Sag bloß, du bist schon zum Abendessen umgezogen?«, neckte sie.
»Haha«, sagte Cass und beobachtete, wie Tracey Antonio auf die Wange küsste. Immerhin blieben ihr intimere Zärtlichkeiten erspart. Wie waren sich die beiden nur begegnet? Seit wann waren sie ein Paar? Und was, zum Kuckuck, ging sie das überhaupt an? Tracey wechselte die Männer wie ihre Garderobe – mindestens jede Saison. Cass war daran gewöhnt – sie erwartete nichts anderes.
Wenn sie allerdings gnadenlos aufrichtig zu sich selbst war, musste sie zugeben, dass es schon nett wäre, von so vielen Männern umschwärmt zu werden.
Aber sie war eben nicht Tracey. Sie konnte sich nicht mit gutem Aussehen und schicken Partys zufrieden geben.
Tracey zog an ihrem Pferdeschwanz. »Warum bist du denn so schlecht gelaunt? Ich habe doch nur Spaß gemacht. Und weißt du, was?« – sie lächelte noch strahlender – »Ich habe euch allen etwas mitgebracht!«

Cass trat ein wenig zurück. »Wie ist es dir in den letzten Monaten ergangen? Du siehst toll aus, Trace. Sotheby's scheint dir gut zu bekommen.«

Tracey strahlte und sah dadurch nur noch schöner aus. »Mir bekommt in letzter Zeit so einiges sehr gut«, entgegnete sie und wechselte einen Blick mit de la Barca. Dann hielt sie inne, als sie Alyssa sah, die die Nase durch die Streben des schmiedeeisernen Treppengeländers steckte. »Mein Liebling, komm doch her!«, rief Tracey aus.

Alyssa stand langsam und mit hochrotem Gesicht auf. »Hallo, Mutter«, sagte sie; ihre weit aufgerissenen braunen Augen wanderten an Traceys schneeweißer Gestalt auf und ab.

Tracey stürzte sich auf sie und drückte sie fest an sich. Cass sah zu. Sie bemerkte, dass Alyssa steif und angespannt blieb, und sie beobachtete, wie Traceys Lächeln allmählich schwand und ein verletzter Ausdruck in ihre blauen Augen trat, als sie sich aufrichtete. Alyssa stieg wieder die erste Treppenstufe hoch, mit einem ähnlich verwundeten Blick. Doch Tracey hatte sich sogleich wieder gefasst, setzte das strahlende Titelseiten-Lächeln auf, drehte sich um, ging zu Antonio und hakte sich bei ihm unter. »Wie ich sehe, hast du schon alle kennen gelernt«, sagte sie übertrieben fröhlich.

Es fiel kaum auf, doch er entzog ihr seinen Arm. »Deine Schwester habe ich kennen gelernt, aber deine Tochter noch nicht«, sagte er ruhig. Sein Lächeln war knapp.

Bei Cass sprangen ein paar Warnlämpchen an. Ärger im Paradies? Da war irgendetwas, und sie musste wissen, was.

»Alyssa, sag Hallo zu meinem neuen Freund, Antonio de la Barca. Tonio, das ist meine wunderhübsche Tochter. Sie ist sieben.«

Alyssa kam endlich von der Treppe herunter. »Ich habe Ihr Bild in der *Vogue* gesehen. Mit meiner Mutter.«

Antonio beugte sich vor, damit er nicht so weit über ihr aufragte. Er lächelte sie an, und das war ein breites, herzliches Lächeln; es gab ihn als einen Mann zu erkennen, der Kinder mochte. »Deine

Mutter ist eben eine Frau, die Fotografen sehr gern fotografieren. Ich zweifle nicht daran, dass du eines Tages auch so eine Frau sein wirst.«

In diesem Moment verliebte sich Cass in ihn. Die plötzliche, unerwartete Tiefe, die Intensität dieses Gefühls ließen sie erstarren. So hatte sie erst einmal in ihrem Leben empfunden – ein Gefühl wie im freien Fall, als stürze man kopfüber in die bodenlosen Tiefen der Seele.

Cass hatte diesen Sturz einmal gewagt und ihn beinahe nicht überlebt. Sie starrte ihre Schwester an, ihre Nichte, diesen Fremden in ihrer Mitte, und konnte sich nicht rühren.

Antonio lächelte weiterhin Alyssa an. Ganz langsam und zögerlich erwiderte Alyssa das Lächeln.

Und Cass konnte sich immer noch nicht bewegen. Sie konnte nicht einmal denken, sie konnte nur fühlen. Sie war fassungslos. Zutiefst verängstigt.

Er sah so unglaublich gut aus und war so kultiviert, so männlich, so intelligent … Himmel.

Er gehörte ihrer Schwester.

Und das war nur gut so.

Das durfte nicht wahr sein, dachte sie.

»Ich habe einen Sohn«, fuhr Antonio fort, »er ist drei Jahre älter als du. Vielleicht lernst du ihn ja eines Tages noch kennen.«

Alyssas Augen leuchteten. Und als sie sprach, merkte Cass sofort, dass sie sich um einen gelassenen Tonfall bemühte – aber sie klang ganz atemlos. »Wie heißt er denn?«

»Er heißt Eduardo, und er wohnt bei mir in Madrid, gleich um die Ecke von der Plaza de la Lealtad. In der Nähe ist ein wunderschöner Park, El Retiro, wo viele Kinder nachmittags Fußball spielen und Rollerblades fahren.« Antonio richtete sich auf. Tracey trug gut zehn Zentimeter hohe Absätze. So waren sie genau gleich groß.

»Ich würde sehr gern nach Madrid fahren«, hauchte Alyssa.

Plötzlich fiel in Cass' verwirrtem, betäubtem Verstand der Groschen: Deshalb also hatte Tracey ihnen gleich mehrere Postkarten aus Madrid geschickt. Nun war ihr klar, warum Tracey ständig über den Kanal hin- und herflog. Und ihr kam ein wenig damenhafter, aber sehr New-York-typischer Gedanke: *Scheiße.*
Cass versuchte, sich wieder in die Gewalt zu bekommen. Sie rang um Fassung. Sie kannte de la Barca doch gar nicht, und es war völliger Irrsinn, zu glauben, sie hätte gerade irgendwelche ernsthaften Gefühle für ihn entdeckt.
Sie war nicht dabei, sich zu verlieben.
Auf gar keinen Fall. Nicht jetzt, nie wieder, und schon gar nicht heute.
»Eines Tages kommst du bestimmt mal dahin«, sagte Tracey und machte sich wieder zum Mittelpunkt der Szene. »Sieh nur, was ich dir mitgebracht habe, Liebling«, fuhr sie fort, nahm vier Päckchen aus ihrer Louis-Vuitton-Reisetasche und gab sie Alyssa, alle auf einmal.
Alyssa schlug vor Freude die Hände vor der Brust zusammen und starrte auf die in Geschenkpapier gewickelten Päckchen hinab. »Danke, Mutter.«
»Du musst sie aufmachen, na los!«, rief Tracey. Dann sagte sie: »Tante Catherine! Du kommst genau richtig. Dir habe ich auch etwas mitgebracht!«
Catherine kam die Treppe herunter. Sie lächelte, und Tracey warf sich ihr an den Hals. Sie umarmten einander herzlich, und dann reichte Tracey ihr eine kleine Schachtel, die nur von einem Juwelier stammen konnte.
Cass ging zu Alyssa und wagte nicht, de la Barca anzusehen. »Möchtest du die Geschenke mit hinaufnehmen und in deinem Zimmer auspacken?«, fragte sie so leise, dass nur Alyssa sie hören konnte.
Alyssa nickte. An ihren Wimpern hingen die ersten Tränen.
Cass wollte sie ganz fest in den Arm nehmen. Auf einmal hätte sie

sich am liebsten zu Tracey umgedreht und sie angeschrien, weil alle Geschenke der Welt ihre kleine Tochter nicht dafür entschädigen konnten, dass sie nie da war – mit Geschenken konnte man Liebe nicht ersetzen. Sie wollte schreien: *Wach endlich auf! Ich weiß, dass du sie lieb hast, aber du musst es ihr auch zeigen, verdammt noch mal! Verbring endlich mal ein bisschen Zeit mit ihr, mit deiner Familie!* Doch sie sagte nichts von alledem. Um Alyssas Selbstbeherrschung war es ohnehin schon fast geschehen. Und ihr selbst ging es kaum anders.

Wäre eine Intellektuelle nicht die bessere Partnerin für de la Barca?

»Oh, du musst als Erstes das rosa Geschenk aufmachen, das gefällt dir bestimmt!«, rief Tracey, kam herüber und drückte es ihrer Tochter in die Hand. Es war eines der kleinsten Päckchen. Und schon wühlte Tracey wieder in ihrer Tasche und holte eine längliche, flache Schachtel für Cass heraus. Sie lächelte. »Und wag es ja nicht, das abzulehnen.«

Cass wusste, dass darin etwas zum Anziehen war. Ihre Schwester hatte einen unglaublich guten Geschmack, was Mode anging, sie war die schickste Person, die Cass kannte, aber Cass war nun einmal nicht Tracey. Sie trug keine Miniröcke oder Pfennigabsätze. Sie war ja auch nur knapp einen Meter sechzig groß. Sie könnte in solchen Schuhen, wie Tracey sie immer trug, gar nicht gehen. »Danke«, sagte sie.

»Alles in Ordnung?«, fragte Tracey besorgt.

»Natürlich«, erwiderte Cass, doch sie konnte sich vorstellen, wie dünn und gezwungen ihr Lächeln wirken musste.

Plötzlich sagte Catherine: »Oh, Tracey, Liebes, die ist ja wunderschön.«

Sie klang seltsam. Cass blickte auf und sah in Catherines Hand eine exquisite Brosche von Elizabeth Locke. Das war ein antikes Stück, ein Edelstein, in den eine Frauengestalt eingraviert war, in mattem Gold gefasst und mit einer kurzen Diamantkette verziert.

Doch Catherine blickte gar nicht mehr bewundernd auf die Brosche hinab. Sie sah mit gerunzelten Brauen ihren Besucher an. Cass fiel auf, dass sie ganz vergessen hatte, ihn ihrer Tante vorzustellen.

Doch bevor sie das nachholen konnte, plapperte Tracey aufgedreht drauflos. »Ich bin zufällig eine Straße entlanggegangen, und da habe ich sie im Schaufenster gesehen und mir gedacht, das wäre genau das Richtige für dich«, erzählte sie und lächelte ihre Tante glücklich an.

»Das hättest du nicht tun dürfen«, sagte Catherine sehr leise, zum wiederholten Mal, den Blick auf ihre Nichte gerichtet. Doch dann glitt er wieder zu de la Barca hinüber, und der Ausdruck in ihren Augen bereitete Cass Sorgen.

Alyssa hatte ihr rosa Päckchen ausgewickelt und setzte sich auf die zweite Treppenstufe; sie drückte irgendetwas an ihre Brust.

Tracey drehte sich begierig zu ihr um. »Das ist ein echtes Sammlerstück, Liebling. Sie heißt Sparkee. Ist sie nicht entzückend?«

Alyssa biss sich auf die Lippe und nickte. »Danke schön, Mutter.«

Cass erkannte, dass sie ein Beanie Baby im Arm hielt. Alyssa liebte diese kleinen Stoffpuppen und war sehr traurig gewesen, als sie letztes Jahr vom Markt genommen worden waren. Tracey hatte diese vermutlich bei einer Auktion oder sogar übers Internet aufgestöbert. Offensichtlich hatte sie sich große Mühe mit diesem Geschenk gegeben. Doch Cass konnte sich kaum auf Mutter und Tochter konzentrieren. »Tante Catherine? Fühlst du dich nicht wohl?« Ihre Tante wirkte seltsam steif und angespannt.

»Wir sind einander noch nicht vorgestellt worden«, sagte Catherine leise.

»Verzeihen Sie, wenn ich Ihr familiäres Wiedersehen störe – das war gewiss nicht meine Absicht«, erwiderte Antonio de la Barca ebenso leise.

Doch Tracey hakte sich wieder bei Antonio ein und zog ihn auf ihre Tante zu. »Aber, Liebling, du störst uns überhaupt nicht.

Tante Catherine, das hier ist Antonio de la Barca aus Madrid. Tonio, das ist meine Tante, Lady Catherine Belford.«
Cass sprang auf die drei zu. Ihre Tante stand da wie erstarrt, und alle Farbe war aus ihrem Gesicht gewichen. »Tante Catherine? Geht es dir nicht gut?«, fragte sie besorgt.
Falls Catherine sie gehört hatte, reagierte sie nicht darauf. Sie starrte de la Barca mit entsetzter Miene an. Offenbar konnte sie den Blick nicht mehr von ihm abwenden. »Sie sehen Ihrem Vater sehr ähnlich«, sagte sie mit belegter Stimme.
Er hatte ihr die Hand entgegengestreckt, doch nun erstarrte er mitten in der Bewegung. »Sie kannten meinen Vater, Lady Belford?«
Langsam nickte Catherine, und eine schreckliche Traurigkeit flackerte kurz in ihren Augen auf.
»Das ist viele Jahre her«, sagte sie. Plötzlich verzog sie das Gesicht, den Tränen nahe.
»Señora?«, fragte de la Barca erschrocken.
»Oh! Mir ist gerade etwas eingefallen – ich muss dringend den Caterer etwas fragen.« Catherine drehte sich um und rannte beinahe davon, wobei sie Tracey fast umgestoßen hätte.
»Tante Catherine!« Cass hatte noch nie gesehen, dass ihre Tante sich so verhielt.
Auch Tracey sah ihr mit großen Augen nach.
»Warum zeigst du unserem Gast nicht schon mal sein Zimmer«, sagte Cass. Sie wartete die Antwort gar nicht ab, sondern eilte ihrer Tante nach, den Flur entlang und durch die Tür in die Küche.
Drinnen herrschte hektische Betriebsamkeit, denn die für diesen Abend gemieteten Köche und ihr eigenes Personal waren mit den letzten Vorbereitungen für den Cocktail-Empfang und das Abendessen für vierzig Personen beschäftigt. Catherine stand mit dem Rücken zur Tür am anderen Ende des Raumes, über die große Arbeitsfläche gebeugt, die sich mitten durch die Küche zog; sie zitterte.

Cass verstand das alles nicht. Sie eilte zu ihrer Tante hinüber und legte einen Arm um sie. »Was ist passiert? Was hast du?«, rief sie.
Zunächst brachte Catherine kein Wort heraus. Sie konnte nur stumm den Kopf schütteln, wobei sie immer noch am ganzen Körper bebte.
»Tante Catherine, bitte sag doch etwas«, flehte Cass. Eine Angestellte reichte ihr ein Taschentuch, und ihre Tante nahm es und tupfte sich damit die Augen.
»Damit hätte ich nie gerechnet«, flüsterte sie. »Nach all diesen Jahren. Cassandra, wir müssen dafür sorgen, dass dieser Mann das Haus verlässt – und aus Traceys Leben verschwindet.«
Cass war fassungslos. »Warum?«
»Warum?« Catherine drehte sich zu ihr um, und Cass war entsetzt über den Ausdruck von Schmerz und Angst in den Augen ihrer Tante. Catherine zitterte noch immer. »Ich kann dir sagen, warum, Cassandra. Weil ich seinen Vater umgebracht habe.«

Zwei

Was fehlt denn Tante Catherine?«, fragte Alyssa. Sie saß in Cass' Zimmer auf der Bettkante. Der Raum hatte einen Steinfußboden, der jedoch mit zahlreichen farbenprächtigen Perserteppichen bedeckt war. Die Wände waren in einem zauberhaften dunklen Lachsrosa gestrichen, das sehr gut mit dem ockerfarbenen, marmornen Kaminsims harmonierte. Es gab eine Sitzgruppe, die Cass oft benutzte, doch meistens saß sie an dem riesigen Sekretär aus dem achtzehnten Jahrhundert, der mit ihrem Laptop darauf in einer Ecke stand.

»Ich weiß es auch nicht genau«, antwortete Cass, die nur eine Strumpfhose und einen BH trug. Cass war immer noch wie vor den Kopf geschlagen. Catherine hatte ihre unfasslichen Worte nicht näher erklärt. Sie war aus der Küche gestürzt und hatte Cass völlig ratlos zurückgelassen.

Cass stand ihrer Tante sehr nahe. Catherine war ihre beste Freundin und ihre Ersatzmutter. Cass' Vater war gestorben, als sie drei Jahre alt war, ihre Mutter hatte sie mit elf Jahren verloren, und damals hatte Catherine die beiden Mädchen aufgenommen. Sie hatte selbst keine Kinder. Ihr Mann, Robert Belford, hatte recht früh einen plötzlichen, schweren Schlaganfall erlitten, der ihn zum Pflegefall gemacht hatte. Cass und Tracey betrachteten Catherine in jeder Hinsicht als ihre Mutter.

Für Cass war Catherine eine erstaunliche Frau. Sie hatte nicht nur die beiden Schwestern allein großgezogen und dabei noch ihren schwer kranken Mann gepflegt, sie hatte sich daneben ihr ganzes Leben lang für ein gutes Dutzend wohltätiger Einrichtungen engagiert. Sie war ein Stützpfeiler der Gemeinde und ein ganz außergewöhnlicher Mensch. Sie war jemand, der gab und nicht nahm.

Sie konnte niemanden umgebracht haben.

Ich habe seinen Vater umgebracht.

Cass fühlte sich elend. Sie sagte sich, dass es eine Erklärung dafür geben musste und dass Catherine das nicht wörtlich gemeint hatte.

Aber was, wenn doch? Was war geschehen, und wann? Antonio de la Barca wusste offensichtlich nichts davon.

Cass verzog das Gesicht bei der Erinnerung daran, wie besitzergreifend ihre Schwester sich vorhin an ihn geklammert hatte.

»Tante Cass, denkst du dir gerade eine neue Szene aus?«

Alyssa schreckte sie aus ihren Gedanken auf, und Cass blinzelte.

»Nein, nicht direkt«, antwortete sie.

»Du hast so komisch geschaut. Du solltest dich lieber beeilen, Tante Cass, sonst kommst du als Letzte zum Empfang«, bemerkte Alyssa streng. »Ich finde, du solltest das rote Kleid anziehen, das Mutter für dich gekauft hat.«

»Das finde ich nicht«, erwiderte Cass. Sie musste sich anziehen, aber sie konnte sich einfach nicht konzentrieren. Ihre Gedanken schweiften immer wieder ab … ständig standen ihr ihre Tante und Antonio de la Barca mit Tracey vor Augen.

»Mutter hat in diesen weißen Sachen wunderschön ausgesehen, meinst du nicht? Sie ist so schön.« Alyssas Seufzen klang bewundernd und sehnsüchtig.

Cass hörte sich ebenfalls seufzen. Wie sollte sie nur diesen Abend überstehen? Ihre Kopfschmerzen wurden immer schlimmer. Ihr war nicht entgangen, dass Antonio in Traceys Zimmer untergebracht worden war. »Sie sieht immer umwerfend aus, mein Schatz. Das ist doch nichts Neues.«

»Ihren neuen Freund finde ich nett.« Alyssa errötete. »Ich hoffe, sie heiratet ihn.«

Cass starrte sie an. »Und warum?«

»Er hat einen Sohn – dann hätte ich einen Bruder. Und vielleicht wären wir dann wieder eine Familie«, sagte sie hoffnungsvoll. »Wir alle zusammen, Tante Cass. Wäre das nicht schön? Wenn wir alle zusammen wären?«

Cass konnte sich nichts Schlimmeres vorstellen. »Schätzchen, wenn deine Mutter wieder heiratet, wäre ich in ihrem neuen Zuhause bestimmt nicht willkommen. So läuft das eben.« Sie merkte, dass sie ihr kalter Schweiß ausbrach.

Alyssa war überrascht und offensichtlich betroffen. »Aber warum denn nicht? Ich kann doch nicht bei ihnen wohnen, wenn du nicht auch da bist!«

Cass hatte gerade den Kleiderschrank öffnen wollen; sie hielt inne. Tracey hatte de la Barca mit einem ganz anderen Blick angesehen als ihre anderen Liebhaber, das war Cass schon aufgefallen. Tracey war ernsthaft verliebt. Und warum auch nicht? De la Barca war eine tolle Partie.

Cass schloss elend die Augen. Männer verliebten sich immer Hals über Kopf in Tracey – jeder Einzelne von ihnen. Und sie war immer diejenige, die Schluss machte und ihnen das Herz brach. De la Barca war vermutlich gerade jetzt bis über beide Ohren verliebt. Tracey könnte wahrscheinlich schon morgen mit ihm vor dem Traualtar stehen, wenn sie wollte. Und de la Barca war ein Familienmensch – er liebte Kinder. Cass wusste einfach, dass er ein wunderbarer Vater sein musste. Es war so offensichtlich. Sie würden ihr Alyssa wegnehmen, für immer …

»Tante Cass? Was ist denn? Habe ich etwas Falsches gesagt?«

Cass schnappte nach Luft. Sie wusste, sie musste diese Gedanken endlich beiseite schieben, denn sonst würde sie diesen Abend nie überstehen. Sie öffnete den Kleiderschrank, doch statt ihrer Kleider sah sie nur Tracey in einem Brautkleid vor sich. Verdammt. Vielleicht hatte Catherine Recht. Vielleicht wäre es besser, Antonio und Tracey blieben nicht zusammen, denn er könnte irgendwann auf etwas stoßen, das Catherine lieber geheim halten würde.

Ein Geheimnis, das ihre Tante ruinieren könnte, ja sogar die ganze Familie.
Cass starrte auf das Kleid in ihrer Hand, ohne es zu sehen. Was waren das für seltsame Gedanken? Wenn ihre Tante tatsächlich einen Mann umgebracht hatte, dann hätte sie damit ein Verbrechen begangen. War es vertuscht worden? Hatte die Polizei überhaupt ermittelt? Was war mit de la Barcas Familie? Wussten sie davon? Aber konnte es nicht sein, dass sie in Notwehr gehandelt hatte?
»Tante Cass!«, rief Alyssa laut.
»Schon gut.« Die Worte klangen in ihren eigenen Ohren viel zu barsch und schrill. Sie musste sich zusammenreißen. Ihre Fantasie ging mit ihr durch. Sie musste sich beherrschen. Sie kannte ja nicht einmal die Tatsachen. Sie kannte nur ein schockierendes Geständnis – das vielleicht nicht einmal ganz zutreffend war. Aber wie könnte ihre Tante sich in einer solchen Sache irren?
»Du willst nicht das rote Kleid anziehen, das Mutter dir geschenkt hat?«, rief Alyssa enttäuscht, als Cass ein knielanges schwarzes Gewand aus dem Schrank holte. »Tante Cass, das Kleid da ist aber hässlich.«
Cass ließ sich kraftlos auf einen mit blauem Damast bezogenen Hocker fallen. »Verdammt.« Sie musste mit Catherine sprechen. Sofort, nicht erst später. Das Problem war nur, sie hatten das ganze Haus voller Gäste, und Cass wusste nicht, wie sie vor morgen früh Gelegenheit finden sollte, Catherine darauf anzusprechen.
»Tante Cass!« Alyssa machte große Augen.
»Es tut mir Leid. Das ist die Amerikanerin in mir«, entschuldigte sich Cass. Plötzlich war sie völlig verzweifelt. »Ich bin zu klein, um Rot zu tragen. Zu klein, zu rundlich, zu sonst was.« Sie erzählte Alyssa nicht, dass ein Teil von ihr, ein dummer, eitler und alberner Teil, einfach Angst hatte, sich vor de la Barca in diesem Kleid zu blamieren. Nicht, dass es einen Unterschied gemacht hätte. Er war in ihre Schwester verliebt. Sie konnte an diesem festlichen

Abend splitternackt erscheinen, und er würde es nicht einmal bemerken. Nicht, solange Tracey in der Nähe war.
Das war schon immer so, seit sie kleine Kinder gewesen waren. Cass hatte geglaubt, sie habe sich längst damit abgefunden, dass ihre Schwester stets alle Aufmerksamkeit auf sich zog. Anscheinend war sie doch nicht ganz daran gewöhnt und darüber hinweg.
»Tante Cass, du bist sehr hübsch, und in diesem Kleid würdest du ganz toll aussehen.« Alyssa machte ein ernstes Gesicht.
»Du bist nicht objektiv, aber trotzdem danke«, erwiderte Cass aufrichtig. Sie zog den Reißverschluss auf. Dann merkte sie, dass das schwarze Kleid nach Mottenkugeln roch.
Plötzlich war Cass zum Weinen zumute. Ihr Leben war doch beinahe perfekt. Wirklich. Sie hatte ihre Tante, ihre Nichte, ihre wunderbare Arbeit, und sie wohnte in Belford House. Ja, ein Ehemann, der ihr Liebhaber und bester Freund zugleich war, und ein oder zwei eigene Kinder, das fehlte ihr noch. Aber sie musste sich um Alyssa kümmern, recherchierte und schrieb viel, und ritt auch noch täglich aus; da hatte sie kaum Zeit, an solche Dinge zu denken, geschweige denn, ihre Zukunft zu planen.
Doch sie hätte wirklich gern vorher gewusst, dass Tracey mit Antonio de la Barca hier erscheinen würde. Dann hätte sie sich wappnen können, und sie hätte sich auch ein neues schwarzes Kleid gekauft.
Noch bevor Cass in ihr Kleid schlüpfen konnte, klopfte es an der Tür, und Catherine trat ein, die Arme voller Kleider. »Cass, ich möchte mich für mein dummes Benehmen vorhin entschuldigen«, erklärte sie mit besorgter Miene.
Cass vergaß ihren eigenen Kummer. Sie setzte sich kerzengerade auf, erschrocken über den Blick ihrer Tante und immer noch geschockt von dem Geheimnis, das sie nun teilten. »Du hast dich nicht dumm benommen«, sagte sie zögerlich und spürte, wie ihr Herz schneller schlug. »Du brauchst dich nicht zu entschuldigen. Aber wir müssen uns darüber unterhalten, Tante Catherine.«

»Da gibt es eigentlich nichts weiter zu sagen.« Catherine verzog das Gesicht und senkte den Blick. Konnte sie ihrer Nichte denn nicht mehr in die Augen sehen? Dann sagte sie: »Ich nehme an, du willst dieses wunderschöne rote Halston-Kleid nicht anziehen, nicht wahr?«

Cass schüttelte den Kopf.

Catherine zögerte nicht. »Das habe ich letzte Woche für dich gekauft. Ich weiß auch nicht, warum … Ich habe eigentlich ein neues Kleid für mich selbst gesucht, aber dann habe ich das hier gesehen, und ich dachte, das wäre genau das Richtige für dich.« Sie legte eine elegante Hose mit geschlitzten Beinen auf das Bett, gefolgt von einem ärmellosen schwarzen Top mit Perlenstickerei. »Das ist schlicht, aber sehr elegant, und es wird deine Figur sehr vorteilhaft zur Geltung bringen, Cassandra«, erklärte sie.

»Wie könnte mir so etwas nicht gefallen?«, flüsterte Cass und strich über das bestickte Oberteil. »Es ist wunderschön. Und in Schwarz fühle ich mich sicher.«

Catherine lächelte sie an. »Vielleicht wirst du eines Tages entdecken, wie aufregend es sein kann, sich nicht sicher zu fühlen«, erwiderte sie sanft.

Cass drückte sie fest an sich, überwältigt von Dankbarkeit. »Ich glaube, die Liebe zur Gefahr liegt mir einfach nicht im Blut, Tante Catherine.« Sie fragte sich, wie ihre Tante als junge Frau gewesen sein mochte. War sie in etwas Gefährliches verwickelt gewesen? Etwas Illegales? Etwas, das dazu geführt haben könnte, dass sie Antonio de la Barcas Vater umgebracht hatte?

Catherine lachte. Doch sie hatte Tränen in den Augen; sie war immer noch erschüttert. Sie wandte sich ab, damit Cass es nicht sah.

»Das Rote gefällt mir trotzdem«, verkündete Alyssa. »An meinem Geburtstag ziehst du es für mich an, ja?«

Cass lächelte gezwungen.

»Ich sollte mich jetzt auch fertig machen«, erklärte Catherine. An der Tür drehte sie sich noch einmal um. »Cassandra? Bitte vergiss,

was ich vorhin gesagt habe. Ich bin eine müde alte Frau, und manchmal, na ja, da habe ich die Vergangenheit viel deutlicher vor Augen als den gestrigen Tag. Manchmal weiß ich auch kaum noch, was ich denke. Ich habe stark übertrieben, Liebes. Das ist eine lange Geschichte … Es gab einen Unfall … einen tragischen Unfall … Ich habe mir Vorwürfe gemacht. Aber das spielt jetzt wirklich keine Rolle, Cassandra.« Sie lächelte, doch ihre Augen blieben ernst und fragend. Würde Cass ihr glauben?
Diesmal versuchte Cass gar nicht erst, das Lächeln zu erwidern. Denn ihre Tante log, und Cass las es ihr klar und deutlich von den Augen ab.

Tracey betrachtete sich im Spiegel im Bad. Sie trug ein hellblaues Abendkleid, das beinahe durchsichtig war, und der Rücken war gefährlich tief ausgeschnitten. Die beiden hauchdünnen Träger waren mit zarten Perlen verziert, ebenso wie der hüfthohe Schlitz auf einer Seite. Sie trug hautfarbene Unterwäsche, die sie mit dem Kleid zusammen und extra dafür gekauft hatte.
Tracey wusste, dass sie schön war; heute sah sie jedoch nicht so gut aus wie sonst. Also hatte sie sorgfältig die Ringe unter ihren Augen abgedeckt und ebenso sorgfältig Lidschatten und rauchgrauen Eyeliner aufgetragen. Bei ihrem hellen Teint war weniger Make-up immer mehr, und sie fügte nur ganz vorsichtig ein wenig Rouge hinzu. Sie wollte heute Abend strahlen; sie wollte glühen. Und sie wollte den Hunger in Antonios Augen sehen, wenn er sie in ihrem brandneuen Versace-Kleid erblickte.
Tracey starrte in den Spiegel. Sie sah müde aus. Und der bekümmerte Ausdruck in ihren Augen war unübersehbar.
Alles ging schief, einfach alles, aber so war es jedes Mal, wenn sie nach Hause kam.
Sie hätte überhaupt nicht auf die Idee kommen dürfen, diesen Empfang in Belford House zu veranstalten. Was hatte sie sich nur dabei gedacht?

Tracey holte zittrig Atem. Ihre Schläfen pochten. Sie hatte gehofft, hier eine fantastische Dinner-Party zu geben, um im Vorfeld der Auktion das Rubincollier im denkbar besten Ambiente zu präsentieren – das hatte sie sich dabei gedacht. Und der Stammsitz der Familie, das prächtige Anwesen ihrer Tante, war ihr als die perfekte Location erschienen – ein Ambiente, das kein Club und kein noch so angesagtes Restaurant in London übertreffen konnte.

Tracey blickte auf die Champagnerflöte hinab, die sie auf dem Rand des Waschbeckens abgestellt hatte. Sie hatte nicht die Absicht, sich heute zu betrinken. Sie wollte nüchtern bleiben und sich als großartige Gastgeberin in Szene setzen. Das Glas war halb leer. Tracey zögerte.

Warum nicht?, dachte sie dann.

Weil sie solche Angst hatte. Und diese Angst hatte nichts mit dem Gala-Dinner zu tun, obwohl sie sich sehr wünschte, dass der Abend ein voller Erfolg wurde, dass Sotheby's mit ihr zufrieden sein konnte.

Warum nicht? Sie musste schließlich ihre Nerven beruhigen.

Ach, zum Teufel, dachte sie und trank das Glas aus. Ein Glas würde ihr schon nicht schaden.

Einen Moment lang war Tracey beruhigt, doch die Wärme in ihr verflog so rasch, wie sie entstanden war, und Angst nahm ihren Platz ein. Sie wusste nur zu gut, dass Antonio nebenan im Schlafzimmer war und sich ankleidete. Sie drehte sich zur Seite und betrachtete ihr Profil. Ihr Bauch war flach wie ein Brett. Als sie das Kleid glatt strich, konnte sie ihre spitzen Hüftknochen erkennen.

Wäre sie nur nicht nach Hause gekommen.

Die Badezimmertür stand offen, und sie hörte Antonio drüben umhergehen. Ihr wurde ein wenig übel. Er war wütend auf sie, doch sie wusste nicht, warum. Er hatte sich ihr gegenüber so kalt verhalten, seit sie angekommen war. Das hatte ihr gerade noch gefehlt, an diesem wichtigen Abend, der nun einen so unguten Anfang genommen hatte. Was hatte sie nur falsch gemacht?

Was hatte sie nicht falsch gemacht?

Tracey griff nach ihrem Glas. Alyssa fand das Püppchen scheußlich, Cass gefiel das Kleid nicht, Catherine missbilligte, dass sie so viel Geld für sie ausgegeben hatte … Sie konnte es ihnen nie recht machen, egal, wie sehr sie sich bemühte, und das tat weh. Es tat so weh, dass sie schon gar nicht mehr nach Hause kommen wollte. Es tat so weh! Warum konnte sie nie etwas richtig machen? Sie wusste, dass sie eine Rabenmutter war, während Cass die Mutterrolle perfekt ausfüllte. Sie wusste, alle beurteilten sie streng und fanden viel an ihr auszusetzen – selbst ihre eigene Tochter. *O Gott. Zum Teufel. Verdammter Mist.* Sie wusste außerdem nur zu gut, dass sie seit drei Monaten nicht mehr in Belford House gewesen war. Alle glaubten, sie merke das gar nicht. Sie war nicht dumm. Sie hatte einen Kalender. Sie wusste es sehr wohl. So lange war sie noch nie fortgeblieben, und sie hassten sie dafür, und manchmal hasste sie sich selbst deswegen.

Ich halte das nicht aus, dachte sie verzweifelt.

Alyssa liebte ihre Tante mehr als ihre eigene Mutter.

Antonio war nebenan, und er schien diese hässliche Wahrheit zu ahnen. Sie hatte es in seinen Augen gesehen.

Tracey hätte weinen mögen, doch dafür war jetzt nicht der richtige Zeitpunkt. Sie wandte sich ihrem makellosen Spiegelbild zu und sagte sich wieder einmal, dass die meisten Frauen sich nichts sehnlicher wünschten, als auf der Stelle mit ihr zu tauschen – schlank und schön wie ein Model zu sein, mit einer perfekten Figur, berühmt, wohlhabend, und noch dazu einen Mann wie Antonio zu haben. Aber hatte sie ihn überhaupt? Und wenn ja, wie lange noch?

Tracey wurde ganz schlecht vor Angst. Schon letztes Wochenende war er ihr so abwesend vorgekommen, mit den Gedanken ganz woanders. Als verliere er allmählich das Interesse an ihr …

Sie rief sich ins Gedächtnis, dass sie eben erst großartigen Sex gehabt hatten.

Doch es ließ sich nicht leugnen, sie kannte diese Anzeichen. Und obgleich sie ihn noch nicht so gut kannte – er war ganz anders als andere Männer –, kannte sie ihn gut genug. Es war von Anfang an nicht gerade leicht gewesen, ihn zu verführen, und noch schwieriger, ihn fester an sie zu binden. Und nun bereute er offenbar alles.

Ach, ein Glas noch. Warum nicht? Sonst bin ich diesem Abend einfach nicht gewachsen.

Hastig schenkte sie sich ein weiteres Glas Champagner ein; ihre Hände zitterten heftig. Männer verließen sie nicht. Sie verließ die Männer, immer … kam ihnen zuvor. Bevor sie die ganze Wahrheit erkannten. Dass ihre Schönheit nichts weiter war als eben äußerliche Schönheit. Und dass dahinter nichts weiter steckte als gähnende schwarze Abgründe von Elend und Einsamkeit.

Sie nippte mit geschlossenen Augen an ihrem Champagner. Die leise Stimme in ihrem Inneren, die sie davon abhalten wollte, ignorierte sie einfach. *Verdammter Mist.* Sie würde Antonio vögeln, bis er den Verstand verlor – er würde sie niemals verlassen. Wenn sie dazu bereit war, würde sie diejenige sein, die diese Beziehung beendete. Sie war immer diejenige, die Schluss machte. Immer.

Niemand machte Schluss mit ihr. Sie war es, die ging.

Irgendwie war ihr Glas schon wieder leer. Tracey starrte auf die Sektflöte in ihrer Hand hinab, und das Bild verschwamm, als ihr Tränen in die Augen traten. Panisch versuchte sie, ihre Wimperntusche zu retten. Sie wurde immer hysterischer. Das Problem war, dass sie sich nicht mehr vorstellen konnte, ohne Antonio zu leben. Sie war ernsthaft verliebt – so hatte sie noch für keinen Mann empfunden, außer vielleicht für ihren Exmann.

Sie hörte, wie er sich nebenan fertig machte. Die Gäste würden jeden Moment kommen. Sie hatte kaum noch Zeit. Sie setzte ein breites Lächeln auf und verließ in ihren Riemchenschuhen mit den extrem dünnen, hohen Absätzen vorsichtig das Badezimmer. Jetzt oder nie, ihr blieb keine andere Wahl. Denn sie würde diesen Abend niemals überstehen, wenn sie sich nicht ein wenig sicherer fühlen konnte.

Antonio stand mitten im Zimmer und rückte seine schwarze Fliege zurecht. Er trug einen schwarzen Smoking, ein weißes Smokinghemd und einen schwarzen Kummerbund. Seinen Gesichtsausdruck kannte sie mittlerweile nur zu gut: Er war in Gedanken versunken, meilenweit weg von ihr. Sie verstand nicht, wie er immer so viel nachdenken konnte. Er war der faszinierendste Mann, den sie je kennen gelernt hatte. Und er war sehr lieb.

Sie hatte noch nie einen lieben Freund gehabt.

Rick hatte sie nur herumgeschubst, sie sogar geschlagen. Die anderen ebenfalls.

Tracey blieb stehen und beobachtete ihn; ihr Herz schmolz dahin. »Ich habe etwas für dich«, flüsterte sie. Sie wusste, dass er ihr einfach nicht widerstehen konnte.

Er fuhr zusammen und drehte sich um. Dann sah er sie von oben bis unten an.

Sie drehte sich langsam vor ihm herum. »Wie findest du das?«

Er lächelte nicht. Seine angespannte Miene hellte sich nicht auf. »Ich finde dich wunderschön, wie immer.« Damit wandte er sich wieder ab.

Sie riss entsetzt die Augen auf. Es beeindruckte ihn nicht einmal, dass sie in dem schönsten Abendkleid, das sie je gesehen hatte, so gut wie nackt vor ihm stand! Hastig trat sie hinter ihn, während ihr Herz vor Angst hämmerte. »Tonio, bitte, ich möchte mit dir reden«, begann sie.

Er drehte sich langsam um. »Aber wir sollten jetzt hinuntergehen. Deine ersten Gäste sind schon eingetroffen. Du bist die Gastgeberin des heutigen Abends, auch wenn dies das Haus deiner Tante ist.«

»Sei doch nicht böse auf mich«, schmeichelte Tracey und schmieg-

te sich enger an ihn. »Was habe ich denn getan, das dich so geärgert hat?«
Er schob sie von sich fort. »Die Begegnung mit deiner Schwester war peinlich. Du hast mir nie von ihr erzählt.«
Tracey erstarrte. Es ging ihm um Cass? »Es hat sich eben nie ergeben.«
Er starrte sie mit undurchdringlicher Miene an. »Du hast schlicht versäumt, die Tatsache zu erwähnen, dass du eine Schwester hast und dass sie heute auch hier sein würde. Das könnte ich noch ertragen. Was ich nicht ertragen kann und beim besten Willen nicht begreife, ist, wie du deiner Tochter verschweigen konntest, dass ich heute Abend komme – und warum du mir nicht gesagt hast, dass ich sie hier antreffen würde.«
Tracey hatte schreckliche Angst. Antonio war ganz vernarrt in seinen Sohn, und sie merkte schon, worauf diese Unterhaltung hinauslief. »Aber Tonio, natürlich habe ich es ihr gesagt.« Sie hatte eigentlich nicht lügen wollen. Das war ihr einfach so herausgerutscht. »Aber sie muss es wohl vergessen haben – vielleicht hat sie mir auch nicht richtig zugehört.«
Er starrte sie an. »Du hast bei mir den Eindruck erweckt, deine Tochter lebe bei dir in Hempstead Heath.«
Tracey war wie gelähmt. In seiner Stimme lag ein Vorwurf. Ein Vorwurf – keine Liebe, kein Begehren. Und sie dachte: *Er sieht, wie es in Wahrheit ist.*
Verzweifelt lächelte sie ihn an, streckte die Arme nach ihm aus. In ihre Panik mischten sich immer neue Befürchtungen. Es war grauenhaft.
Er legte die Hände auf ihre Hüften – hielt sie von sich weg. »Ich kenne dich jetzt ganze drei Monate. Da ist etwas, das ich einfach nicht verstehe. Wann hast du deine Tochter zuletzt gesehen? Oder habe ich etwas falsch verstanden? Sie wohnt doch hier – bei deiner Tante und deiner Schwester?« Seine dunklen Augen blickten missbilligend.

Tracey blinzelte ihn an und trat langsam zurück. Ihr war schwindlig – sie brauchte etwas zu trinken. *Nur noch ein Glas.* »Ich habe dich nicht angelogen«, sagte sie.
»Dann weiß ich nicht, was ich denken soll.«
Tracey hatte das Gefühl, als drehe sie sich im Kreis, immer schneller. Das konnte doch nicht wahr sein? Nun, da sie sich endlich einmal in einen guten, rücksichtsvollen Mann verliebt hatte, und nicht in einen egoistischen Mistkerl wie Rick und all die anderen? Sie wollte nur noch weglaufen. »Antonio«, flüsterte sie und stand tatsächlich kurz davor, die Flucht zu ergreifen und sich im Bad zu verstecken.
Er nahm sie sanft beim Arm. »Es tut mir Leid«, sagte er, und sein Blick wurde weicher. »Bitte weine nicht. Du ruinierst dir nur die Wimperntusche, und wir müssen jetzt hinuntergehen.«
Tracey spürte, wie ihre Augen feucht wurden. »Ich besuche sie, so oft ich nur kann«, versuchte sie es wieder. »Ich liebe sie wirklich sehr.« Und das war die reine Wahrheit.
Seine Miene wurde sanft. »Aber natürlich liebst du sie.«
Sie versuchte, ihre Hand fortzuziehen, doch er ließ sie nicht los.
»Deine Tochter braucht dich«, sagte er schließlich langsam. »Das habe ich heute Nachmittag gesehen, genau wie ich jetzt deutlich sehe, dass du so viel mehr sein möchtest, als du bist.«
Eine Träne kullerte. Tracey war entsetzt. »Natürlich braucht sie mich«, sagte sie, und ein Lächeln breitete sich über ihr Gesicht. »Ich bin ihre Mutter, und sie ist mein einziges Kind. Habe ich dir schon erzählt, dass ich im Dezember mit ihr in den Skiurlaub fahre? Nur wir beide, ein Mutter-Tochter-Ausflug sozusagen.« Sie lächelte erneut, obwohl sie kaum noch Luft bekam. Sie hatte keineswegs vorgehabt, mit Alyssa in den Skiurlaub zu fahren. Aber genau deshalb war sie ja auch eine so miserable Mutter, nicht wahr?
»Das ist eine großartige Idee«, sagte er und beobachtete sie genau. »Wo wollt ihr denn hin?«

»Sankt Moritz«, sagte Tracey rasch und holte scharf Luft. »Vielleicht möchtest du ja mit Eduardo auch mitkommen?«
Er warf ihr einen seltsamen Blick zu. »Ich glaube nicht. Ich möchte deine gemeinsame Zeit mit Alyssa nicht stören.« Etwas huschte über sein Gesicht, das Tracey noch mehr ängstigte. Denn sie glaubte, es könnte Mitleid gewesen sein.
Sie nickte hastig und klammerte sich an ihn. »Ja, natürlich, wie dumm von mir. Ich bin so nervös wegen heute Abend, dass ich kaum noch klar denken kann! Wir fahren jedes Jahr weg, nur wir beide zusammen.« Eine weitere ungewollte Lüge.
Er fuhr mit dem Zeigefingerknöchel über ihre zarte, helle Wange. Seine Augen erforschten ihr Gesicht. Er wartete einen Moment, bevor er sprach. »Es ist nie zu spät für einen Versuch, Versäumnisse wieder gutzumachen, Tracey. Nicht, solange man noch eine Zukunft vor sich hat. Ich möchte dir diesen Rat geben, weil ich selbst so vieles bitter bereue.« Er lächelte schwach.
Trotz seines Lächelns bebte Tracey förmlich vor Angst. Ihre Panik ließ nicht nach. Sie verlor ihn. Tränen stiegen ihr in die Augen.
Er zog die Brauen in die Höhe. »Jetzt habe ich dich aufgeregt, und das war nicht meine Absicht. Wir sollten hinuntergehen. Es stehen schon fünf Limousinen in der Auffahrt.«
Selbst jetzt war er noch so lieb und gütig, obwohl er sie nicht mehr mochte. Sie sollte ihn sofort verlassen. Kein weiteres Wort mehr sagen. Einfach gehen, rennen, schnell und weit weg. Dann wäre sie wieder in Sicherheit. *O Gott.* Was sollte sie nur tun?
Geh. Bleib. Lauf. Bleib. Spiel mit. Lauf weg. Madrid.
Tracey schnappte nach Luft. Vielleicht war dies nicht der beste Zeitpunkt, um ihm von ihren Plänen zu erzählen. Dass sie noch diese Auktion über die Bühne bringen, dann bei Sotheby's kündigen und nach Madrid ziehen würde.
»Tracey.« Er war hinter sie getreten, seine großen Hände umfassten ihre Schultern. »Du bist immer noch traurig. Ich bitte dich,

verzeih mir.« Er drehte sie zu sich herum. »Gehen wir hinunter, *querida.*«

Da sah Tracey es in seinen Augen. Er würde sie verlassen. Bald. Und nun musste sie sich dem stellen, was sie in Grunde die ganze Zeit über gewusst hatte. Er war nur hier wegen dem verdammten Rubinschmuck. Für ihn war es schon letztes Wochenende aus gewesen. »Bitte«, flüsterte Tracey, ein Wort, das sie so noch nie zuvor ausgesprochen hatte.

Er war überrascht. Sein Blick glitt über ihr Gesicht. »Wir reden später darüber«, sagte er schließlich.

Tracey drehte sich der Kopf – sie konnte nicht mehr klar denken, nur noch fühlen. Was, wenn sie eine so mustergültige Mutter würde wie Cass? Wenn sie so wurde, wie Antonio es von ihr erwartete? Würde das nicht alles ändern?

Warum war ihr das nicht schon früher eingefallen!? Sie würde Alyssa mit nach Madrid nehmen. »Antonio.«

Er blieb stehen.

Tracey lächelte, setzte ihre schönste Maske auf, um ihre Angst zu verbergen. Sie schmiegte sich in seine Arme, an seinen Körper, legte die Wange an seine, während sie ein langes Bein zwischen seine Beine schob und an seinen Schritt presste. Ihr Kleid glitt auf bis zur Hüfte und enthüllte ihm, dass sie unter dem hauchdünnen Untergewand nackt war. »Ich liebe dich, Liebling«, sagte sie. »Wir haben noch ein paar Minuten, bevor wir nach unten gehen müssen.« Damit schmiegte sie sich lächelnd noch enger an ihn.

Einer nach dem anderen wandelten die Gäste vom kleinen Salon in den größeren, in dem das Rubincollier ausgestellt war. Es bildete den Glanzpunkt der festlichen Tafel. Der Tisch war lang und schmal, gedeckt mit weißem Leinen, Waterford-Kristall und Christofle-Silber; auf jeder Seite fanden zwanzig Gäste Platz. Niedrige Blumenarrangements aus weißen Orchideen trieben in durchscheinenden, rosigen Schalen mit duftendem Wasser. In der Mitte, auf einem kleinen Podest, lag auf blauen Samt gebettet das dreireihige Collier.

Cass betrat den Raum und bemerkte sofort die vier Männer vom Sicherheitsdienst, die ein wachsames Auge auf den Tisch hatten. Ein Pärchen beugte sich eben begierig vor, um das Schmuckstück zu bewundern, und Cass wartete in diskretem Abstand, bis sie an die Reihe kam. Dennoch hörte sie die Frau sagen: »Ich weiß, es ist ein Vermögen wert, aber es wirkt so ordinär. Es sieht aus wie etwas, das eine Nutte sich in einem gewöhnlichen Kaufhaus kaufen würde. Ich weiß nicht, Roger. Ich glaube nicht.«

»Da muss ich dir wohl Recht geben«, erklärte Roger. »Immerhin ist der immense Preis zur Hälfte im historischen Wert des Stückes begründet – es wäre also jammerschade, es auseinander nehmen und die Rubine ordentlich schleifen und neu fassen zu lassen.«

Cass wollte ihren Ohren nicht trauen; sie sah die beiden weitergehen.

»Das wäre mehr als nur jammerschade, das wäre geradezu sträflich«, flüsterte ihr de la Barca von hinten ins Ohr.

Cass erschrak. Sie hatte ihn bewusst gemieden, während sie sich mit einem Glas Champagner unter die Gäste gemischt hatte. Da sie niemanden kannte, war sie sich ziemlich deplatziert vorgekommen und hatte sich mit Alyssa am Rand des Geschehens gehalten, doch sie war sich seiner Anwesenheit nur zu bewusst gewesen, vom ersten Moment an, als er den Raum betreten hatte – allein. Tracey war zehn Minuten später erschienen, und Cass hatte sich bemüht zu ignorieren, dass Tracey noch nie so umwerfend – oder so strahlend glücklich ausgesehen hatte.

Steif drehte sie sich zu de la Barca um. »Das wäre wirklich ein Verbrechen«, stimmte sie zu, »und ich hoffe doch, wer auch immer es am Ende kauft, denkt nicht mal daran, etwas so Fürchterliches zu tun.«

Er lächelte sie an, und sein Blick huschte einmal kurz über ihr

Haar, das ihr dick und glatt bis auf die Schultern hing; ihr Gesicht, kaum geschminkt bis auf etwas Wimperntusche, Lipgloss und einen Hauch Rouge; und über ihre bestickte Bluse. »Darum werde auch ich beten«, sagte er. »Wo haben Sie denn heute Abend Ihre Universität gelassen?«

Cass errötete, doch er lächelte sie an, also lächelte sie zaghaft zurück. »Ich hatte keine andere Wahl«, sagte sie.

Er lachte. »Sie sehen entzückend aus, Señora.«

»Bitte, nennen Sie mich Cass. Es gibt keinen Grund, so förmlich zu sein.«

Ihre Blickte trafen sich, und ebenso rasch sahen beide wieder weg. »Wollen wir?« Er wies auf das Collier.

Cass nickte eifrig. Sie drehten sich um und gingen auf den Rubinschmuck zu. In diesem Augenblick konnte sie sich das Collier an Mary Tudors Hals vorstellen, an Henry Tudors Tochter, die England so kurz als katholische Königin regiert hatte. Das Schmuckstück war atemberaubend. Jede der drei Reihen Rubine war in Gold gefasst. Die erste Reihe bestand aus kleinen, tropfenförmigen Steinen, die zweite aus größeren, und in der dritten Reihe waren die größten und prächtigsten Rubine verarbeitet. Und an dieser letzten Reihe hing noch ein einzelner Rubin, so groß wie Cass' Daumen und in eine Fassung aus winzigen, glitzernden Diamanten eingebettet. »Wie wunderschön«, hauchte Cass; ihr Herz flatterte vor Freude bei diesem Anblick.

Antonio de la Barca schwieg.

Cass drehte den Kopf, um zu ihm aufzublicken, und bemerkte erstaunt seine ernste Miene, den starren Blick. Offenbar hatte er sie gar nicht gehört. »Antonio?«

»Por Dios«, keuchte er.

Es war beinahe, als habe er vergessen, dass sie wenige Zentimeter neben ihm stand. Cass fuhr sich mit der Zunge über die Lippen. Sie konnte einfach nicht ignorieren, wie nahe er ihr war, und er war ein verdammt gut aussehender Mann. Der feine wollene Ärmel seines Smokings streifte ihre nackte Schulter. Und er roch so gut, wie er aussah. Auf einmal war sie rasend eifersüchtig auf ihre Schwester.

Antonio richtete sich auf und sah sie an. Er lächelte nicht und wirkte immer noch wie betäubt.

»Wissen Sie etwas über dieses Schmuckstück?«, fragte sie; sie konnte den Blick nicht von seinem losreißen und hatte keinen Gedanken mehr für Tracey übrig.

Er zögerte. »Ja. Ja, ich denke schon.«

Cass richtete sich auf. »Was? Was wissen Sie?«

Er zögerte wieder. »Ich glaube, dieses Collier – oder zumindest eines, das ihm sehr ähnlich sieht – hat eine meiner Vorfahrinnen getragen.«

Cass riss die Augen auf. »Aber wie ist das möglich? Sie sind Spanier, und Lady Hepplewhite hat die Kette bei sich zu Hause in Highridge Hall gefunden. Wie Sie sicher wissen, geht dieses Anwesen auf das vierzehnte Jahrhundert zurück.«

Er nickte. »Ich weiß. Einer meiner Ahnen war für kurze Zeit mit einer Engländerin verheiratet. Sie hieß Isabel de la Barca. Wann sie starb, weiß ich nicht genau, aber jedenfalls vor 1562, denn da hat mein Urahn wieder geheiratet.«

Cass wollte ihm gerade ein Kompliment zu seiner genauen Kenntnis seines Familienstammbaumes machen, als Catherine hinter ihr mit leiser Stimme sagte: »Nein.«

Sie drehten sich um. Cass lief es eiskalt den Rücken herunter, als sie sah, wie ihre Tante Antonio anstarrte. In diesem Blick lag eindeutig Angst. Oder Abneigung?

»Nein«, wiederholte sie. »Sie hieß nicht Isabel de la Barca, sondern Isabel de Warenne. Sie war die Tochter des Grafen von Sussex, Mitte des sechzehnten Jahrhunderts.«

Cass betrachtete ihre Tante, und trotz all ihrer Sorgen spürte sie ein Prickeln der Erregung. »De Warenne?«, fragte sie atemlos. »Sind wir mit ihr verwandt?«

Catherine riss sich endlich von Antonio los und sah Cass an. »Ja, aber nicht direkt. Sie hatte keine Kinder. Wir sind über ihren Großvater väterlicherseits mit ihr verwandt.«
Cass war erstaunt, nicht deshalb, weil Catherine so viel über die Familiengeschichte wusste, sondern weil sie all das so beiläufig erörterte; und sie staunte über den Zufall der Geschichte, der die Anwesenden miteinander verband. »Zwischen unseren Familien gab es im sechzehnten Jahrhundert eine Heirat«, sagte Cass und wandte sich Antonio zu. Sie hätte beinahe seine Hände gepackt, konnte sich aber gerade noch beherrschen. »Wissen Sie, wie unwahrscheinlich so etwas ist?«
Er lächelte sie an, als lasse er sich von ihrer Aufregung mitreißen. »Sehr unwahrscheinlich. Auf dem Stammsitz meiner Familie hängt ein Porträt von Isabel, und das Collier, das Isabel darauf trägt, sieht diesem hier bemerkenswert ähnlich.«
»Ich würde es zu gern einmal sehen«, sagte Cass, ohne zu zögern. Das war stark untertrieben. Sie würde alles dafür geben, das Bild zu sehen.
»Es wäre mir ein Vergnügen, es Ihnen zu zeigen«, erwiderte Antonio, und als sich ihre Blicke trafen, durchfuhr es Cass wie ein Stromstoß.
Sie starrte in seine braun und grün gesprenkelte Iris und träumte davon, nach Spanien zu reisen, zum Anwesen seiner Familie, und sich das Porträt ihrer Ahnfrau anzusehen, die ihre Familien vor Hunderten von Jahren miteinander verbunden hatte.
»Nein. Cassandra wird nicht nach Spanien fahren.«
Die Stimme ihrer Tante war so barsch, dass Cass zusammenzuckte, bevor sie sich zu ihr umdrehte. »Wie bitte?«
Catherine errötete. »Wie könntest du jetzt nach Spanien reisen? Du hast einen Termin für dein neues Buch einzuhalten.«
Cass erkannte ungläubig, worauf es ihrer Tante hier ankam. Sie wollte nicht, dass Cass oder Tracey etwas mit Antonio de la Barca zu tun hatten, weil es dieses finstere Geheimnis gab. Weil Antonio

dann vielleicht entdeckte, was mit seinem Vater geschehen war. Wäre die Angelegenheit endgültig zu den Akten gelegt – oder vollkommen harmlos –, dann wäre Catherine nicht so außer sich.

»Ich habe tatsächlich einen Termin einzuhalten«, gestand Cass schließlich und warf Antonio ein knappes Lächeln zu. Sie sagte ihm nicht, dass sie noch ein ganzes Jahr hatte, um ihr neuestes Buch fertig zu schreiben, aber sie war enttäuscht. Sie wollte so gern nach Spanien reisen, seinen Stammsitz sehen und das Porträt von Isabel de Warenne, ihrer Ahnfrau.

Wenn Antonio ebenfalls enttäuscht war, so ließ er es sich nicht anmerken. »Ich könnte das Gemälde fotografieren«, schlug er vor und blickte zwischen den beiden Frauen hin und her. »Und Ihnen die Aufnahmen schicken.«

Catherine schwieg. Also sagte Cass mit einer Begeisterung, die sie gar nicht empfand: »Das wäre wunderbar.« Doch nun war sie fest entschlossen, Catherines Geheimnis auf den Grund zu gehen und sich irgendwann das Porträt selbst anzusehen, wenn keine unangenehmen Enthüllungen mehr drohten. »Ist das Porträt schon geschätzt worden?«, erkundigte sich Cass. »Wissen Sie, wann es gemalt wurde? Und von wem?«

Antonio lächelte, vermutlich, weil sie sich so für die Geschichte begeisterte. »Nein, bisher noch nicht. Aber wie gesagt, Alvarado de la Barca hat 1562 zum zweiten Mal geheiratet. Es muss also vor diesem Jahr entstanden sein. Sie wirkt darauf sehr jung, wenn ich mich recht erinnere, nicht älter als vielleicht achtzehn. Ich war seit einigen Jahren nicht mehr dort.«

Cass fand diese letzte Bemerkung etwas seltsam, und sie meinte, bei diesen Worten etwas Dunkles über sein Gesicht huschen zu sehen. Doch das hatte sie sich wohl nur eingebildet, denn nun lächelte er sie sogar an.

»Wo liegt denn Ihr Stammsitz?«, musste sie einfach fragen.

Bevor er antworten konnte, ertönte Catherines Stimme eigenartig laut. »Sie ist 1555 gestorben.«

Cass erstarrte und drehte sich dann überrascht zu ihrer Tante um. »Wie bitte?«
Catherine war leichenblass. »Sie ist 1555 gestorben. Isabel. Sie wurde als Ketzerin auf dem Scheiterhaufen verbrannt.«
Cass starrte ihre Tante an, und die erwiderte den Blick mit aufgerissenen, glühenden blauen Augen – wie besessen, wie entrückt. Und Cass erschauerte vor Grauen.
Was für ein entsetzlicher Tod.

Drei

Cass eilte zu Catherine und legte einen Arm um ihre Taille. Ihre Gedanken überschlugen sich. »1555, das war das letzte Jahr von Marys Regentschaft. Damals wurden zahlreiche Häretiker auf dem Scheiterhaufen verbrannt.«

»Ja, das ist richtig. Sogar noch mehr im Kaiserreich.«

Cass wusste, dass er sich auf das Habsburgerreich bezog, dessen Thron Marys Ehemann, Philip II. von Spanien, geerbt hatte. »Was für ein schrecklicher Tod.« Sie zitterte. Ihr wurde ganz schlecht, wenn sie nur daran dachte. »Aber ist nicht jeder Protestant zumindest nach außen hin zum Katholizismus übergetreten, als Mary den Thron bestieg? Warum wurde wohl ausgerechnet Isabel als Ketzerin angeprangert?«

Antonio starrte Cass an, und sie meinte, in seinem Blick so etwas wie Respekt zu erkennen. »Eigentlich wurden nur Fanatiker derart verfolgt, als Abschreckung für die übrige Bevölkerung«, erklärte er. »Ich wusste nichts von Isabels schlimmem Schicksal.« Er wandte sich Catherine zu. »Woher wissen Sie, wie sie gestorben ist? Ist das belegt?«

Catherine schürzte die Lippen, und ihr Blick war von Tränen verschleiert. »Ich hatte es ganz vergessen«, flüsterte sie beinahe unhörbar. »Einc Zeit lang.«

Cass sorgte sich immer mehr um ihre Tante – deren Zustand gefiel ihr gar nicht. »Hast du denn schon dieses umwerfende Collier bewundern können?«, fragte sie leichthin, um das Thema zu wechseln und ihre Tante abzulenken.

Doch Catherine schien wie gebannt von Antonios Blick. »Jedes Mal, wenn ich Sie sehe, steht er mir wieder vor Augen. Es tut mir so Leid …« Ihre Stimme brach. Sie räusperte sich. »Er hat Ihre Familiengeschichte recherchiert«, erklärte sie. »Hier an der British Library. Es tut mir so Leid.«

Cass sah sie, hörte sie und musste kurz die Augen schließen. Diese Bitte um Vergebung war nur allzu durchschaubar. Furchtbare Traurigkeit senkte sich schwer auf Cass' Schultern. Konnte das wirklich wahr sein? Hatte ihre Tante Antonios Vater umgebracht, oder war es ein Unfall gewesen? Ihre Tante hatte doch gewiss nicht die Absicht, ein Verbrechen zu gestehen, das dreißig Jahre zurücklag? »Wir sollten uns wieder um unsere Gäste kümmern, Tante Catherine.« Sie lächelte Antonio knapp zu und versuchte, ihre Tante fortzuziehen.

»Ich war erst vier Jahre alt, als er starb«, sagte Antonio unvermittelt, so dass Cass und ihre Tante wieder herumfuhren. Sein Blick war direkt. »Ich habe kaum Erinnerungen an ihn. Meine Mutter hat zwei Jahre nach seinem Tod wieder geheiratet – und sie spricht niemals von ihm. Ich wäre Ihnen sehr dankbar, sofern Sie einmal Zeit dazu haben, wenn Sie Ihre Erinnerungen mit mir teilen würden.« Sein Blick war strahlend, fordernd, intensiv.

Cass ahnte nichts Gutes. Das war eine ganz schlechte Idee! »Meine Tante würde sich gewiss gern einmal mit Ihnen zusammensetzen und Ihnen von ihm erzählen, wenn sie sich besser fühlt. Sie hat schon die ganze Woche mit einer leichten Grippe zu kämpfen«, fügte sie hinzu. Und sie errötete bei dieser Lüge.

Plötzlich ergriff Catherine das Wort. »Wir haben uns in London kennen gelernt. Ich war damals im Kuratorium des British Museum, und er hat dort geforscht.« Sie lächelte. »Wir sind uns bei einer Abendveranstaltung des Museums begegnet. Und haben sehr bald unsere gemeinsamen Ahnen entdeckt.« Nun begann Catherine zu weinen. Offen liefen ihr die Tränen über die Wangen.

Cass warf Antonio einen warnenden Blick zu. »Tante Catherine, dir geht es nicht gut«, sagte sie bestimmt – sie würde keinen Widerspruch dulden. »Vielleicht solltest du dich ein wenig hinlegen, bevor du dich wieder um die Gäste kümmerst.«

Catherine riss sich endlich von Antonio los. »Es tut mir Leid«, flüsterte sie und sank an Cass' Schulter. »Ich fühle mich nicht wohl. Ich weiß, wir haben Gäste, aber ich muss mich jetzt zurückziehen. Cassandra, ich bin völlig erschöpft.«

»Ich bringe dich sofort nach oben«, erwiderte Cass rasch. Sie war erleichtert, denn sie wollte nicht, dass ihre Tante noch länger mit de la Barca sprach. »Wenn Sie uns bitte entschuldigen?«

»Selbstverständlich«, sagte er. »Ich hoffe sehr, dass es Ihnen morgen wieder besser geht, Lady Belford.«

»Cassandra? Ich bekomme kaum noch Luft. Es ist so warm und stickig hier«, sagte Catherine.

Entsetzt bemerkte Cass, dass ihre Tante zusehends blasser wurde. Sie wunderte sich über diese Worte, denn im Salon war es trotz der vielen Menschen immer noch eigenartig kühl. Und dann erschrak Cass noch mehr, denn Catherine hatte die Hand an die Kehle gelegt und atmete schwer durch den Mund. »Sofort ins Bett«, sagte Cass. »Und ich bringe dir etwas Kamillentee.«

»Cassandra.« Seine Stimme ließ sie abrupt innehalten. Sie sah über die Schulter zu ihm zurück. »Ich würde diese Unterhaltung über unsere Familien wirklich gern fortsetzen.«

Sie zögerte, und ihre Leidenschaft für die Geschichte gewann die Oberhand, wider besseres Wissen und trotz ihrer Angst. Sie musste lächeln. »Ich ebenfalls.«

Sie durchquerten den Raum. »Nein, Cassandra«, sagte Catherine leise und mit heiserer Stimme, so dass Antonio sie nicht hören konnte. »Sein Vater war von der Vergangenheit besessen. Offensichtlich ist es bei ihm genauso. Warum sonst hätte er hierher kommen sollen? Ich habe dich selten um etwas gebeten.« Ihr Blick war seltsam, beinahe irr. »Lass diese Sache ruhen, halte dich von de la Barca fern, und bitte, du musst versuchen, ihn aus dem Haus zu schaffen. Und dann musst du diesen Abend einfach vergessen.«

Catherine redete wirres Zeug. Cass starrte ihre Tante schockiert an, und sie sah in diesem Augenblick keine elegante ältere Dame in einem schicken Smoking von Oscar de la Renta, geschmückt mit Perlen und der Edelsteinbrosche, sondern eine alte und furchtbar müde Frau, gebrechlich und schwach. Auf einmal waren die Falten in ihrem Gesicht unübersehbar, dabei hatte Cass sie zuvor kaum bemerkt. Auf einmal wirkten ihre blauen Augen wässrig. Auf einmal sah man ihr jedes ihrer vielen Jahre an. Sie war eine alte Frau, und das sah Cass nun zum ersten Mal in aller Deutlichkeit.

Sie legte den Arm um ihre Tante. Auch ihr kullerten Tränen über die Wangen. »Ich werde mir Mühe geben«, log sie. Sie würde Antonio keinesfalls hinauswerfen. So etwas könnte sie nie tun. Oder doch? Wenn er ginge, wäre das eine echte Erleichterung – zumindest wäre es dann einfacher, das Geheimnis ihrer Tante zu hüten. »Es ist schon spät, und wir hatten einen anstrengenden Tag. Mach dir jetzt keine Gedanken mehr, Tante Catherine, sondern sieh lieber zu, dass du ein wenig Schlaf bekommst.« Sie brachte kein Lächeln zustande, aber sie drückte ihre Tante fest an sich.

Catherine nickte erschöpft und lehnte sich an ihre Nichte. »Danke, Cassandra. Ich danke dir. Ich wusste, dass ich dir vertrauen kann.«

Vertrauen. Welch großes Wort, dachte Cass, die plötzlich auch sehr müde war. Sie führte ihre Tante hinaus und warf einen letzten Blick zurück zu Antonio.

Ihre Blicke trafen sich.

Und dann sahen sie sich beide gleichzeitig nach dem Collier um – als hätten sie das verabredet. Und als sie den Blick wieder davon lösten und einander in die Augen sahen, tauschten sie eine stumme Botschaft.

Komme, was da wolle, Cass würde nach Spanien reisen und sich Isabels Porträt ansehen.

»Du bist ein wahrer Segen für mich, Cassandra«, sagte Catherine, die nun einen japanischen Kimono in Cremeweiß, Rot und Gold trug und das Haar offen auf die Schultern herabhängen ließ. Sie waren in Catherines prachtvoll ausgestattetem Schlafzimmer. »Warum rufst du nicht gleich im *Golden Hart* an und erkundigst dich, ob sie ein Zimmer für Señor de la Barca freihaben?«

Cass war erstaunt. »Tante Catherine«, sagte sie langsam, »das sieht dir so gar nicht ähnlich. Wie könnten wir ihn denn bitten, das Haus zu verlassen? Er ist Traceys Gast. Vielleicht sollten wir die ganze Sache einfach aussitzen; er wird ohnehin morgen abreisen.«

»Aber ich dachte, du hättest mich verstanden«, rief Catherine.

Cass ging rasch zu ihr. »Tante Catherine, soll ich dir ein Glas Wasser bringen?«

Catherine schüttelte den Kopf. »Ich brauche einen Gin Tonic und ein Aspirin.«

Cass biss sich auf die Lippe. »Ich hole dir den Drink, wenn du ihn wirklich willst.« Aber sie rührte sich nicht. »Tante Catherine, ich werde bald verrückt vor Sorge. Du hast das vorhin doch nicht wörtlich gemeint, oder?«

Catherine sah sie an. Dann wandte sie ihr den Rücken zu, ging zum Bett, legte sich jedoch nicht hin. »Ich habe einen Fehler gemacht«, sagte sie leise. »Ich hätte überhaupt nichts sagen sollen. Und jetzt will ich nicht darüber sprechen. Nicht jetzt. Niemals.« Sie drehte sich wieder um, und ihre Miene wirkte entschlossen.

Cass' Herz hämmerte. Sie musste wissen, was da passiert war, aber sie fürchtete um die Gesundheit ihrer Tante und wollte sie jetzt nicht bedrängen. »Habt ihr euch geliebt?«, fragte sie.

Catherines Miene verdüsterte sich. Sie setzte zu einem Kopfschütteln an, doch dann vergrub sie das Gesicht in den Händen. »Er hat seine Frau geliebt, aber mehr noch als sie liebte er die Vergangenheit. Ich habe Robert geliebt, ich habe Robert immer geliebt. Eduardo und ich waren nur Freunde – seine Arbeit hat uns zusammengeführt.« Sie verstummte.

Cass konnte sich den Rest selbst zusammenreimen. Aus der anfänglichen Freundschaft war eine heimliche Liebschaft geworden.
Catherine rieb sich die Stirn. »Diesen Teil meines Lebens hatte ich aus meinem Gedächtnis gelöscht. Ich wünschte, Eduardo de la Barca wäre nie in unser aller Leben getreten!«, rief sie erregt.
Cass starrte ihre Tante an, die schrecklich bleich war. Cass zögerte und fragte dann: »Muss ich mir Gedanken wegen einer möglichen Strafverfolgung machen, Tante Catherine?«
Catherine blickte zu ihr auf. »Die Polizei hat erklärt, es sei ein Unfall gewesen.«
Cass wurde übel. Was sollten diese Worte bedeuten? Ihre Tante hatte sich so merkwürdig angehört – als habe die Polizei sich geirrt. »Du hast doch auch gesagt, es war ein Unfall«, flüsterte sie. Ihre Kehle war wie zugeschnürt.
Plötzlich griff Catherine nach ihrer kleinen, mit Perlen bestickten Abendtasche, holte ein Taschentuch heraus und tupfte sich die Augen trocken. »Ich hätte jetzt wirklich gern meinen Gin Tonic, Cassandra. Sei so gut.«
Die Tür ging auf, und Tracey fegte herein; Cass wusste nach einem einzigen Blick auf das verkniffene Gesicht ihrer Schwester, dass eine Explosion bevorstand. Sie eilte auf sie zu. »Trace«, begann sie. Sie wollte ihre Schwester warnen, dieses Gespräch zu verschieben, bis es Catherine besser ging.
»Was habt ihr beiden gemacht?«, rief Tracey, die Hände in die Hüften gestemmt. »Herrgott noch mal! Wie konntet ihr nur?«
Catherine richtete sich auf.
Cass fiel ihrer Schwester ins Wort. »Egal, worüber du dich so aufregst, das ist nicht der passende Zeitpunkt. Tante Catherine geht es nicht gut. Gehen wir lieber.« Sie packte Tracey am Arm, doch ihre Schwester rührte sich nicht von der Stelle. »Das Essen wird gleich serviert. Wir müssen hinunter.«

Tracey war rot vor Zorn und schüttelte Cass einfach ab. »Antonio sagt, er will gehen. Er meint, er habe Tante Catherine wohl mit irgendetwas aufgeregt und dass es besser wäre, wenn er heute woanders übernachtet. Er will nach London zurückfahren!« Tracey sah Cass mit einem so ungläubigen Blick an, dass es schon beinahe komisch war. Aber Cass bemerkte auch den Schmerz in ihren blauen Augen. »Das kann doch nicht wahr sein!«

Cass biss sich auf die Lippe. »Es tut mir Leid«, sagte sie aufrichtig. »Aber du siehst ihn doch in London wieder –«

»Das lasse ich nicht zu! Das ist *meine* Sache. *Mein* großer Abend. *Mein* Leben.« Sie wandte sich Catherine zu. »Und mein Freund. Wie konntest du nur so unhöflich zu ihm sein!?«, schrie sie.

Cass erstarrte. »Warum bist du eigentlich so sicher, dass wir an seiner Abreise schuld sind?«

Traceys Augen verdüsterten sich. »Was, zum Teufel, willst du damit andeuten?«

Bevor sie noch etwas sagen konnte, erhob sich Catherine von der Bettkante. »Tracey, bitte vertrau mir, das ist nur zu deinem Besten. Lass ihn gehen. Du musst dich von ihm trennen. Schreckliche Dinge werden geschehen, das weiß ich ganz genau – und ich habe solche Angst um dich, um uns alle.«

Tracey machte große Augen; Cass ebenfalls. »Mich von ihm trennen? Aber ich liebe ihn! Ich werde ihn heiraten«, erklärte Tracey. Sie drehte sich zu Cass um. »Ich weiß nicht, was ihr im Schilde führt, aber du und Tante Catherine, ihr habt irgendetwas gesagt oder getan, weswegen er jetzt abreisen will. *Ich* hatte nichts damit zu tun.«

Cass spürte ihr Herz ein paar Schläge aussetzen. Meinte Tracey das wörtlich? Waren sie etwa schon verlobt? Sie sah plötzlich Tracey und Antonio bei ihrer Hochzeit vor sich. Cass konnte das Bild nicht mehr vertreiben, denn Alyssa war auch bei ihnen, als Blumenmädchen. Cass starrte sie entgeistert an. »Ihr wollt heiraten?« Sie bekam die Worte kaum heraus.

»Na ja, wir haben noch keine festen Pläne«, ruderte Tracey zurück, und Cass war so erleichtert, dass sie den Rest des Satzes gar nicht mehr hörte.

Sie würden ihr Alyssa noch nicht wegnehmen.

»Cass? Hörst du mir überhaupt zu? Ich liebe Antonio«, sagte Tracey. »Aber du musst ja immer zu Tante Catherine halten.«

»Tracey, das verstehe ich ja«, sagte Cass rasch; es erschreckte sie, wie sehr sie diese entfernte Möglichkeit erschüttert hatte. »Und ich halte nicht immer zu Tante Catherine, aber vielleicht ist es wirklich das Beste, wenn Antonio nicht hier übernachtet. Catherine geht es wirklich nicht gut.«

Sogleich stiegen Tracey Tränen in die Augen. »Du willst ihn also auch rauswerfen? Wenn er geht, gehe ich auch«, rief Tracey wütend. »Tante Catherine, das ist so was von unfair.«

Cass wurde ärgerlich. »Tracey, kannst du Tante Catherine nicht mal ein bisschen Ruhe gönnen?«, fragte sie. »Muss alles immer nach deinem Kopf gehen?«

»Immer nach meinem Kopf? Nie läuft irgendwas so, wie ich es will! Ich komme nach Hause, und ab dem Moment, wo ich zur Tür hereinkomme, hackt ihr alle auf mir rum. Egal, was ich tue, es passt euch nicht.«

»Was?«, japste Cass.

»Nein.« Catherine stand auf. Sie zitterte. »Hört auf. Alle beide. Kein Wort mehr. Und hört mir zu. Tracey, ich will nicht, dass du etwas mit diesem Mann zu tun hast. *Ich erlaube es nicht.*«

Tracey blieb der Mund offen stehen. Cass blinzelte ihre Tante an und wollte ihren Ohren nicht trauen.

»Ich erlaube es nicht«, wiederholte Catherine mit fester Stimme. »Um unserer ganzen Familie willen.«

Drückendes Schweigen senkte sich über die drei.

Cass blickte von ihrer unnachgiebigen Tante zu ihrer fassungslosen Schwester. In diesem Moment konnte sie nur noch daran denken, wie Tracey als Fünfzehnjährige einmal mit einem dreißig

Jahre alten Freund nach Hause gekommen war, der einen roten Jaguar fuhr und Kroko-Lederstiefel trug. Catherine hatte versucht, sie zur Vernunft zu bringen, aber es hatte nichts genutzt. Tracey war dennoch ein gutes halbes Jahr lang mit diesem Mann zusammengeblieben. Und Catherine hatte nie ein Ultimatum ausgesprochen.

Bis jetzt.

Damals war jedoch auch keine Rede davon gewesen, sie könnte am Tod eines Mannes schuld sein, ob es nun ein Unfall war oder nicht.

»Du erlaubst es nicht?«, echote Tracey schließlich.

»Nein. Ich habe dich aufgezogen, als wärst du meine eigene Tochter, und wenn du auch nur ein wenig Achtung oder Liebe für mich empfindest, wirst du meinen Wunsch in dieser Angelegenheit respektieren«, sagte Catherine sehr bestimmt. »Du wirst ihn gehen lassen. Und ihn nie wieder sehen.«

Tracey starrte sie sprachlos an.

Cass kam sich vor wie in einem absurden Traum. »Tante Catherine«, warf sie sanft ein, »reden wir doch ein andermal darüber, was meinst du?«

»Ich denke nicht«, erwiderte Catherine entschlossen.

Beinahe hatte Cass das Gefühl, sich mit einer wildfremden Person zu unterhalten. War das wirklich ihre Tante, die so sprach?

»Vergiss es«, sagte Tracey barsch zu Cass. »Da gibt es nichts weiter zu diskutieren, Ende.« Sie warf ihrer Tante einen letzten, furchtbar wütenden Blick zu und stapfte hinaus, dass das hellblaue Kleid nur so flatterte.

Cass ging zu ihrer Tante und legte ihr eine Hand auf die Schulter. Jetzt begriff sie das volle Ausmaß des unguten Gefühls, das sie schon den ganzen Tag geplagt hatte. Cass war viel zu verstört, als dass sie wieder hinuntergehen und sich ihren Gästen widmen könnte – sie wusste nicht einmal, wie sie den restlichen Abend überstehen sollte.

Catherine konnte ihr kaum in die Augen sehen. »Bitte, Liebes, hol mir jetzt etwas zu trinken«, flüsterte sie kaum hörbar.
»Kommt sofort«, sagte Cass so fröhlich wie möglich. Mit einem letzten besorgten Blick auf ihre Tante verließ sie das Schlafzimmer.
Catherine wartete, bis sie fort war. Als die Schritte ihrer Nichte verklungen waren, stand sie auf und schloss die Tür ab. Dann ging sie zu ihrem Schrank, öffnete die Tür und kniete sich vor die unterste Schublade. Die war geschickt verborgen, erst ein geheimer Mechanismus ließ sie aufspringen.
Catherine holte vorsichtig das alte, vergilbte, in Leder gebundene Buch heraus, drückte es an die Brust und kämpfte gegen die aufsteigende Panik an.
Dies war ihr höchst privates Tagebuch.
Der letzte Eintrag war vom Juli 1966, nur Stunden nach Eduardo de la Barcas Tod.
Sie hatte das Tagebuch nicht zerstört; sie hatte es seltsamerweise einfach nicht über sich gebracht. Und das hatte sie stets bereut.
Doch jetzt wollte sie es vernichten.

Es war lange nach Mitternacht, und Cass lehnte im Foyer an der Wand, halb verborgen hinter einem riesigen Tisch mit Marmorplatte und einer großen Standuhr aus dem siebzehnten Jahrhundert. Sie hatte die Arme vor der Brust verschränkt und war immer noch in Abendgarderobe. Alle Gäste waren schon gegangen. Bis auf einen.
Er kam die Treppe herunter. Sie hörte seine Schritte, doch daran erkannte sie ihn nicht. Selbst wenn noch andere Gäste hier gewesen wären, hätte sie einfach gespürt, dass er es war. Wenn er in ihrer Nähe war, ließ irgendetwas an ihm eine gewisse Spannung in ihr aufsteigen.
Er trat ins matte, flackernde Licht der Eingangshalle. Ihre Blicke trafen sich, und sie sahen einander an.

Schließlich wurde es Cass unbehaglich, und sie sah weg. »Danke für Ihr Verständnis«, sagte sie.
»Das ist wirklich kein Problem. Ich hoffe nur, dass es Ihrer Tante morgen wieder besser geht.«
Cass blickte auf. »Das hoffe ich auch.«
Sein Blick war forschend. »Würden Sie mich anrufen und mich wissen lassen, wie es ihr geht? Das wäre sehr nett.«
Cass nickte. »Haben Sie eine Visitenkarte dabei?« Wie albern, dass ihr Puls raste.
Lächelnd reichte er ihr seine Karte. »Ich hatte ganz gewiss nicht vor, dieses Haus oder meine Gastgeberin so in Aufregung zu versetzen.«
Wie viel erriet er, wie viel erahnte er, und wie viel hatte er mitgehört? »Es ist nur eine leichte Grippe. Sie ist bestimmt bald wieder auf den Beinen.«
Er lächelte nicht. Sein Blick wurde immer eindringlicher. »Sie stehen ihr wohl sehr nahe«, bemerkte er.
»Sie hat uns großgezogen, Tracey und mich«, erklärte Cass schlicht. »Sie ist nicht nur meine Ersatzmutter. Sie ist meine beste Freundin.«
»Sie scheint wirklich eine bemerkenswerte Frau zu sein.«
»Das ist sie.«
Unbehagliches Schweigen senkte sich zwischen sie.
»Nun, ich denke, der Abend ist erfolgreich verlaufen. Ich weiß, dass einige Gäste das Collier sehr bewundert haben«, versuchte Cass das Schweigen zu brechen. Seltsam, aber sie wollte nicht, dass er ging. Noch nicht.
»Ja.« Dann sagte er: »Das Schmuckstück gehört in ein Museum. Ich werde Sotheby's vorschlagen, es zuallererst einigen Museen und Sammlungen anzubieten.«
Cass riss die Augen auf. »Wäre das möglich?«
»Hier in Europa schon. Da, wo Sie herkommen, würde ein Auktionshaus so etwas nie tun.«

Cass konnte nicht lächeln. Ein leises Geräusch ließ sie zur Treppe aufblicken, doch da war niemand zu sehen. »Tracey schläft wohl schon?«

Er zögerte. »Sie war recht unglücklich über diese Situation und hat sich sehr aufgeregt.«

Offensichtlich hatte Tracey nun doch nicht vor, mit ihm zu gehen. Cass hegte den Verdacht, dass Antonio es ihr ausgeredet hatte. Sie war beeindruckt. »Tracey ist meine kleine Schwester«, sagte Cass, die sich trotz allem hinter ihre Schwester stellte. »Sie war immer schon ein bisschen verzogen. Aber dafür kann sie nichts. Ihrer Schönheit wegen hat man ihr eben Dinge durchgehen lassen, die man anderen Menschen niemals nachgesehen hätte.« Cass zuckte die Schultern. »So war es immer schon.«

»Manchmal kann Schönheit auch ein Nachteil sein, und kein Vorzug«, erwiderte er.

Cass war so überrascht, dass sie ihn offen anstarrte. Er starrte zurück. Sie hörte die Uhr hinter sich in der nächtlichen Stille laut ticken.

Schließlich lächelte er schwach. »Es hat mich sehr gefreut, Sie kennen zu lernen, Cassandra. Wenn Sie wieder einmal die sozialpolitischen Auswirkungen des Johannis-Kults auf Spanien und die Christenheit diskutieren möchten, stehe ich Ihnen gern zur Verfügung.«

Cass blieb der Mund offen stehen. Er erinnerte sich doch an sie. Nicht nur das, er erinnerte sich sogar an die kurze wissenschaftliche Diskussion, die sie vor so vielen Jahren im Metropolitan über einen der wichtigsten spanischen Schutzheiligen geführt hatten.

Er verbeugte sich und ging an ihr vorbei hinaus in die Nacht.

Cass sah ihm lächelnd nach.

»Ich hatte gehofft, du könntest noch ein paar Tage bleiben, statt gleich wieder so eilig nach London aufzubrechen«, sagte Catherine am folgenden Morgen.

Tracey packte ihre Kleider ein. Sie trug einen schwarzen Mini-Faltenrock, einen ärmellosen beigefarbenen Strickpulli und schwarze, kniehohe Reitstiefel mit seltsamen kleinen Klappen an den Waden. Ihre Beine waren nackt, die Haut makellos und strahlend. Doch ihre Bewegungen wirkten abrupt und wütend. »Ich habe nie gesagt, dass ich das ganze Wochenende bleiben würde. Außerdem, warum sollte ich?« Sie richtete sich auf und sah Catherine trotzig an.

Catherines Blick war voll Schmerz und Bedauern. »Wir würden uns freuen, wenn du noch bleiben könntest«, begann sie sanft.

»Der gestrige Abend war die totale Katastrophe«, rief Tracey.

Cass stand angespannt vor dem Bett. »Tracey, wenn du schon heute im Morgengrauen wieder fahren willst« – das war stark übertrieben –, »könnten wir dann nicht wenigstens vorher noch über alles sprechen? Damit es keinen unausgesprochenen Ärger zwischen uns gibt?«

»Nein. Ich muss wirklich los. Ich habe viel zu erledigen.« Tracey lächelte sie an. Es wirkte gekünstelt. Auch in ihren blauen Augen stand der Schmerz – und eine Angst, die Cass noch nie aufgefallen war.

Plötzlich wurde Cass klar, dass ihre Schwester Antonio nachlief. Dass sie dieses eine Mal tatsächlich verliebt war, und dass sie wie alle Liebenden nervös und voller Zweifel war. Cass konnte nicht anders, als sie zu bemitleiden. »Die Auktion ist doch erst in zehn Tagen«, versuchte sie es noch einmal. »Es wäre so schön, wenn du nicht gleich wieder wegfahren würdest.«

Tracey zog den Reißverschluss ihres Kleidersacks zu. »Es wäre schön gewesen, wenn Antonio sich nicht gezwungen gesehen hätte, noch gestern Nacht abzureisen.«

Cass half ihr, den großen Kleidersack zusammenzufalten und auf den Boden zu legen. »Ja, du hast Recht. Gestern Abend ist es nicht so gut gelaufen. Ich meine, die Gäste haben sich bestimmt alle sehr gut amüsiert, aber wir haben uns gestritten. Das tut mir Leid, Trace.«

Tracey richtete sich auf und stemmte die Hände in die Hüften. »Tatsächlich? Ich glaube, du hast dich aus einem ganz anderen Grund auf Tante Catherines Seite geschlagen. Weil du nämlich eifersüchtig bist.«

Cass erstarrte. »Wie bitte?«

»Du hast mich schon verstanden.« Tracey starrte sie böse an.

Cass sagte sich, dass sie keineswegs eifersüchtig war, doch sie gab schnell auf. Natürlich war sie eifersüchtig, wenn auch nur ein bisschen. Das war doch ganz natürlich. Jede Frau müsste blind sein, um ihre Schwester nicht um Antonio de la Barca zu beneiden.

»Falls ich aus irgendeinem anderen Antrieb als aus Sorge um Tante Catherine so gehandelt haben sollte, dann tut es mir Leid«, sagte sie rasch – und bereute die Worte auf der Stelle.

Tracey zuckte die Schultern. »Ich gehe heute noch mit ihm zum Abendessen, bevor er nach Madrid zurückkehrt.« Sie lächelte.

Cass brachte ihrerseits ein halbherziges Lächeln zustande.

»Tracey, wir müssen uns darüber unterhalten«, sagte Catherine bestimmt.

Cass wusste, was jetzt kommen musste, doch sie ließ sich nichts anmerken. Sie trug die schwere Kleidertasche zur Tür. Vielleicht war es wirklich besser, wenn Tracey jetzt ging. Die Spannung wurde allmählich unerträglich.

Tracey drehte sich mit Unschuldsmiene zu ihrer Tante um. »Worüber denn?«

»Ich denke, das weißt du ganz gut.«

»Ich habe nicht die geringste Ahnung.« Tracey lächelte ein wenig zu süßlich, und das verriet sie sofort.

»Du musst mir jetzt gut zuhören«, sagte Catherine mit bleichem Gesicht. Anscheinend wählte sie ihre Worte sehr sorgfältig. »Es liegt ein Fluch über der Familie de la Barca. Eine schwarze

Wolke aus Tragik und Tod. Und … unsere Familie und die de la Barcas verbindet eine düstere Vergangenheit. Aus einer Verbindung dieser Familien ist noch nie etwas Gutes entstanden. Bitte, vertrau mir, Tracey, glaub mir doch. Du darfst ihn nicht wiedersehen.«

Cass starrte ihre Tante an und dachte über ihre Worte nach. Bevor Tracey noch protestieren konnte, trat Cass rasch zwischen die beiden. »Was für eine Vergangenheit ist das, Tante Catherine?« Cass versuchte, ihrer Tante in die Augen zu sehen, doch die senkte den Blick.

Catherine strich die Kissen auf dem kleinen Sofa glatt. »Im Laufe der Jahrhunderte hat es einige Male Verbindungen zwischen unseren Familien gegeben, Cassandra – immer wieder. Geschäfte, Liebe, Krieg, Politik. Und immer hat es für die Beteiligten ein schlimmes Ende genommen.« Catherine konnte ihr immer noch nicht in die Augen sehen.

Cass starrte sie an. Was wollte ihre Tante damit sagen? »Wie schlimm?«, fragte sie. »So schlimm wie für die arme Isabel, die auf dem Scheiterhaufen verbrannt wurde, weil sie nicht mit ganzem Herzen Katholikin war?« Sie fügte nicht laut hinzu: *So schlimm wie für Eduardo, der dabei auch ums Leben kam?*

Catherine fuhr zusammen und erbleichte. »Bitte, sprich nicht von ihr.«

Cass war erschrocken. »Warum denn nicht? Du befasst dich doch genauso gerne mit der Geschichte unserer Familie wie ich mit Geschichte an sich.«

Catherine schüttelte den Kopf. »Daraus kann nichts Gutes entstehen«, sagte sie.

Bevor Cass nachfragen konnte, woraus denn nichts Gutes entstehen könne – aus der Unterhaltung über ihre Ahnfrau oder Traceys Verbindung zu Antonio –, mischte Tracey sich ein. »So ein Unsinn«, sagte sie. »Das ist doch verrückt. Wen kümmert schon die Vergangenheit? Ich fahre Ende des Monats nach Madrid –

und ich habe die Absicht, fast den ganzen Sommer dort zu verbringen.«

Sogar Cass fuhr zusammen. »Aber was ist mit Sotheby's?«

»Ich kündige. Ich habe gründlich darüber nachgedacht und bin zu dem Schluss gekommen, dass Sotheby's nicht das Richtige für mich ist.«

Cass starrte sie fassungslos, aber nicht sonderlich überrascht an. Sie zweifelte nicht daran, dass diese Entscheidung ihrer Schwester herzlich wenig mit Sotheby's und dafür umso mehr mit Antonio de la Barca zu tun hatte.

Catherine trat vor und nahm Traceys Hand. »Oh, Liebes, bitte geh nicht weg. Sotheby's ist doch der ideale Arbeitsplatz für dich. Du hast Klasse, Eleganz, und du bist genau das, was sie brauchen …«

»Ich gehöre zu Antonio, Tante Catherine. Ich kann mir nicht vorstellen, mit ihm eine Fernbeziehung zu führen, getrennt durch ein weites Meer. Ich kann es nicht ertragen, von ihm getrennt zu sein.« Tracey kehrte ihnen den Rücken zu und ging ins Bad. Die Tür stand offen, alle Lichter brannten; sie begann, ihr Schminkköfferchen zu packen.

»Bitte, Tracey, nur dieses eine Mal, hör auf mich. Ich weiß nur zu gut, wovon ich spreche«, flehte Catherine.

Tracey erstarrte, das Köfferchen in der Hand. »Du weißt gar nichts. Antonio ist so wunderbar – ich habe noch nie einen Mann wie ihn gekannt. Und ich werde ihn mir nicht entgehen lassen. Ich habe es ernst gemeint, als ich gesagt habe, ich werde ihn heiraten.«

Cass hörte sich sagen: »Weißt du, Trace, eine gute Ehe beruht in erster Linie auf gemeinsamen Interessen. Mir kommt es nicht so vor, als hättest du mit Antonio viel gemeinsam.«

Tracey zeigte mit dem Finger auf sie. »Ich wusste, dass du dich wieder auf ihre Seite stellen würdest. Was, zum Kuckuck, willst du schon über die Ehe wissen, über Beziehungen oder auch nur über Männer im Allgemeinen? Du hattest in deinem ganzen Leben nur eine einzige Beziehung, und er war noch nicht mal richtig in dich verliebt.«

Cass fühlte sich, als habe man ihr einen heftigen Schlag versetzt.

»Siehst du«, sagte Tracey kalt.

Bevor Cass noch ihre wirren Gedanken ordnen konnte, brach Catherines eisige Stimme das Schweigen.

»Wenn du gehst« – Catherine drehte sich langsam um, sie keuchte förmlich vor Anstrengung, die Worte herauszubringen –, »dann enterbe ich dich.«

Tracey wurde weiß wie die Wand. Cass konnte nur vermuten, dass sie selbst ebenso bleich wurde. »Catherine. Das meinst du doch nicht ernst.« Sie wusste, dass ihre Tante das nicht ernst meinte. Catherine war hysterisch. Sie konnte doch nicht wirklich die Absicht haben, die Nichte zu enterben, die sie ihr ganzes Leben lang vergöttert hatte.

Aber sie hatte ihre Tante auch noch nie so todernst gesehen.

O Gott, dachte Cass atemlos. *Sie meint es ernst.*

»Ich brauche dein verdammtes Erbe nicht. Nur zu, enterb mich ruhig.« Tracey war verbittert.

»Tracey!«, rief Cass aus. »Du weißt ja nicht, was du da sagst!« Cass blickte von ihrer stocksteif dastehenden Tante zu ihrer ebenso steifen, hartnäckigen Schwester.

Tracey sagte mit trotzig vorgerecktem Kinn: »Und ich werde nicht nur nach Madrid gehen, ich werde auch Alyssa mitnehmen.«

Vier

Bitte weine nicht, Tante Cass.«

Cass fuhr von ihrem Bett hoch, auf dem sie gelegen und, nun ja, nicht direkt geweint hatte, aber irgendwie waren doch Tränen auf die Tagesdecke getropft. Sie war völlig aufgelöst, wenn sie nur daran dachte, dass Tracey ihr Alyssa wegnehmen wollte, und sosehr sie sich auch bemühte, sie brachte keinen klaren Gedanken zustande. *Aber hatte sie nicht immer gewusst, dass das eines Tages passieren würde?*

Dass Tracey eines Tages zur Tür hereinmarschieren und ihr Alyssa wegnehmen würde?

Doch so war es ja gar nicht, versuchte sie sich einzureden. Sie wollte doch nur mit ihr in den Sommerferien verreisen, verdammt!

Jetzt bemühte sie sich, ihre besorgte Nichte anzulächeln, aber es gelang ihr nicht.

Alyssa eilte zu ihr, und Cass nahm sie in den Arm und drückte sie fest an sich. »Ich bin eine dumme Heulsuse«, flüsterte Cass zittrig.

»Du bist gar keine Heulsuse«, widersprach Alyssa heftig. »Sie werden sich schon wieder vertragen, ganz bestimmt.« Sie lächelte hoffnungsvoll, doch ihre großen braunen Augen blickten besorgt drein.

Cass strich ihr übers Haar und war froh, dass Alyssa annahm, sie weinte wegen dem Streit zwischen ihrer Mutter und Catherine. »Ja, natürlich.« Stumm fragte sie sich: *Was, wenn nicht?*

Was, wenn Tracey in Spanien blieb – und Alyssa nicht zu ihr zurückschickte?

Nein! Sie durfte nicht mit dem Schlimmsten rechnen! Wie konnte sie so etwas auch nur denken?
Aber Cass fühlte sich schrecklich. Wie konnte sie nicht an das Schlimmste denken? Was sollte sie tun, wenn Tracey beschloss, sich endlich ganz ihrer Tochter zu widmen? Alyssa war die Tochter, die Cass nie gehabt hatte. Sie würde es nicht überleben, wenn man sie ihr wegnahm. Sollte sie versuchen, sich das Sorgerecht zu erstreiten? Aber wie konnte sie das tun, wenn sie sich damit ihre Schwester auf ewig spinnefeind machen würde – wie konnte sie ihrer Nichte solchen Kummer bereiten? Sie hielt sich wieder einmal vor Augen, wie unberechenbar, wie flatterhaft Tracey war; die Sache könnte in ein paar Tagen schon wieder ganz anders aussehen. So, wie sie Tracey kannte, würde sie morgen ihre gesamten Pläne wieder umwerfen und beschließen, mit de la Barca nach Südfrankreich zu fahren, ohne Alyssa.
Doch das beruhigte sie auch nicht.
Auf der Familie de la Barca lastet ein Fluch.
Aus einer Verbindung unserer Familien ist nie etwas Gutes entstanden.
Himmel. Was, wenn Tante Catherine Recht hatte? Lag dem Ganzen vielleicht ein jahrhundertealter Fluch zugrunde?
Es gab mehrere gute Gründe dafür, dass Cass Romane schrieb. Wie Tracey so treffend bemerkt hatte, war ihr reales Leben ziemlich ereignislos. Doch sie liebte die Vergangenheit, und sie hatte eine allzu blühende Fantasie. Nichts fiel Cass leichter, als sich Geschichten auszudenken. Und nun schlug ihre Vorstellungskraft wahre Kapriolen. Tief drinnen wusste Cass, dass sie hysterisch war und völlig überreagierte. Dass sie sich ein Szenario ausmalte, das wahrscheinlich gar nicht stimmte. Aber sie konnte ihre Panik nicht abschütteln. Sie konnte ihren schlimmsten Ängsten nicht nüchtern begegnen.
»Warum weinst du denn dann?«
Alyssas leises Stimmchen unterbrach ihre Gedanken. Cass blickte

auf. »Es tut mir weh, wenn sie so streiten«, sagte sie schließlich. Wie sie es hasste, ihre Nichte anzulügen.
»Mir auch.« Alyssa setzte sich neben Cass aufs Bett. »Aber Tante Cass, Tante Catherine hat Unrecht. Mutter will doch nur mit mir Urlaub in Spanien machen.« Ihre Augen strahlten.
Cass blinzelte. Ihr wurde klar, dass Alyssa die Aussicht, mit ihrer Mutter zu verreisen, sehr aufregend fand, und das schmerzte sie. War sie nicht nur hysterisch, sondern auch noch selbstsüchtig? Tracey war noch nie mit ihrer Tochter irgendwohin verreist. *Es war doch nur eine Ferienreise.* Alyssa lächelte. Cass schaffte es, das Lächeln zu erwidern, und sie strich ihrer Nichte übers Haar. »Das ist ein bisschen kompliziert, mein Schatz. Tante Catherine macht sich Sorgen. Immerhin bist du noch nie mit deiner Mutter verreist. Aber du hast Recht. Ein Urlaub mit deiner Mutter ist schon längst überfällig.« Ihr war immer noch schlecht. Sie war immer noch in Panik.
Alyssa nickte begeistert. »Und du kommst auch mit.«
Cass fuhr zusammen. Das war keine Frage gewesen. Und ihr erster Impuls war, zuzustimmen – warum nicht? Hatte Antonio nicht auch sie nach Spanien eingeladen, um ihr das Porträt zu zeigen? Dennoch sagte sie langsam: »Schätzchen, Tracey möchte dich mitnehmen, nicht mich. Nur ihr beide verreist. Ich bin nicht eingeladen.«
Alyssa lächelte nicht mehr. »Aber da sind nicht nur wir beide. Ihr Freund ist doch auch da, und sein Sohn. Ich würde dich vermissen. Du musst mitkommen!«
Wäre das nicht die perfekte Lösung?, dachte Cass. Sie würde den Sommer über in der Nähe sein und sich versichern können, dass Tracey Alyssa nicht für immer bei sich behalten wollte; sie konnte das Porträt sehen; und während sie zwar nicht begeistert war von der Aussicht, die beiden Turteltauben ständig um sich zu haben, konnte sie sich wenigstens richtig um Alyssa kümmern, denn Tracey hatte überhaupt keine Ahnung, was ein siebenjähriges Kind

wollte und brauchte. »Deine Mom hat mich aber nicht eingeladen«, sagte Cass schließlich.
»Aber du kannst ihr doch sagen, dass du mitkommen musst.« Alyssa sah sie mit großen Augen an. »Tante Cass, ich kann ohne dich nicht mitgehen.«
Cass schluckte. Es war wirklich die beste Lösung. Was hatte sie schon zu verlieren?
Alles, dachte sie grimmig. »Also gut. Ich fahre heute zu Tracey und frage sie.«

Cass saß stocksteif in ihrem zweitürigen BMW, der am Straßenrand geparkt war. Die hübsche, von Bäumen gesäumte Straße wimmelte vor Menschen: Der Londoner Vorort Hempstead Heath war eine sehr begehrte Wohngegend, vor allem bei Künstlern, Musikern und Neureichen. Die Straßencafés waren voller junger, schicker Menschen; ebenso schick gekleidete Passanten bummelten durch die zahlreichen Boutiquen. Auf der anderen Straßenseite erstreckte sich eine Reihe von prächtigen Häusern und Villen, verborgen hinter Mauern und schmiedeeisernen Toren.
Ihr Herz hämmerte, und ihre Brust schien auf einmal zu eng zum Atmen geworden zu sein. Cass stieg aus dem Wagen; sie fühlte sich, als sei sie in den letzten vierundzwanzig Stunden um zehn Jahre gealtert. Und nach dem, was sie heute Morgen, vor ein paar Stunden, nach dem Duschen und Anziehen im Spiegel gesehen hatte, stimmte das auch. Sie schloss den Wagen ab und ging ein paar Schritte vor bis zur Ampel. Sie war ein wenig benommen und ziemlich erschöpft, und sie wartete nicht auf Grün, sondern überquerte gleich die Straße. Glücklicherweise waren hier nicht viele Autos unterwegs, aber von einem wurde sie trotzdem angehupt.
Cass hörte es kaum. Sie hörte nur eine Stimme, einen Gedanken, immer wieder. Sie durfte nicht zulassen, dass Tracey ihr Alyssa wegnahm. Sie *musste* mit nach Spanien reisen.
Das Tor zu Traceys Anwesen stand offen. Neben dem Kalkstein-

haus im Tudor-Stil befand sich die Garage, deren Tor ebenfalls offen war – Traceys schwarzer Aston Martin stand drinnen. Das bedeutete hoffentlich, dass sie zu Hause war. Und wenn nicht, würde Cass eben warten.

Angst packte sie. Sie ging die weiß gekieste Auffahrt hinauf. Blühende Gärten umgaben das Haus, doch Cass bemerkte es kaum. Sie klingelte. Ermahnte sich, ruhig zu bleiben, egal, was Tracey sagte.

Cass kannte ihre Schwester. Wenn Tracey merkte, dass sie Angst hatte, wie verzweifelt sie war, dann würde sie einen Weg finden, sich Cass' Schwäche zunutze zu machen. Wenn Cass schrie und tobte, würde das Traceys Entschlossenheit nur noch bestärken. Wenn sie klug und geschickt vorging, konnte sie Tracey vielleicht davon überzeugen, dass Alyssa ihr nur im Weg sein würde, wenn sie ganz allein auf sie aufpassen musste.

Ein Bediensteter sagte ihr, Mrs. Tennant sei zu Hause, und bat sie zu warten.

Nach ein paar Minuten kam Tracey die Treppe herunter, in einer Jeans und einem knappen Top, das nach Designerklamotte aussah. »Cass?« Tonfall und Miene wirkten zurückhaltend.

Cass atmete bewusst langsam und gleichmäßig. Es stand so viel auf dem Spiel. »Hallo, Tracey. Ich bin gekommen, weil ich etwas mit dir besprechen möchte.«

Tracey starrte sie mit unvermindert kühlem Blick an. »Na schön. Komm rein.«

Cass lächelte gezwungen und folgte ihrer Schwester in das riesige, ganz in Weiß gehaltene und sehr moderne Wohnzimmer. Tracey und Rick Tennant hatten dieses Haus mit sieben Zimmern kurz nach der Hochzeit gemeinsam gekauft, und Tracey hatte bei der Scheidung durchgesetzt, dass sie es behalten durfte. »Tracey, es tut mir Leid, dass wir uns gestritten haben.«

Tracey verzog das Gesicht. »Hast du gehört, was sie zu mir gesagt hat?«

»Das hat sie nicht so gemeint«, entgegnete Cass hastig.
»Doch, das hat sie. Jedes Wort. Aber mich hat sie ja noch nie besonders gemocht. Du warst immer die musterhafte Cass, die nichts falsch machen konnte. Du warst schon immer ihr Liebling.«
Cass starrte sie überrascht an. »Das stimmt nicht! Du warst ihr immer am allerliebsten, Trace. Das bezaubernde Engelchen mit den blonden Zöpfchen.«
Tracey lachte bitter. »Oh, bitte.« Sie drehte einen großen kristallenen Aschenbecher auf einem der Wohnzimmertische um und um.
Cass wusste nicht, was sie sagen sollte. »Ich verstehe gar nicht, wie es dazu kommen konnte. Ich glaube, Catherine geht es gar nicht gut. Sie kommt bestimmt bald wieder zur Vernunft.«
Tracey blickte auf und zuckte die Schultern. »Es ist mir egal, wenn sie allmählich nicht mehr alle Tassen im Schrank hat. Sie hasst Antonio – aber ich liebe ihn. Und damit basta.«
Cass wandte sich ab, starrte hinaus in den Garten und drehte sich dann wieder um. »Weißt du, was? Du hast Recht. Ich bin ein bisschen eifersüchtig, und das tut mir, ehrlich, aufrichtig Leid.«
Tracey machte große Augen.
»Ich meine, er ist ein fantastischer Mann, das kann man nicht übersehen. Ich wünsche dir alles Gute, Trace.«
»Deshalb bist du heute hier rausgefahren? Um mir alles Gute zu wünschen?« Tracey klang ungläubig.
»Ich bin völlig fertig, weil wir uns gestritten haben. Ich wollte nicht Tante Catherines Partei ergreifen. Ich merke eben manchmal nicht, wenn ich meine Nase in Angelegenheiten stecke, die mich nichts angehen. Es ist wirklich nicht leicht, diejenige zu sein, die diese Familie zusammenhält, Trace. Aber anscheinend haben wir das dringend nötig. Ich versuche doch nur, allen zu helfen.«
Cass meinte das ernst. Sie hielt tatsächlich die Familie zusammen. Sie war immer die Vermittlerin, die Friedensstifterin, die nach

Versöhnung strebte. Das war nie einfach, und manchmal sollte sie sich vielleicht auch nicht einmischen. Trotzdem, sie wollte doch nur helfen.

Tracey starrte sie an. »Du bist manchmal einfach zu nett«, sagte sie schließlich. »Ich wünschte, ich wäre ein bisschen mehr wie du.«

Cass blickte auf. »Du machst Witze, oder?«

Tracey zuckte die Schultern. »Ich weiß, dass ich oft zu wild bin. Muss mir irgendwie im Blut liegen.«

Cass' Herzschlag beschleunigte sich. »Sieh mich doch nur an. Ständig die Nase in irgendeinem Buch.«

Sie lächelten einander vorsichtig an.

»Und, wann reist du ab?«, fragte Cass und wagte kaum zu atmen.

»Ich habe einen Flug am Achten gebucht. Und offen gestanden, ich weiß nicht, wann ich zurückkomme«, erklärte Tracey.

Cass blieb schier das Herz stehen, und sie bekam kaum noch Luft – Tracey hatte eben genau das ausgesprochen, wovor sie sich so fürchtete. »Tracey, Alyssa muss in der letzten Augustwoche wieder in die Schule. Am Dreißigsten, um genau zu sein.«

Tracey wedelte mit der Hand. »So weit voraus hatte ich noch gar nicht geplant. Keine Sorge, sie wird die Schule schon nicht versäumen.«

Cass spürte die Anspannung, unter der sie stand. Sollte sie Tracey glauben? *Aus einer Verbindung der beiden Familien ist niemals etwas Gutes entstanden.* Cass konnte Tracey und Antonio förmlich sehen, mit Alyssa in der Mitte, wie sie durch irgendein malerisches spanisches Dorf spazierten wie eine richtige Familie. »Tracey, hast du dir mal überlegt, wie das ist, wenn du dich den ganzen Sommer lang allein um ein Kind kümmern musst? Ich meine, du kannst nicht einfach mit Antonio zum Abendessen ausgehen und die Kinder allein zu Hause lassen. Was auch immer du unternehmen willst, du wirst einen Babysitter brauchen.«

»Ich nehme mir ein Kindermädchen, wenn ich da bin. In Vollzeit. Daran habe ich schon gedacht, Cass«, erwiderte Tracey lächelnd.

Cass war entsetzt. »Aber du musst sehr sorgfältig ihre Referenzen überprüfen. Du weißt ja gar nicht, wie schlimm manche Kindermädchen sind!«

»Du machst dir ja wirklich Sorgen«, sagte Tracey ein wenig belustigt.

Cass spürte, wie ihre Augen feucht wurden. »Ich liebe sie so sehr. Und wir wissen doch beide, dass du nicht gut mit ihr umgehen kannst. Kleine Kinder haben so viele Bedürfnisse. Manchmal hören sie sich an und benehmen sich auch wie Erwachsene, aber sie sind Kinder, mit ängstlichen, sehr verletzlichen Herzen, die ständig Liebe und Aufmerksamkeit brauchen.«

»Mein Entschluss steht fest«, sagte Tracey tonlos. »Alyssa kommt mit. Sie wird dort einen wunderbaren Sommer verbringen. Eduardo ist ein sehr netter Junge. Sie werden bestimmt gute Freunde.«

Cass begann zu schwitzen. »Ich könnte doch mitkommen. Ich könnte auf die Kinder aufpassen, während du mit Antonio unternimmst, was auch immer ihr beiden gerne tut.«

Tracey sah sie mit großen Augen an, und dann schüttelte sie lachend den Kopf. »Nein. Das glaube ich nicht. Der Sinn der Sache ist ja gerade der, dass Antonio mich als gute Mutter sehen soll. Wenn du mitkommst, sieht er nur, wie gut du mit Kindern umgehen kannst und wie miserabel ich darin bin. Nein, auf gar keinen Fall.« Sie schüttelte wieder den Kopf.

Cass verschränkte die Arme vor der Brust. »Ich wusste doch, dass da noch etwas anderes dahinter steckt«, sagte sie mutig und ignorierte die leise innere Stimme, die sie warnte, nicht diesen Weg einzuschlagen. »Darum geht es also bei diesem Urlaub? Du willst Alyssa dazu benutzen, deine Beziehung zu deinem Freund zu kitten?«

»Ich benutze Alyssa zu gar nichts«, erwiderte Tracey heftig. »Und wer hat behauptet, ich müsse meine Beziehung kitten? Antonio liebt mich, falls du das nicht bemerkt haben solltest.«

»Und, was ist daran so neu?«, gab Cass zurück. »Er ist doch

erst Nummer einhundertsechsundfünfzig. Oder zweihundertsechsundfünfzig?«
Tracey wurde bleich, dann rot. »Verschwinde.«
Cass erschrak. »Es tut mir Leid. Das hätte ich nicht sagen dürfen. Ich meine nur …«
»Nein. Das hast du ernst gemeint. Du bist ja so was von überheblich – als wärst du was Besseres als ich, weil du genau wie Tante Catherine bist, eine alternde Jungfer, die langsam vertrocknet. Herrgott, das ist so jämmerlich! Worauf bildest du dir eigentlich so viel ein?«
Cass trat zurück; ihr Herz pochte laut. Sie ballte die Hände zu Fäusten. »Vielleicht bin ich ja stolz darauf, Alyssa eine gute Mutter zu sein, weil ihre richtige Mutter zu sehr damit beschäftigt ist, sich ständig neue Liebhaber zu angeln, als sich mal um ihre eigene Tochter zu kümmern.«
»Verlass sofort mein Haus, Cass, bevor ich dich rauswerfen lasse«, fauchte Tracey.
Cass rührte sich nicht vom Fleck. »Was gibt dir das Recht, so in unser Leben zu platzen und alles kaputtzumachen? Was gibt dir das Recht zu entscheiden, wo Alyssa die Sommerferien verbringt? Sie will ohne mich nicht wegfahren, Tracey. Das hat sie mir heute Morgen gesagt. Ich habe für sie gesorgt, seit sie zwei Jahre alt war. Du solltest mich zumindest um Erlaubnis fragen, bevor du Pläne für sie machst.«
»Dich um Erlaubnis fragen?«, rief Tracey fassungslos. »Das darf doch nicht wahr sein! Ich habe das Recht, all das zu tun, weil ich ihre Mutter bin, und nicht nur im biologischen Sinne. Ich kann mich nicht erinnern, dass du sie offiziell adoptiert hättest, du vielleicht?«
Cass stand da, als hätte sie sie geschlagen. »Du weißt, dass du nicht gut für sie sorgen kannst. Du hast doch überhaupt kein Verantwortungsgefühl. Das ist einfach nicht richtig.«
»Auf Wiedersehen, Cass. Ich rufe in Belford House an und sage

Bescheid, wann mein Fahrer *meine* Tochter abholen kommt.« Tracey drehte sich um und wollte den Raum verlassen.
Cass konnte sich nicht rühren, sie war wie versteinert. Sie sagte: »Ich weiß gar nicht, wie du dich noch im Spiegel anschauen kannst.«
Tracey erstarrte. Dann drehte sie sich um. »Das ist ganz leicht, Cass. Sehr leicht – so leicht, wie mich auf den Society-Seiten sämtlicher großer Zeitschriften zu sehen.« Sie lächelte. »Wie machst *du* das bloß? Ich meine, was trägst du jetzt, Größe vierzig? Lass mal sehen, bei knapp einem Meter sechzig hast du also wie viel Übergewicht? Zehn Pfund – oder eher fünfzehn? Zwanzig? Hast du in letzter Zeit mal gründlich in den Spiegel geschaut? Cass, du siehst aus wie vierzig, mindestens. Oh, aber das weißt du ja sicher schon. Warum würdest du dich sonst in Belford House verkriechen und Bücher schreiben, die kein Schwein interessieren und die auch praktisch keiner kauft, während du das Kindermädchen für meine Tochter spielst?«
Cass schlug ihr ins Gesicht.
Tracey schrie auf und taumelte zurück.
Cass konnte nicht fassen, was sie eben getan hatte, aber noch nie hatten Worte ihr so wehgetan. Niemals hatte die Wahrheit so wehgetan. Einen Augenblick lang starrten sich die Schwestern an, beide fassungslos, beide furchtbar wütend.
»Vielleicht sollte ich sie wirklich adoptieren«, hörte Cass sich mit heiserer Stimme sagen.
»Das kannst du gern versuchen«, erwiderte Tracey erbost.
Ihre Blicke trafen sich, und Cass' einziger Gedanke war: *Wie konnte das passieren?* Sie war hergekommen, um sich mit Tracey zu versöhnen, nicht, um ihr zu drohen, sie würde ihr ihre Tochter wegnehmen.
»Thomas!«, rief Tracey laut. Ein riesiger Mann in schwarzer Hose und weißem Poloshirt erschien. »Bitte geleite Ms. de Warenne zu ihrem Wagen«, sagte sie.

Cass rührte sich nicht, als der Bodyguard sich neben ihr aufbaute.
»Trace«, versuchte sie es noch einmal.
Doch Tracey hatte bereits den Raum verlassen.
Cass wurde hinausgebracht.

Als Cass Belford House erreichte, war es schon später Abend. Hohe Wolken hingen am nächtlichen Himmel, und eine kühle Brise wehte vom Meer herauf. Cass stellte den BMW vor der Garage ab und ging von hinten auf das Haus zu. Dort blickte man von einer gepflasterten Terrasse über die herrliche Landschaft, auf die Reihe der sanft abfallenden Hügel, durchzogen von Steinmauern und gesprenkelt mit Baumgruppen. Selbst bei Nacht drang genug Licht aus dem Dorf und dem Ort Romney, um die Hügel zu erkennen; tagsüber konnte man hier und da eine Seemöwe kreisen sehen, die sich von Beachy Head aus ins Landesinnere vorwagte.
Cass stand unter Schock.
Und sie war schrecklich wütend auf sich selbst.
Anstatt das Problem zu lösen, vor das Tracey sie gestellt hatte, hatte sie alles nur noch schlimmer gemacht. Tracey würde mit Alyssa nach Spanien fliegen, und sie hatte sich ausdrücklich geweigert, Cass mitzunehmen. Aber es kam ja noch viel schlimmer. Ein handfester Streit war zwischen den beiden Schwestern entflammt, und Cass hatte Tracey damit gedroht, das Sorgerecht für Alyssa einzuklagen.
Das hatte sie nicht gewollt. Lieber Himmel, wirklich nicht. Oder doch?
Cass schloss die Augen und dachte unwillkürlich: *Wenn es hart auf hart kommt, könnte ich vor Gericht gehen, und ich würde gewinnen. Egal, was mich das kostet.*
Cass riss die Augen auf; sie war entsetzt über sich selbst. Wie konnte sie an so etwas auch nur denken? Sie brauchte einen Drink. Aber vor allem brauchte sie eine Kristallkugel, mit der sie in die Zukunft schauen konnte.

»Cassandra? Bist du das?«

Cass blickte auf. Die beiden Terrassentüren, die ins Haus führten, standen offen, und Cass sah die Silhouette ihrer Tante in einer der Türen erscheinen. »Ja.« Sie trottete über die Terrasse und trat in das kleine, holzgetäfelte Arbeitszimmer ihrer Tante, wo ein Feuer im Kamin tanzte.

»Was ist denn? Was ist passiert? Ich habe mir solche Sorgen gemacht – wo warst du denn nur?«, fragte Catherine.

»Wo ist Alyssa?«, fragte Cass. Sie war verzweifelt.

»In ihrem Zimmer. Sie liest«, antwortete Catherine. »Du warst bei deiner Schwester, nicht wahr?«

Cass hatte niemandem gesagt, wohin sie wollte. »So ist es.« Sie ging zu der kleinen Hausbar hinüber und entkorkte den Portwein. Ihre Hände zitterten leicht, als sie sich einen kräftigen Schluck einschenkte.

»Ich sehe dir an, dass dieser Besuch nicht gut verlaufen ist.«

Cass trank und spürte, wie ihr Tränen in die Augen stiegen und der Portwein in ihrem Magen brannte. »Ich hab's vermasselt.«

Catherine legte ihr tröstend eine Hand auf die Schulter. Cass schüttelte sie ab.

»Was ist denn passiert?«, fragte Catherine wieder.

»Ich habe sie geschlagen.« Cass hob endlich den Blick und sah ihr in die Augen. »Ich habe ihr eine schallende Ohrfeige versetzt, und jetzt wird sie mir Alyssa wegnehmen – ich weiß nicht einmal, ob sie überhaupt wiederkommt.« Da merkte Cass, dass es mit ihrer Beherrschung nicht mehr weit her war. Sie hatte keine Kontrolle mehr über sich, überhaupt keine. Ihrer aller Leben brach vor ihren Augen auseinander.

»O Gott. Es hat schon begonnen, nicht wahr?«, flüsterte Catherine und rang die Hände.

Cass zuckte zusammen, und als sie ihre Tante ansah, spürte sie Ungeduld und Wut in sich aufwallen. »Fang bloß nicht schon wieder mit diesem Blödsinn an!«, schrie sie beinahe. »Ich will mir nicht anhören, dass das irgendetwas mit de la Barcas und de Warennes und irgendeiner dämlichen Ahnfrau zu tun hat!« Sie spürte, wie sie zitterte, und sah ihre Tante entsetzt zurückweichen. *Nichts Gutes ist je daraus entstanden ...*

»Du hast einfach keine Ahnung«, stellte Catherine schlicht fest.

»Ich weiß nur, dass du mit alldem angefangen hast!«

Catherine erbleichte. »Aber das hat gar nichts mit mir zu tun – und ich denke, allmählich wird dir das auch klar.«

»Es tut mir Leid!«, rief Cass und versuchte ihre Tante zu umarmen, doch die wich ihr aus. »Es tut mir Leid – aber wie konntest du sie enterben? Wie konntest du nur?«

»Ich wollte sie damit nur beschützen«, erklärte Catherine schwach und sank auf einen Stuhl.

»Sie beschützen? Aber du brauchst sie vor niemandem zu beschützen, außer vor ihr selbst. Wenn sie eine Affäre mit Antonio de la Barca haben oder ihn von mir aus sogar heiraten will, dann ist das ihre Sache! Sie ist eine erwachsene Frau – wenn auch keine sehr vernünftige!«

»Wir müssen sie davor bewahren, Cassandra«, sagte Catherine erschöpft. »Es muss sein.«

Cass starrte sie an. Die Worte ihrer Tante von gestern verfolgten sie. Aber sie konnte unmöglich akzeptieren, was ihre Tante anscheinend so fest glaubte. »Hier geht es nicht um zwei Familien, deren Verbindungen ein tragisches Ende nehmen. Nein. Hier geht es um Antonio de la Barcas Vater. Du bist irgendwie in seinen Tod verwickelt. Es ist gar nicht Tracey, die du beschützen willst, nicht wahr? Du versuchst nur, dich selbst zu schützen.«

Catherine erhob sich und stolperte rückwärts; Cass hatte das Gefühl, sich von außen dabei zu beobachten, wie sie das dieser Frau antat, die wie eine Mutter für sie gesorgt hatte, dieser Frau, die ihr Mutter und beste Freundin zugleich war. Sie wollte sofort aufhören mit ihren Schimpftiraden, den Vorwürfen, der Wut, sie wollte

es wirklich, aber sie konnte nicht. Nicht, wenn sie ihr Alyssa wegnehmen wollten.
Cass starrte in das bleiche, von Grauen erfüllte Gesicht ihrer Tante. »Was ist passiert? Und erzähl mir ja nicht, du willst nicht darüber sprechen! Ich habe ein Recht darauf, alles zu erfahren! Tracey hat schließlich vor, Antonio zu heiraten!« Cass brüllte jetzt. Sie weinte auch. »Er ist nicht dumm! Und er ist Historiker. Meinst du nicht auch, dass er früher oder später dahinter kommen wird? Was, wenn er dann Gerechtigkeit will? Rache?«
Catherine sank in einem Sessel zusammen. Sie verbarg das Gesicht in den Händen und murmelte: »Bist du denn noch nicht darauf gekommen, dass der Tod seines Vaters nur ein Teil eines schrecklichen, zerstörerischen Musters ist?«
»Es gibt kein Muster!« Cass eilte zu ihr. Sie wollte ihre Tante bei den schmalen Schultern packen und schütteln, um sie zur Vernunft zu bringen. Doch sie zügelte sich, entsetzt über das, was hier geschah, erschrocken über sich selbst. Aber sie konnte jetzt nicht mehr aufgeben. Sie kniete sich vor ihre Tante. »Ich bitte dich. Ich flehe dich an. Ich will diese Familie vor allem bewahren, was immer Schlimmes auf uns zukommen könnte. Wenn de la Barca eine Bedrohung für uns ist, dann muss ich ganz genau wissen, warum – und fang nicht wieder mit diesen jahrhundertealten Geschichten an. Ich will mein Kind wiederhaben, Tante Catherine. *Ich will mein Kind wiederhaben.* Aber ich kann nicht um sie kämpfen, wenn ich dabei im Dunklen herumstochern muss. *Hast du ihn umgebracht?«*
Catherine ließ die Hände sinken und sah sie mit großen, hellen, feuchten Augen an. Sie hielt ihrem Blick stand.
Cass wartete.
»Es ist sehr kompliziert«, sagte Catherine schließlich.
Cass wurde erst von Unglauben, dann von Ärger überflutet. Und sie war so entsetzt, dass sie sich nicht rühren konnte. Sie bebte.
Hinter ihnen klingelte das Telefon.

Keine von beiden bewegte sich.
Cass rang um Beherrschung und merkte, dass sie keuchte. »Ich werde dir keine andere Wahl lassen«, warnte sie.
Catherine richtete sich mit natürlicher Würde auf, als das Telefon zu klingeln aufhörte. »Sprich nicht in solchem Ton mit mir, Cassandra. Ich bin deine Tante.«
Cass verharrte auf den Knien; ihre Tante saß kerzengerade vor ihr. Cass wollte ihr gerade sagen, sie benehme sich egoistisch – und das würde ihre Tante sehr verletzen. Sie wusste, sie sollte diese Worte nicht aussprechen, aber sie hatte keine Kontrolle über sich selbst. Und gerade, als die Worte aus ihrem Mund schlüpfen wollten, erschien eines der Hausmädchen in der Tür und sagte: »Ms. de Warenne. Ein Anruf für Sie.«
Cass blickte kaum auf. »Ich rufe zurück, fragen Sie, ob Sie etwas ausrichten können.« Sie starrte weiter ihre Tante an, die nun auf ihre gekrümmten, von Adern durchzogenen Hände hinabblickte. An ihrem linken Ringfinger steckte ein Ring mit einem großen Saphir, in Diamanten gefasst, den Robert ihr zum Hochzeitstag geschenkt hatte – zu ihrem fünfundzwanzigsten, glaubte Cass.
Das Mädchen zögerte. »Es ist Ms. Tennant, und sie hat gesagt, es sei dringend.«
Cass sprang auf wie von Nadeln gestochen. Sie warf einen letzten Blick auf ihre Tante und rannte zum Telefon, das auf dem kleinen, mit Leder bezogenen Tisch in einer Ecke des Raumes stand.
Cass versuchte, ihre Gedanken zu ordnen. Sie bemühte sich, Angst und Panik beiseite zu schieben und klar zu denken, bevor sie nach dem Hörer griff, aber es gelang ihr nicht. Cass fühlte sich schwach. »Trace?«
»Ja«, sagte ihre Schwester in eisigem Tonfall.
»Trace, es tut mir so Leid, dass ich …«
Tracey schnitt ihr das Wort ab. »Mein Anwalt heißt Mark Hopkins. Mein Fahrer holt Alyssa morgen früh ab. Bitte packt ihre Sa-

chen, möglichst vollständig. Mr. Hopkins wird sich mit dir und Catherine in Verbindung setzen.« Damit legte sie auf.
»Tracey!«, rief Cass. Sie drückte verzweifelt auf die Gabel, bekam aber nur das Freizeichen zu hören. Als sie sich an den Hörer klammerte und aufgeregt Traceys Nummer wählte, hatte sie das Gefühl, die Wände stürzten um sie her ein, ganz langsam, in Zeitlupe. Das bildete sie sich natürlich nur ein – die Wände schlugen nicht vor ihren entsetzten Augen Wellen, sie standen fest wie eh und je. Es war ihr Leben, das einzustürzen und sie unter sich zu begraben drohte.
Das Telefon klingelte und klingelte, bis Traceys Anrufbeantworter sich einschaltete.
»Tracey!«, rief Cass. »Ich weiß, dass du da bist. Bitte, bitte, nimm ab! Bitte!« Aber ihre Schwester kam nicht ans Telefon.
Cass versuchte es auf ihrem Handy, mit dem gleichen Ergebnis. Dann versuchte sie es noch einmal bei ihr zu Hause und dann wieder auf dem Handy, und schließlich ließ sie sich auf den Stuhl vor dem Tisch fallen, der Hörer glitt ihr aus der Hand, und sie weinte laut.
»Das ist erst der Anfang«, sagte Tante Catherine, die plötzlich neben ihr stand.
Cass blickte durch einen Tränenschleier auf und sagte bitter: »Ja. Das ist erst der Anfang.« Obwohl sie wusste, dass sie damit nicht dasselbe meinten. »Willst du jetzt immer noch an deinen eigensüchtigen, albernen Erklärungen festhalten, wenn du weißt, dass Alyssa uns morgen verlässt, vielleicht für immer, und dass Traceys Anwalt sich mit uns in Verbindung setzen will?«
Catherine sah aus, als werde sie jeden Moment zusammenbrechen. Sie sagte: »Er wurde von einem Auto überfahren, in einem winzigen Dorf in Spanien, von dem du bestimmt noch nie gehört hast. Pedraza.«
Cass blinzelte. Ihre Tante hatte so tonlos gesprochen wie ein Roboter. Sie musste schrecklich verletzt sein. Cass verzog schmerz-

lich das Gesicht und sagte: »Dann war es also doch ein Unfall.« Nun war es zu spät, um Erleichterung zu empfinden.
Catherine sah sie nicht einmal an. Sie starrte an ihr vorbei oder vielmehr durch sie hindurch, auf die Wand – oder in die ferne Vergangenheit. »Wohl kaum.«
Ihre Schläfen pochten so schmerzhaft, dass Cass das Blut in ihrem Kopf pulsieren hörte. Sie schüttelte langsam den Kopf. »Was du gerade geschildert hast, ist doch ein Unfall.«
Catherine lächelte sie nur traurig an. »Ich habe ihn absichtlich vor dieses Auto gelockt. Ich wollte, dass er stirbt.«

Fünf

Cass schleppte sich erschöpft ins Haus. Alyssa war am Morgen von Traceys Fahrer abgeholt worden. Cass hatte ihrer Nichte nicht erzählt, was das bedeutete – weil sie sich immer noch an die Hoffnung klammerte, dass sich dieser Sturm wieder legen würde. Alyssa dachte, sie würde für eine oder zwei Wochen mit ihrer Mutter verreisen; dennoch würde Cass nie vergessen, wie das kleine Gesicht sie aus dem Fond des großen Mercedes angeblickt hatte. Alyssa war den Tränen nahe gewesen, hatte aber tapfer dagegen angekämpft.

Es regnete heftig – schon den ganzen Tag –, und die Düsternis schien wie ein schweres Tuch auf Cass' Schultern zu liegen. Sie hatte keine Regenjacke angezogen und war völlig durchnässt. Langsam betrat sie das Foyer und ging den Flur entlang.

Was soll ich nur tun?, fragte sie sich immer wieder. Der Satz spulte sich wie eine Litanei ständig in ihren Gedanken ab.

»Ich vermisse dich jetzt schon, Tante Cass«, hatte Alyssa mit zitternder Unterlippe gesagt.

Cass hatte es das Herz gebrochen. Sie schaffte es, äußerlich ruhig zu bleiben, die Arme ins Auto zu strecken und sie noch einmal fest zu drücken. Und fragte sich dabei, ob es das letzte Mal sei. »Ich wünsche dir schöne Ferien mit deiner Mutter«, sagte sie und bemühte sich, ihre Stimme nicht erstickt klingen zu lassen.

»Aber warum kannst du nicht mitkommen? Und warum muss ich jetzt gleich fahren?«, jammerte Alyssa.

»Du kennst doch deine Mom, ständig ändert sie ihre Pläne«, sagte Cass mit aufgesetzter Fröhlichkeit.

Alyssa nickte, die Tür schloss sich; Cass stand in Regen und Nebel

da und sah dem davonfahrenden Wagen nach, bis nichts mehr zu sehen war als die leere Straße.
Sie hatte nicht geweint. Sie war auf ihr Pferd gestiegen und kreuz und quer durch die Gegend geritten, und ihr war übel, so übel, dass sie sich schließlich übergeben musste. Und nun regnete es, sie war nass, erschöpft, und sie fror, während Harry, ihr Jagdpferd, im warmen, trockenen Stall stand und sich seinen nahrhaften Brei schmecken ließ.
Sie wusste, sie musste sich auf ihre Arbeit konzentrieren, das war ihre einzige Rettung, doch sie war so voller Angst und Trauer, dass sie sich jetzt unmöglich an ihren Laptop setzen konnte.
Was, wenn sich der Sturm nicht wieder legt? Was, wenn Alyssa nicht zurückkommt? Nie wieder?
Panik überfiel sie. Cass versuchte, diese Gedanken abzustellen. *Nie etwas Gutes entstanden …* Sie betrat mit grimmiger Miene die Bibliothek, ging zu dem riesigen Fenster und starrte hinaus in die nasse, graue Landschaft, ohne etwas zu sehen. Es wurde dunkel. Sie hätte Alyssa nicht gehen lassen dürfen. Sie hätte einen Weg finden müssen, Tracey zu überlisten. Das hier hatte überhaupt nichts mit Antonio de la Barca zu tun.
Sie hasste ihre Schwester. Aus tiefstem Herzen.
Und dieser plötzliche Hass erschreckte sie. Cass straffte die Schultern und richtete sich zitternd auf; die Kälte steckte nicht nur in ihrem Körper, sondern auch in ihrer Seele. Sie ging den Flur entlang, bis sie auf eine der Angestellten traf. Sie hasste doch ihre eigene Schwester nicht. »Hat irgendjemand angerufen?«
»Ich fürchte, nein, Ms. de Warenne.«
Sie hatte auch nicht gehofft oder erwartet, jetzt schon einen Anruf von Alyssa zu erhalten, doch der Anwalt hatte sich auch noch nicht gemeldet. Cass war erleichtert. Sie war so erleichtert, dass ihr schwindlig wurde, und alles um sie her verschwamm.
»Ms. de Warenne?«
Cass blickte zu der ältlichen Frau auf, die sie kannte, seit sie elf

Jahre alt war – eine freundliche Frau aus dem Dorf, die selbst schon erwachsene Kinder und Enkel im Teenageralter hatte und sich standhaft weigerte, sie Cass oder wenigstens Cassandra zu nennen. »Ja, Celia?«

»Lady Catherine hat sich hingelegt. Ich fürchte, sie fühlt sich nicht wohl. Sie war den ganzen Tag außer Haus, und ich habe ja versucht, Dr. Stolman anzurufen, aber sie wollte nichts davon hören. Vielleicht könnten Sie einmal nach ihr sehen, mich scheucht sie jedes Mal hinaus, wenn ich zu ihr will.«

Celias rundliches Gesicht war von Alter und Sorgen gezeichnet. Cass fühlte sich so leer, sie hatte ihr nichts zu geben, und noch weniger ihrer Tante. Es fiel ihr schwer, ihr nicht für alles die Schuld zu geben. Doch sie nickte. »Ist gut.«

»Ach, Ms. de Warenne? Vielleicht ziehen Sie auch lieber diese nassen, schmutzigen Sachen aus. Es hilft Miss Alyssa bestimmt nicht, wenn Sie sich jetzt eine Lungenentzündung holen.«

Cass blickte in Celias besorgte braune Augen und begann lautlos zu weinen.

»Sie kommt ja wieder«, sagte Celia und tätschelte Cass' Rücken. »Daran gibt es keinen Zweifel.«

Cass kämpfte mit den Tränen. Sie nickte, rückte von Celia ab und wischte sich mit der Hand die Augen. »Ich sehe gleich mal nach meiner Tante«, sagte sie automatisch. Wenn ihre Schwester nur nicht so verantwortungslos wäre. Aber das war sie, unberechenbar, immer schon, und noch so viele fromme Wünsche würden nichts daran ändern.

Cass öffnete die Tür zum Zimmer ihrer Tante und zögerte. Nur auf dem Nachttisch brannte eine Lampe, und ihre Tante lag reglos im Halbdunkel. Anspannung und Sorge erfassten Cass.

Wenn ihre Tante schlief, wollte sie sie nicht wecken. Langsam und so leise wie möglich betrat sie das Zimmer. Und plötzlich schien es um sie herum eiskalt zu werden. Cass erstarrte.

Was war hier los? Warum war es hier drin so kalt? Im Kamin knisterte ein großes Feuer. Verwirrt näherte Cass sich dem Himmelbett.

Dabei wurde die Anspannung immer stärker.

Das ist erst der Anfang … Daraus kann nichts Gutes entstehen …

Cass schüttelte den Kopf, um die Gedanken zu vertreiben. Catherine lag nicht mehr still, sie warf sich unruhig herum, vermutlich in einem bösen Traum. Cass blieb abrupt stehen und sah sich angestrengt um.

Aber wonach suchte sie eigentlich?

Sie wusste es nicht; sie wusste nur, dass sich hier etwas ganz furchtbar falsch anfühlte.

»Was hier nicht stimmt«, murmelte sie, »ist, dass meine Tante krank ist, und dieses Zimmer ist nicht einmal richtig warm. Sie holt sich ja den Tod.«

Cass stellte den Thermostat höher, der anscheinend nicht richtig funktionierte, und trat ans Bett. Als sie ganz sacht Catherines Schulter berührte, flatterten ihre Lider, und sie öffnete blinzelnd die Augen. »Tracey?«

Cass erstarrte. Selbst durch das Nachthemd hindurch spürte sie, dass ihre Tante hohes Fieber hatte. Besorgt fühlte sie ihre Stirn – sie glühte.

»Tracey«, flüsterte Catherine.

Cass wollte sie nicht noch zusätzlich aufregen. »Tracey geht es bestens.« Sie knipste die Nachttischlampe auf der anderen Seite des Bettes an und öffnete die Schublade darunter. Sie fand das Adressbuch ihrer Tante und rief rasch den Dorfarzt an, der auch Hausbesuche machte, wenn es nötig war. Sie hinterließ eine Nachricht bei seiner Sprechstundenhilfe, eilte ins Bad, suchte das Aspirin, füllte ein Glas mit Leitungswasser und kehrte zu ihrer Tante zurück.

»Wo ist Tracey?«, stöhnte Catherine.

Cass wusste nicht, was sie tun sollte. Sie entschied sich, zu lügen. »Sie ist noch nicht nach Spanien abgereist, Tante Catherine«,

sagte sie und setzte sich auf die Bettkante. »Du musst dich jetzt aufsetzen, ich habe dir Aspirin gebracht.«
»Nein«, erwiderte Catherine schwach. »Cassandra, ich werde sterben.«
Cass schrie auf. »Tante Catherine, so etwas darfst du nicht sagen!« Plötzlich hatte sie Tränen in den Augen. Wenn ihre Tante starb, würde sie das nie verkraften. Ein Teil ihres eigenen Herzens würde mit ihr sterben.
»Zu spät«, flüsterte Catherine heiser. »Sie ist hier.«
Cass starrte sie an und fragte sich, ob ihre Tante im Fieber fantasierte. Doch dann sagte Catherine: »Ich bin krank, Cassandra. Mir ist so elend.« Tränen liefen ihr über die Wangen.
Cass beschloss, ihre Tante auf der Stelle ins Krankenhaus zu bringen. »Tante Catherine, du musst dich aufsetzen«, sagte sie. Sie kämpfte gegen die Panik an und schob einen Arm unter Catherines Rücken.
»Ich kann nicht«, flüsterte die. »Ich dachte, ich könnte noch gewinnen, aber ich kann nicht.«
Cass saß da wie versteinert. Catherine fantasierte tatsächlich. Sie nahm das Glas Wasser vom Nachttisch und richtete ihre Tante auf. »Komm, Tante Catherine, du schaffst das schon.« Sie schwitzte, obwohl es im Zimmer eiskalt war.
»Cassandra, ich habe dir nicht die Wahrheit gesagt.«
Cass erstarrte.
»Nicht die ganze Wahrheit«, fügte sie hinzu und schloss die Augen.
»Jetzt ist nicht der richtige Zeitpunkt dafür.« Entschieden schob Cass ihrer Tante zwei Tabletten in den Mund und hielt ihr dann das Glas Wasser an die Lippen. Sie schaffte es, dass Catherine endlich schluckte. Cass legte sie sanft in die Kissen zurück und seufzte erleichtert. Doch ihre Erleichterung hielt nicht lange an.
»Die Wahrheit.« Catherine ließ einfach nicht davon ab. »O Gott.« Sie versuchte, sich wieder aufzusetzen.

Cass hatte keine andere Wahl, als ihr zu helfen. »Die Wahrheit ist mir im Moment völlig egal«, sagte sie aufrichtig. »Ich will nur, dass du wieder gesund wirst und die Familie zusammenbleibt.«

Catherine schüttelte den Kopf und schlug mühsam die Augen auf. »Isabel. Ich spreche von Isabel.«

»Isabel?«, rief Cass fassungslos. Ihre Tante wollte ausgerechnet jetzt über ihre Familiengeschichte sprechen? Hinter Cass' Schläfen pochte es. Seit dem verflixten Gala-Dinner war alles nur schlimmer geworden. Cass wollte es überhaupt nicht mehr genauer wissen, aber sie kam nicht darum herum. Sie musste ihrer Tante zuhören. »Was? Was war mit Isabel?«

»Sie ist zurückgekommen.«

Cass sah sie ungläubig an. Sie antwortete automatisch: »Falls du von Geistern sprichst, so etwas gibt es doch gar nicht.«

»Zurückgekommen, weil sie unbedingt gewinnen will.«

Cass betrachtete ihre erhitzte, fiebernde Tante und redete sich ein, dass diese ja nicht mehr wusste, was sie sagte. Doch da sah Catherine ihr klar und direkt in die Augen. »Sie ist hier«, flüsterte sie.

Und dann veränderte sich ihr Blick. Der schummrige, fiebrige Ausdruck wich, und an seine Stelle traten blitzende Intelligenz und Furcht erregender Hass. Cass sprang vom Bett.

Als sie gleich darauf wieder auf ihre Tante hinabblickte, waren ihre Augen geschlossen, ihr Gesicht wirkte friedvoll. Cass wusste, sie konnte das gar nicht gesehen haben, diesen … was? Wie sollte sie diesen Ausdruck beschreiben, den sie gesehen hatte?

Wenn sie einen Versuch wagen wollte, müsste sie ihn als wild bezeichnen.

Mordlüstern.

Ich wollte ihn zerstören.

Cass starrte ihre Tante an, die nun friedlich zu schlafen schien. Der hasserfüllte, wütende Ausdruck war fort.

Wenn es ihn überhaupt je gegeben hatte.

Plötzlich wurde Cass alles zu viel. Sie sank neben ihre Tante aufs

Bett und nahm ihre Hand. Alyssa war fort, Tracey hatte Antonio de la Barca am Haken, ihre siebzigjährige Tante hatte wahrscheinlich eine Lungenentzündung, und was musste Cass nun alles tun? Ihrer Tante das Leben retten und sie vor einer öffentlichen Bloßstellung, schlimmstenfalls sogar einem Strafverfahren beschützen? Mit allen nur denkbaren Mitteln Tracey dazu zwingen, ihr Alyssa wiederzugeben? Antonio de la Barca aus ihrer aller Leben vertreiben? Ein Geheimnis endgültig begraben, von dem sie gar nichts hatte wissen wollen?

Wie sollte sie all das bewältigen? Sie war doch nur eine Frau, und noch dazu eine recht fehlerhafte.

Das Telefon klingelte. Es war Dr. Stolman, und Cass erklärte ihm rasch die Situation. Er wies sie an, bei ihrer Tante Fieber zu messen, und das tat sie sofort. Beinahe 39 Grad. Er erklärte, er werde ihr einen Krankenwagen schicken und selbst ins Krankenhaus kommen.

Cass öffnete die Tür und rief nach Celia. Sie ließ sie eine Tasche für ihre Tante packen und setzte sich wieder zu Catherine. Besorgt hielt sie ihre Hand.

Die Minuten krochen nur so dahin. Cass war außer sich vor Angst. Sie sagte sich ständig, alles würde wieder gut werden. Sie sang es sich stumm vor wie ein Mantra, immer wieder – aber sie glaubte nicht ganz daran.

Wenn man die Zeit nur zurückspulen könnte wie eine Kassette, dachte sie. Wenn sie noch einmal von vorn anfangen könnte …

»Ich bin fertig, Ms. de Warenne. Möchten Sie nicht auch etwas Kleidung zum Wechseln mitnehmen?«

Cass hörte Celia kaum, doch sie erwiderte: »Ich bleibe hier. Wann kommt endlich der Krankenwagen?« Weil es nichts anderes zu tun gab, räumte sie das Aspirin auf und legte das Adressbuch zurück in die Nachttischschublade, wo es hingehörte. Dabei bemerkte sie in der Schublade ein in blaues Leder gebundenes Buch. Cass zögerte, denn das Buch war alt, kunstvoll von Hand gemacht, und der lederne Einband war abgegriffen und verblasst. Er trug keinen Titel.

Sie konnte nicht anders. Sie nahm es heraus, schlug es auf – und erstarrte.

Es war offensichtlich ein Tagebuch. Der erste Eintrag stammte aus dem Jahr 1964. Cass verschlug es den Atem. Denn sie erkannte die Handschrift ihrer Tante.

Cass zitterte. Sie dachte nicht weiter darüber nach, sondern blätterte hastig zum letzten Eintrag vor – 15. Juli 1966.

Namen stachen ihr ins Auge.

Casa de Sueños.

Pedraza.

Eduardo de la Barca.

Isabel de Warenne.

Cass schlug das Tagebuch zu, schob es zurück in die Schublade und sprang vom Bett. Gleich darauf traf der Krankenwagen ein.

»Warum hat Antonio uns denn nicht vom Flughafen abgeholt?«, fragte Alyssa, die neben ihrer Mutter im düsteren Hausflur eines über hundert Jahre alten Mietshauses stand.

Tracey war mit den Nerven am Ende. Ihr Flugzeug war mit zwei Stunden Verspätung gestartet; sie und Alyssa hatten in der VIP-Lounge warten müssen, wo sie nichts tun konnten, außer sich zu unterhalten. Das Problem dabei war, dass Tracey ihre eigene Tochter kaum kannte. All die Themen, die Alyssa interessierten, waren ihr fremd, sie kannte ja nicht einmal die Freundinnen, von denen sie erzählte. Und je länger Alyssa erzählte, desto dämlicher kam Tracey sich vor. Je länger sie ihr gegenübersaß, desto häufiger verglich Tracey sich mit ihrer ach so perfekten Schwester. Cass hätte diese Verspätung überhaupt nichts ausgemacht. Sie hätte die ganze Zeit gelächelt und gute Laune verbreitet. Tracey bereute jetzt schon ihren Entschluss, Alyssa mit nach Madrid zu nehmen. Was, wenn Antonio sah, was für eine miserable Mutter sie war?

Sie hatte ihn beeindrucken wollen, doch nun fürchtete sie, genau das Gegenteil könnte der Fall sein.
Aber sie hatte keine andere Wahl gehabt. Ihre Tante und ihre Schwester hatten diese Reise unumgänglich gemacht.
Tracey spürte all den Schmerz und Ärger in sich aufsteigen, als sie daran dachte, wie Cass und Catherine sich wieder einmal gegen sie verbündet hatten. Außerdem hätte sie vielleicht noch ein paar Tage warten sollen, bevor sie abreiste. Sie war erschöpft und fühlte sich nicht wohl. Sie fühlte sich schwach und zittrig.
»Mutter? Geht es dir nicht gut?«
Die Stimme ihrer Tochter holte sie in die Gegenwart zurück, und Tracey musste ein paar Mal tief durchatmen. »Doch.« Sie lächelte Alyssa an, aber es wirkte gezwungen. »Er weiß ja gar nicht, dass wir kommen. Wir wollen ihn überraschen.«
Alyssa starrte ihre Mutter an.
Traceys Wut flammte auf, denn auch im Blick ihrer Tochter lag Missbilligung. »Er wird sich sehr freuen, uns zu sehen«, versicherte sie sich selbst und Alyssa. Er würde sich doch sehr freuen, oder nicht?
Alyssa errötete und senkte den Blick.
Wenn Tracey es nicht besser wüsste, würde sie meinen, ihre siebenjährige Tochter hielte es für unpassend, ohne eine Einladung einfach so aufzutauchen. Hatte Cass ihr jetzt schon solchen Unsinn eingeimpft? Tracey klopfte wieder an die Tür, während ihr Magen sich verkrampfte und sie in ihrem kurzen, sommerlichen Röckchen und dem hauchdünnen Top zu schwitzen begann. Himmel, Spanien war schrecklich heiß. Aber das hatte sie ja vorher gewusst.
Sie sah auf ihre Armbanduhr. Antonio müsste eigentlich zu Hause sein. Er hatte seit einer Woche Semesterferien, und wie sie ihn kannte, hatte er sich bestimmt auf irgendwelche Forschungsarbeiten gestürzt. Aber um diese Uhrzeit aß er normalerweise mit seinem Sohn zu Mittag.

Ein so hingebungsvoller Vater war ihr noch nie begegnet. In dieser Hinsicht war er genau wie Cass.
Ihr schoss plötzlich durch den Kopf, dass die beiden einander verdienten. Dieser Gedanke gefiel Tracey ganz und gar nicht. Sie hielt sich vor Augen, dass Cass wohl kaum sein Typ war.
Niemand öffnete. Nach ein paar Minuten vergeblichen Wartens begriff Tracey, dass tatsächlich niemand da war.
Ärgerlich fuhr sie auf: »Na toll. Und was soll ich jetzt machen? Mich auf die Treppe setzen und warten?«
»Mutter?«
Einen Moment lang hatte Tracey ganz vergessen, dass Alyssa neben ihr stand. »Was ist denn?«
Alyssa errötete. »Ich muss auf die Toilette.«
»Na wunderbar!«, rief Tracey. Sie ärgerte sich furchtbar darüber, dass Antonio ihr keinen Schlüssel zu seiner Wohnung gegeben hatte. Das hätte er weiß Gott tun sollen. Sie hatte schließlich ziemlich viel Zeit hier verbracht. Sie wurde von Erinnerungen an ihre heißen Liebesnächte in dieser Wohnung überflutet und entspannte sich. Ihre Selbstsicherheit kehrte zurück. Antonio war ein *Mann.* Ein sehr leidenschaftlicher Mann. Sie konnte sehr wohl mit ihm umgehen; natürlich konnte sie das.
Hinter ihr klapperte der Aufzug, und Tracey fuhr herum, in der Hoffnung, es sei Antonio. Aber nur seine Nachbarin, eine Frau mittleren Alters, trat aus dem Lift.
»Señora, buenos días«, sagte sie mit neugierigem Blick auf Alyssa.
»Hallo«, sagte Tracey. »Haben Sie Señor de la Barca heute schon gesehen? Wissen Sie vielleicht, ob er in der Universität ist?«
Die Frau riss die Augen auf. »Señora, mein Englisch nicht gut. *Señor no está en la universidad. Está in Castilla.«*
Tracey sprach zwar kein Spanisch, aber sie verstand ungefähr, was das heißen sollte. »Er ist in Kastilien? Im Norden? In seinem Landsitz, Casa de Sueños?«, rief sie ungläubig und entsetzt.
»Sí. Señor fue a Castilla.«

»Was?«
»Ah – gegangen … *ayer. Ayer.*«
Gestern. Antonio war gestern nach Kastilien gefahren. Tracey konnte ihr verdammtes Pech kaum fassen.
Alyssa zupfte an ihrem Ärmel.
Tracey hätte sie beinahe angefahren, doch die Dame lächelte sie beide freundlich an. Sie atmete tief durch. Sein Landsitz war etwa eine Stunde nördlich von Segovia. Er hatte es ihr einmal auf der Landkarte gezeigt. Wie hieß noch gleich das nächste Kaff? Verdammt! Pedamo, Pedaso, nein Pedraza. Das war es.
»Dürfte meine Tochter bitte Ihre Toilette benutzen? *El servicio? Por favor?*«
Gleich darauf verschwand Alyssa in der Wohnung gegenüber, während Tracey hektisch überlegte.

Am folgenden Morgen saß Cass an ihrem Schreibtisch in der Bibliothek. Er war mit Büchern übersät, einige lagen offen herum. Sie machte sich Notizen, doch sie konnte sich kaum konzentrieren.
Nun müssten Tracey und Alyssa schon seit einigen Stunden in Madrid sein. Cass hatte vorhin all ihren Mut zusammengenommen und Mark Hopkins angerufen. Er hatte ihr kaum etwas gesagt, aber immerhin bestätigt, dass Mutter und Tochter am vergangenen Abend das Land verlassen hätten. Er hatte sie nicht auf einen eventuellen Sorgerechtsstreit angesprochen, aber erklärt, er werde sich wieder bei ihr melden.
Cass schob die Biografie von Mary Tudor beiseite; ihre Schläfen pochten schmerzhaft. Sie hatte das Buch ungeschickt gehalten, und jetzt rutschte ein Foto heraus, das sie hinten hineingesteckt hatte.
Cass griff nach dem Farbfoto von dem Rubincollier aus dem sechzehnten Jahrhundert und starrte es an, ohne es wirklich zu sehen. Sollte sie erleichtert sein, dass Hopkins sie nicht von sich aus ange-

rufen und das gefürchtete Thema angesprochen hatte? Durfte sie hoffen, dass Tracey nur geblufft hatte, als sie mit ihrem Anwalt drohte? Tracey hatte zwar nicht gesagt, wann genau sie von ihrem Anwalt hören würde – aber wem wollte Cass da etwas vormachen? Sie hatten sich um Alyssa gestritten. Und was war mit ihrer Tante, bei der man eine bakterielle Infektion diagnostiziert hatte? Catherine musste Antibiotika nehmen und hatte immer noch über achtunddreißig Grad Fieber. Für eine Frau in ihrem Alter war das eine ernsthafte Erkrankung. Was, wenn ihre Tante starb?

Cass wand sich vor Sorge, Angst, Reue und Schuld. Sie bereute das Zerwürfnis mit Tracey. Sie begriff immer noch nicht, warum auf einmal so ein heftiger Streit entbrannt war – bisher hatten in ihrer kleinen Familie Wärme und Verbundenheit geherrscht.

Cass konnte ihre Tante immer noch fantasieren hören. Gott sei Dank war das nicht wieder vorgekommen.

Sie starrte auf das Foto hinab, das sie in der Hand hielt. Das alles hatte erst angefangen, als Antonio de la Barca hier aufgetaucht war, nicht? Oder lag der Ursprung Jahrzehnte zurück in einem Dorf namens Pedraza, wo sein Vater überfahren worden war – ob es nun ein Unfall gewesen war oder nicht?

Lag er gar schon Jahrhunderte zurück?

Dieser letzte Gedanke erschreckte Cass.

Aus einer Verbindung der beiden Familien ist noch nie etwas Gutes hervorgegangen … allmählich verstehst du es …

Die Worte ihrer Tante wollten sich einfach nicht aus Cass' Gedanken vertreiben lassen. Die Kopfschmerzen wurden schlimmer. Vor Hunderten von Jahren war eine ihrer Vorfahrinnen offenbar auf dem Scheiterhaufen verbrannt worden. Eine bedeutende Frau, die Tochter des Grafen von Sussex, eine Adelige, die Ehefrau eines spanischen Edelmanns. Cass hatte ein wenig nachgeforscht. Der Familie de la Barca entstammten die Grafen von Pedraza. Gegen Ende von Marys Herrschaft waren zahlreiche Ketzer auf dem Scheiterhaufen verbrannt worden. Doch die meis-

ten von ihnen waren fanatische Protestanten gewesen. Hatte Isabel auch dazu gehört? Wie hätte sie dann einen Spanier heiraten können, der selbstverständlich ein strenggläubiger Katholik gewesen sein musste?
Plötzlich konnte Cass sich ganz deutlich eine wunderschöne Frau in einem Kleid aus dieser Zeit vorstellen – und in Ketten. Sie war daran gewöhnt, dass ihre Fantasie mit ihr durchging – sie erwartete das sogar, so dass diese plötzliche Einbildung sie nicht überraschte. Überraschend war nur ihr plötzliches Mitleid. Arme Isabel. Falls sie tatsächlich auf so tragische Weise ums Leben gekommen war.
Auf einmal fragte sich Cass, ob Antonio sich vielleicht schon bei einigen großen Museen dafür eingesetzt hatte, dass sie das Collier für ihre Sammlungen zu erwerben versuchten. Sie betrachtete den Schmuck kritisch, fragte sich, ob Isabel ihn getragen hatte und ob sie tatsächlich von Isabel abstammte – was bedeuten würde, dass ihre Familie sich irgendwann mit der de la Barcas verbunden hatte. Was, wenn Isabel Kinder gehabt hatte? Dann war sie sehr entfernt mit de la Barca verwandt. Cass stand abrupt auf, völlig verstört, und legte das Foto beiseite.
Tracey und Antonio, Catherine und Eduardo. Dann musste sie an ihre eigenen unerwarteten Gefühle für Antonio denken.
So ein Unsinn, schalt sie sich verärgert. Sie mochte eine Romantikerin sein, die durchaus an Schicksal und Bestimmung glaubte, doch dies hatte nichts mit Schicksal zu tun. Catherine glaubte das offenbar, aber das war nichts als ein dummer Zufall.
Cass verschränkte die Arme vor der Brust. Nervös starrte sie auf das Foto hinab. Das Problem war, sie glaubte doch an Schicksal und Bestimmung. So etwas war oft ein wichtiges Motiv in ihren Romanen, das sie immer wieder ins Spiel brachte. Kam hier nicht ein bisschen zu viel zusammen, um von Zufall zu sprechen?
Catherine hatte gesagt, Isabel sei 1555 gestorben – im letzten Jahr der Herrschaft von Königin Mary. Woher, zum Teufel, konnte

ihre Tante das wissen, und warum erinnerte sie sich so gut daran?

»Ms. de Warenne?«

Cass war so in Gedanken versunken, dass sie bei Celias Worten zusammenzuckte. »Haben Sie mich erschreckt.«

»Verzeihung. Lady Belfords Fieber ist gesunken. Sie ist jetzt wach, und sie hat nach Ihnen gefragt.«

»Gott sei Dank«, rief Cass erleichtert. Sie konnte in einer halben Stunde im Krankenhaus sein. *Gott sei Dank!*

»Und da ist ein Anruf für Sie«, fügte Celia hinzu.

Cass hatte nicht einmal das Telefon klingeln gehört. »Bitte fragen Sie, ob Sie etwas ausrichten können, ich rufe später zurück.«

Celia sah ihr direkt in die Augen. »Es ist Ms. Tennant.«

Cass erstarrte. Dann sprang sie auf und rannte zum Telefon. Sie war ganz außer Atem, als sie den Hörer abnahm, und ihr Herzschlag dröhnte ihr in den Ohren. »Trace?«, rief sie erregt.

»Hallo, Schwesterherz«, sagte Tracey zögernd.

Erleichterung durchflutete Cass wie eine gewaltige Woge. Catherine war auf dem Wege der Besserung, und ihre Schwester rief sie an. »Danke, dass du anrufst. Tracey, es tut mir so Leid, dass wir uns gestritten haben. Wie geht es Alyssa? Alles in Ordnung?«

»Alyssa geht es gut.« Sie machte eine Pause. »Tut es dir ehrlich Leid?«

»Ja, sehr«, erwiderte Cass rasch. »Ich würde alles tun, um es wieder gutzumachen!« Das meinte sie ernst.

»Mir tut es auch Leid«, sagte Tracey mit heiserer Stimme. »Ich habe Sachen gesagt, die ich nicht so gemeint habe.«

»Ich auch«, rief Cass und packte den Hörer so fest, dass ihr die Hand wehtat.

»Wir sind gestrandet«, sagte Tracey. »Cass, wir brauchen Hilfe.«

Cass war entsetzt. »Gestrandet!? Wo seid ihr denn?«

»Im Ritz in Madrid. Cass, du musst mir helfen.«

Langsam begriff Cass, dass ihre Schwester die Dramatik ihrer

Lage wohl etwas übertrieben hatte. Im Ritz festzusitzen war kaum eine ernste Notlage, aber sie sagte rasch: »Was kann ich für dich tun?«

»Antonio ist nach Kastilien gefahren. Hier ist so kurzfristig kein verdammter Fahrer aufzutreiben, ist das zu fassen? Tonios Landsitz liegt gute drei Stunden von hier entfernt. Ich habe eine tolle Idee. Nimm doch den nächsten Flug nach Madrid, der geht heute Abend um acht, und dann fahren wir morgen früh alle zusammen in den Norden, was meinst du?«

Cass starrte fassungslos das Telefon an. »Was?«

»Um acht geht ein Air-Iberia-Flug von Gatwick aus. Jetzt ist doch erst Mittag. Wenn du schnell packst und um zwei losfährst, schaffst du das locker. Ich brauche dich, Cass, du musst uns da hochfahren. Sonst muss ich bis Montag hier warten, um einen Fahrer zu bekommen. Und du könntest das Wochenende über bei uns bleiben. Das wolltest du doch von Anfang an, oder?«

Cass brauchte gar nicht lang zu überlegen. »Natürlich komme ich«, rief sie begeistert. »Buch mir bitte diesen Flug, ich gehe schon mal packen. Ich schaffe die Acht-Uhr-Maschine, ganz bestimmt, Trace.«

»Ich habe dir schon den Hinflug für heute Abend gebucht, und den Rückflug gleich mit, alles erledigt.«

Cass brauchte einen Moment, um die volle Bedeutung dieser Worte zu erfassen, vor allem, dass sie nur übers Wochenende geduldet würde. Doch dann schob sie diese Gedanken – und den Unmut, den sie verursachten – entschlossen beiseite. »Kann ich kurz mit Alyssa sprechen?«, bat Cass drängend. Langsam erkannte sie die Tragweite dieses Gesprächs. Sie stritten sich nicht mehr, wenn auch noch nicht alles eitel Sonnenschein war. Sie würde zu ihrer Schwester und Alyssa nach Spanien fliegen, zumindest für kurze Zeit. Sie würde diesen Waffenstillstand besiegeln und dafür sorgen können, dass Alyssa am Ende des Sommers auch wirklich nach Hause kam. Und Antonio de la Barca, der sie schließlich eingeladen hatte, damit sie sich Isabels Porträt ansehen konnte, würde auch dort sein.

Cass ließ sich auf einen Stuhl sinken. Tante Catherine ging es auch wieder besser. Alles kam wieder in Ordnung. Sie merkte erst jetzt, wie sie zitterte. Viel Wind um nichts.

»Alyssa macht gerade einen Mittagsschlaf«, erklärte Tracey. »Ich lasse dich vom Flughafen abholen. Ruf mich an, wenn du eingecheckt hast.«

Cass war einverstanden, und sie legten auf. Cass saß da und dankte dem Himmel für diese Wendung des Schicksals; an Tante Catherines Geheimnis dachte sie lieber nicht. Gott sei Dank hasste Tracey das Autofahren und weigerte sich strikt, sich hinters Steuer zu setzen.

Dann dachte Cass an ihre Tante, die wach war und sie sehen wollte. Sie wies Celia an, einen Koffer für sie zu packen, und sprang in ihren BMW. Sie schaffte es in genau dreiundzwanzig Minuten zum Krankenhaus; es war nicht viel Verkehr.

Im Einzelzimmer ihrer Tante waren alle Lampen eingeschaltet, und der Fernseher auch. Der Ton war leise gestellt. Ihre Tante saß, von Kissen gestützt, im Bett, doch sie hatte die Augen geschlossen. Cass wusste nicht, ob sie nur ein wenig ausruhte oder wieder eingeschlafen war. So leise wie möglich schloss sie die Tür und ging zum Bett.

Sie legte eine Hand auf Catherines Stirn, und die war kühl. Erleichtert ließ sie sich auf die Bettkante sinken. Sie liebte Catherine so sehr, und sie hätte es nicht ertragen können, sie zu verlieren. Ihre tiefsten Ängste konnte Cass sich nicht eingestehen. Catherine war krank geworden, weil die Aufregung über all den Aufruhr und Streit in der Familie zu viel für sie gewesen war. Weil Cass diesmal selbst Stellung bezogen hatte, anstatt wie sonst für Frieden zu sorgen.

Nie wieder, schwor sich Cass.

»Cassandra?«, flüsterte Catherine.

»Ich bin hier. Du warst sehr krank, Tante Catherine, aber das Fieber ist gesunken, und du wirst wieder gesund.« Cass lächelte sie an.

Catherine lächelte schwach zurück.

»Und Alyssa geht es gut. Tracey hat angerufen. Es geht ihnen beiden gut, und wir haben uns versöhnt. Alles kommt wieder in Ordnung.«

Ihre Tante schlug die Augen auf und sah Cass an. »Nichts ist in Ordnung.«

Cass war erst überrascht, dann besorgt. »Wie bitte?«

Catherine kniff die Augen zu. Doch sie konnte nicht verhindern, dass eine Träne hervorkullerte.

Cass wollte ihre Tante jetzt nicht aufregen. »Nein, es ist alles bestens«, sagte sie mit aufgesetzter Fröhlichkeit. »Ich fliege heute noch nach Spanien, um das Wochenende mit Tracey und Alyssa zu verbringen. Siehst du? Es könnte nicht besser sein.«

Catherine riss die Augen auf. »Nein, geh nicht!«

Cass stand auf; sie war schockiert. »Aber ich muss gehen, ich muss mich doch um Alyssa kümmern und dafür sorgen, dass sie bald wieder nach Hause kommt.«

Catherine schüttelte müde den Kopf. »Das ist also deine Absicht? Mit ihnen Urlaub in Kastilien zu machen?«

Cass blickte sehr ernst drein, da ihre Tante ihre Absicht erraten hatte. »Ja. Aber lass uns von etwas Schönem reden, Tante Catherine. Du kannst bestimmt morgen schon nach Hause.«

Doch Catherine ließ sich nicht davon abbringen. »Ich habe solche Angst um dich, um Alyssa und um Tracey«, sagte sie. Sie nahm Cass bei der Hand. »Du darfst auf gar keinen Fall nach Kastilien fahren. Und Tracey und Alyssa auch nicht. Du fliegst nach Spanien und sorgst dafür, dass beide sofort nach Hause kommen. Versprich es mir.«

Cass holte scharf Luft. »Das würde ich ja gern versprechen, aber du kennst doch meine Schwester. Sie ist verliebt und wild entschlossen, ihren Freund zu besuchen. Ich kann sie nicht aufhalten.«

»Aber du musst! Cass, du hast ja keine Ahnung, was geschehen wird, wenn eine von euch beiden dorthin geht.«

Cass war beunruhigt, doch sie lächelte tapfer. »Du hast Recht. Tante Catherine, was willst du mir damit sagen? Was soll denn passieren, wenn wir nach Kastilien fahren? Es mag ja sein, dass sich zwischen den de la Barcas und den de Warennes in der Vergangenheit Tragödien ereignet haben, aber das war doch nur Zufall. Da bin ich ganz sicher.«

»Nein, du irrst dich«, erwiderte Catherine tonlos. »Und ich weiß, dass du das tief in deinem Herzen selbst erkannt hast. Weil ich dich so gut kenne, Cassandra. Du bist eine Romantikerin mit einem Hang zum Fatalismus. Ich habe doch alle deine Bücher gelesen! Ich weiß, wie du denkst. Und ich weiß, wie du fühlst.«

Cass wurde immer nervöser. Sie konnte darauf nichts erwidern. Denn wenn sie es wagte, sich all das einzugestehen, dann hätte ihre Tante Recht.

Catherine drückte ihre Hand. »Zwischen Eduardo und mir war alles in bester Ordnung, bis wir in die Casa de Sueños kamen. Bis dahin ging alles ganz wunderbar.«

»Wie meinst du das?«, fragte Cass ängstlich.

»Bis dahin waren wir nicht einmal ein Liebespaar«, erklärte Catherine. »Wir waren Freunde und Kollegen, wir haben einander respektiert, wir waren beide unseren Ehepartnern treu und ergeben! Ich habe ihn dort besucht, um Nachforschungen über *ihr* Leben anzustellen! Wir waren so begeistert von unseren Forschungserfolgen über diese Ahnfrau, die uns anscheinend verband. Aber innerhalb weniger Tage waren wir keine Freunde mehr, wir haben begonnen, einander zu hassen – alles getan, um einander zu verletzen. Wir wurden zu Wilden – und dann war er tot.«

Plötzlich begriff Cass. Ihre Tante hatte das Trauma von Eduardos tragischem Tod nie verwunden, und deshalb konnte sie nicht vernünftig denken, wenn es um die de la Barcas ging. Wie erleichtert sie darüber war. Natürlich würde ihre Tante psychologische Hilfe brauchen. Cass würde dafür sorgen, dass sie die auch bekam. »Ich werde mein Bestes tun, damit alle bald wieder nach Hause kommen«, versprach sie, um ihre Tante zu beruhigen. Aber das war eine fromme Lüge.

Sie würde nach Spanien reisen – und sie war fest entschlossen, auch Antonios Stammsitz in Kastilien aufzusuchen. Nun, da diese jüngste Krise überstanden war, merkte sie, wie aufregend sie diese Aussicht fand, wie sie sich darauf freute. Cass spürte, dass sie lächelte. Die Historikerin ging eben immer wieder mit ihr durch. Und was die Frau in ihr anging, nun ja, Antonio war nicht zu haben, und er war ein paar Nummern zu groß für sie, also würde sie die Frau in der Historikerin schlicht ignorieren müssen.

Doch Catherine betrachtete sie aufmerksam. »Ich kann kaum fassen, dass du auch nur versuchen würdest, mich so zu täuschen«, sagte sie leise. »O Gott. Du wirst gehen, und nichts, was ich sage, wird dich davon abhalten.«

Cass' Lächeln erlosch, und sie sagte nur: »Bitte mach dir keine Sorgen. Es wird alles wieder gut.«

»Nein. Nichts wird je wieder gut werden.«

Zweiter Teil

Der Ruf

Sechs

Kastilien – erster Tag
»Haben wir uns verfahren?«, fragte Alyssa.
Cass versuchte, sie im Rückspiegel anzulächeln. Aber es war außer ihnen kein anderes Auto weit und breit zu sehen, und das letzte Dorf, das sie passiert hatten, war nur ein Haufen verfallender Gebäude ohne Fenster, mitten in dieser felsigen, kahlen Landschaft. Hätte Cass nicht ein Kneipenschild an einem der Häuser gesehen, hätte sie den Ort für eine Art Geisterstadt gehalten. Er war nicht einmal auf der Straßenkarte verzeichnet.
Jetzt verstand sie, warum man diese Gegend *la tierra muerta* nannte. Das tote Land.
Seit einer Stunde schon fuhren sie durch dieses raue, unfruchtbare, steinige Gebiet, in dem Ackerbau offensichtlich nicht möglich war und das auch sonst nicht viel hergeben konnte. Kurz davor war das Land flach und fruchtbar gewesen, und das mittelalterliche Städtchen Pedraza lag zwischen herrlichen grünen Hügeln.
Pedraza. Sie fand den Ort entzückend. Cass konnte sich kaum vorstellen, dass Eduardo hier auf so tragische Weise ums Leben gekommen sein sollte – bei einem Autounfall. Und es war ein Unfall gewesen. Egal, was Catherine behauptete. Cass hatte ein wenig Zeit gehabt, in Ruhe nachzudenken und sich zu entspannen; sie hatte etwas Abstand gewonnen und war nun überzeugt davon, dass ihre Tante sich für etwas verantwortlich machte, das nicht ihre Schuld war. Sie war immer noch traumatisiert, und vielleicht nicht nur von dem Unfall. Vielleicht hatte sie auch die Schuldgefühle wegen ihrer Affäre nie überwunden.

»Hat die alte Frau in Pedraza nicht gesagt, zur Festung ginge es einfach geradeaus?«, fragte Tracey genervt.
Cass war bedrückt – und froh über diese Unterbrechung ihrer Gedanken. »Das dachte ich auch. Aber keine von uns versteht gut Spanisch, also haben wir sie vielleicht falsch verstanden. Vielleicht hätten wir bei der letzten Kreuzung hinter Pedraza doch rechts abbiegen sollen.«
»Das glaube ich nicht«, erwiderte Tracey barsch.
Cass hielt plötzlich an und musste trotz der Sonnenbrille die Augen zusammenkneifen, als sie sich draußen umsah. »Kann ich die Karte noch mal sehen?«
Tracey gab sie ihr, obwohl Cass sich nicht viel davon versprach. Es war nicht zu fassen: Tracey hatte weder eine Wegbeschreibung zum Haus der de la Barcas noch eine Adresse oder Telefonnummer. Aber das Haus lag nicht weit entfernt von Pedraza, hatte sie behauptet, und die Dorfbewohner hatten alle genickt und in dieselbe Richtung gezeigt, als sie die Namen de la Barca und Casa de Sueños erwähnten.
Casa de Sueños. Cass verstand genug Spanisch, um zu wissen, dass Antonios Anwesen das Haus der Träume hieß. Dieser Name war nicht nur ungewöhnlich; Cass fand ihn zudem unglaublich romantisch, wenn auch ein wenig unheimlich.
Tracey stieg schon wieder aus, um eine Zigarette zu rauchen. Es war schrecklich heiß draußen, aber in ihrem bauchfreien Top und dem kurzen weißen Rock wirkte sie erstaunlich frisch und schien nicht zu schwitzen. Cass sah sie an – sie hätte ein wenig Hilfe mit der Straßenkarte gebrauchen können –, doch Tracey wich ihrem Blick aus. Das tat sie schon, seit Cass mitten in der Nacht im Hotel angekommen war.
Die Spannung zwischen ihnen hatte sich noch nicht gelegt, und sie konnten ihr hier nicht aus dem Weg gehen. So viel zu ihrem Waffenstillstand.
Grimmig versuchte Cass auf der Karte festzustellen, wo sie sich

befanden. Draußen zog Tracey mit unverhohlenem Ärger und Ungeduld an ihrer Zigarette. Das wiederum machte Cass wütend, denn wenn irgendwer an diesem Schlamassel schuld war, dann ihre Schwester.

Alyssa lehnte sich vom Rücksitz vor. »Auch wenn wir uns verfahren haben, ist das ein tolles Abenteuer, oder nicht? Und wir sind alle wieder zusammen.« Sie lächelte, zugleich ängstlich und erleichtert.

Cass drehte sich zu ihr um und drückte sie kurz an sich. »Ja, das ist ein Abenteuer«, sagte sie fröhlich. »Aber ich wette mit dir, die Festung liegt gleich um die nächste Kurve.«

Tracey warf ihre Zigarette fort.

Cass blickte auf und sah, wie ihre Schwester sie und Alyssa mit glühenden Augen beobachtete. Ihre Anspannung stieg. Sie ließ ihre Nichte los. »Sie ist auf der Karte nicht verzeichnet«, sagte sie.

»Schau mal«, sagte Alyssa und zeigte zum Seitenfenster hinaus. »Was ist denn das?«

Cass wandte sich um und starrte angestrengt in die angegebene Richtung. »Was siehst du denn da, Schatz?«, fragte sie.

»Ein Haus. Das ist bestimmt die Festung, bei der wir abbiegen sollen«, rief Alyssa aufgeregt.

Cass konnte nichts erkennen, aber sie hoffte inständig, das Kind möge Recht haben. »Sehen wir mal nach«, sagte sie lächelnd.

Tracey kehrte zum Wagen zurück. Cass legte den Gang ein, während Tracey versuchte, einen Radiosender einzustellen, der gut zu verstehen war, aber keinen fand. »Himmel, ich dachte, es würde kühler werden, je weiter nördlich wir kommen. Dämliche Erwartung.«

Cass antwortete nicht, denn Alyssa rief plötzlich: »Da, da! Ich hab's dir doch gesagt!«

Nun sah auch Cass die steinerne Festung. »Gott sei Dank«, sagte sie und beschleunigte. Die beiden runden Türme und die bröckelnden Mauern hatten genau dieselbe Farbe wie die Felsen

darum herum; sie lagen hoch auf einer Felsenklippe, und im Gegenlicht waren sie so schwer auszumachen, dass sie glatt daran vorbeigefahren wäre, ohne sie zu sehen. »Du hast ja richtige Adleraugen«, lobte sie Alyssa, die vor Stolz strahlte.
»Na endlich!«, sagte Tracey aufgeregt. »Hier links abbiegen, Cass. Bei der Ruine müssen wir nach links.«
Cass bog ab. Als sie in langsamerem Tempo an der Festung vorbeifuhren – das Letzte, was sie jetzt brauchen konnten, war ein platter Reifen, und der Weg war hier nicht mehr geteert und sehr steinig –, verrenkte sie sich fast den Hals danach. »Ich muss mir das mal ansehen, entstanden wann …«, sagte sie, eher zu sich selbst als zu den anderen. »Könnte vierzehntes Jahrhundert sein.«
»Vergiss doch die Ruine, Cass. Da ist es, ich sehe das Haus!«, rief Tracey erleichtert.
Cass schaute in die andere Richtung, wo sich wie aus dem Nichts hohe Mauern und ein schmiedeeisernes Tor erhoben. Nicht weit hinter dem Tor konnte sie ein längliches, zweistöckiges Haus mit Ziegeldach erkennen; an einem Ende erhob sich ein rechteckiger Turm, neben dem noch drei kleinere Gebäude standen. Einige wenige Bäume wuchsen dicht am Haus, und in dem lange nicht gemähten Garten davor blühten Wildblumen. Die Landschaft, die sich hinter dem Haus erstreckte, schien größtenteils flach und kahl zu sein, doch am Horizont konnte sie gerade noch die schattige Silhouette ferner Berge erkennen.
Cass hielt vor dem geschlossenen Tor. Sie sprang aus dem Auto, während Tracey drinnen wartete, aber sie sah weder eine Klingel noch eine Sprechanlage; schlimmer noch, das Anwesen wirkte verlassen. Cass sah sich erstaunt um und wünschte, sie könnte wenigstens ein Auto vor dem Haus oder irgendein Anzeichen menschlicher Aktivität ausmachen.
»Was ist denn?«, rief Tracey aus dem offenen Wagenfenster.
Cass zögerte – das Tor schien nicht verschlossen zu sein. »Hoffentlich ist das auch das richtige Haus«, sagte sie. Als sie gerade

die Torflügel aufstoßen wollte, hörte sie Motorengeräusch näher kommen.
Cass drehte sich um und sah einen alten Jeep den Weg heraufrasen, über den sie eben gekommen waren. Er war staubig und hatte kein Dach, nur einen Überrollbügel, und Cass konnte den Fahrer gut erkennen. Schlagartig war ihr Mund ganz trocken, und die Begrüßung, die sie heimlich geübt hatte, war ihr völlig entfallen.
Der Jeep blieb neben ihrem gemieteten Renault stehen. Antonio trug eine dunkle Sonnenbrille, doch sein Blick war erkennbar auf sie gerichtet. Cass versuchte, sich zu entspannen, merkte, dass das unmöglich war, setzte ein falsches Lächeln auf und ging auf ihn zu. Er stieg aus. Sie wollte ihn gerade betont locker begrüßen, als Tracey mit einem Schrei aus dem Renault sprang und sich ihm an den Hals warf. Cass blieb auf der Stelle stehen.
Sie beobachtete ihre Umarmung und wandte sich rasch ab. Sie hatte ja gewusst, dass dieses Wochenende nicht gerade leicht für sie sein würde. Es schmerzte sie, ihre Schwester und Antonio zusammen zu sehen. Verdammt.
»Überraschung!«, zwitscherte Tracey.
Er nahm die Sonnenbrille ab, und Cass drehte sich gerade rechtzeitig wieder zu ihnen um, um seine schockierte Miene zu bemerken. Er hatte sie nicht erwartet. Es war ihr entsetzlich peinlich.
»Was, in Gottes Namen, hast du hier zu suchen?«, fragte er, und sein Blick wanderte zu dem Auto und seinem letzten Insassen.
»Ist das nicht eine tolle Überraschung?«, fragte Tracey rasch; sie lächelte immer noch strahlend und schmiegte sich an ihn.
Cass hätte ihre Schwester am liebsten erwürgt. Wie konnte sie so etwas tun? Doch jetzt blieb keine Zeit mehr, darüber nachzudenken, denn Antonio hatte sich ihr zugewandt. »Cassandra.« Er lächelte knapp. »Bitte entschuldigen Sie meine schlechten Manieren. Ich bin solche Überraschungen nicht gewöhnt.«
»Ich hatte keine Ahnung«, sagte Cass und wand sich vor Verlegenheit.

Er sah ihr direkt in die Augen. Cass merkte, dass sie rot wurde. Wie konnte sich Tracey so etwas herausnehmen, selbst wenn sie seine Freundin war?
»Liebling, man kann im Leben nicht immer alles planen«, sagte Tracey, doch ihr Lächeln bröckelte, als hätte ihre übertriebene Zuversicht einen Dämpfer bekommen. Ihre blauen Augen boten eine Studie in leicht verletzter Unschuld. »Du hast doch gesagt, wie schön du es fändest, wenn ich dich mal mit Alyssa besuchen komme, und siehe da, hier sind wir. Wir haben Stunden gebraucht, um hierher zu finden! Du wohnst ja mitten im Nirgendwo! Uns ist schrecklich heiß, wir sind schmutzig und haben Hunger!«
»Wenn wir diesen Besuch geplant hätten, hätte ich dir den Weg hierher beschrieben«, erwiderte er trocken. »Was ist mit der Auktion? Du hast doch sicher sehr viel zu tun?«
Cass war neugierig, wie Tracey das erklären würde.
»Ich konnte vor lauter Stress nichts mehr essen und kaum noch schlafen«, antwortete Tracey lächelnd. »Mein Arzt hat mir geraten, diese Sache jemand anderem zu überlassen und Urlaub zu machen.«
Cass merkte, dass ihr Mund offen stand, und sie schloss ihn hastig.
Dann sagte Antonio zu Alyssa: »*Buenas tardes, señorita.* Ich bedaure, dass ich keine Vorbereitungen treffen konnte, dich ordentlich zu empfangen. Komm mit.«
Alyssa stieg gerade aus dem Auto, und Cass erkannte an ihren flammenden Wangen, dass auch ihr die Situation peinlich war.
»Ich hoffe, wir kommen nicht ungelegen«, sagte sie höflich.
»Du kommst mir nie ungelegen, *querida*«, erwiderte Antonio, und diesmal war sein Lächeln herzlich. Cass merkte, dass er die Fassung wiedergewann.
Alyssa lächelte ihn an.
»Das wird der tollste Urlaub aller Zeiten, das verspreche ich

euch«, erklärte Tracey mit ernster Miene. Sie richtete die Worte an Antonio und Alyssa und schloss Cass unübersehbar davon aus.
»Ich mache das Tor auf. Nur einen kleinen Moment«, sagte Antonio.
Cass sah zu, wie er die Torflügel aufschob. Er trug ein verwaschenes blaues Polohemd, in dessen Halsausschnitt sie etwas Goldenes blitzen sah, braune Shorts, dicke Strümpfe und offenbar häufig gebrauchte Wanderstiefel. Er mochte einem alten kastilischen Adelsgeschlecht entstammen, doch im Moment wirkte er so gar nicht blaublütig. Er sah auch nicht aus wie ein Professor für Mittelalterliche Geschichte. Ein unwissender Passant hätte ihn für den Vorarbeiter eines hiesigen Hofes oder einer Plantage gehalten, dachte sie, oder sogar einen Bergführer.
Alle stiegen wieder in den Renault. Als Cass langsam dem Jeep hinterherfuhr, konnte sie sich nicht mehr beherrschen. »Wie *konntest* du nur?«
Tracey drehte sich zu ihr um. »Wag es ja nicht, wieder auf mir rumzuhacken!«
Cass klammerte sich an das Lenkrad und schluckte die Erwiderung hinunter, die ihr auf der Zunge lag.
»Außerdem ist er mein Freund, und ich weiß sehr gut, was ich tue«, fügte Tracey mit harter Stimme hinzu.
Cass warf ihr einen Seitenblick zu und kniff die Lippen zusammen. Es hatte keinen Sinn, sich jetzt noch zu streiten, es war nun mal passiert. »Du hast Recht. Du kennst ihn viel besser als ich«, sagte sie. Aber sie glaubte das selbst nicht ganz. Antonio de la Barca war gewiss kein einfacher Mann. Cass war ziemlich sicher, dass sich unter der höflichen Oberfläche sehr tiefe Wasser verbargen – und dass ihre Schwester keine Ahnung davon hatte.
Cass parkte neben dem Jeep im Schatten der Bäume vor dem Haus. Plötzlich bekam sie Kopfschmerzen. Ihr Gastgeber erwartete sie bereits und führte sie schweigend ins Haus. Cass konnte

ihm nicht in die Augen sehen und wünschte verzweifelt, sie könnte sich in seiner Gegenwart natürlicher geben. Während Tracey mit großem Ah und Oh das Haus bewunderte, wie entzückend und so typisch spanisch, fragte Cass sich gleich nach dem Eintreten, wo Isabels Porträt hängen mochte.

Nichts wird je wieder gut werden.

Cass weigerte sich, an den Unsinn ihrer Tante zu denken. Sie zitterte. Hier drin war es dämmrig und wunderbar kühl. Sie schlang die Arme um sich, und ihre Augen gewöhnten sich nach der gleißenden Sonne draußen allmählich an das Dämmerlicht im Haus. Das dauerte einen Moment, währenddessen Alyssa sich an ihren Arm klammerte. Sie drückte sich an Cass.

»Tante Cass?«, flüsterte sie nervös.

Cass legte einen Arm um sie; ihr fiel gerade erst auf, wie heruntergekommen das Anwesen tatsächlich war. Sie standen in einer großen Eingangshalle, die äußerst spärlich möbliert war; sie hatte einen Steinfußboden und eine unglaublich hohe Decke. Die großen Bodenfliesen waren teils gesprungen oder hatten Löcher, die mit Stuck verzierten Wände wirkten rau, uralt, waren fleckig und bröckelten. Cass blickte auf und sah ein Dutzend Schwerter an der Wand hängen, daneben einen Schild mit Wappen. Eine Wand wurde von einem Wandbehang mit einer ländlichen Szenerie eingenommen, verblasst und zerschlissen, aber dennoch ganz exquisit.

Ihr Puls dröhnte ihr in den Ohren. Aber nicht unbedingt vor Aufregung. Sie liebte alles, was mit Geschichte zu tun hatte, doch sie spürte eine seltsame Beklommenheit.

Cass verzog das Gesicht. Natürlich war sie besorgt. Ihre Tante hatte ihr offensichtlich Unsinn erzählt. Sie und ihre Schwester hatten sich immer noch nicht versöhnt, und es ging um so schrecklich viel. Es ging um Alyssa – und vielleicht sogar um Antonio de la Barca.

Es ging um Antonio de la Barca.

»Tante Cass? Warum ist es hier drin so kalt und dunkel?«, flüsterte Alyssa.

»Diese Häuser werden absichtlich so gebaut«, erklärte Cass, die ebenfalls unwillkürlich flüsterte. Sie kannte sich selbst kaum wieder. Was war los mit ihr? Sie musste gründlich umdenken, entschied sie. Bevor sie sich in ernsthafte Schwierigkeiten brachte. Sie hatte nicht die Absicht, mit Tracey um einen Mann zu konkurrieren.

Cass sah sich um; sie fror jetzt nicht nur äußerlich, sondern auch von innen heraus.

Das Haus war um einen Innenhof errichtet. Eine Flügeltür führte hinaus, und Cass konnte einen geborstenen Kalkstein-Brunnen erkennen, gekrönt von einer kopflosen Männerskulptur, der auch noch ein Arm fehlte. Das Wasser war abgestellt. Auf Höhe des ersten Stockwerks lief ein Balkon um den ganzen Patio herum. Cass hielt es für wenig ratsam, sich an die Brüstung zu lehnen. Unkraut wucherte zwischen den geborstenen, zerschrammten Bodenfliesen hervor.

»Ich glaube, hier gefällt es mir nicht so gut, Tante Cass.«

Cass blickte auf ihre Nichte hinunter und wollte ein paar beruhigende Worte sagen, doch die blieben ihr im Hals stecken. Das Haus war wunderschön, selbst in diesem Zustand. Sie hatte ein Auge für so etwas. Sie war Historikerin und wusste daher die spanische Architektur und Einrichtung mit den maurischen Anklängen sehr wohl zu würdigen. Aber wenn sie ehrlich war, gefiel es ihr hier auch nicht unbedingt.

»Cassandra?«

Cass merkte, dass ihr Gastgeber ihr etwas sagen wollte. Sie war so in ihre Gedanken und die Umgebung versunken gewesen, dass sie ihn nicht gehört hatte. Sie lächelte schuldbewusst. »Ihr Haus. Es ist … überwältigend.«

Ihre Blicke trafen sich, doch sie sah rasch weg. »Da gebe ich Ihnen Recht. Im ersten Moment hat unser Haus etwas Überwältigendes.« Er zuckte die Schultern, lächelte aber nicht. Dann sah er sich um. »Ich war seit vielen Jahren nicht mehr hier – und wir sind erst vor ein paar Tagen angekommen. Ich hatte vergessen, wie sich dieses Haus anfühlt und welche Schätze es birgt.«

»›Wir‹?«, fragte Tracey und rückte näher an ihn heran.

Cass fragte sich, warum er den Stammsitz seiner Familie seit Jahren nicht mehr besucht hatte. Sie konnte sich nur vorstellen, dass es etwas mit seiner verschwundenen Ehefrau zu tun hatte. Vielleicht war es zu schmerzlich für ihn gewesen, ohne sie hier gekommen sein.

Antonio erklärte gerade, dass er mit Eduardo und Alfonso hier sei. Cass hatte keine Ahnung, wer Letzterer sein mochte, und nahm an, dass sich seine etwas seltsame Bemerkung auf den historischen Eindruck bezog, den das Haus erweckte. Oder meinte er etwas anderes, etwas weniger Sichtbares?

Schließlich wurde ihr klar, was sie an diesem Haus so störte, und Alyssa offenbar auch. Das Haus hatte überhaupt nichts Einladendes an sich. Es war kalt und düster.

Doch bevor ihre Fantasie mit ihr durchgehen konnte, sagte sie sich, das liege nur daran, dass es seit Jahren leer stand und vernachlässigt worden war.

»Wann wurde das Haus erbaut?«, musste sie einfach fragen, während sie den Kopf hin und her drehte, um die Verspannung in ihrem Nacken zu lockern.

»Im frühen fünfzehnten Jahrhundert, bis auf den Turm, in dem sich die Kapelle befindet; der ist noch einmal hundert Jahre älter«, antwortete er lächelnd.

Cass holte tief Luft. Sie fragte sich, ob Isabel de Warenne je hier gelebt hatte. »Und die Festung?«

Seine Augen schienen zu funkeln. »Eine Verteidigungsanlage, die lange Zeit im Besitz meiner Familie war. Ein Großteil der heutigen Ruine entstand im vierzehnten Jahrhundert, allerdings auf den Fundamenten älterer Anlagen. Wie Sie wahrscheinlich wissen, waren solche Befestigungen sehr wichtig in Spanien, bis zum Ende der Reconquista. Und selbst danach brauchte man sie zur Verteidigung gegen verfeindete Nachbarn oder Räuberbanden.« Er lächelte, als gefiele ihm diese Vorstellung. »Allerdings«, fuhr er fort, »fiel meine Familie beim Königshaus in Ungnade, und im späten sechzehnten Jahrhundert begann die Festung zu verfallen, nachdem sie fast ein Jahrhundert lang nicht mehr genutzt worden war.« Er fing ihren Blick auf. »Der Abstieg meiner Familie vollzog sich damals erstaunlich schnell.«

»Warum denn?«, fragte Cass begierig – alle anderen Gedanken waren für den Moment vergessen. »Was ist passiert?«

Tracey trat zwischen sie. »Wir haben den ganzen Tag im Auto gesessen, und jetzt wollt ihr zwei hier eine Geschichtsstunde abhalten?« Sie drehte sich um und hakte sich bei Antonio unter. »Tonio, ich habe dich vermisst«, schmeichelte sie und drängte sich an ihn, um ihn auf den Mund zu küssen. In ihren flachen Sandalen musste sie sich dazu auf die Zehenspitzen stellen.

Cass wandte sich hastig ab, denn sie wollte diesen intimen Moment nicht mit ansehen. Sie lächelte gezwungen zu Alyssa hinab und nahm ihre Hand, als wolle sie sich damit trösten.

»Ich möchte euch gern meinen Sohn vorstellen, und dann zeige ich euch eure Zimmer«, sagte Antonio. »Eduardo?«

»Hier bin ich, Papá«, antwortete eine leise Stimme von der anderen Seite der Eingangshalle, wo sich ein Gang öffnete.

Cass drehte sich freundlich lächelnd um und fragte sich, wie lange er schon in dem schattigen Durchgang gestanden hatte, doch plötzlich verging ihr das Lächeln. Niemand hatte sie darauf vorbereitet, dass Antonios Sohn beide Beine in Schienen trug und an Krücken ging. Sie drückte Alyssas Hand, damit diese nicht überrascht aufschrie. War Antonios Sohn ein Opfer der Kinderlähmung?

»Eduardo, wir haben Besuch.«

Cass hörte, wie sanft und liebevoll seine Stimme klang, und warf

einen raschen Blick auf Antonio. Er lächelte seinen Sohn an, der sehr geschickt mit seinen Krücken umging und rasch auf sie zuhumpelte.
Als Antonio sie einander vorstellte, merkte Cass sofort, dass Eduardo ihre Schwester nicht mochte – aber das war nicht ungewöhnlich, denn er sah in ihr sicherlich eine Bedrohung des Andenkens an seine Mutter. Eduardo siezte Tracey, erkundigte sich höflich nach ihrer Reise und würdigte sie dann keines Blickes mehr.
»Eduardo.« Übertrieben herzlich eilte Tracey auf den kleinen Jungen zu und küsste ihn auf beide Wangen. »Es freut mich ja so, dich wiederzusehen.«
Cass verzog das Gesicht. Ihre Schwester konnte nun einmal nicht gut mit Kindern umgehen, und ihre gekünstelten Bemühungen waren nur allzu offensichtlich. Sie fragte sich, ob Antonio darauf hereinfiel. »Hallo, Eduardo«, sagte sie und ging auf ihn zu. »Ich bin Cass. Ich hoffe, es macht dir nichts aus, deinen Vater mit uns zu teilen.«
Er sah ihr überrascht in die Augen. »In meinem Land«, erwiderte er mit starkem Akzent, »denkt man so etwas nicht. Mein Haus ist auch Ihr Haus.«
»Danke«, entgegnete Cass. »Meine Nichte ist sieben. Wie alt bist du?«
Er warf einen Blick auf Alyssa. »Zehn.«
»Wie wäre es, wenn du mit Alyssa das Haus erkundest?«, schlug Cass vor.
Er sah sie fragend an. »Erkunden?«
»Na ja, in diesem Haus gibt es doch bestimmt viel zu sehen, meinst du nicht? Und dann erst die Ruine – ich würde sogar mitkommen, wenn ihr zwei nichts dagegen habt.« Sie grinste.
Er starrte sie an, drehte sich dann um und sah Antonio fragend an.
»Wir werden sehen«, sagte der ernst.
Cass hoffte, sie war nicht zu weit gegangen. Ein Mann wie er würde doch gewiss nicht den Fehler machen, seinen Sohn wegen

dessen Behinderung übermäßig zu beschützen? Sie hoffte es jedenfalls nicht. Denn nach allem, was sie bisher gesehen hatte, bewegte Eduardo sich geschickt und sicher. »Also, morgen möchte ich mir das auf jeden Fall gründlich ansehen, Jetlag oder nicht. Vielleicht möchtet du und Alyssa ja morgen mitkommen.«

Eduardo biss sich auf die Lippe und sah wieder seinen Vater an.

»Das ist eine tolle Idee«, fiel Tracey ein.

Cass konnte sich vorstellen, warum sie davon so begeistert war.

»Wir könnten sogar in der Ruine ein Picknick machen«, schlug Cass vor.

Antonio starrte sie stumm an.

»*Papá, por favor*«, bat Eduardo.

Cass biss sich auf die Lippe. Eduardo wollte wirklich gern mitkommen.

»Cassandra, wollen wir Ihre Pläne für morgen nicht lieber später besprechen?«, fragte Antonio mit finsterer Miene.

»War das allzu vorwitzig von mir?«, fragte Cass geradeheraus. Zum ersten Mal brachte sie den Mut auf, ihm in die Augen zu sehen.

»Sie sind sehr vorwitzig.« Doch er lächelte leicht.

»Das ist typisch amerikanisch«, sagte Cass leichthin und konnte seinem Blick nun nicht mehr ausweichen. »Wenn wir nicht zur Ruine dürfen, können wir ja woanders unser Picknick machen, oder ich fahre mit den Kindern zum Mittagessen nach Pedraza.« Nicht, dass sie da unbedingt wieder hinwollte.

Endlich wurde sein Ausdruck weicher. »Vielleicht.«

Er sah sie weiterhin intensiv an, bis sie schließlich errötete und die Augen senkte. Sie blickte von Eduardo, der hoffnungsvoll dreinschaute, zu Alyssa, die kein Wort gesagt hatte, doch ihre Augen leuchteten vor Vorfreude. Sie bemühte sich, Traceys Blick auszuweichen, die in ihrer Miene lesen würde wie in einem offenen Buch, wenn sie nicht aufpasste. »Wie wäre es mit einer kleinen Siesta?«, fragte sie ihre Nichte. »Ich bin ganz geschafft von der langen Fahrt.«

»Ich bin auch müde«, gestand Alyssa.
»Na schön. Dann folgen wir mal dem Hausherrn zu unseren Zimmern. Eduardo, folgst du uns unauffällig?«
Er blickte verwirrt drein. »Unauffällig?«
»Nur so eine Redensart. Kommst du mit?«
Zum ersten Mal sah sie ihn lächeln. Er sah seinem Vater sehr ähnlich, fand Cass; er würde zu einem außergewöhnlich gut aussehenden Mann heranwachsen. »Ich folge Ihnen unauffällig«, sagte er mit seinem spanischen Akzent.
Gleich darauf gingen sie einen Flur entlang, der parallel zum Innenhof durch den einen Seitenflügel verlief. Durch Fenster und Türen hatte Cass einen guten Blick hinaus in den Patio und auf den gegenüberliegenden Seitenflügel. Draußen stand kein Stuhl und kein Tisch, auch nicht auf dem Balkon gegenüber. Der Zustand des Hauses war wirklich traurig. Cass fragte sich, wie verarmt die Familie de la Barca sein mochte. Das wäre nicht ungewöhnlich bei einer alten, adeligen Familie, und als Professor verdiente er gewiss kein Vermögen.
Ihr kam der Gedanke, dass das Rubincollier eventuell seiner Familie gehören könnte – und dass er das Geld vielleicht dringend brauchte.
Am Ende des Flurs gingen sie eine Treppe hinauf, und Antonio öffnete die Tür zu einem dunklen Schlafzimmer mit einem prächtigen, wenn auch etwas schäbig wirkenden Himmelbett. »Cassandra, Sie können hier schlafen. Alfonso und ich bringen Ihnen gleich Ihr Gepäck herauf.«
Cass trat ein, wobei sie nah an ihm vorbeimusste, und sie war sich seiner Nähe nur zu bewusst. Sie sah sich um – der Raum war entzückend, die ehemals weißen Wände vergilbt; steife goldene Vorhänge vor den Fenstern reichten bis zum Boden hinab, kostbar, aber zerschlissen, ebenso wie die einst farbenprächtigen Orientteppiche auf dem Boden. Himmel und Überwurf des Bettes waren in Pfirsichrosa, Blau und Gold gehalten, mit Streifen und

Paisley-Mustern. Der offene Kamin war mit goldbraunem Marmor ummauert. Darüber hing in einem alten, vergoldeten Rahmen ein Porträt eines streng dreinblickenden Mannes in historischer Kleidung. Cass ging sofort hinüber.
»Einer meiner Vorfahren.«
Cass hatte nicht gehört, dass er hinter sie getreten war, und nun fuhr sie zu ihm herum. »Spätes sechzehntes Jahrhundert«, sagte sie wie aus der Pistole geschossen. »Sehen Sie nur, wie hoch die Halskrause reicht, und der Schnitt des Wamses hier – das nennt man Gänsebauch«, rief sie. Sie hörte Tracey entnervt seufzen und ignorierte es. »Geschlitzte Kugelhose, Umhang mit Pelzbesatz. Du meine Güte, die Steine in dem Kreuz, das er um den Hals trägt. Fantastisch.«
Antonio lachte. »Da muss ich Ihnen voll und ganz zustimmen«, sagte er.
Cass freute sich, so albern das auch war, dass sie ihn mit ihrem Wissen beeindruckt hatte.
»Meine Schwester ist ein Bücherwurm«, erklärte Tracey gelangweilt. »Sie tut nichts als lesen, wenn sie nicht gerade schreibt, und immer nur über die Vergangenheit. Sie *liebt* die Vergangenheit.« Das klang nicht wie ein Kompliment.
Cass verlor etwas von ihrer guten Stimmung, aber sie hatte keine Lust, sich zu verteidigen und in eine Diskussion um ihren privaten Lebensstil verwickeln zu lassen.
»Das Lesen gehört zu den schönsten Dingen im Leben«, sagte Antonio ernst, ohne sich zu Tracey umzudrehen. »Und ich bin ebenfalls fasziniert von der Vergangenheit, oft sogar mehr als von der Gegenwart.«
Cass sah in sein angestrengtes Gesicht. Er hatte sie soeben verteidigt und sich gegen Tracey gewandt. Cass blickte zu Tracey hinüber, die betroffen wirkte.
»Dann habt ihr beide ja etwas gemeinsam«, sagte Tracey und stellte sich so dicht neben Antonio, dass er sie ansehen musste.

»Allerdings.« Er wandte sich wieder Cass zu. »Das ist Alvarado de la Barca.«
Der Themenwechsel war abrupt, doch Cass wusste sofort, was er meinte; sie drehte sich rasch zu dem Spanier auf dem Porträt um – das war der Mann, der Isabel de Warenne geheiratet hatte. »Du meine Güte«, flüsterte sie, und ihr sträubten sich die Härchen im Nacken. Sie hatte ganz entschieden ein schlimmes Gefühl bei diesem Mann.
Antonio lächelte leicht. »Ihr Porträt hängt im gegenüberliegenden Flügel.«
Cass hielt seinem Blick stand. »Ich kann es kaum erwarten, sie zu sehen«, erwiderte sie aufgeregt.
»Und ich freue mich schon darauf, sie Ihnen zu zeigen«, gab er zurück.
»Antonio, war sie wirklich eine fanatische Ketzerin? Wurde sie deshalb auf dem Scheiterhaufen verbrannt?« Cass musste ihn einfach fragen.
»Wissen wir denn überhaupt mit Sicherheit, dass sie auf dem Scheiterhaufen verbrannt wurde und dass sie 1555 starb?«, fragte er zurück. »Ich würde diese Angaben Ihrer Tante lieber erst verifizieren.«
Cass drehte sich zu ihm um. »Bevor ich abgereist bin, habe ich noch eine Schachtel mit Informationsmaterial und Broschüren eingepackt, die ich gekauft habe, als Alyssa und ich uns vor ein paar Jahren Romney Castle angesehen haben. Die de Warennes waren im sechzehnten Jahrhundert die Grafen von Sussex, und Romney war ihr Stammsitz. Ich konnte mir nicht mehr alles ansehen, weil ich mich so beeilen musste. Aber vielleicht finden wir ja darin etwas über Isabel.«
»Wovon sprecht ihr beiden überhaupt?«, fragte Tracey.
Cass hatte ihre Schwester für einen Moment völlig vergessen; ja, sie hatte alles andere vergessen, und in diesem Augenblick hatte es hier nur sie und Antonio gegeben.

Antonio sagte: »Mein Vater hat in den letzten Jahren seines Lebens sehr viel über die Geschichte meiner Familie zusammengetragen. Die Bibliothek hier im Haus ist eine wahre Fundgrube – allerdings ist nichts davon geordnet oder richtig archiviert. Ich habe gerade erst angefangen, mich durch seine Akten und Notizen zu arbeiten.«

Cass konnte sich seinem Blick wieder einmal nicht entziehen. Sie zögerte und fragte langsam: »Wie alt waren Sie, als er starb?«

»Vier.«

Cass fiel ein, dass er ihr das schon einmal gesagt hatte. »Und wie ist er gestorben?« Ihr Herz hämmerte so laut, dass sie meinte, alle Anwesenden müssten es hören. Und sie stand so unter Spannung, dass sie heftig schwitzte. Falls das jemandem auffiel, würde er es sicher der sommerlichen Hitze zuschreiben.

»Es war ein tragischer Unfall«, erwiderte er ebenso langsam. »Er wurde von einem Auto angefahren.«

Cass nickte; sie kam sich vor wie eine miese Lügnerin, eine Komplizin. Erleichterung ließ sie aufatmen. Sie hätte ihn nie derart auf die Probe stellen dürfen, um herauszufinden, wie viel er wusste.

»Neulich erst«, bemerkte Antonio seltsam beiläufig, »habe ich deshalb die Polizei aufgesucht.«

Cass blinzelte ihn an und betete, sie möge sich verhört haben. »Wie bitte?«

»Wieder hier zu sein hat meine Neugier geweckt«, erklärte er, und nun bohrte sich sein Blick in ihren, seine Augen grün, bernsteinfarben und golden, die Pupillen tiefschwarz. »Ich wollte endlich genau wissen, wie es passiert ist. Wissen Sie« – er lächelte nicht, betrachtete sie aber weiterhin mit einem so bohrenden Blick, dass es Cass den Atem verschlug –, »meine Mutter hat sich nach seinem Tod geweigert, je wieder von ihm zu sprechen. Nicht einmal von dem Unfall. Sie war sehr verbittert.«

Cass musste sich anstrengen, um ihren Kopf leicht auf und ab zu bewegen, die Parodie verständnisvollen Nickens. Natürlich musste seine Mutter verbittert gewesen sein, wenn sie von der Affäre ihres Mannes mit Tante Catherine erfahren hatte.

»Es war eine Frau bei ihm an jenem Tag, als er starb.«

Cass erstarrte. Sie konnte keinen Finger rühren, nicht einmal atmen, gar nichts. Sie dachte nur: *Nein.*

»Ja«, sagte er ruhig. »Das war Lady Belford. Ihre Tante war bei ihm, als er starb. Mehr noch, er starb in ihren Armen.«

Sieben

Belford House – am selben Tag

Die Gesichter glotzten auf sie herab, in ihrer Erinnerung grotesk verzerrt nach so langer Zeit. Doch sie erkannte sie, oh ja. Eduardo, seine beiden Söhne, seine Frau. Und Isabel …

Catherine fuhr mit einem Schrei aus dem Schlaf. Einen Augenblick lang wusste sie nicht, wo sie war, glaubte sich an einem kalten, dunklen, beängstigenden Ort und meinte, den ekelhaft süßlichen Duft von Veilchen zu riechen.

Doch dann gewöhnten sich ihre Augen an das schwindende Tageslicht, und sie erkannte die vertrauten Dinge in ihrem Schlafzimmer – ein Zimmer, das ihre Zuflucht gewesen war, seit sie als sehr junge und naive Braut nach Belford House gekommen war. Sie hatte von der Vergangenheit geträumt; dieser Albtraum hatte sie seit Jahrzehnten nicht mehr gequält, doch seit dem verdammten Gala-Abend träumte sie ihn wieder jede Nacht. Sie setzte sich auf und schob die Decke von sich, immer noch zitternd und atemlos.

Und als sie endlich aufstehen konnte, voller Sorge und Angst, sah sie ein schwer gezeichnetes Gesicht im Spiegel an der gegenüberliegenden Wand und war entsetzt über ihr Aussehen. Sie war nicht mehr das junge, wunderhübsche Mädchen mit leuchtenden Augen, das einen viel älteren Mann geheiratet hatte; sie war auch nicht mehr die reife, selbstsichere Frau, die eine furchtbar unmoralische Entscheidung getroffen und dann ein unaussprechliches Verbrechen begangen hatte, noch war sie die elegante ältere Dame, die ein verheerendes Geheimnis hütete und ihren Mädchen Tante, Mutter und Großtante zugleich war. Plötzlich war sie einfach nur unbeschreiblich alt und schwach.

Eduardos liebste Redensart klang ihr in den Ohren. Sie konnte seine edle Stimme mit dem faszinierenden Akzent förmlich hören. *Die Vergangenheit ist das Vorwort der Gegenwart.* Wie oft hatte er das zu ihr gesagt?

Sie dachte an Tracey und Eduardos Sohn, und Tränen liefen ihr über die Wangen.

In einer Ecke ihres Zimmerst stand ein Sekretär. Catherine schleppte sich hinüber und spürte, wie ihr die Kälte durch und durch ging, obwohl im Kamin ein Feuer knisterte und sie sich in ein dickes wollenes Tuch gehüllt hatte. Sie ließ sich vorsichtig auf einen der antiken Stühle vor dem Sekretär sinken und griff zum Telefon.

»Lady Belford! Warum sind Sie nicht im Bett? Sie dürfen doch nicht herumlaufen, wo Sie noch so schwach sind«, rief Celia von der Tür her.

Catherine fühlte sich tatsächlich furchtbar schwach; sie schloss die Augen und fragte sich, wie Celia reagieren würde, wenn sie ihr jene Wahrheit enthüllte, die bisher außer ihr selbst nur Cass kannte. Catherine würde nie vergessen, was ihre Nichte für ein Gesicht gemacht hatte, als sie ihr den Mord an Eduardo gestand. Es war ein Ausdruck des Unglaubens gewesen – gefolgt von Schock und Entsetzen.

Genau derselbe Ausdruck, den sie in Eduardos Gesicht gesehen hatte in jenen letzten Sekunden, als er erkannte, was sie getan hatte und dass er sterben musste.

Celia war zu ihr getreten, und Catherine blickte auf. »Rufen Sie im Reisebüro an. Buchen Sie mir einen Flug. Ich muss nach Spanien.«

Celia war fassungslos – und das zu Recht. »Lady Belford! Bei allem Respekt, darf ich ganz offen sprechen?«

Catherine dachte müde: *Wann hätten Sie je mit Ihrer Meinung hin-*

term Berg gehalten? Celia war kurz nach Roberts schrecklichem Schlaganfall in ihren Dienst getreten.
»Sie waren sehr krank, und es ist noch viel zu früh, Ihren Nichten und Alyssa hinterherzujagen. Glauben Sie mir. Das wird sich schon alles finden.«
Catherine fühlte sich so viel älter als ihre siebzig Jahre, aber sie war schon immer eine starke Frau gewesen, und nun nahm sie all ihre Kraft zusammen. »Ich reise nach Spanien. Auch wenn ich damit nur tue, was sie will. Und entweder buchen Sie mir jetzt einen Flug und ein Auto mit Fahrer, oder ich tue es selbst. Ich werde fliegen – so bald wie möglich.«
Celia starrte sie an.
Catherine blickte zu ihr auf.
Und Celia musste die Entschlossenheit in ihrem Blick erkannt haben, denn sie verzog das Gesicht. »Na, wenigstens haben Sie kein Fieber mehr«, sagte sie. »Ich werde die Anrufe für Sie erledigen.«
Als sie hinausging, hörte Catherine sie leise schimpfen.
Es war ihr egal.
Sie war alt, und sie wusste, dass sie eher früher als später sterben würde. Denn die Vergangenheit war nur das Vorwort der Gegenwart, und sie ging nach Spanien, um das Schlimmste zu verhindern, um ihre Familie zu retten. Niemand würde sie aufhalten, nicht die getreue Celia, nicht die Polizei und auch nicht diese Frau, die seit 448 Jahren tot war.

3. Mai 1966
Die vergangenen Wochen waren die aufregendsten meines Lebens. Eduardo und ich haben ohne Unterbrechung Seite an Seite gearbeitet, um Isabel de Warennes Leben zu rekonstruieren, wie man ein Puzzle zusammensetzt. Ich bewundere ihn sehr. Eduardo ist brillant, aber im Gegensatz zu anderen brillanten Männern, die sich ganz und gar ihrer Arbeit verschreiben, hat er seine Arbeit niemals über seine Familie gestellt. Ich

fürchte allerdings, dass seine Frau ihn nicht so gut versteht, wie sie sollte. Ich habe sie schon mehrmals gesehen, neulich erst sind wir alle zusammen Mittag essen gegangen, und ich fürchte auch, sie wird allmählich eifersüchtig auf unsere enge Freundschaft.

Das ist ein Jammer, denn es gibt keinen Grund zur Eifersucht. Eduardo und ich sind im Laufe unserer Recherchen über Isabel de Warenne gute Freunde geworden, aber nichts weiter.

Ich verstehe ihn nur zu gut. Eine Affäre läge für ihn so fern wie, sagen wir, China. Und obgleich Robert und ich seit seinem Schlaganfall nicht mehr das Bett geteilt haben, könnte ich es niemals mit meinem Gewissen vereinbaren, mir einen Liebhaber zu suchen.

Heute haben wir mehr geschafft, als er allein oder selbst mit einem seiner Studenten je hätte bewältigen können. Wir haben schon über eintausend Seiten dokumentierter Recherche.

Er hat mich auf sein Anwesen in Kastilien eingeladen. In die Casa de Sueños, wo Isabels Mann einst lebte – wo sie sich vielleicht auch eine Zeit lang aufhielt. Mir ist bewusst, dass ich diese Einladung um Marias willen hätte ablehnen sollen. Aber wie hätte ich das tun können? Wo ich es doch kaum erwarten kann, sein Haus zu sehen, und wo mir jede Faser meines Wesens sagt, dass dort die Antworten liegen, die wir suchen?

Ich schreibe diese Zeilen, während das Flugzeug schon im Landeanflug auf Madrid herabsinkt. In wenigen Stunden schon werde ich in Kastilien sein. Ich bin ungeduldig wie ein junges Mädchen. Ich kann es nicht mehr erwarten. Wir haben bereits beschlossen, als Erstes die Krypta zu erforschen, um vielleicht endlich Isabels Grab zu finden.

Cass schloss den staubigen Schrank, der quietschend protestierte, und lächelte Alyssa an. »Bereit für unsere Siesta?«, fragte sie. Sie waren eben mit dem Auspacken fertig geworden. Cass hatte diese Aufgabe wie ein Roboter erledigt. Antonios Worte klangen ihr in den Ohren, und sie konnte nichts anderes denken als: *Was weiß er noch?*

Wusste er überhaupt etwas, außer dass ihre Tante bei Eduardo gewesen war, als er starb? Er hatte doch hoffentlich nicht den Verdacht, dass sein Tod kein Unfall gewesen war? Aber warum sonst hätte er so gesprochen – und sie so angesehen?

»Ich bin wirklich müde«, sagte Alyssa.

Cass schob sie zum Bett, selbst völlig erschöpft. Sie wusste, dass das vor allem emotionale Erschöpfung war. »Während du deinen Mittagsschlaf machst, gehe ich mir das Haus ansehen«, sagte sie. Sie wollte unbedingt Isabels Porträt finden. Doch wie sollte sie Antonio begegnen, da er wusste – oder zumindest ahnte –, dass ihre Tante in den Tod seines Vaters verwickelt war?

Was konnte sie anderes tun als abzuwarten, welche Katze er als Nächstes aus dem Sack lassen würde?

Alyssa blieb vor dem hohen Bett stehen. »Tante Cass, ich will hier nicht allein bleiben.«

Cass musste sich ihrer Nichte annehmen. Doch sie ahnte schon, was nun kommen würde. Das Schlafzimmer fühlte sich kalt und irgendwie unbehaglich an. »Warum denn nicht?«

Alyssa verschränkte die Arme vor der Brust. »Dieses Zimmer gefällt mir überhaupt nicht«, sagte sie langsam.

Cass fing ihren Blick auf und konnte selbst nicht anders, als sich noch einmal gründlich umzusehen. Das Zimmer war bezaubernd. Das wusste sie. Aber es war unerträglich still hier drin.

Plötzlich wurde ihr klar, dass ihr der Gedanke, Alyssa hier allein zu lassen, auch nicht behagte.

»Dieses Haus ist zu alt, es ist unheimlich«, flüsterte Alyssa, die immer noch keine Anstalten machte, ins Bett zu steigen.

Cass sah sie an und blickte sich noch einmal um. Ein hübsches Zimmer mit schöner Aussicht, aber … aber was?

Irgendetwas stimmte hier einfach nicht. Das ganze Haus war so still, dunkel und kalt. Es war beinahe so, als erwarteten die Mauern selbst, dass bald etwas geschah.

Was völlig lächerlich war.

Cass drehte sich um. Ihr Blick fiel auf das Porträt über dem Kaminsims, und sie erstarrte. Isabel de Warennes Gemahl schien kein sehr angenehmer Mann gewesen zu sein. Seine Miene war ernst und streng; Cass zweifelte nicht daran, dass er ein schwieriger und engstirniger Mensch gewesen war, und sie kam zu dem Schluss, dass es dieses Porträt war, das sie hier drin so störte. *Er* war verstörend.

Alyssa folgte ihrem Blick. »Der ist unheimlich. Er sieht so gemein aus.«

Cass tätschelte ihre Hand. »Schätzchen, da hast du völlig Recht, aber das ist doch nur ein Bild.« Arme Isabel. Cass erschauerte. Wie war es nur dazu gekommen, dass sie Alvarados Frau geworden war? Ihre kulturellen und religiösen Differenzen allein hätten diese Ehe zum Scheitern verurteilt, von seinem Charakter ganz abgesehen.

Cass schauderte es.

»Kann ich nicht mitkommen?«, bat Alyssa flehentlich.

»Nein«, erwiderte Cass freundlich, aber bestimmt. »Ab ins Bett, ich komme gleich wieder.« Sie verwarf ihre Ängste als lächerlich. »Wir sind beide übermüdet«, sagte sie. »Das ist alles.«

Alyssa gehorchte mit ängstlicher Miene. Cass zog die prächtigen Decken zurück und strich Alyssa über den Kopf. »Ich mache dir das Fenster auf. Vielleicht gibt es ja eine kühle Brise.«

Cass öffnete zwei Fenster. Als sie sich umdrehte, schlief ihre Nichte schon tief und fest.

Der Anblick des schlafenden Kindes zauberte ein Lächeln auf ihre Lippen und wärmte ihr das Herz. Gott sei Dank war sie Tracey und Alyssa nach Spanien gefolgt. Gott sei Dank hatten sie das Schlimmste überstanden. Cass musste dafür sorgen, dass sich ein solcher Streit nicht wiederholte. Aber wie?

Alyssa ihrer Schwester wegnehmen.

Cass sollte Alyssas Mutter sein. Tracey verdiente es nicht, die Mutter ihres eigenen Kindes zu sein.

Cass erstarrte.

Sie war schockiert. Woher kam ein so schrecklicher Gedanke?

Sie hatte nie ernsthaft erwogen, ihrer Schwester Alyssa wegzunehmen. So schwierig Tracey manchmal sein konnte, so unverantwortlich und unstet sie sich verhielt, sie war immer noch Alyssas Mutter, und sie war außerdem Cass' Schwester. Cass wollte ihr nicht wehtun. Sie waren eine Familie, um Himmels willen.

Cass wandte sich verängstigt ab und wünschte, sie hätte an so etwas nicht einmal gedacht. Als sie das Zimmer verlassen wollte, meldete sich wieder dieses eigenartige Gefühl. Aus irgendeinem unerfindlichen Grund wollte sie Alyssa nicht allein lassen.

Sie zögerte und kehrte um. Doch die Sonne schien ins Zimmer, Staub tanzte in der Luft, und Alyssa lächelte im Schlaf. Cass wandte sich ab.

Im Flur blieb sie stehen. Tracey war im nächsten Raum untergebracht, neben dem Bad, das zu beiden Zimmern gehörte, und ihre Tür war geschlossen. Cass wusste nicht, ob ihre Schwester auf ihrem Zimmer war, und es war ihr egal. Tracey und Antonio würden wohl häufiger durch die Flure schleichen müssen, weil Antonio auf getrennten Schlafzimmern bestanden hatte – was Tracey anscheinend gar nicht passte. Aber es ging Cass nichts an, was sie hinter dem Rücken der anderen trieben, und sie weigerte sich, darüber nachzudenken.

Sie wollte nur Isabels Porträt sehen. Je mehr Zeit sie an diesem Wochenende Isabel widmete, desto weniger konnte sie an ihre

Schwester und Antonio denken. Er hatte gesagt, das Bild hänge im anderen Flügel.

Leise ging Cass den Flur entlang zu der kleinen Galerie am Kopf der Treppe. Sie fand den Korridor zum gegenüberliegenden Flügel, der parallel zu dem verlief, aus dem sie eben kam. Alle Türen lagen auf einer Seite und waren geschlossen; auf der anderen Seite blickte man durch die vielen Fenster auf den Balkon und den Patio hinaus. Cass war ein wenig enttäuscht, denn hier hingen nirgendwo Bilder. Hatte sie ihn falsch verstanden?

Jemand trat aus dem Schatten einer Tür.

Cass schrie auf – aber es war nur Tracey. Sie kam gerade aus einem der Zimmer und erschrak ebenso wie ihre Schwester. Dann fuhr sie Cass ärgerlich an: »Hast du mich erschreckt! Was schleichst du überhaupt hier oben herum?«

Cass' Herz hämmerte; sie war fürchterlich erschrocken. »Du hast mich auch ganz schön erschreckt«, erwiderte sie. »Ich erkunde das Haus.«

Tracey beäugte sie misstrauisch und kam näher, immer noch in ihrem Minirock und dem knappen Top, doch nun barfuß und mit offenem, zerwühltem Haar. »Vor Antonios Schlafzimmer?«, fragte sie spitz.

Cass stand vollkommen still. Ihr war schon klar, was Tracey bei ihrem Gastgeber gemacht hatte, aber sie wollte es nicht so unter die Nase gerieben bekommen. Es fiel ihr schon schwer genug, sie nur zusammen zu sehen. »Eigentlich suche ich Isabels Porträt.«

»Klar doch«, sagte Tracey und holte Zigaretten und ein Feuerzeug aus der Tasche in ihrem Rock. »Sicher.« Sie zündete sich eine Zigarette an.

Cass spürte, sie sollte erst mit ihrer Schwester sprechen, wenn sie sich ein wenig ausgeruht hatte; im Moment konnte jedes Wort zum nächsten Streit führen, und das Wochenende hatte eben erst angefangen. »Wenigstens hast du gewartet, bis deine Tochter schläft«, hörte sie sich sagen und bereute es im selben Augenblick.

Tracey kam drohend näher. »Verschon mich mit deiner Moral.« Einen Moment lang lag in ihren blauen Augen ein hasserfüllter Ausdruck.

Cass war so schockiert über den Hass im Blick ihrer Schwester, dass sie instinktiv einen Schritt zurückwich. Sie blinzelte, und da stand Tracey, verärgert und beleidigt, doch ihre Miene zeigte keine Spur von Hass, ihr Blick sprühte nicht mehr vor rasender Wut. Cass merkte, dass sie zitterte. Hatte sie das eben wirklich gesehen, oder hatte sie es sich nur eingebildet? »Ich will dir keine Moralpredigt halten«, sagte sie vorsichtig. »Es geht mich nichts an, was du tust. Solange es Alyssa nicht schadet.«

»Ja, natürlich. Meine Tochter. Meine Tochter und die heilige Cassandra.« Tracey verschränkte die Arme vor der Brust, die Zigarette immer noch zwischen den Fingern.

Cass straffte die Schultern. »Lass uns nicht wieder streiten. Wir hatten einen schrecklich langen Tag. Wir sind beide müde ...«

»Blödsinn!«, fuhr Tracey sie an und wippte ungeduldig mit einem Fuß. »Was ist denn so schlimm daran, ein bisschen *Liebe* zu machen? Vor allem, wann man sich *liebt?* Deine selbstgerechte Art hängt mir zum Hals raus! Ich halte das nicht mehr aus!«

Cass wich zurück und schnappte nach Luft. »Ich will nicht mit dir streiten, dazu bin ich nicht nach Spanien gekommen ...«

»Nein, du bist gekommen, um uns hierher zu kutschieren.«

Cass blinzelte. Sie kämpfte gegen ihre Bitterkeit an und verlor. »Eigentlich bin ich gekommen, um dich vor der Katastrophe zu bewahren, ein ganzes Wochenende im Ritz verbringen zu müssen.«

Tracey lächelte. »Die heilige Cassandra eilt zu Hilfe. Immer schön gute Taten vollbringen.«

»Ich bin wohl kaum perfekt – egal, in welcher Hinsicht«, erwiderte Cass und bemühte sich um einen ruhigen Tonfall. »Ich sage dir das nur ungern, aber ich bin hier nicht diejenige, die ihre Handlungsweise überdenken sollte. Ich bin nicht diejenige, die wegen irgendetwas böse ist. Ich bin gekommen, weil ich mich mit dir versöhnen wollte. Warum können wir unseren Streit nicht einfach begraben?«

Tracey zog wütend an ihrer Zigarette. »Willst du das wirklich?«

»Natürlich«, sagte Cass automatisch, doch ihre Gedanken liefen in eine ganz andere Richtung – sie könnte ihrer Schwester Alyssa wegnehmen ... Tracey verdiente es nicht, die Mutter ihres Kindes zu sein.

Und dann war da noch Antonio. Warum sollte Tracey auch noch ihn bekommen?

Cass wollte diesen letzten Gedanken nicht, sie wollte ihn sich nicht einmal eingestehen, aber er machte sich mit Gewalt in ihr breit. Sie bekam es mit der Angst zu tun. Sie konnte ihre eigenen Gedanken nicht mehr kontrollieren, und ihre Gefühle auch nicht, und das ängstigte sie sehr.

»Ich glaube, du bist aus einem ganz anderen Grund hier«, bemerkte Tracey kalt und blies eine Rauchwolke hoch zur Decke.

Cass blieb ruhig. »Tatsächlich? Na ja, was immer du auch denkst, du irrst dich.«

»Also, warum bist du denn wirklich hier heraufgekommen?«, drängte Tracey. »Und erzähl mir bloß nicht, dass du nach der elend langen Fahrt extra durchs Haus schleichst, um irgendein vergammeltes altes Bild zu sehen! Könnte es nicht sein, dass du eigentlich Antonio gesucht hast?«

Cass drehte es das Herz im Leibe um. »Du bist verrückt«, sagte sie schließlich.

Tracey kam noch näher, den Blick auf Cass' Gesicht geheftet. »Deine Gefühle für ihn sind nur allzu offensichtlich. Jedes Mal, wenn du ihn ansiehst, ist es sonnenklar. Du bist dabei, dich zum Narren zu machen, Cass.« In dieser Warnung schwangen unzählige weitere mit.

Cass sah sie entsetzt an und wurde langsam wütend. »Ich habe keine Gefühle für ihn.«

»Du ziehst ihn ja förmlich mit den Augen aus. Wenn er dich nur ansieht, wirst du schon rot! Du bist so verschossen, dass es nur noch peinlich ist!« Tracey merkte, dass sie sich gleich die Finger an der Zigarette verbrennen würde. Sie zögerte, sah sich um, aber es war kein Aschenbecher in der Nähe. Vorsichtig drückte sie sie an der Fußbodenleiste aus. Cass sah fassungslos zu.

In ihren Ohren brauste es. Ihr Gesicht brannte. Die Wahrheit tat weh.

»Cass.« Tracey richtete sich auf, und sie klang ruhiger. »Glaubst du wirklich, dass du ihn mit dem ganzen Gerede über Isabel de Warenne beeindrucken kannst?« Sie schüttelte den Kopf. »Er findet dich vielleicht ganz unterhaltsam, aber das war's auch schon. Er ist der Mann, den ich heiraten werde, und ich liebe ihn. Du bist meine Schwester, und du bedeutest mir auch sehr viel. Ich will nicht, dass du verletzt wirst oder dich zum Narren machst. Ich meine, deine Gefühle sind wirklich offensichtlich, und Antonio ist weiß Gott nicht dumm.«

Cass trat verlegen von einem Fuß auf den anderen; sie fühlte sich, als hätte sie gerade eine volle Breitseite getroffen. »Danke für den guten Rat, Schwesterherz«, brachte sie steif heraus. »Aber dein Freund interessiert mich nicht, jedenfalls nicht in dieser Hinsicht. Ich finde, er ist ein brillanter Wissenschaftler, Punkt. Ich weiß, dass ich nicht sein Typ bin. Und dass er dir gehört.«

»Ich denke, ich mache jetzt auch Siesta«, erklärte Tracey mit viel sagendem Blick. »Ich bin völlig erschöpft.«

Cass verschränkte die Arme und starrte zu Boden. Sie dachte: *Klar doch, reib's mir so richtig unter die Nase – du Miststück.*

Sie fuhr zurück, und obwohl sie damit vor ihrer Schwester zurückwich, war sie eigentlich über sich selbst entsetzt. Sie hatte eine solche Woge von Feindseligkeit gegen ihre Schwester in sich aufsteigen gespürt, beinahe schon Hass.

Was geschah mit ihr?

Wie konnte das passieren?

Es passierte, weil Antonio de la Barca zwischen ihnen stand. Genau davor hatte Catherine sie gewarnt.
»Kommst du?«, fragte Tracey und lächelte knapp – als habe diese Unterhaltung nie stattgefunden.
Unwillkürlich folgte Cass ihrer Schwester den Flur entlang. Sie war wie vor den Kopf geschlagen. Und sie konnte nicht anders, als sich zu fragen, ob ihre Tante doch Recht gehabt hatte.
»Weißt du, Cass, wenn ich dir noch einen guten Rat geben darf, ich glaube, du musst dringend mal wieder mit einem Mann ins Bett steigen.« Tracey war richtig gut gelaunt.
Cass sah sie an, noch verwirrter als zuvor. Hatte sie sich vielleicht verhört, oder hatte Tracey das tatsächlich gesagt? »Was?«
»Es ist mir unbegreiflich, wie du so leben kannst«, erklärte Tracey sehr freundlich. »Weißt du, Spanier sind gute Liebhaber. Sehr gute. Warum gönnst du dir nicht eine kleine Affäre, wenn du schon mal da bist? Würde dir gut tun, das kann ich dir versichern.« Sie lächelte.
»Nein, danke«, brachte Cass mühsam hervor und fragte sich, ob sie in den falschen Film geraten war. Sie betrachtete sehr gründlich ihre Füße, die sich einer nach dem anderen über den Boden bewegten. »Außerdem bin ich doch nur übers Wochenende hier, schon vergessen?« Sie sah plötzlich wieder ihre Tante vor sich, die sie anflehte, nicht nach Kastilien zu fahren und Tracey und Alyssa auch davon abzuhalten.
Vor Traceys Zimmertür blieben sie stehen. »Cass, du bist zweiunddreißig und gehst hart auf die neunzig zu, die geborene alte Jungfer, genau wie Tante Catherine. Aber es ist noch nicht zu spät, das zu ändern.« Tracey drückte ihren Arm. »Du bist meine Schwester. Ich wünsche mir doch nur, dass du glücklich bist. Ehrlich.«
Cass rang sich ein falsches Lächeln ab. »Ich werde es mir überlegen«, log sie.
»Also, wir sehen uns beim Abendessen.« Tracey zögerte kurz und

drückte Cass dann fest an sich. Gleich darauf verschwand sie in ihrem Zimmer. Cass stand da und starrte die geschlossene Tür an.

Du bist zweiunddreißig und gehst hart auf die neunzig zu. Geborene alte Junfger.

Machst dich zum Narren.

Antonio findet dich vielleicht unterhaltsam … Gerede.

Cass blieb noch einen grimmigen Moment lang stehen. Dieses Wochenende, dachte sie, würde sie wohl so schnell nicht vergessen.

Es war schon fast Mitternacht. Alyssa schlief, und Traceys Tür blieb geschlossen – obwohl Cass vermutete, dass sie gar nicht in ihrem Zimmer war. Zögernd ging Cass nach unten, wobei ihre Schuhe auf dem Steinfußboden klapperten. Die Nacht draußen war stockdunkel, kein Stern war zu sehen, kein Lufthauch regte sich. Sie war angespannt. Unerklärlich nervös. Sie konnte nicht schlafen.

Das Abendessen war jämmerlich verlaufen. Sie hatte sich nicht getraut, ihren Gastgeber auch nur anzusehen – aus Angst, sie könnte erröten, obwohl sie mittlerweile glaubte, ihre Schwester habe ihr das nur eingeredet. Wenn es so war, hatte sie ihre Sache jedenfalls sehr gut gemacht. Cass war fest entschlossen, sich möglichst von Antonio fern zu halten. Das hatte die Stimmung des Abends verdorben – und das ganze Wochenende gleich mit. Tracey hatte natürlich während des gesamten Abends fröhlich vor sich hin geschwatzt, offenbar bester Laune, und die beiden Kinder hatten sich wohl ganz gut verstanden. Antonio hatte kaum etwas gesagt. Er hatte müde ausgesehen. Leider konnte Cass sich gut denken, warum.

Das Haus war so dunkel.

Cass erschauerte. An den Wänden im Flur und an der Treppe waren Lampen angebracht, doch sie spendeten nur schwaches, flackerndes Licht. Und es war so still im Haus. Es gab keinerlei Hin-

tergrundgeräusche von Klimaanlagen, Ventilatoren, einem Fernseher oder Radio, und auch von draußen war absolut nichts zu hören – selbst in Belford House hörte man ab und zu ein Auto auf der Landstraße, Hunde bellten, ein Pferd wieherte, oder eine Kuhglocke läutete. Hier war es beinahe unheimlich still.
Im Durchgang zur großen Eingangshalle blieb Cass stehen. Langsam sah sie sich um. Und ihr sträubten sich die Haare.
Sie blickte sich noch einmal um, aber sie war allein. Warum war sie so nervös? Im Haus schliefen schon alle. Es gab überhaupt keinen Grund, nervös oder unruhig zu sein; Cass hatte sich noch nie im Dunkeln gefürchtet, und das war es auch jetzt nicht. Nein, sie hatte das Gefühl, als drücke sich jemand oder etwas in den dunklen Ecken und Nischen herum und wolle gleich über sie herfallen.
»Herrgott«, murmelte sie gereizt.
Sie dachte an Alyssa, die oben friedlich schlief. Erneut hatte es ihr widerstrebt, sie allein zu lassen, obwohl sie genau wusste, dass ihre Angst unbegründet war. Am besten machte sie einfach kehrt und ging wieder hinauf; sie hatte etwas zu lesen dabei, oder sie könnte im Internet surfen. Sie hatte ihren Laptop mitgebracht, ohne den sie niemals verreiste.
Schließlich entschied sie sich doch für den nächsten Korridor. Sie hatte nur dieses eine Wochenende in Kastilien. Sie war verrückt nach Geschichte, und die Familiengeschichte mit der Verbindung zu den de la Barcas hatte in den vergangenen Tagen ihre Neugier noch enorm gesteigert. Das Geheimnis um Isabel de Warenne spukte ihr ständig im Kopf herum. Und da dieses Wochenende sich ganz und gar nicht in ihrem Sinne zu entwickeln schien – sie hatte ja keine Zeit gehabt, große Pläne zu schmieden –, konnte sie ebenso gut ihre brennende Neugier befriedigen, anstatt sich weiter mit Traceys leidenschaftlichem Liebesleben oder Catherines Rolle bei Eduardos Unfall verrückt zu machen. Oder damit, dass Antonio sich die Zeit genommen und die Mühe gemacht hatte, sich dreißig Jahre alte Polizeiakten anzusehen.

Cass zitterte, und ihr wurde beinahe schlecht. Es war wirklich besser, sich auf die Vergangenheit zu konzentrieren – die ferne Vergangenheit, das sechzehnte Jahrhundert, zum Beispiel – und kein Wort mehr über ihre Tante und Antonios Vater zu sagen, falls er sie je wieder darauf ansprach.

Als Erstes wollte sie sich Isabels Porträt ansehen. Vielleicht hatte sie Antonio falsch verstanden. Vielleicht hing das Bild im gegenüberliegenden Flügel, aber nicht oben, sondern im Erdgeschoss.

Cass blieb plötzlich stehen.

Die letzte Tür in diesem Gang stand offen, und Licht fiel auf den Flur heraus. Das musste die Bibliothek sein – die eine Wand, die Cass von hier aus sehen konnte, war mit Bücherregalen bedeckt. Antonio beugte sich über einen riesigen Schreibtisch. Sie starrte ihn eine Sekunde lang an, dachte: *Verdammt*, und machte hastig kehrt.

Doch er hatte schon aufgeblickt und sie gesehen.

Cass, schon halb auf der Flucht, zögerte, als er sagte: »Cassandra?«

Cass fluchte stumm. Er war der letzte Mensch, den sie im Moment sehen wollte – oder etwa nicht? Sie drehte sich langsam um.

Er war aufgestanden.

Cass hörte ihr Herz hämmern. Sie zögerte und sagte dann: »Hallo.«

Er kam lächelnd auf die Tür zu. »Ich dachte, alle wären längst eingeschlafen.«

Irgendwie, unwillkürlich, ging Cass auch auf ihn zu. »Das dachte ich auch.« Sie war trotzdem neugierig, woran er da arbeitete.

Er starrte sie stumm an.

Cass spürte, wie sie rot wurde. Himmel – ihre Schwester hatte Recht!

Sie schaute weg, irgendwohin, um ihn nicht ansehen zu müssen, und blickte sich stattdessen um. Zwei Wände waren mit Bücherregalen bedeckt, restlos voll gestopft mit Büchern, Aktenmappen und Papierstapeln. In einer weiteren Wand war ein großer Kamin mit einem Sims aus schwarzem Marmor; der Schreibtisch stand frei im Raum. Die Wände waren moosgrün gestrichen, und an der in Rosa und Gold gehaltenen Decke prangte wunderbarer alter Stuck: Ein Sternenmuster in der Mitte, und Friese mit verschiedenen Motiven darum herum. Die Möbel wirkten schäbig und abgenutzt, und zwei breite Flügeltüren führten hinaus in den Garten.

Er hatte tatsächlich gearbeitet. Der Schreibtisch war übersät mit Notizen, offenen Büchern und Unterlagen. Da stand auch ein Glas Kognak.

»Ich hoffe, ich störe Sie nicht.«

»Aber natürlich nicht.« Er nahm seine Brille ab. »Möchten Sie etwas trinken?«, fragte er.

Cass bekam kaum den Mund auf. »Ich … eigentlich hatte ich gehofft, ich könnte mir Isabels Porträt ansehen.«

Seine Augen leuchteten auf. »Wie konnte ich das vergessen? Ich habe es Ihnen ja versprochen, bei Ihnen zu Hause in Sussex, aber bei all dem Durcheinander wegen Ihrem überraschenden Besuch habe ich es ganz vergessen. Entschuldigen Sie.«

Cass starrte ihn mit großen Augen an. »Antonio, ich bin es, die sich entschuldigen muss.« Die Worte sprudelten nur so hervor. »Ich hatte ja keine Ahnung, dass wir gar nicht eingeladen waren.«

»Mir ist klar, dass Sie an diesem Spielchen Ihrer Schwester nicht beteiligt sind«, sagte er schlicht, ein schiefes Lächeln auf den Lippen.

Er hatte es ihr leicht gemacht. Cass konnte den Blick nicht abwenden. Er trug ein kleines, aber sehr fein ziseliertes goldenes Kreuz an einer Kette um den Hals, und das war ihr aufgefallen.

»Aber da Sie nun schon mal hier sind, möchte ich auch, dass Sie Ihren Aufenthalt in Kastilien genießen«, fügte er hinzu.

Cass sah in seine haselnussbraunen Augen, die im Halbdunkel schwarz wirkten. »Ich glaube, ich habe noch nie einen so höflichen Menschen kennen gelernt wie Sie. Sie sollten uns alle auf der Stelle hinauswerfen.«

Er lachte, und sein Lachen strömte warm und weich über Cass hinweg wie geschmolzene Schokolade. »Cassandra. Ich sage nie etwas, das ich nicht auch so meine.«

Cass schaute weg. Sein Blick ging ihr durch und durch. »Woran arbeiten Sie denn gerade?«

»Ich versuche, die Geschichte meiner Familie zu rekonstruieren – genau das, was mein Vater auch versucht hat.«

Cass blickte langsam zu ihm auf.

Er wandte sich ab und rückte ein paar Unterlagen auf seinem Tisch zurecht. »Ich werde Monate brauchen, um all seine Notizen und Erkenntnisse zu ordnen.« Er drehte sich wieder zu ihr um. »Wollen wir?«

»Wollen wir was?«, fragte sie.

»Ihr Porträt hängt oben.« Mit blitzenden Augen ging er um den Schreibtisch herum und holte etwas, das Cass als ein Foto von dem Rubincollier erkannte. »Kommen Sie.« Er lächelte und nickte.

Cass ging ihm voran hinaus in den Flur. Sie betrachtete sein Profil, während sie nebeneinander hergingen. »Das Porträt. Von Isabel de Warenne?«, fragte sie begierig. »Trägt sie denselben Schmuck?«

Er lächelte knapp, und sein Blick war kurz, aber durchdringend. »Urteilen Sie selbst.«

»Ich kann es kaum erwarten«, sagte Cass aufgeregt.

Sie hatten das obere Ende der Treppe erreicht und betraten den Korridor, in dem Cass und Tracey sich nur Stunden zuvor gestritten hatten. Sie folgte ihm den halben Flur hinab und blieb dann hinter ihm stehen, als er eine Tür öffnete. Cass trat hinter ihm in ein nächtlich dunkles Zimmer.

Er drückte auf den Lichtschalter, aber nichts passierte.

Cass rührte sich nicht – sie konnte kaum etwas sehen –, während er sich durch den Raum tastete, offenbar zum Bett. Sie hörte, wie er einen weiteren Schalter betätigte, aber es ging immer noch kein Licht an.

»Ich hole schnell eine Glühbirne«, sagte er und lief im Dunkeln dicht an ihr vorbei. »Ich bin sofort wieder da.«

Cass riss die Augen auf – beinahe hätte sie ihn gebeten zu warten, sie mitzunehmen, doch er war schon verschwunden.

Ihre Anspannung wurde unerträglich.

Was lächerlich war – es war doch nur ein dunkles Zimmer. Cass wollte sich gerade in den Korridor zurückziehen, als ihr Instinkt plötzlich Alarm schlug.

Sie blieb stehen. Lauschte angestrengt, starrte in die Dunkelheit. Das war völlig unsinnig, denn hier gab es nichts zu sehen und gewiss nichts zu hören, außer vielleicht eine Maus. Oder? Es gab keinen Grund, sich zu fürchten.

Aber sie fürchtete sich und war entsetzlich nervös, und es war ihr bisher gar nicht aufgefallen, wie kalt es in diesem Zimmer war – oder war es eben empfindlich kühler geworden? Cass schlang die Arme um sich. Ihre Augen stellten sich langsam auf die Dunkelheit ein, während ein ungutes Gefühl ihr Schauer über den Rücken jagte. Das Bett, auch hier ein Himmelbett, tauchte langsam aus den Schatten auf. Der Raum schien recht groß zu sein; sie fühlte sich allein und verlassen. Plötzlich fiel Cass noch etwas anderes auf – sie schnüffelte. Ein leichter Blumenduft.

Dieses Zimmer gefiel ihr nicht, obwohl sie es noch nicht einmal richtig gesehen hatte. Es gefiel ihr überhaupt nicht. Cass wollte rasch hinaus in den Flur, doch sie rührte sich nicht von der Stelle.

Hier stimmte etwas ganz und gar nicht, aber was?

Es war eiskalt im Zimmer, doch die Luft war stickig und abgestanden. Na und? Genau genommen war die Luft nicht nur stickig, sondern geradezu drückend, aber die kastilische Nacht war ihr schon die ganze Zeit über drückend erschienen. Ihre Fantasie ging

wieder einmal mit ihr durch. Das musste es sein – hier war gar nichts ungewöhnlich oder nicht in Ordnung. Genauso wenig wie in ihrem Schlafzimmer irgendetwas nicht stimmte.
Allerdings konnte es auch sein, dass mit diesem ganzen verdammten Haus etwas nicht stimmte.
In plötzlicher Panik verließ Cass hastig das Zimmer. Doch ganz allein in dem langen Flur, im trüben Licht der schwachen Lampen, die die Schatten schwanken ließen, fühlte sie sich auch nicht wohler. Ihre Schultern waren steif wie ein Brett. Die Spannung ließ ihren Nacken schmerzen und breitete sich über ihre Schultern aus. Sie konnte sich kaum bewegen und rang nach Luft.
»Du Angsthase«, schalt sie sich flüsternd, doch sie bekam keine Luft mehr, und ihre Worte waren nur ein heiseres Krächzen.
Wo, zum Teufel, kam auf einmal dieser blumige Duft her?
Klimaanlage, war ihr erster Gedanke. Aber Traceys Zimmer und ihr eigenes lagen im anderen Flügel, dazwischen war der Innenhof. Sie waren die einzigen Frauen im Haus. Und keine von ihnen benutzte so süßliches Parfüm.
Plötzlich erschien Antonio wieder, eine Glühbirne in der Hand. »So etwas«, sagte er, »ich habe erst vor ein paar Tagen alle Glühbirnen im Haus ersetzt. Aber vielleicht waren die neuen auch nicht in Ordnung.« Sein Blick wurde fragend. »Geht es Ihnen nicht gut?«
Cass fuhr sich mit der Zunge über die trockenen Lippen. »Ich komme mir vor wie ein Angsthase«, gestand sie widerstrebend.
Er sah sie an und sagte dann: »Dies ist kein sehr angenehmer Raum.«
Cass starrte ihm nach, als er wieder hineinging. Dann eilte sie hinterher. Was meinte er damit?
Gleich darauf ging die Nachttischlampe an.
Cass blickte sich um und erwartete, dass ihre alberne Angst sich sogleich legte. Doch das tat sie nicht. Sie wurde nur noch schlimmer. Dabei sah sie von dem Zimmer selbst kaum etwas, weder das

riesige Bett noch die kostbaren Teppiche, die antiken Stühle, die Chaiselongue oder den kleinen Schreibtisch. Ihr Blick blieb sofort an dem Porträt über dem Kamin hängen.
»Isabel de la Barca«, sagte Antonio mit gedämpfter Stimme.
Cass rührte sich nicht.
Sie konnte nur schauen.
Sie starrte sie an, Isabel de Warenne.
Die junge Frau auf dem Gemälde hatte makellose weiße Haut, unter ihrer Haube blitzte rotgoldenes Haar hervor, und sie starrte ihrerseits Cass an.
»O Gott«, hauchte Cass zittrig und vergaß ihre Angst.
»Genau meine Worte«, murmelte Antonio von der anderen Seite her.
Dies war eines der atemberaubendsten Gemälde, die Cass je gesehen hatte. Wer auch immer es gemalt hatte, er hatte diese Frau so gut eingefangen, dass sie auf der Leinwand zu atmen schien, lebendig wie aus Fleisch und Blut. Und dann merkte Cass, dass die auffällig blauen Augen, die sie direkt anzublicken schienen, voller Traurigkeit waren.
»Sie ist furchtbar unglücklich«, flüsterte Cass atemlos.
Auch Antonio sprach nur im Flüsterton. »Ich sehe auch einen Vorwurf in ihrem Blick.«
Cass trat näher heran. Isabel war auf klassische Weise schön gewesen. Ihre Gesicht war oval, die Wangenknochen hoch, der Mund üppig. Und ihr Kleid war bezaubernd – roter Samt, dachte Cass, mit einer hohen Halskrause im Nacken, geschlitzten Puffärmeln und einer eng geschnürten Taille. Ihr Blick flog zu dem Rubinschmuck in ihrem züchtigen Ausschnitt. Dunkelrote Steine auf zarter, heller Haut.
Es war dasselbe Collier.
Ganz sicher.
»Ja«, sagte Antonio leise und stellte sich neben sie. Er wollte ihr das Foto reichen, doch Cass winkte ab.

»Es hat ihr gehört«, sagte sie aufgeregt und konnte sich nicht von dem Gemälde losreißen.
»Zumindest hat sie es getragen, als dieses Porträt gemalt wurde«, murmelte Antonio sanft. »Ich habe das Foto und das Bild mit einer Lupe genau verglichen.«
Cass starrte wieder in diese fesselnden blauen Augen. »Was wissen Sie über sie?«
»Ich habe noch nichts Genaues gefunden. Ich weiß nur so viel: Alvarado de la Barca hat seine zweite Frau Elena 1562 geheiratet, und sie bekamen drei Söhne.«
Cass starrte immer noch wie gebannt auf das Bild und merkte, dass sie leicht schwitzte. »Wenn meine Tante Recht hat, wenn sie 1555 auf dem Scheiterhaufen verbrannt wurde, dann muss es irgendwelche Aufzeichnungen darüber geben. Vor allem will ich einen Stammbaum der de Warennes im sechzehnten Jahrhundert finden. Als Tochter des Grafen von Sussex müsste sie darin verzeichnet sein.« Die Frau auf dem Bild konnte kaum älter als zwanzig sein – vielleicht sogar erst siebzehn oder achtzehn. Cass fiel plötzlich auf, dass sie immer noch flüsterten. »Warum flüstern wir eigentlich?«
Er lächelte knapp, lachte aber nicht. »Ich weiß nicht. Vielleicht aus Ehrfurcht. Das Gemälde ist übrigens datiert. Das habe ich mit der Lupe feststellen können. Von dem Künstler habe ich noch nie gehört: Vanderleeck, vermutlich Holländer, und unter seinem Namen steht das Jahr 1554.« Er sah sie an.
Cass' Verstand bemühte sich, all diese neuen Informationen einzuordnen. Sie legte die Hand auf seinen Arm und dachte nur ganz am Rande daran, dass sie ihn noch nie zuvor berührt hatte. »Wenn sie 1555 gestorben ist, wäre das höchstens ein Jahr nachdem dieses Bild gemalt wurde. Mein Gott. Sehen Sie nur, wie jung sie noch ist!«
»Genau das dachte ich auch«, sagte er.
»Wir müssen eine Genealogie finden«, erklärte Cass.

»Es gibt auch andere Möglichkeiten. Wenn man sie als Ketzerin verbrannt hat, muss es eine Anklage und eine Gerichtsverhandlung gegeben haben.«

»Und Aufzeichnungen darüber«, schloss Cass grimmig und hoffte, dass diese junge Frau nicht so einen schrecklichen Tod gefunden hatte.

»Elena war eine reiche Erbin. Sie brachte ihm nicht nur Vermögen, sondern auch einen Titel. Ich stamme übrigens von ihr und Alvarado ab.«

Cass wusste, dass gleich etwas Wichtiges kommen musste.

»Es ist durchaus möglich, dass er sich seiner ersten Frau, Isabel, auf andere Weise entledigt hat.« Er zuckte die Schultern.

»Wie meinen Sie das, entledigt? Meinen Sie weggesperrt? Irgendwo in ein Kloster gesteckt, oder in den Turm eines abgelegenen Landsitzes, bis sie als alte, einsame Frau starb?«

»Alvarado wäre nicht der erste Adelige gewesen, der sich auf diese Weise eine lästig gewordene Ehefrau vom Hals geschafft hat«, erklärte Antonio gelassen und hielt ihrem Blick stand.

Cass starrte ihn an und drehte sich dann wieder zu Isabel um. »Wenn sie gewusst hätte, dass er ihr so etwas antun wollte, wäre es kein Wunder, dass sie so unglücklich aussieht. Und Sie haben Recht, ihr Blick hat etwas Vorwurfsvolles.« Sie dachte an Alvarados Porträt, das in ihrem Schlafzimmer hing. Die beiden passten so überhaupt nicht zusammen. Spanisch und britisch, katholisch und protestantisch, älter und noch sehr jung. Cass bemitleidete ihre Ahnfrau grenzenlos.

Plötzlich schlang sie die Arme um sich. Welches Schicksal Isabel auch ereilt haben mochte, es war nicht schön gewesen. »Sussex war Protestant, bevor er sich dem Aufstand anschloss, der schließlich Mary Tudor den Thron verschaffte. Aber viele Adelige haben es damals so gemacht, haben sich auf ihre Seite geschlagen, als sich abzeichnete, dass sie Edward auf dem Thron folgen würde. Sie haben sich nur scheinbar zum Katholizismus bekannt. Aber nicht

mehr als ein gutes Dutzend von ihnen wurde tatsächlich wegen Ketzerei angeklagt und zum Tode verurteilt.«
Er lächelte sie an. »Sie kennen sich wirklich gut aus.«
Cass errötete vor Freude. »Sie offenbar auch.«
Sie lächelten sich an und drehten sich dann schweigend wieder zu Isabels Porträt um. Plötzlich war es so still im Raum, dass Cass Antonios ruhigen, gleichmäßigen Atem hören konnte, und auch ihren eigenen, schnelleren. Sie erschauerte wieder, aber nun war nicht mehr die Kälte daran schuld. Sie hätte sich am liebsten umgedreht, um sicherzugehen, dass sie allein waren. Plötzlich war sie ganz sicher, dass Tracey hinter ihnen in der Tür stand und sie beobachtete. Cass fuhr herum; sie hatte sich geirrt. Da war niemand.
Cass wandte sich wieder dem Porträt zu. Isabels Leben war von Tragödien geprägt gewesen, dachte sie, das war ganz deutlich in ihren Augen zu lesen. »War dies ihr Zimmer?«, fragte sie.
»Ich weiß es nicht. Aber ich vermute es. Das große Schlafzimmer, für den Hausherrn, liegt nebenan.«
Sein Zimmer – das Zimmer, aus dem Tracey vorhin barfuß und zerzaust gekommen war. Cass merkte, dass sie immer noch die Arme um die Brust geschlungen hatte, und zwang sich, sie sinken zu lassen. »Vielleicht«, sagte sie langsam, »fühlt sich dieser Raum deshalb so … seltsam an. So finster und unbehaglich. So … erdrückend. Weil sie hier gelebt hat, vielleicht sogar hier gestorben ist, und weil sie hier so unglücklich war.«
Er lachte sie nicht aus. »Dieser Raum ist wirklich seltsam, genau wie Sie gesagt haben. Ich habe mich hier drin noch nie wohl gefühlt.« Nach einer kurzen Pause fügte er hinzu: »Eduardo will ihn überhaupt nicht betreten.« Ihre Blicke trafen sich.
Cass konnte nicht wegschauen, und obwohl ihr nur allzu bewusst war, dass sie mitten in der Nacht allein mit ihm in einem seltsamen Schlafzimmer stand, war sie sehr beunruhigt. Sie konnte nicht anders, als sich immer wieder umzusehen, aber natürlich

blieb das Zimmer, wie es war, ein alter Raum mit alten, müden Möbeln. Aber irgendetwas ließ ihr keine Ruhe, und sie kam nicht dahinter, was es war. Es war irgendetwas, das ihre Tante gesagt hatte. »Riechen Sie das? Sind das Veilchen?«

»Ja.« Seine Augen bohrten sich in ihre. »Vermutlich hat Alfonso Raumspray benutzt, als er heute Nachmittag so überraschend Gästezimmer herrichten musste.«

Cass fühlte sich eigenartig erleichtert. Sie lachte. »Du meine Güte, einen Moment lang dachte ich wirklich, ich rieche das Parfüm dieser toten Frau.« Sobald der Satz heraus war, verging ihr das Lachen, denn das hatte sie gar nicht gedacht – wo, zum Teufel, waren diese Worte hergekommen?

Antonio blieb ernst. »Wir betrachten Geister hier nicht so wohlwollend wie Sie in England.«

Cass wünschte, er hätte bei diesen Worten gelächelt. Plötzlich wollte sie nur noch so schnell wie möglich dieses Zimmer verlassen, also zuckte sie die Schultern und sagte leichthin: »Sie wissen doch, wie das bei uns ist: Mindestens ein Geist pro Herrenhaus und zwei in jedem Schloss.« Sie wollte gehen, doch Isabels blaue Augen hielten sie zurück, und plötzlich runzelte Cass die Stirn. Sie ging ein paar Schritte nach links bis ans Ende des Raumes und drehte sich nach dem Bild um. Wieder war Isabels intensiver Blick auf sie gerichtet. »Ihre Augen!«, rief sie leise aus. »Lieber Himmel, egal, wo man in diesem Raum steht, ihre Augen folgen einem.«

»Das habe ich auch schon bemerkt«, sagte Antonio gelassen. »Der Künstler war ein Genie, finde ich. Meinen Sie nicht auch?«

Cass wusste nicht, ob sie staunen oder zittern sollte, doch sie kehrte rasch zu Antonio zurück. Sie wollte ihn gerade bitten, sie wieder hinunterzubringen, als es plötzlich stockdunkel um sie wurde.

Ihr Herz machte einen Satz.

Er berührte ihre Hand. »Entweder eine fehlerhafte Glühbirne, oder mit den Leitungen stimmt etwas nicht. Das Haus steht seit vierunddreißig Jahren praktisch leer, Cassandra.« Sein Tonfall war beruhigend, als habe er ihre Gedanken erraten.

»Ja, natürlich«, erwiderte Cass. Aber dieses Gefühl, das ihr keine Ruhe lassen wollte, war immer noch da, schon seit sie dieses Zimmer betreten hatte, doch nun konnte sie es endlich benennen. Sie hatte das Gefühl, beobachtet zu werden. Das Gefühl, nicht allein zu sein.

Was völlig absurd war.

Denn sie waren allein; sie hatte sich in den letzten fünf Minuten ein Dutzend Mal umgesehen.

Er nahm ihren Arm und führte sie durchs Zimmer. Später erkannte Cass, dass das nur ein Reflex gewesen war, doch als sie durch die Tür traten, drückte er auf den Lichtschalter, wie man eben automatisch das Licht ausmachte, wenn man einen Raum verließ.

Die Nachttischlampe ging an.

Cass stolperte vor Schreck und wäre ihm beinahe in die Arme gefallen. Er stützte sie, und einen Moment lang sah sie zu ihm auf und empfand nicht nur Überraschung, sondern einen kleinen Schock – mit einem Anflug von Angst.

Er musste ihren Gesichtsausdruck gesehen und gelesen haben, denn er hielt sie immer noch fest und sagte: »Wenn ich den ganzen Sommer über hier bleiben will, werde ich wohl einen Elektriker rufen müssen. Die Leitungen sind alt und offensichtlich nicht in Ordnung.«

Die Leitungen, natürlich. Er schaltete das Licht wieder ab, und sie traten hinaus auf den Flur. Cass sah zu, wie er die Tür verschloss. Sie wusste, es gab keinen Grund, so erschüttert zu sein. Aber das Haus war nicht nur riesig, es war auch sehr alt, und seit Jahren hatte niemand mehr darin gewohnt. »Wissen Sie«, sagte sie langsam, während sie ihr Herz hämmern spürte und daran dachte, dass sie ihre Tante nicht erwähnen sollte, sich aber nicht

bremsen konnte, »meine Tante hat mich angefleht, nicht hierher zu kommen.«
Er drehte sich mit forschendem Blick zu ihr um. »Tatsächlich?«
Cass schlang die Arme um sich. »Seit ein paar Tagen ist sie ziemlich verwirrt. Sie wurde krank, kurz bevor ich abgereist bin, und lag sogar einige Zeit im Krankenhaus.«
»Das tut mir Leid. Es freut mich, dass es ihr wieder besser geht. Was hat sie denn gesagt?«, fragte er.
Cass wollte leichthin und scherzhaft antworten, brachte jedoch kein Lächeln zustande. »Sie sagte …« Sie zögerte. »Sie glaubt, unsere Familien wären durch ein schlimmes Schicksal verbunden. Dass jegliche Verbindung zwischen Ihrer und meiner Familie ein schreckliches Ende nehmen muss.« Endlich lachte sie, doch es klang heiser und verzerrt.
Sie erwartete, dass er sich nun über sie lustig machen würde. Das tat er nicht. Er sah sie schweigend an.
Cass' Lächeln erstarb. »Meine Tante ist krank geworden. Und Tracey …« Sie holte tief Luft. »Wir haben uns furchtbar gestritten, und das liegt bestimmt nicht daran, dass ein de la Barca in unser Leben getreten ist.«
Er sagte nur: »Das ist interessant.«
»Meinen Sie?«
»Meine Mutter hat auch so seltsame Vorstellungen. Sie weigert sich allerdings, darüber zu sprechen.«
Cass wurde immer unruhiger. »Was denn für seltsame Vorstellungen?«
Er sah ihr unverwandt in die Augen. »Sie glaubt, Isabel sei hier.«
Sie hielt seinem Blick stand.
»Meine Mutter würde das auf die Bibel schwören, und sie ist sehr gläubig.«
Cass lächelte traurig. »Na ja, es wäre schon möglich. Ich glaube auch an so etwas.« Sie fügte hinzu: »Irgendwie.« Sie atmete tief durch. »Aber wahrscheinlich treiben sich ganze Horden Ihrer

Vorfahren noch hier herum. Vielleicht fühlt sich das Haus deshalb so finster, unglücklich und merkwürdig an.« Sie konnte nicht anders, als sich wieder einmal im Flur umzusehen – als erwarte sie, einen Geist zu entdecken. Glücklicherweise sah sie keinen.

Und dann traf es Cass wie ein Schlag; sie erinnerte sich daran, was ihre Tante gesagt hatte, bevor sie ins Krankenhaus gekommen war: »Sie ist zurückgekommen.« Sie hatte von Isabel gesprochen. Cass spürte, wie eine schreckliche Kälte über sie hinwegzog wie ein Schleier eisiger Luft.

»Ich glaube, meine Mutter täuscht sich«, unterbrach Antonio ihre Gedanken. »Sie ist eine alte Frau«, fügte er hinzu. »Wie Ihre *Tante.*«

Plötzlich trafen sich ihre Blicke. Cass sagte hastig: »Vielleicht sollten wir diesen Elektriker möglichst bald rufen?« Es gefiel ihr nicht, wie er das Wort »Tante« ausgesprochen hatte.

Er lächelte grimmig. »Meine Mutter hasst Ihre Tante. Wussten Sie das?«

Cass' Knie drohten nachzugeben. Sie blinzelte ihn an und suchte vergeblich nach einer Antwort. Sie sah den letzten Schlag auf sich zukommen.

»Eigentlich hasst sie Ihre gesamte Familie«, sagte er. »*Abgrundtief.*«

Acht

Casa de Sueños – zweiter Tag

Was für ein wunderschöner Tag!«, rief Cass, als sie mit den beiden Kindern aus dem Mietwagen stieg, den sie eben vor der Ruine geparkt hatte. »Brauchst du Hilfe, Eduardo?«, fragte sie, als sei das die natürlichste Frage der Welt. Es machte sie betroffen, zuzusehen, wie er seine Krücken zurechtstellte und dann die Beine aus dem Wagen hob. Instinktiv wollte sie ihm zu Hilfe kommen.

»No, señora, graçias«, erwiderte er ernst und stemmte sich hoch. Alyssa wartete geduldig auf ihn und schlug die Autotür hinter ihm zu.

Cass öffnete den Kofferraum und holte zwei Decken und den Picknickkorb heraus. Grimmig schlug sie den Kofferraumdeckel wieder zu. Sie hatte in der vergangenen Nacht kaum geschlafen. Spielte Antonio mit ihr Katz und Maus?

Sie wollte nicht über ihre letzte Unterhaltung nachdenken. Damit würde sie sich nur diesen wunderschönen Tag verderben. Nun, im hellen Sonnenschein, erschienen ihr die Ängste der letzten Nacht beinahe albern.

»Und diese Festung hat wirklich deiner Familie gehört?«, fragte Alyssa mit ehrfürchtig gedämpfter Stimme.

Eduardo lächelte voller Stolz. *»Sí.* Viele hundert Jahre lang. Vor allem im Kampf gegen die Araber.«

»Araber waren mal in Spanien?«, fragte Alyssa verwundert.

Während Eduardo ihr die Grundzüge der Geschichte erklärte, bereitete Cass das Picknick vor und holte ihre Kamera aus der Schultertasche. Sie ging langsam vom Wagen weg und starrte dabei zum

näher gelegenen der beiden Türme hinauf und auf die löchrige Mauer zwischen den Türmen. Sie verscheuchte jeden Gedanken an Antonio de la Barca. Dies war der perfekte Tag für ein Picknick, ein perfekter Tag für die Kinder, die ihre Ferien genießen sollten – ein perfekter Tag auch für sie, ihren kurzen Aufenthalt in Spanien zu genießen.
Am tiefblauen Himmel war nicht eine einzige Wolke auszumachen. Es war zwar heiß, doch eine köstliche Brise strich über ihre Haut. Die Straße, auf der sie gekommen waren, war von hier aus noch teilweise zu sehen. Sie war unbefestigt, nichts regte sich, und so konnte sie sie leicht ignorieren. Direkt hinter der Festung erhob sich eine Gruppe hoher Fichten, ein kleines Wunder der Natur. Cass stellte fest, wie sehr ihr Kastilien gefiel. Das einsame, raue Land wirkte auf sie faszinierend und sehr eindrucksvoll. Ein Jammer, dass sie unter so seltsamen, anstrengenden Umständen hier war. Eines Tages, das versprach sie sich, würde sie hierher zurückkehren und richtig Urlaub machen.
Cass schoss die ersten Fotos.
»Tante Cass? Dürfen wir in die Ruine hinein?«, rief Alyssa.
»Wartet auf mich«, erwiderte Cass und hängte sich die Kamera über die Schulter.
»Ich kann das schon allein, Señora«, sagte Eduardo ernst.
Beim Aufbruch hatte Cass Antonio versprochen, dass sie sehr gut aufpassen würde. Doch Eduardos Blick war ernsthaft und hoffnungsvoll, und trotz seiner Krücken und Beinschienen bewegte er sich flink und geschickt wie ein Eichhörnchen. Sie sah, dass er sich danach sehnte, einfach nur zu spielen wie jedes andere Kind auch. Sie hatte nicht danach gefragt, aber sie war ziemlich sicher, dass er als Kleinkind an Polio erkrankt sein musste. Wie schrecklich.
»Na gut«, entschied sie plötzlich. Sie sah zu, wie die beiden vorsichtig über ein Brett balancierten, das als Steg über dem kleinen Burggraben lag. Cass vermutete, dass die Vertiefung durch natürliche Verwitterung entstanden war.

Plötzlich fragte sie sich, ob auch Isabel diese Festung einmal besucht hatte. Und der Anblick dieser Ruinen aus dem vierzehnten Jahrhundert ließ sie erneut an die Möglichkeit denken, dass Antonios Haus doch noch einige seiner Vorfahren beherbergte. In England galt es fast als selbstverständlich, dass es in solchen Gemäuern spukte, und Cass hatte schon viele dieser Häuser selbst besichtigt. Das würde erklären, weshalb das Haus so unfreundlich und abweisend wirkte, so kalt und düster. Außerdem war es sehr alt. Wie konnte ein solches Gemäuer nicht von ein, zwei Geistern bewohnt sein?

Die Kinder waren in dem bogenförmigen Durchgang an einer Turmseite stehen geblieben. Cass beobachtete, wie sie plötzlich hinter der verfallenden Mauer verschwanden.

Angst und Unsicherheit packten sie.

Das, dachte sie, war nicht gut. Wenn Eduardo irgendetwas zustieße, würde Antonio ihr das nie verzeihen – und sie sich selbst auch nicht. Ihr Instinkt schrie ihr zu: *Dumm, das ist dumm von dir!* Ihre Angst hatte auch gar nichts mit herumspukenden Geistern zu tun. Sie rannte zurück zu ihrem Picknickplatz und von da aus den Kindern hinterher in die Ruine. Wie leicht konnte Eduardo stolpern und sich verletzen.

Sobald Cass den Graben überquert und die Ruine betreten hatte, sah sie die Kinder mitten in der ehemaligen großen Halle stehen. Erleichtert hielt sie inne und atmete tief durch. Von jetzt an würde sie sie nicht mehr aus den Augen lassen.

Cass sah sich neugierig um. Hier und da ragten Mauersteine aus der Erde – Teile des Fußbodens und ein kleiner Haufen, der wohl einmal eine Wand oder Säule gewesen war. Dann merkte sie, dass Alyssa und Eduardo stocksteif stehen geblieben waren.

»Kinder? Ist alles in Ordnung?« Sie standen mit den Rücken zu Cass und starrten durch eine Lücke in der gegenüberliegenden Mauer hinaus. Da stimmte etwas nicht.

Gleichzeitig drehten sich die beiden um, und die kleinen Gesichter waren bleich vor Schreck.

Sie erschrak ebenfalls. »Was ist denn?«, rief Cass und rannte zu ihnen hinüber.
»Tante Cass, da draußen ist jemand«, flüsterte Alyssa.
Cass zögerte und zog instinktiv die beiden Kinder an sich, als sie sich umdrehte, um durch die Lücke in der Mauer zu schauen. Sie sah nur die Baumgruppe, doch ihre Gedanken überschlugen sich. Es war kein anderes Auto zu sehen als ihres. Bis zum nächsten Ort waren es mit dem Wagen zwanzig Minuten. Wer sollte hier draußen sein, und warum? Was hatte er oder sie hier zu suchen? Es gefiel ihr nicht, mit den Kindern allein zu sein, wenn sich hier ein Unbekannter herumtrieb.
Das gefiel ihr ganz und gar nicht.
»Ich sehe niemanden«, sagte sie angespannt. »Seid ihr sicher, dass ihr jemanden gesehen habt?«
Beide nickten. »Eine Frau ist sehr schnell unter diesen Bäumen verschwunden«, sagte Eduardo. »Als wollte sie nicht, dass wir sie sehen.«
»Ich habe aber einen Mann gesehen«, widersprach Alyssa. »Einen kleinen, dicken Mann.«
»Ich habe sehr gute Augen«, sagte Eduardo schlicht.
Cass' Herz raste. Sie starrte in die Baumgruppe, doch sie konnte keine Bewegung oder sonst einen Hinweis darauf erkennen, dass sich dort jemand aufhielt. »Sagt mal, kann es nicht sein, dass ihr euch das nur eingebildet habt? Was sollte denn jemand so weit hier draußen wollen, und ohne Auto?«
Die Kinder sahen einander an. »Die Leute aus dem Dorf benutzen meistens Fahrräder«, erklärte Eduardo. »Oder sie gehen zu Fuß.«
Cass bemühte sich, ruhig zu bleiben. »Na ja, wer es auch war, er ist weg. Wollt ihr die Ruine weiter erforschen? Oder sollen wir erst essen und sie uns dann ansehen?« Sie lächelte auf die beiden ernsten Gesichter hinab, die zu ihr aufblickten, doch sie musste sich Mühe geben, sich ihre Sorge nicht anmerken zu lassen. Was, wenn hier tatsächlich jemand herumlungerte?

»Essen«, sagte Alyssa und schenkte Eduardo ein scheues Lächeln.
»Essen«, stimmte er zu und lächelte Cass an.
Cass staunte nicht schlecht. Wenn sie nicht alles täuschte, war ihre Nichte in Antonios Sohn verliebt! Wie niedlich, dachte sie und breitete die Decken aus. Dann verflog ihre Freude. Sie konnte nicht anders, als sich immer wieder zu den Bäumen umzudrehen. Dort drüben regte sich nichts. Die Kinder setzten sich.
Ein Falke kreiste über ihnen, und Cass konnte nicht einmal diesen Anblick bewundern. Sie nahm die Kamera von der Schulter. »Ich mache erst ein paar Aufnahmen von der Festung«, erklärte sie, »und esse dann später.«
Die Kinder hatten eine Diskussion um diverse Pokémon-Charaktere begonnen. Cass hob die Kamera und schoss einige Fotos von den Mauern, den Türmen, den Zinnen obendrauf, von dem Torbogen. Sie kniete sich hin, um die ganze Mauer mit dem hinteren Turm aufzunehmen. Sie stieg eine Treppe hinauf und fotografierte die Aussicht von der Mauer, auf der sie stand. Schließlich war sie zufrieden.
Cass hüpfte von der Mauer und kehrte zu den Kindern zurück, die schon mit dem Essen fertig waren.

Antonio erwartete sie bereits. Sein erster Blick galt seinem Sohn, und Cass sah die Erleichterung in seinen Augen. Dann lächelte er sie alle an. »Wie war das Picknick?«, fragte er.
»Muy bueno«, antwortete Eduardo und erwiderte das Lächeln.
»Die Kinder hatten viel Spaß«, erklärte Cass.
Er sah sie an. »Und Sie? Haben Sie den Ausflug auch genossen?«
Cass zögerte. »Ja, mir hat es auch Spaß gemacht.« Sie schaute weg und sah ihn dann wieder an. »Ich habe ein paar tolle Aufnahmen von der Ruine gemacht.«
Er sah sie wortlos an, und Cass hatte das Gefühl, er spürte, dass sie ihm etwas verschwieg.

Eduardo sagte: »Papá, wir haben jemanden bei den Bäumen gesehen.«

Antonio wandte sich seinem Sohn zu. »Bei der Ruine?« Er klang ungläubig.

Cass unterbrach die beiden. »Die Kinder meinen, sie hätten etwas gesehen«, sagte sie. »Aber da war niemand, das haben sie sich nur eingebildet.«

Er nickte. »Zeit für eine Siesta«, sagte er zu seinem Sohn. Und dann zu Cass: »Ihre Tante hat angerufen.« Seine Augen wurden schmal. »Sie klang sehr verstört.«

Cass nickte bedrückt und wich seinem fragenden Blick aus. Catherines Ängste würden sie nur noch nervöser machen. Doch sie musste sie zurückrufen und ihr versichern, dass alles in Ordnung war. »Ich rufe sie später an. Alyssa, für dich ist es auch Zeit für eine Siesta.«

Alyssa gähnte bereits, ein Opfer von Hitze und Jetlag. »Natürlich, Tante Cass.«

»Cassandra.«

Cass erstarrte mitten im Schritt. Sie würde sich nie daran gewöhnen, wie er sie mit seiner melodischen Stimme und dem sinnlichen Akzent bei ihrem vollen Namen nannte. »Ja?«

»Während die Kinder sich hinlegen, möchten Sie mich vielleicht bei einer kleinen Untersuchung begleiten?« Sein Blick war forschend.

Ihr Herz klopfte schneller. »Was wollen Sie denn untersuchen?«

»Ich möchte mir die Familiengruft ansehen. Die fragliche Dame müsste eigentlich dort begraben sein, und dann könnten wir wenigstens ein paar Daten in Erfahrung bringen.«

»Ich komme sehr gerne mit«, sagte Cass so hastig, dass er lachen musste.

»Dann treffen wir uns in einer Viertelstunde unten«, schlug er vor. »Wenn Ihnen das recht ist.«

Sie musste dringend duschen; sie würde sich eben sehr beeilen.
»Ja, natürlich«, sagte sie. »Wo ist denn Tracey?«
Bevor Antonio etwas sagen konnte, trat Tracey aus dem Flur, der zu ihren Zimmern führte, heraus in die große Halle. »Hier bin ich«, sagte sie; ihr Blick war hart wie Stahl, eisig kalt und direkt auf Cass gerichtet.
Cass erschrak. »Das Picknick war sehr nett«, sagte sie.
Traceys Lächeln wirkte unecht. »Ich möchte auch mit in die Gruft. Ich bin dabei.«
In dieser Sekunde erkannte Cass, dass sie sich nicht getäuscht hatte, als sie im Blick ihrer Schwester blanken Hass zu sehen glaubte. Doch das währte nur einen Augenblick. Tracey hatte sich schon Antonio zugewandt.
Cass stockte der Atem.
O Gott.
Tracey sah in ihr eine Bedrohung.
Aber hatte sie damit nicht Recht? Nicht, dass Cass ihr tatsächlich Antonio abspenstig machen könnte – aber sie hatte immerhin schon öfter an so etwas gedacht.
»In einer halben Stunde dann«, sagte Antonio gerade. »Ich rate dir, feste Schuhe anzuziehen.«
»Kein Problem«, erwiderte Tracey, trat zu ihm und schlang einen Arm um seine Taille. Sie trug kurze Shorts, strassbesetzte Riemchensandalen und ein knappes T-Shirt. Die meisten Männer hätten sich in ihrer Gegenwart kaum beherrschen können. Antonio hingegen, das bemerkte Cass nun zum ersten Mal, erwiderte ihre Zärtlichkeiten nicht; er rückte von ihr ab.
Cass hatte keine Ahnung, was sie davon halten sollte. Sie ergriff die Flucht.

»Dies war früher ein bedeutendes Kloster«, erklärte Antonio. »Vor etwa sechzig Jahren wurde es aufgegeben, nicht wegen nachlassender Religiosität, daran ist mein Land sehr reich, sondern aus wirt-

schaftlichen Gründen.« Er parkte vor dem ehemaligen Kloster und warf Cass im Rückspiegel einen Blick zu.
»Wie interessant«, zwitscherte Tracey übertrieben fröhlich. Cass wusste, dass sie sich langweilte und ihm das Interesse an dieser Expedition nur vorspielte.
»Hatten Sie nicht gesagt, Sie wüssten nicht viel über diese Gegend?«, fragte Cass, als sie aus dem Jeep stiegen. Sie standen vor einigen alten Gebäuden, das größte davon war rechteckig und fensterlos. Rechts von ihr befanden sich ein Brunnen und ein großer Haufen alter Ackerbaugeräte.
»Seit ich Anfang der Woche hergekommen bin, habe ich mich mit den Aufzeichnungen und Recherchen meines Vaters beschäftigt«, erwiderte Antonio. »Er war ein genialer Mann, doch wie die meisten Genies war er leider sehr unordentlich. Ich wünschte wirklich, er hätte seine Unterlagen etwas methodischer geführt.«
»Das würde uns die Suche sehr erleichtern«, stimmte Cass zu.
»Was für eine Suche?«, fragte Tracey, als sie an der Außenmauer des länglichen Gebäudes mit dem schrägen Dach entlangliefen. Kies knirschte unter ihren Füßen.
Cass wünschte, sie hätte sich anders ausgedrückt.
»Und seit wann sucht ihr beide irgendetwas *gemeinsam?*«, bohrte Tracey nach.
Vor ihnen lag nun ein Friedhof. Zahlreiche verwitterte Grabsteine aus Marmor und Granit ragten aus dem Gras, und in der Mitte erhob sich ein Mausoleum mit einem tempelartigen Säulenvorbau. Cass spürte, wie ihr Herz pochte. Als sie darüber gesprochen hatten, war ihr diese Mission nur spannend erschienen – doch plötzlich begriff sie, was sie gleich tun würden. *Gütiger Gott*, dachte sie unwillkürlich. Würden sie wirklich eine Gruft erforschen?
Antonio sagte ruhig: »Ich habe deine Schwester gebeten, mir bei meinen Nachforschungen zu helfen. Immerhin teilt sie meine Liebe zur Vergangenheit.«
Tracey blickte fassungslos von ihm zu Cass.

Cass seufzte innerlich, denn auf weiteren Streit mit ihrer Schwester wollte sie sich jetzt nicht einlassen. »Das ist doch nur ein bisschen Recherche«, brummte sie gereizt. Sie warf Tracey einen Blick zu. »Und nur dieses Wochenende. Wenn du dich erinnerst, ich fahre am Montag nach Hause.«

Tracey wirkte nicht beruhigt.

»Sie können sehr gern länger bleiben«, erklärte Antonio.

Cass drehte sich überrascht zu ihm um.

»Ich könnte Ihre Hilfe wirklich gebrauchen«, fügte er hinzu.

»Sie reist ab«, sagte Tracey bestimmt. Sie wirkte entschieden, aber verwirrt. Die Verwirrung in ihrem Blick ließ sie jung und verletzlich wirken. »Es ist schon alles arrangiert.« Sie blickte wieder zwischen den beiden hin und her.

Schweigend betraten sie den überwucherten Friedhof. Ein paar verkrüppelte Bäume umstanden ihn wie Wächter, und das Gras reichte Cass bis zu den Knien. Es war sehr still, still und leer. Sie wünschte, zumindest ein Vogel würde irgendwo singen. »Wer liegt hier begraben?«, fragte sie, und ihre Stimme klang zu laut und schrill.

»Adelige. Mönche. Weniger bedeutende Familienmitglieder.« Er sah sie unverwandt an.

Cass konnte kaum den Blick abwenden. Sie glaubte, er müsse ihre Beunruhigung spüren können. Als er sie anlächelte, drehte sie sich hastig um und betrachtete einen besonders prächtigen marmornen Grabstein, dessen glatte weiße Oberfläche vom Staub und Schmutz vieler Jahre verdeckt wurde. Die Zahlen auf dem Stein ließen auf das siebzehnte Jahrhundert schließen, die Inschrift konnte sie nicht lesen. »Ein de la Barca«, murmelte sie.

»Das ist doch verrückt«, schimpfte Tracey und schlang die Arme um sich. »Auf einem verdammten Friedhof herumzuspazieren.«

Antonio sagte nichts darauf, sondern führte sie zwischen den Gräbern hindurch, wobei er und Cass ab und zu stehen blieben, um

Namen und Daten auf den Steinen zu lesen. Schließlich standen sie vor dem Mausoleum, das aus der Nähe recht imposant wirkte. Vier dicke Säulen stützten den Vorbau, und einige steinerne Stufen führten hinauf zur Tür – vor der ein schweres Vorhängeschloss hing.

»Es ist abgeschlossen«, rief Cass, in deren Stimme sich Erleichterung und Enttäuschung mischten.

Antonio verzog das Gesicht. »Damit hätte ich rechnen müssen. Selbstverständlich ist die Gruft verschlossen, um sie vor jugendlichen Vandalen zu schützen.« Er runzelte die Stirn.

»Ich habe eine tolle Idee«, sagte Tracey und zupfte an seinem Ärmel. »Fahren wir doch nach Pedraza auf einen kühlen Drink und ein paar Tapas.«

Niemand antwortete ihr.

Cass war innerlich zerrissen. Was, wenn die Antwort, die sie suchten, in diesem Mausoleum lag? Außerdem sollte Antonio sie ja nicht für einen Feigling halten. Sie holte tief Luft. »Vielleicht können wir das Schloss aufbrechen«, sagte sie und marschierte entschlossen die Treppe hinauf.

»Genau das dachte ich auch gerade.« Antonio folgte ihr. Sein Atem kitzelte ihr Ohr. Dies, so dachte Cass, war kein guter Zeitpunkt, um solche Kleinigkeiten zu bemerken.

Cass packte das Schloss und zog daran, so fest sie konnte. Die Kette riss so leicht, dass sie rückwärts die Treppe hinunterfiel und unsanft auf dem Boden landete.

»Ist alles in Ordnung?« Antonio sprang die Treppe hinab und kniete sich neben sie. Er legte die Hände auf ihre Schultern, die auf einmal lächerlich schmal wirkten.

Cass blickte zu ihm auf, sah die Sorge in seinen Augen, merkte, wie albern die Szene ausgesehen haben musste, und brach in Lachen aus. »Heureka«, sagte sie.

Er schüttelte ebenfalls lachend den Kopf. Dann streckte er ihr die Hand hin. Cass ergriff sie, und er half ihr auf.

Abrupt ließ sie seine Hand los und drehte sich zu Tracey um. Zwei hellrote Flecken brannten auf deren Wangen. Die beiden Schwestern starrten einander an. Cass wollte eigentlich etwas Beschwichtigendes sagen, als Antonio sich abgewandt hatte, doch stattdessen sagte sie: »Ich kann doch nichts dafür, wenn wir nun mal beide die Vergangenheit lieben.«
Tracey biss sichtlich die Zähne zusammen. »Nein, natürlich nicht.«
Cass wünschte, sie hätte irgendetwas anderes gesagt. Warum hatte sie auch noch Öl ins Feuer gegossen?
»Gehen wir hinein«, schlug Antonio vor, als bemerke er nichts von der wachsenden Spannung zwischen den Schwestern.
Sie betraten das Mausoleum, in dem pechschwarze Finsternis herrschte. Antonio knipste seine Taschenlampe an, doch der dünne Lichtstrahl reichte kaum weiter als einen Meter. Cass zitterte. Es war nicht nur dunkel hier drin, sondern auch feucht und kalt, und sehr, sehr muffig.
»Hier war bestimmt seit Jahren niemand mehr«, murmelte sie, während sie die ersten Gräber zu ihrer Rechten betrachtete. »Ich hoffe, wir übertreten nicht irgendein Gesetz.«
»Aber nein«, erwiderte Antonio aufgeregt.
»Ihr seid doch beide nicht ganz dicht. Welcher normale Mensch will schon hier unten bei einem Haufen toter Leute sein?«, rief Tracey nervös.
»Trace, alle hier unten sind längst tot und begraben.« Cass lächelte beruhigend. Dies war gewiss nicht der passende Zeitpunkt, um an das seltsame Gefühl von gestern Abend zu denken, oder daran, dass es im Haus womöglich spukte – wenn Antonios Mutter Recht hatte –, oder sich zu fragen, ob Isabel irgendwo herumgeisterte. Tracey hatte Recht. Sie waren nicht ganz bei Trost.
»So etwas wie Geister gibt es nicht«, brummte Tracey, die offenbar an dasselbe dachte.
»Psst«, machte Antonio und ging an den ersten beiden Grabmalen

vorbei. Die prachtvollen steinernen Särge waren mit Reliefs der Verstorbenen geschmückt.
Cass starrte zitternd in die Dunkelheit. Doch dann gewann die Historikerin in ihr die Oberhand. Es galt hier etwas zu erforschen, ein bestimmtes Grab zu finden. Sie folgte Antonio an weiteren steinernen Sarkophagen vorbei und warf dabei einen Blick auf die eingemeißelten Daten. »Das ist faszinierend, wenn auch etwas unheimlich«, sagte sie schließlich zu Antonio, der ihr den Rücken zugewandt hatte.
Er war einige Schritte vor ihr, und sie und Tracey beeilten sich, ihn einzuholen. »In diesem Bereich sind die Gräber aus dem siebzehnten Jahrhundert«, sagte er.
Cass trat dicht hinter ihn. Sie konnte ihre Aufregung kaum verbergen. Und es war nicht so schlimm hier unten, wie sie befürchtet hatte. »Wenn sie 1554 geheiratet hat – und damals kann sie höchstens zwanzig gewesen sein, ich würde sogar vermuten, sie war noch jünger – und wenn sie doch nicht auf dem Scheiterhaufen verbrannt wurde, wenn sie vielleicht erst mit fünfzig oder so gestorben ist, dann wäre das um die Jahrhundertwende gewesen.« Eigenartigerweise widerstrebte es ihr, Isabels Namen auszusprechen.
»Daran habe ich auch schon gedacht. Aber sie müsste doch vor Alvarados Hochzeit mit Elena gestorben sein …« Er hielt inne. »*Dios mío*. Hier sind sie.«
Cass wäre beinahe gegen ihn gelaufen; vor lauter Aufregung hielt sie sich von hinten an seiner Taille fest und spähte um seine Schulter herum. »Wer? Alvarado und …« Sie verstummte.
»Alvarado und Elena«, hauchte er.
Tracey tauchte schweigend neben ihnen auf.
Cass war seltsam enttäuscht; sie hatte schon geglaubt, er meinte Alvarado und Isabel. Antonio richtete die Taschenlampe auf die beiden Sarkophage, und Cass erkannte sofort, dass das Relief von Alvarado sehr gut gelungen war. Trotz der strengen Miene musste

er ein gut aussehender Mann gewesen sein. Er war 1528 geboren worden und 1575 gestorben. Elena war wesentlich jünger gewesen als er, sah Cass, und auch früher verstorben; auf ihrem Grabmal war 1544–1571 zu lesen.

Cass zitterte. »Sie war ja noch ein Kind, als sie seine Frau wurde. Sagten Sie nicht, sie hätten 1560 geheiratet?«

»1562.« Er schwenkte den Lichtstrahl weiter herum. »Sie muss hier sein. Aber wo?«

Cass folgte dem Lichtstrahl, las Namen und Daten. »Vielleicht hat sie sogar alle beide überlebt. Vielleicht hatten Sie Recht. Vielleicht hat er sie in irgendein Kloster abgeschoben oder auf ein entlegenes Anwesen, und sie ist dort gestorben und beerdigt worden.«

»Vielleicht wurde sie aber auch auf dem Scheiterhaufen verbrannt, und niemand hat sich die Mühe gemacht, ihre Asche einzusammeln und ordentlich zu bestatten«, lautete Antonios verstörende Erwiderung.

»Das will ich nicht hoffen«, brummte Cass.

»Hallo? Wen kümmert dieses Weib? Ich finde, wir sollten gehen. Mir gefällt es hier überhaupt nicht«, sagte Tracey und drückte sich an Cass. Cass spürte, dass ihre Schwester zitterte, aber sie war ja auch viel zu leicht angezogen.

»Ich sage das nur ungern, aber ich hätte auch nichts dagegen«, sagte Cass. »Antonio, hier sind wir schon Mitte des fünfzehnten Jahrhunderts. Da kann sie nicht sein.«

»Sie haben Recht. Sie ist nicht hier.« Er klang sehr enttäuscht.

»Halb so schlimm. Wir werden sie schon finden. Wir müssen uns nur die Aufzeichnungen Ihres Vaters gründlich vornehmen«, versicherte ihm Cass. Dann fiel ihr auf, dass sie »wir« gesagt hatte.

»Sie haben Recht. Es gibt noch viel zu tun.« Er drehte sich um und sah sie an. »Ich weiß Ihre Hilfe sehr zu schätzen, Cassandra.«

Cass konnte nicht anders, als ihn anzustarren, obwohl sie ihn nur

undeutlich erkennen konnte; sie brachte nicht einmal ein Lächeln zustande. »Das tue ich wirklich gern.« Die Worte sprachen sich wie von selbst. Und trotz der ungewöhnlichen Umstände entsprachen sie der Wahrheit.
»Wollen wir gehen?« Antonio schwenkte abrupt die Taschenlampe vom letzten Grabmal fort.
»Je schneller, desto lieber«, sagte Cass.
Antonio sah ihr in die Augen, und Cass musste sich nun endlich eingestehen, dass ihr Herz raste, ihre Knie schwach wurden und sie Schmetterlinge im Bauch hatte, wenn er sie ansah. *Verdammt.*
»Wusstest du, dass meine Tante und dein Vater eine Affäre hatten?«, sagte Tracey laut.
Cass fuhr herum. Antonio erstarrte und drehte ruckartig den Kopf. Ihre Schwester lächelte gehässig.
Woher, zum Teufel, wusste Tracey davon?
Tracey verschränkte die Arme vor der Brust und stand ihnen trotzig gegenüber. Ihr Blick war richtig boshaft. »Ich habe mitgehört, als Tante Catherine *dir* alles erzählt hat, Cass.« Sie lächelte Cass an, doch das Lächeln war kalt und drohend. »Welch ein interessantes, nein, *faszinierendes* Gespräch.«
Cass war das Herz stehen geblieben. Schweiß trat ihr auf die Stirn. »Tracey, bitte nicht.« Wie viel hatte Tracey belauscht? Was wusste sie sonst noch? Sie würde doch wohl nicht Tante Catherine ausliefern, um ihr und Antonio wehzutun?
»Sie hatten eine Affäre.« Tracey starrte Antonio an. »Hier, in der Casa de Sueños.«
Antonio sah sie wortlos an. Cass warf einen raschen Seitenblick auf ihn und merkte, dass er blass geworden war. Ohne darüber nachzudenken, griff sie nach seiner Hand und drückte sie fest. »Es tut mir Leid«, flüsterte sie. »Es tut mir so Leid.«
Er war sprachlos.
Dann wandte sich Cass ihrer Schwester zu. »Ich kann nicht glauben, dass du das getan hast«, sagte sie eisig.

Tracey zuckte nur die Schultern. »Tante Catherine hat wirklich tolle Geschichten zu erzählen. Nicht wahr, Cass?«
Cass spürte, wie sich Antonios Hand verkrampfte, bevor er sie ihr entzog. Sie hatte richtig vermutet – Tracey hatte alles mit angehört. Kein Zweifel. Cass hätte ihre Schwester am liebsten erwürgt, weil sie wie ein verzogenes Kind jede Chance ergriff, Aufmerksamkeit auf sich zu ziehen. Doch vor allem musste sie sie daran hindern, ihm noch mehr zu verraten. »Keine Ahnung«, log Cass. »Ich denke, wir sollten erst einmal hier raus. Antonio?«
Er riss den Blick von Tracey los und sah sie an. »Ich habe das bisher nur vermutet«, sagte er langsam, ohne den Blick abzuwenden. »Ich hatte einen Verdacht, sobald ich herausfand, dass Ihre Tante hier war, als er starb, und wie sehr meine Mutter sie hasste.«
Cass stand reglos vor ihm. »Es tut mir Leid«, wiederholte sie hilflos.
Sein Blick wirkte hart. »Was verschweigen Sie mir noch?«
Cass erstarrte. Und während sie mit pochendem Herzen nach einer Antwort suchte, hörte sie die Tür des Mausoleums über ihnen zuschlagen.
Sie standen plötzlich in völliger Dunkelheit in der Gruft.

Neun

Casa de Sueños – zweiter Nachmittag

Die Tür!«, schrie Tracey panisch. »Sind wir eingeschlossen?«
Cass stand neben Antonio. Ihre Augen waren weit aufgerissen, und sie empfand dieselbe Panik, die sie in Traceys Stimme hörte. Sie konnte ihn im Dunkeln kaum erkennen. »War das die Tür?« Ihre Stimme klang fremd, viel zu hoch.
»Ich glaube schon. Bleibt ruhig. Wir sind sicher nicht eingeschlossen.« Sein Tonfall war gelassen, fest und unglaublich beruhigend.
Er ging an ihnen vorbei zurück zum Eingang. Cass stand da wie erstarrt und dachte nur: *Jemand hat die Tür zugeschlagen.*
Derselbe Jemand, der vor ein paar Stunden bei der Ruine herumgelungert hatte?
»Jemand hat die Tür zugemacht«, wimmerte Tracey, die plötzlich neben Cass stand; damit hatte sie Cass' eigene Gedanken ausgesprochen. »Und wir sind hier unten eingesperrt, mit verdammt vielen toten Leuten!«
Cass wollte erwidern, das sei bestimmt nur der Wind gewesen. Aber draußen war es nicht windig, und das wusste sie nur zu gut. »Fluch nicht über die Toten«, sagte sie statt dessen.
Cass und Tracey starrten einander an. Das Gesicht ihrer Schwester war nur ein bleicher Schemen im Dunkel der Gruft, bis auf ihre Augen, die weiß schimmerten. Und dann rannten sie Antonio nach.
Er stand ganz oben auf der Treppe und drückte gegen die Tür. Cass hätte vor Erleichterung in Ohnmacht fallen mögen, als

sie sah, wie die Tür langsam aufglitt. Sie und Tracey wechselten noch einen Blick – dann rannten sie die Treppe hinauf und nach draußen.

Antonio war schon hinausgetreten und sah sich überall um. Er lächelte nicht. »Wollen wir zum Haus zurückfahren?«, fragte er und schloss die Tür. »Morgen lasse ich ein neues Vorhängeschloss anbringen.«

Cass merkte, wie laut ihr Herz noch immer hämmerte. Auch sie sah sich gründlich um – es war niemand zu entdecken. Nur ihr Fahrzeug stand vor dem Kloster. »Keine Menschenseele zu sehen«, brummte sie.

Antonio fuhr herum und sah sie scharf an.

Erst jetzt fiel Cass ihre seltsame Wortwahl auf.

»Wer hat diese Tür zugeschlagen?«, fragte Tracey empört, als sie die Treppe hinabstiegen und dem Mausoleum den Rücken kehrten.

Cass warf einen Seitenblick auf Antonio, während sie über den Friedhof eilten. Er antwortete nicht. »Na ja«, sagte sie leichthin, »vielleicht war es ein plötzlicher Windstoß.«

Tracey blieb abrupt stehen und starrte sie ungläubig an. »Und du willst eine Intellektuelle sein? Hier regt sich kein Lüftchen, und außerdem ist diese Tür schwer. Sehr schwer. Da müsste schon jemand kräftig drücken, und das weißt du genau. Also red nicht solchen Unsinn.«

Cass hatte keine Antwort parat. Sie wusste nicht einmal, was sie denken sollte. Aber Tracey hatte Recht. Jemand hatte diese Tür absichtlich geschlossen; es gab keine andere Erklärung. Cass ging etwas langsamer und sah sich noch einmal in alle Richtungen um.

»Trödel nicht so«, brummte Tracey, die ihr voranging. Doch sie drehte sich dabei nach Cass um – und lief direkt gegen einen kleinen, kniehohen Grabstein. Sie schrie auf.

Cass drehte sich um, und Antonio half ihr auf. Tracey trat von dem kleinen grauen Stein zurück und strich sich das Haar aus dem Gesicht. Ihre Hände zitterten.

»Alles in Ordnung?«, fragte Cass und eilte zu ihr.

»Ich habe mir nur das Schienbein gestoßen. Machen wir, dass wir hier wegkommen. Auf diesem Friedhof kriegt man ja eine Gänsehaut.«

»Por Dios«, entfuhr es Antonio.

Cass wirbelte herum.

Er beugte sich über den Stein. »Cassandra.« Nun klang er nicht mehr geschockt, sondern erregt.

Und Cass wusste es. »Isabel?«, rief sie.

»Kommen Sie.« Er konnte den Blick nicht von dem Stein wenden und kniete sich nun davor.

Cass sank neben ihm auf die Knie. In den Grabstein war eine Inschrift in Spanisch gemeißelt, doch der Name Isabel de la Barca und die Jahreszahlen 1535–1555 stachen ihr sofort ins Auge. »Du meine Güte!«, rief Cass, die in ihrer Aufregung gar nicht merkte, dass sie sich an Antonio lehnte.

Er schien auch keine Notiz davon zu nehmen. Er las mit seltsam klingender Stimme vor:

> »Hier ruht Isabel de la Barca
> geboren 1535 – gestorben 1555
> Nichte von John de Warenne,
> Graf von Sussex
> Und Ehefrau von Alvarado de la Barca,
> Graf von Pedraza
> Eine Ketzerin und ein unkeusches Weib
> Gott sei ihrer Seele gnädig
> Sie ruhe in Frieden.«

Cass war wie versteinert.

Auch Antonio verharrte reglos vor dem Grabmal.

Und dann trafen sich ihre Blicke.

Flughafen Gatwick – am selben Nachmittag

Catherine fragte sich, was sie da tat, während sie sich auf Celia gestützt langsam in einer Schlange durch den Mittelgang einer Boeing 747 schob, auf der Suche nach ihren Plätzen. Zum ersten Mal in ihrem Leben musste Catherine einen Gehstock benutzen, da sie immer noch sehr schwach war.
Was, um Himmels willen, tat sie hier? Es war noch nicht zu spät, es sich anders zu überlegen und umzukehren.
»Da wären wir, Lady Belford, dies sind unsere Plätze«, sagte Celia fröhlich. Sie hatte darauf bestanden, Catherine zu begleiten. Catherine ihrerseits hatte darauf beharrt, dass sie weder Unterstützung noch Gesellschaft brauche. Doch schließlich hatte sie kapituliert, denn ihre gewohnte Entschiedenheit und Willenskraft waren noch nicht wieder hergestellt.
Catherine sank erleichtert auf ihren Fensterplatz in der Business Class. Doch diese Erleichterung war nur körperlich. Sie hatte große Angst. Sie fürchtete sich fast zu Tode.
»Geht es Ihnen gut, Lady Belford?«, fragte Celia, die neben ihr Platz genommen hatte.
Catherine lächelte schwach. Sie nickte. »Ja, danke, meine Liebe.«
Celia erwiderte das Lächeln, doch ihre warmen Augen blickten besorgt.
Ich bin zu alt für so etwas, dachte Catherine seufzend. *Ich bin zu alt, um einen solchen Zwist zu überstehen, und zu alt, um mich der Vergangenheit zu stellen. Was, in Gottes Namen, hat mich dazu getrieben?*
Doch in demselben Augenblick, da sie das dachte, wusste sie es.
Sie wusste es, und es war kein »was«, sondern ein »wer«. Sie schloss die Augen, als einer der Piloten die übliche Ansage begann. Sie bekam kein Wort davon mit.
Sie wandelte in der Vergangenheit, ein Bild nach dem anderen

führte sie immer weiter zurück in ihre Erinnerungen, kristallklar und atemberaubend lebendig.
Lebendige Erinnerungen.
Erinnerungen aus Fleisch und Blut.
Erinnerungen, die sie hatte loswerden wollen, doch sie waren unvergesslich.
Unverzeihlich.
Das Flugzeug rollte den Runway entlang.

6. Juni 1966
Ich fühle mich unendlich schuldig.
Seine Frau ist nicht hier. Sie war schon fort, als ich ankam. Sie war so eifersüchtig, dass sie mit den beiden Jungen zu ihrer Mutter nach Sevilla abgereist ist. Sie lässt sich am Telefon verleugnen und ruft Eduardo auch nicht zurück.
Er ist jetzt gerade unten und holt uns eine Flasche Rioja. Wie ist das geschehen? Wie ist es dazu gekommen, dass er nun mein Liebhaber ist – schon in der ersten Nacht, nachdem ich hier in der Villa angekommen bin? Und weshalb winde ich mich vor Scham und Schuld, liege aber dennoch in seinem Bett, denke an ihn, schmecke ihn noch und kann es kaum erwarten, dass er zurückkommt?
Wie kann ich ihn so sehr wollen, dass es schmerzt?
Ich liebe doch meinen Mann. Trotz seines gesundheitlichen Zustands habe ich ihn nie betrogen. Es ist mir bisher gar nicht in den Sinn gekommen, mir einen Liebhaber zu nehmen. Ich weiß nicht, wie ich das jetzt tun konnte.
Dabei bin ich nicht einmal verliebt. Zumindest nicht in Eduardo. Denn ich liebe meinen Mann. Ich liebe ihn wirklich.
Die Schuldgefühle, die Scham, die Begierde nehmen all mein Denken ein, quälen mich, kreisen in meinem Kopf wie ein Karussell, so dass ich kaum klar zu denken vermag.
Ja. Nein. Bleib. Geh.

Ich habe Angst.
Ich habe Angst vor mir selbst und meinen Trieben. Ich habe Angst, denn zum ersten Mal in meinem Leben existiere ich ohne Integrität oder Moral, ohne Selbstbeherrschung oder ein Gefühl dafür, was falsch und was richtig ist. Und ich habe Angst vor diesem Haus.
Manchmal glaube ich fast, ich bekomme auch Angst vor ihr. Denn in der vergangenen Woche sind wir immer tiefer in Isabels Leben eingetaucht und haben begonnen, die Ereignisse zu rekonstruieren, die zu ihrem schrecklichen Schicksal führten; und ich bemerke, dass ich ihr anscheinend immer ähnlicher werde. Ich habe es nicht gewagt, das Eduardo gegenüber zu erwähnen, doch wenn ich in den Spiegel sehe, sehe ich nicht mehr mich selbst. Ich sehe sie.
Und Eduardo sieht sie ebenfalls. Gestern ist er mitten in der Nacht aus dem Schlaf hochgeschreckt und hat mich Isabel genannt.

Der Jeep schaukelte wild über die Straße. Cass saß hinten drin und musste sich an den seitlichen Griffen festhalten, um nicht hin und her geschleudert zu werden; Tracey saß vorn neben Antonio, und ihr langes Haar flatterte im Fahrtwind.
Hier ruht Isabel de la Barca … Ketzerin und ein unkeusches Weib … Gott sei ihrer Seele gnädig.
Cass war wie vor den Kopf geschlagen. Sie waren über ihr Grab gestolpert; Isabel war 1555 gestorben, vermutlich auf dem Scheiterhaufen, erst zwanzig Jahre alt.
Auch Antonio hatte kein Wort mehr gesagt, seit sie den Friedhof verlassen hatten.
Cass beugte sich vor, und weil der Jeep kein Verdeck hatte, musste sie schreien, um den Motorenlärm zu übertönen. »Ist das zu fassen?«
Er brauchte keine weiteren Erklärungen. »Sie haben sie nicht ein-

mal bei ihrem Mann beigesetzt«, sagte er und sah sie kurz im Rückspiegel an.
»Sie war erst zwanzig, als sie starb«, rief Cass. »Kein Wunder, dass sie auf dem Porträt so traurig aussieht.« Cass fragte sich, ob Isabel etwas von ihrem Schicksal geahnt haben mochte. Das würde auch ihren zutiefst sorgenvollen Blick erklären.
Lieber Himmel. Wie einsam und verängstigt musste sie gewesen sein.
Zwanzig, das war so jung.
»Ihre beide erstaunt mich immer wieder«, rief Tracey und drehte sich kurz zu Cass um. »Wir sind beinahe in dieser verdammten Gruft mit lauter Toten eingesperrt worden, und ihr könnt an nichts anderes denken als diese Frau, die vor Hunderten von Jahren gestorben ist?«
Cass' Begeisterung kühlte sich ab. Tracey hatte Recht. »Antonio, vielleicht haben die Kinder vorhin bei der Ruine tatsächlich jemanden gesehen«, sagte sie, die Hand auf seinen Sitz gestützt. »Zur Festung ist es von hier aus nicht weit, oder? Selbst zu Fuß?«
»Nein«, erwiderte Antonio mit einem weiteren raschen Blick in den Rückspiegel; ganz kurz sahen sie einander in die Augen. »Es ist nicht weit.«
Im hellen Tageslicht und vielleicht auch wegen des hellblauen Polohemdes, das er heute trug, wirkten seine Augen grün – es war umwerfend. *So ist es recht, Cass*, dachte sie, wütend auf sich selbst. Dies war nicht der passende Zeitpunkt, um über seine Augen nachzudenken. »Gibt es hier in der Gegend Obdachlose?«, fragte Cass. Das schmiedeeiserne Tor zum Anwesen tauchte vor ihnen auf, und dahinter hoben sich das Haus und die daran angebaute Kapelle vor dem kahlen, felsigen Hintergrund ab.
»Natürlich«, sagte Antonio. »Aber die halten sich meist an die Ortschaften und Hauptstraßen.«
Cass sah Tracey an. »Na ja, da haben wir doch unsere Antwort. Jemand ist vom rechten Weg abgekommen.«

Tracey drehte sich um und starrte sie an. Und plötzlich hatte sie ein seltsames Glitzern in den Augen, das sie ganz verändert wirken ließ, heller, strahlender. Kaum wiederzuerkennen. Dann lächelte sie Cass an.

Das Lächeln war herausfordernd und herablassend. Cass kannte es so wenig wie die Augen ihrer Schwester.

Sie begriff das alles nicht. Ihr Herz stolperte. Als sie einen Moment später den Blick wieder auf ihre Schwester richtete und sie genau betrachtete, war der seltsame Gesichtsausdruck verschwunden.

Doch ihre Erleichterung währte nur kurz.

Tracey sagte: »Das war dumm von uns. Wir haben Isabel bestimmt furchtbar geärgert. Ich meine, wir sind da rumgetrampelt und haben die Toten aufgeweckt, wenn ihr mich fragt.«

Cass wäre fast von Sitz gefallen.

Tracey verfolgte Antonio durch das ganze Haus. »Ich muss mit dir sprechen«, sagte sie.

Er antwortete nicht, sondern ging einfach weiter in die Bibliothek.

Tracey folgte ihm und wünschte verzweifelt, sie hätte vorhin in der Gruft nichts gesagt. Sie hatte ihn doch nicht verletzen wollen; sie liebte ihn. Sie hatte großen Mist gebaut. Was war bloß los mit ihr?

Tracey war den Tränen nahe. Sie war nach Spanien gekommen, um ihre Beziehung neu zu beleben. Bisher war aber anscheinend nichts so gelaufen, wie es sollte oder wie sie erwartet hatte. Sie hatte geglaubt, alles in Ordnung zu bringen, indem sie ihn am Tag ihrer Ankunft verführt hatte, aber das hatte nichts bewirkt. Überhaupt nichts.

Sie war furchtbar angespannt. *Daran ist nur Cass schuld.*

Sie verlor ihn, langsam, aber sicher, und es kam ihr so vor, als ob sie ihn mit allem, was sie sagte und tat, nur noch mehr abstieß. Sie hatte sich endlich richtig verliebt, doch sie sagte ständig die falschen Dinge und tat die falschen Dinge. Sie legte die Wahrheit über sich offen – und die war hässlich.

Tracey kniff die Augen zu. Sie konnte immer noch fliehen – sie sollte fliehen –, aber irgendwie liebte sie ihn jetzt sogar noch mehr als zuvor, und sie war nicht stark genug, um zu gehen. Sie hatte solche Angst, denn eigentlich war sie auch nicht mutig genug, um zu bleiben.

Wie war es so weit gekommen?

»Antonio? Es tut mir so Leid, was ich vorhin in der Krypta gesagt habe.« Tracey bereute es aufrichtig.

»Ach, wirklich?« Er drehte sich um. Sie konnte seinen Blick nicht deuten, und plötzlich begriff sie, dass sie keine Ahnung hatte, was er wirklich dachte – oder fühlte.

Tracey fuhr sich mit der Zunge über die Unterlippe und biss dann darauf. Sie sollte behaupten, sie hätte sich das nur ausgedacht. Es war ihr noch nie sonderlich schwer gefallen, zu lügen, doch nun spürte sie seltsamerweise, dass ihr Mund sich weigerte, diese Worte auszusprechen.

»Mein Vater hat meine Mutter sehr geliebt. Er hat sie angebetet.« Antonio sah sie immer noch an. »Wenn ich eines weiß, dann das.«

Tracey brachte keinen Ton hervor. Sie fluchte innerlich.

»Aber ich wusste auch, dass er eine Affäre mit deiner Tante hatte. Sie wollte es zwar damals nicht zugeben, aber ich habe die Akten der Polizei gründlich gelesen, und die Hinweise waren nicht zu übersehen.« Er verzog das Gesicht.

»Hätte ich doch bloß nicht davon angefangen.« Tracey ging zu ihm, legte ihm die Hände auf den Arm und lehnte sich an ihn. »Ich möchte mich bei dir entschuldigen. Ich war nur …«

»Du denkst einfach nicht nach«, sagte er und entzog sich ihr. »Du bist völlig rücksichtslos.«

Tracey erstarrte. Ihr Herz setzte einen Schlag aus. Dann flammte

der Schmerz auf, wie der Anfang von etwas, das gewaltig und unerträglich werden würde.
Niemand, jedenfalls keiner ihrer Liebhaber, hatte sich jemals vor sie hingestellt, um ihr offen ihre Mängel vorzuhalten und sich darüber zu beklagen.
Das tat sie sich nur selbst ständig an.
Er wandte sich ab und ging.
»Nein!«, rief Tracey fassungslos. Plötzlich standen ihr Tränen in den Augen.
»Es tut mir Leid.« Er drehte sich um und hob die Hand, wie um sie zurückzuhalten. »Tracey, ich glaube, es wäre das Beste, wenn du auch am Montag abreist. Du hättest überhaupt nicht herkommen sollen.«
Sie konnte kaum mehr atmen, nicht begreifen, was er da sagte. Sie konnte ihn nur entsetzt anstarren.
»Ich habe viel zu tun, und ich muss mich um Eduardo kümmern.« Er wollte gehen.
Tracey rührte sich nicht. Ihr Verstand, ihr Herz, alles war wie taub. Ohne darüber nachzudenken, sagte sie: »Eduardo? Deine Arbeit? Ich rede mit dir!«
Er zuckte zusammen.
Auch Tracey verzog das Gesicht, erstaunt über den bösartigen Ton in ihrer Stimme. Was war bloß los mit ihr? Was geschah mit ihr? Sie stürzte auf ihn zu. »Es tut mir Leid, Antonio, bitte verzeih mir. Ich liebe dich. Ich weiß gar nicht, was ich mir dabei gedacht habe! Bitte, gib mir nur ein paar Minuten, damit ich es dir beweisen kann.« Sie streckte beide Hände nach ihm aus.
Er packte ihre Handgelenke und hielt sie von sich fern. »Nein.«
Sie taumelte zurück, schockiert über seinen unerbittlichen Tonfall und seine ebenso unerbittliche Miene.
»Bitte schick mich nicht weg«, hörte Tracey sich sagen, während sie wieder die Arme nach ihm ausstreckte. »Ich brauche dich. Ich brauche dich mehr denn je.«

Er fuhr ihr über den Mund: »Es ist vorbei.« Sein Ausdruck wurde noch härter. »Was gestern passiert ist, war ein Fehler.«
»Ein Fehler?« Sie war entsetzt und plötzlich furchtbar wütend. »Du hast dich aber nicht beschwert, als ich dir einen geblasen habe, wie du es noch nie erlebt hast, mein Lieber.«
»Ich habe zu tun«, sagte er herablassend, wandte sich ab und ging zu seinem Schreibtisch.
Sie starrte auf sein makelloses Profil, während er in einer Mappe blätterte. Und dann stürmte sie zu ihm hinüber. Obwohl sie wusste, dass sie jetzt nicht die Beherrschung verlieren durfte, begann sie schneidend zu sprechen – und sie konnte es nicht verhindern. »Ich stehe hier, kaum bekleidet, ich liebe dich, und du willst die Nase in ein Buch stecken? Was bist du denn für ein Mann?«, höhnte sie.
Er ignorierte ihre Schimpftirade, setzte sich ruhig an seinen Schreibtisch und griff nach einem Block. Ein Foto fiel heraus.
Das Rubincollier, das vielleicht Isabel, eine ihrer Vorfahrinnen, getragen hatte.
Tracey sah plötzlich Antonio und Cass vor sich, nebeneinander über das Grab gebeugt, Schulter an Schulter im Mausoleum, flüsternd vor dem Collier in Belford House.
»Es ist wegen Cass!«, rief sie aus.
Er fuhr auf seinem Drehstuhl herum und straffte die Schultern. »Wie bitte?«
»Es ist wegen meiner Schwester, dem ewigen Bücherwurm, der personifizierten Mütterlichkeit, die alles tut, um deine Aufmerksamkeit zu erregen, oder nicht?« Tracey zitterte heftig. Sie konnte sich nicht erinnern, je in ihrem Leben so wütend gewesen zu sein.
»Das hat überhaupt nichts mit deiner Schwester zu tun«, erwiderte Antonio. Er stand abrupt auf, stürmte hinaus und ließ sie allein zurück.
Doch Tracey hatte ihn gar nicht gehört. Sie hatte nur noch einen

Gedanken: *Cass. Verdammt seist du, Cass.* Sie ballte die Hände zu Fäusten, bis es schmerzte.
Das ging wirklich zu weit.
Cass war zu weit gegangen.

Cass wollte gerade hinaufgehen und Alyssa wecken, als ihre Schwester von der anderen Seite in den großen Saal trat. Cass zögerte, denn Tracey starrte sie mit sonderbarem Blick an. »Stimmt etwas nicht?«, fragte sie gedehnt.
Tracey sagte: »Allerdings.«
»Tracey? Was ist denn?« Sie eilte mit einem unguten Gefühl auf ihre Schwester zu.
»Was hast du getan?«, fragte Tracey barsch. Ihre blauen Augen glitzerten.
Cass erkannte, dass ihre Schwester sehr wütend war. »Was ist denn passiert? Ich habe gar nichts getan.«
»Ach nein?«, erwiderte Tracey. »Lass die Finger von ihm.«
Cass blieb auf der Stelle stehen. »Was?« Ihre Schwester hatte noch nie in so drohendem Ton mit ihr gesprochen. »Wovon sprichst du überhaupt?« Aber sie wusste genau, was – und wen – Tracey damit meinte.
»›Was?‹«, äffte Tracey sie nach. »›Wovon sprichst du überhaupt?‹ Du versuchst, mir Antonio auszuspannen. Wage es ja nicht, das zu leugnen.«
Cass war wie zur Salzsäule erstarrt. »Das tue ich nicht. Das ist doch absurd.« Aber … war es nicht so?
»Du lügst«, sagte Tracey und kam auf sie zu.
Cass trat erschrocken zurück. »Ich würde mich nie zwischen euch beide stellen. Wenn du Schwierigkeiten mit Antonio hast, kannst du mir das nicht vorwerfen.«
Die Worte waren kaum ausgesprochen, da versetzte Tracey ihr einen kräftigen Stoß. Cass wurde rückwärts gegen die Wand geschleudert. Sie war fassungslos. Und sie bekam es mit der Angst zu

tun, denn nun ragte ihre wesentlich größere Schwester über ihr auf und packte sie am Kragen. »Ist das nicht der wahre Grund, warum du nach Spanien mitkommen wolltest? Damit ich neben dir schlecht aussehe?«

»Nein, das stimmt nicht. Tracey, hör auf«, rief Cass.

Tracey zerrte Cass von der Wand weg und schleuderte sie in die entgegengesetzte Richtung. Cass stolperte auf die Mitte der Eingangshalle zu und landete auf Händen und Knien auf dem steinernen Fußboden. Dann hörte sie Tracey kommen.

Cass kauerte sich zusammen. Ihr war nicht bewusst gewesen, dass ihre Schwester so stark war. »Was machst du denn da?«, schrie sie sie an. Ihr kam der Gedanke, dass Tracey das vielleicht selbst nicht mehr wusste – dass sie völlig die Beherrschung verloren hatte.

»Ich hasse dich!«, schrie Tracey und trat sie.

Cass versuchte auszuweichen. Doch Traceys Fuß traf sie am Kiefer, und obwohl sie nur Sandalen trug, tat es ziemlich weh. Cass keuchte auf und hob unwillkürlich eine Hand zum Gesicht, als ihr klar wurde, in welcher Gefahr sie schwebte.

Sie war ihrer Schwester nicht gewachsen, Tracey war viel größer. Und sie war fuchsteufelswild.

Tracey kam wieder drohend näher. »Hast du gehört?«, tobte sie.

Cass starrte sie an, stumm vor Entsetzen und Angst. Sie wusste nicht, wen sie da vor sich hatte. Sie hatte ihre Schwester noch nie so erlebt. Tracey sah kaum mehr aus wie Tracey. Sie sah aus wie irgendeine fremde, wütende Frau.

»Ich habe dich schon immer gehasst!«, brüllte Tracey auf sie hinab.

Cass sah ihr in die Augen, und in diesem Moment glaubte sie ihr, und etwas in ihr erstarb. »Aber wir sind doch Schwestern«, flüsterte sie. *»Du bist meine Schwester.«*

Tracey starrte sie an, dann huschte ihr Blick zu Cass' Wange – Cass glaubte, schon eine hässliche Schwellung zu spüren –, und plötzlich erlosch das böse, hässliche Glitzern in ihren Augen.

Cass stand langsam auf. Sie blutete an einem Knie. »Du bist meine Schwester. Ich werde dich immer lieben, Tracey, egal, was du sagst oder tust.«
Traceys Gesicht veränderte sich völlig. Die Wut verschwand, und es blieb nur Verwirrung. Dann blickte sie Cass entsetzt an, wich zurück und ließ sie keine Sekunde aus den Augen. »O Gott«, sagte sie. »O Gott, was habe ich getan!«
Cass schlang die Arme um sich, Tränen brannten in ihren Augen. »Du hast mich verprügelt«, erwiderte sie. »Wie konntest du mich treten?«
Tracey ging weiter rückwärts und schüttelte den Kopf. »Ich weiß es nicht. Ich bin so durcheinander – ich kann nicht mehr klar denken –, es tut mir so Leid, ich weiß auch nicht!«
Cass rang nach Luft – sie hatte das Atmen völlig vergessen. Erst jetzt merkte sie, wie heftig sie zitterte.
Tracey war kalkweiß geworden. Plötzlich drehte sie sich um und rannte zur Haustür hinaus.
Cass glaubte, Tränen auf ihren Wangen gesehen zu haben, doch sie hatte es nicht genau erkennen können.
Sie sollte ihrer Schwester nachlaufen, doch sie rührte sich nicht vom Fleck. Die hässliche Szene stand ihr wieder klar vor Augen. In diesen wenigen, unglaublich bösen Augenblicken hatte Tracey sie umbringen wollen.
Da war Cass ganz sicher.

Alyssa warf sich unruhig auf dem Bett hin und her, als Cass ihr Schlafzimmer betrat.
Sie hatte die Fassung wiedergewonnen, indem sie sich einredete, dass es nur Traceys Temperament sei, das mit ihr durchgegangen war. Sie hatte ihrer eigenen Schwester nichts antun und sie schon gar nicht umbringen wollen. *Das* war wirklich absurd. Obwohl sie ihre Differenzen hatten, liebten sie einander. Cass hatte sich die gewalttätige, bitterböse Absicht ihrer Schwester nur eingebildet.

Es war ein Fehler gewesen, nach Spanien zu kommen.
Cass verdrängte diesen Gedanken und sah nach ihrer Nichte, die anscheinend einen scheußlichen Traum hatte. Alyssa gab leise wimmernde Geräusche von sich. »Wach auf, mein Schatz«, sagte Cass und strich ihr über die Stirn. Ihr Kiefer tat weh, dort, wo Tracey sie getreten hatte. »Aufwachen, Alyssa. Das ist nur ein böser Traum, weiter nichts.«
Alyssa riss die Augen auf. Verängstigt starrte sie Cass an, ohne sie wirklich zu sehen. »Nein!«
»Schätzchen, ich bin's, Tante Cass.«
Alyssa sah sie richtig an und seufzte laut auf. »Ach, Tante – Tante Cass! Du bist ja verletzt!«, rief sie, nun hellwach.
»Ist nicht so schlimm, nur ein blauer Fleck«, erwiderte Cass.
»Das sieht aber schlimm aus«, widersprach Alyssa. »Was ist denn passiert?«
Cass sagte nichts. Sie war immer noch außer sich, merkte sie. Wenn sie es wagte, sich der Wahrheit zu stellen, musste sie zugeben, dass Tracey ihr geistig instabil erschienen war. »Ich bin hingefallen. Kein Grund zur Sorge«, beruhigte Cass ihre Nichte.
»Tante Cass, dein Knie blutet«, sagte Alyssa mit dem typischen Interesse einer Siebenjährigen an den ekligen Details.
»Ja, ich bin ganz schön schlimm hingefallen, hm?«, entgegnete Cass mit falschem Lächeln. »Mir fehlt nichts, Schätzchen.« Sie legte einen Arm um das Kind und fragte, um Alyssa abzulenken: »Wovon hast du denn geträumt? Als ich reinkam, hast du laut gewimmert. Hast du schlecht geträumt?«
Alyssa biss sich auf die Lippe und nickte. Sie rückte näher an Cass heran und warf einen ängstlichen Blick über die Schulter. »Tante Cass, ich habe ganz furchtbar schlecht geträumt. Mir gefällt es hier nicht. Ich will nach Hause.«
Cass war nicht sonderlich überrascht.
»Ich hasse dieses Haus!«, platzte Alyssa heraus.
Cass erschrak. Ihre Nichte war eigentlich ein ruhiges Kind. Cass

machte sich sogar oft Gedanken, weil sie für ihr Alter viel zu ernst und still war.
»Warum gefällt es dir hier nicht, Schätzchen?«, fragte sie sanft. Sie war ziemlich sicher, dass die Antwort etwas mit den wachsenden Spannungen zwischen ihr und ihrer Schwester zu tun haben würde. Kinder waren meist die Ersten in einer Familie, die so etwas spürten. Gott sei Dank hatte Alyssa nicht gesehen, wie Tracey auf sie losgegangen war.
»Tante Cass, glaubst du an Gespenster?«, flüsterte Alyssa statt einer Antwort.
Cass, die gerade Alyssas rosa Jeans aufhob, spürte ihr Herz einen Schlag aussetzen. »Natürlich nicht«, log sie. Wie kam Alyssa überhaupt auf so eine Frage?
Alyssa verschränkte die Arme vor der Brust. »Ich auch nicht«, erklärte sie bestimmt.
Cass lächelte, doch es wirkte gezwungen und verkniffen. »Schätzchen, warum fragst du so etwas?«
»Ich weiß nicht.« Alyssa klang verwirrt und sah bedrückt aus. »Vielleicht, weil dieses Haus so groß ist und so alt. Und es ist kalt.« Sie erschauerte. »Ist dir denn nicht kalt, Tante Cass? Ich friere immer, seit wir da sind. Es gefällt mir wirklich überhaupt nicht. Ich weiß, meine Mutter will noch länger bleiben, aber können wir bitte nach Hause fahren?«
Cass' Puls beschleunigte sich. »Ich will am Montag wieder abreisen. Vielleicht lässt deine Mutter dich ja mitkommen.« Sie manipulierte das Kind, obwohl sie wusste, dass sie das nicht tun durfte. Also fügte sie hinzu: »Ich würde dich sehr gern wieder mitnehmen, Schätzchen. Aber das muss deine Mutter entscheiden. Das ist schließlich ein Urlaub nur für euch beide.«
Alyssa nickte, doch sie sah nicht glücklich aus.
Beim Gedanken an das, was gerade unten im Saal geschehen war, zweifelte Cass selbst, ob sie Alyssa mit ihrer Mutter allein lassen konnte. »Sieh mal«, sagte sie so fröhlich wie möglich und hielt

Alyssa die Hose hin, »Belford House ist doch auch alt, und dort gefällt es dir sehr gut.«
Alyssa starrte sie an und schlüpfte dann gehorsam in die Jeans. »Belford House ist anders«, sagte sie.
»Warum? Was ist daran anders?«
Alyssa zögerte. »Es fühlt sich anders an, Tante Cass. Es ist ein *nettes* Haus. Es ist *fröhlich*. Und da träume ich auch nie so schlecht wie hier.« Ihr standen Tränen in den Augen. »Ich will nicht mehr allein hier schlafen, Tante Cass.«
»Das war doch nur ein Traum«, tröstete Cass und strich ihr über den Kopf. Doch ihr kam selbst ein sehr merkwürdiger Gedanke: Hatte sie nicht irgendwo – vielleicht in einer Talkshow über so genannte übersinnliche Phänomene – gehört, dass Kinder ein viel besseres Gespür für solche »Erscheinungen« hatten? Und musste sie Alyssa nicht zustimmen? Dies war ein unglückliches, freudloses Haus. »Ich schlafe doch auch hier, schon vergessen?«
Alyssa wurde bockig. »Ich mache morgen keinen Mittagsschlaf, wenn du nicht hier bleibst.«
»Also gut.« Cass nahm ihre Nichte bei der Hand und führte sie hinaus. »Möchtest du mir von dem schlimmen Traum erzählen? Würde dir das helfen?«
»Ich weiß nicht. Der Traum war so echt. Da war diese wunderschöne Dame, und sie hat mir die ganze Zeit etwas ins Ohr geflüstert. Sie war sehr schön, aber sie hat mir Angst gemacht, sie war gemein und böse.«
Cass stand plötzlich Isabels Gesicht vor Augen. Sie ermahnte sich, nicht albern zu sein. Gewiss hatte Alyssas Traum nichts mit ihrer Ahnfrau zu tun. Alyssa hatte vielleicht gehört, wie von ihr gesprochen wurde, doch sie hatte ihr Porträt nie gesehen und ganz bestimmt nicht von ihr geträumt. »Na, jetzt bist du ja wach, und das war nur ein Traum.« Sie fuhr fort: »Wir haben alle manchmal seltsame Träume, Alyssa. Meistens haben sie aber gar nichts zu bedeuten.«

»Diese Dame war angezogen wie in einem von diesen Filmen, die du so magst, Tante Cass. Warum habe ich denn von ihr geträumt?«

Sie sahen einander an. »Was hatte sie an?«, fragte Cass vorsichtig.

»Ein langes rotes Kleid mit einem ganz langen, weiten Rock, und so einen weißen Kragen mit Rüschen. Die Ärmel waren ulkig, oben ganz dick, und sie hatte eine Kette an, genau wie die von Sotheby's, die meine Mutter zu uns nach Hause mitgebracht hat.«

Cass wollte ihren Ohren nicht trauen. Sie rief sich in Erinnerung, dass Alyssa das Rubincollier bei dem Gala-Dinner in Belford House gesehen hatte. Und Cass war mit dem Kind weiß Gott oft genug in alle möglichen Museen gegangen – Alyssa hatte schon häufig Kleider aus dem sechzehnten Jahrhundert an Schaufensterpuppen und auf Gemälden gesehen. Aber das galt auch für historische Kleidung aus früheren oder späteren Epochen. *Nein*, dachte Cass. *Das ist purer Zufall.* »Wie hat denn ihr Gesicht ausgesehen?«, fragte sie langsam.

»Sie hatte sehr helle Haut, ihre Augen waren blau, und ihre Haare waren nicht blond, aber auch nicht richtig rot«, antwortete Alyssa ernsthaft. »Tante Cass, warum machst du so ein Gesicht?«

Cass brachte kein Wort heraus. Sie konnte nur ihre Nichte anstarren und denken: *Wie ist das möglich?* Warum sollte Alyssa von Isabel de Warenne träumen? Könnte diesem Traum so etwas wie Telepathie zugrunde liegen? Wurde Alyssa unbewusst von Cass' eigener Faszination angesteckt? Denn Alyssa hatte Isabels Porträt nie gesehen.

Isabel hat sie zu Tode erschreckt.

»Weißt du denn, wer diese Dame ist? Weißt du, wie sie heißt?«, fragte Cass.

»Nein, aber ich will nie wieder von ihr träumen«, sagte Alyssa bestimmt.

Cass holte tief Luft. »Was soll das heißen? Hast du heute nicht zum ersten Mal von ihr geträumt?«

Alyssa nickte unter Tränen. »Ich habe letzte Nacht auch von ihr geträumt, Tante Cass. Und ich habe Angst. *Ich habe solche Angst, dass ich wieder von ihr träume.«*
Cass war wie erstarrt. Sie brauchte einen Moment, um sich zu fassen, und dann nahm sie ihre Nichte bei der Hand. »Ach, was«, sagte sie mit rauer Stimme, »das ist doch nur ein Traum.«
»Ich weiß«, sagte Alyssa. »Ich habe Hunger.«
Doch Cass war wieder stehen geblieben. Sie wollte es eigentlich gar nicht wissen, aber sie musste trotzdem fragen: »Alyssa. Du hast gesagt, sie hat dir etwas ins Ohr geflüstert. Weißt du noch, was sie gesagt hat?«
Alyssa wurde bleich. »Ja.«
Cass gefiel der Ausdruck in ihren dunklen Augen gar nicht. »Schätzchen?«
»Immer dasselbe. Sie sagt immer dasselbe. Sie sagt: ›Ich bin nun deine Mutter.‹«

Cass ließ Alyssa bei Eduardo in der Küche, wo sie unter Alfonsos Aufsicht Kakao tranken und sich über Filme unterhielten. Sie machte sich allmählich Sorgen. Es war schon nach halb acht, und Tracey war immer noch nicht zurückgekehrt. Sie war vor einer guten Stunde aus dem Haus gerannt.
Cass ging in die Halle, öffnete die Haustür und sah hinaus. Antonio hatte den Jeep offenbar in der Garage geparkt, denn draußen stand nur ihr Mietwagen. Die Auffahrt führte den kurzen Weg zu den Toren, und die standen offen. Sowohl die Auffahrt als auch die Straße jenseits der Tore lagen einsam und verlassen da.
Wo war Tracey? Wohin konnte sie gelaufen sein? Und was sollte Cass von Alyssas Traum halten?
Cass kehrte ins Haus zurück. Sie war ein wenig verzweifelt. Immerhin war sie nach Spanien gekommen, um sich mit Tracey zu versöhnen und Alyssa nach Hause zu holen; doch Tracey hatte sie vorhin angegriffen, und Cass fühlte sich immer mehr zu Antonio

de la Barca hingezogen – gegen jede Moral und gegen ihr eigenes Gewissen. Sie hatte auf einmal heftige Kopfschmerzen. Ihre Tante hatte gestanden, vor dreißig Jahren in Kastilien am gewaltsamen Tod eines Mannes beteiligt gewesen zu sein – und das Verhalten ihrer Schwester von vor einer Stunde? Tracey war gewalttätig, irrational und gefährlich gewesen. Gab es da einen Zusammenhang? Cass schüttelte diese Gedanken ab. Hier gab es keine Parallelen; diese übertrieben dramatische Sichtweise war nur typisch Cass.

Sie hatte ihre Kamera mit hinausgenommen, doch sie wollte lieber Antonio fragen, ob er einverstanden war, bevor sie sein Haus fotografierte. Sie fand ihn in der Bibliothek über seinen Schreibtisch gebeugt. Die Perlmuttbrille war auf seiner Nase herabgerutscht.

Sie störte ihn nur ungern. Offensichtlich war er ganz in seine Arbeit vertieft. »Antonio? Klopf, klopf.« Sie lächelte ihn an – und fragte sich gleich darauf, ob Tracey Recht hatte.

Konnte es sein, dass sie unbewusst doch versuchte, Antonio ihrer Schwester auszuspannen?

Er blickte auf. »Ich habe hier …« Er brach ab und sprang auf. »Was ist passiert?«, fragte er grimmig.

Cass blickte in seine haselnussbraunen Augen. Sie konnte den Blick nicht abwenden.

Einen Moment lang glaubte sie, Tracey müsse wohl doch Recht haben. Sie wollte diesen Mann, und sie würde alles tun, um ihn zu bekommen, obwohl das furchtbar falsch war.

»Was ist mit Ihrem Gesicht?«

»Ich … bin gegen eine Tür gelaufen.« Cass errötete und trat zurück. Sie durfte an so etwas nicht einmal denken.

Er sah sie ungläubig an.

Cass fuhr sich über die trockenen Lippen. »Hätten Sie etwas dagegen, wenn ich Ihr Haus fotografiere?« Ihr Herz hämmerte wie verrückt. Nach dem Zwischenfall vorhin gehörte er mehr denn je ihrer Schwester. Sie musste sich zusammenreißen.

Er starrte noch einen Moment lang auf ihr malträtiertes Gesicht. »Nein, natürlich nicht.«
»Danke«, sagte Cass. Sie ging hinüber zu den Fenstern und schaute hinaus. Es war immer noch nichts von Tracey zu sehen. Wo steckte sie nur?
»Was bedrückt Sie?«
»Haben Sie Tracey in der letzten Stunde gesehen?«, fragte sie besorgt.
»Nein, das ist schon ein, zwei Stunden her.«
Cass fühlte seinen Blick in ihrem Rücken; langsam wandte sie sich um. Ihre Blicke trafen sich, und beide sahen rasch weg. »Tracey und ich hatten einen furchtbaren Streit. Ich weiß nicht, wo sie jetzt ist. Es gefällt mir nicht, dass sie da draußen allein herumläuft – das sieht ihr gar nicht ähnlich.«
Er sah sie mit wachsender Besorgnis an. »Ich hatte auch Streit mit ihr«, sagte er schließlich.
Ihre Alarmglocken schrillten. Kein Wunder, dass Tracey so bösartig gewesen war – sie suchte die Schuld immer bei den anderen, nur nicht bei sich selbst. »Oh?«
Er sah sie stumm an und hatte offenbar nicht die Absicht, ihr Näheres über seinen Streit mit Tracey zu erzählen. Doch er trat nun ebenfalls ans Fenster und suchte die Umgebung ab.
Immer wieder sah sie die Szene im Mausoleum vor sich. Sie legte eine Hand auf seinen Arm. »Antonio.«
Sie sahen einander in die Augen.
»Meine Schwester ist ziemlich chaotisch«, sagte sie mit zitternder Stimme. »Chaotisch und durcheinander, aber … sie ist kein schlechter Mensch. Wirklich nicht.«
»Sie muss endlich erwachsen werden«, erwiderte er gelassen. »Sie kann nicht immer ihren Kopf durchsetzen, sie muss auch mit Enttäuschungen fertig werden. Sie ist wie ein Kind: reizbar, gedankenlos und verzogen.« Er sah wieder aus dem Fenster. Ein finsterer Ausdruck huschte über sein Gesicht.

Cass fand, dass er vollkommen Recht hatte. Aber wenn er so dachte, warum war er dann mit Tracey zusammen? Es war nicht zu übersehen, dass er sich nun auch Sorgen wegen ihres Verschwindens machte. »Es tut mir so Leid, dass sie das in der Gruft zu Ihnen gesagt hat.«

Er erstarrte. »Sie wollte mich verletzen. Das kann ich sogar verstehen. Was ich nicht verstehen kann, Cassandra, das sind Sie.« Er drehte sich zu ihr um.

Cass zuckte zusammen. Warum hatte sie dieses Thema angesprochen?

»Wann wollten Sie mir die Wahrheit über Ihre Tante und meinen Vater sagen?«

Sie zögerte. »Ich hielt es nicht für richtig. Ich wollte Ihnen nicht wehtun. Sie waren noch so klein, als Sie Ihren Vater verloren, und die wenigen Erinnerungen, die Sie an ihn haben, bedeuten Ihnen doch bestimmt sehr viel.«

Sein Blick war bohrend. »Was verschweigen Sie mir noch?«

Cass schüttelte den Kopf, ihr Herz spielte verrückt. Sie wollte nicht so von ihm verhört werden, nicht jetzt. »Hat Tracey Ihnen sonst noch etwas erzählt?«

Er wandte sich ab. »Nein.«

Er war nicht ganz aufrichtig zu ihr. Da war sie sicher. Ihr Blick schweifte wieder nach draußen; bald würde es dunkel werden. Sie sah auf die jahrhundertealte Standuhr: Viertel vor acht. »Sollten wir nicht lieber nach ihr suchen?«

Er hob etwas von seinem Tisch auf. Als er sich damit zu ihr umdrehte, wusste Cass Bescheid. Sie wusste einfach, was er in der Hand hatte.

Ihre Blicke trafen sich.

Cass wurde übel.

»Eine Kopie des Polizeiberichtes. Sehr interessant«, sagte er.

Sie stand da wie gelähmt. »Das glaube ich gern«, murmelte sie.

»Die Polizei ist zu dem Schluss gekommen, dass mein Vater bei einem Unfall ums Leben kam, aber der Fall war alles andere als eindeutig.«

Es rauschte in ihren Ohren.

»Der Fahrer des Autos, das ihn überfahren hat, beharrte darauf, dass es kein Unfall war.«

Zehn

Casa de Sueños – zweite Nacht, zwanzig Uhr

Cass stand wie angewurzelt da.

Antonio sah ihr unverwandt in die Augen.

Sie brachte mühsam hervor: »Wie? Kein Unfall?«

»Ich würde mich gern mit Ihrer Tante unterhalten. Ich habe sehr viele Fragen an sie.« Er warf den Bericht auf den Tisch und wandte sich ab.

Cass wusste nur, dass sie Catherine unter allen Umständen beschützen musste. Sie eilte ihm nach. »Sie wird sicher gern mit Ihnen sprechen, wenn Sie wieder einmal in England sind«, log sie verzweifelt.

»Sie sind eine erbärmlich schlechte Lügnerin«, erwiderte er tonlos.

Cass blinzelte.

»Lügen Sie mich nicht an«, sagte er weniger barsch und ließ den Blick langsam über ihr Gesicht schweifen.

Sie spürte den Drang, ihm alles zu gestehen, und war den Tränen nahe. »Das tue ich nicht. Ich meine, ich bin keine Lügnerin – das ist nicht meine Art.«

»Das wiederum ist offensichtlich.« Sein Blick wich nicht von ihrem Gesicht.

Sie fuhr sich mit der Zunge über die Lippen. »Zwingen Sie mich nicht. Die Dinge, um die es hier geht … Es steht mir nicht zu, Ihnen mehr zu sagen«, versuchte sie zu erklären.

Er runzelte verwirrt die Brauen.

Cass kam sich vor, als flehe sie ihn an, und vielleicht war es ja auch so. »Können wir die Vergangenheit nicht ruhen lassen?«

»Ist das wirklich möglich – für Sie und mich?« Sein Tonfall war aufrichtig und sehr sanft.
Natürlich war das nicht möglich. Sie beide waren fasziniert und gefesselt von allem, was mit der Vergangenheit zu tun hatte. »Ich denke, ich sollte jetzt wirklich meine Schwester suchen«, schützte Cass vor.
Er nagelte sie fest. »*Selbstmord.* Als hätte mein Vater jemals Selbstmord begangen.«
Sie drehte sich betroffen zu ihm um.
Er wandte sich ab, doch sie sah noch die Trauer, Verwirrung und die vielen Fragen in seinen Augen.
Um ihrer selbst und ihrer Tante willen war sie erleichtert über dieses Ermittlungsergebnis, doch für ihn tat es ihr Leid. »Ist das die Meinung der Polizei?«
Er sah sie nicht an. »Das hat der Fahrer gesagt, immer wieder. Dass mein Vater ihm direkt vors Auto gelaufen sei, absichtlich, dass er sterben wollte.«
Sie zitterte. Ihr bot sich eine einmalige Chance, die Sache zu beenden, doch sie brachte es nicht über sich. Sie konnte ihn auch nicht noch einmal belügen.
»Warum hätte mein Vater sterben wollen?«, fragt Antonio beinahe flehentlich.
Cass starrte zu ihm auf. Sie biss sich auf die Lippe und fragte sich, ob er ihren hämmernden Herzschlag hören konnte. Instinktiv tröstete sie ihn so, wie sie Alyssa oder jeden anderen Menschen in einem solchen Moment getröstet hätte. Sie ging zu ihm und legte ihm von hinten eine Hand auf die Schulter. »Antonio, die Wahrheit werden wir vielleicht nie erfahren.«
Langsam drehte er sich um. »Ich glaube, das kann ich nicht akzeptieren«, sagte er, und sein Blick glitt forschend über ihr Gesicht.
»Wie schrecklich«, sagte Cass aus tiefster Seele. Der Drang, sich ihm zu öffnen und ihm zu erzählen, was Catherine ihr gestanden hatte, überwältigte sie beinahe.

»Ja, das ist es. Und es ist nicht nur schrecklich. Ich beginne eben erst zu begreifen, wie viele erstaunliche Parallelen es in den Verbindungen der de la Barcas mit den de Warennes gibt, über Jahrhunderte hinweg, immer wieder. Und nie ist etwas Gutes daraus entstanden.«

Als sie so nahe bei ihm stand, in diesem Zimmer, das nun in Schatten getaucht war, drängte sich ihr der Gedanke auf, dass es ihrer beider Verbindung war, an die er dabei dachte, so intellektuell und platonisch sie auch sein mochte. Sie dachte an Isabel und Alvarado, ihre Tante und Eduardo und nun Tracey und Antonio. Cass schloss die Augen. *Tracey und Antonio oder ich und Antonio?*

»Cassandra?«

Sie schlug die Augen auf, und in dem Blick, den sie wechselten, lag eine kleine Ewigkeit. Cass war sicher, dass er genau dasselbe dachte.

Er hob ihr Kinn, beugte sich vor, und bevor Cass recht begreifen konnte, was er tat, spürte sie seine Lippen auf ihren. Der Boden wankte unter ihren Füßen. Sie hielt sich an seinen Armen fest, verzweifelt, jubelnd – nichts war je so richtig gewesen!

Seine Hände legten sich auf ihre Taille. Der gehauchte Kuss wich etwas anderem; plötzlich teilten sich ihre Lippen hungrig, Zungen wagten sich hervor. Unvermittelt lag Cass in seinen Armen, und ihr schmaler Körper schmiegte sich fest an seinen.

Cass war überwältigt von jedem Zentimeter seines harten, muskulösen Körpers, seiner Statur, seiner Kraft, seiner Berührung, seinem Geschmack. Selbst sein Geruch ließ sie vor Verlangen schwindlig werden …

So abrupt wie er begonnen hatte, endete der Kuss. Antonio schob sie weg; Cass konnte kaum begreifen, was hier geschah.

Sie konnten einander nur anstarren, mit großen Augen, atemlos, und Cass wusste nicht, wer überraschter war, sie oder Antonio.

Ihre Wangen fühlten sich heiß an. Sie bekam immer noch kaum Luft. Es war, als stünde sie unter Schock. Der Freund ihrer

Schwester … »Ich … muss mich auf die Suche nach Tracey machen, bevor es dunkel wird«, stieß sie hastig hervor.
»Cassandra«, sagte er langsam. Auch seine Wangen waren gerötet, und er wirkte wie vor den Kopf geschlagen.
Cass drückte zitternd ihre Kamera an die Brust. Bereute er den Kuss? Während sie sich noch bemühte, sich ihrer Freude und Hoffnung nicht hinzugeben?
»Ich denke, wir sollten uns unterhalten. Jetzt gleich.«
Cass wusste nicht, was sie tun, was sie denken sollte. Sie hatte Angst. »Nein, ich finde, wir sollten erst Tracey suchen.«
Grimmig sah er auf die Uhr. Es war bereits acht. Draußen ging die Sonne unter; Cass konnte zwar nur ein Stück Himmel erkennen, doch das wurde schon violett, mit Fleckchen von Rosa und Orange darin. Antonio ging unvermittelt zum Fenster. »Ich will nicht, dass sie im Dunkeln da draußen herumläuft«, sagte er. »Vielleicht ist sie ja schon zurück.«
Ihr Herz führte sich weiterhin auf wie eine Bongo-Trommel. Es lag eine Andeutung in seinen Worten, die ihr ganz und gar nicht gefiel. »Sie kann nicht weit sein«, sagte Cass verzweifelt. »Sie fährt nie Auto, außerdem sind beide Autos noch da, also ist sie zu Fuß unterwegs.«
Die Muskeln in seinem Kiefer spannten sich. Als er ihr in die Augen sehen wollte, senkte sie rasch den Blick.
Sie war so dumm, dachte Cass und eilte zur Tür. Er machte sich Sorgen um ihre Schwester – das stand ihm deutlich ins Gesicht geschrieben. Wie hatte sie einen Moment wie diesen gerade eben zulassen können? *Verdammt, verdammt, verdammt.* Das war mehr als unvernünftig. Cass erschauerte. Wenn Tracey sie schon vorher hatte umbringen wollen, was würde erst geschehen, wenn sie von diesem kurzen Moment verirrter Leidenschaft erfuhr?
Cass erschauerte wieder.
Antonio packte sie von hinten am Arm und hielt sie auf. »Lauf nicht weg. Ich muss es dir erklären.«

Cass wollte sich losreißen, doch sie war wie gelähmt. »Was gibt es da zu erklären? Du und ich, wir haben uns hinreißen lassen. Irgendwie. Du liebst doch meine Schwester.«
Seine Augen weiteten sich. »Glaubst du das?«
Cass nickte. »Jeder Mann, mit dem sie je zusammen war, war rettungslos in sie verliebt. Männer. Sie können einfach nicht anders, bei diesem vollkommenen Gesicht, der vollkommenen Figur, dem vollkommenen Haar.« Sie zuckte die Schultern.
»Ich bin nicht in deine Schwester verliebt«, stellte er nüchtern fest.
Cass starrte ihn an und fragte sich, ob sie ihm glauben durfte.
Sein Kiefer spannte sich wieder. »Es ist aus zwischen uns«, sagte er und sah sie unverwandt an.
Cass war sprachlos. Es war aus?!
»Wir haben nichts gemeinsam. Ich war mir vom ersten Moment an über unsere großen Unterschiede im Klaren. Zwischen uns hätte sich gar nicht erst etwas entwickeln dürfen.«
Cass schlang die Arme um sich und rang nach Luft. »Wie habt ihr euch denn kennen gelernt?«
»Im Palace-Hotel in Madrid. Ich hatte dort eine Besprechung; deine Schwester war mit einer Freundin dort.« Er zuckte die Schultern.
Cass wollte eigentlich gar nicht mehr wissen.
Plötzlich fluchte er auf Spanisch. »Was für eine unangenehme Situation«, sagte er dann.
Cass rührte sich immer noch nicht. Was war ihm unangenehm? Das Thema an sich – oder die wachsende Anziehung zwischen ihnen? Die Tatsache, dass sie sich geküsst hatten?
Er ging auf und ab und fuhr sich mit einer Hand durchs Haar. Dann sah er sie an. »Für Alyssa bist du viel eher eine Mutter als Tracey. Seit wann geht das schon so?«
Cass zögerte. »Seit Traceys Scheidung. Seit Alyssa zwei Jahre alt war.«

»Ich bewundere dich, Cassandra«, sagte er ernst.
Cass war völlig durcheinander. Nun schien es, als hätten ihr seine Worte endgültig den Atem verschlagen. *Er bewunderte sie.* Antonio de la Barca bewunderte sie. Sie wusste, sie musste sich zusammenreißen, sich zügeln; er war Traceys Liebhaber, nicht ihrer, aber, du lieber Himmel, selbst in ihren wildesten Träumen hätte sie nicht daran gedacht, dass ein solcher Mann ihr einmal seine Bewunderung aussprechen könnte. Sie zuckte die Schultern. »Mein Leben besteht aus Alyssa, meinem Beruf, meiner Tante und Belford House.«
Er lächelte knapp. »Dann leben wir beide sehr ähnlich.«
Cass konnte ihn nur stumm anstarren. Es gab tatsächlich gewisse Parallelen. »Kann sein.« Wie lahm das klang.
Sein Lächeln erlosch. »Was eben passiert ist …«
»Ist schon gut«, rief Cass. Sie bekam keine Luft mehr. Sie war erschüttert; sie brauchte Zeit, in Ruhe nachzudenken und sich wieder zu fassen. Vor allem aber, um nachzudenken.
Es war aus zwischen ihm und Tracey. Konnte sie es wagen?
Wage es.
Die Stimme in ihren Gedanken sprach sehr, sehr leise, doch Cass hörte sie.
Natürlich wagst du es.
Die Stimme wurde lauter, beinahe beunruhigend stark.
»Nein, ich kann das nicht einfach so abtun. Ich stehe unter einigem Druck, aber selbst das ist keine ausreichende Entschuldigung.« Er ging wieder auf und ab, doch diesmal nur bis zum Fenster. Die Nacht brach an. Der Himmel war von einem tiefen Dunkelblau, und ein einzelner Stern blinzelte zu ihnen herab. Die Uhr zeigte Viertel nach acht.
»Ich entschuldige mich für mein Verhalten«, sagte er schließlich und blieb vor ihr stehen. »Du bist mein Gast, schläfst unter meinem Dach. Unter diesen komplizierten Umständen war es unentschuldbar, dich in eine so unangenehme Lage zu bringen.«

Cass zwang sich zu einem hoffentlich unbeschwert wirkenden Lächeln. »Entschuldigung angenommen«, sagte sie allzu fröhlich.
Sein Blick war forschend. Cass wich ihm aus.
»Wie dem auch sei, ich möchte dich etwas fragen.«
Cass nickte nervös. »Nur zu.«
»Du teilst meine Faszination für die Vergangenheit. Mein Vater hat unglaubliche Mengen von Material zusammengetragen. Gleich als ich hier ankam, habe ich gemerkt, dass ich zuallererst einmal alles systematisch ordnen muss. Wenn ich dieses Unterfangen allein bewältigen müsste, würde ich Monate dazu brauchen.«
Cass hatte nicht gewusst, dass es so viel Material gab, doch er hatte Recht. »Du solltest alles katalogisieren. Das wird zukünftige Nachforschungen enorm erleichtern.«
»Ich möchte, dass du bleibst«, sagte er unvermittelt. »Ich könnte deine Hilfe gebrauchen.«
Sie fuhr zusammen.
»Ich denke, wenn wir zusammenarbeiten, könnten wir die gesamte Bibliothek in einem Monat geordnet haben.«
Cass starrte ihn stumm an. Sie war überwältigt – sie hätte nichts lieber getan, als mit ihm zusammenzuarbeiten, Seite an Seite, Tag für Tag die Funde seines Vaters zu katalogisieren. Lieber Gott, sie könnten sogar das faszinierende, aber tragische Leben von Isabel de Warenne erforschen. »Wie könnte ich das?«, fragte sie.
»Ist es dein Abgabetermin oder deine Schwester, was dich daran hindert, mein Angebot anzunehmen?«, fragte er zurück.
Sie biss sich auf die Lippe. »Ich habe noch fast ein Jahr bis zum vereinbarten Termin, und wenn ich gute Ideen habe, schreibe ich sehr schnell. Es ist Tracey. Und was ist mit Alyssa? Sie würde hier bei mir bleiben müssen.« Sie konnte kaum glauben, dass sie sein fantastisches Angebot auch nur in Erwägung zog. Alyssa hasste Spanien. Sie wollte nach Hause – und Cass hatte ihr so gut wie versprochen, sie am Montag von hier fortzubringen.

»Das ist doch kein Problem«, sagte er und lächelte herzlich. »Eduardo hätte gern Gesellschaft; er hat wenig Freunde.«
Cass drehte es das Herz im Leibe um, so schnell und heftig, dass ihr schwindlig wurde: Es war um sie geschehen. Ein Kuss, ein beruflich interessanter Vorschlag, und es war um sie geschehen. Sie hatte sich rettungslos in diesen Mann verliebt, und es wäre lächerlich, das noch länger zu leugnen. *Mist*, dachte sie. *Mist. Und nun? Wage es.*
»Bitte, denk darüber nach«, sagte er.
Cass blickte zu ihm auf. Sie wäre beinahe damit herausgeplatzt, dass es da nichts zu überlegen gab, dass sie selbstverständlich bleiben würde. Aber sie war nicht dumm. Sie war eine vernünftige, kluge, verantwortungsbewusste Erwachsene. Wenn sie blieb – und ihre Beziehung zu ihrer Schwester aufs Spiel setzte –, dann würde sie am Ende ganz sicher mit gebrochenem Herzen dastehen und sich obendrein vorkommen wie die letzte Idiotin.
Und dann war da immer noch Alyssa. Wenn Tracey beschloss, mit harten Bandagen zu kämpfen, könnte sie Alyssa für immer verlieren.
»Ich werde es mir überlegen.« Cass wandte sich hastig ab, bevor er einen neuen Überredungsversuch starten konnte. »Suchen wir erst einmal Tracey«, sagte sie, um das Thema zu beenden. »Wenn du im Haus suchst, sehe ich mich draußen um.« Sie gab ihm keine Gelegenheit, ihr zu widersprechen, sondern floh aus der Bibliothek.

Endlich fand Cass ihre Schwester unter einem kleinen, knorrigen Baum hinter dem Schuppen und der Garage. Es war schon fast dunkel. Zu viele Sterne, als dass man sie hätte zählen können, waren in der gähnenden Schwärze über ihnen erschienen. Sie hielt inne, als sie vage Traceys zusammengesunkene Gestalt erkannte, und wünschte, sie hätte auf Antonios Angebot würdevoller und gefasster reagiert. Warum war sie so eilig davongelaufen? Wenn er es nicht schon längst gemerkt hatte, wusste er spätestens jetzt, was sie für ihn empfand. Cass kam sich unglaublich dumm vor.

Sie ging langsam auf ihre Schwester zu, denn plötzlich fürchtete sie diese Begegnung. Schlimmer noch, sie wurde auf einmal wütend, weil das einfach nicht fair war. Cass und Antonio hatten so viel gemeinsam, aber was verband Tracey schon mit ihm, außer dass sie beide umwerfend gut aussahen? »Tracey«, rief sie grimmig. Tracey blickte nicht auf.

Cass beschlich ein Gefühl der Furcht. Tracey saß so still, reglos wie eine Statue. Cass lief auf sie zu. »Tracey!«

Ihre Schwester saß mit ausgestreckten Beinen an den Baum gelehnt da, starrte ins Nichts und reagierte nicht auf ihre Rufe. Als habe sie Cass gar nicht gehört – als sei sie tot.

Cass sah plötzlich Isabel vor sich, die Alyssa ins Ohr flüsterte: *Ich bin nun deine Mutter.* Cass wollte sich gerade jetzt nicht an diese merkwürdige Botschaft aus dem Traum erinnern – sie wollte diese Worte nicht einmal als Botschaft betrachten. Was war bloß los mit ihr? »Tracey!«, rief Cass wieder.

Keine Reaktion.

Cass rannte, bis sie endlich ihre Schwester erreicht hatte. Sie erkannte, dass Tracey zwar reglos dasaß, aber noch sehr lebendig war. Warm und beinahe katatonisch, doch sie atmete, sie war am Leben.

»Trace?« Cass kniete sich vor sie; sie hatte ihrer Schwester eine Hand unter die Nase gehalten, um festzustellen, ob sie atmete, und zog sie nun zurück. Tracey schien ihre Anwesenheit gar nicht zur Kenntnis zu nehmen, sie hatte sich nicht gerührt. Ihr Gesicht war verschmiert von Tränen und ein paar kleinen Blutspritzern. Ihre weißen Shorts waren ruiniert, verkrustet mit Schmutz und Blut; ihre Beine waren mit Staub und Dreck bedeckt. Cass sah eine Ameise über ihren Oberschenkel krabbeln. Sie wischte sie weg. Ihre Schwester blinzelte nicht einmal. »Trace!« Sie packte sie bei den Schultern und schüttelte sie. Was war hier los?

Tracey ließ den Kopf noch weiter sinken, und neue Tränen rannen über ihre Wangen. »Ich mache alles falsch.«
»Nein, das stimmt nicht«, rief Cass und schob ihr das blonde Haar hinter die Ohren. »Liebes, bitte steh auf; du sitzt im Schmutz, und hier krabbelt es überall.« Cass war sehr erleichtert. Tracey ging es gut; es war alles in Ordnung. Alles in bester Ordnung.
»Ich mache immer alles kaputt.«
Cass holte tief Luft. »Nein, Tracey, du machst nicht alles kaputt, es ist nur … das ist eine blöde Situation, wir stecken da alle drin, Gott weiß, warum.« Cass nahm sie beim Arm. »Bitte, steh auf. Komm mit ins Haus, wir machen dich erst mal sauber, und dann setzen wir zwei uns bei einem schönen Gin Tonic gemütlich zusammen.«
»Ich verstehe nicht, was hier passiert«, flüsterte Tracey, die Cass immer noch nicht ansah. »Ich war so wütend. Ich habe noch nie eine so glühende Wut gefühlt.« Sie begann zu zittern.
Cass stand ihre gewalttätige Auseinandersetzung vom Nachmittag deutlich vor Augen. »Tracey, das ist vorbei. Das war doch keine Absicht. Ich weiß, dass du mir nicht wehtun wolltest. Wir sind Schwestern, und wir lieben uns, richtig?« Allmählich verzweifelte sie. »Mir tut es auch Leid. Vielleicht hast du Recht. Vielleicht bin ich auch ein bisschen in Antonio verliebt, aber ich schwöre dir, das hat gar nichts zu bedeuten, und ich würde nie versuchen, mich zwischen euch zu drängen.« In diesem Augenblick sprach Cass aus vollem Herzen und tiefster Seele, aber, verdammt, es war zugleich eine Lüge. Und das wusste sie auch.
»Was soll ich denn tun?«, rief Tracey und hob endlich den Blick zu Cass. »Er wirft mich raus. Schickt mich weg. Er will mich nicht mehr, weil er die Wahrheit kennt.«
Cass begann nun selbst zu zittern. Sie verstand das nicht, denn Antonio kannte eben nicht die ganze Wahrheit. »Sprechen wir lieber drinnen darüber«, flüsterte Cass. Sie bereute zutiefst ihren Kuss, seine Einladung und, schlimmer noch, ihre verdamm-

ten Gefühle für ihn. Einfach alles. Schuldgefühle waren etwas Schreckliches.

Sie zitterte und warf unwillkürlich einen Blick über die Schulter, doch sie waren allein. »Es ist zu dunkel hier draußen, und es wird kalt.« Das Haus schien sie aus der Ferne anzustarren; die von innen erleuchteten Fenster wirkten wie leere, fiebrige Augen. »Komm, gehen wir ins Haus.«

Traceys Blick war starr auf ihr Gesicht geheftet. »Ich habe das getan«, flüsterte sie.

Cass strich über die Schwellung an ihrem Kiefer, die sie ganz vergessen hatte. »Das ist nicht schlimm. Du hast einen Fehler gemacht. Das war doch keine Absicht.«

»Verstehst du denn nicht? Warum willst du mich nicht verstehen? Ich wollte das, Cass. *Ich habe das mit voller Absicht getan*«, klagte sie.

Cass starrte sie an. Schauer liefen ihr über den Rücken.

Traceys Augen füllten sich erneut mit Tränen. »Ich habe Angst, Cass. Ich habe solche Angst!«

Cass schaffte es, Tracey auf die Füße zu ziehen, obwohl ihr Körper steif und leblos blieb wie ein totes Gewicht. Sie nahm sie in die Arme und drückte sie fest an sich.

»Alles wird wieder gut. Ich verspreche es. Wenn wir erst wieder zu Hause sind. Wir müssen schnell nach Hause, du, ich und Alyssa, wir müssen nach Hause«, sagte sie aus tiefster Überzeugung.

Zum Teufel mit Antonios Angebot.

Dieser Ort war nicht gut, da war sich Cass plötzlich ganz sicher; sie war sich noch nie einer Sache so sicher gewesen.

Cass ließ Tracey allein, damit sie sich duschen und zum Abendessen umziehen konnte, nachdem sie sich vergewissert hatte, dass ihre Schwester sich wieder etwas gefangen hatte. In Gedanken vertieft ging sie die Treppe hinunter. Hatte Tracey eine Art Nervenzusammenbruch erlitten? Ihre offensichtliche Labilität machte Cass Sorgen.

Verstehst du denn nicht? Ich habe das mit voller Absicht getan.

Cass schaltete angespannt ihren Laptop ein und ging in Gedanken immer wieder diese letzte Unterhaltung mit ihrer Schwester durch. Gleich darauf war sie online und suchte nach Webseiten über Geister.

Sie konnte nicht anders. Sie brauchte Informationen, denn sie konnte das Gefühl nicht länger ignorieren: Jedes Mal, wenn sie Isabels Zimmer betrat, wurde sie unruhig. Das ganze Haus war beunruhigend. Cass war bereit, die Möglichkeit zu akzeptieren, dass es in der Casa de Sueños spuken könnte, obwohl sie sich noch weigerte, das mit den anderen seltsamen Dingen in Verbindung zu bringen, die seit ihrer Ankunft hier geschehen waren. Cass wusste, sie würde auf jede Menge Unsinn stoßen, aber wenn sie sorgfältig genug suchte, konnte sie vielleicht ein paar wirklich interessante Fakten zu übersinnlichen Phänomenen entdecken.

Während sie sich durch die Suchergebnisse scrollte, ließ ihr irgendetwas keine Ruhe. Sie war nervös – sie nahm an, das seltsame Verhalten ihrer Schwester habe sie so verstört.

Zu ihrem Leidwesen gab es Tausende von Webseiten, die sich auf die eine oder andere Weise um Geister drehten. Bestürzt blickte sie auf ihren Bildschirm. Herrgott, diese Seite hier beschrieb satanistische Rituale.

Cass wurde klar, dass es sehr schwierig sein würde, ernst zu nehmende, gut recherchierte, wissenschaftliche Informationen aus all dem Müll herauszufiltern. Sie konzentrierte sich voll auf die Ergebnisliste, die sie gerade durchging, als die Worte vor ihr verschwammen und sich verzerrten, um dann wieder ganz normal auszusehen.

Cass erstarrte. Es war so schnell gegangen, nur ein kurzer Augenblick – hatte sie sich das schon wieder eingebildet?

Denn bei Computern gab es keine solchen Bildstörungen.

Computer reagierten nicht wie zwanzig Jahre alte Fernseher.
Und dann passierte es wieder. Das Wort *Geister* in der Suchmaske zog sich in die Länge, flackerte, verzog sich erneut, und dann geschah dasselbe mit dem gesamten Bild. Im nächsten Moment war der Bildschirm schwarz.
Cass starrte ungläubig darauf, denn so etwas konnte eigentlich nur passieren, wenn sie den Computer ausschaltete. Sie drückte ein paar Tasten, falls der Computer irgendwie in den Ruhezustand geschaltet haben sollte, doch der Bildschirm blieb schwarz. Sie startete neu. Der Bildschirm erwachte zum Leben.
»Was ist denn, Tante Cass?«,
Cass drehte sich nicht um. »Das ist vielleicht komisch. Mein Laptop hat sich gerade von allein ausgeschaltet – das hat er noch nie gemacht.« Sie war besorgt. Zweifellos hatte sie irgendein technisches Problem. Das Letzte, was sie jetzt oder sonst wann brauchen konnte, war ein abgestürzter Computer. »Verdammt.« Sie wählte sich wieder ins Internet ein, doch bevor die Verbindung zustande kam, wurde der Bildschirm wieder pechschwarz.
Cass sprang auf, und Alyssa kam näher.
»Ist nicht weiter schlimm«, beruhigte sie Cass, und natürlich war es nicht weiter schlimm – ihr zwei Jahre alter Laptop musste offenbar repariert werden. Aber Cass kam nicht darüber hinweg, dass er sich einfach selbst ausschaltete.
Reg dich nicht so auf, ermahnte sie sich. Aber sie konnte sich nicht beruhigen. Im Gegenteil, sie stand da, starrte auf den leeren Bildschirm und dachte an Isabels blaue Augen, die sie zu verfolgen schienen. Ganz plötzlich konnte Cass in Gedanken Isabel deutlich vor sich sehen – und ihr Blick war feindselig.
Es war erschreckend.
Cass rief sich ins Gedächtnis, dass Isabels Augen auf dem Porträt traurig blickten. Doch den feindseligen Ausdruck konnte sie nun nicht mehr verdrängen. Hatte Antonio nicht gesagt, er fände ihren Blick vorwurfsvoll?

Cass verzog das Gesicht, entschlossener denn je, mehr über Isabel in Erfahrung zu bringen. Plötzlich erstarrte sie.

Hier liegt Isabel de la Barca ... Nichte von John de Warenne, Graf von Sussex.

Cass blinzelte. »Aber sie war seine Tochter«, sagte sie laut. »Oder nicht?«

Ein Geräusch in ihrem Rücken ließ ihr Herz einen Schlag aussetzen. Cass fuhr herum. Ihre Tür stand offen. »Antonio?«

Keine Antwort.

»Gehen wir lieber runter«, sagte Alyssa unruhig. Dann rief sie: »Tante Cass!«

Cass wirbelte erneut herum. Und sah etwas, das sie noch nie zuvor gesehen hatte: Ihr Laptop war an, doch das Bild sah aus wie bei einem Fernseher ohne Empfang, nur schwarzweißes Grieseln. Sie starrte auf den flackernden Bildschirm.

»Tante Cass? Jemand ist hier«, flüsterte Alyssa ängstlich.

Cass drehte sich um und streckte eine Hand nach ihr aus – sie fürchtete schon das Schlimmste –, als sie ganz deutlich eine Autotür zuschlagen hörte.

Da bemerkte sie den Veilchenduft.

Einen Augenblick lang waren Cass' Gedanken gelähmt vor Schreck. Im nächsten Augenblick redete sie sich ein, dass der Duft nur irgendwie von draußen hereingedrungen sein konnte.

Jemand hämmerte an die Haustür.

Cass und Alyssa sprangen vor Schreck fast in die Luft.

Dann sah Cass auf die Leuchtziffern ihrer Armbanduhr. Es war halb zehn. Wer, in Gottes Namen, konnte das sein?

»Tante Cass?« Alyssa drückte sich an sie, als das drängende, hallende Klopfen an der Haustür unvermindert weiterging.

»Du brauchst keine Angst zu haben«, log Cass, die sich selbst nicht glaubte. Der Veilchenduft wurde noch stärker. Doch darüber wollte sie sich jetzt keine Gedanken machen, sondern darüber, dass zwei Kinder im Haus waren, eines davon behindert, und der ältliche Alfonso. Im nächsten Moment schalt sie sich, weil sie auch nur auf den Gedanken kam, sie müssten sich irgendwie verteidigen. »Komm«, sagte sie, als das Hämmern immer noch nicht aufhörte.

Sie nahm Alyssa bei der Hand, und sie eilten den Flur entlang, wobei Cass verärgert beschloss, dass sie wohl gleich morgen früh ihren Computerexperten in London würde anrufen müssen.

Das Hämmern hörte auf. Cass und Alyssa kamen gerade rechtzeitig in die große Halle, um zu sehen, wie Antonio die Haustür öffnete. Gleich darauf trat ein großer Mann mit dunkelblondem Haar herein; seine Krawatte war verrutscht, der Anzug zerknautscht.

»Gregory«, rief Antonio erstaunt. »Was tust du denn hier?«

Gregory antwortete auf Spanisch und gestikulierte dabei lebhaft.

Cass seufzte erleichtert. Offensichtlich war das ein Bekannter, vielleicht sogar mehr, ein Cousin oder Bruder, denn die beiden Männer sahen sich recht ähnlich. »Siehst du, alles in Ordnung«, flüsterte sie Alyssa zu.

Doch Alyssas Lächeln war schwach.

Antonio packte den Mann am Arm. »Beruhige dich. *Tenemos huéspedes«,* sagte er und zeigte auf Cass und Alyssa.

Gregory warf einen kurzen Blick auf sie und wandte sich gleich wieder Antonio zu. »Ich habe schon den ganzen Tag so ein schlimmes Gefühl«, sagte er eindringlich. »Ich habe immer wieder bei dir zu Hause und am Institut angerufen, aber ich wusste ja nicht, dass du hier bist, also habe ich mir Sorgen gemacht, weil ich dich nirgends erreichen konnte.«

»Ich bin hier, und es ist alles in Ordnung«, sagte Antonio ruhig.

Das bezweifelte Cass. Dann fiel ihr auf, dass sie genau das auch dachte – irgendetwas stimmte nicht, und sie konnte es förmlich spüren.

Gregory, ein attraktiver Mann mit dunkelblonden Locken, war

immer noch nicht beruhigt. »Du kommst doch nie hierher. Wie hätte ich darauf kommen sollen! Ich habe schließlich deine Sekretärin ausfindig gemacht, deren Privatnummer ich auf dem Schreibtisch in deiner Wohnung gefunden habe.« Er redete sich allmählich in Rage.

»Ich wäre nie auf die Idee gekommen, dass ich mich bei dir abmelden sollte«, erwiderte Antonio gelassen. »Darf ich dir jetzt unsere Gäste vorstellen?«

Gregory wandte sich endlich Cass zu und sah dann Alyssa an. Er lächelte. »Entschuldigung. Ich war sehr besorgt.« Das Lächeln erlosch. »Sie müssen Tracey Tennant sein. Ich bin Antonios kleiner Bruder Gregory.« Er ließ ein schiefes Lächeln aufblitzen.

Cass errötete; es war noch nie vorgekommen, dass jemand sie mit ihrer Schwester verwechselte. »Ich bin ihre Schwester, Cass de Warenne, und das ist ihre Tochter Alyssa«, sagte sie.

»Entschuldigen Sie meinen Irrtum«, bat Gregory. Er kam auf sie zu, um ihr die Hand zu geben und Alyssa den Kopf zu tätscheln. Dann blickte er sich besorgt zu seinem Bruder um. »Ist auch wirklich alles in Ordnung?«, fragte er.

»Aber natürlich«, erwiderte Antonio bestimmt. »Es tut mir Leid, dass du den ganzen weiten Weg hierher gefahren bist, du hättest doch einfach anrufen können.«

Gregory sah ihn verständnislos an. »Wie meinst du das? Deine Sekretärin hat gesagt, ich müsste sofort hier herauskommen.«

Antonio runzelte die Stirn. »Wie bitte?«

Cass blickte von einem zum anderen und wurde immer unruhiger.

»Deine Sekretärin hat gesagt, ich müsste sofort kommen, auf der Stelle«, wiederholte Gregory und errötete.

Antonio starrte ihn kopfschüttelnd an. »Das muss ein Missverständnis sein. So etwas würde sie doch nicht sagen. Ich habe nicht angedeutet, du solltest herkommen. Ich habe ja nicht einmal daran gedacht.«

»Ich wurde eindeutig hierher berufen«, beharrte Gregory.

Cass wunderte sich über diese seltsame Formulierung.

»Nun, jetzt bist du jedenfalls hier, also machen wir uns doch einfach ein schönes Wochenende«, erklärte Antonio schulterzuckend. »Es ist lange her, seit wir alle zusammen hier waren, nicht?«

»Das ist stark untertrieben«, sagte Gregory, der unglücklich wirkte. »Ich kann es immer noch nicht fassen, dass du ausgerechnet hier Urlaub machen willst.«

Cass rührte sich nicht. Wie meinte er das? Was stimmte hier nicht? Sie sah die beiden Brüder in den Flur gehen, wobei Antonio ihm von seinen Forschungen erzählte. Alyssa zog an ihrer Hand. Cass starrte den Männern nach.

Gregorys Worte hallten in ihren Gedanken wider: *Ich wurde eindeutig hierher berufen.*

»Was ist denn, Tante Cass?«, flüsterte Alyssa.

Plötzlich spürte Cass einen Blick in ihrem Rücken. Sie wirbelte herum – doch da war niemand.

Cass konnte die Anspannung nicht abschütteln. In diesem Augenblick war sie absolut sicher gewesen, dass sie beobachtet wurde.

»O Gott«, rief sie aus und packte Alyssas Hand so fest, dass diese aufschrie. Hatte Tante Catherine etwa Recht?

Lag ein Fluch auf diesem Haus? Waren die beiden Familien verflucht, einander auf ewig in Tragödien zu verstricken?

»Tante Cass.« Alyssa zog an ihrer Hand. »Sie ruft uns alle hier zusammen.«

Erstaunt und ziemlich sicher, dass sie sich verhört hatte, blickte Cass zu ihr hinab. Dann schrie sie auf und sprang zurück. Denn sie sah nicht ihre Nichte, sondern glühende Augen in einem Gesicht, das starr vor Bosheit wirkte.

Das Gesicht lächelte sie an, und es war Furcht erregend. Und dann, noch während Cass entsetzt in das Gesicht einer erwachsenen Frau auf dem kleinen Körper ihrer Nichte blickte, wurde alles wieder normal. Cass blinzelte und hatte wieder Alyssas kindliche Züge vor sich.

Cass bekam keine Luft. Hatte sie eben wirklich gesehen und gehört, was sie meinte gesehen und gehört zu haben? Oder wurde sie verrückt? »Was? Was hast du gesagt?«

Alyssa sagte vollkommen unschuldig: »Sie ruft uns alle hier zusammen, und Tante Catherine kommt auch bald.«

Cass sah fassungslos zu, wie Alyssa sich umdrehte und Antonio und seinem Bruder nachlief.

»Aber Tante Catherine kommt doch gar nicht«, flüsterte sie.

Alyssa schien sie nicht zu hören.

Cass konnte keinen klaren Gedanken fassen, vor allem, da sie nun allein in der riesigen, schwach erleuchteten Halle stand. Sie war sich immer noch des leichten Veilchenduftes bewusst, und ihr einziger zusammenhängender Gedanke war: *Isabel ist hier. Meine Tante hat Recht, sie ist hier irgendwo, und sie ist für all das verantwortlich – entweder das, oder ich bin nicht mehr ganz richtig im Kopf.*

Plötzlich wollte sie nicht mehr allein im großen Saal bleiben – oder sonst wo in diesem Haus. Hastig folgte sie Alyssa und den beiden Brüdern. Als sie die Bibliothek erreichte, lag eine warme und behagliche Szene vor ihr, die sie eigentlich hätte beruhigen müssen: Antonio mixte Drinks, Gregory stand neben ihm, die beiden Kinder saßen auf dem Sofa und lasen gemeinsam ein Buch, und im Kamin knisterte ein großes Feuer. Cass fand keine Ruhe.

Sie sank auf ein Sofa mit einem Bezug aus moosgrüner Seide und bunten, mit Quasten besetzten Kissen. Ihre Gedanken überschlugen sich förmlich. Jedes seltsame Vorkommnis, das sie seit ihrer Ankunft gestern erlebt hatte, wirbelte in ihrem Kopf herum. Und jetzt dieser Ausdruck auf Alyssas Gesicht …

»Wer möchte einen Martini?«, fragte Antonio fröhlich.

Cass staunte. Warum war er auf einmal so guter Laune? Lag es daran, dass sein Bruder zu Besuch war?
Antonio reichte ihr ein Glas. Er lächelte, als sei alles eitel Sonnenschein.
Das Feuer loderte und knackte im Kamin. Die Kinder kicherten über etwas, das einer von beiden gelesen hatte. Die Männer nippten an ihren Drinks. Cass blickte sich misstrauisch um. Warum war sie als Einzige nervös und bedrückt? Sie stellte ihr Glas ab. Spürte denn niemand sonst die Spannung, die sich wie ein riesiger schwarzer Umhang auf sie herabsenkte? »Antonio, warum sollte deine Sekretärin ihm gesagt haben, er müsse herkommen?«
»Da liegt sicher irgendein Missverständnis vor.«
Plötzlich wurden die Lampen im Raum schwächer, dann wieder heller.
Cass sprang erschrocken auf.
»Das sind nur die Leitungen«, erklärte Antonio. »Geht es dir nicht gut, Cassandra?«
Sie starrte ihn an und fragte sich, was er wohl sagen würde, wenn sie ihm erzählte, dass Alyssa sich gerade vor ihren Augen verwandelt hatte; dass sie gesagt hatte, sie würden hier alle zusammengerufen; dass Cass diesen seltsamen Duft für das Parfüm einer Toten hielt … Die Liste war endlos. »Vielleicht sind es gar nicht die Leitungen«, sagte sie langsam. »Mein Laptop hat vorhin auch den Geist aufgegeben, und ich kann mir nicht erklären, warum.«
»Es war ein langer Tag«, sagte Antonio und lächelte sie wieder an.
Er war kein Mann, der ständig lächelte. Cass hatte das Gefühl, vor einem Fremden zu stehen – das war zwar Antonios Gesicht, sein Körper, aber nicht sein Charakter.
Er wandte sich wieder seinem Bruder zu. Cass hörte die leise Unterhaltung der beiden und sah zu den Kindern hinüber. Alyssa schien ihre Ängste ganz vergessen zu haben, sie lauschte gebannt

Eduardo, der ihr etwas vorlas. Was lasen sie da? Lieber Himmel – es war *Sleepy Hollow*, eine Geistergeschichte.
Direkt über ihnen gab es einen dumpfen Knall.
Cass zuckte erschrocken zusammen. »Habt ihr das gehört?«, rief sie.
Antonio drehte sich zu ihr um. »Warum bist du so nervös? Alte Häuser machen nun einmal Geräusche. Das weißt du doch sicher.«
»Das kam aus Isabels Zimmer«, sagte Cass.
Gregory gesellte sich zu ihnen. »Ich habe auch etwas gehört. Ist Alfonso vielleicht da oben?«, fragte er. Er wirkte weniger entspannt als sein Bruder.
»Alfonso ist in der Küche«, erwiderte Antonio.
Plötzlich wusste Cass, wo Tracey abgeblieben war.
Gregory war zu dem hübschen vergoldeten Wägelchen zurückgekehrt, das als Hausbar diente, und mixte die nächste Runde Martinis. Cass ging zu ihrer Nichte hinüber. »Alyssa«, flüsterte sie, damit die Brüder sie nicht hören konnten. »Was hast du vorhin draußen in der Halle zu mir gesagt?«
Alyssa blinzelte sie an, und Eduardo hielt mitten im Satz inne. »Ich weiß es nicht mehr«, antwortete sie flüsternd. Dann fügte sie hinzu: »Tante Cass, warum flüstern wir denn?«
Bevor Cass etwas sagen konnte, wandte Antonio sich abrupt von seinem Bruder ab. »Ich habe gute Neuigkeiten«, sagte er zu ihr.
»Tatsächlich?«, fragte Cass und wünschte, Antonio wäre dabei gewesen, als Alyssa sich in jemand anderen verwandelt hatte. Sie wünschte sich einen Zeugen, um nicht mehr an sich zweifeln zu müssen.
Er zog sich einen beigefarbenen Fußschemel heran und setzte sich. »Cassandra, ich habe einen Stammbaum der Familie gefunden, in der Handschrift meines Vaters.« Seine Augen strahlten. »Es war nur eine Bleistiftskizze, aber noch gut zu erkennen.«

Cass richtete sich auf. All ihre Sorgen waren vergessen. »Was hast du daraus erfahren?«
»Ich zeige es dir«, sagte er und lächelte. Er stand auf, ging zu seinem Schreibtisch und brachte ihr einige Seiten.
Cass' Herz pochte heftig. Ihre Hände zitterten, als sie die Blätter entgegennahm und auf dem Sofa ausbreitete. Sie kniete sich davor, und Antonio tat es ihr gleich.
Sie wollte auf der ersten Seite anfangen, doch dann blieb ihr Blick hängen. Ihre Augen weiteten sich, denn die letzten Eintragungen lauteten: »Catherine de Warenne, geboren 1930, gestorben ?, verheiratet mit Sir Robert Belford, geboren 1912, gestorben ?«, gefolgt von einem Eintrag der Geburtsdaten ihrer eigenen Eltern.
»Mein Vater ist 1966 gestorben«, sagte Antonio leise, und sein Atem streifte ihr Ohr.
»Zwei Jahre bevor ich geboren wurde«, erwiderte Cass ebenso leise. Das erklärte, weshalb sie selbst nicht hier verzeichnet war.
Ihr Herz schlug nun so laut, dass jeder im Raum es hören musste.
Cass schaute zu Antonio auf, und ihre Blicke trafen sich.
»Sieh dir die erste Seite an«, flüsterte er mit blitzenden Augen.
»Isabel«, hauchte sie.
Alles, was sie wissen wollten, lag hier vor ihr, gut lesbar in Eduardos säuberlicher Handschrift. Isabel de Warenne war 1535 zur Welt gekommen und 1555 gestorben – nichts überraschend Neues. Sie hatte Alvarado de la Barca ein Jahr vor ihrem Tod geheiratet. Falls sie ein Kind bekommen hatten, was unwahrscheinlich war, so war es hier nicht eingetragen. Cass fuhr mit dem Finger den Stammbaum entlang und begriff sofort, was geschehen sein musste.
»Sie war die Tochter des Grafen«, hauchte sie. »Aber er ist 1543 gestorben, und sein Bruder hat den Titel geerbt.«
»So ist es«, sagte Antonio.
Sein Tonfall war seltsam. Doch diesmal blickte Cass nicht zu ihm auf, denn auf dem Papier vor ihr zeichnete sich eine schreckliche

Tragödie ab. »Lieber Himmel«, flüsterte Cass. »Sie sind alle gestorben. Ihr Vater, ihre Mutter, ihre Geschwister – alle sind 1543 gestorben.«

»Ja«, sagte Antonio. »Sie sind alle gestorben.«

Elf

East Sussex – 18. Juli 1543

Selbst in ihren langen Röcken konnte sie schneller laufen als ihr Bruder Tom, der immerhin zwei Jahre älter war als sie. Lachend ließ sie den zehnjährigen Knaben hinter sich und überhörte Lady Carolines Rufe. Eine Welle brach zu ihren Füßen, Thomas holte sie ein, und sie balgten sich im Sand. Die Küste von Sussex war grün, idyllisch und wunderschön; auf dem Sandstrand schimmerten feine Stückchen von Muschelschalen, die man weit über die rollenden Dünen hinaus in den fruchtbaren Hügeln von Sussex fand. Doch Isabel war hier in East Sussex aufgewachsen, und die Schönheit der Natur um sie her war ihr zwar nicht gleichgültig, doch sie beachtete sie ebenso wenig wie ihre Kinderfrau, die weiter nach ihr und ihrem Bruder rief.

»Isabel! Thomas! Ihr ungezogenen Rangen, wollt ihr wohl hören? So kommt doch endlich!«, rief ihre Cousine, die anscheinend immer näher kam.

Irgendetwas in ihrer Stimme ließ Isabel aufhorchen. Sie hörte auf zu lachen, setzte sich auf, überall mit Sand bedeckt, und ihr Bruder tat es ihr gleich. Sie erkannte an seiner verwirrten Miene, dass auch er Schrecken und Entsetzen in Lady Carolines Stimme gehört hatte. Isabel sah ihn fragend an. Beide Geschwister hatten leuchtend blaue Augen, sahen sich ansonsten jedoch nicht sonderlich ähnlich; Tom schlug ihrem Vater nach, dem Grafen von Sussex, einem großen, dunklen Mann, während Isabel mehr nach ihrer Mutter kam, der schlanken, hellhäutigen, rothaarigen Gräfin. Nun griff sie erschrocken nach seiner Hand. »Sie ist ein Hasenfuß«, flüsterte sie. »Immer hat sie Angst, und beim geringsten Anzeichen von Gefahr ist sie auf und davon.«

Thomas stand auf und zog sie auf die Füße. Sein dunkles Gesicht wirkte ernst. »Sie ist gewiss verärgert, weil wir uns verspätet haben.« Sie wechselten einen weiteren wissenden Blick.

Isabels Herz schien zu stolpern. Ihre Eltern waren zur Hochzeit des Königs mit Catherine Parr, seiner sechsten Gemahlin, bei Hofe gewesen und wurden am heutigen Tag zurückerwartet. Kurz vor seiner Abreise hatte ihr Vater Isabel noch für ihre Streiche und ihr wüstes, wenig damenhaftes Benehmen ausgepeitscht. Isabel hatte ihm versprochen, sich von Stund an so vorbildlich zu verhalten, wie es einer christlichen Dame anstand, aber sich mit ihrem Bruder im Sand zu wälzen gehörte gewiss nicht dazu. Sie fürchtete sich vor weiteren Schlägen.

Glücklicherweise gefiel dem Grafen die Peitsche ebenso wenig wie seinen Kindern, und die Strafe fiel nie übermäßig streng aus.

Sie machten sich auf, liefen den Strand entlang auf Lady Caroline zu, die ihnen verzweifelt zuwinkte. Nun war Isabel sicher, dass ihre Eltern nach Romney Castle zurückgekehrt waren, und sie blieb stehen. »Vater hat mir gesagt, dass ich als sein Erbe schon ein Mann bin, so jung ich auch sein mag.« Thomas klang bestimmt. »Und ich darf niemals vergessen, dass ich eines Tages den Titel tragen und zu den bedeutendsten Männern dieses Landes gehören werde. Daher muss ich mich stets so verhalten, wie es meinem adeligen Stand entspricht.« Er seufzte tief.

Isabel verstand ihn und drückte seine Hand. »Bedaure niemals diesen Segen, Tom. Du könntest nichts weiter sein als das Balg eines kleinen Bäckers. Stattdessen bist du von höchstem Adel.«

»Nein, ich bedaure das keineswegs«, erwiderte er rasch.

Doch Isabel kannte ihn so gut wie sich selbst, so nahe standen sie sich. Sie wusste, dass er lieber Ball spielte als mit dem Meister

Fechten zu üben, dass er die Falkenjagd wesentlich mehr genoss als Latein, Griechisch und Mathematik und dass er die Lehren von Männern wie Platon, Plutarch, Cicero oder Seneca zutiefst verabscheute und stets behauptete, sie seien ihm unbegreiflich. Tom hatte überhaupt keinen Sinn für jene Studien, die dank König Johns Vorlieben für sie so beliebt geworden waren – Alchemie, Astronomie, Astrologie. Er wusste gar nicht, welch ein Glück ihm beschieden war, dachte Isabel sehnsüchtig. Während er drei Sprachen beherrschte, wenn auch nicht fließend, wurde sie höchstens darin geübt, sich bei irgendeiner Stickerei in den Daumen zu stechen. Er bekam einen ordentlichen Sattel, wenn sie zur Falkenjagd ausritten, während sie sich schicklicherweise mit dem Damensattel begnügen musste. Wie sehr wünschte sie sich einen Lehrer, der es ihr möglich machte, vier oder fünf Sprachen zu erlernen, mit Leichtigkeit zu addieren und zu subtrahieren oder die Abhandlungen großer Philosophen der griechischen und römischen Antike zu enträtseln – anstatt Bibelsprüche und ganze Abschnitte aus der *Unterweisung einer Christlichen Frau* auswendig zu lernen. Der Graf hatte bei vielerlei Gelegenheiten stets betont, dass eine Frau nur Gott zu gehorchen und gut zu heiraten brauchte, und nach diesen Maßstäben richtete sich Isabels Erziehung. Sie fragte sich, was ihr Vater wohl sagen – oder gar tun – würde, wenn er wüsste, dass sie oft die Stunden ihres Bruders belauschte und, wenn sie sich Mühe gab, sogar ein wenig Sokrates lesen konnte.

»Lady Caroline scheint mir aber noch ängstlicher zu sein als sonst«, bemerkte Tom plötzlich und wischte sich mit dem Ärmel die schweißnasse Stirn. »Was mag da nur Schlimmes vorgefallen sein?«

Isabel stellte sich dieselbe Frage, als ihr auffiel, dass er sehr erhitzt wirkte – und immer noch stark schwitzte, was recht ungewöhnlich war. Und auf seinen runden Wangen waren einige seltsame kleine Pusteln entstanden, die aussahen wie kleine Stiche. Doch

bevor sie darüber nachdenken konnte, stieß Lady Caroline auf sie herab wie ein Raubvogel.
Sie war eine dickliche Witwe von neunzehn Jahren, die nun keuchend und schnaubend nach Luft rang. »Der Herrgott erbarme sich unser«, schluchzte sie.
Isabel war besorgt. Hier ging es offenbar um keine Kleinigkeit wie die, dass ihr mächtiger Vater sie beim Herumtollen mit Tom ertappte. »Cousine Caroline, was ist geschehen?«, flüsterte sie angsterfüllt.
»Der Herr Graf sind zurückgekehrt. Der liebe Gott sei uns allen gnädig!«
»Lady Caroline«, rief Tom scharf, »was ist geschehen?«
In ihren weit aufgerissenen Augen standen Tränen. »Eure Mutter liegt mit dem Schweißfieber darnieder!«, rief Caroline, die aschfahl geworden war.
Isabel starrte sie entsetzt an.
Sie stellte sich ihre wunderhübsche, rothaarige Mutter vor, Lady Margaret, wie sie sie noch vor wenigen Wochen gesehen hatte, in violettem Brokat mit funkelnden Saphiren und einem goldenen Kopfschmuck, der ihr prächtiges Haar bedeckte, ein herzliches, bezauberndes Lächeln auf den Lippen, Isabels neugeborene Schwester Catherine, benannt nach der Königin, in den Armen. Sie stellte sich daneben ihren stolzen Vater vor, wie er strahlte, obwohl er sich noch einen Sohn gewünscht hatte. Dann sah sie plötzlich andere Bilder vor sich, von den Häusern im Dorf, wo das Fieber schon gewütet hatte. Sie sah die geschlossenen Fensterläden und verrammelten Türen, das vorgeschriebene Zeichen – einige Strohhalme und ein weißer Strich –, das jeden Haushalt kennzeichnete, den die Krankheit heimgesucht hatte.
»Nein«, sagte Isabel, der vor Angst und Grauen schwindelte. »Nein, das muss ein Irrtum sein!«
Doch es war kein Irrtum.
Das Schweißfieber war nach Romney Castle gekommen.

Bis sie das Schloss erreichten, das hoch oben auf dem Hügel über der Bucht stand, in der Isabel und Tom so gerne spielten, hatte Tom zu husten begonnen.

Als sie durch das Tor rannten, bemerkte Isabel, wie seltsam ruhig und leer der Burghof wirkte. Üblicherweise herrschte hier ein reges Treiben von Milchmädchen und Stallburschen, Rittern und Pagen, Soldaten und Wachen, dazwischen Händler aus dem Ort, die ihre Waren anpriesen. Pferde, Esel und Ochsen waren zu sehen, Kühe, Hunde und ab und an ein Schaf. Doch nun gingen nur zwei Männer eilig ihren Geschäften nach – sie rannten an Isabel, Tom und ihrer Cousine vorbei durch den Hof. Tom hustete wieder.

Isabel drehte sich nach ihm um, als sie die große Halle erreichten. Sein Gesicht hatte mittlerweile die Farbe von Roten Beten angenommen. Sie erstarrte.

»Mir fehlt nichts«, flüsterte er heiser.

Isabel wusste zu viel über das Schweißfieber, und eine schreckliche Angst packte sie. Die ersten Anzeichen waren meist Husten, Fieber und Kopfschmerzen, und innerhalb weniger Stunden – oft so schnell, dass der Kranke nicht einmal zu seinen Lieben heimkehren konnte – war das Opfer tot. »Tom«, rief sie und nahm seinen Arm.

Doch er riss sich los. »Rühr mich nicht an!«, rief er. Und dann griff er sich stöhnend an den Kopf.

In schierem Entsetzen sah Isabel zu, wie ihr geliebter Bruder vor Schmerz das Gesicht verzog.

Caroline packte Isabel von hinten und zerrte sie fort.

»Nein!«, schrie Isabel und schlug um sich. »Nein! Lasst mich zu meinem Bruder, bitte!«

»Ihr dürft nicht zu ihm«, keuchte Caroline und umfing Isabel fest mit ihren kräftigen Armen. »Auch er hat das Fieber, du lieber Gott!« Sie holte tief Luft. »Master Tom! Geht nach oben in Euer Schlafgemach, rasch. Geht zu Bett, habt Ihr gehört?«

Tom nickte, doch er krümmte sich vor Schmerz zusammen und konnte sich kaum mehr auf den Beinen halten.

»Er braucht mich, lasst mich zu ihm!«, kreischte Isabel.

Caroline drehte sie herum und schlug ihr ins Gesicht. »Jetzt ist nicht die Zeit, sich aufzuspielen wie eine verwöhnte Göre! Unser aller Leben hängt davon ab!«

Thomas sank vor ihren Augen zu Boden.

Einen Augenblick lang waren sowohl Caroline als auch Isabel nicht fähig, auch nur einen Finger zu rühren. Dann merkte Isabel, dass Caroline vor Schreck ihren Griff gelockert hatte. Sie riss sich los, eilte zu ihrem Bruder und kniete sich neben ihn. Doch bevor sie ihn auch nur auf den Rücken drehen konnte, hatte Caroline sie an den Haaren gepackt und zerrte sie wieder von ihm fort. Isabel kreischte vor Schmerz.

»Lasst ihn!«, befahl ihre Kinderfrau verzweifelt.

»Lasst mich los!«, schrie Isabel ebenso verzweifelt. Zu ihrer Überraschung tat Caroline genau das.

In ihren Ohren klingelte es, als der Schmerz nachließ – das Haar war ihr beinahe vom Kopf gerissen worden. Sie sprang zu ihrem Bruder und kniete sich hin, während unablässig Tränen über ihre Wangen rannen. Sie drehte ihn um und sah noch mehr winzige Geschwüre auf seinem Gesicht. »Oh, Tom!«, rief sie schluchzend. »Du darfst nicht sterben, nein! Tom!«

Seine Lider flatterten, doch er antwortete ihr nicht. Seine Haut brannte wie Feuer.

»Wo sind denn alle anderen?«, rief Isabel und sah sich verzweifelt um. »Ich brauche einen Diener, der ihn zu Bett bringt!«

»Niemand wird das tun«, schluchzte Caroline, die ein Dutzend Schritte entfernt wie angewurzelt dastand, »sie haben Angst, sich anzustecken.«

Isabel war völlig verzweifelt. Sie fürchtete sich nicht vor der Ansteckung – wenn Tom starb, wollte sie auch sterben. Sie würde sich um ihn kümmern, doch sie musste ihn unbedingt in sein Bett schaffen. Ihr Vater! Niemand würde es wagen, sich einem Befehl des Grafen zu widersetzen!

Isabel rannte durch die Halle und die Treppe hinauf, denn sie erwartete, ihren Vater vor den Gemächern ihrer kranken Mutter anzutreffen. Doch dort fand sie nur zwei der Damen ihrer Mutter, die sich schluchzend zusammendrängten. Isabel rannte zu ihnen.

»Cecilia«, rief sie und packte eine der Damen grob am Arm. »Wo ist mein Vater? Wo ist meine Mutter? Wo *stecken* denn nur alle?«

Lady Cecilia Farquier blinzelte sie mit roten, geschwollenen Augen an. »Eure Mutter glüht vor Fieber, ihre Geschwüre sind bereits aufgebrochen.« Sie begann erneut zu weinen. »Seine Gnaden musste sich selbst zu Bett begeben. Lady Mary und Lady Jane sind von uns gegangen. Sie sind heute Morgen beinahe gleichzeitig verstorben.«

Isabel starrte sie entsetzt an. Zwei Damen ihrer Mutter tot. Ihr Vater zu Bett? »Vater?« Sie bekam das Wort kaum heraus.

»Die Krankheit hat auch ihn getroffen.«

Isabel wich fassungslos zurück. »Nein. Das ist unmöglich.«

Lady Annes rot geweinte Augen sahen sie zutiefst bekümmert an. »Dann seht selbst.«

Isabel wich immer weiter zurück und schüttelte ungläubig den Kopf. Ihr Vater, der Graf, war der mächtigste Mann, den sie kannte. Wenn er sprach, hörten die Männer aufmerksam zu; wo er ging, erbebte der Boden. Sein Wort galt selbst beim König etwas, er hatte einen hohen Rang in seinem Rat, und wie sein Landesherr war er sowohl gefürchtet als auch hoch geschätzt. Obschon beinahe fünfzig, war er noch immer ein großer, lebensfroher Mann, der nach wie vor beim Tjosten alle aus dem Sattel stieß, die Jagd liebte und den Damen die Köpfe verdrehte. Isabel hatte ihren Vater immer schon ebenso gefürchtet wie verehrt. Sie konnte sich nicht erinnern, wann er sich je in seinem Urteil geirrt hätte.

Er konnte nicht krank sein. Nicht ihr mächtiger, gut aussehender, wunderbarer Vater. Es konnte nicht das Schweißfieber sein, das seine Opfer so gnadenlos dahinraffte. Niemand überlebte dieses Fieber.

Plötzlich trat ein Priester aus dem Gemach ihrer Mutter.

Isabels Augen weiteten sich vor Staunen. Insgeheim hielt Lady Margaret am alten Glauben fest, doch ganz im Verborgenen und mit großer Diskretion, und ihr Gemahl sah großzügig darüber hinweg. Isabels Herz überschlug sich vor Entsetzen. Was tat Pater Joseph zu dieser Tageszeit in den Gemächern ihrer Mutter? Vor aller Augen? Wenn man bei Hofe davon erfuhr, konnte ihre Mutter wegen Ketzerei und Hochverrat angeklagt werden. »Pater?«, fragte sie leise, obgleich sie die Antwort schon erahnte.

Er beugte das Knie vor ihr. »Meine liebe Isabel«, sagte er ernst. »Ich bedaure unendlich, doch der Herrgott hat Eure Mutter zu sich gerufen. Wisset, dass sie ihren Frieden gefunden hat.«

Isabel bekam kaum noch Luft. Ihre Mutter tot? Sie hatte sich doch nicht einmal von ihr verabschieden können. »Nein«, flüsterte sie. Ihr Herz schien zerreißen zu wollen, es tat so weh, dass sie die Hand an die kindliche Brust legte. »Nein.« Sie begann heftig zu zittern.

Der Priester schenkte ihr ein betrübtes Lächeln. »Sie war eine gute und sehr gläubige Frau. Seid gewiss, dass sie nun ihren Platz im Paradies eingenommen hat. Sie ist bei unserem Herrgott, Isabel. Wo wir alle unsere letzte Ruhe finden.«

Isabel schüttelte den Kopf und dachte nur: *Nein, nein, nein*, während die beiden Damen in lautes Wehklagen ausbrachen. Dann drehte sie sich um und rannte hinunter in die Halle, doch sie war menschenleer. Kein einziger Edelmann stand vor ihres Vater Gemächern, was Isabel nicht verstehen konnte.

Oder doch?

Sie waren entweder alle tot oder vor dem Tod geflohen.

Isabel biss sich auf die Lippe. Ihr Herz hämmerte schmerzhaft, und sie schmeckte salzige Tränen auf den Lippen, als sie die Tür zu seinem Zimmer aufschob. Eine große Gestalt lag reglos auf dem gewaltigen Himmelbett. »Mylord?«, sagte sie mit einer Stimme, die sie kaum erkannte.

Er antwortete nicht.

Und Isabel wurde von Entsetzen gepackt.

Sie war zu entsetzt, um an sein Bett zu treten und nachzusehen, ob er noch lebte – oder ob auch er gestorben war.

Sie wandte sich um und floh die Treppe hinunter. Die große Halle war leer, bis auf Tom, der noch da lag, wo sie ihn verlassen hatte. Isabel brach neben ihm zusammen. Sie konnte die Wahrheit nicht mehr leugnen, sie wusste, dass auch ihr Vater tot war. »Tom«, weinte sie, »du darfst nicht sterben. Du darfst mich nicht verlassen, ich brauche dich, bitte stirb nicht!«

Er rührte sich nicht, nicht einmal seine dichten Wimpern flatterten, und durch den Schleier ihrer Tränen bemerkte Isabel, wie furchtbar still er dalag.

Sie hielt ihre zitternde Hand vor seinen Mund.

Kein Atemhauch war zu spüren.

Sie versuchte es noch einmal. Sie zitterte wie Espenlaub, ihre Hand bebte, doch sie war entschlossen, seinen warmen, feuchten Atem an ihrer Haut zu spüren.

Doch sie fühlte nichts.

Verzweifelt riss sie seine Jacke und das Hemd auf und hielt ein Ohr an seine glühende Brust. Unter ihrer Wange regte sich nichts, kein sanftes Heben und Senken seines Brustkorbs – schlimmer noch, es war kein Herzschlag zu hören, gar nichts.

Er war tot.

Und als ihr Onkel, John de Warenne, drei Tage später zu den Begräbnissen eintraf, waren auch ihre kleine Schwester und Lady Caroline gestorben. Isabel jedoch hatte überlebt.

Sie wusste nicht, warum.

Zwölf

Casa de Sueños – einundzwanzig Uhr dreißig

Ich vermute, es war die Pest.«

Seine Stimme drang wie aus weiter Ferne zu ihr. Cass musste die Augen schließen; sie versuchte, das Bild eines hübschen kleinen Mädchens zu verdrängen, das in einem leeren mittelalterlichen Burghof stand und den Verlust der gesamten Familie ertragen musste.

Nein, nicht ihrer gesamten Familie. Ihr Onkel hatte überlebt. Ihr Onkel war mit dem Tod ihres Vaters der nächste Graf von Sussex geworden.

Sie schlug die Augen auf und bemerkte, dass Antonio sie besorgt ansah. »Wie tragisch«, flüsterte sie. »Wenn es die Pest war, müsste sich das feststellen lassen.«

»Morgen«, versprach er ihr.

Draußen war es windig geworden. Der Wind rüttelte an den Fensterläden.

Cass hielt seinem Blick stand, doch das Bild von Isabel als kleines Mädchen ließ sich nicht vertreiben. »Sie war eine Waise«, sagte Cass grimmig. »Sie war nicht die Tochter, sondern die Nichte des Grafen von Sussex, weil ihr Vater gestorben war. Sussex war sicher ihr Vormund; ich nehme an, er hat die Heirat für sie arrangiert.«

»Das ist anzunehmen«, stimmte Antonio zu, der sie immer noch forschend ansah. »Isabel muss über eine ansehnliche Mitgift verfügt haben, um eine solche Partie zu machen. Geht es dir nicht gut?«

Cass erwiderte seinen Blick und erkannte, dass seine Begeisterung über den Fund nun der Sorge um sie gewichen war. Sie war immer noch geschockt. Und ihre Reaktion auf diese neuen Erkenntnisse überraschte sie selbst.

Sie war allzu betroffen von Isabels Geschichte. Oder eher gefesselt?

»Cassandra?« Sie knieten nebeneinander; seine Schulter berührte ihre. »Irgendetwas macht dir Sorgen. Was hast du?«

Das Feuer beschien seine klare, golden schimmernde Haut, seine braunen Augen. Cass nahm nun doch einen Schluck von ihrem Martini. Er war kühl, bitter und trocken. Ihr war eben bewusst geworden, wie nahe er ihr war – und Tracey würde jeden Moment herunterkommen.

Abrupt stand sie auf, voller Schuldgefühle. »Ihr ganzes Leben war tragisch, vom Anfang bis zum Ende. Ich meine, sie hat alles verloren, als sie erst acht Jahre alt war – und nur zwölf Jahre später wurde sie auf dem Scheiterhaufen verbrannt. Ich bin überwältigt.«

»Das sehe ich.« Er sah ihr weiterhin fest in die Augen und stand ebenfalls auf. »Vielleicht ist das mit ein Grund dafür, weshalb dieses Haus so kalt ist.«

Sie sah ihn staunend an. »Glaubst du an Geister?«

»Ich weiß nicht«, gestand er. »Aber diese Vorstellung hat etwas sehr Reizvolles, findest du nicht?« Er lächelte leicht.

Cass musste auch lächeln. »Ja, irgendwie romantisch«, sagte sie. »Aber ich bin etwas verwirrt«, fuhr sie fort. »Hätte Isabel nicht zum Katholizismus konvertieren müssen, um Alvarado heiraten zu können?«

»Ja.«

»Wie konnte sie dann als Ketzerin verurteilt werden?«

»Im Lauf der Geschichte«, erklärte Antonio, »ich meine, *unserer* Geschichte, waren Konvertiten oft die ersten Sündenböcke der Inquisition.«

»Das habe ich nicht gewusst«, sagte Cass. »Aus irgendeinem

Grund bin ich davon ausgegangen, dass sie in England gestorben ist. Aber vielleicht hast du Recht, vielleicht ist sie hier gestorben.« Cass erschauerte. »Nun, wenn sie in diesem Haus herumspukt, dann ist das nur verständlich. Das würde ich an ihrer Stelle auch tun.«
»Glaubst du denn, dass sie hier umgeht?«, fragte Antonio und sah sie unverwandt an.
Cass hielt seinem Blick stand. »Ich weiß nicht«, sagte sie langsam. »Ich hoffe nicht. Aber …«
»Aber was?«
Bevor Cass mit allem herausplatzen konnte, was ihr auf der Seele lastete, mischte Gregory sich ein: »Du hast endlich deine Meisterin gefunden, Tonio. Eine Frau, die mindestens so sehr von der Vergangenheit besessen ist wie du.« Er lächelte sie beide an.
Cass betrachtete sein attraktives Gesicht und erkannte, dass dieses Lächeln falsch war; es drang nicht bis zu seinen Augen. Sie erschrak. Und sie fragte sich, ob er sie vielleicht nicht mochte.
In diesem Moment warf er ihr einen bösartigen Blick zu.
Cass trat unwillkürlich zurück und prallte gegen Antonio, der sie auffing. Als sie sich wieder Gregory zuwandte, war er ganz lächelnder, männlicher Charme.
Cass verschlug es den Atem. Hatte sie eben wirklich gesehen, was sie zu sehen glaubte? Hatte er ihr einen Blick voll abgrundtiefem, gnadenlosem Hass zugeworfen? Und wenn ja, warum?
Du meine Güte, sie kannten sich doch erst seit ein paar Minuten!
Cass war erschüttert. Sie rückte von Antonio ab, und in diesem Augenblick spürte sie sie, noch bevor sie sie entdeckte. Sie blickte langsam auf und sah Tracey auf der Schwelle stehen.
Cass erstarrte und sah ihre Schwester vor sich, wie sie barfuß und im Minirock aus Antonios Schlafzimmer geschlichen war.
Dann erinnerte sie sich daran, wie sie reglos und apathisch unter dem Baum gesessen hatte.
Plötzlich hasste Cass ihre Schwester. Es war Tracey, die zwischen

ihr und Antonio stand, Tracey war der Grund, weshalb sie Antonios Einladung ausschlagen und nach Hause fahren musste, und es war Tracey, die ihr jederzeit Alyssa wegnehmen könnte.
Cass staunte selbst darüber, wie abgrundtief sie sie hasste.
»Hallo«, sagte Tracey ein wenig zögerlich. Sie lächelte Antonio an, dann Cass, und schließlich fiel ihr Blick auf Gregory.
Er machte große Augen. Seine augenblicklich aufflammende Bewunderung war unübersehbar – Cass hatte diese Reaktion bei Männern schon unzählige Male beobachtet.
Sie wandte sich ab, während Antonio die beiden einander vorstellte. Sie bebte. Und sie verabscheute sich selbst wegen ihrer Eifersucht. Warum quälten sie neuerdings derart niedere Gefühle? Sie war die gute, alte, vernünftige, verantwortungsvolle Cass! Sie war diejenige, die die Familie zusammenhielt, die pflichtbewusste Nichte, die hilfsbereite Schwester, die mütterliche Tante. Sie war die Friedensstifterin!
Sie rückte von den anderen ab und stellte sich ans Feuer, um in die tanzenden Flammen zu starren; hinter ihren Schläfen brauten sich Kopfschmerzen zusammen. Einen Augenblick lang lächelte Isabel sie aus den Flammen heraus an.
Cass schrie auf und sprang vom Feuer zurück.
Antonio eilte zu ihr. »Hast du dich verbrannt?«, fragte er mit weit aufgerissenen Augen.
Sie hielt sich an seinen Armen fest und starrte blicklos in sein Gesicht, sie sah nur Isabels Lächeln – ein hässliches Lächeln. Cass warf einen Blick zurück zum Kamin. Das Feuer knisterte unschuldig vor sich hin.
Sie zitterte wie Espenlaub.
»Hast du dich verbrannt?«, fragte Antonio wieder und stützte sie.
Cass spürte nur, wie ihre Welt aus den Angeln gehoben wurde.
»Was ist mit ihr?« Das kam von ihrer Schwester – ihrer verdammten Schwester.
»Ich fürchte, sie wird ohnmächtig.« Das war Gregory.

Cass war noch nie in ihrem ganzen Leben in Ohnmacht gefallen, und das wollte sie ihnen empört erklären, doch bevor sie die Worte herausbrachte, wirbelte die Welt um sie auf, verwandelte sich in schwarze und graue Schemen, während die Fenster klapperten und der Wind brauste, und dann brach die Dunkelheit über sie herein.

Die Pest.
Glaubst du an Geister?
Sie ruft uns alle hier zusammen.
Cass war übel. Stimmen – Antonio, Alyssa – hallten in ihrem Kopf wider. Und dann hörte sie sie tatsächlich, und etwas furchtbar Übelriechendes drang ihr in die Nase. Cass hustete und schlug die Augen auf.
Antonio stand über sie gebeugt und hielt ihr ein Fläschchen Riechsalz unter die Nase. Cass drehte den Kopf weg. »Mir geht's gut.«
»Dir geht es nicht gut.« Er klang angespannt. »Du musst völlig erschöpft sein.«
»Ich glaube, sie ist noch nie in ihrem Leben in Ohnmacht gefallen.« Das war Tracey, die neben Gregory am Fußende des Sofas stand.
Cass versuchte sich aufzusetzen, doch ihr war immer noch schwindlig, und sie sank zurück.
»Bleib liegen«, befahl Antonio scharf.
Cass' Blick flog zu seinen Augen, denn dieser Ton war unmissverständlich. Er machte sich Sorgen um sie – große Sorgen.
Etwas in ihrem Herzen schmolz dahin. »Mir fehlt nichts«, sagte sie mit zittriger Stimme. »Ich weiß gar nicht, was passiert ist …« Dann erstarrte sie.
Sie hatte Isabel im Feuer gesehen.
»Tante Cass?« Alyssas Stimme war voll kindlicher Angst.
Nein, dachte Cass verzweifelt. Sie hatte Isabel nicht im Feuer gese-

hen. Sie war von ihr wie besessen, und deshalb spielte ihre Fantasie ihr seltsame Streiche. »Schätzchen, ich bin nur ohnmächtig geworden. Ich bin schrecklich müde. Aber das ist nicht weiter schlimm.«

Alyssa schob sich an Antonio vorbei, und Cass streichelte ihr beruhigend die Hand.

»Keinen Martini mehr«, sagte Antonio streng. In diesem Moment klingelte das Telefon. »Alfonso geht schon ran.« Er schob einen Arm unter Cass' Schultern und half ihr auf.

Cass genoss seine Nähe und spürte, dass sie errötete. Sie warf einen raschen Blick auf Tracey. Ihre Schwester starrte sie an. Nichts hatte sich geändert.

Oder doch?

Gregory starrte sie ebenfalls an.

Alfonso erschien in der Tür. Er war ein munterer Mann um die sechzig mit vollem weißem Haar. »Señora«, sagte er zu Cass. »*Teléfono.* Señor?«, wandte er sich an Antonio. »*La cena.*«

Cass stand mühsam auf. Irgendwie wusste sie, dass das ihre Tante war – sie hatte vergessen, sie zurückzurufen. Gleich darauf hatte sie das Telefon in der Hand. Antonio legte eine Hand auf ihre Schulter, während die anderen den Raum verließen. »Das Abendessen ist serviert«, sagte er leise. »Du findest uns im Esszimmer.«

Cass nickte und konzentrierte sich auf den Anruf. »Tante Catherine?«

»Ich bin ja so froh, dich ...« Die Verbindung war furchtbar schlecht, es rauschte und knackte. »... schrecklichen Schwierigkeiten«, sagte ihre Tante aus weiter Ferne.

»Ich kann dich kaum verstehen«, rief Cass und packte das Telefon fester. »Hörst du mich? Ist alles in Ordnung?«

»... sehr gut«, sagte ihre Tante. Sie sprach weiter, doch Cass verstand kein Wort mehr.

»Tante Catherine, ich kann dich nicht hören!«, rief Cass laut. »Die Verbindung ist zu schlecht. Hörst du mich?«

Ihre Tante sagte wieder etwas. Cass verstand nur: »Flug … Madrid.«
»Tante Catherine?« Ihr Körper spannte sich. Es fühlte sich an, als habe ihr jemand zwei schwere Balken auf die Schultern geladen, die sie niederdrückten. Cass merkte, dass die Lampen in der Bibliothek flackerten. Oder waren das nur Schatten? Sie fiel doch hoffentlich nicht schon wieder in Ohnmacht? »Was hast du gesagt?«
»Kastilien«, hörte sie ihre Tante rufen. »Morgen!«
Cass vergaß zu atmen. Nun begriff sie. Ihre Tante war in Madrid und würde morgen hier in Kastilien ankommen.
Und Tante Catherine kommt auch bald …
»Nein!«, schrie sie. »Tante Catherine, komm nicht hierher, wir sind in ein paar Tagen zu Hause …« Sie verstummte. Die Leitung war tot.
Ebenso plötzlich gingen alle Lichter in der Bibliothek aus.
Cass tastete nach der nächsten Lampe und drückte auf den Schalter, doch nichts passierte. Angst packte sie. Cass rief sich in Erinnerung, dass die Leitungen im Haus nicht in Ordnung waren; dies war ein sehr altes und lange Zeit vernachlässigtes Gebäude. Sie drehte sich um und stieß sich heftig das Knie an einem Stuhl, und plötzlich spürte sie, dass jemand sie beobachtete.
Cass erstarrte, konnte sich nicht mehr rühren, lauschte angespannt, und Schauer liefen ihr über den Rücken. Das Gefühl, beobachtet zu werden, hielt an. Cass fuhr herum. »Isabel?«
Nun konnte sie sie auch riechen, der Veilchenduft wurde immer intensiver. Cass hatte keinerlei Zweifel daran, zu wem dieses Parfüm gehörte. »Isabel?« Sie kam sich dabei nicht albern vor; sie kam sich vor wie ein Feigling. Sie zitterte, ihr Herzschlag dröhnte beängstigend in ihren Ohren. »Bist du hier?«
Der Duft war überwältigend.
Ein Holzscheit im Feuer fiel herab.
Das war nicht weiter ungewöhnlich, doch Cass zuckte zusammen.

Ängstlich blickte sie sich um. Es war niemand zu sehen, nur ein Raum voller Möbel und Bilder. Sie wich langsam zurück und sah sich wieder um, doch sie war ganz allein.

Etwas Weiches berührte ihre Schulter.

Cass schrie auf und wirbelte herum, doch es war nur ein Vorhang, den ein Luftzug aufgebauscht hatte. Sie rang keuchend nach Luft. Dann fiel ihr auf, dass alle Fenster geschlossen waren und es im Haus keine Klimaanlage gab – und doch hatte sich der verdammte Vorhang bewegt.

Er hatte sich bewegt.

Sie ist hier, dachte Cass verzweifelt.

Dann sagte sie sich: *Hier ist niemand! Mach dich nicht lächerlich!*

Doch sie starrte weiter den Vorhang an, der nun ganz still hing.

»Isabel? Was willst du? Ich bin kein Feind. Ich bin deine Freundin. Was willst du?«

Cass wusste nicht, was sie erwartete, doch es kam keine Antwort. Sie erschauerte.

»Cassandra?«

Beim Klang von Antonios Stimme fuhr sie herum. Er stand mit einer Kerze in der Tür. Die kleine Flamme flackerte kein bisschen. Cass fühlte sich ganz klebrig vor Schweiß. Sie ging vorsichtig um ein paar Tische und Stühle herum auf ihn zu. »Antonio, ich habe es mir anders überlegt.« Ihre Stimme war gedämpft. Sie erreichte ihn an der Schwelle der Bibliothek und war sehr erleichtert. Sie musste sich beherrschen, um sich nicht an ihn zu kuscheln.

»In welcher Hinsicht?«, fragte er.

»Was deine Frage betrifft – ob ich an Geister glaube.«

Er starrte sie an. »Ich bin sicher, das Licht ist nur wegen der schlecht gewarteten Stromleitungen ausgefallen, und nicht ihretwegen.«

Cass blickte in sein Gesicht, das im Schatten lag und nur schwach von der Kerze in seiner Hand beleuchtet war. »Riechst du diesen blumigen Duft?«

Er antwortete ohne Zögern: »Ja.«
Cass fuhr sich mit der Zunge über die Lippen. »Das ist ihr Duft. Sie ist es. Isabel.«
Immerhin lachte er sie nicht aus. Er sagte nur: »Ich rufe morgen einen Elektriker. Im ganzen Haus ist der Strom ausgefallen. Gregory und Alfonso suchen gerade den Sicherungskasten.«
Cass verzog das Gesicht. »Gibt es hier einen Keller?«
»So könnte man es nennen«, erwiderte Antonio.
Ihre Schultern verkrampften sich schmerzhaft. »In alten Schlössern sind immer Verliese in den Kellergewölben. Bis jetzt bin ich nicht darauf gekommen, aber ...«
»Dieses Anwesen war früher einmal befestigt. Du hast völlig Recht. Es gibt unten Verliese.«
»Das hat uns gerade noch gefehlt«, sagte Cass. »Das Telefon ist übrigens auch tot.«
Er nahm ihren Ellbogen. »Dann essen wir eben bei Kerzenschein«, sagte er.
Cass wusste nicht, woher sie auch nur den geringsten Appetit nehmen sollte. Doch Alfonso hatte alle zum Abendessen zusammengerufen.
Als sie hinaus in den Flur traten, sagte Antonio: »Vielleicht ist es an der Zeit, dass ich aufrichtig zu dir bin.« Er hielt inne.
Cass sah ihn erwartungsvoll an.
»Ich glaube, ich habe sie auch schon gespürt.«

Schulter an Schulter gingen sie zum Esszimmer, in dem überall Kerzen brannten. Doch das Licht wirkte nicht beruhigend, denn es ließ die Schatten tanzen. Und romantisch war es schon gar nicht. »Wie meinst du das, du hast sie auch gespürt?«, flüsterte Cass.
»Ich glaube, in diesem Zimmer oben gibt es so etwas wie eine starke Präsenz. Ich hatte gehofft, ich bilde mir das nur ein.« Errötete er? Das war schwer zu sagen. »Dieser Raum fühlt sich bedrü-

ckend an. Dumpf und beladen. Sogar unglücklich.« Er zuckte die Schultern.

Cass blieb stehen und sah ihn an. »Das ganze Haus ist unglücklich. Aber sie muss hier ja auch furchtbar unglücklich gewesen sein.«

»Nun, wenn sie in der Casa de Sueños umgeht, dann vermutlich aus gutem Grund, aber so wichtig ist das wirklich nicht«, sagte Antonio. »Ihr Geist muss ja schon seit 445 Jahren hier spuken.« Er lächelte knapp und sah sie fragend an.

Sie standen vor dem Esszimmer. Cass merke sehr wohl, dass Tracey, die allein mit den Kindern am Tisch saß, sie scharf beobachtete. Eduardo und Alyssa sahen ihnen ebenfalls aufmerksam entgegen. »Ich mache mir Sorgen«, flüsterte sie leise, damit die Kinder es nicht hörten. »Tante Catherine ist auf dem Weg hierher, und das bedeutet, dass bald alle de Warennes und de la Barcas hier versammelt sein werden, mit Ausnahme deiner Mutter.«

Sie wechselten einen Blick.

»Wir haben ihn gefunden, aber das wird uns nicht viel nützen«, sagte Gregory, der mit einer Taschenlampe in der Hand auf sie zukam. »Du musst hier wirklich einiges in Ordnung bringen lassen, Tonio. Sämtliche Sicherungen sind durchgebrannt – so etwas habe ich überhaupt noch nie gesehen.«

»Sind denn keine Ersatzsicherungen da?«, fragte Cass erschrocken.

»Alfonso sucht noch«, sagte Antonio. »Wollen wir uns nicht erst einmal setzen und etwas essen?« Er legte eine Hand auf Cass' Schulter und schob sie ins Esszimmer. Plötzlich erlosch die Taschenlampe in Gregorys Hand.

Gregory stieß einen Fluch aus und drückte mehrmals auf den Knopf. Dann blickte er zu seinem Bruder auf. »Das ist doch nicht zu fassen. Hast du Batterien?«

Antonio starrte auf die starke Taschenlampe hinab, die plötzlich versagt hatte. »Ich weiß nicht.«

Gregory stöhnte.
Cass sah im Esszimmer die ängstlichen Gesichter der beiden Kinder. Ihr Blick huschte auch über Tracey hinweg, und dann musste sie noch einmal hinsehen. Etwas an Traceys Miene erschien ihr seltsam. Ihr Gesicht wirkte so – entspannt. »Ist schon gut, ihr Lieben«, sagte Cass fröhlich. »Morgen wird das alles in Ordnung gebracht.« Doch sie musste an ihren Laptop denken, an die Beleuchtung, die Taschenlampe und das merkwürdige Flimmern auf ihrem Bildschirm. Sie hielt es für immer wahrscheinlicher, dass Isabel herumspukte.
Aber war das wirklich so wichtig?
Immerhin war Isabel nur ein trauriger, tragischer Geist. Was konnte sie ihnen schon anhaben?
Tracey stand abrupt auf. »Ja, es ist alles in bester Ordnung.«
Cass war beunruhigt. Ihre Schwester benahm sich tatsächlich seltsam – beinahe zu ruhig, zu entspannt. Cass gefiel das gar nicht. Sie hatte noch allzu deutlich Traceys merkwürdiges Verhalten von heute Nachmittag vor Augen, als sie in eine Art Trance versunken war. »Trace?«
Tracey lächelte sie an. »Ich habe keinen Hunger. Ich bin nur müde und möchte hinauf in mein Zimmer.«
Cass sah zu, wie sie nonchalant an allen vorbeiging, und sie wurde mit jeder Sekunde nervöser. Plötzlich wollte sie ihre Schwester nicht allein hinaufgehen lassen – auf keinen Fall. Sie eilte ihr nach. »Kannst du nicht noch ein wenig warten? In zwanzig Minuten kommen Alyssa und ich auch mit rauf.«
Tracey sah ihr mit unschuldsvollem Blick in die Augen. »Was hast du, Cassandra?«, fragte sie. »Fürchtest du dich etwa vor der Dunkelheit?«
»Ein bisschen«, gestand Cass. »Vor allem in einer Nacht wie dieser.«
Tracey lächelte. »Ich liebe die Dunkelheit«, sagte sie. »Gute Nacht.« Sie drehte sich um und ging hinaus in die Halle.

Cass sah ihr nach. Und erst als Tracey um die Ecke verschwunden war, fiel ihr auf, dass ihre Schwester sie niemals Cassandra nannte und dass sie sich schon immer im Dunklen gefürchtet hatte.

Alyssa klammerte sich an Cass' Hand, als alle einander in der großen Halle Gute Nacht sagten. Cass drehte sich der Magen um, als sie Antonio mit Eduardo an der Hand und Gregory an der Seite im gegenüberliegenden Gang zum anderen Flügel hin verschwinden sah. Sie starrte ihnen nach. Die Nacht erschien ihr bedrückend. Schlimmer noch, sie kam ihr bedrohlich vor.
Immerhin war der Wind abgeflaut.
Doch nun wirkte die Stille unnatürlich. Tödlich.
»Es ist so still«, flüsterte Alyssa. »Tante Cass, müssen wir da oben schlafen?«
Cass lächelte ihrer Nichte rasch zu, während sie bei Kerzenschein den schrecklich düsteren, von zitternden Schatten belebten Flur entlanggingen. Ihre Schritte auf dem Dielenboden hallten allzu laut. Sie spürte wiederholt den Drang, über die Schulter zurückzuschauen. Heute Nacht, das wusste sie, würde sie kein Auge zutun. Egal, wie oft sie sich eine Närrin schalt, sie konnte sich einfach nicht entspannen. »Wo sollen wir denn sonst schlafen?«
»Ich weiß nicht«, erwiderte Alyssa hilflos.
Oben war es ebenso still wie unten. Cass hatte ihre Zimmertür offen gelassen. Sie traten ein, und Cass erstarrte.
Der Bildschirm ihres Laptops leuchtete ihr entgegen, warf ein gespenstisches Licht in den Raum, und der Cursor blinkte.
Cass konnte sich nicht rühren, sie konnte nicht einmal denken. Sie hatte den Laptop geschlossen. Sie hatte ihn abgeschaltet. Und im ganzen Haus war der Strom ausgefallen, richtig?
Sie fuhr herum und drückte auf den Lichtschalter, doch nichts geschah.
Dann ging ihr auf, dass der Laptop mit Akkus lief. Aber sie hatte ihn doch zugeklappt. Oder nicht?

»Was ist denn?«, jammerte Alyssa ängstlich.
Cass brach der Schweiß aus. Sie würde sich jetzt nicht zu einer dummen Schlussfolgerung hinreißen lassen. Wie Antonio schon gesagt hatte, was war denn so schlimm daran, wenn Isabel tatsächlich herumgeisterte? Sie war gewiss schon seit 445 Jahren in diesem Haus. Das war keine große Sache; angeblich spukte es in England ja in jedem zweiten Schloss oder Herrenhaus.
Geister öffneten nicht moderne Laptops und schalteten sie auch nicht ein. Es gab sicher eine vernünftige Erklärung.
»Ich will nicht hier schlafen«, heulte Alyssa verzweifelt. »Ich will nicht!« Cass drehte sich so schnell zu ihr um, dass ihre Kerze ausging.
Sie blickte sich langsam um, konnte aber nur verzerrte Schemen und Schatten erkennen. »Ich habe eine tolle Idee. Wir nehmen die Bettdecke und ein paar Kissen mit und schlafen unten … in der Bibliothek.« Sie würde sich schon besser fühlen, wenn sie in demselben Flügel schlief wie die anderen – hoffte sie zumindest. Und wenn irgendein Zimmer hier halbwegs angenehm war, dann war es die Bibliothek.
»Gut«, stimmte Alyssa begierig zu.
Gleich darauf waren sie unterwegs nach unten.

»Also, wie willst du es anstellen?«, fragte Gregory Antonio, nachdem sie Eduardo in Antonios Bett gesteckt hatten.
Antonio öffnete die Tür zu einem anderen Schlafzimmer ein Stück den Flur hinunter. »Wovon sprichst du?« Sie unterhielten sich leise, um das Kind nicht zu wecken.
Gregory lächelte seinen Bruder an, verschränkte die Arme vor der Brust und blieb in der Tür stehen, als Antonio die brennende Kerze hinstellte. »Deine Freundin ist fantastisch – aber sie ist nicht dein Typ. Absolut nicht.«
»Da hast du Recht.«
Gregory lächelte. Das hatte er bei seiner Ankunft sofort bemerkt,

und im Lauf des Abends war es immer offensichtlicher geworden. »Da ich dich beinahe so gut kenne wie mich selbst«, sagte er, »glaube ich, du hast sehr viel für Cassandra übrig.« Trotz der starken Gefühle, die für ihn mit dieser Rückkehr in die Casa de Sueños verbunden waren, fand er die persönlichen Dramen, die sich vor seinen Augen entfalteten, ziemlich interessant.

Antonio sah ihn forschend an. »Warum findest du solchen Gefallen an meinen intimsten Angelegenheiten?«, fragte er schließlich gelassen.

»Weil ich siebeneinhalb Minuten jünger bin als du.« Gregory grinste. »Ich lebe ja sozusagen nur durch dich«, scherzte er. Denn er war derjenige mit dem aufregenden Leben, der endlosen Reihe von Freundinnen und den Wochenenden in Südfrankreich, nicht sein Bruder. Dann wurde er ernst und legte Antonio eine Hand auf die Schulter. »Weil es lange her ist, seit ich ein Lächeln in deinen Augen gesehen habe«, sagte er.

Die Zwillinge sahen einander an, und in diesem Moment dachten sie an dieselbe Frau – Antonios Ehefrau. Antonio senkte rasch den Blick.

»Schlaf dich erst einmal aus. Du hattest einen langen Tag.« Antonio drehte sich um; nun hatte er nur noch eine Kerze in der Hand. Er hielt noch einmal inne. »Ach ja, das wollte ich dir noch sagen. Cassandra und ich sind Freunde, weiter nichts.«

Gregory nickte. Ihm entging keineswegs, dass sein Bruder sich immer sofort verschloss, sobald das Thema Margarita auch nur im Raum stand. Aber es war schön, zu sehen, dass er sich zumindest ein wenig für eine Frau von genau der Art interessierte, mit der er zusammen sein sollte. »Was für ein Dilemma«, sagte er leichthin. »Schwestern. Hm.«

»Buenas noches«, sagte Antonio und schlug ihm praktisch die Tür vor der Nase zu.

Gregory lachte, warf sein Jackett aufs Bett und stellte erfreut fest, dass Alfonso seine kleine Reisetasche heraufgebracht hatte. Als er die Krawatte auszog, verflog jedoch seine gute Laune. Welcher Teufel hatte ihn geritten, dass er in das Haus seiner Kindheit zurückkehrte? Seit dem Sommer, in dem sein Vater gestorben war, war er nicht mehr hier gewesen.

Er hasste Casa de Sueños, den Ort, an dem für ihn sein Vater gestorben war. Manchmal glaubte er, er hasste das Haus sogar noch mehr als sein Bruder.

Als seien nur ein paar Tage vergangen und nicht fünfunddreißig Jahre, erinnerte er sich daran, wie er sich als kleiner Junge im Kleiderschrank seiner Mutter versteckt hatte, versteckt vor ... was? Oder wem?

Er schloss die Augen. Sein Seelenklempner hatte ihm erzählt, dass Kinder ein ungeheures Vorstellungsvermögen hätten und sich sehr häufig Fantasie-Spielgefährten ausdächten. Gregory hatte ihm mehrmals zu erklären versucht, dass das kein Spielkamerad gewesen sei – sondern ein Dämon. Ein wunderschöner weiblicher Dämon, der immer dann erschienen war, wenn er es am wenigsten erwartet hatte, und der ihn so geängstigt hatte, dass er weggerannt und sich in seinem Versteck verkrochen hatte.

Er zog sein Hemd aus und erstarrte dann mitten in der Bewegung. Hatte er jemanden draußen auf dem Flur gehört?

Nein, entschied er, das hatte er nicht. Gregory ermahnte sich, dass er schließlich nicht mehr dieses verängstigte kleine Kind war. Er war leitender Angestellter bei der Barclays Bank in Madrid, mit einem prächtigen Haus in der Stadt und einem weiteren in Marbella an der Costa del Sol. Und dieser Psychiater, den er ziemlich schnell gefeuert hatte, hatte zweifellos Recht gehabt: Sie hatte nur in seiner Einbildung existiert, auch wenn sie keine Spielgefährtin gewesen war. Außerdem hatte sie ihm nie etwas getan. Bis heute wusste er nicht, warum sie ihm im Alter von drei, vier Jahren solche Angst eingeflößt hatte.

Ein Bild der Frau wollte sich in seine Gedanken drängen. Panik stieg in ihm auf, und er versuchte sie zu verdrängen. Obwohl er sie nicht ansehen wollte, wusste er doch, wer sie war – er wollte sich aber jetzt nicht an die Dämonin seiner Kindheit erinnern. Vor vielen Jahren war sie ihm so lebendig erschienen, dass er sie für real gehalten hatte. Nun war er fest entschlossen, sie in den staubigen Kellern uralter, unerwünschter Erinnerungen zu belassen.

Etwas kratzte an der Tür. Gregory erstarrte.

Und dann hörte er es wieder, ganz deutlich: Fingernägel, die an seiner Tür kratzten.

Da wusste er es. Einen Moment lang überfiel ihn schiere Panik, und er war wieder ein kleiner Junge von drei oder vier Jahren.

Cass und Alyssa gingen mit Kissen und Decken im Arm zur Bibliothek. Abrupt blieben sie stehen. Antonio war eben im Begriff, denselben Raum zu betreten; er hatte den schlafenden Eduardo, Decken und ein Kissen auf den Armen.

Er drehte sich zu ihnen um. Er hatte ein paar Kerzen in der Bibliothek aufgestellt, die gerade so viel Licht bis in den Flur warfen, dass Cass seinen überraschten Gesichtsausdruck erkennen konnte.

Ihr fiel ein, dass er sie wohl nicht so deutlich sehen konnte, also ging sie weiter und rief seinen Namen. »Was machst du hier?«, fragte sie leise.

Er lächelte. »Das könnte ich dich auch fragen.«

»Wir haben beschlossen, hier zu übernachten.« Sie erwiderte das Lächeln.

Er lächelte immer noch. »Und ich wollte noch ein Weilchen lesen.«

Cass deutete auf den schlafenden Jungen in seinen Armen, und ihr Lächeln erlosch. Wollte auch er seinen Sohn nicht allein lassen?

Sie tauschten einen verständnisvollen Blick. Cass wurde klar, dass sie miteinander reden mussten – ganz offen. Sie betraten die Bibliothek und machten es den Kindern in einer Ecke des Raumes,

zwischen dem Sofa und Eduardos großem Schreibtisch, mit den Kissen und Decken gemütlich. »Gut so?«, fragte Cass Alyssa und küsste sie auf die Wange. Eduardo, der nur ganz kurz aufgewacht war, lag direkt neben ihr.
»Viel besser«, sagte Alyssa und gähnte, während ihr schon die Augen zufielen. Cass sah zu, wie sie augenblicklich einschlief, ein Beanie Baby, das sie schon seit Jahren nicht mehr mit ins Bett nahm, fest an sich gedrückt.
Sie richtete sich auf und bemerkte, dass Antonio sie beobachtete. Ihr Herz machte einen Satz, so intensiv war sein Blick. Cass verharrte reglos. Alles drang auf einmal auf sie ein. Es war kurz nach Mitternacht, das Haus war riesig und dunkel, die Nacht vollkommen still, und sie war mit ihm allein. Irgendwie zählten die beiden schlafenden Kinder nicht. Ihr Herz raste. Sie dachte: *Das ist gefährlich.*
Und damit meinte sie nicht Isabel de Warenne.
Cass versuchte, sich zu beruhigen. Dies war eine sehr intime Situation, aber sie waren schließlich beide erwachsen, ihre Schwester war im Haus, und nichts würde passieren, nur weil sie mitten in der Nacht allein hier unten waren. Nichts.
»Welch eine ungewöhnliche Nacht«, sagte er leise.
»Sehr ungewöhnlich.« Cass stellte sich zu ihm. »Dieses Haus ist nachts so unheimlich. Ich wollte Alyssa auch nicht allein lassen.«
Ihre Blicke trafen sich erneut, und dieser Kontakt schien eine kleine Ewigkeit zu dauern. Er sagte langsam: »Wenn ich ehrlich bin, ist es mir wesentlich lieber, Gäste zu haben, als ganz allein hier zu sein.«
»Das kann ich dir nicht verdenken.« Sie zögerte. »Antonio, ist sie wirklich hier? Oder bilden wir uns das nur ein?«
Sein Blick glitt forschend über ihr Gesicht. »Ich habe kaum Erinnerungen an die Zeit, bevor mein Vater starb. Aber ich erinnere mich sehr gut an einen schrecklichen Streit zwischen meinen Eltern, den ich damals hier belauscht habe.«

Cass ahnte, was nun kommen würde. »Worüber haben sie denn gestritten?«
»Meine Mutter hat geweint. Ich hatte sie noch nie so außer sich erlebt. Auch danach habe ich sie nur einmal so aufgelöst gesehen, und das war nach dem Tod meines Vaters. Sie hat ihm immer wieder gesagt, dass sie dieses Haus hasste, dass wir sofort zurück nach Madrid fahren müssten.« Er blickte grimmig drein. Cass sah einen Nerv in seiner Wange zucken.
»Erinnerst du dich sonst noch an etwas?«
Er zögerte und sah sie dann offen an. »Ja, ich glaube schon. Ich glaube, sie sagte immer wieder: ›Ich habe solche Angst.‹«
»Ich ziehe ständig voreilige Schlüsse«, flüsterte Cass und sah sich um, in alle vier Ecken des Raumes und dann auf den dunklen Flur hinaus.
Seine Hand schloss sich kurz und überraschend um ihre. »Ich weiß. Deine lebhafte Fantasie ist entzückend.«
Ihr verschlug es den Atem. Sie sah in seine Augen und bebte unter der Intensität seines Blicks. Sie wollte sich keinen Millimeter rühren, und ihr fiel keine passende Erwiderung ein. Also sagte sie hastig: »Du hast einmal erwähnt, dass deine Mutter wieder geheiratet hat. Wo wohnt sie jetzt? Könnte ich einmal mit ihr sprechen?«
Er hatte ihre Hand wieder losgelassen. »Sie wohnt in Sevilla. Ihr zweiter Mann ist vor ein paar Jahren gestorben. Ich fürchte, du würdest nicht viel aus ihr herausbekommen. Nicht über dieses Haus, die Vergangenheit oder Isabel.« Er hielt ihren Blick gefangen. »Allein dein Name würde sie gegen dich aufbringen.«
Cass wurde nervös. Sie musste ihm die Wahrheit über ihre Tante erzählen. »Meine Tante glaubt, sie sei schuld am Tod deines Vaters, Antonio. Ich weiß nicht, warum.« Nun war es heraus. Sie hatte das Gefühl, eine schwere Last sei von ihren Schultern genommen.
Seine Augen funkelten. »Ich würde gern mit ihr darüber sprechen«, sagte er leise.

Cass konnte ihm nur stumm in die Augen sehen. Sie wollte nicht, dass die beiden über die Vergangenheit sprachen, denn sie wusste, dass Catherine sich selbst schwer belasten würde.

»Aber sobald das Telefon repariert ist, rufe ich sie an – und versuche, sie dazu zu überreden, dass sie mit dir spricht«, sagte Antonio. Er meinte seine Mutter. Ein weiteres Stückchen ihres Herzens schmolz dahin, und sie konnte den Blick nicht abwenden. »Ich verspreche, dass ich das Thema sofort fallen lasse, wenn sie sich im Geringsten darüber aufregt«, versicherte sie ihm aufrichtig.

»Ich weiß, dass du niemandem absichtlich wehtun würdest.«

Cass' Herzschlag beschleunigte sich. »Danke.«

»Du bist ein sehr netter Mensch, Cassandra«, sagte er, und einen Moment lang glaubte Cass, er werde die Arme nach ihr ausstrecken. Doch er tat es nicht. Er wandte sich ab und ließ sie atemlos stehen.

»Dieses Haus hat eine lange Geschichte, und ich muss alles darüber herausfinden.« Er ging auf und ab und blieb schließlich stehen. Er sah sie an. »Noch nie ist mir etwas so wichtig erschienen, Cassandra. So viele Fragen – und die Antworten sind irgendwo hier.«

Cass ermahnte sich, sich auf die Unterhaltung zu konzentrieren – nicht auf den Mann. »Ich fühle es auch«, sagte sie leise. »Dein Haus hat etwas Bezwingendes, das einen nicht wieder loslässt. Es ist wie ein riesiger Magnet, der uns alle anzieht und uns hier festhält.«

»Ich brauche wirklich deine Hilfe.«

Cass' Augen weiteten sich. Sie hatte nicht erwartet, dass er seine Einladung wiederholen würde.

Er brach den Blickkontakt nicht ab. »Bist du schon dazu gekommen, darüber nachzudenken?«, fragte er sanft.

Und sie hörte sich sagen: »Ich möchte gern hier bleiben.« *Was rede ich denn da!?* Doch es stimmte. Sie wollte bleiben. Unbedingt. Und nicht nur wegen der rätselhaften Anziehungskraft dieses

Hauses oder wegen Isabel. Sie wollte bleiben, obwohl sie solche Angst hatte. Sie wollte es, weil sie eine Frau war, die sich seit sehr langer Zeit nicht mehr erlaubt hatte, etwas für einen Mann zu empfinden – und bei diesem Mann, der ihrer Schwester gehört hatte, fühlte sie sich auf eine Weise lebendig, die sie nicht erwartet, nicht gewollt hatte, der sie auf ewig abgeschworen hatte.
Aber wie konnte sie bleiben, verdammt? Wie konnte sie das tun? Sie rief sich mahnend zu, dass ihre Beziehung zu ihrer Schwester auf dem Spiel stand.
Dass vielleicht Alyssa auf dem Spiel stand.
Und was, wenn ihr anfänglicher Verdacht doch zutraf? Wenn Tante Caterine Recht hatte? Was, wenn Antonios Mutter Recht hatte? Lieber Gott, was, wenn sie hier tatsächlich zusammengerufen … Cass konnte kaum glauben, was sie da dachte. »Antonio, ich würde gern bleiben, aber ich glaube, ich sollte das lieber nicht tun«, begann sie.
»Es ist abgemacht«, beharrte er. Er war ein aufmerksamer Mann, und ihm war sicher nicht entgangen, dass sie mit sich kämpfte.
Nichts war abgemacht. Cass schlang die Arme um sich. Sie sagte sich, dass sie noch zwei Tage Zeit hatte, sich zu entscheiden.
»Wenn ich doch bleibe«, sagte sie langsam, »sollten wir die Kinder vielleicht mit meiner Tante zurück nach Madrid schicken. Vielleicht wäre es besser, sie bleiben nicht hier.« Sobald die Worte ausgesprochen waren, errötete sie – und hoffte, er dachte jetzt nicht, sie wolle die Kinder loswerden, um mit ihm allein zu sein.
Doch offenbar kam ihm das nicht in den Sinn. »Eduardo hat sich so darauf gefreut, den Sommer mit mir zu verbringen. Das ist sehr wichtig für uns.« Er streckte die Hand aus. Als er sie auf ihre Schulter legte, eine rein freundschaftliche Geste, wurde Cass ein wenig schwindlig. »Cassandra, sie kann uns nichts anhaben.« Er sprach langsam und eindringlich. »Sie flößt uns vielleicht ein gewisses Unbehagen ein, aber spielt sich das nicht alles nur in unseren Köpfen ab?« Sein Blick war forschend.

Cass dachte an alles, was seit ihrer Ankunft hier geschehen war. Sie dachte an das Haus, das sich anfühlte wie ein Magnet. »Vermutlich hast du Recht«, sagte sie gedehnt.
»Morgen siehst du alles ganz anders, wenn die Sonne scheint, der Elektriker kommt und das Telefon wieder funktioniert.« Er ließ sie nicht los.
»Ja. Kann sein.« Cass hoffte es – aber sie glaubte es keinen Moment lang. Was tat sie da? Sie verstrickte sich immer tiefer. Er glaubte nun, sie würde mit Alyssa hier bleiben, Seite an Seite mit ihm arbeiten, jeden Tag, sie liebte ihn, er sie aber nicht, und er würde ihr das Herz brechen, so schlimm wie nie zuvor. Sie schaute weg, damit er ihre Gedanken nicht erriet.
Er strich ihr über die Wange. Erschrocken flog ihr Blick zurück zu seinem Gesicht. »Hier gibt es so viel zu erforschen.«
Sie sahen einander an.
Und Cass dachte: *Es wäre so leicht, sich in seine Arme zu schmiegen. Wer würde je davon erfahren?* Sie hatten sich immerhin schon einmal geküsst und waren ungestraft davongekommen. So leicht …
»Du willst mich verführen«, sagte sie mit fester Stimme. Doch sie wich nicht zurück.
»Ich versuche deinen Verstand zu verführen«, sagte er und lächelte leicht. »Weil du eine Frau bist, die über ihren Verstand verführt werden muss, nicht über ihren Körper.«
Er hatte ja so Recht – und lag so völlig daneben. Cass entwand sich ihm. Sie war mehr als nur intellektuell erregt; ihre Gedanken waren längst in erotische Gefilde abgedriftet.
Er ließ sie los.
Cass wandte sich erschüttert von ihm ab.
»Cassandra.«
Sie blieb mit dem Rücken zu ihm stehen. Er drehte sie zu sich herum, und dann lag sie in seinen Armen, und ihre Lippen verschmolzen mit seinen.
Vom ersten Moment an, da ihre Lippen sich streiften, zündete et-

was – seine Hände hielten ihren Kopf, sein Mund ergriff von ihrem Besitz. Das Verlangen in seinem Kuss war unmissverständlich und stark. Cass stand an seine Brust gedrückt, in seinen Armen eingeschlossen. Seine Zunge drang in ihren Mund. Ihre Brustwarzen, hart und empfindlich, wurden an seinen Pullover gepresst, und sie klammerte sich an ihn, öffnete sich für mehr. Ihre Zähne knirschten aufeinander. Es tat weh, doch Cass durchfuhr eine heftige Erregung.

Sie spürte, wie einer seiner harten Schenkel sich zwischen ihre schob und sich an ihre Scham schmiegte. Ihre Klitoris pochte und schwoll an. Ein Verlangen, wie sie es noch nie erlebt hatte – das sie bisher nur aus Büchern kannte, das sie für eine Erfindung aus Romanen und ihre eigene geheimste Fantasie hielt –, überwältigte sie. Sie rieb sich an ihm. Völlig schamlos.

Er sagte etwas auf Spanisch zu ihr. Es klang barsch und grob.

Und dann schloss sich seine Hand um ihren Po, er bog sie rückwärts über irgendetwas – einen Stuhl, einen Tisch, den Schreibtisch? –, während ihre Zungen sich wild miteinander paarten und ihre Körper versuchten, es ihnen gleichzutun. Plötzlich hob er sie hoch.

Cass wurde flach auf den Rücken gedrückt und merkte, dass sie auf seinem Schreibtisch lag, etwas fiel zu Boden und zerbrach, er beugte sich über sie, seine harte Erektion presste sich an ihre Schamlippen und versprach ihr die totale Ekstase. Sie konnte nur noch denken: *O mein Gott*, als sie schon weit die Beine spreizte.

Er zog den Reißverschluss ihrer Jeans auf.

Dann streichelte er ihre feuchte, heiße Scham durch ihr seidenes Höschen.

Cass bäumte sich auf und kam – laut, zügellos.

Eines der Kinder schrie im Schlaf auf.

Gleichzeitig schraken beide zusammen.

Und Cass' Verstand schaltete sich wieder ein. »Die Kinder!«

Er stand sofort auf, half ihr vom Tisch, und als sie ihm in die Au-

gen sah, erkannte sie, dass er ebenso verwirrt und erregt war wie sie. Der Ausdruck in seinem Gesicht, in seinen weit aufgerissenen, goldgesprenkelten Augen, würde ihr unvergesslich bleiben.
Wieder stöhnte Eduardo laut im Schlaf.
Sie rührte sich nicht, zog nur ihren Reißverschluss wieder zu. Ihr eigenes Keuchen hallte ihr in den Ohren, ihr Herzschlag dröhnte so laut, dass sie fürchtete, die Kinder damit zu wecken. Antonio ging rasch zu seinem Sohn, beugte sich über ihn und flüsterte ihm beruhigende Worte zu. Sie folgte jeder Bewegung seines großen, muskulösen Körpers. Gier packte sie. Eine Gier wie reiner, wilder Hunger. Cass konnte ihn nur anstarren, konnte an nichts anderes denken als daran, wie es wäre, ihn in sich zu spüren.
Sie schloss die Augen und unterdrückte ein Stöhnen. Seine Leidenschaft war deutlich zu spüren gewesen. Er hatte sie ebenso sehr gewollt wie sie ihn.
Und sie war gekommen, gütiger Gott. Sie war gekommen, und dabei hatte er sie nur angefasst.
Als sie die Augen wieder öffnete, sah sie ihn im Profil vor dem Fenster stehen. Es war beinahe Vollmond, und das kalte Mondlicht fiel auf ihn. Cass sah, wie angespannt er war, er stand breitbeinig da und atmete schwer. Er war immer noch sehr erregt.
Er wollte sie.
Es war kaum zu glauben.
Cass konnte nicht sagen, was nun zuerst geschah. Denn sie dachte gerade daran, dass er Traceys Liebhaber gewesen war, als sie im selben Moment sah, wie sich sein ganzer Körper versteifte, als werde eine Marionette an allen Fäden zugleich hochgerissen; er schrie auf.
Cass sah an ihm vorbei zum Fenster. Vom Rahmen umgeben, unheimlich vom Mondlicht beleuchtet, stand dort eine Frau mit langem, lockigem Haar und einem bleichen, ovalen Gesicht.
Ihr Haar war zerzaust, und sie schaute mit wildem Blick zu ihnen herein. Und das war nicht Isabel.

Gregory ging entschlossen zur Tür und riss sie auf. Vor Überraschung wäre er beinahe zusammengezuckt, als er Tracey vor sich stehen sah, die ihn anlächelte – anstatt der Dämonin, die er erwartet hatte.

»Ich weiß, das ist ziemlich unverschämt von mir«, sagte sie leise, »aber ich kann nicht schlafen. Antonio hat mit mir Schluss gemacht, und meine Schwester und ich haben uns zerstritten.« Ihr Blick war weich und flehentlich. Sie hielt eine Flasche Rotwein hoch, die sie hinter dem Rock ihres schwarzen Kleides verborgen hatte; der Stoff war so dünn, dass er ihre langen, schlanken, aufregenden Beine darunter sehen konnte.

Er fand die Sprache wieder. »Was für eine angenehme Überraschung«, sagte er gelassen. Er musste sie wegschicken. Er fragte sich, wie lange es her war, seit sie zuletzt mit seinem Bruder geschlafen hatte.

Sie zuckte leicht die Schultern und hob die andere Hand mit zwei Weingläsern. »Ich kann wirklich nicht schlafen«, sagte sie. »Und Sie sind doch auch noch wach.«

Sie war die schönste Frau, die er je gesehen hatte, und er war jetzt schon steif. Aber er warf unwillkürlich einen Blick den Flur hinunter, zum Zimmer seines Bruders. »Ich glaube, das ist keine so gute Idee«, sagte er. »Tracey, ich würde wirklich nichts lieber tun, als mit Ihnen etwas zu trinken. Aber nicht jetzt und nicht hier, im Haus meines Bruders. Warum geben Sie mir nicht Ihre Telefonnummer? Ich bin in drei Wochen geschäftlich in London. Ich rufe Sie an, und wenn Sie dann noch Zeit für mich haben …«

Sie warf ihm einen seltsamen Blick zu und schlüpfte an ihm vorbei ins Zimmer, wobei sie mit der Hüfte seine Lenden streifte. Gregory wurde von einem beinahe brutalen Verlangen gepackt. Einen Moment lang konnte er an nichts anderes denken als daran, sie aufs Bett zu werfen und sofort zu nehmen.

Er trat von ihr weg, erschrocken über die flüchtige, beinahe irrsinnige Leidenschaft, die er gerade empfunden hatte.

Sie schlenderte zum Bett hinüber, setzte sich, legte ein langes Bein über das andere und lächelte ihn an. »Es ist doch nur ein Glas Wein«, flüsterte sie. »Ich bitte Sie ja nicht, mit mir zu schlafen.« Sie lächelte wieder. »So etwas würde ich nie tun. Ich meine, er schläft ein paar Zimmer weiter – mit seinem Sohn.«
Er wurde beinahe gegen seinen Willen zu ihr hingezogen, das Herz hämmerte ihm in der Brust. »Ja, nur ein Glas«, wiederholte er und nahm ihr die Gläser ab. Er schenkte ihnen ein, stellte die Flasche beiseite und saß plötzlich neben ihr auf dem Bett.
Sie rückte zur Seite, wobei ihr Rock bis über die Knie hochrutschte. Er starrte.
»Cheers«, sagte sie und stieß mit ihm an.
»Cheers«, erwiderte er und merkte, dass er kaum noch einen zusammenhängenden Gedanken fassen konnte. Ihr Parfüm war ebenso betörend wie ihr Körper und ihr Gesicht. Er konnte den Duft nicht identifizieren.
Dann kniete sie plötzlich neben ihm und kam näher, war schon über ihm. Gleich darauf fanden sich ihre Lippen, und ihre warmen, feuchten Lenden, unbekleidet, rieben sich an ihm, während er auf den Rücken sank.
Ihre Münder öffneten sich in einem brutalen Kuss. Gregory dachte gar nichts mehr.
Stattdessen warf er sie auf den Rücken, küsste sie wie von Sinnen, schob ihren Rock hoch und tastete grob nach ihrer nassen, pochenden Scham. Sie zog seinen Reißverschluss herunter, und sein Penis sprang heiß und hart in ihre Hand.
Sie beugte sich vor und nahm ihn tief in ihren Mund auf.
Er stieß kräftig zu und konnte gerade noch den Gedanken fassen, dass dies dem Himmel so nahe war, wie er jemals kommen würde.
Dann warf er sie wieder auf den Rücken und fuhr wie ein Messer in sie, während sie aufschrie und die Fingernägel über seinen Rücken zog.

Als es vorbei war und sie noch halb bekleidet nebeneinander lagen, dachte er: *Himmel. Was habe ich getan?*
Abrupt setzte er sich auf und streckte den Arm über die Schulter, um nach seinem Rücken zu tasten. *»Por Dios«*, sagte er. »Ich blute.«
»Es tut mir Leid«, flüsterte sie.
Er blickte auf sie hinab und sah nur Beine und ungezügelte Erotik; ihr Rock war um ihre Taille geknüllt. Sie hob ein Bein, immer höher, bis er ihre Zehen küssen konnte.
»Was ist das für ein Parfüm?«, murmelte er.
Sie sah ihm in die Augen, und ihr Glanz war so unglaublich blau und intensiv, dass er zusammenfuhr und den Blick senken musste.
»Veilchen«, sagte sie gedehnt. »Mein Lieblingsduft.«

Dreizehn

Mitternacht

Antonio wirbelte herum und rannte aus der Bibliothek.

Ohne darüber nachzudenken, rannte Cass ihm nach. Wer, zum Teufel, sollte in einer solchen Nacht da draußen sein?

Antonio hatte die Haustür aufgestoßen und stürmte hinaus in die Nacht. Cass blieb auf den Stufen vor der Tür stehen und sah ihm nach; ihre Gedanken überschlugen sich. Antonio war um die Ecke des Hauses verschwunden.

Seine Reaktion überraschte sie – kannte er diese Frau? Ihr wurde übel. Offensichtlich kannte er sie. Sogar sehr gut. Cass überkam eine schreckliche Ahnung.

Langsam ging sie die Treppe hinunter, und da kam er ihr entgegen. Im schwachen Mondlicht wirkte sein Gesicht gespenstisch bleich. »Hast du sie auch gesehen?«, fragte er rau.

»Ich habe eine Frau gesehen«, erwiderte sie langsam.

»Ich habe es mir nicht eingebildet«, flüsterte er wie zu sich selbst. »O Gott!«

Cass ging nicht zu ihm. Er zitterte. Ein scheußliches Gefühl breitete sich in ihr aus. »Du hast sie erkannt?«, fragte sie.

Er sah sie völlig verloren an. Anscheinend stand er unter Schock. »Ja.«

Cass wollte nicht fragen. »Wer ist sie?« Doch sie kannte die Antwort bereits.

Er verzog das Gesicht zu einer schmerzerfüllten Grimasse. »Meine Frau.«

Im großen Saal blieb Cass stehen und schlang die Arme um sich; ihr war übel. Antonio war draußen und rief nach seiner Frau. Komisch, sie hatte gar nicht gewusst, wie sie hieß; es war nicht wichtig gewesen. Ihr Name war Margarita.

Sie starrte hinaus in die schwarze Nacht, ohne etwas zu sehen. Über ihr hingen Tausende von Sternen. In jeder anderen Nacht hätte sie den funkelnden Sternenhimmel bewundert, die warme Sommernacht, den schimmernden Mond, drei viertel voll. Doch nicht heute.

Das war unmöglich, oder nicht?

Er lief schon eine Ewigkeit ums Haus herum und rief ihren Namen; seine Stimme war heiser geworden. Cass traten Tränen in die Augen. Und sie dachte: *Du dumme Gans. Hast du wirklich geglaubt, du könntest ihn haben?*

Sie sank auf die Vordertreppe. Er war nun ausschließlich mit einer Frau beschäftigt, die vor acht Jahren verschwunden war. Das Letzte, woran er jetzt dachte, war die Leidenschaft, die sie eben miteinander geteilt hatten. Sie weinte ein wenig.

Plötzlich stand er vor ihr, bleich wie der Tod, die Augen gerötet und von tiefen Schatten umgeben. Sein Blick war verständnislos, verzweifelt.

»Und?«, brachte Cass hervor, wischte sich mit dem Handrücken über die Augen und hoffte, er werde ihr Elend und ihren Liebeskummer nicht bemerken.

Er antwortete nicht, sondern ging stumm an ihr vorbei, und Cass wurde klar, dass er tatsächlich unter Schock stand.

Ihr Jammer verflog. In diesem Augenblick erkannte Cass, wie ähnlich sie sich waren. Vor acht Jahren hatte ihr Freund sie einfach so verlassen. Nun, auch Antonios Frau war eines Tages einfach gegangen. Oder vielmehr verschwunden.

Cass stand auf und ging ihm nach. »Antonio?«

Ihre Stimme schien ihn zu erschrecken, er drehte sich um und sah ihr endlich in die Augen. Sie ging zu ihm und verdrängte jeden

Gedanken daran, was sie vorhatte – sie drehte ihn ganz zu sich herum und nahm ihn in die Arme. Erstaunlicherweise wich er nicht zurück. Seine Arme legten sich locker um ihre Taille.

»Kannst du darüber sprechen?«, fragte sie sanft und trat zurück. Sie gewann allmählich die Fassung wieder und kam zu der Überzeugung, dass es eine vernünftige Erklärung geben musste. Hatte seine Frau das Gedächtnis verloren und lief seit vielen Jahren einsam und verwirrt in der Gegend herum? Sie wünschte, sie hätte die Frau nicht gesehen. Doch Cass war ganz sicher, dass eine Frau im Fenster gestanden hatte. »Bist du sicher, dass das deine ...« Sie brachte das Wort »Frau« nicht heraus. »Bist du sicher, dass es Margarita war?«

Er warf ihr einen kurzen Blick zu. »Ja.«

»Aber du warst seit Jahren nicht mehr hier. Vielleicht hast du nur gesehen, was du sehen wolltest.«

Er sah sie mit einem seltsamen Ausdruck in den Augen an. »Das glaube ich nicht. Sie war so real.«

Plötzlich vergrub er das Gesicht in den Händen.

Cass nahm ihn beim Arm. »Gehen wir zurück in die Bibliothek.«

Er nickte.

Auf dem Weg durchs Haus war Cass wie zerrissen. Er liebte seine vermisste Frau noch immer. Das war offensichtlich. Wie konnte sie sein Elend nicht nachfühlen? Aber, du lieber Gott, er interessierte sich offenbar nicht mehr im Geringsten für sie, Cass. Und war das nicht genau das, was sie verdiente?

Noch bevor sie die Bibliothek erreicht hatten, sagte er: »Ich habe nie eine Antwort bekommen. Es gab keinerlei Erklärung dafür. Nur Vermutungen.«

Cass blieb überrascht stehen.

Er betrat die Bibliothek, ging schnurstracks zur Hausbar und goss sich einen Whiskey ein.

Cass nahm all ihren Mut zusammen und wappnete sich. »Was ist passiert?«

»Wir waren in den Ferien hier.« Er sah sie an, doch sein Lächeln war eine gespenstische Fratze. »Das war meine Idee. Ich war seit dem Tod meines Vaters nicht mehr hier gewesen, seit ich vier Jahre alt war, und ich war bereit zurückzukehren; es war überfällig, dass ich mich mit der Vergangenheit auseinander setzte, nach Antworten über meinen Vater suchte. Margarita war begeistert. Sie hatte mir jahrelang zugeredet, wieder hierher zu kommen. Sie meinte, das wäre gut für mich.« Er trank einen Schluck Whiskey, verzog das Gesicht und stellte das Glas beiseite.

Cass war klug genug, schweigend abzuwarten.

»Zwei Tage später bin ich nachts wach geworden. Sie lag nicht neben mir. Draußen tobte ein Gewitter. Unten machte irgendetwas ziemlichen Lärm. Ich habe mir keine Gedanken gemacht, aber ich bin trotzdem aufgestanden, um nachzusehen, und da stand die Haustür weit offen. Das fand ich doch ein wenig beunruhigend. Ich habe die Tür wieder abgeschlossen. In der Bibliothek war auch ein Fenster offen. Das hatte so laut geklappert. Blitz und Donner hatten wieder aufgehört; stattdessen regnete es. Ich ging wieder hinauf und erwartete, Margarita im Bett vorzufinden. Doch es war immer noch leer.« Er hielt inne.

Bisher hatte er ganz nüchtern und sachlich gesprochen. Nun erstickte seine Stimme. Er konnte Cass nicht mehr ansehen. »Sie war auch nicht im Bad. Sie war nicht bei Eduardo. Sie war nirgendwo. Sie war weg.«

Cass war fassungslos. »Weg?« Also war an den Gerüchten, die damals unter den Studenten umgegangen waren, doch etwas Wahres gewesen, dachte sie.

»Verschwunden. Spurlos. Sie wurde nie wieder gesehen.«

In diesem Moment erkannte Cass, dass sich ihr Schicksal doch nicht glich, kein bisschen. Er hatte seine Frau geliebt. Sie hatten eine gute Ehe geführt. All das konnte sie deutlich spüren. Und dann war seine Frau einfach so verschwunden.

»Sie war glücklich. Einer der glücklichsten, herzlichsten Menschen, die ich je kennen gelernt habe. Wir waren glücklich. Sie hat mich und unseren Sohn geliebt. Sie hat uns nicht verlassen. Sie ist nicht mit einem Liebhaber durchgebrannt. Sie ist nicht weggelaufen, um sich irgendwo da draußen das Leben zu nehmen. Es gab im ganzen Haus keinerlei Anzeichen für ein gewaltsames Eindringen. Sie wurde nicht entführt – und es gab nie eine Lösegeldforderung.«

»Du meine Güte«, flüsterte Cass.

»Sie war gesund und geistig stabil. Es gibt in ihrer Familie keine Fälle von Geisteskrankheit, nicht einen einzigen.« Er griff nach dem Glas und packte es so fest, dass seine Knöchel weiß wurden.

»Es tut mir Leid«, sagte Cass hilflos.

»Aber die Haustür war offen. Es gab ein paar Spuren. Fußabdrücke. Sie war barfuß und hatte nichts mitgenommen. Sie hatte nur ihr Nachthemd an. Sie hat das Haus verlassen und ist in die Nacht hinausgelaufen.«

Cass wusste nicht, was sie sagen sollte.

Cass erwachte in strahlendem Sonnenschein, der ihr direkt ins Gesicht fiel, so dass sie die Augen wieder zukniff. Sie war erschöpft und wollte noch nicht aufwachen. Im Schlaf war alles so friedlich gewesen.

Dann fielen ihr die Ereignisse der vergangenen Nacht wieder ein. Sie fuhr hoch und blinzelte verschlafen ins grelle Sonnenlicht.

Sie lag allein in der Bibliothek auf dem Boden, wo sie sich an Alyssa geschmiegt hatte, um sich dann, geplagt von Angst und Kummer, bis zum Morgengrauen unruhig hin und her zu wälzen. Es musste schon gegen Mittag sein. Cass schlug die Decke zurück und stand auf.

Einen Moment lang blieb sie verwirrt stehen. Hatten sie gestern Nacht tatsächlich Margarita vor dem Fenster gesehen? Sie sah sich in der Bibliothek um und dann draußen, so weit sie aus dem Fenster schauen konnte. Im hellen Tageslicht erschienen ihr ihre

Ängste der vergangenen Nacht absurd. Der Tag hingegen fühlte sich geradezu freundlich an.
Cass seufzte. Sie würden die Wahrheit vermutlich nie erfahren. Außer, es war wirklich Margarita gewesen, und sie fanden sie noch irgendwo. Sie erinnerte sich daran, wie außer sich Antonio gewesen war, und das versetzte ihrem Herzen einen schmerzhaften Stich. Sie merkte, wie traurig sie eigentlich war. Dies war nicht der passende Zeitpunkt, sich an die Leidenschaft zu erinnern, die so kurz zwischen ihnen aufgeflammt und ebenso rasch wieder erloschen war.
Cass drückte probeweise auf den Lichtschalter, doch es tat sich immer noch nichts. Sie hob den Telefonhörer ab – nichts. Irgendjemand würde in den nächsten Ort fahren müssen, um einen Elektriker zu rufen, Sicherungen zu kaufen und der Telefongesellschaft Bescheid zu geben.
Sie verließ die Bibliothek. In der Küche stieß sie auf Alfonso, der vermutlich gerade das Mittagessen zubereitete, und draußen, im Innenhof, sah sie Alyssa und Eduardo »Himmel und Hölle« spielen. Eduardo bewegte sich erstaunlich geschickt über die Quadrate, die mit weißer Kreide auf den dunklen Steinboden gezogen waren. Alyssa feuerte ihn an. Trotz ihrer düsteren Stimmung musste Cass lächeln.
»Buenos días, señora«, sagte Alfonso lächelnd. *»Los niños* … spielen … *bueno.«*
»Buenos días. Ja, sie spielen schön zusammen.« Cass merkte plötzlich, dass sie gewaltigen Hunger hatte – sie hatte gestern kaum etwas gegessen. »Wo sind Antonio und sein Bruder?«
Alfonso antwortete mit einem spanischen Wortschwall, und Cass konnte nur verständnislos blinzeln.
»Pedraza«, sagte er betont. »Pedraza.«
Natürlich, die beiden Brüder waren in die Stadt gefahren. Cass goss sich ein Glas frisch gepressten Orangensaft ein. Alfonso bot ihr einen Teller köstlich aussehender Eier an, offenbar eine *frittata*

mit Kartoffeln, und Cass lächelte hungrig. Während er es im Ofen aufwärmte, ging sie hinauf, um rasch zu duschen und sich umzuziehen. Doch kaum hatte sie die Eingangshalle verlassen, wurde sie immer langsamer.

Das Haus fühlte sich nun nicht mehr so freundlich an.

Schatten lungerten auf der Treppe. Die Luft war dumpf und still. Cass sträubten sich die Haare.

Sie ermahnte sich, nicht so albern zu sein. Selbst wenn es hier spuken sollte, redete sie sich ein, war doch seit ihrer Ankunft niemandem etwas passiert; es hatte nichts zu bedeuten, wenn Strom und Telefon in einem so vernachlässigten Haus ausfielen.

Cass ging schneller. Es hatte eben doch etwas zu bedeuten. Genau wie die Tatsache, dass ihre Tante Catherine hierher kam.

Oben flüchtete sie sich in ihr Zimmer, ohne sich auch nur umzusehen; sie raffte hastig frische Kleidung zusammen und schloss sich im Badezimmer ein.

Na schön. Sie war ein Feigling. Das Haus war ihr immer noch unheimlich, selbst am helllichten Tag.

Sie brauchte ganze fünf Minuten, um zu duschen und sich anzuziehen.

Traceys Tür war immer noch geschlossen. Cass klopfte, um ihre Schwester zu wecken. Sie hatte keineswegs vergessen, wie seltsam sie sich am Abend zuvor benommen hatte.

Von drinnen kam keine Antwort. Ihr Herz machte einen Satz. Cass sah sich um, doch der Flur war leer. Sonnenlicht fiel vom anderen Ende herein.

»Tracey? Aufstehen, die Sonne lacht.« Sie öffnete die Tür und blinzelte überrascht.

Tracey war nicht ihrem Bett. Es war ordentlich gemacht, als habe sie gar nicht darin geschlafen. Cass wusste, ihre Schwester würde nie ihr Bett selbst machen, und auch wenn sie es aus irgendeinem Grund diesmal getan hätte, sähe es nie so ordentlich aus.

Cass bekam Angst. Tracey war nicht hier. Sie hatte offenbar nicht in ihrem Bett geschlafen. Und sie hatte sich gestern Abend sehr sonderbar benommen.

Cass spürte Panik in sich aufsteigen und drängte sie zurück. Tracey war nicht verschwunden.

Dann kam ihr ein anderer Gedanke. Was, wenn sie gestern Tracey im Fenster gesehen hatten, und nicht Antonios Frau?

Die Tür fiel hinter ihr zu.

Cass fuhr zusammen und schrie auf. Sie drehte sich mit aufgerissenen Augen zu der geschlossenen Tür um. »Tracey?«

Keine Antwort.

»Tracey?«, fragte Cass noch einmal ängstlich. Aber warum sollte ihre Schwester ihr alberne Streiche spielen?

Niemand antwortete ihr.

In diesem Moment ging Cass alles auf einmal durch den Kopf. Die Warnungen ihrer Tante. Traceys merkwürdiges Verhalten. Alyssas Träume. Der Stromausfall. Margarita – oder sonst jemand – vor dem Fenster.

Die Tür zur Gruft, die jemand zugeschlagen hatte.

Genau wie Traceys Schlafzimmertür. Jemand … *aber wer?*

Spielte irgendjemand ihnen allen dumme Streiche? Hatte jemand einfach Spaß daran, ihnen einen Schrecken einzujagen?

Aber wer? Und warum?

Gregory.

Cass erstarrte.

Er war ihr eigentlich ganz nett erschienen – und er war Antonios Zwillingsbruder, Herrgott noch mal. Sie war inzwischen überzeugt davon, dass sie sich den bösen Blick von ihm nur eingebildet hatte. Aber was, wenn nicht? In diesem Blick hatte für sie die pure Bosheit gelegen.

Sie rief sich ins Gedächtnis, das er erst gestern Abend angekommen war – doch das könnte ja gelogen sein. Vielleicht war er schon länger in der Nähe – vielleicht hatte er die Tür zur Gruft zugeschlagen.

Vielleicht hatte er an ihrem Laptop herumgespielt.
Aber warum sollte er so etwas tun?
Plötzlich musste Cass daran denken, wie er Tracey angesehen hatte. Tracey war doch bestimmt nicht mit ihm ins Bett gegangen – und wenn sie es versucht hätte, hätte er sie gewiss rausgeworfen.
Er hätte sie bestimmt nicht verführt.
Nervös ging Cass zur Tür und riss sie auf.
Sie wusste nicht, was sie erwartet hatte – Gregory, ganz lächelnder Charme oder feindselige Bosheit; ihre Schwester, bezaubernd ruhig oder empört über die Frage, was Cass in ihrem Zimmer zu suchen habe; Margarita; Isabel.
Es war niemand da. Cass schaute nach links, dann nach rechts, und rannte den Flur hinunter. Sie sprang die Treppe hinab, denn sie erkannte nun, dass ihre Überlegungen nicht mehr bloße Vermutungen waren, sondern sich allmählich in schiere Paranoia steigerten.
Kurz darauf hörte sie vor sich zwei Männerstimmen, bog um eine Ecke und sah Antonio und Gregory, die gerade in die Küche gingen. Sie folgte ihnen.
»Guten Morgen«, sagte Antonio und stellte eine Einkaufstüte ab. Er sah ihr ohne jede Verlegenheit in die Augen. Sein Bruder stellte eine weitere Tüte ab. »Ich bin froh, dass du ein bisschen schlafen konntest.« Antonio lächelte – als hätte es die letzte Nacht nie gegeben.
Er holte etwas aus einer der Tüten. »Sicherungen. Heute Abend haben wir wieder Strom. Leider kann der Mann von der Telefongesellschaft erst Montag oder Dienstag hier herauskommen, aber der Elektriker hat versprochen, noch heute Nachmittag zu kommen.«
Cass stand die Fassungslosigkeit anscheinend ins Gesicht geschrieben, denn Gregory erklärte: »Das ist Spanien, Cass. Hier *gibt* es kein ›sehr dringend‹.«

»Daran hatte ich nicht gedacht«, sagte Cass, als Alfonso die *frittata* vor sie hinstellte. Sie setzte sich und langte kräftig zu; ihr Appetit war auf einmal wieder da, und sie wurde mit den besten Eiern belohnt, die sie je gegessen hatte. »Lecker.«

»Das nennen wir *tortilla español«,* sagte Gregory freundlich. »Meistens gibt es das als kleine Brotzeit, statt dem Abendessen.«

Cass blickte zu ihm auf. »Hat einer von euch Tracey heute Morgen schon gesehen?« Sie hielt ihren Tonfall bewusst beiläufig. Sie wollte ihnen noch nicht verraten, dass Tracey nicht in ihrem Bett geschlafen hatte.

»Ich habe sie seit dem Abendessen nicht mehr gesehen.« Antonio war vollauf beschäftigt, die Tüte auszupacken, aus der er die Sicherungen genommen hatte. Er hatte vorsichtshalber auch einen Vorrat an Kerzen und Streichhölzern gekauft, wie sie sah.

»Ich auch nicht«, stimmte Gregory ein.

Cass beobachtete die beiden Brüder. Langsam sagte sie: »Sie ist nicht in ihrem Zimmer. Ich habe nachgesehen. Hat sie seit gestern Abend wirklich niemand mehr gesehen?«

Gregory wirkte bestürzt. »Ich dachte, sie will nur mal ausschlafen, so wie Sie.«

»Vermutlich ist sie spazieren gegangen«, sagte Antonio und packte Lebensmittel aus. »Heute ist ein wunderschöner Tag.«

Cass stand auf. »In ihrem Bett hat sie nicht geschlafen.« Dabei sah sie Gregory direkt in die Augen.

Er senkte rasch den Blick und packte eine weitere Tüte mit Lebensmitteln aus.

Cass starrte ihn erstaunt an. Er hatte mit ihrer Schwester geschlafen – da war sie so gut wie sicher –, und er log. Er war ein unmoralischer Mistkerl.

»Niemand hat sie seit gestern Abend gesehen?«, fragte Antonio, der innegehalten hatte. »Sie hat nicht in ihrem Bett geschlafen?«

Er klang so erschrocken, dass sie sich zu ihm umdrehte. Cass musste daran denken, dass sie erst letzte Nacht in seinen Armen gelegen hatte. Sie war die Letzte, die anderen moralische Vorhaltungen machen sollte, schon gar nicht Gregory, dachte sie beschämt. »Ich glaube nicht.«

Antonios Kiefer spannte sich, und er sah sie an. In diesem Moment wusste Cass, dass er die Ereignisse der vergangenen Nacht keineswegs vergessen oder verdrängt hatte. Er wahrte nur die Fassade, doch die war nicht schwer zu erschüttern gewesen. Er wandte sich mit scharfer Stimme an Alfonso, und Cass wusste, dass er an Margarita dachte, die eines Nachts einfach aus diesem Haus verschwunden war.

»Tracey ist nicht verschwunden. Sie taucht schon wieder auf«, sagte Cass.

Er entspannte sich nicht. Er steckte den Kopf zum offenen Fenster hinaus und rief nach den Kindern. Doch weder Alyssa noch Eduardo hatten Tracey gesehen, seit sie am gestrigen Abend das Esszimmer verlassen hatte.

Cass brachte ein schiefes, falsches Lächeln zustande. »Vermutlich liegt sie irgendwo draußen in der Sonne.«

»Vermutlich«, sagte Antonio nur.

Cass dachte an den makellosen Porzellanteint ihrer Schwester und wusste, dass sie sich nie im Leben in die Sonne legen würde – sie wechselte einen Blick mit Antonio, und er wusste es auch. Abrupt sagte sie: »Ich war vorhin in ihrem Zimmer. Jemand hat die Tür zugeschlagen, während ich drinnen war.«

Antonio sah sie nur an.

Cass spürte, dass sie beobachtet wurden. Sie blickte auf. Gregory starrte sie an. Und sie sah ihn erröten.

»Also«, sagte er und räusperte sich, »wir haben gestern Abend nach dem Essen noch zusammen etwas getrunken.«

Antonio sah ihn milde überrascht an. »Du und Tracey?«

»Wann war das?«, fuhr Cass ihn an. Sie konnte nur noch daran denken, dass er gelogen hatte – sie hatte also Recht gehabt.

»So etwa um halb zwölf.« Er zögerte und warf einen Blick zu Antonio, doch der räumte gerade Milch und Eier in den Kühlschrank. Er seufzte. »Sie sagte, sie könne nicht schlafen. Wir haben nur ein Glas Wein getrunken – in einem der Salons. Seither habe ich sie nicht mehr gesehen.«

Cass starrte ihn an. Sie glaubte ihm kein Wort. Ihre Blicke trafen sich, und diesmal schaute er nicht weg.

Sie hatte keinen Grund, an seinen Worten zu zweifeln. Doch sie tat es trotzdem. »Das glaube ich einfach nicht.« Mit grimmiger Miene wandte sie sich an Antonio. »Jetzt ist es halb eins. Gregory war der Letzte, der sie gesehen hat, und das war vor zwölf Stunden. Antonio, das gefällt mir nicht! Kann es sein, dass wir gestern vor dem Fenster Tracey gesehen haben?«

Er wurde stocksteif und erbleichte. »Nein.«

Cass konnte den Blick nicht von ihm abwenden. Sie hörte sich sagen: »Aber es war sehr dunkel draußen.«

Gregory blickte von einem zum anderen und fragte dann dazwischen: »Wovon sprecht ihr überhaupt?«

Cass fuhr sich über die trockenen Lippen. Antonio wandte sich von ihnen ab. Sie zögerte. »So viele seltsame Dinge sind geschehen, seit wir vorgestern hier angekommen sind. Und gestern Nacht …«

»Gestern Nacht«, sagte Antonio und drehte sich um, »habe ich Margarita draußen vor dem Fenster gesehen.«

Gregory wurde leichenblass.

Antonio war mit dem Elektriker beschäftigt, als Catherine und Celia ankamen. Tracey war noch nicht wieder aufgetaucht, und obwohl Cass mehrere Stunden mit Antonio und Gregory in der Bibliothek daran gearbeitet hatte, Eduardos Unterlagen zu sortieren, war ihre Sorge stetig gewachsen. Nun drückte sie ihre Tante fest an sich und dachte: *Wäre sie nur nicht gekommen.*

Sie ruft uns alle hier zusammen.

Celia machte sich gleich auf die Suche nach Alyssa, und Cass blieb allein mit ihrer Tante in der großen Halle zurück. »Wie war die Reise?«, erkundigte sich Cass und betrachtete ihre Tante, die erschöpft und überanstrengt wirkte.
Catherine, bekleidet mit einer schwarzen Hose, einem passenden Blazer und einem weißen Hemd, das wie ein Herrenhemd geschnitten war, lächelte müde. »Zumindest haben wir uns auf dem Weg hier heraus nicht verfahren.« Langsam sah sie sich in der Halle um, und auf ihrem Gesicht spiegelten sich Unglauben und vielleicht Ekel.
»Warum habt ihr einen Fahrer gemietet, Tante Catherine?«, fragte Cass. »Ich hätte euch doch gern am Flughafen abgeholt.«
Catherine sah sie mit einem seltsamen Blick an, ging dann zur Tür des großen Salons und schaute hinein.
»Tante Catherine?«, fragte Cass besorgt.
Catherine wandte sich nicht zu ihr um. »Hier hat sich nichts verändert«, sagte sie mit heiserer Stimme. »Ich habe dieses Haus damals schon gehasst, und ich hasse es immer noch.«
Cass starrte sie an. »Ist sie hier?«
Catherine erwiderte: »Spürst du sie denn nicht?«
Cass zitterte. »Sie ist es, nicht wahr? Sie ist der Grund, warum dieses Haus so kalt ist, so schwermütig und abweisend?«
Catherine verschränkte die Arme vor der Brust. »Ich glaube, ich hätte nicht herkommen dürfen.«
Antonio erschien in langer Hose und rotem Polohemd, begleitet von dem Elektriker mit seinem Werkzeugkasten in der Hand. »Lady Belford«, sagte er und wandte den Blick keine Sekunde von Catherine.
»Señor de la Barca.« Catherine schüttelte die dargebotene Hand. »Ich bedaure sehr, dass wir uns nicht unter angenehmeren Umständen wiedersehen. Und ich kann nur hoffen, dass wir nicht allzu ungelegen kommen.«
Er sah sie einen Moment lang stumm an. »Natürlich kommen Sie

nicht ungelegen. Es ist mir eine Freude, Sie hier willkommen zu heißen.« Er zögerte, und Cass konnte sich gut denken, was ihm durch den Kopf ging. Dann wandte er sich an sie. »Cassandra, würdest du deiner Tante das Zimmer neben Traceys zeigen? Ich brauche hier noch einen Moment.«

»Kann er das wieder in Ordnung bringen?«, fragte Cass, der sein Gesichtsausdruck nicht geheuer war.

Antonio erwiderte ihren Blick. »Anscheinend hat ein Blitz in das Haus eingeschlagen. Die Leitungen sind schwer beschädigt. Er sagt, einen so schweren Schaden an einem einzelnen Haus hätte er noch nie gesehen.«

Cass' Herz schlug schneller, und die Worte »an einem einzelnen Haus« hallten in ihrem Kopf wider. »Aber es hat doch gar kein Gewitter gegeben.«

»Doch, vor ein paar Wochen.«

»Vor ein paar Wochen?« Cass gefiel das immer weniger. »Aber er kann es reparieren, oder?«

Antonio blickte grimmig drein. »Nicht heute.«

Cass war fassungslos; der Elektriker war schon hinausgegangen und belud seinen Kleinlaster. »Wann haben wir denn wieder Strom?«, fragte sie und konnte die Gedanken an die letzte dunkle Nacht nicht vertreiben.

»Er kommt am Montag noch mal her«, erklärte Antonio. »Ich bin gleich wieder da.« Er zögerte und warf Tante Catherine einen Blick zu. Dann eilte er hinaus, um noch einmal mit dem Elektriker zu sprechen.

Cass war dieser letzte Blick nicht geheuer. Sie drehte sich um und sah, dass ihre Tante sie musterte. Sie lächelte und wusste, dass es elend wirkte. »Gestern Nacht ist der Strom ausgefallen. Das Telefon ebenfalls. Dies ist ein sehr altes Haus, die Leitungen müssen neu …«

»Hoffentlich«, sagte Tante Catherine und schaute hinaus zu den zwei Männern bei dem Kleinlaster.

Cass sah sie verwundert an. Was, zum Kuckuck, sollte das nun wieder heißen? »Was willst du damit sagen?«
Catherine sah sie an. »Du weißt, was ich damit sagen will. Sie ist aus einem bestimmten Grund hier, und nun hat sie uns alle hier versammelt. Wo sind Tracey und Alyssa?«
Hastig bückte Cass sich nach der kleinen Reisetasche, die zu Füßen ihrer Tante lag. Sie hatte nicht die Absicht, ihre Tante in helle Aufregung zu versetzen, indem sie ihr von Traceys Verschwinden erzählte. »Alyssa und Eduardo spielen im Hof. Was für einen Grund meinst du? Ich dachte immer, die Geister Verstorbener bleiben auf der Erde zurück, weil sie unglücklich gestorben sind, nicht wahr? Das ist ihr Grund.« Ihr gefiel die Richtung nicht, die diese Unterhaltung nahm.
»Ach, Cassandra«, sagte Catherine voller Mitleid. »Sie ist nur aus einem Grund hier: Sie will sich an uns allen rächen.«

Cass blieb allein und völlig irritiert in der Halle stehen.
Isabel war hier, weil sie Rache wollte? Das glaubte Cass nicht, auf gar keinen Fall. Geister hatten doch keine Gedanken oder Absichten. Da war sie ganz sicher.
Da erst merkte sie, dass ihre Tante allein nach oben gegangen war. Die falsche Treppe hinauf. In den Flügel, in dem sich Isabels Zimmer befand.
»Tante Catherine, nicht da entlang!«, rief sie. »Dein Zimmer ist im Südflügel!«
Doch Catherine blieb nicht stehen, sondern verschwand auf dem oberen Treppenabsatz.
Na großartig, dachte Cass und folgte ihrer Tante nach oben.
Sie entdeckte sie vor Isabels Tür. Sie wollte nach ihr rufen. Doch seltsamerweise schien ihre Zunge an ihrem Gaumen zu kleben. Sie blieb stehen und beobachtete sie.
Catherine zögerte vor der Tür zu Isabels Zimmer und schob sie dann langsam auf. Sie erschauerte und trat ein.

Cass folgte ihr. Ihre Füße waren schwer wie Blei; doch sie bewegten sich wie aus eigenem Antrieb.
Catherine stand stumm im Zimmer und sah sich um. Schließlich wandte sie sich dem Porträt zu.
Cass merkte, dass es ihr den Atem verschlug. Sie schlang die Arme um sich – es war so verdammt kalt in Isabels Zimmer. Kalt und düster und unheimlich. Cass war stocksteif vor Anspannung. »Was ist denn?«, fragte sie sanft.
Catherine drehte sich nicht zu ihr um. »Hier habe ich geschlafen.«
Cass erwachte aus ihrer Starre. »Du warst in diesem Zimmer?«
Catherine nickte und ließ den Blick keinen Moment von dem Porträt. »Als ich hier ankam, wollte ich nur Eduardo bei seinen Nachforschungen helfen. Wir waren beide wie besessen von ihr.« Catherine erschauerte wieder. »Ihr Leben war so schrecklich traurig.«
»Wir haben ihren Grabstein gefunden.«
»Auf dem Friedhof?« Catherine nickte, ohne sich umzudrehen. »Ich bin überrascht, dass er sich überhaupt die Mühe gemacht hat, ihre Asche hierher bringen zu lassen.«
»Sie ist also nicht in Spanien gestorben?«
»Oh nein«, erwiderte Catherine leise. »Sie wurde auf dem Tower Hill in London auf dem Scheiterhaufen verbrannt.«
Cass zitterte. »Aber sie war hier?«
»Für kurze Zeit, glauben wir jedenfalls. In der Bibliothek sind Briefe – jedenfalls waren sie dort – von Isabel an ihren Cousin, Rob de Warenne.«
Aufregung erfasste Cass. »Briefe? Du meine Güte, was wäre das für ein Fund!« Dann fragte sie: »Wer war Rob de Warenne? Der Sohn ihres Onkels?«
»Das ist so lange her«, murmelte Catherine. »Nein, er war ein entfernter Verwandter, glaube ich, nicht der Sohn des Grafen. Er war ihr Liebhaber.«
Cass erstarrte. »Was?«

»Er war ihr Liebhaber. Wenn man die Briefe liest, wird einem das sofort klar.« Catherine schluckte. »Sie war das Letzte, was ich nachts vor dem Einschlafen sah, und das Erste, wenn ich morgens aufwachte.«

Cass versuchte immer noch die Tatsache – oder Vermutung – zu verdauen, dass Isabel einen Liebhaber gehabt hatte.

»Bis Eduardo mein Liebhaber wurde.«

Cass starrte sie an. Grauen verdrängte ihre Begeisterung. »Du brauchst nicht darüber zu reden, wenn du nicht möchtest«, brachte sie hervor, obwohl ihr die Zunge wieder am Gaumen festkleben wollte. Denn sie ahnte, was nun kam – und sie wollte nichts davon wissen. Nicht jetzt, wo sie und Antonio einander so nahe waren. Nicht jetzt, wenn sie ihn belügen müsste, um ihre Tante zu schützen. Sie war ziemlich sicher, dass sie ihn gar nicht mehr anlügen könnte, und sei es nur, indem sie ihm etwas verschwieg.

Catherine drehte sich endlich zu ihr um. »Das wirklich Erstaunliche war, dass wir nicht einmal so getan haben, als liebten wir einander. Es war pure Wollust.«

Cass wusste nicht, was sie sagen sollte. »So etwas kommt vor. Gehen wir. Dieses Zimmer ist nicht gerade ein angenehmer …«

»Und die Wollust wurde zu Hass, und der Hass führte zu Gewalt und Tod.«

»Bitte«, flüsterte Cass, der es in den Ohren rauschte. »Ich will es nicht wissen.«

»Aber ich muss es dir sagen!«, rief Catherine, und ihr traten Tränen in die Augen. »Wir haben uns brutal gepaart und grausam gestritten. Ich erinnere mich noch, wie sehr ich ihn hasste, aber ich brachte einfach nicht die Kraft auf, zu gehen. Ich weiß gar nicht mehr, warum wir nach Pedraza gefahren sind, sondern nur, dass ich verzweifelt hoffte, dass wir uns dort irgendwie trennen würden, damit ich eine Chance hatte, ihn sitzen zu lassen.«

Cass starrte sie fassungslos an. Ihre Tante erzählte ihr eine Geschichte über eine vollkommen Fremde. Cass konnte unmöglich

glauben, dass ihre Tante und diese Person ein und dieselbe Frau sein sollten.
»Er war gerade auf der anderen Straßenseite. Die Straßen im Dorf sind sehr eng. Ich habe ein Auto um die Ecke kommen sehen. Ich wusste, dass Eduardo es nicht sehen konnte. Da habe ich nach ihm gerufen und ihn zu mir herübergewunken.«
Cass wollte sich die Ohren zuhalten.
»Er ist über die Straße gelaufen, ohne sich umzusehen. Keine Sekunde später hat der Wagen ihn erfasst«, erzählte Catherine mit heiserer Stimme.
Cass war wie gelähmt. »Ich glaube, du hast in der Erinnerung einiges verzerrt.«
Catherine hörte sie gar nicht. »Aber in diesem Sekundenbruchteil erkannte er, was geschah, und ich sah den Schock, die Fassungslosigkeit, das Entsetzen auf seinem Gesicht, bevor das Auto ihn überfuhr.«
»Unterhalten wir uns doch woanders weiter«, versuchte Cass es noch einmal.
Catherine schüttelte den Kopf. »Ich war natürlich auch völlig entsetzt. In dem Moment, als es zu spät war, war mein ganzer Hass plötzlich verschwunden – ich konnte nicht begreifen, wie es dazu hatte kommen können. Ich hielt ihn im Arm, doch er war schon tot, und als ich aufblickte, stand sie da.«
Cass packte sie an der Schulter. »Wer? Isabel?«
»Ja. Sie hat mich triumphierend angesehen.«
Cass schwieg. Ihre Tante erwiderte endlich ihren Blick; sie starrten einander an, und Catherine liefen Tränen über die Wangen.
Cass konnte immer noch nichts erwidern. Zu viele Gedanken schossen ihr durch den Kopf. War es möglich, dass Catherine tatsächlich Isabel gesehen hatte? Und wenn ja, spielte das eine Rolle? Natürlich spielte es eine Rolle! Denn wenn sie Recht hatte, war Isabel sehr erfreut über den Tod von Eduardo de la Barca gewesen.

Doch das würde ja bedeuten, dass Isabel mehr war als eine Art auf Erden verbliebene Energie; es würde bedeuten, dass sie fühlen und denken konnte.
»Du kannst sie nicht gesehen haben«, sagte Cass rasch. »Das hast du dir nur eingebildet.«
»Vielleicht hast du Recht.«
»Ich weiß, dass ich Recht habe«, sagte Cass bestimmt und nahm ihre Tante beim Arm. Doch sie dachte: *Eduardo war Isabels Rache*. »Du siehst müde aus«, fuhr sie fort. »Bitte, lass uns jetzt gehen.« Je schneller, desto besser.
Eduardo war Isabels Rache? Unsinn.
Catherine sah sie an. Und plötzlich verzerrte sich ihr Gesicht: Ihre Lippen spannten sich zu einem grotesken Lächeln, ihre Haut straffte sich, wurde schlaff, straffte sich wieder, ihr Gesicht wurde zu dem einer sehr jungen Frau, und ihre Augen – aus ihren blauen Augen traf Cass Isabels durchdringender Blick. »Ja«, sagte sie. »Ja, das war er.«
Cass schrie auf.
Ihre Tante – die nicht länger ihre Tante war – stand mit einem höhnischen, boshaften, grässlichen Lächeln vor ihr.
Cass ließ die Reisetasche fallen. Sie war kurz davor, die Flucht zu ergreifen, und doch blieb sie wie angewurzelt stehen, sie wusste nicht, wie lange; dann streckte sie die Hand aus – und berührte ihre Tante am Arm.
Und sie hatte wieder Catherine vor sich.
Nicht Isabel.
»Was hast du gerade gesagt? Es tut mir Leid, ich habe dich nicht verstanden«, sagte Catherine, die noch bleicher geworden war.
Cass brachte kein Wort heraus. Sie war eben einem hässlichen Monster begegnet, einer Frau, die nicht ihre Tante war, einer Frau, die seit über vierhundert Jahren tot war, da war sie ganz sicher – oder hatte sie Halluzinationen? War sie hier die Verrückte? Verlor sie allmählich den Verstand?

»Ich wünschte, du wärst nicht gekommen«, flüsterte sie, und Schweiß trat ihr auf die Stirn. *Etwas Schreckliches wird geschehen.* Catherine biss sich auf die Lippe und zog sie plötzlich fest an sich. »Etwas Schreckliches wird geschehen, aber wir müssen da alle zusammen durch, Cassandra. Es ist sowieso schon zu spät. Wir können es nicht mehr verhindern, denn wir sind alle hier versammelt, in diesem Haus, genau da, wo sie uns haben will.«

Cass hatte das Gefühl, noch den letzten Rest Fassung zu verlieren. Sie konnte keine weitere Nacht ohne Licht durchstehen, und sie hatte plötzlich so schreckliche Angst, dass sie Kopfschmerzen bekam. »Tracey ist seit gestern Nacht verschwunden«, flüsterte sie. »Ich wollte es dir eigentlich nicht sagen.«

»O Gott«, stöhnte Catherine. »Nicht Tracey!« Sie begann zu weinen.

»Tracey passiert schon nichts«, sagte Cass barsch. Aber sie musste sich gestehen, dass sie selbst daran zweifelte – sie war ganz und gar nicht sicher. »Warum sollten wir überhaupt noch bis Montag hier bleiben? Sobald sie wieder da ist – sie kommt bestimmt jeden Moment –, können wir doch zusammenpacken und gleich morgen früh abreisen.«

Catherine nickte, ihre Wangen waren immer noch nass geweint. »Wenn du meinst.«

Cass sah ihr tief in die Augen und wusste, dass ihre Tante keinerlei Hoffnung mehr hatte. »Da ist noch etwas, oder? Da ist noch etwas, das du mir nicht gesagt hast.«

»Ja. Auch Eduardos Vater ist mit Anfang vierzig brutal ermordet worden.«

Cass' Herz machte einen Satz. »Eduardo ist mit zweiundvierzig gestorben, richtig?«

Catherine nickte.

»Worauf willst du hinaus?«, fragte Cass nervös. Das Ausmaß der Tragödien, die die de la Barcas im Lauf der Jahrhunderte immer wieder heimgesucht hatten, war nun nicht mehr zu übersehen.

Antonios Vater und Großvater waren in relativ jungen Jahren gewaltsam zu Tode gekommen. Und … Antonio war jetzt Ende dreißig.

Cass blieb stocksteif stehen.

»Seine Frau hat ihn erstochen.« Catherine sah ihre Nichte an und riss sie aus ihren beängstigenden Gedanken. »Sie wurde verurteilt, aber als nicht zurechnungsfähig befunden – sie hat den Rest ihres Lebens in einer Irrenanstalt verbracht.«

Cass blickte zu ihrer Tante auf, und da wehte der Duft von Veilchen zu ihnen heran, der rasch immer stärker wurde. »Antonio hat mir nie davon erzählt«, flüsterte sie. »Tante Catherine?«

Catherine sah sich unruhig um. »Gehen wir lieber«, sagte sie und wandte sich zur Tür.

Cass würde ihr gewiss nicht widersprechen. Sie meinte mit einer Art sechstem Sinn die andere Frau spüren zu können, die nun zwischen ihnen stand, doch das bildete sie sich gewiss nur ein – aber nicht den ekelhaft süßlichen Veilchenduft; der war real. Ihre Tante schien auch etwas zu spüren, denn sie rührte sich nicht mehr von der Stelle, blickte mit weit aufgerissenen Augen um sich und atmete sehr flach. Isabel, sofern sie denn hier war, hüllte sie in ihr Parfüm ein. Es war noch nie so stark gewesen. Es war überwältigend. Cass hustete.

Ihre Tante war kalkweiß geworden. Catherine öffnete hastig einige Knöpfe an ihrer Hemdbluse und fächelte sich mit einer Hand Luft zu. Sie hustete.

»Alles in Ordnung?«, krächzte Cass hustend und streckte die Arme nach ihr aus, denn Catherine sah aus, als würde sie jeden Moment umkippen.

Catherine hustete nun so heftig, dass sie nicht mehr sprechen konnte.

Cass erschrak. Sie klopfte ihrer Tante auf den Rücken, doch Catherine bekam offenbar keine Luft mehr.

Cass schrie entsetzt und fing ihre Tante auf, als diese zu Boden

sank; ihr Gesicht wurde rot, die Augen traten hervor, und sie hatte die Hände an die Kehle gelegt – als ersticke sie. Cass erkannte erst jetzt, dass ihre Tante einen schlimmen Anfall erlitt – vielleicht einen Herzanfall – und dass sie dringend Sauerstoff brauchte.
»Antonio!«, schrie sie. »Antonio! Antonio!« Sie wusste nicht, was sie tun sollte. Ihre Tante bekam keine Luft, ihr Gesicht verfärbte sich lila. Cass riss ihr das Hemd auf. Sie hatte noch nie jemanden beatmen müssen, doch sie wusste, was sie zu tun hatte.
Antonio kam angerannt.
»Wir müssen sie ins Krankenhaus bringen!«, schrie Cass ihm entgegen. »Ich glaube, sie hat einen Herzanfall.«
Antonio kniete sich neben Catherine, die zu Cass' Entsetzen nun nicht mehr atmete. Ihr Gesicht war blau, die Augen weit aufgerissen und blicklos. Er unternahm sofort einen Wiederbelebungsversuch.
Cass sah völlig entsetzt zu, wie Antonio ihr rhythmisch auf die Brust drückte und sie beatmete, doch es nutzte nichts. *Nein*, dachte sie hysterisch, *das kann nicht wahr sein, das darf nicht wahr sein!*
Durch einen Nebel von Panik nahm sie gerade noch den schwindenden Veilchenduft war. Er verzog sich rasch.
Cass beobachtete stumm Antonio, der immer wieder versuchte, Luft in die Lunge ihrer Tante zu pressen, und sie konnte nur unablässig beten: *Lieber Gott, lieber Gott, lieber Gott.*
Antonio richtete sich auf.
Es traf Cass wie ein Schlag, sie blickte von ihm zu ihrer Tante, die reglos mit blauem, wächsernem Gesicht auf dem Boden lag. »Hör nicht auf!«, schrie sie ihn an.
Er drückte ihrer Tante die Augenlider zu und drehte sich langsam zu Cass um. »Es tut mir wirklich Leid, Cassandra«, sagte er.

Dritter Teil

Isabel

Vierzehn

Stonehill Manor – Juli 1550

Endlich war er gekommen.

Ihr Onkel, der Graf, der sie vor sieben Jahren hierher verbannt hatte, erwartete sie.

Isabel versteckte sich hinter einem Baum; sie wusste, dass sie hineingehen musste, doch sie wollte nicht. Ihr Herz schlug so schnell. Ein Dutzend Soldaten in Sussex' Farben, ganz lärmender, kameradschaftlicher Übermut, schwärmte über den Hof – ihren Hof. Von ihrer Dienerschaft war niemand zu sehen, und das konnte Isabel ihnen nicht verdenken. Die Soldaten sahen gereizt und gemein aus.

»Isabel!« Lady Helen rief nach ihr.

Isabel seufzte. Sie hatte nicht viel übrig für ihre Gesellschafterin – ihr Onkel hatte die Frau seines Cousins vor Jahren dazu ausgewählt, bald nachdem Isabel ihre Familie verloren hatte. Sie hatte nie Vertrauen zu der spröden Helen gefasst, obgleich sie nun schon so viele Jahre zusammen verbracht hatten. Außerdem hatte Isabel sie als Spionin im Verdacht. Ganz sicher berichtete sie ihrem Wohltäter über Isabel. Nicht, dass es da viel zu berichten gegeben hätte, denn in den sieben Jahren, die sie nun in den abgelegenen Wäldern von East Sussex lebte, war sie nichts als eine graue Maus vom Lande geworden.

»Isabel!« Lady Helens Ruf hatte jetzt einen gereizten Tonfall angenommen.

Sie konnte diese Begegnung nicht hinausschieben. Sie trat hinter dem Baum hervor.

Helen stand mitten im Hof, entdeckte sie und rief empört: »Ausgerechnet heute müsst Ihr Beeren pflücken?«
Isabel straffte die Schultern und reckte das Kinn. Sie war barfuß und musste ihre Schürze hochhalten, damit die Brombeeren nicht herausfielen. »Er hat uns nicht von seinem Besuch unterrichtet.«
Helen zog die dunklen Brauen in die Höhe. »Hochmütig sind wir noch obendrein? Muss ich Euch daran erinnern, Mylady, dass er Euer Vormund ist, der bisher von Eurer Existenz nicht einmal Notiz genommen hatte – bis jetzt. Denn nun seid Ihr alt genug, um zu heiraten.«
»Ich habe die Umstände, unter denen ich lebe, kaum vergessen«, erwiderte Isabel. Hoch erhobenen Hauptes marschierte sie durch das Gedränge der Männer und Pferde, wobei sie das anzügliche Zwinkern und die ebenso groben Zurufe einiger Soldaten ignorierte. Trotz ihres mutigen Auftretens hatte sie Angst. Sie musste einen guten Eindruck auf ihren Onkel machen. Ihre gesamte Zukunft hing davon ab.
Helen versetzte einem Arm im Kettenhemd einen kräftigen Klaps. »Das ist Sussex' Nichte. Was sind das für Manieren, du Flegel?«
Isabel hörte es kaum, sie schob bereits die schwere Eingangstür auf.
Der Graf ging gereizt in der großen Halle auf und ab, und er war nicht allein. Zwei Ritter waren bei ihm. Isabel zögerte, denn er war ins Gespräch vertieft und hatte sie noch nicht bemerkt. Wenn sie nur ungesehen hinauf in ihre Gemächer gelangen könnte, um sich angemessen zu kleiden.
Plötzlich blieb der Graf von Sussex stehen. Mit kaltem Blick starrte er sie und Helen an. »Wir hatten Wein befohlen. Wo bleibt er?«
Isabel sank in einem tiefen Knicks bis auf den Boden. Dieses Herrenhaus ließ sich in keiner Weise mit Romney Castle vergleichen – es war ursprünglich als Jagdhaus erbaut worden –, der

Steinboden war schlecht behauen und uneben; er schmerzte unter ihren Füßen. »Mylord, ich bitte um Verzeihung. Ich werde dafür sorgen, dass Euch der Wein sogleich gebracht wird.«

»Isabel?«, fragte er.

Isabel richtete sich auf; sie hielt immer noch ihre Schürze fest, damit die Beeren nicht herausfielen. »Ja, Mylord«, flüsterte sie schüchtern.

Er trug den Granatanhänger ihres Vaters an einer schweren Halskette vor der Brust. Sie konnte sich nicht rühren. Sie wurde von Erinnerungen bestürmt, die sie nicht einlassen wollte, und ausgerechnet in einem so wichtigen Augenblick fühlte Isabel sich schwach und schwindlig; tiefer Kummer durchfuhr sie wie eine eisige Lanze.

»Meine liebe Nichte«, sagte er nach einer kleinen Ewigkeit. Seine blauen Augen sahen sie durchdringend an. »Wahrlich, wir haben uns viel zu lange nicht gesehen. Lasst Euch anschauen – die bezaubernde Tochter meines Bruders.«

Isabel schwieg still. Seine Worte klangen honigsüß und falsch. Oder bildete sie sich das nur ein?

Doch sie wusste ja längst, dass er sich keinen Deut um sie scherte. Die monatliche Zuwendung, die er ihr ausgesetzt hatte, war großzügig – sie konnte sie gar nicht ausgeben, da sie so zurückgezogen lebte –, doch es hieß, er sei einer der mächtigsten Männer des ganzen Landes. Wie ihr Vater, so war auch ihr Onkel einer der Ratgeber des Königs. Hätte sie ihm am Herzen gelegen, so hätte er ihr gestattet, auf Romney Castle zu bleiben, oder ihr zumindest geschrieben, und sei es nur ein- oder zweimal im Jahr. Nicht genug, dass er sich nicht um sie scherte, dachte sie wütend, sondern sie wurde das Gefühl nicht los, dass er sich insgeheim über den Tod ihres Vaters gefreut hatte. Denn sonst wäre er nicht so mächtig und wohlhabend geworden.

John de Warenne war ein Mann von über vierzig Jahren, mit stahlgrauem Haar und einem dunklen Bart. Er musterte Isabel von oben bis unten. »Ich kann es kaum glauben. Wer hätte das gedacht. Mir war gar nicht bewusst, dass schon so viel Zeit vergangen ist; als ich Euch das letzte Mal gesehen habe, wart Ihr noch ein dürres Kind, nur Augen, dünne Beinchen und lange Haare.«

Isabel wahrte klugerweise Stillschweigen. Als sie ihn zum letzten Mal gesehen hatte, ein Jahr nach der Beerdigung, war er gekommen, um Romney Castle zu übernehmen und mit Lord Seymour, Prinz Edwards Onkel, eine Verschwörung um die Thronfolge anzuzetteln, während der König alle guten Ratschläge in den Wind schrieb und selbst seine Truppen nach Frankreich in den Krieg führte. Isabel hatte damals gelauscht und jedes ihrer Worte mitgehört.

Henry war nach einem erfolgreichen Feldzug zurückgekehrt und hatte noch drei Jahre lang gelebt.

Nach seinem Tod war Prinz Edward zum König von England gekrönt geworden.

»Meine liebe Nichte, ich werde ein oder zwei Tage hier verweilen, und wir müssen unsere Bekanntschaft unbedingt erneuern. Doch im Augenblick habe ich mich um dringende Angelegenheiten zu kümmern. Wenn Ihr mich entschuldigen wollt?« Er lächelte kühl und wandte sich schon wieder seinen Männern zu.

Isabel war wie betäubt ob dieser abrupten Entlassung. Er hatte nicht einmal andeutungsweise davon gesprochen, eine Heirat für sie zu arrangieren. Gewiss konnte ihm nicht entgangen sein, dass sie schon fast zur Frau herangereift war.

Helen nahm sie beim Arm. »Habt Dank, Mylord, und der Wein wird Euch sogleich gebracht.«

Isabel konnte dieses Unglück nicht fassen. Sie hatten doch kaum ein paar Worte gewechselt. Sie musste mehr über ihre Zukunft erfahren. »Mylord«, begann sie hastig.

Lady Helen zerrte sie zu sich herum. »Nicht jetzt«, zischte sie ihr ins Ohr.

Wären sie allein gewesen, Isabel hätte sich einfach losgerissen.

Doch sie waren nicht allein, und als Lady Helen sie hinausschob, traf ihr Blick zufällig den des jüngeren Ritters. Er lächelte sie an. Sie senkte den Blick und folgte nun gehorsam Helen hinaus.

Sobald sie außer Sicht der Herren waren, sank Isabel auf eine Treppenstufe. Helen, ein paar Schritte vor ihr, blieb stehen und wandte sich um. »Was habt Ihr nun schon wieder vor?«, tadelte sie im Flüsterton. »Folgt mir auf der Stelle!«

»Nein«, zischte Isabel ebenso bestimmt zurück.

Die Männer nahmen ihr Gespräch wieder auf. Isabel lauschte angestrengt. Jemand sagte: »Deshalb ist die Flucht fehlgeschlagen. Sie ist nicht in Antwerpen, wie der Kaiser uns glauben machen will, sie hält sich nach wie vor in Maldon auf, Mylord.«

Es folgte ein kurzes Schweigen und dann ein Ausruf, wohl von einem der Ritter: »Verflucht!« Er klang wütend.

»Gemach, Robbie, gemach. Wir müssen unser Vorgehen gründlich überdenken.« Das war Sussex.

»Wie soll das nur weitergehen?«, fragte der Ritter, Robbie. »Eine Prinzessin von königlichem Blut muss so etwas erdulden – das ist unerträglich.«

Isabel schlug die Hand vor den Mund. Du lieber Himmel! Sie sprachen von Prinzessin Mary – offenbar hatte sie versucht, aus England zu fliehen, war jedoch gescheitert. Isabel duckte sich und wäre am liebsten weiter die Treppe hinuntergeschlichen, um besser hören zu können.

»Ihr seid zu hitzig, wie immer«, sagte Sussex. »Solche Dinge bedürfen reiflicher Überlegung.« Er fluchte. »Dudley hat den Rat in der Hand, der König ist ein schwächlicher Knabe, die verschiedensten Parteien planen alle nur erdenklichen Verschwörungen … Rob, wir werden Mary eine Botschaft schicken. Eine sehr sorgfältig formulierte Botschaft, die unsere Besorgnis um ihr Wohlergehen zum Ausdruck bringt, unser Missfallen über die Tyrannei des Rates, doch wir werden nicht so vorwitzig sein, uns irgendeiner Sache offen anzuschließen – noch nicht.«

Es herrschte Schweigen. Isabels Herz pochte so laut, dass sie fürchtete, die Männer unten in der Halle könnten es hören. Ihre Stirn wurde feucht. Was plante ihr Onkel? Selbst sie hielt Mary für Edwards rechtmäßige Thronerbin – obgleich sie Katholikin war. Warum verschrieb sich Sussex nicht ganz ihrer Sache? Was, wenn er eine andere Allianz schmiedete? Isabels Schläfen pochten. Sie wusste, sie sollte sich immer auf die Seite ihres Vormunds und Beschützers stellen, doch ihr Gefühl warnte sie, ihm nicht zu trauen – nur sich selbst zu trauen. Nicht, dass das von großer Bedeutung gewesen wäre, solange sie in Stonehill festsaß. Angelegenheiten des Reiches – Politik und Intrigen – betrafen sie kaum.

»Mylord, ich werde die Botschaft mit Freuden selbst überbringen.« Robbie klang hitzig. »Ich bitte Euch, lasst mich ihr und Euch diesen Dienst erweisen.«

»Die Straßen werden bewacht. Ebenso die Flüsse und Kanäle. Das ist keine leichte Aufgabe, Rob. Der Rat hat seine Spione selbst in ihrem Haushalt.«

»Ich muss es tun, Mylord.«

»Nun gut. Aber Ihr werdet in Verkleidung reisen. Und nur bei Tage – es wäre zu gefährlich für Euch, bei Nacht zu reisen. Im Morgengrauen brecht Ihr auf.«

Es war nichts mehr zu hören, doch Isabel konnte die Männer beinahe lächeln sehen. Das kurze, fesselnde Zwischenspiel einer Verschwörung war vorüber. Nun konnte Isabel sich wieder der Sorge um ihre eigene Zukunft widmen. Und sie dachte: *Irgendwie muss es mir gelingen, Sussex' Aufmerksamkeit zu erregen, bevor er wieder abreist.*

Sie hätte sich nie träumen lassen, dass genau das eintreffen würde, und schon gar nicht, wie.

Isabel stand zögernd an der offenen Tür. Der Abend war mild. Die Luft war kühl und überaus angenehm, und nach einem klaren, sonnigen Tag blinkten die Sterne vom Himmel herab. Ihr war so gar nicht nach Schlafen zumute. Wie konnte sie auch nur daran denken? Sussex saß eben jetzt drinnen in der Halle und spielte Karten mit diesem jungen Ritter, Robbie, während ihr eigener Narr sie mit seinem Lautenspiel unterhielt. Draußen auf ihrem Hof lungerten die vierzig oder fünfzig Mann, die ihr Onkel mitgebracht hatte, in dem provisorischen Lager herum, das sie mittlerweile errichtet hatten; sie saßen an Lagerfeuern, würfelten und bandelten sogar mit ein paar Mägden aus dem Dorf und den umliegenden Höfen an, die sich wenige Stunden nach Ankunft der Männer hier eingefunden hatten. So hatte Isabel Stonehill Manor noch nie erlebt.

Nachdem Helen sich in ihre Gemächer zurückgezogen hatte, war Isabel sogleich wieder hinuntergegangen. Sie war noch nie wacher gewesen. Ein aufregender Gedanke jagte den nächsten. Sie wusste, ihre Zukunft war zum Greifen nahe – wenn sie nur ihren Onkel auf sich aufmerksam machen könnte.

»Und welche schweren Sorgen belasten Euch, Mylady?«

Isabel fuhr beim Klang der vertrauten Männerstimme zusammen. Sie drehte sich um und erblickte den blonden Ritter mit den grauen Augen, Robbie, wie sie nun wusste, der morgen mit der Botschaft an Prinzessin Mary aufbrechen sollte.

Er sah sie forschend an. »Ihr erscheint mir so traurig«, sagte er.

Isabel war verloren – dies war ein einzigartiger Augenblick in ihrem Leben. Sie hielt seinem Blick stand, rang um Fassung und gewann sie zurück. Ein Lächeln brachte sie dennoch nicht zustande.

»Meine einzige Sorge ist, ob Ihr es gewagt haben solltet, gegen meinen Onkel zu gewinnen«, erwiderte sie recht kühl.

Er sah sie immer noch forschend an, so dass Isabel hastig den Blick senkte. Dann lachte er. Es klang frei und wunderbar. Isabel zuckte zusammen.

Sein Lachen erstarb. Nach einer langen Pause sagte er: »Eure Augen können einem Mann sehr gefährlich werden, Mylady.«

Isabel weigerte sich, rot zu werden. »Ich glaube kaum«, gab sie zurück. »Seid Ihr immer so verwegen?«
»Nur in Gegenwart einer so ungewöhnlichen jungen Dame wie Euch. Wie kommt es«, fragte er sinnend, »dass Sussex Euch bisher nicht erwähnt hat, und warum seid Ihr so bescheiden? Besitzt Ihr denn keinen Spiegel?«
Isabels Herz hüpfte ihr in der Brust, sosehr sie sich auch bemühte, gelassen zu bleiben. Sie wusste sehr wohl, dass er nur galant war und ihr schöne Augen machte; doch es gab in Stonehill kaum Männer ihres Standes, daher war sie an diese Art des Umgangs nicht gewöhnt. Sie hoffte nur, dass sie nicht doch errötete; ihre Wangen fühlten sich so warm an. »Natürlich habe ich einen Spiegel.« Sie musste rasch das Thema wechseln. »Nun, habt Ihr meinen Onkel heute Abend geschlagen, Herr Ritter?«
Sein Blick war sehr nachdenklich geworden. »Sussex bleibt ungeschlagen, Mademoiselle, obgleich ich mein Bestes getan habe.« Er lächelte sie an.
Das war ein sehr ehrliches, ja beinahe zaghaftes Lächeln, und Isabel wünschte sich beinahe, er möge kühner werden. »Wäre es denn klug, Euren Wohltäter verlieren zu lassen?«, fragte sie zurückhaltend.
»Vermutlich nicht, aber ich gestehe, es gibt weisere Männer als mich.« Er lächelte sie wieder an. Der Blick, mit dem er sie ansah, war ernst und fragend. »Und woher wisst Ihr, dass er mein Wohltäter ist?«
»Nur eine Vermutung, Sir Robert.« Isabel würde gewiss nicht eingestehen, die Unterhaltung belauscht zu haben, in welcher Robbie sich der Sache des Grafen verschrieben hatte.
»Dann habt Ihr klug vermutet, Mylady, denn wie Ihr selbst habe ich weiter keine Familie außer Sussex, und er ist mir sowohl Schirmherr als auch Wohltäter.«
Isabel machte große Augen. Er wusste etwas über sie, und darüber empfand sie eine seltsame Freude, doch auch ihr Unbehagen

wuchs. »Darf ich erfahren«, fragte sie, »wie es kommt, dass Ihr ganz allein auf dieser Welt seid?«

Sein Lächeln war schief. »Euch ist sicher bewusst, dass wir einander noch nicht vorgestellt wurden«, sagte er und verneigte sich galant. »Robert de Warenne, zu Euren Diensten, Mylady, und das von ganzem Herzen.«

Isabel blieb unter seinem durchdringenden Blick stocksteif stehen. »De Warenne?«

»Offenbar sind wir Cousin und Cousine, wenn auch sehr entfernt«, erklärte er. »Kommt.« Er bot ihr seinen Arm.

Sie blickte auf seine Hand hinab. Sie war gebräunt, kräftig und unberingt.

»Ich beiße nicht, Mylady«, sagte er leise.

Eine innere Stimme warnte sie davor, mit ihm zu gehen – das wäre schon mehr als kühn, das wäre gefährlich. Sie war nicht an frivolen Tändeleien interessiert. Auch nicht an einer echten Freundschaft. Sie wollte nur endlich Stonehill verlassen dürfen und den ihr zugedachten Platz in dieser Welt einnehmen.

Isabel gab ihm ihre Hand. Niemand war überraschter als sie selbst.

Es war dunkel, ein Zigeuner sang, doch ob irgendjemand sie und Rob bemerkte oder ihnen Beachtung schenkte, konnte sie nicht sagen. Seine Hand war warm und stark, die Berührung überwältigend. Das letzte männliche Wesen, das ihre Hand gehalten hatte, war ihr Bruder Tom gewesen.

Plötzlich vermisste Isabel ihren Bruder schrecklich und wünschte sich, er sei noch am Leben.

Isabel entzog ihm ihre Hand. Er sah sie an, protestierte jedoch nicht, sondern spazierte weiter an ihrer Seite über den Hof.

»Mein Vater war Sussex' liebster Cousin – ihre Väter waren Brüder«, erzählte er mit seiner warmen, klangvollen Stimme. »Mein Vater, Guy de Warenne, war ein Hitzkopf und ergriff Partei für die falsche Seite, als ich noch ein kleiner Junge war. Bedauerlicher-

weise forderte unser verstorbener letzter König als Preis für diesen Verrat seinen Kopf.« Robert lächelte sie an.
»Oh«, sagte Isabel und erwiderte unwillkürlich sein Lächeln.
»Obendrein war Guy damals noch recht jung – und unverheiratet.«
Sie blickte in sein schönes Gesicht. Seine Züge waren ausgeprägt und männlich. »Oh, ich glaube, ich verstehe.« Robert war ein Bankert.
Er zuckte die Schultern, als sei ihm seine uneheliche Geburt gleichgültig. »Meine Mutter war damals Witwe, doch als sie wieder heiratete, nun ja – sie hatte schon drei ehelich geborene Kinder, und ich war ein unerwünschtes Balg. Ich war erst acht Jahre alt, als Sussex mich in Dienst nahm. Das war vor zwölf Jahren.«
Am Rande des Abhangs blieben sie stehen. Unter ihnen lag der Hof der Thomsons, dahinter das Dorf und die Kirche im Tal. Kniehohes Gras strich über Isabels Röcke, die wiederum Roberts Beine streiften.
»Dann habt Ihr Euch sehr gut gemacht, Sir Rob. Ihr tragt den Hosenbandorden.«
Er wandte sich ihr lächelnd zu. »Ich bin unermüdlich in meinem Streben«, erklärte er. »Andernfalls wäre ich jetzt noch Stallbursche in Chiswick.«
»Ihr habt in vielen Schlachten gekämpft?« Ihre Neugier gewann die Oberhand.
»Allerdings, schönste Isabel.« Sein Blick wanderte über ihr Gesicht. »König Henry führte mich in meine erste Schlacht. Wir haben Boulogne eingenommen.« Er ließ die Augen keinen Moment mehr von ihr. »Nur, damit dieser Feigling Suffolk es den Franzosen gleich wieder zurückgeben konnte.« Er fügte hinzu: »Dort habe ich mir meine Sporen verdient.«
Isabel war hingerissen. »Aber Ihr wart doch noch ein Junge.«
»Ich war beinahe so alt wie Ihr jetzt«, erwiderte er ruhig. »Und seid Ihr nicht schon eine Frau?«

Isabel war von seinem tiefen Blick wie geblendet. Er raubte ihr den Atem. »Vielleicht wärt Ihr so gütig, meinen Onkel auf diesen Umstand aufmerksam zu machen«, sagte sie schließlich.

Er musterte sie. »Wozu? Damit er Euch irgendeinem einflussreichen Lord zur Frau gibt?«, fragte er grob; vom Meer her wehte eine Brise den Hügel herauf.

»Ich bin fünfzehn, und ich kann nicht auf ewig in Stonehill bleiben«, entgegnete sie bestimmt. »Ich verfüge über ein reiches Erbe, eine ansehnliche Mitgift, ich habe einem Edelmann viel zu bieten.«

»Einem Edelmann«, wiederholte er mit zusammengebissenen Zähnen. »Aber keinem Bastard, der sich alles selbst verdienen musste, jeden Penny, seine Sporen, sein kleines Gut in Cornwall.« Das war keine Frage.

Isabel blieb beinahe der Mund offen stehen. War er wütend? Abrupt wandte sie sich zum Gehen. »Ich muss zurück.«

Er packte sie von hinten am Arm. »Warum? Weil ich mutig genug bin, offen zu sprechen?«

»Das sind Dummheiten«, gab sie zurück und widerstand seiner Hand, die sie herumdrehen wollte. Er kam als Ehemann für sie nicht in Frage. Daran würde sich nie etwas ändern.

Er zerrte sie zu sich herum. »Ach, tatsächlich? Ich wage es nur, die Wahrheit auszusprechen. Und Eure Antwort auf die Wahrheit? Ihr lauft davon.«

Er hatte Recht, doch das würde Isabel niemals eingestehen. »Wenn Ihr um meine Hand anhalten wollt, so schlage ich vor, Ihr wendet Euch an Euren Wohltäter.«

»Ich hätte nicht gedacht, dass Ihr so auf Eurem Rang beharrt.«

»Mein Rang ist alles, was mir geblieben ist«, erwiderte Isabel. »Und nun lasst mich los, Sir.«

Er starrte sie grimmig an und tat, was sie verlangt hatte. Isabel wirbelte herum und ging zurück zum Lager im Hof des Herrenhauses. Ihr Gefühl hatte sie nicht getrogen. Sie hätte sich von ihm fern halten müssen.

»Im Morgengrauen reise ich ab«, sagte er leise. »Vielleicht sehe ich Euch nie wieder.«
Isabel blieb wie angewurzelt stehen. Sosehr sie auch wollte, sie konnte keinen Schritt mehr tun.
Die Straßen werden bewacht ... der Rat hat Spione selbst in ihrem Haus ...
Sie hörte ihn von hinten näher kommen. »Lauft nicht vor mir davon«, bat er. »Isabel, ich habe heute mein Herz an Euch verloren, und ich muss mit Euch sprechen.«
Er hatte sein Herz an sie verloren. Und er brach morgen zu einer sehr gefährlichen Mission auf; er mochte jung, stark und klug sein, doch was, wenn der Plan fehlschlug – was, wenn er nicht zurückkehrte? Isabel hatte vor sieben Jahren gelernt, dass es in dieser Welt keine Gerechtigkeit gab. Gott ließ grausame Dinge geschehen. Als sie sich schließlich doch zu ihm umwandte, nickte sie mit Tränen in den Augen.
Er konnte sie nicht heiraten. Doch was konnte es schaden, wenn sie sich noch ein wenig mit ihm unterhielt? Sie könnte sich nie verzeihen, wenn sie ihm diese kleine Gunst verweigerte und er nicht aus Maldon zurückkehrte.
Er berührte zart ihre Wange. »Weint nicht. Weshalb die Tränen? Doch gewiss nicht meinetwegen!«
Isabel konnte nur stumme Tränen vergießen und versuchen, nicht an ihre Familie, nicht an Tom zu denken, doch es war unmöglich. Ihr Vater, der die große Halle in Romney Castle betrat, eben von einer Hirschjagd zurückgekehrt; sein Umhang triefte vor Schlamm; ihre Mutter, die sich erhob, um ihn zu begrüßen, ihr Leib angeschwollen von dem Baby darin, das bald zur Welt kommen und so kurz darauf sterben sollte; ihr Antlitz strahlte vor freudiger Erwartung, und Tom, ebenso schmutzig wie sein Vater, grinste über das ganze Gesicht und eilte auf Isabel zu, um sie mit Schilderungen seiner Tapferkeit zu beeindrucken ... Die Erinnerungen strömten nun doch so ungehemmt wie ihre Tränen.

Rob zog sie an seine Brust und hielt sie umschlungen. Isabel sank in seine Arme. Niemand hatte sie jemals so umarmt, kein Mann und auch keine Frau, in sieben langen Jahren. Es fühlte sich so gut an, so vollkommen richtig.
Er strich ihr übers Haar.
Isabel klammerte sich an ihn, und langsam versiegten ihre Tränen.
Seine Hände glitten ihren Rücken hinab.
Zum ersten Mal in ihrem jungen Leben spürte Isabel, wie sich in ihr Verlangen regte.
Er hauchte zärtliche Küsse auf ihren Kopf.
Isabel erstarrte.
Sie spürte seine Lippen auf ihrem Haar, doch vor allem fühlte sie, wie eine erdrückende Last von ihr abfiel. Irgendwie hatten sich ihre Arme um seine straffe Taille geschlichen, ihre Wange wie ohne ihr Zutun an seine starke Brust geschmiegt. Sie konnte seinen donnernden Herzschlag hören.
Langsam blickte sie auf.
»Ich liebe Euch«, sagte er, und sein Mund senkte sich auf ihren herab.
Der Jubel in ihrem Inneren war so überwältigend, dass er Isabel zu lähmen schien. Sie erlebte das pure, reine Glück und flüsterte an seinen forschenden Lippen: »Ich liebe Euch auch, Robert.«

Sussex starrte sie ungläubig an. »Ihr wollt – was?«
Draußen ging die Sonne auf und tauchte die Hügel in rosiges Licht. Im Haus standen Robert und Isabel nebeneinander und wagten es nicht, sich an den Händen zu halten.
»Mylord, ich möchte Isabel heiraten. Da wir entfernte Verwandte sind, halte ich dieses Anliegen nicht für vermessen.« Robert stand kerzengerade und hielt seinem Blick stand, ohne auch nur zu blinzeln. Isabel an seiner Seite begann zu zittern, als sie zusehen musste, wie ihr Onkel zornesrot wurde.

Sussex starrte Robert mit offenem Mund an; dann wandte er sich Isabel zu. »Schert Euch fort«, schrie er sie an.
Zu Tode erschrocken und von schlimmen Vorahnungen gepeinigt, floh sie vor seinem Zorn, doch nicht ohne einen flüchtigen Blick zu Robert, der nicht wagte, sie anzusehen. Sie raffte die Röcke, rannte die Treppe hinauf und stolperte in ihrer Hast. Sie bebte vor unbezähmbarer, lähmender Angst, ließ sich auf die Treppe sinken und sagte sich, es werde alles wieder gut werden.
Sussex lief erregt auf und ab und ging dann drohend auf Robert zu. »Habt Ihr sie genommen?«, verlangte er zu wissen.
»Nein, gewiss nicht«, sagte Robert, auf dessen gebräunten Wangen zwei rosige Flecken erschienen. Er stand in tadelloser Haltung da, wie in voller Rüstung, und rührte sich nicht vom Fleck.
Sussex starrte ihn noch einen Augenblick lang grimmig an, und dann entspannte er sich sichtlich. »Rob«, sagte er schließlich in ruhigerem Tonfall, »Ihr seid jung, und ich vergesse manchmal, wie es einem in diesem Alter ergeht, sobald ein hübscher Rock in der Nähe ist. Aber für sie werde ich zu gegebener Zeit eine andere Vereinbarung treffen, wie Ihr sehr wohl wissen müsstet. Bei Gott! Eines nicht allzu fernen Tages wird sie ein Werkzeug sein, das uns beiden sehr nützen kann! Vielleicht sogar in dieser verdammten Geschichte mit Dudley.« Er war wieder auf und ab gegangen; nun blieb er stehen. »Und Ihr, mein Junge? Habt Ihr Euren Ehrgeiz so schnell vergessen? Es liegt noch viel vor Euch, wenn Ihr Euch Euren Platz in diesem Reich erstreiten wollt, und ich weiß, was Euch das bedeutet. Oder seid Ihr auf einmal mit einem verdammten Paar Sporen zufrieden?« Sussex wurde wütend. »Habe ich Euch all die Jahre umsonst gefördert, wo ich konnte? Ich brauche nur mit den Fingern zu schnippen, um einen anderen Sergeanten zu finden, Rob. Das ist nicht das, was ich für Euch vorgesehen hatte, und bisher war es auch nicht das, was Ihr wolltet!«
»Mein Ehrgeiz ist derselbe wie eh und je«, erklärte Rob steif. »Doch mein Herz hat die wahre Liebe gefunden, Mylord.«

Sussex zog die Brauen hoch und brach in Hohnlachen aus. »Wahre Liebe? So etwas gibt es gar nicht. Was Ihr jetzt fühlt, hat mit nichts anderem zu tun als dem Schwanz, der zwischen Euren Beinen baumelt, und ich zweifle nicht daran, dass in ein oder zwei Wochen ein anderer hübscher Rock diese wahre Liebe von neuem entfachen wird. Teufel auch! Ihr habt einen Dienst zu erbringen, mein Junge, und Euer Bestes zu geben. Bringt mir jede Nachricht, welche die Prinzessin zu übermitteln wünscht. Lauscht ihr aufmerksam und seht zu, dass Ihr so viel wie möglich über jedwede Verschwörung erfahrt, von der sie zu sprechen gewillt ist. Meine Zukunft – und damit auch Eure – hängt davon ab. Ihr findet mich in Chiswick, denn auch ich werde Stonehill morgen verlassen. Nun ab mit Euch, und verschont mich mit Eurem Geschwafel von *wahrer* Liebe.« Die letzten Worte waren der pure Hohn, gefolgt von einem kurzen Lachen.

Isabel schlug beide Hände vor den Mund, um nicht aufzuschreien. Sie stand auf. Robert verharrte reglos, rot und erhitzt, bis er sich schließlich verbeugte und ging. Seine Schritte hallten durch den Saal, der feste Tritt der Stiefel dröhnte, die Sporen klirrten.

Isabel schloss die Augen. Heilige Mutter Gottes, sie hatte den steinharten Blick in Robs Augen gesehen. Wieder wurde ihr das angetan …

Sie liebte, unendlich, tief und rückhaltlos – und alles war zerstört und verloren.

»Rob!«, rief Sussex.

Rob blieb stehen, drehte sich jedoch nicht um.

»Der Tag wird kommen, da Ihr mir danken werdet, weil ich Euch vor einer Dummheit bewahrt habe. In ein paar Jahren, darauf wette ich, werdet Ihr mir sehr dankbar sein.«

Rob verließ die Halle.

Isabel scherte sich nicht darum, ob ihr Onkel sie sah, und lief ihm nach.

Robert zog sich die dunkle, unscheinbare Robe eines fahrenden

Mönches über. Sein Page stand mit einem Pferd und einem Packesel bereit und war als Ministrant verkleidet.
Wollte er wirklich einfach so fortgehen? Ohne ein Wort, ohne Abschied von ihr zu nehmen? Konnte er sie denn so leicht aufgeben?
Isabel schloss die Augen. *Wie sie ihren Onkel hasste. Sie hatte ihn vom ersten Augenblick an gehasst, da er kühn und selbstzufrieden Romney Castle an sich gerissen hatte.*
Robert sah sie, doch er kam ihr nicht entgegen.
Isabel streckte die Hände aus. Ihr stiegen Tränen in die Augen. »Was sollen wir nur tun?«, flüsterte sie und spürte, wie seine harten, starken Hände sich warm um ihre schlossen. »Heißt das nun Lebewohl? Nach allem, was wir miteinander geteilt haben?«
»Nein, für uns kann es kein Lebewohl geben.« Er sprach leise und drängend und führte sie vom Haus fort. »Was wir uns auch wünschen mögen, es geht hier um Größeres, um Bedeutenderes als Euch und mich, und ich muss fort.«
»Das verstehe ich gut. Schließlich sind wir beide nichts als Spielbälle des Schicksals, das Gott und mein Onkel, der Graf, für diese Welt ersonnen haben.« Sie kämpfte mit den Tränen. Gestern noch hatte sie gehofft und sich erträumt, um einer politischen Allianz willen verheiratet zu werden. Doch nun versetzte genau dies ihrem Herzen den Todesstoß.
»Leise«, mahnte Robert. Er sah ihr fest in die Augen. »Hört mir gut zu.«
Isabel hörte das Drängen in seiner Stimme und nickte langsam.
»Wenn ich kann, werde ich auf dem Weg nach Chiswick hier Halt machen.«
Hoffnung breitete sich so rasch in ihr aus, dass ihr beinahe schwindlig wurde. »Es kann nicht mein Wunsch sein, dass Ihr bei Sussex in Ungnade fallt. Ich habe gehört, es sei sehr gefährlich, ihm in die Quere zu kommen.«
»Ich werde bei Sussex nicht in Ungnade fallen, denn ich werde ihm wie immer mit ganzem Herzen dienen«, erklärte Rob tonlos.

Isabel starrte ihn an und erinnerte sich an seinen Blick vorhin in der Halle, ein beängstigender, harter Blick; sie fragte sich noch immer, was er bedeuten mochte, und gab trotz allem die Hoffnung nicht auf. »Wie Ihr meint.«

»Macht Euch keine Sorgen, Isabel«, flüsterte er und packte ihre Hände noch fester. Er holte tief Luft. »Ich brauche zwei oder drei Jahre, mindestens. Zwei oder drei Jahre, um über den Stand eines Ritters hinauszukommen. Könnt Ihr mir einige wenige Jahre gewähren, Liebste? *Isabel, werdet Ihr auf mich warten?*«

Sie sahen sich in die Augen. Nun begriff sie. Sie nickte. »Ja. Ja. Natürlich werde ich auf Euch warten, Rob.« Erst jetzt wurde es ihr voll bewusst. Er bat sie, auf ihn zu warten! Weil er sie liebte … »Natürlich warte ich auf Euch«, wiederholte sie mit festerer Stimme. »Ich könnte nie die Braut eines anderen werden. Das schwöre ich Euch, Rob. Eher möchte ich sterben.«

Er sah sie forschend an, und dann küssten sie sich.

Wenige Augenblicke später saß er auf seinem Pferd. Ritt über den Hof. Zum Tor hinaus. Es würden mindestens zwei Jahre vergehen, ehe sie ihn wiedersehen konnte – außer er schaffte es, auf dem Rückweg nach Chiswick hier Halt zu machen. »Gott sei mit dir«, flüsterte Isabel und schmeckte salzige Tränen auf den Lippen.

Er blickte sich noch ein letztes Mal nach ihr um, als er durch das Tor ritt.

Und es sollte nicht zwei Jahre dauern, bis sie ihn wiedersah, sondern beinahe fünf. Und da war es bereits zu spät.

Fünfzehn

Casa de Sueños – dritter Tag, siebzehn Uhr

Gregory machte sich allmählich Sorgen. Er hatte nicht gelogen, als er behauptet hatte, Tracey zuletzt gegen Mitternacht gesehen zu haben. Nach diesen wenigen Augenblicken wahnsinniger Leidenschaft war sie abrupt aufgestanden, hatte seltsam gelächelt und das Zimmer verlassen, ohne auch nur ein Wort zu sagen. Er hatte den ganzen Tag über ein schlechtes Gewissen gehabt.

Sein Bruder und Cass waren eben mit der Polizei zurückgekehrt; Catherines Leiche wurde in ein Krankenhaus in Segovia gebracht. In ihrer Abwesenheit hatten Gregory und Alfonso auf die Kinder aufgepasst – Celia stand unter Schock und hatte sich hinlegen müssen. Antonio war jetzt irgendwo unten; Cass war auf ihr Zimmer verschwunden. Sie tat Gregory sehr Leid.

Im Durchgang zum oberen Flur blieb Gregory stehen. Aus der Küche unten drangen die Stimmen der Kinder zu ihm herauf; sie aßen gerade matschiges, halb geschmolzenes Eis. Die Kinder wussten noch nichts von Catherine Belford. Und Strom gab es nach wie vor nicht.

Er konnte nicht anders. Er ging zu der Tür und öffnete sie; er konnte sich von früher nicht einmal an dieses Zimmer erinnern. In dem großen Raum war es dämmrig, und seine Augen brauchten einen Moment, um sich daran zu gewöhnen.

Dann sah er sie – die Dämonin aus den Albträumen seiner Kindheit.

Kalter Schweiß brach ihm aus.

Gregory starrte fassungslos auf das Porträt der Dame in dem roten

Kleid mit dem Rubincollier, und die Frau erwiderte seinen Blick, als sei sie lebendig – als sei sie wirklich. Er konnte kaum noch klar denken. Er wusste nur, dass sie es war, die ihn früher so gequält hatte; da gab es keinen Zweifel.

Und ihr Blick war bösartig …

Wie seine Füße ihn scheinbar ohne sein Zutun in diesen Raum gebracht hatten, so wich er nun abrupt zurück und schlug die Tür hinter sich zu, und er hätte schwören können, dass er noch von drinnen eine Frau leise, spöttisch, seinen Namen rufen hörte.

Am liebsten wäre er wie ein jämmerlicher Feigling gleich wieder hinuntergerannt. Doch er rührte sich nicht, sondern schalt sich einen Idioten.

Er war kein Feigling – er war schon aus Flugzeugen gesprungen, Herrgott noch mal. Er fuhr Autorennen. Letztes Jahr war er in einer politisch instabilen Region Afrikas auf Safari gegangen.

Und er hatte eben nicht seinen Namen rufen hören. Das stand ja wohl fest.

Cass lag reglos bäuchlings auf dem Bett. Ihre Tante war tot. Catherine war tot, und Cass hatte stundenlang geweint; nun war sie erschöpft und hatte anscheinend keine Tränen mehr zu vergießen.

Sie hatte noch nie einen so schmerzlichen Verlust erlitten. Wie konnte Catherine einfach nicht mehr da sein?

Am Montag würden die Behörden eine Autopsie vornehmen.

Aber am Montag würde es zu spät sein.

Wenn Catherine nur nicht gekommen wäre!

Sie ruft uns alle hier zusammen.

Alyssa. Sie wusste es noch nicht. Irgendwie, irgendwann, und zwar ziemlich bald, würde Cass sich zusammenreißen und ihrer Nichte die schreckliche Wahrheit beibringen müssen.

Sie wusste nicht, wie sie das tun sollte.

Eine Hand strich ihr über den Kopf, fuhr ihr durchs Haar.

Sobald sie seine große Hand spürte, wusste sie, dass es Antonio war, und sie blickte auf. Überraschenderweise traten ihr schon wieder Tränen in die Augen.
»Ich dachte, du schläfst«, flüsterte er. »Ich hoffe, ich habe dich nicht geweckt.« Er sah sie bekümmert an.
»Du hast mich nicht geweckt«, sagte sie erstickt.
Er zögerte. »Ich wollte nur einmal nach dir sehen. Kann ich irgendetwas für dich tun?«
»Weißt du, was ich jetzt brauche?«, flüsterte sie.
Er sank auf das Bett und nahm sie in die Arme. Cass barg das Gesicht an seiner Brust und klammerte sich an ihn.
Sie wollte wieder weinen, doch sie hatte schon den ganzen Nachmittag lang geweint, und nur ein paar einzelne Tränen kullerten ihr über die Wangen.
Antonio hielt sie fest, streichelte ihren Kopf und ihren Rücken. »Es tut mir so Leid«, sagte er.
Cass ließ sich von ihm halten.
Und plötzlich wusste sie, was sie wollte, wonach sie verlangte. Plötzlich, ohne jede Vorwarnung, schlug es um. Cass' Trauer verflog. An ihren Platz trat heftiges Begehren.
Sie schaute zu ihm auf und staunte über das hitzige Drängen ihres Körpers. Ihre Blicke trafen sich. Und sie sah dieselbe Gier in seinen Augen.
Cass dachte nicht nach. Sie fuhr mit den Fingern durch sein dichtes Haar, während er ihren Hinterkopf festhielt. Ihre Münder fanden sich, und dann öffneten sich ihre Lippen, sie verschmolzen, Cass spürte seine Zähne, und schon lag sie auf dem Rücken, die Beine weit gespreizt, er lag dazwischen, und obwohl sie beide noch vollständig bekleidet waren, spürte sie seine gewaltige Erektion. Cass keuchte und riss sich von seinen Lippen los.
»O Gott«, sagte er, stützte sich auf, packte ihre Jeans und zerrte sie herunter.
»Ja«, sagte Cass und hob ihm die Hüften entgegen, als er ihr Jeans

und Slip zugleich herunterriss. Plötzlich hatte sie das deutliche Gefühl, dass sie beobachtet wurden.
Doch es war ihr egal. Er sagte etwas auf Spanisch, das rau und vulgär klang, warf sich ihre Beine über die Schultern, öffnete sie mit den Fingern, spielte mit ihr.
»Leck mich«, befahl Cass barsch.
Er vergrub das Gesicht zwischen ihren Beinen, und seine Zunge war überall zugleich.
»O Gott«, rief Cass und krallte sich in seinen Kopf.
Seine Zunge erforschte jeden Millimeter, leckte sie – es war köstlich und qualvoll. Cass konnte es kaum noch aushalten. Sie ertrug den Druck nicht mehr, der sich in ihr aufbaute. Sie versuchte, ihn wegzuschieben; sie versuchte, ihn näher an sich zu ziehen. Die Lust schlug beinahe um in Schmerz. Doch er hörte einfach nicht auf.
Seine Zunge begann sie zu peitschen. Sie weinte.
Der Veilchenduft wurde stärker; Cass merkte erst jetzt in dem letzten, fernen Winkel ihres Verstandes, der noch funktionierte, dass der Duft schon eine ganze Weile da gewesen war.
Cass kam. Sie dachte: *Isabel ist hier*, doch er hörte einfach nicht auf, und sie wollte auch nicht, dass er aufhörte, und ihr Orgasmus kam in endlosen Wogen, die ihren Körper durchschüttelten; er war kaum abgeklungen, als Antonio sagte: »Ich will dich ficken.«
Er stützte sich auf und riss seinen Gürtel aus der Hose. Cass packte sein Handgelenk und ließ nicht aus den Augen, was sie wollte, diesen riesigen Penis, den seine Hose kaum noch bändigen konnte und der ihrem Gesicht so nahe war. »Nein.«
Seine Augen funkelten. »Nein?«
Sie zerrte an seiner Hose und riss sie auf. »Komm in meinem Mund«, befahl sie.
Seine Augen weiteten sich, und gleich darauf hatte Cass jeden harten, erregten Zentimeter seiner Männlichkeit vor sich. Sie krallte sich in seine Pobacken, während er tief in ihren Mund stieß, im-

mer wieder, und als er sich über ihr aufbäumte, saugte sie noch kräftiger und schluckte jeden köstlichen Tropfen.
Er brach nicht über ihr zusammen. Er nahm ihr Gesicht in beide Hände und küsste sie. Cass erwiderte den Kuss; sie schmeckte ihn, sich selbst, ihre Lippen sogen unersättlich aneinander, und schließlich spürte sie ihn wieder größer werden. »Fick mich jetzt.«
»Ich werde dich die ganze Nacht lang ficken.« Er drang tief in sie ein.
Cass zerkratzte ihm den Rücken, schrie in Ekstase, feuerte ihn an; sie wollte mehr, schneller, härter, und sie schmeckte ihn immer noch salzig und bitter in ihrem Mund. Seine Hände an ihrem Hintern taten ihr weh, doch die Lust wollte nicht vergehen; nein, sie wurde immer stärker und heißer …
Er zog sich zurück. »Dreh dich um.«
Cass zögerte nicht, und als er sie von hinten nahm, schrie sie auf, Schmerz mischte sich untrennbar mit Lust, und als seine Hände sie wieder fanden, sie ganz öffneten, stieß er einen Fluch aus, und Cass wusste, er fluchte, weil es so unerträglich gut war …
Sie kamen noch einmal.
Diesmal brach er auf ihr zusammen, und sie fand nicht die Kraft, sich zu rühren.
Antonio glitt von ihr herunter. Endlich begann Cass' Puls ein wenig langsamer zu schlagen; ihr Verstand setzte wieder ein, sie begriff, was sie eben getan hatten. Sie erstarrte.
Und mit der Anspannung kamen völlig klare, zusammenhängende Gedanken und durchdringende Erkenntnis.
Cass blieb stocksteif liegen. Der süßliche Geruch von Veilchen war überall – sie waren darin eingehüllt.
Sie warf einen Blick auf Antonio, der auf dem Rücken lag, immer noch vollständig angezogen, nur die Hose war offen. Seine Augen waren geschlossen, und seine Brust hob und senkte sich rasch.
Cass setzte sich auf und sah sich langsam um.
Sie erwartete, Isabel zu sehen, die sie anlächelte. Doch sie sah

nur ein leeres Zimmer voll langer Schatten, ein kaltes, hässliches Zimmer.

Er schlug die Augen auf, und ihre Blicke trafen sich.

Cass errötete, und wenn sie ihre Jeans und den Slip hätte erreichen können, hätte sie sich damit bedeckt. »Sie ist hier.«

Er setzte sich auf.

»O Gott.« Cass schlang die Arme um sich. Plötzlich fror sie bis auf die Knochen.

Antonio zog seinen Reißverschluss zu. »Cassandra.«

Sie starrte ihn entsetzt an. »Tante Catherine ist gerade gestorben, und du und ich …« Sie dachte über das nach, was sie eben getan hatten. Was sie zu ihm gesagt hatte. Sie war völlig entgeistert und schockiert. »So etwas habe ich noch nie getan«, brachte sie hervor.

Er zögerte. »Ich habe ein paar Dinge gesagt, die … ich weiß gar nicht, was über mich gekommen ist.«

Cass sprang aus dem Bett, obwohl sie seine Blicke spürte, suchte ihre Unterhose und zog sie hastig an, dann ihre Jeans. »Ich weiß auch nicht, was über mich gekommen ist«, rief sie; ihre Wangen glühten. Sie hatte noch nie jemanden so gewollt wie eben Antonio. Ihre Begierde war so heftig gewesen, ja beinahe brutal – sie hatte sogar den Schmerz genossen. Ihre Schläfen pochten.

Antonio stand auf. »Cassandra.« Er drehte sie zu sich herum. »Ich bereue nicht, was wir getan haben.«

Sie konnte nicht anders, als ihm in die Augen zu sehen.

»Ich bereue höchstens den Zeitpunkt. Ich kann mir … gewisse Dinge auch nicht erklären. Aber ich bereue es nicht, dass wir uns geliebt haben.«

Cass starrte ihn an. »Wir haben uns nicht geliebt.« Eben mit ihm im Bett, da hatte sie keinen Moment an Liebe gedacht. Nur an Sex. Nein, nicht einmal Sex. Ficken. Paaren wie die Tiere.

Antonio wurde rot.

»Antonio, ich habe Angst.«

»Warum denn?«

Cass sah sich rasch um; sie waren allein. »Sie war hier, während wir … es getan haben. Da bin ich ganz sicher. Hast du denn nicht ihr Parfüm gerochen? Jetzt ist es weg – aber vor ein paar Minuten hat es hier drin förmlich nach Veilchen gestunken.«

Er zögerte. »Nein, ich habe nichts bemerkt.« Er wirkte bestimmt – und streng.

Cass sah ihn direkt an. »Vielleicht bin ich nur durcheinander … ich wünschte fast, das wäre alles. Antonio, ich muss dir etwas sagen.«

»Was willst du mir sagen?«

»Als Catherine ihren Anfall hatte, oder was immer das war, da konnte ich auch kaum atmen. Dieser verdammte Geruch war so stark …«

»Was willst du damit andeuten?« Plötzlich war er wütend. »Dass Isabel uns nachstellt – und dass sie deine Tante umgebracht hat? Dass sie einen giftigen Duft verströmt?«

Cass wurde bleich. »Ich weiß auch nicht, was ich damit andeuten will!«

»Es tut mir Leid.« Er zog sie an sich. Cass war überrascht und machte sich ein wenig steif, doch er ließ sie gleich wieder los. »Wir sind alle völlig überreizt.«

»Ja, das sind wir«, stimmte Cass zittrig zu. »Aber die Fakten sprechen für sich. Meine Tante hatte, wenige Minuten nachdem sie hier ankam, einen mysteriösen Anfall. Sie hatte eine Affäre mit deinem Vater – der hier war, als er vor vierunddreißig Jahren ums Leben kam. Auf tragische Weise. Du hast mir nicht erzählt, dass auch dein Großvater sehr früh gestorben ist – von seiner eigenen Frau erstochen wurde.«

Antonio erbleichte. »Nein, das habe ich nicht.«

Cass bekam kaum noch Luft. »Wie alt bist du jetzt, Antonio?«, fragte sie mit bebender Stimme, obwohl sie die Antwort schon kannte.

Er riss die Augen auf. »Achtunddreißig. Was hat das damit …« Er brach ab.
Cass brannten Tränen in den Augen. »Ich will nicht, dass dir etwas zustößt.«
Sein Kiefer spannte sich. »Mir wird nichts zustoßen.«
»Aber irgendetwas geschieht hier. Dein Vater, dein Großvater und nun meine Tante. Antonio, ich bin nicht verrückt. Meine Tante hatte Recht. Es folgt einem bestimmten Muster. Wir wissen nur nicht genau, wie das aussieht.« Sie überlegte. »Meine Tante hat gesagt, Isabel wolle Rache.«
Er starrte sie stumm an. Sie erwiderte den Blick. Schließlich sagte er: »Isabel ist tot. Wenn es so etwas wie Gespenster gibt, dann haben sie gewiss keinen eigenen Willen – oder Absichten oder Pläne, Cassandra.«
»Aber bisher hat meine Tante immer Recht behalten, oder etwa nicht? Dein Vater ist tot. Meine Tante ist tot. Und wo ist meine Schwester? Es ist schon fast sechs Uhr. Bald wird sie vierundzwanzig Stunden verschwunden sein!« Plötzlich brach Cass in Tränen aus. »Ich habe gerade meine Tante verloren, ich kann nicht auch noch Tracey verlieren.«
Antonio nahm sie schützend in die Arme. »Tracey passiert schon nichts. Wir finden sie. Es gibt bestimmt eine ganz einfache Erklärung dafür. Und alles andere ist doch nur Zufall.«

Die Suche nach Tracey begann.
Sie suchten jedes Zimmer ab, jeden Schrank, jedes Bad, selbst die dunklen Gewölbe und Verliese unter dem Haus. Dann ließen sie die Kinder bei Alfonso, während Cass, Gregory und Antonio die Gegend um das Haus herum absuchten.
Cass bemühte sich, nicht in Panik zu verfallen. Aber es war schon nach sieben, und in zwei Stunden würde es dunkel sein.
Sie ging in Richtung der Garage los, während Gregory sich die andere Seite des Hauses vornahm und Antonio mit dem Jeep los-

fuhr, um die Straße und die weitere Umgebung abzusuchen. Während sie sich weiter vom Haus entfernte und immer wieder auf dem unebenen, steinigen Boden stolperte, obwohl die Sonne noch am Himmel stand, versuchte sie verzweifelt, ihre Angst zu bezwingen. So vieles schoss ihr durch den Kopf, und sie versuchte, alle nur denkbaren Möglichkeiten in Betracht zu ziehen.

Es ergab keinen Sinn. Tracey konnte doch nicht einfach verschwunden sein.

Allmählich dämmerte ihr, was Antonio vor acht Jahren hatte durchmachen müssen. Für Margaritas Verschwinden hatte es damals auch keine Erklärung gegeben. Wie lebte man mit einem ungeklärten Verlust? Wie lebte man damit, dass man niemals erfuhr, was wirklich passiert war, ob der geliebte Mensch noch lebte oder nicht?

Cass entschied, diesen Gedanken zu verdrängen. Es war zu früh dafür. Und Tracey war nicht Margarita. Sie war hitzig und irrational. Was, wenn sie schlicht beschlossen hatte, nach Hause zu fahren?

Doch Cass konnte sich nicht vorstellen, dass ihre Schwester einfach die Straße entlanggehen würde, bis irgendein Wagen hielt und sie zurück in die Zivilisation brachte.

Sie blickte sich wieder um und machte sich allmählich Sorgen, sie könnte sich verlaufen haben. Ihr Herz setzte einen Schlag aus – das wäre heute endgültig zu viel für sie, nach allem, was bereits geschehen war. Was, wenn sie nicht vor Einbruch der Dunkelheit zum Haus zurückfand? Sie hätte früher kehrtmachen sollen, dachte sie mutlos. Die Vorstellung, hier allein und verloren im Dunkeln umherzuirren, war äußerst unangenehm.

Isabels Gesicht drängte sich in ihre Gedanken.

Cass bekam es mit der Angst zu tun. »Geh weg«, murmelte sie nervös. Doch was, wenn sie Recht hatte und Antonio sich irrte? Zu was genau war Isabel eigentlich fähig? Konnte sie denken, fühlen, planen?

Zitternd drehte Cass um. Sie hatte ihre Schwester nicht gefunden, und sie musste zurück. Direkt vor ihr lag die Ruine. Die verfallenden Mauern und die beiden Türme der alten Festung warfen riesige Schatten.

Cass wollte gerade umkehren, als ihr etwas auffiel. Sie wandte sich wieder der Festung zu und schirmte die Augen gegen die untergehende Sonne ab. Unterhalb der Mauern blitzte etwas auf, irgendetwas reflektierte das Sonnenlicht.

Cass rannte auf die Ruine zu, die doch weiter entfernt war, als sie gedacht hatte. Sie rannte, so schnell sie konnte, und betete, dass dieser Lichtblitz sie zu ihrer Schwester führen würde. Sie weigerte sich, auch nur daran zu denken, dass es jemand – oder etwas – anderes sein könnte. Tracey ging doch nirgendwohin ohne ihr goldenes Cartier-Feuerzeug. Vielleicht war es das, was sie hatte aufblitzen sehen.

Sie traf auf die Straße und rannte noch schneller, während die Sonne immer tiefer sank, die Schatten immer länger wurden und der Himmel sich erst rosa, dann violett färbte. Die Dämmerung brach schnell herein, und sie konnte nicht mehr weit sehen.

Sie würde nachher im Dunkeln der Straße bis zum Haus folgen müssen, und darüber war sie gar nicht glücklich. Sie hatte nicht vergessen, wie rasch es hier stockfinster wurde. Doch immerhin konnte sie sich so nicht verlaufen, auch wenn der direkte Weg kürzer gewesen wäre.

Isabels Antlitz erschien ungebeten vor ihrem inneren Auge, mit durchdringendem, funkelndem Blick.

»Denk jetzt nicht an sie«, ermahnte Cass sich laut. Ihre eigene Stimme missfiel ihr. In der einsamen, dämmrigen Stille klang sie unangenehm schrill.

Plötzlich blieb sie wie angewurzelt stehen. Vor ihr stand der Kleinlaster der Elektro-Firma. Vielleicht hatte der Spiegel die Sonne reflektiert. Cass starrte den alten Lieferwagen an, der anscheinend hier geparkt worden war, aber in einem seltsamen Winkel neben

der Straße – und dann sah sie, dass der Wagen vorne gegen die Festungsmauer geprallt war.
Ein Unfall.
Cass rannte los und erreichte kurz darauf die Fahrertür. Sie schrie auf. Der Elektriker war auf dem Lenkrad zusammengesackt, die Windschutzscheibe in tausend Stücke zersplittert. Die Front des Kleinlasters war zusammengedrückt wie ein Akkordeon.
»O Gott.« Cass sah sofort, dass er tot war, doch sie öffnete trotzdem die Tür und legte die Finger an seinen Hals, wobei sie darauf achtete, ihn nicht zu bewegen.
Sie sprang zurück, denn sie hatte noch nie eine Leiche berührt, und ihr war plötzlich furchtbar übel. Sie drehte sich um und übergab sich.
Als das Würgen aufhörte, kauerte sie im Schatten der Ruine und versuchte zu begreifen, wie der Wagen mit so hoher Geschwindigkeit von der Straße abgekommen sein konnte. Schließlich stand sie auf und dachte sich, dass vielleicht die Bremsen versagt hatten, oder die Lenkung – vielleicht hatte er ja auch am Steuer einen Herzanfall erlitten.
Plötzlich fiel der Tote zur Seite. Cass schrie.
Sie hatte die Tür offen gelassen, und sein Kopf baumelte leblos heraus. Weit aufgerissene Augen glotzten sie blicklos an.
Jetzt erst sah sie das Messer aus seiner Brust ragen.

Cass rannte atemlos die unbefestigte Straße entlang und stolperte immer wieder über Steine und Schlaglöcher. Die Nacht war urplötzlich pechschwarz geworden. Sie konnte kaum die Hand vor Augen sehen. Sie versuchte nur, nicht an das Schlimmste zu denken, an Geister und Mörder, und sich nicht von ihrer Panik überwältigen zu lassen. Sie war ganz allein hier draußen. Doch nichts in der Welt hätte sie davon abhalten können, immer wieder über die Schulter zurückzuschauen – sie hatte entsetzliche Angst.
Der Elektriker war tot.

Erstochen.
Ihre Tante war tot.
Casa de Sueños schien Tragödien anzuziehen. Aber den Tod?
Plötzlich schien die Nacht selbst zu seufzen.
Cass rannte noch schneller, rang keuchend nach Luft, und ihre Knie drohten nachzugeben, bis ihr klar wurde, dass es nur eine leichte Brise war, die in den Bäumen seufzte. Oder? Ihre Oberschenkel taten furchtbar weh, ihre Waden verkrampften sich schmerzhaft; sie wusste nicht, wie lange sie noch so weiterlaufen konnte, doch sie wollte nicht langsamer werden. Sie wagte es nicht.
Cass zwang sich zu rennen und nicht mehr nachzudenken. Geister erstachen keine Menschen. Menschen erstachen Menschen. Was, wenn derjenige, der diesen Mord verübt hatte, sich immer noch in der Nähe herumtrieb? Schiere Panik packte sie.
Deshalb war ihr erster Impuls, als sie plötzlich von Scheinwerfern geblendet wurde, von der Straße zu springen und sich im Gebüsch zu verstecken.
Doch sie blieb wie angewurzelt stehen, im Lichtkegel gefangen, dann hechtete sie von der Straße, landete auf Händen und Knien und ließ sich auf den Bauch fallen, wobei Steine ihr das Gesicht zerschrammten und sie Erde in den Mund bekam. Zitternd wie Espenlaub blieb sie liegen.
Eine Autotür wurde zugeschlagen.
Cass stellte sich vor, wie der Mörder sich langsam an sie heranschlich.
»Cassandra!«
Schon war sie auf den Beinen. »Antonio!«, schrie sie. Seine große Gestalt war der willkommenste Anblick ihres Lebens.
»Cassandra! Gott sei Dank.« Er rannte auf sie zu.
Sie flog in seine Arme. Er drückte sie fest an sich.
»Wo warst du denn nur? Wir haben doch ausgemacht, uns um halb neun wieder im Haus zu treffen, verdammt!«, rief er.

Sie zerrte an seinem Hemd. »Er ist tot! O Gott, er ist tot. Antonio, er wurde erstochen!«
»Was? Wer ist tot?« Antonio hielt sie an den Schultern fest.
»Der Elektriker!«, schluchzte sie.
Seine Augen weiteten sich. Gleich darauf saß sie neben ihm im Jeep, und sie rasten die Straße hinunter zur Festung. Er blieb neben dem Lieferwagen stehen, schnappte sich seine Taschenlampe und sprang aus dem Auto. Cass folgte ihm widerstrebend zu der Leiche.
Antonio schrie auf.
»Was ist?«, flüsterte Cass und blickte in sein entsetztes Gesicht, dann in die Dunkelheit ringsumher.
»Dieses Messer stammt aus dem Haus«, sagte Antonio düster.

Cass blieb auf der Schwelle ihres Zimmers stehen; ihr war unbehaglich, denn niemand sonst war oben. Alle hatten sich in der Bibliothek auf einen beruhigenden Schluck versammelt, bevor Antonio nach Pedraza fuhr, um den Mord der Polizei zu melden.
Das Haus lag in völliger Dunkelheit; Cass hatte eine Kerze in der Hand. Sie bemühte sich, den toten Elektriker aus ihren Gedanken zu verbannen. Zumindest war das Haus für die Nacht sorgfältig abgeschlossen.
Sie trat ein und stellte die Kerze auf den Tisch. Ein Gefühl der Dringlichkeit hatte sich ihrer bemächtigt.
Cass bückte sich und hob die Reisetasche ihrer Tante auf. Sie wollte sie gerade öffnen und durchsehen, als der unverwechselbare Duft von Veilchen in den Raum drang. Sie erstarrte.
Es wurde stärker.
Cass war wie gelähmt. *Das bilde ich mir nur ein*, versuchte sie sich zu sagen. Sie drehte die Tasche ihrer Tante um und leerte sie aus.
Plötzlich hielt sie inne. Sie war nicht vorbereitet auf die uner-

messliche, schneidende Trauer, die sie so heftig überfiel, dass ihr schwindlig und schlecht wurde. Cass musste sich neben die Sachen ihrer Tante aufs Bett setzen.

Wie konnte Catherine nicht mehr sein? Wenn das alles nur ein schrecklicher Traum wäre, wenn sie doch aufwachen könnte, zu Hause in Belford House, und alles wieder so wäre wie vor dem Abend des Empfangs.

Sie schloss die Augen und sah auf einmal Isabel vor sich, verdammt klar und deutlich. Sie lächelte voll glühendem Hass und purer Bosheit.

Cass begann ihre ausgeprägte Vorstellungskraft zu verfluchen.

Nun stand ihr der leblose, erstaunte Blick des Elektrikers deutlich vor Augen.

»Verdammt noch mal, Cass«, schalt sie sich laut, »hör auf damit!«

Niemand konnte ihr besser Angst einjagen als sie sich selbst.

Das Tagebuch lag zwischen Catherines anderen Sachen. Cass starrte auf das Buch mit dem verblassten blauen Ledereinband.

Sie nahm es in die Hand.

Und dann blickte sie langsam auf.

Ihr Laptop war zugeklappt. Aber das grüne Lämpchen blinkte und zeigte an, dass er eingeschaltet war.

Cass' Herz setzte einen Schlag aus, ihr drehte sich der Magen um.

Sie ließ das Tagebuch fallen.

Der süßliche Veilchenduft war wieder intensiver geworden.

Cass konnte sich nicht von der Stelle rühren. Sie konnte kaum mehr atmen. Der Duft hüllte sie ein, so dass sie keine Luft mehr bekam. Sie fürchtete zu ersticken – genau wie ihre Tante.

Endlich wagte Cass sich umzusehen. Schatten tanzten durch den Raum – sie wollte hier keine Sekunde länger bleiben. Doch da war ihr Laptop und das blinkende grüne Lämpchen. Eine innere Stimme befahl ihr, aufzustehen und den Bildschirm hochzuklappen.

Ihr graute davor.

Sie warf einen ängstlichen Blick zur Tür. Hatte sie nicht draußen jemanden gehört?
Ihr Herz hüpfte und stolperte. »Antonio?« Ihre Stimme war nur ein heiseres Krächzen. »Antonio?«, versuchte sie es noch einmal.
Keine Antwort.
Cass klammerte sich ans Bett. Dort draußen war jemand, da war sie ganz sicher – sie wusste es einfach.
Der Mörder?
Schluss damit!, befahl sie sich. Abrupt stand sie auf, eilte zu ihrem Laptop und klappte ihn auf. Sie stieß einen Schrei aus.
Der Cursor blinkte – am Ende eines kurzen Satzes.
SIE HABEN MICH BETROGEN.
Cass schnappte nach Luft, sie bebte vom Kopf bis zu den Zehenspitzen. Sie wich zurück.
SIE HABEN MICH BETROGEN.
Nein. Das konnte nicht sein. Das war ein Scherz, ein übler Streich, und wenn Cass herausfand, wer dahinter steckte, würde sie den Betreffenden umbringen.
Umbringen. Plötzlich schoss ihr durch den Kopf, dass Tracey vielleicht auch tot war.
»Nein«, flüsterte sie und wich von ihrem Laptop mit der eindeutigen, aber doch unmöglichen Botschaft zurück, die sich langsam um sich selbst drehte. Die wabernden Schatten schienen nach ihr zu greifen. Doch sie war allein.
Cass fuhr zur Tür herum.
Die Tür.
Sie musste sie öffnen.
Cass schloss einen Moment die Augen und atmete tief durch. Natürlich musste sie sie öffnen. Denn sie musste schleunigst hier raus. Aber was, wenn sie sich nicht verhört hatte? Wenn jemand draußen vor der Tür lauerte?
Es könnte der Mörder sein.
War es Gregory?

Cass lauschte angestrengt, während ihr der Schweiß über die Stirn rann. Doch sie hörte nur ihren keuchenden Atem und ihren donnernden Herzschlag. *Verdammt, verdammt!*

Geh zur Tür.

Die Worte hallten laut und bezwingend durch ihren Kopf. Cass zögerte. Denn sie wusste, dass etwas Schreckliches geschehen würde, wenn sie diese Tür öffnete.

Dann hörte sie es, und das Geräusch war unverkennbar – Nägel kratzten am Holz.

Das war eine Herausforderung, und sie wusste es.

Cass bibberte vor Angst. *Geh zur Tür*, befahl sie sich stumm. Eine andere Stimme, nicht ihre eigene, wiederholte die Worte wie ein Echo.

Geh zur Tür.

Cass ging los und verbannte jeden Gedanken an die Folgen aus ihrem Verstand, der ohnehin gelähmt war vor Angst. Sie riss die Tür auf.

Isabel stand vor ihr und starrte sie finster an, und diesmal verschwand sie nicht sofort.

Sechzehn

London – 7. April 1554

Vor einer Woche hatte er sie endlich zu sich gerufen, und sein Befehl war so dringend gewesen, dass kaum Zeit für die Vorbereitungen geblieben war. Isabel hatte schon die Hoffnung aufgegeben, dass Sussex sie je an den Hof holen würde, wo er sich als Ratgeber von Königin Mary aufhielt. Doch sie hatte sich geirrt.

Gewiss würde sie dort Rob wiedersehen.

Der letzte Brief war vor über einem Jahr gekommen.

Sie konnte nicht begreifen, weshalb Rob die Korrespondenz mit ihr abgebrochen hatte. Zu Anfang, nachdem Sussex ihm ihre Hand verweigert hatte, hatte Rob ihr häufig lange Briefe gesandt, in denen er ihr von seinen Abenteuern in Schottland, Frankreich und Flandern berichtete. Seine Briefe entlockten ihr ein Lächeln, ein Lachen und schließlich Tränen, vor allem, als er ihr die gute Neuigkeit mitteilte, dass Dudley selbst ihn dem Lordkanzler unterstellt hatte. Allerdings war Dudley nach König Edwards Tod und Jane Greys Sturz wegen Hochverrats enthauptet worden; nun saß Königin Mary auf dem Thron. Isabels Onkel hatte sich ihrer Sache erst vergangenen Juli in Framlingham angeschlossen, nur wenige Tage vor ihrer Krönung, wie so viele andere Adelige auch. Wenn ihr Onkel nun der Königin diente, so vermutete Isabel, dann galt das wohl auch für Rob.

Isabel zitterte, denn die Aufregung, endlich London und Rob zu sehen, raubte ihr den Atem. »Wie weit ist es noch bis Westminster, Sir Thomas?«

»Eine gute Stunde, Mylady, doch keine Sorge. Wir sind fast am

Ziel unserer Reise, die doch sehr ruhig und angenehm verlaufen ist, wie ich hinzufügen möchte.« Er schenkte ihr ein bärtiges Lächeln.

»Ich werde meinem Onkel mit Freuden davon berichten«, erwiderte Isabel, deren Gedanken schon weit vorauseilten. Rechts konnte sie den Tower auf der anderen Seite der Themse sehen, und die Tower Bridge. Lastkähne und Boote verschiedenster Art und Größe tummelten sich auf dem Fluss. Sie sah mit großen Augen aus dem Kutschenfenster. Kein Zweifel, dachte Isabel, sie war wirklich eine graue Maus vom Lande. London mit seinen engen Straßen und Gassen, in denen sich Reiter und Fuhrwerke, Handkarren und Sänften, Herren und ihre Diener, elegante Damen und Kleriker, Bauern, Lehrlinge, Bettler und Vagabunden drängten, war das aufregendste Spektakel, das sie je gesehen hatte. Was tat da der Gestank – sie musste die Duftkugel ganz dicht an ihre Nase halten –, das Dröhnen der Wagenräder, das Hufgeklapper und Geschrei der Bettler und Beutelschneider.

Isabel liebte London. Vom ersten Augenblick an. Sie wollte nie wieder nach Hause zurück.

»Seht doch, Helen, der Tower«, sagte Isabel und griff nach Helens Hand.

»Wer hätte gedacht, dass ich London noch einmal wiedersehen würde«, sagte Helen mit wehmütigem Lächeln und folgte Isabels Blick.

Isabel war mit der Rolle, die der Tower in den politischen Geschicken ihres Landes spielte, nur allzu vertraut, sie erschauerte und wandte rasch den Blick ab. »Und das muss St. Paul's sein«, rief sie und deutete nach links. Die Turmspitzen der Kathedrale waren prachtvoll, majestätisch, der erhabenste Anblick, den Isabel je bewundert hatte. Ihr Herz hüpfte vor Freude. Würde sie eine Zeit lang in der Stadt verweilen dürfen?

Robs geliebtes Antlitz stand ihr wieder vor Augen, und Isabels Herz schlug noch schneller. Sie hatte während der ganzen langen

Reise immer wieder eingeübt, was sie zu ihm sagen wollte. Doch wenn sie einander erst von Angesicht zu Angesicht gegenüberstanden, würde eine förmliche Rede gewiss nicht nötig sein. Wenn sie einander endlich wiedersahen, würde alles genauso sein wie damals. Isabel drückte ihren kleinen Hund an sich und schmiegte die Wange an sein weiches Fell.

»So ist es, Mylady, das ist St. Paul's und das dort drüben der Tower.« Sir Thomas lächelte sie an. »Möchtet Ihr vielleicht am Tower vorbeifahren, damit Ihr ihn Euch näher ansehen könnt?«

Isabel starrte ihn stumm an. Sie mochte sehr zurückgezogen leben, doch sie war nicht dumm. Im Tower wurden die mächtigsten politischen Gefangenen des Landes festgehalten. Die meisten von ihnen verloren dort den Kopf. »Wer befindet sich denn zur Zeit im Tower?«, hauchte sie verschüchtert.

»Sir Thomas Wyatt wurde vergangene Woche hingerichtet, wie Ihr vielleicht schon gehört habt, doch der alte Bischof von Worchester, John Hooper, sitzt immer noch in seiner Zelle«, erzählte Sir Thomas.

»Ein Bischof im Tower? Was wird ihm vorgeworfen, Sir Thomas?« Der Name kam ihr vage bekannt vor.

»Ketzerei selbstverständlich. Er weigert sich, seinem üblen, verkommenen Irrglauben abzuschwören und sich zu den Lehren des Papstes zu bekehren.«

»Ich verstehe«, sagte Isabel leise. Ihre Gedanken überschlugen sich. Sie wusste wohl, dass ihre Königin eine strenggläubige Katholikin war, und ihr war natürlich nicht entgangen, dass viele der Dorfbewohner in Stonehill und sogar einige ihrer eigenen Bediensteten nun zur Messe gingen. Sie selbst hatte gar nicht daran gedacht, ihre Gebete und Andachten anders zu verrichten, als sie es von klein auf gewohnt war. Es überraschte sie, als Helen ihre Hand nahm und warnend drückte.

In London lagen die Dinge ein wenig anders, das wurde Isabel klar.

»Gott schütze Königin Mary«, erklärte Helen mit fester Stimme. »Sie hat unser Heimatland und all ihre guten Untertanen aus der Ketzerei errettet, die wir so lange erdulden mussten.« Sie nickte bekräftigend.

Isabel sah ihre Begleiterin verwundert an, denn Helen war eine fromme Calvinistin.

»Amen«, sagte Sir Thomas. »Machen wir einen kleinen Umweg. Auf dem Tower Hill hat man Wyatt zwar schon wieder heruntergeholt, um seine Überreste als Warnung an die Rebellen zu schicken, aber es baumeln noch genug andere Sünder dort oben, und ich kann Euch versichern, das ist ein großartiger Anblick.«

»Sie lassen die Toten dort hängen?«, fragte Isabel entsetzt.

»Das soll allen eine Lehre sein, die das Übel der Ketzerei verbreiten, Mylady. Eine Warnung, nicht von Gottes rechtem Pfad abzuweichen.«

»Sir Thomas, wir brauchen uns wahrlich nicht die Mühe zu machen«, erwiderte Isabel und rang sich ein Lächeln ab. »Ich bin ohnehin schon überwältigt von all dem, was sich mir darbietet.«

»Ganz wie Ihr wünscht.« Er verbeugte sich im Sattel. »Dann auf nach Westminster, Mylady.«

Isabel konnte nur noch an Rob denken und biss sich auf die Lippe. »Habt Dank, Sir Thomas«, sagte sie.

Sir Thomas und zwei seiner Männer geleiteten sie durch das Gedränge der Höflinge von einem Vorzimmer zum nächsten. Sussex war im Rat und konnte sie nicht empfangen; man brachte sie also zunächst in ihre Gemächer. Isabel war überwältigt. Sie hatte noch nie so viele adelige Damen und Herren auf einmal gesehen. Schon der Anblick Westminsters war fast zu viel auf einmal, mit seinen Mauern, die bis in den Himmel zu reichen schienen, den hohen Sälen, den unzähligen Räumen und prächtigen Buntglasfenstern, ganz zu schweigen von all der Eleganz in Samt, Spitzen und Seide, die sie umgab. Überall glitzerten Edelsteine. Wo Isabel auch hin-

sah, entdeckte sie Ringe, Ketten und Anhänger, Rubine, Smaragde und Saphire, Rüschen, Schleifen, feine Stickereien, und dann die Pelze. Umhänge und Mäntel waren gesäumt und gefüttert mit Kaninchen, Eichhörnchen, Fuchs, Nerz und Zobel. Ihr drehte sich der Kopf. Die Luft war heiß und stickig, die Ausdünstungen vieler Leiber hingen in den Räumen. Als ihr staunender Blick von juwelengeschmückten Hälsen zu schnatternden Mündern wanderte, von übermäßig aufgepolsterten Schamkapseln zu wogenden Busen, von Wandbehängen zu Gemälden und gewaltigen Säulen, fürchtete sie, sie könnte in Ohnmacht fallen.
Sie war erleichtert, ihrem Onkel nicht sogleich gegenübertreten zu müssen.
In einem der oberen Stockwerke, weit weg vom Gedränge in den Hallen und Sälen drunten, wurde ihr eine Tür zu einer kleinen Kammer mit nur einem Fenster, einem Bett und einer kleinen Lagerstatt für Helen geöffnet. In einer Wand befand sich ein Kamin, doch es brannte kein Feuer darin, und in einer Ecke stand ein kleiner Tisch. Weiter gab es keinerlei Möbel, nicht einmal einen Stuhl, nicht einen einzigen Teppich.
Helen blickte sich um, während das Hündchen, das ein Diener abgesetzt hatte, eifrig das Zimmer erforschte. »Wir werden schon zurechtkommen«, verkündete sie. Isabel ging ans Fenster und lächelte. London erstreckte sich bis zum Horizont, und direkt unter ihr lag ein Ziergarten.
»Habt Dank, Sir Thomas«, sagte Helen und schloss die Tür.
Isabel war nach Tanzen zumute; sie hob leicht die Röcke an und gab der Laune nach. Ihr kleiner Cockerspaniel machte sich einen Spaß daraus, ihren fliegenden Röcken nachzujagen. »Ist das nicht wunderbar, Helen?«
Helen antwortete nicht, und Isabel hielt mitten in der Drehung inne, als sie bemerkte, dass Helen offenbar einen Brief auf dem Tisch gefunden hatte.
»Für Euch, Mylady.«

Isabel erkannte sofort das Siegel ihres Onkels. Sie hob das Hündchen hoch und drückte es so fest an sich, dass es strampelte, um sich zu befreien.

»Weshalb zögert Ihr, Isabel?«, schalt Helen sie und nahm ihr den Hund ab.

Isabel nahm die Nachricht entgegen, erbrach das Siegel und faltete den Brief auf. Sie überflog ihn bebenden Herzens und faltete ihn dann sorgfältig wieder zusammen.

»Nun? Ihr wirkt verstört. Was schreibt er?«

Isabel schluckte. »Er hat einen Ehemann für mich gefunden, und ich muss mich auf der Stelle bereitmachen, ihn zu empfangen.«

Isabel bereitete sich mit verzweifelter Mühe auf ihren Gast vor. Zunächst dachte sie sich einen Auftrag aus, mit dem sie Helen für den Rest des Tages fortschicken konnte. Dann tränkte sie ihre Röcke mit Urin, den sie aus mehreren Nachttöpfen der benachbarten Zimmer beschaffte. Sie schwärzte zwei ihrer Zähne mit Blei und bestach eine weitere Dienerin, damit sie ihr Eiweiß brachte, das sie mit Alaun vermischte, um ihr glänzend rotgoldenes Haar mit weißen Strähnen zu verunstalten. Als letzten Schliff besorgte sie sich Kirschkerne, zermahlte sie fein und rieb sich damit das Gesicht ab. Nun wirkte ihr ungewöhnlich feiner, klarer Teint grob und fleckig.

Isabel war außer sich. Ihr Plan musste aufgehen. Doch was, wenn Sussex davon erfuhr? Der bloße Gedanke ließ sie vor Angst erschauern.

Ein Diener ihres Onkels geleitete sie um genau vier Uhr hinunter in ein Vorzimmer. Isabels Magen hatte sich verknotet, ihre Schläfen pochten schmerzhaft, und sie verging beinahe vor Angst. Der Höfling gab jeden Versuch auf, mit ihr Konversation zu treiben, und hielt sich stattdessen die Duftkugel vor die Nase. Er öffnete eine Tür. »Lord Montgomery, Mylady«, sagte er.

Isabel blickte nicht auf. »Wird mein Onkel sich ebenfalls einfinden?«, fragte sie.

»Seine Lordschaft wünscht Euch heute Abend zu sprechen, nach dem Bankett«, erwiderte der Mann. Er verbeugte sich und ging.

Isabel holte tief Luft. Dann trat sie in das kleine, aber freundlich eingerichtete Zimmer.

Sie wusste, dass Douglas Montgomery der zweite und jüngste Sohn eines Barons war. Sein älterer Bruder war ein kränklicher Mann, und ihr Onkel hatte geschrieben, dass der zweite Sohn eher früher als später Ländereien und Titel seines Vaters erben werde. Er war ein Witwer mit zwei Kindern und ein guter Freund ihres Onkels, was nichts weiter bedeutete, als dass die beiden in dieser Welt ewig wechselnder Allianzen gemeinsame Interessen hatten.

Als Isabel eintrat, stand er mit dem Rücken zu ihr; er drehte sich um, und Isabel verzagte. Sie hatte sich Montgomery älter vorgestellt, wenn nicht sogar hässlich. Doch er war groß und breitschultrig und kaum dreißig Jahre alt. Sein Haar war rabenschwarz, der Blick seiner blauen Augen durchdringend. Einen Moment lang sahen sie einander in die Augen, und Isabel staunte ob seiner Jugend und seines ansprechenden Äußeren.

Seine Augen weiteten sich vor Entsetzen, als er sie ansah.

Eine leise Stimme erhob sich in ihrem Kopf, die ihr riet, sofort wieder hinaufzugehen, ihre Verkleidung abzulegen und bei diesem Mann nur sie selbst zu sein.

Sogleich brachte Isabel diese abscheuliche, treulose Stimme zum Schweigen, denn schon bald würde sie wieder mit Rob vereint sein.

Montgomery hatte sich rasch wieder gefasst. Er kam mit undurchdringlicher Miene auf sie zu und verbeugte sich. »Lady de Warenne. Euer Onkel kann Eure Vorzüge gar nicht genug preisen. Es ist mir eine Ehre.«

Isabel klammerte sich an ihren Entschluss, doch sie war hin- und hergerissen und verachtete sich selbst für diese Verstellung. Sie

knickste. »Mein Onkel, fürchte ich, ist allzu sehr von väterlicher Zuneigung geblendet. Guten Tag, Mylord.«
Beide richteten sich wieder auf, und ihre Blicke trafen sich. Seine blauen Augen waren noch tiefer und dunkler als Robs. »Ich hoffe, Ihr hattet eine angenehme Reise?«
»Ja, sehr angenehm, danke, Mylord.« Er sah ihr weiter in die Augen, während sie sich bemühte, seinem Blick auszuweichen.
Nun hielt er sich möglichst diskret ein Taschentuch an die Nase. »Ich bin erfreut, das zu hören.« Er lächelte knapp.
Isabel staunte. Da stand er vor ihr, trotz ihres Gestanks, der, wie sie fürchtete, noch wesentlich abstoßender war als ihr Äußeres, und machte freundlich Konversation mit ihr. Wie konnte das sein? Zusehends verließ sie der Mut. »Weilt Ihr schon lange bei Hofe, Mylord?«
»Ich bin erst vor zwei Tagen eingetroffen. Ich bin selten hier, Mylady, obgleich ich nicht weit von hier residiere.«
Isabel verstand sehr gut. Er war nur an den Hof gekommen, um sie zu treffen und hoffentlich eine neue Ehefrau zu finden. »Dies ist mein erster Besuch hier, und ich bin begeistert.« Sie lächelte. »Sussex County hat nicht annähernd so Interessantes zu bieten.«
Seine Augen weiteten sich; sein Blick wurde forschend.
Isabel wurde unruhig.
Schließlich sagte er: »Ich gestehe, ich bin ein wenig verwirrt, Mylady. Der Ruhm Eurer großen Schönheit ist Euch vorausgeeilt. Ich hatte erwartet, eine junge Dame von gerade neunzehn Jahren kennen lernen zu dürfen, mit prächtigem rotgoldenem Haar und strahlend weißer Haut. Ich habe nur selten erlebt, dass sich ein Gerücht als so … unzutreffend erwies.«
Isabel spürte, wie sie errötete. »Wie Ihr seht, Mylord, bin ich wahrlich keine Schönheit, und ich bedaure, dass Ihr falschen Erwartungen erlegen seid. Aber Gerüchte sind nun einmal nicht immer glaubwürdig, nicht wahr?«

»Ich hatte nicht die Absicht, Euch zu beleidigen«, sagte er hastig und berührte sogar kurz ihre Hand. »Wart Ihr vielleicht krank?«
Sie erbebte und wich zurück. »Ihr habt mich nicht beleidigt. Immerhin besitze ich einen Spiegel. Nicht, dass ich gern hineinschaue.« Sie konnte ihm nicht mehr in die Augen sehen. »Ich bin selten krank.«
Es entstand ein Schweigen. Sie warf einen raschen Blick auf ihn – er schien hin- und hergerissen. Sie war verwirrt. Warum täuschte sie diesen Mann – der nicht nur ein angenehmes Äußeres, sondern offenbar auch einen guten Charakter und tadellose Manieren besaß?
»Lady Isabel …« Er seufzte. »Dürfte ich Euch heute Abend zu Tisch führen? Es wäre mir eine große Freude.«
Isabel wollte ihren Ohren nicht trauen. »Mylord, ich habe einen anstrengenden Tag hinter mir und fühle mich nicht wohl. Wäre es Euch genehm, diese Unterhaltung ein andermal fortzusetzen?« Sie floh bereits zur Tür. »Ich bitte um Vergebung, Mylord«, rief sie noch.
Sie wartete seine Antwort nicht mehr ab, doch sie wusste, dass er ihr überrascht und bekümmert nachschaute.

Isabel floh in ihre Kammer.
»*Was hat das zu bedeuten?* Was denkt Ihr Euch bei diesem abscheulichen Mummenschanz?«, rief Helen aus.
Isabel schrak zusammen, denn sie hatte Helen nicht bemerkt und erst in einigen Stunden mit ihr gerechnet.
»Du lieber Himmel, was habt Ihr getan?«, keuchte Helen entsetzt.
Isabel schwieg.
»Ich kann Euch nicht begreifen«, fuhr Helen entrüstet fort. »Ihr schickt mich mit einem unsinnigen Auftrag zum Markt, um derweil Euren Verehrer zu vergraulen!«
Isabel wollte keine Erwiderung einfallen. Sie war noch immer außer sich über ihre Begegnung mit Montgomery. Warum hatte er

so bestürzt gewirkt, als sie hinausgerannt war? Er musste doch erleichtert gewesen sein.

»Wartet nur ab, bis Seine Lordschaft von Eurer jüngsten Tollkühnheit erfährt!«, drohte Helen, die Hände in die knochigen Hüften gestemmt. »Diesmal werdet Ihr nicht so leicht davonkommen, Mylady, das kann ich Euch versichern.«

»Wie treu ergeben Ihr mir doch seid«, sagte Isabel leise.

»Ich bin Euch treu ergeben, treuer, als Ihr je ahnen könntet. Ich habe für Euch gesorgt, seit Ihr acht Jahre alt wart, und ich will stets nur Euer Bestes, Isabel«, widersprach Helen streng.

»Ihr habt eine feine Art, das zu zeigen«, gab Isabel zurück, während die Gesichter Robs und Montgomerys ihr vor Augen flimmerten.

Nie zuvor hatte sie das Versprechen bereut, das sie Rob gegeben hatte. Jene Nacht mit ihm war die schönste ihres Lebens gewesen. Wie konnte sie sie nun bereuen?

Montgomerys scharfsichtige blaue Augen in diesem schön geschnittenen Gesicht drängten sich in ihre Gedanken.

Isabel kniff die Augen zu. Sie hatte geschworen, auf Rob zu warten, und das würde sie einhalten. Sie bereute nichts. Sie liebte Rob von ganzem Herzen, ja, aus tiefster Seele. Aber … wäre Montgomery nur nicht so gütig, nicht so klug und nicht so anziehend. Wäre er doch klein, dick und kahl, mit schwarzen Zahnstummeln in einem schiefen Mund!

»Lady Isabel.« Helen baute sich vor ihr auf. »Ich schlage vor, Ihr badet auf der Stelle, kleidet Euch angemessen und geht hinunter, um mit Seiner Lordschaft und dem restlichen Hof zu tafeln und zu tanzen.«

Isabel sah sie fassungslos an. »Bitte bestellt Seiner Lordschaft, ich sei unpässlich und bedaure, ihm nicht Gesellschaft leisten zu können.«

Helen stieß ein ungläubiges Schnauben aus, drehte sich um und marschierte hinaus.

Isabel ließ sich verzweifelt aufs Bett sinken. Sie widersetzte sich ihrem Onkel hiermit ein weiteres Mal. Doch sie hatte keine Wahl – wenn sie hinunterging, könnte Montgomery sie so sehen, wie sie wirklich war. Ihr Täuschungsmanöver, so dachte sie plötzlich, konnte kein gutes Ende nehmen. Sie hatte Angst.
Aber vielleicht hatte sie sich geirrt. Denn am nächsten Tag ließ ihr Onkel ihr mitteilen, Montgomery habe nicht die Absicht, sein Werben fortzusetzen, und er sei bereits unterwegs nach Hause, in den Norden Englands. Isabel konnte nicht anders, als flüchtige, aber bittere Reue zu empfinden.

Sussex befahl sie auch nicht am nächsten Tage zu sich, sondern erst vier Tage später, am Nachmittag.
»Noch eine Warnung, Isabel«, flüsterte Helen ihr zu, als sie durch die unzähligen Salons des Hofes eilten.
Isabel, die schon schrecklich angespannt war, wurde noch unruhiger. Ihr graute vor dieser Begegnung, denn sie rechnete fest damit, für ihren dummen Streich sehr hart bestraft zu werden.
»Ich habe Euren Onkel nicht über Euren Betrug unterrichtet.«
Isabel blieb stehen. Sie sah Helen staunend an. »Aber …«
»Der Schaden ist nun einmal angerichtet, und wir können ihn nicht mehr ungeschehen machen. Ich sah keinen Grund, weshalb Ihr deswegen noch mehr erleiden solltet, denn ich hoffe, Ihr habt Euren Fehltritt eingesehen; ich fürchte, Ihr werdet ohnehin bald gestraft genug sein.«
Isabel war fassungslos, sie brachte kein Wort heraus. *Helen hatte sie nicht verraten.*
»Ich bin überzeugt, dass so etwas nie wieder geschehen wird«, sagte Helen leise.
Isabel zögerte und nickte dann. Sie würde sich mit dem nächsten Freier befassen, wenn die Zeit gekommen war, und keinen Moment eher. Aber, lieber Himmel, diesmal blieb ihr die Rute erspart – womöglich sogar die Verbannung zurück nach Stonehill.

»Gut«, sagte Helen bestimmt.
Sir Thomas begleitete sie. Plötzlich wurde Isabel an der Schulter zurückgehalten. Sie fuhr überrascht zusammen und drehte sich um.
Vertraute, geliebte blaue Augen blickten in ihre.
Isabel spürte, wie ihr der Mund offen stehen blieb und ihr Herz wilde Sprünge vollführte. Rob!
»Isabel?«, fragte Robert de Warenne ungläubig.
Isabels Wangen wurden flammend rot, und sie knickste. Lärm und Gedränge des Saales um sie her waren vergessen, für sie herrschte vollkommene Stille, in der nur ihr laut pochendes Herz und ihr fliegender Atem zu hören waren. Sie vergaß alles, alles andere. Rob. Er war hier. Endlich – *nach so vielen Jahren.*
»Bitte, erhebt Euch«, sagte Rob, umfasste ihre Ellbogen und zog sie hoch.
Isabel sog jede Einzelheit dieses geliebten Gesichtes in sich auf, gewahrte all die Veränderungen und all das, was so schmerzlich vertraut war. Er war gereift. Sein Kinn wirkte fester, seine Nase gerader, voller. Um seine Schwindel erregend blauen Augen zeichneten sich Fältchen ab. Er sah sogar noch einnehmender aus als damals – er war zum Mann geworden.
Auch er starrte sie stumm an. »Ich kann kaum glauben, dass ich Euch hier begegne«, rief er schließlich aus. »Isabel, wie wunderschön Ihr seid.«
Isabel sah ihm in die Augen und musste gegen die Tränen ankämpfen. Denn sein Blick sagte ihr alles, was sie so sehnlichst wissen wollte. »Rob.« Sie brach ab. Lächelte. »Wie schön.«
Da lächelte er zum ersten Mal – seine Zähne waren noch immer weiß und ebenmäßig. »Mylady«, sagte er und ließ sie los, um sich zu verneigen. »Euer Anblick ist atemberaubend, Isabel.« Sein Kiefer spannte sich, und er legte eine Hand auf die Brust. »Mein Herz schlägt so heftig, als stünde ich mitten in der Schlacht.«
Nun erst fiel Isabel auf, wie fein er gekleidet war. Sein Wams war

aus goldenem Samt. Manschetten aus französischer Spitze zierten seine Ärmel. Auch sein Beinkleid war golden, doch aus Satin. Sein Dolch war mit Edelsteinen besetzt. Auf seiner Brust ruhte ein großer Anhänger an einer schweren goldenen Kette; das musste ein Rubin oder ein Granat sein. Isabel fiel auf, dass er zwei Ringe trug – einen Saphir und einen blassgrünen Stein, vielleicht Jade. An seinem linken Ärmel prangte das Wappen der Königin.

»Rob, es gibt so viel zu sagen«, stieß Isabel hervor und dachte, dass er es wirklich weit gebracht haben musste. Sie war überglücklich für ihn, für sie beide. Denn war es damals nicht sein Mangel an Rang und Reichtum gewesen, der ihrem Glück im Wege gestanden hatte? Gewiss würde Sussex ihre Verbindung nun mit anderen Augen betrachten.

»Wahrlich, so ist es«, sagte er und nahm ihre Hand.

Hinter ihnen ertönte ein Hüsteln. Plötzlich fiel Isabel ein, dass Helen und Sir Thomas hinter ihr standen und jedes Wort belauschten. Sie wurde steif vor Schreck und warf Robert einen Hilfe suchenden Blick zu. Dann drehte sie sich um. »Helen, ich möchte Euch meinen Cousin vorstellen, Sir Robert de Warenne. Lady Helen Courtney, Sir Robert.«

Robert verbeugte sich; Isabel bemerkte Helens scharfen, prüfenden Blick. Sie war beunruhigt – Helen war nicht dumm. »Ich bin hoch erfreut, Eure Bekanntschaft zu machen«, sagte Robert und lächelte Helen an. Dann sagte er zu Isabel: »Übrigens heißt es jetzt Admiral de Warenne, Mylady.«

Isabel hätte vor Überraschung und Freude beinahe vernehmlich nach Luft geschnappt, doch sie konnte sich gerade noch beherrschen. »Ihr habt es wahrlich weit gebracht, Rob.«

»Ja, das kann ich behaupten. Die Königin hat mich höchstselbst belohnt, für die Verteidigung Ludgates gegen den Verräter Sir Wyatt.« Seine Augen strahlten sie an.

»Ihr habt also gegen die Rebellen gekämpft?«, fragte Helen kühl.

Isabel sah ihr verkniffenes Gesicht und fürchtete, Helen könnte alles erraten haben.

»In der Tat, wie viele andere treue Gefolgsmänner der Königin.« Rob bot Isabel seinen Arm. »Ich werde im Rat gebraucht, doch das kann warten. Gehen wir ein wenig hinaus in den Garten, denn wir haben uns viel zu erzählen. Ihr habt doch gewiss nichts dagegen, Lady Helen?«

Helen gab sich keine große Mühe, ihr Missfallen zu verbergen. »Lady Isabel wurde zu ihrem Onkel, dem Grafen von Sussex, befohlen. Wir dürfen ihn nicht warten lassen.«

»Ihr Onkel, mein Cousin, wird erst in einigen Stunden von den Besprechungen des Rates zurück sein«, erklärte Rob mit einem kurzen Lächeln. »Ihr werdet lange vergeblich auf ihn warten, das versichere ich Euch. Thomas, ich werde diese Dame sicher zu Sussex geleiten. Kommt, Isabel«, sagte er und ließ Helen keine Gelegenheit zum Widerspruch, während Sir Thomas, der Rob offenbar kannte, ehrerbietig nickte.

Rob fand ohne Zögern den Weg durch all die Flure und Salons der königlichen Residenz, fiel Isabel auf. Wie betäubt ließ sie sich von den geschäftigen Räumen in der Nähe der königlichen Audienzsäle fortführen. Sie musste sich immer wieder vergewissern, dass er es wirklich war; sie warf einen verstohlenen Seitenblick auf sein makelloses Profil, und ihr Herz wollte schier bersten vor Glück. Und sie wusste, wenn sie den Kopf abwandte, warf auch er heimliche Blicke auf sie.

Sie betraten einen riesigen, lichtdurchfluteten Saal. Hier begegneten sie nur noch wenigen Höflingen, und vor ihnen, hinter den gewaltigen Säulen, die das hohe Deckengewölbe stützten, sah Isabel einen kleinen Garten mit Blumen und Bäumen.

Da stand ein mittelgroßer Mann an eine der Säulen gelehnt und starrte recht verdrießlich hinaus.

Rob verhielt den Schritt, als sie sich ihm näherten. »Don Alvarado«, sagte er mit fester Stimme. »Guten Tag, Mylord.«

Der Mann, offenbar ein Spanier, drehte sich um. Isabel hatte noch nie solchen Zierrat und so prächtige Juwelen gesehen – er war so prunkvoll herausgeputzt, dass die anderen Höflinge dagegen beinahe schäbig aussahen. Er verneigte sich. »Admiral de Warenne, guten Tag.« Er hatte einen starken Akzent und war deshalb schwer zu verstehen. Sein Blick fiel auf Isabel.

»Kann ich Euch zu Diensten sein, Mylord?«, fragte Rob respektvoll.

»Besten Dank, Admiral.« Wieder warf Don Alvarado einen Blick auf Isabel.

»Oh, ich bitte um Verzeihung, wie unhöflich von mir«, sagte Rob. *»Pardonnez-moi.«* Rob wandte sich an Isabel. »Alvarado de la Barca, *conde de* Pedraza, Gesandter von Prinz Philip, König von Spanien, kaiserlicher Erbe und versprochener Gemahl unserer Königin.«

Isabel knickste; der Blick des Grafen war ihr unangenehm, und sie wollte nichts weiter als endlich mit Rob allein sein. »Ich freue mich außerordentlich, Eure Bekanntschaft zu machen, Mylord«, sagte sie auf Französisch, nachdem Rob auch sie vorgestellt hatte.

Sie wechselten noch einige Worte, wobei der Graf nicht ein einziges Mal lächelte und sie weiterhin anstarrte, bis Rob sie entschuldigte und Isabel weiterzog.

»Welch ein Skandal war das«, bemerkte Rob. »In all den Monaten, seit die Vermählung beschlossen wurde, kam von Philip nicht ein einziger Brief oder ein Präsent an die Königin, bis Don Alvarado vor ein paar Tagen eintraf.«

Isabel erforschte mit großen Augen sein gebräuntes Gesicht. »Wie ungehobelt«, sagte sie. »Die arme Königin!« Doch ihr Herz raste, und es war nicht Mary Tudor, die ihre Gedanken fesselte.

»Dieser Meinung waren wir alle«, erklärte Rob düster. »Es war beinahe beleidigend. Doch« – seine Miene hellte sich auf – »de la Barca hat Geschenke von unbeschreiblicher Schönheit gebracht.

Gewänder, Pelze und Juwelen – die Königin hat vor den Augen ihrer Damen geweint, Isabel, vor lauter Glück.«

»Wie mich das freut«, sagte Isabel, als sie einen kleinen, schattigen Garten betraten. Erst jetzt nahm sie ihre Umgebung richtig wahr. Lieber Himmel, sie waren zusammen, und das ganz allein.

Plötzlich sah er sie ernst an. Isabel war wie gelähmt, und jede Frage, jede Erklärung, die sie sich so reiflich überlegt hatte, war ihr entfallen. Sie fühlte nur noch freudige Erwartung, eine plötzliche, fast vergessene Spannung in ihrem Körper und ihren fliegenden Atem. »O Rob«, hörte sie sich sagen.

Er nahm ihre Hände in seine und drückte sie an seine Brust. Selbst durch sein Wams und das Hemd darunter konnte sie sein starkes Herzklopfen spüren. »Welch ein Tag«, flüsterte er heiser. Dann hob er ihre Hände und küsste sie.

Isabel hatte Tränen in den Augen, denn diese beiden Küsse waren sanft und zärtlich, eine stumme Erklärung seiner ewigen Liebe.

Isabel wusste, was er nun tun würde, noch bevor er sie an sich zog, bevor seine Lippen federleicht die ihren streiften. Und als sie in seine Umarmung sank, wusste sie, sie war endlich zu Hause – sie wusste, sie hatte sich nicht geirrt, sich nicht in ihm getäuscht, und sie würde ihn bis zu ihrem letzten Atemzug von ganzem Herzen lieben.

Dann verschmolzen ihre Lippen, mit einem Hunger, der in vier Jahren der Trennung nicht gestillt worden war. Der Kuss wurde immer tiefer, ihre Zungen umschmeichelten sich.

Schließlich endete der Kuss, und sie sahen einander mit großen Augen staunend an. Isabel merkte, dass sie unter Tränen lächelte. *Es hatte sich doch nichts geändert, gar nichts.*

»Habe ich Euch wehgetan?«, rief er erschrocken und trocknete sacht mit den Daumen ihre Wangen.

»Wie könntet Ihr mir wehtun, wo ich Euch doch so sehr liebe?«, erwiderte Isabel lächelnd. Er erstarrte.

Isabels Lächeln gefror. Etwas stimmte nicht. Es stand ihm deut-

lich ins Gesicht geschrieben, sprach aus seinen herrlichen Augen.
»Rob?«
Er fuhr sich mit der Zunge über die Lippen. »Isabel.« Er sprach ihren Namen mit größter Vorsicht aus. »Wisst Ihr es denn nicht?«
Isabels Herz pochte und hämmerte in ihrer Brust. »Was weiß ich nicht, Rob?«
Er starrte sie an und brachte kein Wort heraus.
»Rob! Was ist es, das ich nicht weiß?«, rief sie ängstlich aus. »Was könnte jemals zwischen uns kommen?«
Rob atmete scharf ein, ließ ihre Hände los und wandte sich ab. Er stemmte die Hände in die Hüften und stand breitbeinig und aufrecht mit dem Rücken zu ihr da.
Es erschien ihr, als wolle ihr Herz in die tiefste Hölle fallen. »Rob. Ihr macht mir Angst.« Sie ging um ihn herum, um ihn anzusehen, und erkannte, dass er leichenblass geworden war. »Ihr macht mir große Angst!«
»Das ist nicht meine Absicht. Aber ich fürchte, ich habe vergessen, wie abgeschieden Ihr all die Jahre in Stonehill gelebt habt.« Er konnte ihr nicht in die Augen sehen. »Selbst dort müsst Ihr doch von den Vorgängen bei Hofe erfahren haben?«
»Manchmal«, sagte Isabel, atemlos vor Grauen. »Was ist geschehen?«
»Vor einem Jahr habe ich Lady Anne Hammond geheiratet, eine Witwe und Erbin.«
Isabel starrte ihn an und wusste, sie musste sich verhört haben. »Wie bitte?«
Er wiederholte sich nicht und wich ihrem Blick aus.
Vor einem Jahr habe ich Lady Anne Hammond geheiratet …
Sie blinzelte, Tränen verschleierten ihr die Sicht. »Ihr scherzt?«
Er blickte kurz zu ihr auf. »Nein, Isabel, in so ernsten Angelegenheiten scherze ich gewiss nicht.«
Es war kein Scherz. Sie war vollkommen fassungslos. Vor einem Jahr hatte er geheiratet …

»Isabel.« Er streckte besorgt die Hände nach ihr aus.
Isabel wich zurück. Ihr Herz schlug nun so rasend, dass sie nicht atmen konnte und keuchend nach Luft rang. »Nein! Ihr könnt nicht … Wie könnt Ihr es wagen … Nein!« Sie wich weiter zurück, denn allmählich wurde ihr die volle Wirklichkeit dessen bewusst, was sie eben erfahren hatte, und mit dem Begreifen kam ein weit schlimmeres Gefühl, reiner Schmerz, abgrundtiefer Kummer. Isabel fühlte sich wie ein Holzhaus, aus dem Balken herausgerissen wurden, bis ihre ganze Welt, die auf diesen Balken ruhte, ins Wanken geriet und in sich zusammenstürzte. Tränen rannen ihr über die Wangen.
»O Gott! Das habe ich nicht gewollt!«, rief Rob. »Es ist so viele Jahre her, Isabel, seit wir törichte Kinder waren, die einander törichte Versprechen gaben!«
Törichte Versprechen, dachte sie und sah ihn an. Dann krümmte sie sich vor Schmerz zusammen. Diesen Verrat würde sie nicht überleben.
Er hatte ihre Träume getötet, und nun tötete er sie.

Siebzehn

Casa de Sueños – dritte Nacht, neunzehn Uhr

Isabel ging schweigend an ihr vorbei.

Cass drehte sich um und beobachtete, wie die Frau mitten im Raum stehen blieb, nicht weit von dem Tisch, auf dem Cass' Laptop stand. Sie wandte ihr den Rücken zu. Cass' Augen weiteten sich vor Staunen, als sie begriff – und in diesem Moment verschwand Isabel einfach. Zurück blieb nur der unheimlich leuchtende Bildschirm mit diesem einen Satz.

SIE HABEN MICH BETROGEN.

Isabel hatte sicherstellen wollen, dass sie die Nachricht auch gesehen hatte.

Cass wirbelte herum und floh so überstürzt, dass sie nicht einmal die Kerze mitnahm, doch im nächsten Moment prallte sie gegen eine menschliche Wand. Sie schrie.

Antonio schüttelte sie. »Ich bin's, Cassandra.«

»O Gott!« Cass klammerte sich an seine Hand und zog ihn fort von ihrem Zimmer. Doch während sie den Flur entlangliefen und Antonio immer wieder fragte, was passiert sei, versuchte Cass nur, diese unglaubliche Begegnung zu begreifen. Sie war soeben einer Frau begegnet, die seit 445 Jahren tot war. Sie war eben einem Gespenst begegnet. Sie hatte das nicht geträumt, es sich nicht eingebildet. Und die Begegnung war kein bisschen angenehm gewesen.

Da war noch etwas, das sie nicht übersehen konnte – Isabel hatte mit ihr kommuniziert.

SIE HABEN MICH BETROGEN.

Isabel war anwesend. Und sie war nicht nur irgendeine seltsame

Art psychischer Energie – sie besaß Intelligenz, das bewies diese Erfahrung.
Intelligenz – und einen eigenen Willen.
Intelligenz – und was noch?
Cass begann zu zittern. Wer hatte Isabel betrogen? Und warum hatte sie sich ausgerechnet Cass ausgesucht, um ihnen das mitzuteilen? Was hatte das zu bedeuten? Was wollte sie? Sie wollte doch sicher irgendetwas!
Sie standen am Kopf der Treppe. Antonio wollte endlich wissen, was passiert war. Cass hatte nicht einmal gemerkt, dass er sie bedrängte oder dass sie stehen geblieben waren. Er packte Cass an den Schultern. »Sprich mit mir!«, rief er. »Was, zum Teufel, ist hier los?«
Cass brachte kein Wort hervor. Ein Geist mit Denkvermögen, ein Geist mit einem eigenen Willen, ein Geist mit Absichten und Plänen? »Wo sind die Kinder?«, fragte sie entsetzt, als ihr eine weitere schreckliche Erkenntnis dämmerte. Wände, Zimmer, Türen und Treppen konnten Isabel nicht aufhalten. Es gab kein Entkommen – wenn sie es so wollte.
Antonio starrte sie an. »In der Bibliothek. Mit Gregory und Celia. Alfonso fühlt sich nicht wohl, er ist zu Bett gegangen.«
Cass blinzelte ihn schwerfällig an. »Antonio, ich habe sie eben gesehen.«
Er riss die Augen auf. »Tracey?«
Cass wurde übel; sie hatte ganz vergessen, dass ihre Schwester vermisst wurde. Nun fürchtete sie, Isabel könnte auch hinter Traceys Verschwinden stecken. *Sie haben mich betrogen.* Wollte Isabel Rache? Hatte Tante Catherine Recht gehabt? »Nein«, sagte Cass erstickt und blickte endlich zu ihm auf. »Ich habe Isabel gesehen.«
Seine Miene wurde finster.
Cass sah den Zweifel in seinen Augen. Sie krallte sich in sein Hemd. »Ich habe sie gesehen. Ich habe ihr Auge in Auge gegen-

übergestanden, ich weiß nicht wie lange. Und vorher ist mein Laptop wie von selbst angegangen. Ich habe den Bildschirm aufgeklappt, und der Cursor hat geblinkt – da stand ein Satz, Antonio: *Sie haben mich betrogen.*«

Er starrte sie stumm an.

»Hörst du mir überhaupt zu?«, schrie sie und hätte ihn am liebsten geschlagen. »Sie hat über meinen Laptop mit mir Verbindung aufgenommen!«

Er legte ihr die Hände auf die Schultern. »Ich will dir ja glauben«, sagte er. »Wirklich. Aber Cassandra, Geister können nicht tippen. Meiner Meinung nach tun Geister nichts weiter als in dem betreffenden Gebäude irgendwie herumschweben.«

Cass wurde wütend. »Dieser Geist tut weit mehr, als nur herumzuschweben, Antonio, dieser Geist spricht mit mir, dieser Geist ist intelligent, dieser Geist will etwas!«

Seine Gesicht nahm einen weichen Ausdruck an. »Warum bist du so wütend?« Er legte eine Hand an ihre Wange.

Cass erstarrte und wollte seine Hand beiseite schlagen. Sie war mehr als wütend, sie war beinahe rasend vor Wut und hätte am liebsten auf ihn eingeschlagen. Sie rang um Beherrschung. *Was war nur los mit ihr?*

Plötzlich erinnerte sie sich daran, wie Tracey sie getreten hatte.

Das gefiel Cass gar nicht.

»Cassandra? Was hast du?«, fragte Antonio.

Cass hörte ihn kaum. Der Elektriker war erstochen worden, Tante Catherine grausam erstickt, und auch Eduardo war eines gewaltsamen Todes gestorben. Und was war mit Antonios Großvater? »Antonio, ich glaube, langsam schält sich ein Muster heraus, ein Muster von Gewalt und Tod.«

»Cassandra …«

»Nein! Dein Vater, dein Großvater, meine Tante, der Elektriker!« Sie schrie nun. »Sie sind alle tot – sie wurden alle auf die eine oder andere Weise gewaltsam ermordet.«

Er sah sie ungläubig an. »Jetzt sag mir nicht, dass du Isabel irgendwie für all das verantwortlich machst.«
»Aber sie ist hier, sie kommuniziert mit mir«, sagte Cass. Sie blickte an ihm vorbei den dunklen Gang hinunter. Plötzlich erschauerte sie – und damit war die Entscheidung gefallen. »Komm mit.« Sie packte ihn bei der Hand und zerrte ihn praktisch hinter sich her. Ihr war furchtbar übel, und sie fürchtete sich entsetzlich.
»Schon gut«, sagte er, und der Strahl der Taschenlampe tanzte unruhig herum, während er versuchte, mit ihr Schritt zu halten.
In der Tür zu ihrem Zimmer blieb Cass stehen. Doch von Isabel war Gott sei Dank nichts zu sehen, und als Cass prüfend schnüffelte, nahm sie auch keinen Veilchenduft mehr wahr. Sie war fort.
Antonio trat an ihr vorbei und richtete die Taschenlampe auf den Laptop. Er war aufgeklappt, der Cursor blinkte, doch die Botschaft war verschwunden.
Verschwunden.
Cass starrte fassungslos auf ihren Computer.
»Cassandra«, sagte er sanft.
Sie wusste, was er sagen wollte, und fuhr herum. »Nein! Ich habe mir nicht eingebildet, dass sie vor mir stand, und ich habe mir die Nachricht auf dem Bildschirm nicht eingebildet! Du musst mir einfach glauben, Antonio!«
Er sagte nichts darauf.
Cass hörte sich fluchen. Dann eilte sie zum Bett und griff nach dem Tagebuch – vielleicht waren hierin ein paar Antworten zu finden, die sie jetzt dringend brauchten. »Gehen wir lieber runter«, sagte sie.
Antonio ließ ihr an der Tür den Vortritt.
Und Cass hatte es so eilig, ihr Zimmer zu verlassen, dass sie vergaß, den Computer auszuschalten.

»Ich bin sofort wieder da«, versprach Gregory den beiden Kindern und Celia.

In der Bibliothek war es beinahe unheimlich hell, denn im Kamin loderte ein großes Feuer. Zusätzlich hatten sie mehrere Kerzen im Raum aufgestellt. Eduardo und Alyssa saßen in ihre Decken gehüllt auf dem Boden, und Eduardo las ihr eine Geschichte vor. Beide Kinder blickten ängstlich auf.

Celia, ebenfalls in eine Decke gehüllt, sah schrecklich alt und erschöpft aus, ganz verloren. Eine Tasse Tee war auf dem kleinen Tisch neben ihrem Sessel kalt geworden. »Señor Gregory, wo gehen Sie denn hin?«, fragte sie.

Er lächelte ihr zu. »Auf die Toilette.«

Alyssa und Eduardo schauten ihm nach und sahen dann einander an; das Buch war vergessen. Einen Moment lang war es in der Bibliothek totenstill, bis auf die knisternden Flammen und Celias tiefen, schweren Seufzer.

»Er ist gleich wieder da«, sagte Eduardo und lächelte tapfer.

Alyssa sah ihn ängstlich an und wünschte, Tante Cass würde endlich wieder in die Bibliothek kommen – was machte sie nur so lange? Sie hatte furchtbaren Kummer. Ihre Großtante lag im Krankenhaus, und Alyssa wollte endlich wissen, was ihr fehlte und warum ihr niemand etwas erzählen wollte. Und wo war ihre Mutter? Cass erklärte ihr immer wieder, Tracey sei vermutlich spontan in den Ort gefahren, ohne Bescheid zu sagen, wie üblich, doch Alyssa wusste, dass irgendetwas ganz und gar nicht in Ordnung war. Sie spürte es nicht nur, sie sah es auch in den dunklen Augen ihrer Tante.

Eduardo tätschelte ihren Arm. »Wenn deine Tante bei meinem Vater ist, sind sie sicher mit ihren Nachforschungen beschäftigt.«

Alyssa nickte ernst. »Meine Tante ist die klügste Frau, die ich kenne. Sie ist sogar noch klüger als meine Großtante.«

Eduardo stimmte ihr zu. »Sie ist auch die klügste Frau, die ich kenne. Und mein Vater ist der klügste Mann, den ich kenne. Er hält in der ganzen Welt Vorträge!«

Alyssa fand, dass irgendetwas hier drin komisch roch. »Ich glaube, sie haben sich gern«, sagte sie. »Dein Vater mag meine Mutter nicht mehr.« Plötzlich verstummte sie, von neuem voller Sorge. Wo war ihre Mutter? Wie konnte sie einfach so weggehen? Was, wenn sie wieder ganz lange wegblieb? Alyssa wollte doch nur sicher sein, dass sie sie irgendwann wiedersah.

Als habe er ihre Gedanken gelesen, sagte Eduardo: »Vielleicht hat sich deine Mutter verlaufen.« Er tätschelte ihr beruhigend das Knie.

Alyssa runzelte mit pochendem Herzen die Stirn. »Hoffentlich nicht!«

»Keine Sorge. Wenn sie verloren gegangen ist, werden sie sie bestimmt finden. Du weißt doch, deine Tante und mein Vater sind sehr klug.«

Alyssa lächelte schwach und hustete dann. »Was riecht denn hier so komisch?« Es roch süß, nach Blumen. Doch Alyssa war der Geruch nicht geheuer.

»Ich weiß nicht.« Eduardo griff nach seinen Krücken und blickte zur Tür. »Wo bleibt denn mein Onkel so lange?«

Alyssa stand auf, falls er beim Aufstehen Hilfe brauchte. Sie sah zu, wie er seine Krücken aufstellte, sich darauf stützte und es irgendwie schaffte, sich hochzustemmen. Er war sehr stark, dachte sie. Plötzlich gab es hinter ihnen einen Knall.

Alyssa fuhr herum. »Was war das?«, rief sie und starrte auf die Wand gegenüber, die im Schatten lag. Alle Fenster waren geschlossen, die Vorhänge nur teilweise zugezogen. Draußen schien der fast volle Mond, und zahllose Sterne funkelten vom Nachthimmel.

»Ich weiß nicht. Irgendetwas ist umgefallen«, sagte Eduardo leise.

Hinter ihnen gab es ein weiteres Geräusch, gefolgt von einem Zischen. Die Kinder drehten sich gleichzeitig um.

»Es war nur das Feuer«, rief Eduardo erleichtert. »Wo bleibt nur mein Onkel?«

»Vielleicht ist er auch verschwunden«, flüsterte Alyssa und klammerte sich an seine Hand, die sich auf die Krücke stützte.
Ihre Blicke trafen sich. Alyssa errötete. Sie hatte nicht aussprechen wollen, was sie vorhin unglücklicherweise die Erwachsenen hatte sagen hören. Ihre Mutter war verschwunden. Sie hatte sich nicht verlaufen. Sie war verschwunden.
Genau wie Eduardos Mutter vor langer Zeit.
Bedeutete das, dass sie nie wiederkam?
»Er ist nicht verschwunden«, widersprach Eduardo nervös. Er sah so aus, wie Alyssa sich fühlte – als müsse er gleich weinen –, und da hörten sie plötzlich ein leises Klopfen hinter sich.
Alyssa keuchte auf, als sich wiederum alle zum Fenster umdrehten – und dann schrie sie.
Da stand eine Frau, ihr Gesicht war kaum zu erkennen, doch ihr langes Haar flog ihr in wilden, mondhellen Strähnen um Kopf und Schultern.
»Mutter!«, rief Alyssa.
Die Frau starrte zu ihnen herein, trat dann zurück und war verschwunden.
Alyssa überlegte keine Sekunde. Ihre Mutter war wieder da! Sie hatte sich doch nicht verlaufen, sie war auch nicht verschwunden. Alyssa rannte so schnell sie konnte aus der Bibliothek. »Mutter! Warte!«
Celia stand auf. »Halt!«, rief sie. »Miss Alyssa, nicht!«
Sie erhielt keine Antwort mehr.
Celia rannte ihr überraschend schnell nach.
Und Eduardo blieb allein zurück.

Cass und Antonio betraten gerade im Schein der Taschenlampe die große Halle, als sie Gregory sahen, der zur Bibliothek ging. Cass erschrak. Warum hatte er die Kinder allein gelassen – auch nur eine Minute lang? »Gregory!«, rief sie.
Er blieb auf der Schwelle der Bibliothek stehen, und als Cass ihn

erreichte, merkte sie sofort, dass etwas nicht stimmte. Und als sie an ihm vorbeischaute, sah sie, dass ihre schlimmsten Ängste womöglich gerade Wirklichkeit wurden – beide Kinder waren verschwunden. Celia war verschwunden. Die Bibliothek war leer.

»Sie haben sie allein gelassen!«, schrie sie. »O Gott, sie sind weg!«

Antonio trat zu ihnen. »Keine Panik. Sie holen sich bestimmt in der Küche etwas zu essen.«

»Ich habe sie doch nur für einen Moment allein gelassen«, sagte Gregory.

Cass rannte zurück, den Flur entlang, die beiden Männer dicht auf den Fersen. Sie stieß die Küchentür auf, doch der Raum war stockdunkel, und es war niemand darin. Sie dachte: *Wenn den Kindern etwas passiert, bringe ich ihn um.* Und das war ihr bitter ernst.

Cass rannte wieder hinaus in den Saal.

Die Haustür stand weit offen.

Cass stolperte und hielt sich an Antonio fest. »Die hast du doch abgeschlossen.«

»Habe ich. Sie müssen sie wieder aufgesperrt haben.« Er ging zur Tür und leuchtete mit der Taschenlampe hinaus. Die Umgebung draußen bestand nur aus Schatten und dunklen Schemen.

»O Gott.« Sie rannte an den Männern vorbei.

»Eduardo!«, rief Antonio und formte mit den Händen einen Trichter vor dem Mund.

Cass begann verzweifelt nach Alyssa zu rufen. Gregory sagte: »Sie können nicht weit gekommen sein. Wir sollten uns trennen.«

Cass warf ihm einen wütenden Blick zu – dies war allein seine Schuld.

Antonio legte ihr eine Hand auf den Arm. »Cassandra«, sagte er ruhig und bestimmt.

»Es tut mir so Leid«, sagte Gregory mit jämmerlicher Miene. »Ich dachte doch nicht, dass sie einfach weglaufen würden. Ich war nur ein paar Minuten weg – und Celia war bei ihnen.«

»Celia?«, fauchte Cass. »Die steht unter Schock.«
»Es ist nicht deine Schuld«, sagte Antonio tonlos zu seinem Bruder und warf Cass einen eisigen Blick zu. »Er hat Recht. Wir sollten uns aufteilen.«
Cass' Schläfen pochten quälend. Aufteilen. Teile und herrsche. Sie hasste die Richtung, die ihre Gedanken nahmen. »Das gefällt mir nicht«, flüsterte sie. »Irgendetwas haben wir übersehen. Bei der Ruine liegt ein toter Mann. Hier läuft irgendwo ein Mörder herum, vielleicht mitten unter uns. Und dann ist da noch Isabel.«
Die beiden Männer sahen sie an. Selbst in der Dunkelheit konnte sie erkennen, dass Gregory blass geworden war. »Hier spuken nicht irgendwelche Ahnen herum«, sagte er, doch seine Stimme klang alles andere als fest.
»Ach nein? Ich habe sie gerade gesehen«, erwiderte Cass beinahe triumphierend. Ein Teil von ihr fragte sich verstört, warum sie sich so rücksichtslos verhielt, warum sie so gemein zu ihm war, obwohl ihr Gemeinheit eigentlich genauso fremd war wie Grausamkeit oder Bosheit. »Wer auch immer ihn umgebracht hat, war auch im Haus, Antonio«, sagte sie – sie konnte sich nicht beherrschen. Sie sah Gregory direkt in die Augen.
Gregory erwiderte mit steinerner Miene: »Es gefällt mir nicht, was Sie da andeuten. Mein Bruder und ich sind doch wohl über jeden Verdacht erhaben – und Alfonso ebenfalls.«
Cass starrte ihn an und fragte sich, ob er ein wahnsinniger Mörder sei. Vom ersten Augenblick an hatte er sich seltsam benommen, fand sie. Heimlichtuerisch. Er verbarg irgendetwas. »Ich bezweifle, dass der Elektriker sich selbst erstochen hat – in die Brust.«
»Ins Herz«, murmelte Antonio.
Cass zuckte zusammen.
»Der Stich ging direkt ins Herz.«
»Die Kinder«, sagte Cass. »Wir müssen sie finden.« Ihre Stimme überschlug sich fast. Dann sah sie den Blick, den die beiden Män-

ner wechselten – ein wissender Blick, der sie ausschloss. »Was ist?«, fragte sie. »Was wisst ihr beide, das ihr mir nicht sagen wollt?«
»Wir wissen gar nichts«, sagte Antonio, wandte sich ab und rief wieder nach Eduardo.
Cass glaubte etwas zu hören und packte ihn von hinten am Arm. »Psst. Hör mal!«
Der Schrei, wenn es denn einer war, klang schwach.
Doch Antonio raste los wie eine Rakete, links ums Haus herum. »Eduardo! Wo bist du?«
Cass und Gregory rannten ihm nach, und nun hörten sie eine schwache Stimme. »Papá! Papá!«
Plötzlich bückte sich Antonio. Eduardo lag am Boden, die Krücken ein Stück weiter. Sein Vater riss ihn in seine Arme.
Cass packte den Jungen von hinten an der Schulter. »Geht es ihm gut? Wo ist Alyssa?«
»Fehlt dir auch nichts?«, fragte Antonio erleichtert.
»Ich bin hingefallen. Sie ist so schnell gelaufen …« Seine Stimme brach.
»Wo ist Alyssa?«, schrie Cass in heller Panik.
»Ich weiß es nicht. Sie ist weggelaufen, da entlang glaube ich«, sagte Eduardo, den Tränen nahe.
Pures Grauen packte Cass. »Nein.«
Antonio strich seinem Sohn über die Stirn, und Cass merkte, dass beide zitterten. »Sprich mit mir, mein Kleiner. Sag mir, was passiert ist.«
Eduardo nickte. »Wir haben in der Bibliothek gelesen, und dann haben wir komische Geräusche gehört. Da war jemand am Fenster, eine Frau. Alyssa glaubt, dass es ihre Mutter war.«
Eduardo blickte zu Cass auf. »Sie hatte helle Haare. Alyssa ist rausgerannt. Celia ist ihr hinterhergelaufen. Ich habe versucht, ihnen auch nachzulaufen, aber ich konnte einfach nicht mithalten.« Tränen traten ihm in die Augen. »Als ich in die Halle kam, stand die

Haustür offen, also bin ich hinausgelaufen, aber ich konnte sie nicht finden.« Seine Stimme wurde schrill.
Antonio strich ihm über den Kopf und drückte ihn an sich. »Du hast getan, was du konntest.« Dann stand er auf und half Eduardo auf die Beine. Gregory hatte die Krücken eingesammelt und reichte sie dem Jungen. Antonio sah Cass an. »Bring ihn ins Haus. Wartet in der Bibliothek. Gregory und ich suchen sie. Mach dir keine Sorgen. Sie können nicht weit gekommen sein. Wir finden sie schon.«
Cass spürte eine Träne über ihre Wange kullern. »Ich will mitkommen.«
Er beugte sich vor und küsste sie kurz auf den Mund. »Bitte bleib bei meinem Sohn. Er ist völlig außer sich. Und schließ die Haustür ab, sobald ihr drinnen seid.«

Cass saß in der Bibliothek, einen Arm um Eduardo gelegt, starrte in die Flammen und betete, Alyssa möge gesund zu ihr zurückkehren. Sie konnte die Tränen nicht mehr zurückhalten; ihr war ganz elend vor Angst. Sie hielt sich mit großer Mühe davon ab, Eduardo auszufragen, der immer noch völlig aufgelöst war.
Sie schloss die Augen und kämpfte mit den Tränen. Isabel steckte hinter alldem. Daran zweifelte sie nicht mehr.
Cass konnte kaum noch klar denken, doch sie musste versuchen, sich in Isabels Lage zu versetzen. Was, wenn sie diese junge Frau wäre, mit acht Jahren verwaist, zwölf Jahre später auf dem Scheiterhaufen verbrannt? Nachdem man ihr eine Ehe aufgezwungen hatte, die lieblos gewesen sein musste, mit einem Ausländer, und sie jede Hoffnung auf wahre Liebe hatte begraben müssen?
Ich wäre nicht traurig, dachte Cass. *Ich wäre verbittert und stinksauer.*
Cass erstarrte. Wut, Bitterkeit, Zorn, Raserei …
SIE HABEN MICH BETROGEN.
Isabel wollte Rache. Es konnte gar nicht anders sein. Doch wes-

halb hatte sie es nicht nur auf die de la Barcas, sondern auch auf ihre Familie abgesehen?
Cass musste sich nun dem schlimmsten ihrer Gedanken stellen, sosehr ihr auch davor graute. Wenn Isabel eine Botschaft auf ihrem Bildschirm erscheinen lassen konnte, war sie dann auch zu anderen physischen Handlungen in der Lage?
Cass schloss die Augen, ihr war hundeelend. Gewiss war ein Geist nicht in der Lage, einem Mann ein Messer in die Brust zu stoßen. Antonios Großvater war ebenfalls erstochen worden …
»Cass«, flüsterte Eduardo, als sie plötzlich Schritte hörten.
Sie sprang auf, als Antonio und Gregory hereinkamen – und Antonio trug Alyssa auf den Armen, die sich wie ein Äffchen an seinen Hals klammerte. »Alyssa!« Sie war einen Moment lang vor Erleichterung wie gelähmt, und dann ließ sie den Tränen freien Lauf. »Gott sei Dank«, flüsterte sie erstickt.
Antonio stellte Alyssa sanft auf den Boden. »Sie hatte Angst und hat sich im Gebüsch versteckt«, sagte er leichthin, als sei nichts weiter passiert.
Cass sah die Warnung in seinem Blick und begriff, dass er den Kindern nicht noch mehr Angst einjagen wollte – aber er wollte ihr etwas sagen. Sie drückte ihre Nichte fest an sich. Alyssa klammerte sich an sie. Ihr kleiner Körper war warm und wirklich; Cass wiegte sie in ihren Armen.
Dann schalt sie: »Dass du mir nie wieder einfach so wegläufst, hast du verstanden? Sonst bekommst du für den Rest deines Lebens Hausarrest!«
Alyssa nickte mit rot geweinten Augen. »Es tut mir so Leid, Tante Cass. Ich weiß auch nicht, was passiert ist. Ich dachte, ich hätte meine Mutter gesehen, und ich musste sie doch suchen.«
Cass drückte sie noch fester an sich. »Ist schon gut, mein Schatz.« Hatte Alyssa tatsächlich Tracey gesehen? Sie wollte sie jetzt nicht danach fragen. »Ich denke, du und Eduardo, ihr solltet es euch jetzt in euren Decken gemütlich machen und ein bisschen schla-

fen.« Sie untersuchte Alyssa unauffällig von Kopf bis Fuß. Sie hatte ein paar Kratzer an den Armen und einen an der Wange, vermutlich von einem Busch, und ihr Haar war völlig zerzaust, doch ansonsten schien sie unversehrt. Aber was war geschehen? Wo war Celia?

Cass blickte langsam auf – direkt in Antonios finsteres Gesicht.

»Aber du bleibst hier, ja? Die ganze Nacht?«, fragte Alyssa ängstlich.

»Versprochen«, sagte Cass und strich ihr über den Kopf.

Sie steckten die Kinder in ihre provisorischen Betten und warteten dann ungeduldig, bis sie endlich eingeschlafen waren, damit sie sich ernsthaft unterhalten konnten. Als beide Kinder tief und fest schliefen, eilte Cass zu den beiden Männern hinüber, die mit Whiskeygläsern an Antonios Schreibtisch saßen. »Was ist passiert?«, flüsterte sie.

Antonio sah ihr in die Augen. »Sie behauptet, da draußen sei eine Frau gewesen, nicht ihre Mutter, eine Fremde, die ihr schreckliche Angst gemacht hat, und deshalb hat sie sich versteckt. Ich habe sie davon überzeugen können, dass sie sich das nur eingebildet hat und keine Angst zu haben braucht.«

»Isabel«, hauchte Cass.

»Diese Frau ist nicht hier«, fiel Gregory ihr barsch ins Wort. »Herrgott noch mal! Ich kann es langsam nicht mehr hören.«

»Oh doch, sie ist hier«, erwiderte Cass tonlos. »Antonio glaubt mir auch nicht, aber ich habe sie gesehen. Sie spukt in diesem Haus, aber es kommt noch viel schlimmer.« Mit gedämpfter Stimme erklärte Cass: »Sie will sich an dieser Familie rächen.«

Gregory stand auf und trank das halbe Glas mit einem Schluck aus. Cass fiel auf, dass er weiß wie die Wand geworden war – eine sehr unnatürliche Blässe für einen Mann mit seinem goldenen Teint. »Was ist?«, fragte sie nervös.

Er fluchte. »Ich schwöre, morgen packen wir alles zusammen und machen, das wir hier wegkommen.«

»Und was wird aus Celia?«, fragte Antonio ruhig.
Gregory fluchte wieder.
Automatisch griff Cass nach Antonios Hand. Er war aus Fleisch und Blut, stark, ein Mann, und sie fühlte sich ein wenig getröstet. Sie sahen einander in die Augen. »Bitte, bitte sag nicht, dass Celia etwas zugestoßen ist.«
»Wir können sie nicht finden. Jedenfalls nicht bei Nacht.« Er blickte finster drein. »Ich warte noch bis morgen früh, dann fahre ich nach Pedraza und hole die Polizei. Ich will dich heute Nacht nicht mit den Kindern allein hier zurücklassen.«
Cass zitterte. »Du gibst also zu, dass hier etwas Schreckliches vor sich geht und dass wir einer nach dem anderen irgendwelchen Tragödien zum Opfer fallen?«
Antonio trank einen Schluck Whiskey. »Nehmen wir einmal an, nur für einen Moment, dass du Recht hast. Dass Isabel hier ist, dass sie dir eine Botschaft geschickt hat. Was können wir daraus schließen?«
»Dass sie intelligent ist und über eine gewisse Willenskraft verfügt«, erwiderte Cass prompt.
»Das ist doch Unsinn!«, rief Gregory. »Hier läuft ein Mörder frei herum. Das ist eine Tatsache. Alles andere ist Unsinn.«
Cass wandte sich wütend zu ihm um. »Ist es Unsinn, dass Ihr Vater gestorben ist – und dass das kein Unfall war? Ist es Unsinn, dass auch Ihr Großvater brutal ermordet wurde? Ist es Unsinn, dass Antonios Frau aus diesem Haus verschwunden ist? Dass meine Schwester verschwunden ist? Dass der Elektriker tot ist – brutal ermordet? Und dass nun auch noch Celia verschwunden ist?« Sie drehte sich wieder zu Antonio um, der sich erhoben hatte. »Ist dein Großvater hier gestorben?«
Antonio nickte und sah ihr unverwandt in die Augen. »Wie meinst du das, der Tod meines Vaters war kein Unfall?«
Cass beschloss, endlich reinen Tisch zu machen. »Meine Tante hat ihn umgebracht«, sagte sie.

Gregory war zu Bett gegangen. Cass hatte den Eindruck, er war nicht besonders glücklich über die Aussicht gewesen, oben allein zu schlafen, doch sie hatte nicht vorgeschlagen, er solle bei ihnen in der Bibliothek bleiben, und seine entschlossene Miene hatte ihr gesagt, dass diese Entscheidung auf machohaftem Stolz beruhte. Sie störte sich gewiss nicht daran.

Antonio saß über den Schreibtisch gebeugt und las Catherines Tagebuch. Jedes Mal, wenn Cass ihn eine Seite umblättern hörte, wollte sie sich am liebsten nach ihm umdrehen, zu ihm gehen, ihn in den Arm nehmen. Doch sie tat es nicht.

Sie fürchtete, von ihm zurückgewiesen zu werden. Sie fürchtete sich vor dem, was er vielleicht in Catherines Tagebuch fand. Sie fürchtete, sie würden nie über Catherines Schuld am Tod seines Vaters hinwegkommen – falls sich das als wahr erweisen sollte.

Cass konnte nur beten, dass ihre Tante sich getäuscht hatte.

Doch sie hatte jetzt keine Zeit, sich mit solchen Gedanken zu quälen. Es lag viel Arbeit vor ihnen – und sie hatte ständig das Gefühl, die Zeit würde nie für alles reichen. Es war schon elf Uhr. Sie sah die Bücher, Akten und Unterlagen durch, die die Bücherregale füllten, und suchte nach einem Hinweis – irgendeinem Hinweis –, der ihnen vielleicht helfen konnte, Isabel zu verstehen, damit sie gegen sie vorgehen konnten. Doch wie kämpfte man gegen einen Geist?

Cass' Kenntnisse des Übernatürlichen basierten auf Talkshows und Filmen, Romanen und dem einen oder anderen Esoterik- oder Lebenshilfe-Buch. Dieses Wissen ließ sich in einem Punkt zusammenfassen: Geister sollten zur Ruhe gebracht werden; anstatt Menschen zu verfolgen und an bestimmten Orten herumzuspuken, sollten sie »ins Licht gehen«. Doch wie schickte man einen Geist in den Himmel – oder in die Hölle?

Plötzlich schlug Antonio das Tagebuch mit einem Knall zu. Cass fuhr herum, in einer Hand eine Biografie von Mary Tudor und in der anderen eine ihrer Schwester, Königin Elizabeth. Die Regale barsten schier vor Büchern über mittelalterliche Geschichte und Biografien berühmter historischer Persönlichkeiten; die meisten drehten sich um Spanien oder Europa insgesamt. Doch Cass fand auch immer mehr Werke über England unter den Tudors – und speziell über die Epoche, in der Isabel gelebt hatte. Sie konnte sich gut denken, warum.

Antonio war auf dem Stuhl zusammengesunken und hatte den zweiten Whiskey in der Hand.

Cass ging zu ihm. »Alles in Ordnung?«, fragte sie nervös und wagte nicht, ihn zu berühren.

Er drehte sich zu ihr um. »Sie hatten eine Affäre.«

»Es tut mir Leid«, sagte Cass und wollte gern mehr erfahren.

Er rieb sich die Schläfen. »Deine Tante hat sich schreckliche Vorwürfe deswegen gemacht. Mein Vater ebenfalls. Ich glaube, sie haben beide nie aufgehört, ihre Ehepartner zu lieben. Doch das hat sie nicht daran gehindert. Ich verstehe nicht, was da genau passiert ist … wie es dazu kam, dass deine Tante und mein Vater tatsächlich so weit gingen. Anscheinend konnten sie es selbst nicht begreifen.«

Cass schluckte und dachte an das, was ihre Tante ihr erzählt hatte. »Glaubst du, meine Tante hat ihn umgebracht?«, flüsterte sie erstickt. »Absichtlich?«

Er sah sie an. »Ich weiß es nicht, Cassandra. Ich weiß es einfach nicht.«

»Gibt es irgendwelche Hinweise auf Isabel?«

Sein Blick wurde starr. »Sie waren von ihr besessen.«

»Was?«

»Die beiden sind hierher gekommen, um gemeinsam ihr ganzes Leben auszugraben. Sie waren beide besessen davon – es ging sogar so weit, dass mein Vater deine Tante Isabel nannte und sie sich einbildete, sie sähe aus wie ihre Vorfahrin.«

Cass sah ihn entsetzt an. »Antonio, du und ich … wir sind hier und arbeiten gemeinsam an genau derselben Sache.«

»Ich weiß.«

Er träumte von Feuer, und sie starrte ihn aus den Flammen heraus lüstern an, die dämonische Frau aus seiner Kindheit. Gregory warf sich unruhig herum und schwitzte, obwohl er nur in seiner Unterhose schlief. *Wach auf*, flüsterte die Kreatur in seinem Traum. *Wach auf.*

Gregory riss die Augen auf und war plötzlich hellwach.

Und er wusste, dass er nicht allein war.

Er wurde starr vor Angst, und dann sah er die Frau vor seinem Bett stehen, ein dunklerer Schatten in seinem finsteren Schlafzimmer.

»Gregory?«, flüsterte Tracey.

Als er erkannte, dass es Tracey war und nicht dieser Dämon Isabel, fuhr er hoch. »Tracey! Geht es dir gut?«

Sie kam zu ihm und schlüpfte ins Bett; er legte die Hände auf ihre schmalen Schultern, und ihr Haar von der Farbe des Mondlichts fiel ihm über Hände und Unterarme. »Ich glaube schon«, flüsterte sie heiser.

Er ließ die Hände sinken, schwang die Beine aus dem Bett und tastete blind nach den Streichhölzern und der Kerze auf seinem Nachttisch. Als die Kerze brannte, hielt er sie hoch und sah in ihre hellblauen Augen. »Gott sei Dank!«, rief er und legte eine Hand in ihren Nacken. »Gott sei Dank. Was ist denn passiert? Wo warst du?«

Sie sah ihn an. »Mir fehlt nichts. Bitte halt mich fest.«

Er stellte die Kerze ab und schloss sie in die Arme; er dankte Gott, dass sie noch am Leben war, denn insgeheim hatte er sie schon für tot gehalten. So wie er *wusste*, dass Margarita tot war. Er wusste es im tiefsten Herzen – seine Intuition ließ ihn nicht daran zweifeln.

Tracey war dünn, aber warm, wunderbar warm und lebendig in seinen Armen, und sie zitterte. Er streichelte ihren Kopf, ihren Rücken. In dem Augenblick, als ihr Körper auf diese uralte Vertrautheit von Mann und Frau reagierte, wurde auch er sich seines Verlangens bewusst.

Er bekam sofort eine Erektion.
Sie lächelte an seiner Wange, dann drehten beide ein wenig den Kopf, und ihre Lippen fanden sich und begannen, einander zu verschlingen. Als Gregory sich auf sie legte, die Zunge tief in ihrem Mund, schoss ihm durch den Kopf, wie irrsinnig das hier war. Sie griff nach seinem Penis und streichelte ihn, und er konnte nicht warten. Er riss ihr die Shorts mitsamt dem Tanga vom Leib und strich mit der Hand über ihre Scham. Gleich darauf drang er tief in sie ein, und beide schrien auf.
Es dauerte nur wenige Augenblicke. Traceys Orgasmus erschien ihm geradezu brutal, und er kam auf der Stelle. Zu spät fiel ihm ein, dass er schon wieder das Kondom vergessen hatte. Er hatte auch vergessen, sie zu fragen, ob sie verhütete.
Verdammt, dachte er, plötzlich so tief befriedigt, dass er sich nicht mehr bewegen konnte.
Sie lachte.
Es klang seltsam, und er drehte sich steif zu ihr um und sah sie an.
Isabel lächelte ihm ins Gesicht.
Gregory sprang aus dem Bett und starrte völlig entsetzt auf die rotblonde Frau aus den Albträumen seiner Kindheit, die halb nackt in seinem Bett lag.
»Verschwinde!«, schrie er.
Isabel lachte nur.

Achtzehn

Mitternacht

Die Schlucht war mit Gestrüpp überwuchert. Sie versteckte sich zwischen den dichten Zweigen und betete, dass die Büsche und die Nacht sie verbergen würden.

Sie konnte kaum atmen – sie war noch nie so weit und so schnell gerannt, aus purer Angst. Doch sie wagte es nicht einmal jetzt, den geringsten Laut von sich zu geben; sie keuchte und versuchte, das Geräusch mit der Hand zu ersticken. Sie war starr vor Angst.

Über ihr, auf dem Steilhang, den sie heruntergestürzt war, hörte sie hin und wieder Schritte auf den losen Steinchen. Oder war das nur der Wind in den Zweigen?

Machte das einen Unterschied? Sie würde nicht entkommen.

Spitze Steine bohrten sich in ihre Knie. Ihre Finger kratzten über den harten Boden. Sie schmeckte Staub und Furcht.

Dann schmeckte sie Blut, viel Blut. Ihr eigenes Blut.

Sie arbeiteten nun Seite an Seite, nahmen Bücher von den Regalen, blätterten sie durch und ordneten sie nach Sachgebiet und Epoche. Auch die Akten stapelten sie so auf. Die Nacht war erschreckend still.

Und es war dunkel. Das Feuer war zu einer kleinen Flamme geschrumpft.

Cass wünschte, es wäre schon Morgen; sie wünschte, die Sonne würde endlich aufgehen. Sie mochte die Nacht nicht mehr, dabei hatte sie sich sonst nie vor der Dunkelheit gefürchtet. Sie sah zu

Antonio hinüber. Er wirkte verstört. Was hatte er sonst noch aus Catherines Tagebuch erfahren? Warum erzählte er ihr nichts davon? »Antonio?«

Er blickte mit einem Buch in der Hand zu ihr auf. »Ja?«

»Da ist etwas, was mich immer mehr wundert, je länger ich darüber nachdenke. Isabel hat nicht geschrieben, ›er‹ habe sie betrogen. Sie sagte, ›sie‹ hätte sie betrogen.«

Er lehnte sich an das Bücherregal. »Sofern du das wirklich gesehen hast.«

Sie brauste auf: »Ich habe genau das gesehen, was ich gesagt habe. Und wenn nicht Isabel diese Worte an mich gerichtet hat, dann hat irgendjemand in diesem Haus eine Vorliebe für schlechte Scherze. Das würde dann auch bedeuten, dass hier ein Mörder frei herumläuft. Und wer sollte das sein?« Als er nichts darauf erwiderte, fragte sie: »Sind das nicht ein paar Zufälle zu viel?«

»Die Vergangenheit wiederholt sich«, sagte Antonio leise.

Cass drückte ein Buch an ihre Brust. Catherine und Eduardo hatten etwas miteinander angefangen, genau wie sie und Antonio. »Darüber habe ich auch schon nachgedacht. Alle diese Ereignisse haben eines gemeinsam.«

»Und das wäre?« Er hörte ihr aufmerksam zu.

»Gewalt. Was wir getan haben, war eher gewaltsam als erotisch, zumindest sehe ich das so. Dein Vater, dein Großvater, meine Tante – sie alle sind eines gewaltsamen Todes gestorben. Ich meine, selbst wenn Catherines Tod natürliche Ursachen haben sollte – ich war dabei. Es war brutal. Ein Autounfall – sofern es ein Unfall war – ist ein gewaltsames physisches Ereignis. Die Art, wie Tracey mich geschlagen hat …«

»Sie hat dich geschlagen?« Er starrte sie ungläubig an. »Warum erzählst du mir erst jetzt davon?«

Mit grimmiger Miene sagte Cass: »Sie wollte das nicht. Sie ist ausgeflippt. Sie war nicht sie selbst.«

Er verarbeitete das erst einmal. »Also, was willst du damit sagen?

Dass Isabel, die eines gewaltsamen Todes starb, Gewalt irgendwie verbreitet wie eine ansteckende Krankheit?«

Cass staunte. Sie hatte Isabels Tod gar nicht in ihre Überlegungen einbezogen, doch Antonio hatte Recht. »Ich weiß nicht, Antonio«, sagte sie. »Aber du bist ein de la Barca, und ich bin eine de Warenne. Die beiden Familien sind wieder einmal miteinander verstrickt. Tante Catherine hatte offenbar vollkommen Recht.« Trauer stieg in ihr auf. Sie fragte sich, ob das immer so bleiben würde.

»Was ist mit dem Elektriker? Warum wurde er ermordet? Er gehört weder zu den de la Barcas noch den de Warennes. Er war völlig unbeteiligt und rein zufällig hier. Vielleicht ist auch sein Tod nur ein Zufall.«

»Das könnte ich vielleicht sogar glauben – aber er wurde mit einem Messer erstochen, das aus *diesem* Haus stammt.« Cass seufzte. »Ich kann ja schon kaum verstehen, warum sie meine Familie so hasst.«

»Sussex hat sie gezwungen, Alvarado zu heiraten.« Antonio zuckte die Schultern. »Menschen sind so komplex. Was für dich einen guten Grund darstellt, muss mir keineswegs einleuchten. Vielleicht hat Isabel ihren Onkel allein deshalb gehasst, weil er diese Ehe arrangiert hat.«

»Vielleicht hat sie ihn auch irgendwie unbewusst dafür gehasst, dass er ihres Vaters Platz eingenommen hat.«

»Kann sein.«

»Also, wer sind dann ›sie‹? Sussex und ihr Ehemann?«

»Wir ziehen voreilige Schlüsse«, sagte er, doch er lächelte sie an.

Cass erwiderte das Lächeln. »Ja, das stimmt.« Sie fanden Spaß an ihrer Arbeit. Ihr Lächeln erlosch. Dies war nicht der passende Zeitpunkt für angeregte Debatten. »Wir müssen herausfinden, was mit Isabel geschehen ist. Denn dann kommen wir vielleicht auch dahinter, was sie will.« Sie wandte sich wieder dem Buch in ihren Händen zu.

Er unterbrach sie beim Lesen. »Cassandra, vielleicht trauen wir Isabel viel zu viel zu. Ich kann mir immer noch nicht vorstellen, dass ein Geist komplizierte Rachepläne schmiedet.«
Cass erwiderte seinen Blick. »Ich hoffe, dass du Recht hast. Aber leider weiß ich, dass du dich irrst. Die Vergangenheit wiederholt sich tatsächlich.« Sie schaute auf das Buch hinab – eine Sammlung von Aufsätzen über die Reformation. »Wir müssen Isabel verstehen, herausfinden, was sie will – und es ihr geben oder sie aufhalten, wenn sie uns wirklich zerstören will«, sagte Cass düster und schlug das Buch auf. Dabei fiel ein Blatt Papier heraus.
Bevor sie es aufheben konnte, packte Antonio ihren Arm. »Du hast eine erstaunlich rege Fantasie«, sagte er barsch. »Aber jetzt gehst du wirklich zu weit!«
Sie hielt seinem Blick stand. »Es folgt einem Muster, verdammt noch mal, und das wissen wir beide.«
»Mir wird nichts zustoßen, oder dir, oder sonst jemandem«, sagte er bestimmt. »Wir werden Tracey und Celia wiederfinden, und dann ist alles wieder in Ordnung.«
Cass straffte die Schultern. »Was, wenn wir sie nicht finden?«
Er zögerte. »Morgen hole ich die Polizei und schicke euch alle nach Hause.«
Cass rührte sich nicht. »Dein Tonfall passt mir nicht.«
»Ich bin mit meiner Arbeit hier noch nicht fertig. Ich werde bleiben.«
Cass wollte ihren Ohren nicht trauen. »Du kannst doch nicht allein hier bleiben!«
Er wandte sich ab, doch sie hatte seinen entschlossenen Gesichtsausdruck deutlich gesehen.
Cass starrte seinen Rücken an. Wie konnte sie abreisen und ihn zurücklassen? Sie begann zu zittern. Eine Katastrophe, dachte sie, das konnte nur in einer Katastrophe enden.
Oder in einer weiteren Tragödie.
»Sie spielt mit uns«, flüsterte Cass. »Teile und herrsche.«

»Unsinn«, erwiderte Antonio barsch.

»Du kannst nicht allein hier bleiben«, wandte Cass erbittert ein. »Ich sehe es dir doch an. Es ist ihretwegen. Wegen Isabel. Ihretwegen willst du nicht gehen. Du spielt hier den Advocatus Diaboli, aber du glaubst an sie. Du glaubst alles, was ich gesagt habe!«, rief sie.

Er verschränkte die Arme. »Was ist da eben aus dem Buch gefallen?«

Sie war zornig. *Sturer Kerl!* Sie bückte sich und hob das Blatt Papier auf. Es war eine sorgfältig zusammengefaltete Seite. Auf den ersten Blick erkannte sie, dass sie wieder auf eine von Eduardos Notizen gestoßen war.

»Was ist das?«, fragte Antonio in scharfem Ton.

»Ich erkenne die Handschrift deines Vaters«, sagte Cass, »aber ich kann kein Spanisch.« Doch ein Wort auf dem vergilbten Papier sprang ihr ins Auge. *Sussex*.

Antonio nahm ihr das Blatt ab. Er kniff wegen der schlechten Beleuchtung die Augen zusammen. »Hier steht: ›Farmer, Seiten fünfhundertsechzehn bis fünfhundertsiebzehn, Grantham, Seiten zweiundzwanzig bis dreiundzwanzig und zweihundertacht, Sussex.‹«

Cass sah ihn blinzelnd an und genoss das Prickeln eines aufregenden Fundes. »Diese Bücher habe ich gerade gesehen – eines davon ist eine Biografie von Mary Tudor.« Sie beugte sich über einen Stapel Bücher, suchte darin und brachte die beiden genannten Bücher zum Vorschein. »Welche Seite bei Farmer?«, fragte sie.

»Fünfhundertsechzehn bis -siebzehn«, sagte Antonio und kniete sich neben ihren Stuhl.

Cass überflog die Seiten. »Ich brauche mehr Licht.« Sie ging rasch zum Feuer hinüber, Antonio dicht auf den Fersen. »Hier geht es um Sussex' Berufung in Marys Beraterstab, kurz nach ihrer Krönung. Es wird extra erwähnt, dass er sich erst in letzter Minute auf ihre Seite geschlagen hat, wenige Tage bevor sie den Thron be-

stieg. Natürlich war er da nicht der Einzige.« Cass war enttäuscht. »Das sagt uns nichts Neues.«
»Dann den Grantham. Ich glaube, das war eine Biografie von Queen Elizabeth, oder?«
Cass holte schnell das andere Buch. »Welche Seite?«
Antonio nannte ihr die Seiten, und Cass blätterte. »Also dann. Sussex wurde außerdem wenige Tage nach Elizabeths Krönung zu einem ihrer Ratgeber ernannt.« Sie blickte zu Antonio auf und blätterte dann zu Seite zweihundertacht. »Und er wurde am Ende des zweiten Jahrs ihrer Herrschaft wegen Hochverrats angeklagt.« Cass griff verwirrt nach dem Blatt in seiner Hand, um es noch einmal selbst zu sehen.
Stille hatte sich über den Raum gesenkt.
Sie war so tief und schwer, dass sie Cass aus ihren Spekulationen riss; plötzlich war sie besorgt, nervös – und verängstigt.
Etwas würde passieren, jetzt gleich.
Antonio sah auf, und ihre Blicke trafen sich. »Ist das von Bedeutung?«, fragte sie flüsternd. Immer wieder sah sie sich furchtsam um. »Habe ich irgendetwas übersehen? Grantham schreibt weiter, dass Sussex mit dem Leben davonkam – allerdings verlor er seinen Titel und alle Ländereien. Das war aber erst nach Isabels Tod.« Sie flüsterte und wusste selbst nicht recht, warum.
»Er war ein Opportunist – ein politischer Überlebenskünstler«, sagte Antonio. »Zumindest die meiste Zeit seines Lebens.« Er stand auf. »Findest du es nicht auch seltsam, dass er seine Nichte mit einem Spanier verheiratet hat?«
»Doch, sehr seltsam. Worauf willst du hinaus?« Doch noch während Cass sprach, wurde es ihr schlagartig klar, und sie fragte sich, wie ihr das hatte entgehen können.
Sie standen einander reglos gegenüber und sahen sich an. Eine letzte Kerze brannte noch, nicht weit von den Kindern entfernt. Cass konnte Antonios flachen, schnellen Atem hören.
Veilchenduft wallte auf.

»Sie ist hier«, sagte Cass. Sie wollte nach seiner Hand greifen, konnte sich aber nicht von der Stelle rühren.

Antonio drehte sich langsam um sich selbst und blickte suchend in die Dunkelheit.

Plötzlich ging das Blatt mit Eduardos Notizen in Cass' Hand in Flammen auf. Sie schrie auf, ließ das brennende Papier fallen und wich zurück. Antonio rannte herbei und trat das Feuer aus.

Auf dem Teppich blieb nur ein wenig Asche zurück, mit ein paar Eckchen angesengtem Papier dazwischen.

Wie angewurzelt starrte Cass darauf hinab und blickte dann zu Antonio auf. Er war gespenstisch blass.

»Asche«, sagte Cass. Sie sah sich hastig um und erwartete, dass Isabel jeden Moment erscheinen würde, und dann? Was sollte sie dann tun? Was, wenn die Kinder aufwachten und sie sahen? Was, wenn sie die Kinder angriff? Sie hatte eben ein Blatt Papier in Flammen aufgehen lassen. Was konnte sie noch alles tun?

Die bedrückende, vollkommene Stille hielt an, und der Veilchenduft verzog sich so rasch, wie er entstanden war.

Cass merkte, dass sie zitterte wie Espenlaub.

Antonio starrte sie immer noch stocksteif und mit großen Augen an. Cass wusste, dass ihm genau derselbe Gedanke gekommen war. Er holte tief Luft und sagte: »Sussex. Das Blatt, das sie verbrannt hat, betraf Sussex.«

»Sie hasst ihn«, flüsterte Cass. »Wir hatten Recht.«

»Er hat sie benutzt«, sagte Antonio, der schon wieder fast normal klang. Sie sahen einander an.

»Und sie will, dass wir es wissen«, beendete Cass seinen Gedanken.

London, 28. Juli 1554

Sie wurden am 28. Juli 1554 in der Kathedrale von Westminster verheiratet.

Isabel saß in der bischöflichen Residenz neben ihrem Gemahl am Kopf der längsten von vier Tafeln, die sich unter den vielen Speisen bogen. Sie war wie betäubt. War erst ein Monat vergangen, seit Sussex sie darüber unterrichtet hatte, dass der Graf von Pedraza um ihre Hand angehalten habe? Diese Unterredung schien ihr ein ganzes Leben zurückzuliegen.

Isabel war sich nur vage der Feiernden um sie herum bewusst. Auf einer erhöhten Plattform saßen Königin Mary und Philip Seite an Seite über Isabel und ihrem Ehemann. Sie aßen von Tellern aus purem Gold, Braut, Bräutigam und die übrigen Gäste von blinkendem Silbergeschirr. Rings um Isabel und Alvarado de la Barca aßen und tranken spanische und englische Edelleute – Bier, Ale und spanische Weine wurden gereicht, und es waren bisher dreißig oder vierzig Gänge aufgetragen worden. Es wurde auch getanzt, allerdings recht zögerlich, denn die Spanier beherrschten die Tänze der Engländer nicht. Isabel war sich dieser Verlegenheit ihrer Gäste kaum bewusst, auch nicht ihrer lauten Fröhlichkeit, des Lärmens und Lachens, der Königin und ihres Prinzgemahls, der noch nicht zum König gekrönt worden war.

Und selbst wenn sie es bemerkt hätte, es wäre ihr gleichgültig gewesen. Nichts auf dieser Welt bedeutete ihr noch etwas. Nicht einmal ihre Zukunft als Gräfin in einem fernen Land.

Da konnte Helen sie schelten, wie sie wollte, es bedeutete ihr einfach nichts.

Isabel merkte, dass Alvarado ihr ein Häppchen Taube in den Mund schob, und sie aß es gehorsam, obwohl ihr Magen sich all der Köstlichkeiten zu entledigen drohte. Dann bot er ihr Wein aus seinem eigenen Kelch an, und sie würgte auch davon einen Schluck herunter. Sie wusste, sie sollte sich eigentlich bemühen zu lächeln; es gelang ihr aber nicht. Irgendjemand am Tisch flüsterte: »Seht nur, wie verängstigt sie ist, die arme Kleine.« War sie verängstigt? Dies war doch gewiss nur ein Traum. Ein schlimmer Traum.

Und dann entdeckte sie Rob weiter unten am Tisch, mit Lady de Warenne an seiner Seite.
Isabel wurde stocksteif vor Entsetzen. Es war, als habe jemand einen Eimer eisiges Wasser über sie geschüttet, und plötzlich verflüchtigte sich der Eindruck eines Traumes. Sie fühlte, wie ihre Kehle schluckte, schmeckte den schweren Rotwein und vernahm deutlich das ohrenbetäubende Stimmengewirr und Gelächter im Saal. Sie starrte ihn an. Seine Frau war jung und hübsch, mit sehr dunklem Haar und heller Haut. Rob blickte krampfhaft geradeaus über den Tisch und wagte nicht, in ihre Richtung zu schauen.
Plötzlich fragte sich Isabel: *Was habe ich getan?*
Immer wieder geisterte diese Frage durch ihren Kopf.
Quälend … höhnisch.
Sie zitterte vor plötzlicher Angst und spürte das Bein ihres Gemahls, das sich an ihres presste. War sie tatsächlich dieses Mannes Ehefrau geworden? Sie konnte sich weder an die katholische Zeremonie erinnern noch an die Hochzeitsvorbereitungen. Sie verzweifelte beinahe. Sie konnte sich an keinen einzigen Tag in den vergangenen vier Wochen erinnern, nicht einmal an die lange Unterredung mit ihrem Onkel, der ihr de la Barca als zukünftigen Ehemann vorgestellt hatte.
Zum ersten Mal sah sie den Mann, der neben ihr saß, bewusst an. Er war kaum größer als sie. Seine Haut war sehr dunkel, seine Augen beinahe schwarz, und er war weder besonders ansehnlich noch besonders unscheinbar. Doch er lächelte sehr selten. Isabel sah ihn an und bekam entsetzliche Angst.
Sie trug ein silbernes Gewand, bestickt mit Tausenden winziger weißer Perlen, gesäumt mit Rubinen und Saphiren. Zum ersten Mal, seit man sie heute Morgen angekleidet hatte, fiel Isabel auf, wie schwer das Kleid war. Doch die Last des Kleides wog leicht gegen ihre plötzliche, vollkommene Verzweiflung.
Ich werde sterben, dachte sie, *bald.*
Auf einmal bemerkte sie, dass es im Saal noch lauter geworden

war. Isabel erschrak, denn alle Hochzeitsgäste sowie ihr Gemahl waren aufgestanden. Ihre anzüglichen, ermunternden Zurufe hallten von den Wänden wider. Isabel spürte die Hand ihres Mannes auf der Schulter und blickte hastig auf.
Er lächelte ein wenig, zum allerersten Mal.
Isabel konnte das Lächeln nicht erwidern. Sie begriff, dass das Festmahl beendet war und dass man sie und Alvarado nun zu ihren Gemächern geleiten würde, die sie, wie es der Brauch verlangte, einige Tage lang nicht mehr verlassen würden. Sie konnte sich nicht rühren.
Und sie spürte Robs Blick.
Unwillkürlich blickte Isabel auf und sah ihm zum ersten Mal seit Monaten in die Augen.
Er sah sie mit glühendem Blick an. Sie erstarrte und senkte hastig den Blick.
»Erhebt Euch, meine Hübsche«, befahl ihr Mann sanft in der Sprache, in der sie sich am besten verständigen konnten – Französisch.
Isabel stand auf wie eine Marionette und sah vor ihrem inneren Auge Robs unglückliches Gesicht und ein prunkvolles, riesiges Himmelbett. *O Gott.* Wie konnte sie jemals das Bett mit Alvarado teilen? Wie?
Was, wenn er merkte, dass sie keine Jungfrau mehr war?
Plötzlich erinnerte sich Isabel daran, dass Helen eine Nadel in den Falten ihres Gewandes verborgen hatte. Helen kannte also die Wahrheit. Isabel begann zu zittern.
Und schon drängte die Menge sie aus dem Saal.

In der Dunkelheit streichelte er ihre bloßen Brüste, ihre Taille, ihre Hüften.
Isabel lag stocksteif da und hielt die Augen fest geschlossen. Robs Antlitz und die Erinnerung an ihre zärtliche Liebe und Leidenschaft ließen sich nicht vertreiben.

Er sagte etwas auf Spanisch, und seine Stimme war tief und heiser vor Verlangen.
Isabel wusste nicht, was er sagte, doch sie hörte ihre Antwort – ein ersticktes Schluchzen.
»Fürchtet Euch nicht«, flüsterte er und legte sich auf sie.
Isabel erstarrte, denn er war hart und groß, und sie brachte kein Wort hervor. Wie konnte das geschehen? Wie? Was hatte sie nur getan, dass Gott sie so strafte?
Er drang in sie ein, nicht plötzlich, sondern langsam und unter Schwierigkeiten.
Isabel schrie auf, denn er tat ihr weh.
Wieder redete er auf Spanisch auf sie ein, leise und tröstlich.
Isabel konnte sich nicht entspannen. Tränen liefen ihr über die Wangen. Zu spät erkannte sie, welch furchtbaren Fehler sie gemacht hatte. Zu spät erkannte sie, dass sie immer noch einen anderen liebte.
»Es tut mir Leid, es tut mir Leid«, sagte er, und dann stieß er immer wieder in sie hinein. Isabel ließ ihren Tränen freien Lauf.

Die Sonne schien grell durch die halb geschlossenen Vorhänge und weckte Isabel.
Im Moment des Erwachens überfiel sie die brutale Erkenntnis, dass sie nun endgültig und unwiderruflich Alvarados Ehefrau war.
Verzweiflung packte sie. Isabel öffnete widerstrebend und voller Grauen die Augen. Seine Seite des Bettes war leer. Sie schloss erleichtert die Augen und wünschte sich nichts sehnlicher, als wieder in den Schlaf zu entfliehen. Doch sie war wach, und daran ließ sich nun einmal nichts ändern.
Die englische Tradition schrieb vor, dass sie einige Tage lang ganz allein in ihren Gemächern verweilten. Isabel biss sich auf die Lippe, denn bei der bloßen Vorstellung brannten Tränen in ihren Augen.

Schließlich setzte sie sich auf, rieb sich mit den Fingerspitzen die Augen und sehnte sich nach ihrem Hündchen und sogar nach Helen. Es war besiegelt. Sie war mit einem mächtigen, reichen Edelmann verheiratet. Sie musste sich in ihr Schicksal fügen, das Beste daraus machen. Sie musste Alvarado, ihren Gatten, für den Rest ihres Lebens zufrieden stellen.
Isabel schlüpfte schweren Herzens aus dem Bett und warf einen Blick auf den Blutfleck auf dem Laken, der von unzähligen kleinen Stichen in ihre Fingerspitzen stammte. Ihr Mann hatte sich nicht einmal die Mühe gemacht, das Bett auf diesen Beweis ihrer Jungfräulichkeit hin in Augenschein zu nehmen. Bitterkeit stieg in ihr auf.
Rob hatte ihr erzählt, er habe eine reiche Witwe geheiratet. Sie hatte angenommen, seine Frau sei ein hässliches altes Weib. Doch sie war jung und hübsch, und Isabel wurde übel, wenn sie nur daran dachte.
Tu dir das nicht an, ermahnte sie sich, doch ihre stumme Bitte an sich selbst verhallte ungehört. Sie konnte nur noch daran denken, dass sie nicht die Frau dieses Spaniers sein wollte, wie elegant und mächtig er auch sein mochte, und dass sie Anne de Warenne aus tiefstem Herzen hasste.
Abrupt stand Isabel auf und ging nackt zu ihrem Morgengewand, das an einem Haken an der Wand hing. Sie schlüpfte hinein, ging zu ihrer Truhe und hob den Deckel an. Sie zögerte mit pochendem Herzen und wühlte dann in den Tiefen der Truhe, bis sie einen dicken Gedichtband fand.
Ihr Herz hämmerte laut, und sie drückte das Buch an ihre Brust. Sie setzte sich hastig aufs Bett und holte die drei Briefe hervor, die sie in dem dicken Band versteckt hatte – alle drei waren noch versiegelt und ungelesen, alle drei waren von Rob.
Sie starrte auf die Siegel. Seit er ihr gestanden hatte, dass er verheiratet war, hatte er versucht, sie mit Briefen zu erreichen. Sie hatte keine Möglichkeit gefunden, sie ungeöffnet zurückzuschicken,

und es nicht über sich gebracht, sie zu verbrennen. Daher hatte sie sie versteckt.

Sie zitterte. Die Stimme der Vernunft hatte ihr immer wieder geraten, die Briefe nicht aufzubewahren – und sie auch nicht zu lesen. Nun verscheuchte Isabel jeden vernünftigen Gedanken und erbrach mit einem Fingernagel das Siegel des ersten Briefs.

Sie las: »Meine liebste Isabel, ich entbiete Euch meine aufrichtigen Glückwünsche anlässlich Eurer Verlobung mit Alvarado de la Barca. Ich kann mir keinen besseren Mann für Euch denken als ihn – welch eine großartige, glückliche Verbindung. Meine liebe Cousine, ich behalte Euch stets in verwandtschaftlicher Verbundenheit in meinem Herzen. So viel Zeit ist seit unserer letzten Unterhaltung vergangen, und ich bereue zutiefst meinen Fehltritt bei dieser Gelegenheit. Ich flehe Euch an, mich noch vor Eurer Vermählung gnädig zu empfangen. Auf ewig Euer ergebenster Cousin, Admiral Robert de Warenne.«

Isabel starrte auf den Brief hinab. Das Blatt zitterte in ihrer Hand. Was hatte diese Botschaft zu bedeuten?

Verwandtschaftliche Verbundenheit. War es das, was er nun für sie empfand?

Was, wenn er sie noch liebte? Was, wenn er sie hatte sehen wollen, um ihr das zu sagen?

Sie las den Brief ein zweites Mal. »Auf ewig Euer ergebenster Cousin.« Was sollte das heißen? Bedeutete es überhaupt etwas?

Plötzlich fasste sie einen Entschluss – sie würde Rob treffen, so bald wie möglich, und eine Erklärung für diese Beteuerungen treuer Ergebenheit verlangen. Wenn er sie nicht mehr liebte wie einst, dann musste sie Gewissheit darüber haben. Denn Gott wusste, sie glaubte, ihn immer noch zu lieben.

Die Tür zum Vorzimmer öffnete sich knarrend, und sie hörte schwere Schritte.

Isabel erstarrte. Dann schob sie hastig den Brief, den Umschlag und die beiden anderen Botschaften in das Buch, und als sie es zuschlug, wurden die Schritte lauter, näherten sich der Tür. Isabel sah das erbrochene wächserne Siegel neben sich auf dem Bett liegen. Als Alvarado durch die Tür des Schlafgemachs trat, rutschte sie hastig ein Stück beiseite und setzte sich auf das scharlachrote Wachs. Das Buch hielt sie fest umklammert.

Er musterte sie.

Isabel starrte ihn an, und ihr Herz pochte ängstlich bei dem Gedanken: *Wenn er diese Briefe findet, wird er alles wissen, und das wäre mein Ende.*

»Isabel?« Sein Blick wurde fragend. »Seid Ihr krank?«

Isabel lächelte und wand sich zugleich unter der Last ihrer Täuschung. »Ich bin ein wenig schwach«, flüsterte sie.

»Ihr habt gestern Abend kaum gegessen«, sagte er, und sein Blick fiel auf das Buch in ihrer Hand.

Zu spät. Isabel schaute auf den Band hinab, während ihr Herz so laut hämmerte, dass er es hören musste, und dann blickte sie auf und sah ihm in die Augen.

Er kam mit ernster Miene auf sie zu, und bevor sie wusste, wie ihr geschah, hatte er ihr das Buch abgenommen. Er warf einen raschen Blick auf den Einband. »Gedichte?« Er zog die Brauen hoch und legte das Buch achtlos auf den Tisch neben ein Tablett mit Brot, kaltem Braten, Käse und Bier, das hereingebracht worden war, während sie geschlafen hatte. Er schüttelte den Kopf. »Ich hasse dieses Gebräu. Wissen sie denn nicht, dass ich nur Wein trinke?«

Isabel sprang auf und zwang sich, das Buch nicht anzusehen. Ragte etwa ein Stückchen Pergament zwischen den Seiten hervor? »Mylord, ich werde dafür sorgen, dass Euch zukünftig nur noch Wein serviert wird«, sagte sie hastig.

Er sah sie freundlich an. »Ihr macht mir große Freude, Isabel«, sagte er.

Sie wünschte, sie würde erröten. Doch es fühlte sich an, als sei alle Farbe aus ihrem Gesicht gewichen – auch in ihren Adern

schien kein Tropfen warmen Blutes zu fließen. Sie fror schrecklich. »Dann bin ich froh«, sagte sie leise.
Ein Funkeln trat in seine Augen. »Ich wollte eigentlich ein wenig Brot und Wein mit Euch genießen. Doch im Angesicht Eurer Schönheit steht mir der Sinn nach anderen Genüssen.«
Isabel rührte sich nicht. Sie war wie erstarrt.

Hampton Court, 4. August 1554

Der Regen prasselte hernieder.
Das laute, schnelle Trommeln erschien Isabel wie ein Echo ihres Herzschlags. Sie stand unter einer Säulenreihe im Trockenen vor einem kleinen Garten und wartete. Die Kapuze ihres Umhangs verhüllte ihr Gesicht.
Jeder Augenblick, der verstrich, war eine Qual, eine kleine Ewigkeit. Sie wusste, dass Rob ihre sorgfältig abgefasste Botschaft erhalten hatte. Sie konnte niemandem trauen außer Helen, also hatte sie ihre Gesellschafterin mit der Anweisung zu ihm geschickt, den Brief nur in seine Hände zu geben. Doch würde er sich überhaupt herablassen, sie zu treffen?
Ein Geräusch hinter ihr ließ sie herumfahren, doch es waren nur zwei Höflinge, die den Palast durchquerten. Isabel wandte sich rasch wieder ab, damit sie nicht erkannt wurde, doch sie achteten nicht auf sie, sondern waren in ihre leise Unterhaltung vertieft.
»Isabel?« Sie wirbelte herum, und diesmal stand Rob vor ihr im Regen, die Kapuze seines blauen Umhangs achtlos über den Kopf gestreift. Seine blauen Augen strahlten.
Sie sahen einander an, und Isabels Herz machte einen Satz, denn sein Blick sagte ihr alles, was sie wissen musste. Sie war noch keine volle Woche verheiratet. Vor zwei Tagen hatten sie ihre Gemächer im Palast bezogen. Ihr Mann suchte ein Haus in der Nähe des Palastes für sie, und erst gestern hatte er ihr ein atemberaubendes

dreireihiges Rubincollier verehrt – weil er so zufrieden mit ihr war, hatte er gesagt. Aber, lieber Gott, nichts hatte sich verändert. Rob rührte ihr Herz wie kein anderer Mann.

Er warf die Kapuze zurück und eilte zu ihr in den Schutz des gewölbten Daches. »Wie geht es Euch, Isabel?«, fragte er mit forschendem Blick.

Ihr Lächeln fühlte sich zittrig an. »Sehr gut«, log sie.

Sein Blick war unvermindert aufmerksam. »Die Ehe bekommt Euch demnach?«

Eine weitere Lüge kam ihr über die Lippen. »Mein Gemahl ist ein sehr guter Mann. Es ist eine Ehre für mich, dass er mich unter so vielen Frauen auserwählt hat.«

»Der ganze Hof hat schon Wochen vorher nur noch von Eurer Hochzeit gesprochen«, erzählte Rob. Er lächelte nicht. »Welch ein Skandal es sei, dass de la Barca eine Verbindung aus Liebe einginge.«

»Das war gewiss ein Skandal«, sagte Isabel und senkte den Blick, als sie die Bitterkeit in ihrer Stimme hörte. Ihr Mann hatte aus Liebe geheiratet. Nicht so Rob, und nun waren sie beide gebunden.

»Isabel.« Etwas in seiner leisen, heiseren Stimme ließ sie zu ihm aufblicken. »Ich fürchtete schon, Ihr würdet nie wieder mit mir sprechen wollen.«

Angst stand in seinen Augen, das sah sie nun. »Ihr seid mein Cousin«, sagte sie. »Wie Eure Briefe mir so überdeutlich in Erinnerung gerufen haben.«

Seine Augen weiteten sich vor Überraschung. »Ich kann mein Herz nicht einem Stück Pergament öffnen«, sagte er rasch. »Du meine Güte, wir sind überall von Spionen umgeben.«

Sie schluckte. »Ihr meint, Ihr habt Euch so ausgedrückt, weil Ihr Angst hattet, jemand anderer außer mir könnte Eure Worte lesen?«

»Natürlich«, sagte er drängend.

Ihre Gedanken überschlugen sich, Hoffnung keimte in ihr auf. »Rob, wessen Spione?«

Er lachte auf, kurz und bitter. »Herrgott, Isabel, jeder, der in diesem Land von Bedeutung ist, hat seine Spione. Euer Onkel, der Prinz, Noailles, Gardiner, Paget, vielleicht sogar Euer Gemahl.«

Isabel erbleichte. »Mein eigener Gemahl könnte mich ausspionieren lassen?«

Rob sah sie ernst an. »Ihr gehört jetzt ihm, Isabel. Er ist verrückt nach Euch. Ich nehme doch an, dass er Euch gut bewacht. Das würde ich an seiner Stelle auch tun.«

Isabel erbebte. »Würdet Ihr das?«

»Seit unserer letzten Begegnung konnte ich an nichts anderes mehr denken als an Euch«, flüsterte er heiser. »Und nun leide ich bei Tag und Nacht Höllenqualen, wenn ich Euch in den Armen dieses Spaniers vor mir sehe. Liebt Ihr ihn?«

Sie spürte, wie sie schwankte, sich ihm zuneigte. »Nein.«

Er nahm ihre Hände. »Liebt ihr mich noch?«

Isabel fuhr sich mit der Zunge über die Lippen und verscheuchte die mahnende Stimme, die ihr riet, zu leugnen oder der Frage auszuweichen. »Ja.«

Er schloss die Augen, ein Stöhnen entrang sich seiner Brust, und dann waren seine blauen Augen den ihren so nahe, erfüllt von Verlangen, und er zog sie an die Wand hinter den Säulen, in die tiefen Schatten. Seine Hände, so groß, warm und stark, umfassten ihre Ellbogen. »Dann muss mir dieser Gedanke der einzige Trost sein.«

Isabel spürte seine Schenkel, die sich an ihre Beine drängten, so dicht standen sie beisammen. »Rob, was hättet Ihr geschrieben, wenn Ihr mir gefahrlos Euer Herz hättet öffnen können?«

Sein Blick glitt über ihr Gesicht. »Dass mich die Eifersucht zerfrisst, dass ich alles bitterlich bereue, dass ich Euch immer noch liebe und dass ich den Gedanken nicht ertragen kann, Euch nie wieder besitzen zu können.«

Isabel zitterte. »Ich hätte dasselbe geschrieben«, flüsterte sie leise.
Seine Augen blitzten auf, und plötzlich lag sie in seinen Armen, sein Mund verschmolz mit ihrem, fest, fordernd – unerbittlich.
Er beendete den Kuss und sah sich in alle Richtungen um. »Dieser Ort ist viel zu gefährlich.«
»Hat man uns gesehen?«, rief sie zitternd. Sie war überwältigt von Sehnsucht – dem Verlangen ihres Körpers. Sie wollte diesen Mann so verzweifelt, wider alle Vernunft. Es mochte wie ein Wahn sein, doch ein Wahn, dem sie gern erlag.
»Nein, ich glaube nicht. Deine Kapuze ist verrutscht.« Er zog sie ihr wieder ins Gesicht.
Isabels Herz pochte heftig. »Was sollen wir nur tun, Rob?«
Er blickte grimmig drein. »Entweder dürfen wir uns nie wiedersehen, oder ich werde der Versuchung erliegen, Isabel.«
Sie sah ihn an, beängstigt und überwältigt. Schließlich sagte sie: »Ich kann dich nicht aufgeben.«
Sein Blick wurde hart. »Dann triff mich wieder hier. Ich kenne ein Gasthaus. Das *Wolf and Boar*. Es liegt nur wenige Meilen vom Palast entfernt an der Straße nach London.«
Sie bebte, als ihr bewusst wurde, wozu dieses Rendezvous führen würde. Er bat sie, ihren Mann zu betrügen und ihr Ehegelöbnis zu brechen. Konnte sie das?
Wie könnte sie nicht?
»Ich werde kommen, Rob«, sagte sie. Dieser Entschluss sollte ihr Leben verändern.

»Und wo wart Ihr den ganzen Tag über, wenn ich fragen darf?«
Isabel verzog das Gesicht. Wenn sie im Augenblick außer ihrem Mann irgendjemanden keinesfalls sehen wollte, dann Helen. »Ich bin im Palast herumspaziert, habe mir die vielen Säle angesehen und einige der Damen ein wenig kennen gelernt«, sagte sie lächelnd, doch sie wich Helens Blick aus.
Ihr Herz pochte heftig. Sie hatte vor nicht einmal einer Stunde

Robs Bett verlassen, und *nichts* hatte sich verändert. Ihr Körper jubelte, genau wie ihr Herz und ihre Seele.
»Tatsächlich? Weshalb ist dann der Saum Eures Kleides schmutzig? Weshalb ist Euer Umhang ganz durchweicht?«, verlangte Helen zu wissen, die Hände in die schmalen Hüften gestemmt. »Und weshalb lächelt Ihr auf einmal selig – nachdem Ihr in den vergangenen Tagen so unerhört schlechter Stimmung wart?«
»Mein Kleid ist schmutzig, weil ich dummerweise eine Abkürzung durch einen der Gärten genommen habe«, erklärte Isabel fröhlich. »Und, Helen, Eure Fragen sind vermessen.«
»Ich versuche doch nur, Euch vor einer Dummheit zu bewahren«, schimpfte Helen. »Ich mache mir Sorgen um Euch, Isabel. Wie geht es Eurem Cousin, Admiral de Warenne?«
Isabel erstarrte, ihr Herz setzte einen Schlag aus. »Das weiß ich nicht, denn er hat meinen Brief noch nicht beantwortet«, erwiderte sie. »Ich bin nass und schmutzig und möchte mich jetzt umkleiden.« Sie rauschte an Helen vorbei ins Vorzimmer ihres Schlafgemachs, doch Helen ließ sich nicht abschütteln.
»Euer Onkel wünscht eine private Unterredung mit Euch. Ihr sollt Euch unverzüglich in seinen Gemächern einfinden.«
Isabel, die eben ihre Kleidertruhe öffnete, zögerte. *Wir sind von Spionen umgeben.* Hatte Sussex bereits Kunde von ihrer Untreue? Nein! Das war undenkbar.
»Ihr seid so blass. Werdet Ihr vielleicht krank?«, fragte Helen, nahm ihr ein rotsamtenes Kleid aus der Hand und schüttelte es aus. »Das muss erst geglättet werden.«
»Dazu bleibt keine Zeit, ich muss meinen Onkel aufsuchen«, erwiderte Isabel. Sie drehte Helen den Rücken zu, damit diese ihr Kleid öffnen konnte. Ihre Angst ließ sich nicht zerstreuen. Jeder bedeutende Mann hatte seine Spione, hatte Rob gesagt. Schloss das nicht ihren Gemahl mit ein?
Isabel, nun im Unterkleid, drehte sich unvermittelt zu Helen um. »Helen, würdet Ihr mich je verraten?«

Helen stand da, Isabels schmutziges Kleid in den Händen, und starrte sie an. »Das ist eine sehr seltsame Frage.«
»Bitte antwortet mir.« Isabel sah ihr fest in die Augen.
Helen hielt ihrem Blick stand. »Wir sind zusammen, seit Ihr ein kleines Mädchen wart, habt Ihr das schon vergessen?«
»Mein Onkel hat Euch zu meiner Begleiterin bestimmt.«
»Jawohl, so ist es. Denn er war klug genug zu wissen, dass ein so ungezügeltes Mädchen wie Ihr eine feste Hand wie die meine braucht.«
Sie starrten einander an. Helen ergriff als Erste das Wort. »Isabel, bitte hört mich an. Tut nichts, was das Glück gefährden könnte, das Euch so plötzlich in den Schoß gefallen ist. Alvarado de la Barca verehrt Euch. Ihr müsst Euch sehr glücklich schätzen.«
»Ich würde niemals meine Ehe aufs Spiel setzen«, sagte sie mit übertriebener Leichtigkeit.
Helen sah ihr tief in die Augen und sagte: »Gut.« Dann wandte sie sich ab, um das rote Samtkleid vorzubereiten.
Erst auf dem Weg zu ihrem Onkel fiel Isabel auf, dass Helen ihre Frage nicht beantwortet hatte.

Sussex saß allein an seinem Tisch, eine Schreibfeder in der Hand, und blickte mit gerunzelten Brauen auf das Pergament vor ihm, als Isabel eingelassen wurde. Sie musste totenbleich sein, dachte sie und rang nervös die Hände. Als er ihre Schritte hörte, legte er die Feder beiseite und blickte auf. Er lächelte ihr zu.
Isabel fiel ein Stein vom Herzen. *Er weiß nichts davon*, dachte sie.
»Meine liebste Nichte«, sagte er und erhob sich. »Wir konnten seit Eurer Hochzeit kaum ein paar Worte wechseln.« Er kam um den Tisch herum und küsste sie auf die Wange. »Wie seid Ihr aufgeblüht. Euer Mann tut Euch wohl, wie ich sehe.«
Isabel wurde von Schuldgefühlen übermannt. »Ich bin mit meinem Los sehr zufrieden, Mylord«, sagte sie bescheiden und schaute zu Boden.

»Nehmt Platz«, sagte er ruhig. »Ich muss etwas mit Euch besprechen.«
Isabel gehorchte sofort, und ihre Angst flammte von neuem auf. Hatte er doch von ihrem Rendezvous mit Rob erfahren? Ihr Onkel war ein Meister darin, mit Menschen zu spielen. Isabel wusste, dass sie ihm nicht gewachsen war. Dass sie es nicht einmal versuchen durfte.
»Diese Unterredung hat für immer zwischen mir und Euch zu bleiben«, begann Sussex mit durchdringendem Blick. »Habt Ihr das verstanden?«
Isabel fuhr sich mit der Zunge über die Lippen und nickte. Ihre Handflächen waren feucht und klamm. Sie hatte Angst.
»Gut. Ich habe viele Jahre für Euch gesorgt, Isabel, und Euch dafür niemals etwas abverlangt.«
Isabel konnte nur nicken. Wohin sollte das führen? Ahnte er etwas?
»Nun ist die Zeit gekommen, dass Ihr Eure Verpflichtung mir gegenüber einlöst. Ohne Zögern und Zaudern, von keinem anderen Gefühl geleitet als verwandtschaftlicher Treue und Ergebenheit mir gegenüber.«
Isabel wurde eiskalt. Das waren Robs Worte … War das ein Zufall? »Was verlangt Ihr von mir, Mylord?« Wie steif ihre Lippen waren.
Sussex stützte die Hände auf den Tisch und lehnte sich vor. »Wahrlich, Eure Aufgabe ist sehr einfach.«
Isabel nickte furchtsam.
»Euer Mann ist einer der Ratgeber von Prinz Philip. Ich wünsche, über alles unterrichtet zu werden, worüber er mit dem König von Spanien spricht, und Ihr werdet mir allein Bericht erstatten, äußerst diskret, ich möchte sogar sagen, im Geheimen.«
Isabel starrte ihn fassungslos an.
Robs Worte klangen ihr in den Ohren … *Wir sind von Spionen umgeben.*

»Ihr wünscht … Ihr verlangt, dass ich meinen Gemahl *ausspioniere?«*, brachte sie schockiert hervor.
»Eure Pflicht wünsche ich nicht näher zu benennen«, erwiderte Sussex kühl. »Und ich wünsche auch nicht, dass Ihr Euch Gedanken darüber macht. Die Regierung eines Landes ist eine wichtige und keineswegs einfache Angelegenheit, und auch ich habe meine Aufgaben zu erfüllen. Sollte die Königin sterben, stehen uns schwere Zeiten bevor. Ich muss auf alles vorbereitet sein. Also, bringt alles in Erfahrung, die Fragen, die sie erörtern, ihre Pläne, ihre Absichten, und erstattet mir Bericht, mir allein. Habt Ihr das verstanden?« Er hatte sich erhoben und ragte drohend über ihr auf. Er ließ ihr keine Wahl.
Isabel nickte und konnte kaum sprechen. »Jawohl, Mylord.« Sie begann zu zittern.
»Gut«, sagte Sussex endlich. »Ihr könnt gehen, Isabel.«
Sobald sich die Tür hinter ihr geschlossen und sie den Flur erreicht hatte, sank Isabel an die Wand.
Erst wurde sie Robs heimliche Geliebte, und nun das.
Sie sollte für Sussex spionieren.

Neunzehn

Casa de Sueños – vierter Tag, sechs Uhr

Cass schlug die Augen auf, als eine Kaffeetasse klapperte. Sie strich sich das Haar aus dem Gesicht und setzte sich langsam auf. Antonio war schon wach und saß mit einer dampfenden Tasse Kaffee am Schreibtisch. Er las konzentriert, vornübergebeugt, so dass ihm die Brille auf der Nase herabgerutscht war. Cass betrachtete ihn. Es war unmöglich, ihn nicht zu bewundern; er war so ein starker, brillanter, attraktiver Mann. Sie seufzte. Was würde nur geschehen, wenn dieser Albtraum überstanden war? Wenn Kastilien hinter ihnen lag? Cass wagte nicht daran zu denken.

Sie sollten die Casa de Sueños sofort verlassen. Es war zu gefährlich, noch länger zu bleiben – dessen war Cass sicher. Doch zuerst mussten sie Tracey und Celia finden. Sie konnte unmöglich ohne ihre Schwester und die ältere Dame abreisen, die sie schon fast ihr ganzes Leben lang kannte.

Und sie würde auf gar keinen Fall Antonio allein zurücklassen.

Antonio hatte noch nicht bemerkt, dass sie wach war. Cass konnte sich in etwa vorstellen, was für einen Anblick sie bot. Sie überlegte gerade, ob sie aufstehen sollte, als er sich zu ihr umwandte. »Sie hat ein Kind zur Welt gebracht. In dem Jahr, als sie gestorben ist.«

Cass fuhr hoch. »Isabel hatte ein Kind?«, keuchte sie, und alle Gedanken an eine schnelle Abreise waren vergessen.

»Ich habe in einem Buch eine Seite gefunden, die er markiert hatte.« Er zögerte und lächelte sie an. »Guten Morgen.« Er ließ den Blick über sie schweifen.

Cass hatte in Jeans und T-Shirt geschlafen. Sie wusste, dass ihr

Haar völlig zerzaust war. Sie errötete. »Ich bin gleich wieder da«, sagte sie, sprang auf und verließ fluchtartig den Raum.

Im hellen Tageslicht war das Haus nicht ganz so unheimlich wie nachts, dachte sie, als sie ins Badezimmer eilte, um sich die Zähne zu putzen und sich frisch zu machen. Doch es war auch nicht eben anheimelnd. Außerdem war es auffallend still. Eine Art Ruhe vor dem Sturm.

Barfuß eilte sie zurück in die Bibliothek. Antonio reichte ihr eine Tasse Kaffee und lächelte sie an.

Ihre Hand streifte seine. Während Cass den süßen, heißen Kaffee trank, dachte sie darüber nach, dass sie sich trotz allem, was passiert war, nur noch stärker zu ihm hingezogen fühlte. Aber waren diese Gefühle echt? Oder nur ein Teil von Isabels groß angelegtem Plan? Sofern es den gab?

»Alvarado war an Marys Hof.« Antonio nahm ein Buch zur Hand und schlug eine eingemerkte Seite auf. »Mein Vater hat das hier gefunden. Dieses Kapitel handelt von Marys Vermählung mit Philip. Alvarado stand im Dienste des Kaisers. Sein Titel ist hier nicht erwähnt, aber hier steht: ›Nur einem Spanier, Graf Alvarado de la Barca, war es gestattet, Philip bei dem Festmahl aufzuwarten.‹ Und weiter hinten wird die schwangere Ehefrau des Grafen von Pedraza erwähnt, im Zusammenhang mit Mary Tudors vermuteter Schwangerschaft.«

»Isabel war also schwanger. Aber hat sie das Kind auch zur Welt gebracht?«

»Ich frage mich, ob es vielleicht unehelich gezeugt worden war«, sagte Antonio.

Cass erstarrte. »Wie kommst du denn darauf?«

»Weil in unserem Stammbaum kein Kind verzeichnet ist. Selbst wenn es im Säuglingsalter gestorben wäre, müsste es hier aufgeführt sein.«

»Außer es war eine Fehlgeburt.«

Sie sahen einander schweigend über die Kaffeetassen hinweg an.

»Was tun wir jetzt?«, fragte Cass schließlich. Sie hörte den hilflosen Unterton, der sich in ihre Stimme geschlichen hatte.
»Wir müssen der Polizei den Mord an dem Elektriker melden. Und wir müssen deine Schwester und Celia finden.«
Cass stellte ihre Tasse ab. Sie blickte sich um und bemerkte, dass die Kinder allmählich wach wurden. »Kommt es dir heute Morgen auch unnatürlich still vor?«
»Ja, allerdings. Das ist mir bei Sonnenaufgang schon aufgefallen.«
»Was gestern Nacht passiert ist, haben wir uns nicht eingebildet, Antonio.«
Bevor er etwas erwidern konnte, kam Alyssa gähnend herübergetapst. »Guten Morgen, Tante Cass.«
Cass strich ihr über das wirre dunkle Haar. »Warum bist du denn so früh schon wach? Es ist noch nicht einmal sieben, mein Schatz.«
»Ich weiß nicht.« Sie gähnte wieder, als Eduardo sich auf Krücken zu ihnen gesellte. »Meinst du, sie haben hier Müsli?«
»Ich weiß nicht.« Cass lächelte.
»Wir haben welches«, sagte Eduardo. »Komm mit in die Küche. Ich zeige dir, wo es ist.«
Cass sah den Kindern nach, die im Schlafanzug hinaustrotteten. Als sie sich wieder umwandte, bemerkte sie, dass Antonio sie mit einem seltsamen Blick musterte. Cass' Herz machte einen kleinen Sprung. Was hatte dieser Blick zu bedeuten? Er sagte: »Wenn Gregory nach Pedraza fährt, um die Polizei zu holen, könnten wir beide hier bleiben und nach deiner Schwester suchen. Sobald wir sie gefunden haben, wirst du mit den Kindern abreisen.«
Cass musste wieder an Tracey denken. Sie ahnte nichts Gutes, und Furcht ergriff sie. »Ich habe noch einmal darüber nachgedacht. Isabel will sich an deiner Familie rächen, weil sie gezwungen wurde, Alvarado zu heiraten, obwohl sie einen anderen liebte, und sie will sich an meiner Familie rächen, weil Sussex sie für seine politischen Schachzüge benutzt hat.«

»›Rache‹ ist ein sehr starkes Wort, Cassandra. Vor allem, wenn du einem Geist derart zielgerichtetes Denken unterstellst. Meiner Meinung nach lassen die bisherigen Ereignisse diesen Schluss nicht zu. Was, wenn Isabel zwar hier, aber vollkommen harmlos ist, und zugleich ein Wahnsinniger hier herumlungert – ein wahnsinniger Mörder? Das ergäbe immerhin einen Sinn.«
»Du hast doch selbst gesehen, wie sie dieses Blatt in Brand gesteckt hat. Es ist nur ein Häuflein Asche übrig geblieben.« Cass erschauerte über den Symbolgehalt ihrer Worte. »Und auf einmal vergisst du das einfach. Ich glaube allmählich, dass sie den Elektriker erstochen hat«, fügte Cass leise hinzu. Endlich war es heraus. Sie hatte ihre schlimmste Befürchtung ausgesprochen.
»Cassandra«, sagte er streng. »Geister können keine Menschen ermorden.«
»Dieser vielleicht schon.«
»Wenn sie zu einem Mord fähig ist, wenn sie Rache will, warum hat sie mich dann nicht längst umgebracht?«, fragte er scharf.
Cass wusste nicht, was sie darauf antworten sollte.
»Sag bloß nicht, du glaubst, sie würde auch noch Katz und Maus mit uns spielen.«
Darauf war sie noch gar nicht gekommen. Aber nun erschien es ihr nur allzu einleuchtend. »Wir müssen sofort Tracey und Celia suchen und dann schleunigst von hier verschwinden«, rief sie.
Er nahm ihre Hand. Sie wechselten einen langen Blick, und plötzlich sehnte sie sich so sehr danach, sich in seine Arme zu schmiegen. Das war nicht das wahnsinnige, brutale Verlangen, das sie gestern empfunden hatte, als sie sich wenige Stunden nach dem Tod ihrer Tante wie Tiere gepaart hatten. Es war nicht brutal, ohne Sinn und Verstand; nein, Cass spürte, wie sehr sie sich in ihn verliebt hatte, und das überwältigte sie. Sie riss sich von seinem Blick los.
Er stand so hastig auf, dass er die leere Kaffeetasse umwarf. Sie bemerkten es gar nicht. Cass war wie gelähmt. Nur wenige Zentimeter trennten sie.

»Komm her«, sagte er rau, und im nächsten Augenblick lag sie in seinen Armen, und er drückte sie fest an seine Brust.

»Guten Morgen«, sagte Gregory.

Cass rückte von Antonio ab. Feindseligkeit wallte in ihr auf. *Tolles Timing*, dachte sie. Sie war überrascht über die Intensität ihrer Wut und Abneigung.

»Und, können wir endlich das Haus verrammeln und nach Madrid zurückfahren? Wir können ja unterwegs im Ort anhalten, Tracey und Celia als vermisst melden und der Polizei von dem Mord berichten.«

Cass drehte sich um und öffnete den Mund, um zu protestieren.

»Du wirst die Polizei benachrichtigen«, erklärte Antonio. »Cassandra und ich suchen inzwischen Tracey und Celia. Sie können eigentlich nicht weit sein. Mit etwas Glück haben wir sie gefunden, bis zu zurück bist.«

»Bist du verrückt?«, fragte Gregory ungläubig. »Wir sollten sofort von hier verschwinden, und zwar alle. Lass die Polizei die beiden suchen. Das sind schließlich Profis.«

»Ohne Tracey und Celia gehe ich nirgendwohin«, warf Cass hitzig ein. »Ich lasse doch meine Schwester und meine Freundin nicht im Stich. Und Antonio auch nicht.«

Gregory wandte sich ihr zu. »Wer spricht denn davon, jemanden im Stich zu lassen?«

»Aber genau so ist es«, erwiderte Cass kühl. Dann sah sie Antonio an. »Wenn wir Tracey und Celia erst einmal gefunden haben, kommst du mit uns.«

»Ich habe hier noch viel zu tun«, erklärte er bestimmt. »Ich kann nicht abreisen. Noch nicht.«

»Nein.« Gregorys Stimme klang barsch. »Verdammt noch mal, Antonio, diese tote Frau spukt hier herum – sie war schon da, als wir noch klein waren. Sie ist böse. Da bin ich ganz sicher. Niemand sollte hier bleiben.«

Cass blinzelte ihn überrascht an. »Das sind ja ganz neue Töne.«

Er ignorierte sie.
Antonio verschränkte die Arme. »Ist etwas passiert, Gregory?«
Gregory blickte finster drein. »Nicht dass ich wüsste.«
Er log. Cass sah es ihm an. Aber weshalb sollte er lügen? Und warum meinte sie, Schuld und Scham in seinem Blick zu erkennen?«
Sie drehte sich um und ging nachdenklich zum Fenster. Plötzlich kam ihr der Gedanke, dass sie vielleicht mit Isabel Kontakt aufnehmen könnte.
Cass runzelte die Stirn. Sie hatte aus dem Fenster gestarrt, ohne auf das zu achten, was sie sah. Jetzt betrachtete sie Gregorys Auto noch einmal genauer. »O Gott. Gregory – das Auto!«
Beide Brüder kamen angerannt. Soweit Cass sehen konnte, hatte Gregory zwei platte Reifen.
Sie bekam eine Gänsehaut – und Antonio musste dieselbe schlimme Ahnung haben, denn sie drehten sich im gleichen Moment um und rannten los.
Gregory dicht auf den Fersen, rannten sie zur Haustür hinaus. Der BMW stand direkt vor dem Haus. Alle vier Reifen waren platt.
»Por Dios!«, stieß Gregory hervor und lief um den Wagen herum. »Meine Reifen sind aufgeschlitzt worden!«
Aufgeschlitzt. Jemand hatte seine Reifen aufgeschlitzt. Alle vier.
Cass wusste es bereits, bevor sie zur Garage rannte. Das Tor war geschlossen, doch es gab eine Seitentür, und die riss sie auf. In der Garage stand der Jeep mit vier aufgeschlitzten Reifen, und ihr Mietwagen sah genauso aus.

Alle waren wie vom Blitz getroffen. Cass konnte nicht mehr klar denken. Es war Antonio, der als Erster die Sprache wiederfand – nachdem er einen Blick unter die Motorhaube des Jeeps geworfen hatte. Kabel und Leitungen waren herausgerissen und zerstört. »Dann muss ich mich wohl zu Fuß aufmachen«, sagte er grimmig. »Ich finde hoffentlich jemanden, der mich mitnimmt.«

Cass sah in einer schrecklichen Vorahnung einen wahnsinnigen Mörder, der Antonio auflauerte und ihm ein Messer in den Rücken stieß. Und was hatte all das mit Isabel zu tun? Antonio hatte vielleicht doch Recht. Geister erstachen keine Menschen, sie schlitzten keine Reifen auf oder rissen Kabel heraus. Wer auch immer das getan hatte, war ein Mensch aus Fleisch und Blut.

Aber Isabel hatte ihr eine Botschaft übermittelt, Isabel hatte Eduardos Notizen angezündet ...

»Irgendjemand will uns hier festsetzen. Geh nicht. Es ist zu gefährlich.« Sie streckte die Hand nach ihm aus.

Irgendjemand – oder Isabel?

Cass konnte nicht anders. Ihre Überlegungen liefen größtenteils unbewusst ab – es waren vier Erwachsene und zwei Kinder im Haus. Tracey und Celia zählte sie nicht mit. Alfonso war nicht stark genug, um jemanden zu ermorden oder solche Zerstörungen an den Autos anzurichten. Antonio vertraute sie einfach. Sie starrte Gregory an und dachte: *Lieber Himmel. Ist er es? Ist er wahnsinnig?* Was, wenn er seinen Bruder insgeheim hasste? Was, wenn sich hinter der Fassade von gutem Aussehen, alter Familie und beruflichem Erfolg ein geistesgestörter Mörder verbarg? Der vielleicht sogar Isabel benutzte, um sich hinter ihr zu verbergen?

Gregory blickte von ihr zu Antonio. »Ich gehe. Ich habe die bessere Kondition, ich kann fast den ganzen Weg im Laufschritt schaffen.«

Cass spürte, wie ihr Pulsschlag sich noch mehr beschleunigte. Sie wollte nicht, dass Antonio ging, aber sie traute Gregory nicht über den Weg. Nicht mehr. Sie fragte sich, ob sie vielleicht schon blind und irrational vor Panik war.

»Nein«, erwiderte Antonio barsch.

Cass trat zu ihm. »Wir müssen uns unterhalten«, flüsterte sie. »Bitte.«

Er schüttelte den Kopf. »Ich hole jetzt meine Joggingschuhe ...«

»Ich gehe«, beharrte Gregory hitzig. »Du solltest hier bei deinem Sohn bleiben, Tonio.«
»Ich bin der Ältere von uns beiden. Ich gehe.« Er wandte sich ab und ging entschlossenen Schrittes zum Haus.
Gregory eilte ihm nach, und Cass spürte, wie ihr das Herz in die Kniekehlen sank. Etwas Schreckliches würde auf dem Weg nach Pedraza geschehen, das wusste sie einfach.
»Er hat Recht.« Keuchend holte Cass die Männer ein. »Bitte, lass Gregory gehen, Antonio. Eduardo braucht dich doch.«
Antonio blieb stehen und sah sie an. Sie erkannte, wie zerrissen er innerlich war. Schließlich nickte er. Er wandte sich an seinen Bruder. »Ich will, dass du sehr, sehr vorsichtig bist«, sagte er. »Traue niemandem. Hier treibt sich ein Mörder herum. Ein Mörder, der uns gewiss nicht ohne Grund hier festgesetzt hat. Vielleicht bietet er dir sogar an, dich mitzunehmen. Vertraue niemandem, Gregory.«

Gregory war aufgebrochen.
Cass und Antonio eilten auf die Ruine zu; sie hatten beschlossen, zusammenzubleiben. Sie suchten schon seit einer vollen Stunde und hatten weder von Tracey noch von Celia die geringste Spur gefunden. Es hatte keinen Zweck.
Die Sonne brannte vom Himmel, und sie machten schweigend kehrt. Cass dachte an gar nichts mehr. Sie wusste nur, dass sich ihr Verstand allmählich auflöste – obwohl sie sich ja nur noch ein paar Stunden zusammennehmen musste, bis die Polizei eintraf. Schon der Kinder wegen.
Und um ihrer geistigen Gesundheit willen.
»Cassandra. Es gibt etwas, das ich dir bisher verschwiegen habe.«
Sie erstarrte. Sein Tonfall und der Ausdruck in seinen Augen waren ihr nicht geheuer. »Das habe ich geahnt.«
»Mein Vater hat kurz vor seinem Tod den Verstand verloren«, sagte Antonio zu gelassen. »Und deine Tante ebenfalls.«

»Was!?« Cass musste sich verhört haben.
»Sie haben beide in den Tagen vor dem Tod meines Vaters den Verstand verloren«, wiederholte er, schon weniger gefasst.
Cass starrte ihn an, und ihre Fassungslosigkeit wich einem anderen Gefühl, einer Ahnung, die sie nicht recht einordnen konnte.
»Antonio, bist du ganz sicher?«
Er sah ihr stumm in die Augen, während sie die unbefestigte Straße entlangmarschierten. »Es war grauenhaft«, sagte er schließlich. »Sein Verhalten war von Hass und Zorn gesteuert, die sich gegen deine Tante richteten – aber es gab überhaupt keinen Grund dafür.«
Die Erwähnung ihrer Tante ließ Cass' Trauer aufwallen.
Er strich ihr sanft über den Rücken. »Auch sie war außer sich vor Zorn und Hass, Cassandra. Du solltest ihr Tagebuch nicht lesen.«
Cass hatte nicht die Absicht. Sie wollte ihre Tante als klug und würdevoll in Erinnerung behalten. Doch dann fielen ihr die zerstochenen Reifen ein.
Aufgeschlitzt … voller Hass und Zorn.
Cass blieb stehen wie angewurzelt.
Antonio hielt inne. »Was ist denn?«
»In dem Moment, als ich die aufgeschlitzten Reifen gesehen habe, musste ich daran denken, wie viel Hass und Wut aus dieser Tat sprechen. Es scheint sehr viel Hass und Gewalt in der Luft zu liegen, Antonio.«
Er wurde bleich, denn nun hatte er verstanden. »Wie wir uns geliebt haben. Brutal. Unnatürlich. Ich wollte noch nie einer Frau Schmerz zufügen. Aber ich wollte dir wehtun.«
Cass zitterte. »Mich überkommen immer wieder Hass und Zorn – schon seit wir hier angekommen sind. Hass auf Tracey, auf Gregory. Diese Gefühle sind so stark, dass sie mir Angst machen. Sie passen gar nicht zu mir.«
Er starrte sie an. »Mir geht es genauso«, gestand er. »Sie überfallen

mich wie aus heiterem Himmel und sind ebenso schnell wieder verflogen.«

Sie sahen einander an.

»Denkst du dasselbe wie ich?«, flüsterte Cass.

Er starrte sie mit großen Augen an. »Wenn du Recht hast …« Er holte scharf Luft. »Als ich zum ersten Mal ihr Porträt betrachtet habe, erschien sie mir so traurig.«

»Aber es hat sich verändert«, flüsterte Cass. »Es hat sich tatsächlich verändert.«

Er nickte. »Meine Güte. Wenn man sich das Bild jetzt ansieht, erkennt man sofort Zorn und Hass in ihrem Blick. Und sie ist stark genug, Papier in Brand zu stecken und Botschaften zu tippen«, sagte er düster.

»Aber kann sie auch Reifen aufschlitzen? Jemanden erstechen?«, fragte Cass ängstlich. Sie ahnte die Antwort: Nein.

»Ich denke an etwas anderes«, sagte Antonio.

»Ihr Zorn ist wie eine Seuche«, hauchte Cass.

»Und er vergiftet unsere Gedanken«, fügte er hinzu.

Der Rückweg schien endlos weit; ihre Füße taten weh. Es war unerträglich heiß, und Cass war nass geschwitzt. T-Shirt und Shorts klebten an ihr.

Sie ließen sich auf einem flachen Felsen nieder, um sich auszuruhen und einen Schluck Wasser aus der Feldflasche zu trinken, die Antonio mitgenommen hatte. Ihre Schultern berührten sich.

Cass hielt ganz still. Er ebenfalls. Und dann sahen sie einander an.

Cass konnte es nicht verhindern. Sie verliebte sich immer heftiger in ihn, und sie hatten doch nur diesen kurzen Augenblick für sich – Gott allein wusste, was als Nächstes passieren würde. »Antonio?«

Sein Blick wanderte zu ihrem Mund. »Cassandra, du bist eine so begehrenswerte Frau«, flüsterte er heiser.

Cass sah ihm in die Augen. »Ist das wieder ihr Gift?«, flüsterte sie.

Er zog sie an sich. Sehnsüchtige Erwartung verschlug ihr den Atem. »Nein. Nicht jetzt. Nicht so«, sagte er und küsste sie zärtlich.

Gleich darauf lag Cass auf dem Rücken, er küsste sie drängend und streichelte sie überall. Als ihre Lenden sich berührten, keuchte sie auf, denn er war bereits sehr erregt.

Er zog ihr das T-Shirt mitsamt dem BH über den Kopf und warf es beiseite. Er sagte etwas auf Spanisch, doch Cass brauchte die Worte nicht zu verstehen, um die Bedeutung zu erkennen. Er wollte sie ebenso sehr wie sie ihn. Sie schloss die Augen, als er an ihren Brustwarzen saugte, und begann zu zittern.

Und diesmal roch es nicht nach den verdammten Veilchen.

Antonio stützte sich auf einen Ellbogen, so dass Cass ihm ins Gesicht schauen konnte.

Sie sahen sich in die Augen. »Diesmal ist es nicht wegen Isabel«, flüsterte sie.

Er ließ sich keuchend auf den Felsen fallen. »Ich will dich lieben. Langsam. Stundenlang. Nicht so – auf einem harten, schmutzigen Felsen zwischen Ameisen.«

Sofort flammte ihr Begehren wieder auf. »Wirklich?«

Er drehte sich zu ihr um und strich ihr das Haar aus dem Gesicht und hinter das Ohr, eine zärtliche, liebevolle Geste. »Aber natürlich.« Er beugte sich vor und küsste sie.

Dieser Kuss war zärtlich, sehnsüchtig – endlos. Irgendwie fand er ein Fleckchen Gras; er war über ihr, und sie umschlang ihn. Ihre Zungen neckten sich, tanzten miteinander. Ihre Hüften fanden in einen uralten, zeitlosen Rhythmus. Diesmal drang er ganz langsam in sie ein, unendlich achtsam.

Cass ließ zu, dass er ihr all die Wege der Liebe zeigte. Und er ließ sie begierig neue Wege gehen.

Antonio sammelte ihre Kleider auf und reichte sie ihr. Cass wich seinem Blick aus. Die Sonne stand im Zenit, es musste schon

Mittag sein – sie hatten sich den ganzen Vormittag lang geliebt. Cass wusste nicht mehr, was sie denken sollte; sie war benommen.

War sie bisher nur im Begriff gewesen, sich in ihn zu verlieben, so war es nun um sie geschehen. Sie würde diesen Mann niemals gehen lassen können, nach allem, was sie eben miteinander geteilt hatten. Und das war Liebe gewesen, nicht pure Lust – da war Cass so sicher wie noch nie in ihrem Leben.

Diesmal war Isabel nicht in der Nähe gewesen, um ihre Gedanken zu vergiften.

Cass zog sich an. Schon meldeten sich Schuldgefühle. Tracey und Celia waren immer noch verschwunden; Gregory trampte in den nächsten Ort. Isabel war immer noch eine Bedrohung für sie alle. Und Cass hatte eben den unglaublichsten Vormittag ihres Lebens verbracht.

Antonio wartete schon auf sie. Cass war wieder einmal überrascht, als er ihr den Arm bot und auch die andere Hand auf ihre legte, um sie sicher an einem Schuppen vorbei zur Garage, zum Haus zu führen. Seine Berührung stellte seltsame Dinge mit ihr an, erinnerte sie an die Leidenschaft, an all das, was sie noch miteinander teilen könnten, und daran, was sie eigentlich von ihm wollte. Cass fragte sich, ob es für sie jemals eine gemeinsame Zukunft geben konnte.

»Es ist so still«, murmelte Antonio und holte sie aus ihren Gedanken zurück.

Cass blickte auf und erschauerte, denn er hatte Recht, die Stille war unheimlich, bedrückend, sogar Unheil verkündend. Sie blickte an dem BMW vorbei zur Haustür, dann zurück zu Gregorys Wagen – und sie schrie.

Tracey saß in dem Auto, und sie war tot.

Cass hörte sich schreien und schreien.

Antonio packte sie, versuchte, sie festzuhalten, damit sie nicht zu ihrer Schwester rannte, die reglos über das Lenkrad gebeugt dalag;

ihr langes blondes Haar war nur noch eine seltsame, dunkle, verfilzte Masse.
»Lass mich los!«, kreischte Cass wie von Sinnen und schlug nach ihm. Sie riss sich los und wusste bereits, was diese schreckliche dunkle Farbe war – das war Blut, getrocknetes Blut.
Sie riss die Tür auf, sah als Erstes die tiefen Kratzer an Traceys Beinen, die Schnitte an ihren Armen – beide Hände umklammerten das Lenkrad. Ihr Haar war wirr und mit Blut verklebt, und auch ihre Kleidung starrte vor rostbraunen Flecken. »Nein!« Cass streckte die Hand nach ihr aus.
Zu ihrem Entsetzen kippte Tracey nicht auf den Beifahrersitz oder fiel ihr in die Arme. Ihr Körper blieb stocksteif sitzen und widerstand ihrer Hand.
Cass hielt den Atem an; sie strich Tracey dicke Haarsträhnen aus dem Gesicht, sah ihre aufgerissenen, blicklosen Augen, doch sie hörte zugleich den schwachen Hauch, der aus ihrem leicht geöffneten Mund strömte, und dann sah sie, wie weiß die Fingerknöchel am Lenkrad waren – und dass ihre Brust sich kaum merklich hob und senkte.
»Tracey!« Cass schlang die Arme um sie, doch Tracey war wie versteinert.
»Cassandra!«, hörte sie Antonio hinter sich rufen.
Sie hörte ihn kaum. »Sie lebt! Tracey, was ist passiert, hörst du mich?« Cass weinte, streichelte sie, tröstete sie, hielt sie im Arm und versuchte, nicht an all das Blut zu denken.
Was ist passiert?
Dann spürte Cass, wie ihre Schwester sich in ihren Armen langsam entspannte. Ihre Starre löste sich ganz allmählich, bis Tracey schließlich in Cass' Umarmung heftig zu zittern begann.
Cass nahm sie bei den Schultern und versuchte, sie aus dem Auto zu holen, als Tracey langsam den Kopf hob und sie ansah – ihre Augen waren riesig und leer wie die einer Blinden. Cass graute es.
»Ich … will … sterben«, sagte Tracey.

Zwanzig

Vierter Tag – Mittag

Gregory trainierte regelmäßig und joggte mehrmals in der Woche im El-Retiro-Park. Er war im lockeren Laufschritt aufgebrochen, doch nach einer Stunde musste er langsamer laufen, und nun, eine weitere Stunde später, war daraus ein flottes Gehen geworden. Die zweispurige Landstraße war wie ausgestorben, und noch dazu war am Wochenende kaum mehr Verkehr zu erwarten. Die Straße führte durch eine steile Hügellandschaft; am linken Straßenrand erhoben sich bewaldete Hänge, und rechts von ihm lag eine kleine Schlucht. Der nächste Ort, das mittelalterliche Städtchen Pedraza, lag etwa vierzig Kilometer vom Haus entfernt, und die Strecke führte größtenteils bergauf. Wenn er sein augenblickliches Tempo durchhalten konnte, würde er es in gut zwei Stunden geschafft haben, wenn ihn nicht doch noch jemand mitnahm.

Er war fest entschlossen, dieses Tempo durchzuhalten.

Er hatte es doch schon fast geschafft.

Aber du lieber Himmel, es war so heiß.

Schweiß rann ihm übers Gesicht und brannte in seinen Augen, und doch konnte er an nichts anderes denken als an den entsetzlichen Moment, als er sich im Bett zu Tracey umgedreht und stattdessen in Isabel de la Barcas eisig lächelndes Gesicht schaut hatte.

Eisig, grausam … quälend.

Er hatte sich das eingebildet. Entweder hatte er sich eingebildet, dass Tracey auf einmal aussah wie eine Frau, die seit langem tot war, oder die ganze Sexszene hatte sich nur in seinem Kopf abgespielt.

Letzteres war wesentlich wahrscheinlicher, sagte er sich bestimmt. Doch das Laken hatte heute Morgen ganz eindeutig nach Sex gerochen, dieser besondere Geruch, der nicht nur von einem feuchten Traum herrühren konnte.

Ein Lichtblitz schreckte ihn aus seinen Gedanken. Gregory entdeckte plötzlich etwas vor sich auf der Straße – er blinzelte.

Einen Moment lang glaubte er, einen Mann zu sehen, der ihm langsam entgegenkam. Er blinzelte wieder und blieb stehen – er fürchtete, er könnte Halluzinationen haben.

Doch er hatte sich nicht geirrt. Er sah einen Mann auf einem Fahrrad, der langsam und gleichmäßig auf ihn zustrampelte.

Er jubelte innerlich und schöpfte neue Hoffnung. Gregory rannte auf den Mann zu, winkte verzweifelt und rief: *»Hola, señor! Hola!«*

Der Mann entpuppte sich als Junge, der langsam abbremste und ihm ohne jeden Argwohn entgegensah – in dieser Gegend waren Verbrechen eine Seltenheit. Gregory zückte seine Brieftasche, zog hastig einen Zweitausend-Peseten-Schein hervor und reichte ihn dem Jungen mit der Erklärung, er brauche dringend das Fahrrad.

Der Junge zögerte keinen Moment, denn für fünf- oder sechshundert Peseten konnte er sich ein neues Fahrrad kaufen – und als Gregory in den Sattel stieg, seufzte er vor Erleichterung. Denn insgeheim hatte er schon befürchtet, es irgendwie doch nicht mehr zur Polizei zu schaffen.

Er trat kräftig in die Pedale. Nun würde er den Ort vermutlich in weniger als einer halben Stunde erreichen, und er blickte lächelnd zur Sonne auf – noch vor Mittag würde er Hilfe holen können. *Por Dios.*

Hinter ihm hupte es.

Gregory wäre vor Schreck beinahe vom Sattel gefallen, so laut und dicht hinter ihm erklang die Hupe, nachdem er den ganzen Vormittag allein auf der Straße gewesen war. Er fuhr langsamer, blickte über die Schulter zurück – und sah den gewaltigen, tonnenschweren Lastwagen auf sich zurasen.

Sein Herz setzte einen Schlag aus; wieder dröhnte die tiefe Hupe, und zwei riesige Scheinwerfer und ein noch größerer, glänzender Kühlergrill donnerten mit achtzig oder neunzig Stundenkilometern auf ihn zu.

Verdammter Idiot, dachte Gregory und spürte seinen Puls rasen. Was, zum Teufel, dachte sich der Kerl dabei, ihn von der Straße zu drängen?

Gregory wich auf den schmalen, unbefestigten Streifen zwischen der Straße und der Schlucht aus, der kaum zwanzig Zentimeter breit war. Er spürte die Druckwelle des heißen Motors, hörte ihn unmittelbar hinter sich dröhnen, blickte auf – und sah das Gesicht hinter der Windschutzscheibe, nur ein paar Meter entfernt.

Er schrie.

Am Steuer saß eine Frau.

Und der schwere Lkw fuhr weiter, scherte zum Straßenrand hin aus, *direkt auf ihn zu*. Gregory riss den Lenker herum, das Vorderrad holperte über den steinigen Boden neben der Straße, und dann streifte ein riesiger Reifen das Hinterrad. Und da wusste er es.

Er wusste es, als er hoch in die Luft geschleudert wurde, immer noch auf dem Fahrrad, und als er fiel und das Fahrrad unter ihm weggerissen wurde; er wusste es, als er auf dem steilen Abhang der Schlucht aufprallte und der Schmerz überall zugleich zu explodieren schien, und er wusste es, als er immer wieder aufschlug, immer schneller den Abhang hinunterstürzte, da wusste er, das war das Ende.

Er landete schließlich auf den harten Felsen in einem schmalen Rinnsal auf dem Grund der Schlucht. Und bevor er das Bewusstsein verlor, dachte er noch: *Das ist es, was sie immer gewollt hat,*

seit ich ein kleiner Junge war. Wie hatte er jemals daran zweifeln können?
Sie hatte gewonnen.

Cass fürchtete sich, und die Worte ihrer Schwester jagten ihr schreckliche Angst ein.
»Cassandra, lass mich dir helfen.«
Antonio. Hastig schlüpfte Cass aus dem Auto. »Sie ist verletzt. Schwer verletzt.«
Antonio streckte die Arme in den Wagen und nahm Tracey auf die Arme. Sie klammerte sich an ihn und barg das Gesicht an seiner Schulter.
»Ich bringe sie hinauf in ihr Zimmer«, sagte Antonio durch zusammengebissene Zähne.
Mit zitternden Fingern schloss Cass ihm die Haustür auf und folgte ihm nach oben. Am Kopf der Treppe eilte sie ihm voran; doch Traceys Zimmertür stand offen. Als Cass sich drinnen umsah, fiel ihr auf, dass irgendetwas nicht stimmte, doch sie schob den Gedanken beiseite, denn sie musste sich jetzt erst einmal um Tracey kümmern. »Stell sie unter die Dusche«, bat sie Antonio, und der nickte zustimmend.
Als Antonio sie in der altmodischen Badewanne sanft auf die Füße stellte, hielt Tracey sich weiterhin verzweifelt an ihm fest. Sie zitterte am ganzen Leib und hielt die Augen fest zugekniffen. Cass drehte das Wasser auf, stellte die Temperatur ein und nahm den Duschschlauch aus der Wandhalterung. Als sie den Wasserstrahl auf ihre Schwester richtete, wurde ihr schlagartig übel.
Das Wasser vermischte sich mit dem eingetrockneten Blut auf ihrer Kleidung und bildete ein schlierig rotes Rinnsal in der Wanne.
Cass kämpfte gegen den Brechreiz an. Hastig zog sie ihre Schwester aus, doch es war zu spät, ihr weißes T-Shirt und die weißen Shorts verfärbten sich bereits hellrot. Cass schnappte nach Luft.
Traceys Beine waren von oben bis unten zerschrammt, doch das

war noch gar nichts gegen die Prellungen auf ihrem Oberkörper, und dann sah Cass ihre Brüste. Unzählige schmale rote Striche zogen sich kreuz und quer über die weiße Haut. Cass' Blick fiel auf Traceys Arme. Dieselben schmalen Striche reihten sich auf ihren Unterarmen und verliefen quer über die Innenseite ihrer Handgelenke.

Sie hielt den Duschkopf über ihre Schwester und drehte sich zu Antonio um. Seine Augen waren so weit aufgerissen, wie ihre sich anfühlten, genauso groß und entsetzt. Cass schüttelte stumm den Kopf. Diese Schnitte – wer auch immer ihrer Schwester das angetan hatte, hatte dazu ein Messer benutzt. O Gott. *Was war mit ihr passiert?*

Vielleicht war Cass sogar teilweise schuld daran. Tracey war weggelaufen, weil sie labil war, doch die wachsende Anziehung zwischen ihr und Antonio hatte sie noch mehr erschüttert. Hatten sie sie dazu getrieben, wegzulaufen?

Cass erstickte beinahe an ihren Schuldgefühlen.

Dann schnappte sie sich die Shampooflasche und wusch ihrer Schwester die Haare, eine willkommene Ablenkung von ihren düsteren Gedanken. Dennoch hielt sie sich immer wieder vor, sie hätte verhindern können, dass Tracey so etwas Schreckliches zustieß. Das würde sie sich niemals verzeihen.

Cass merkte, dass sie weinte.

»Bitte, lass mich das für dich tun«, flüsterte Antonio.

Cass blickte durch einen Tränenschleier zu ihm auf. Seine Stimme hatte unglaublich liebevoll geklungen, unendlich sanft, voll aufrichtigem Mitgefühl. Doch es war zu spät. Dies war der letzte Tropfen. Cass glaubte nicht mehr daran, dass sie jemals eine gemeinsame Zukunft haben könnten, nicht nach diesem Augenblick.

»Ich kann sie nicht verlassen«, sagte sie heiser.

Als Tracey so gut wie möglich gesäubert war, wickelten sie sie in ein Badetuch, und Antonio trug sie zum Bett. Cass setzte sich neben sie auf die Bettkante, doch Tracey waren schon die Augen zugefallen, und als Cass sie zudeckte, spürte sie neue Tränen in ihren Augen brennen; dann rannen sie ihr über die Wangen.

Antonio berührte sie an der Schulter.

Cass schüttelte den Kopf. Sie konnte nicht sprechen.

Was ein Glück war, denn sonst hätte sie ihm nur gesagt, er solle weggehen.

Seine Hand blieb auf ihrer Schulter liegen, bis sie sie abschüttelte. Sie wollte seinen Trost nicht. Nach einer Weile sagte er: »Wenn du mich brauchst, ich bin unten. Ich sehe nach Alfonso und den Kindern.«

Cass antwortete nicht, und sie blickte auch nicht auf, als er das Zimmer verließ.

Sie schlug die Hände vors Gesicht und weinte.

»Cass?«

Das Flüstern klang sehr leise und kläglich; Cass fuhr hoch und schaute in Traceys Augen, in denen ebenfalls Tränen standen. Sofort streckte sie die Hand aus, strich ihr über die Stirn, die Wange, und nahm dann ihre Hand. »Ich habe dich sehr lieb.«

Tracey blinzelte, und Tränen kullerten ihr aus den Augen. »Alyssa. Geht es ihr gut?«

Cass erstarrte. »Natürlich«, sagte sie, doch dann fiel ihr ein, dass sie Alyssa seit dem frühen Morgen nicht mehr gesehen hatte. Sie fasste sich rasch, zwang sich zu lächeln, obwohl sie vor Tränen kaum etwas sehen konnte, und sagte: »Ihr geht es gut.«

»Sag ihr, dass ich sie liebe«, flüsterte Tracey.

Cass bekam Angst. Ihre Schwester hatte offensichtlich Schreckliches erlebt, doch sie war kein Mensch, der solche Sätze von sich gab. »Das kannst du ihr selbst sagen, wenn du dich ein bisschen erholt hast.«

Tracey schüttelte den Kopf. »Nein. Nein. Bring sie nicht hier herauf. Bitte nicht.«

Tracey regte sich immer mehr auf. »Schon gut«, sagte Cass und

musste zugeben, dass Tracey Recht hatte. Es würde Alyssa nur einen furchtbaren Schrecken einjagen, ihre Mutter in diesem Zustand zu sehen. Sie drückte die Hand ihrer Schwester. »Tracey, bitte sag mir doch, was passiert ist – wer hat dir das angetan!?«
Tracey starrte sie verzweifelt an. »Ich weiß es nicht«, sagte sie schließlich.
Cass sah sie bestürzt an. »Wie ... wie kannst du das nicht wissen?« Doch sofort schoss ihr das Wort *Schock* durch den Kopf, gefolgt von *Trauma* und *Amnesie.* »Erinnerst du dich noch daran, dass du das Haus verlassen hast?«, musste sie dennoch fragen.
Tracey zögerte und nickte dann. »Ja, das weiß ich noch. Ich war so böse. So unglaublich wütend. Auf dich.«
Cass fühlte sich, als habe ihr jemand einen Schlag versetzt. Sie schloss die Augen. »Es tut mir Leid«, brachte sie erstickt hervor. Das war noch untertrieben. O Gott, sie bereute jeden einzelnen Augenblick, den sie mit Antonio verbracht hatte. Was hatte sie sich nur dabei gedacht?
»Ich will nicht so böse sein. Das macht mir Angst«, flüsterte Tracey.
Cass strich ihr wieder über die Stirn. »Jetzt brauchst du nicht mehr böse zu sein. Du bist wieder da, du bist in Sicherheit. Ich kümmere mich um dich, Tracey, ich verspreche es. Ich verspreche es«, schwor sie von ganzem Herzen.
»Etwas Schreckliches geht hier vor sich«, sagte Tracey. »Ich verstehe überhaupt nichts mehr ... ich verstehe mich selbst nicht mehr.«
Cass sah sie bekümmert an.
Sie hatte furchtbare Angst – und verscheuchte entschlossen die Gedanken, die sich ihr aufdrängen wollten.
Aber sie musste einfach fragen. Es stand zu viel auf dem Spiel. Vielleicht ging es sogar um Leben und Tod. »Was geschieht hier?«
Tracey schüttelte den Kopf. »Ich weiß es nicht«, klagte sie.
Cass war beinahe erleichtert, dass sie keine Antwort erhalten

hatte, doch dann hob Tracey beide Arme, und Cass sah die Reihe grässlicher, winziger roter Schnitte auf den Innenseiten. »Ich wollte nicht«, begann sie und brach in Tränen aus.

Cass nahm ihre Hände. »Wie ist das passiert? Du erinnerst dich doch an etwas – wer hat dir das angetan?«

Tracey schüttelte den Kopf.

»Was wolltest du nicht?«, fragte Cass verzweifelt und fing auch wieder an zu weinen.

»Ich wollte es nicht tun«, schluchzte Tracey. »Es war, als hätte ich zwei Menschen in mir. Ich habe mich gehasst, und ich musste es einfach tun, weil ich mich so sehr hasste, und ich habe mich dagegen gewehrt, aber meine linke Hand konnte die rechte nicht aufhalten, ich habe mir dabei zugesehen, und da war so viel Blut, es hat so wehgetan, und ich konnte trotzdem nicht aufhören.«

Cass war zutiefst erschüttert; auf der Schwelle zur Bibliothek blieb sie schwankend stehen. Ihr bot sich ein malerischer Anblick: Die Kinder spielten auf dem Boden Monopoly, und Antonio saß auf dem Sofa dicht bei ihnen, einen Stapel Bücher neben sich, eines aufgeschlagen in der Hand. Cass nahm die Szene kaum wahr. Ihre Schwester hatte sich diese grauenhaften Verletzungen selbst zugefügt. Sie wusste, das war ein bestimmtes psychisches Krankheitsbild, doch der Name fiel ihr nicht ein.

Was geschah mit Tracey?

So etwas hatte sie doch noch nie getan. Da war Cass ganz sicher. Konnte eine solche Störung sich erst relativ spät im Leben eines Menschen bemerkbar machen?

Cass schloss die Augen. Die *Störung* war hier aufgetreten, in der Casa de Sueños. Ein weiteres seltsames und grauenhaftes Ereignis, das eben unerklärlich war … oder gab es doch eine Erklärung dafür?

War Isabels Zorn vielleicht so gewaltig, dass er sich auf einen anderen Menschen übertragen und ihn dazu treiben konnte, etwas

Irrationales, Verrücktes und Gefährliches zu tun? Ging das sogar so weit, dass derjenige dann andere verletzte – oder sich selbst?
»Cassandra.« Antonio sah sie, klappte das Buch zu, stand auf und eilte zu ihr. Alyssa sprang gleichfalls auf und rannte auf sie zu. »Tante Cass! Meine Mutter ist wieder da!«, rief sie, offensichtlich sehr erleichtert.
Cass lächelte zu ihr hinab und schlang einen Arm um sie. »Ja, sie ist wieder da, aber jetzt muss sie sich erst einmal gründlich ausruhen.« Cass zitterte. Sie konnte gar nicht mehr aufhören zu zittern.
Alyssa sah sie ernst an, viel zu ernst für ein so kleines Mädchen. »Aber was ist denn passiert? Wo war sie so lange?«
Sie fand einen Ausweg, ohne lügen zu müssen. »Sie kann sich nicht daran erinnern, Alyssa«, erklärte Cass sanft. »Manchmal verlieren Menschen vorübergehend das Gedächtnis, weißt du? Das ist so etwas wie eine Krankheit, die irgendwann wieder weggeht, und diese Krankheit nennt man Amnesie.« Cass setzte sich, damit die anderen nicht bemerkten, wie ihre Knie schlotterten.
»Amnesie«, wiederholte Alyssa rasch. »Darf ich zu ihr?«
»Jetzt nicht. Aber sie hat nach dir gefragt, als Allererstes, und ich soll dir sagen, dass sie dich sehr lieb hat«, sagte Cass.
Alyssa sah ganz deutlich, dass Cass die Wahrheit sagte, und errötete vor Freude. »Ich hatte solche Angst. Ich dachte, ich würde sie nie wiedersehen«, flüsterte sie. »Das ist Eduardo mit seiner Mutter nämlich auch passiert.«
Cass erwiderte nichts. Alyssa lief fröhlich zu Eduardo zurück, und Cass wechselte einen Blick mit Antonio. Er kam zu ihr herüber, und sie stand auf, bevor sie wusste, was sie tat. Er legte den Arm um sie, und sie traten hinaus in die Halle. »Wie geht es ihr?«, fragte er.
Cass entzog sich ihm. Sie schluckte tapfer, aber trotzdem bekam sie feuchte Augen, als sie ihm erzählte, was Tracey gesagt hatte.
»Sie muss in eine psychiatrische Klinik«, sagte er ernst. »So schnell wie möglich. Gott sei Dank holt Gregory die Polizei.«

Cass sah ihn an. »Vermutlich war sie deshalb voller Blut«, flüsterte sie erstickt.
Er legte ihr eine Hand auf die Schulter. »Cassandra, so viel Blut kann nicht von ein paar Kratzern und kleinen Schnitten stammen. Das ist unmöglich.«
»Was willst du damit andeuten?«, zischte sie leise.
Er starrte sie an. »Ich habe überhaupt nichts angedeutet. Was soll das heißen?«
»Nichts«, knurrte sie und wandte sich brüsk ab.
Er packte sie am Arm und riss sie grob zu sich herum. »Irgendjemand muss doch den Elektriker erstochen haben.«
»Wage es ja nicht.« Cass hatte noch nie in so drohendem, wütendem Tonfall mit jemandem gesprochen. *Sie würde ihre Schwester beschützen, koste es, was es wolle.*
»Wir sind doch nicht für das verantwortlich, was Tracey sich angetan hat«, sagte er und sah ihr ernst und ruhig in die Augen.
Cass wich seinem Blick aus. *Blödsinn*, dachte sie erbittert. »Das habe ich auch nicht behauptet.«
Er schwieg sie an.
Cass wandte sich ab und war sich bewusst, dass sie zwischen sich und Antonio eine unüberwindliche Barriere errichtete. Sie verschränkte die Arme vor der Brust und wunderte sich, warum sie kaum Luft bekam.
Sie wünschte, ihr Herz täte ihr nicht so weh.
Er rührte sich nicht von der Stelle.
Schließlich sagte Cass: »Wie lange wird Gregory nach Pedraza brauchen – wenn er schlimmstenfalls die ganze Strecke zu Fuß bewältigen muss?«
»Ich denke, er müsste jetzt fast dort sein«, entgegnete Antonio leise.
Cass blickte zu ihm auf, denn die Würde in seiner Stimme ließ ihre Abwehr bröckeln. Sie wollte ihn nicht verletzen.
»Ich bin auf ein paar neue Informationen über unser Gespenst ge-

stoßen«, sagte er und ließ den Blick forschend über ihr Gesicht wandern.

»Ich glaube nicht, dass mich das im Augenblick interessiert«, log sie.

»Ich habe zwei Briefe gefunden, Cassandra. Gerade eben erst. Deine Tante hatte sie in ihrem Tagebuch erwähnt. Einer ist von Isabel an ihren Cousin Robert de Warenne, der andere von Robert an sie. Anscheinend war er ihr Liebhaber, und sie haben einander geschrieben, als Isabel sich während ihrer Schwangerschaft hier in der Casa de Sueños aufgehalten hat.«

Cass runzelte die Stirn, drehte und wendete die neue Erkenntnis in Gedanken hin und her und versuchte, sie einzuordnen.

»Sie war furchtbar unglücklich«, fügte Antonio hinzu. »Aber da ist noch etwas.«

»Was?«, fragte Cass.

Er sah sie an. »Warum sollte sich ein Brief, den Isabel an ihren Geliebten in England geschrieben hat, hier in Kastilien befinden, im Besitz der de la Barcas?«

Gregory hätte Pedraza schon vor Stunden erreichen müssen – wo blieb die Polizei?

Sie hatten bereits die Hälfte der Unterlagen und Bücher von Antonios Vater zusammengepackt und zu Mittag gegessen. Stillschweigend waren sie übereingekommen, dass es das Beste war, sich zu beschäftigen. Sie hatten auch noch einmal kurz nach Celia gesucht, ohne Erfolg. Cass sah immer wieder auf die Uhr. Es war jetzt drei. Sie hatte ein entschieden ungutes Gefühl.

Auch Antonio sah auf die Uhr, und sie tauschten einen Blick.

»Ich will dich ja nicht beunruhigen, aber wo bleibt er nur so lange?«, fragte Cass.

»Er müsste längst zurück sein«, erwiderte Antonio. Abrupt setzte er sich an den Schreibtisch. »Da stimmt etwas nicht.«

Cass hätte ihm beinahe eine Hand auf die Schulter gelegt, doch sie hielt sich zurück. Stattdessen verschränkte sie schützend die Arme vor der Brust. »So etwas kann manchmal dauern.«

»Nein. Ihm ist etwas zugestoßen. Warum habe ich ihn gehen lassen? Warum bin ich nicht selbst gegangen? Das wäre meine Verantwortung gewesen.«

Cass seufzte tief. »Ich sehe noch einmal nach Tracey«, erklärte sie. Sie hatte jede Stunde zu ihr hineingeschaut, und Tracey hatte immer tief und fest geschlafen.

Antonio nickte, ohne sie anzusehen.

Cass floh aus der Bibliothek. Sie konnte nicht mehr viel ertragen. Sie war völlig überlastet, und das spürte sie nur allzu deutlich.

Aber was, wenn Isabel noch nicht mit ihnen fertig war?

Ihre Anspannung steigerte sich, bis sie fast unerträglich wurde.

Als sie in Traceys Zimmer kam, sah sie, dass Tracey zwar immer noch schlief, aber sie wirkte nicht mehr entspannt und friedlich. Sie wälzte sich unruhig hin und her und stieß leise, klagende Laute aus – offensichtlich hatte sie einen Albtraum.

Cass setzte sich zu ihr und strich ihr über den Kopf. »Ist schon gut, Trace. Es ist nur ein böser Traum.«

Tracey beruhigte sich allmählich, aber Cass wollte vorsichtshalber noch ein bisschen bei ihr bleiben. Sie ließ den Blick durchs Zimmer schweifen und fragte sich, was sie hier so störte.

Schlagartig wurde es ihr klar. Die Kleider, die Tracey getragen hatte, als sie verschwunden war, lagen als unordentliches Häuflein auf dem Boden. Das waren nicht die Kleidungsstücke, die Cass ihr unter der Dusche ausgezogen hatte.

Cass stand auf. Das bedeutete, dass Tracey irgendwann unbemerkt zurückgekehrt war und sich umgezogen hatte. Oder? Und warum? Wie war das möglich?

Cass griff verwirrt nach den Shorts, und dabei kullerte etwas aus einer der Taschen. Sie hielt es erst für eine Münze und wandte sich wieder ihrer Schwester zu, die nun ruhig schlief. Doch dann fuhr

sie herum und sah genauer hin. Auf dem Boden lag eine zarte goldene Kette mit einem Kreuz daran, das in der Mitte einen winzigen Diamanten trug.
Cass starrte wie betäubt auf die Kette hinab.
Sie hob sie auf, und als sie sie erkannte, drehte sich ihr der Magen um. Diese Kette gehörte Celia. Sie trug sie jeden Tag und nahm sie nie ab. Cass war ganz sicher.
Sie begriff nicht, wie Tracey zu der Kette kam; sie konnte kaum mehr denken, geschweige denn klar und logisch, so schockiert war sie. Cass griff sich an den Kopf. »Hör auf«, flüsterte sie sich zu, »denk nach, denk nach.«
Es musste eine logische Erklärung dafür geben. Genauso, wie es eine Erklärung für das Blut auf Traceys Kleidung gab – und für den Tod des Elektrikers.
Plötzlich schwebte der Duft von Veilchen durch den Raum. Füllte ihn. Wurde überwältigend. Cass merkte, dass sie am ganzen Körper zitterte; ihre Knie gaben nach, und sie sank an den Bettpfosten. Isabel war hier. Cass zweifelte nicht daran, dass sie jeden Augenblick erscheinen würde.
Sie blieb wie angewurzelt stehen und wartete, hilflos und bebend vor Angst.
Der Geruch war nun so stark, dass sie kaum noch Luft bekam. Cass hustete und keuchte, und Tränen liefen ihr über die Wangen. Tracey hustete sogar im Schlaf. Plötzlich glaubte Cass, sie würde ersticken, genau wie ihre Tante. Sie hielt es nicht mehr aus, sie brauchte Luft und rannte mit letzter Kraft aus dem Zimmer. Doch auch im Flur hing der ekelhaft süßliche Gestank.
Cass griff sich an die Kehle und wusste nicht mehr, was mit ihr geschah.
Sie sah ihre Tante vor sich, die krampfhaft zuckend auf dem Boden lag und blau anlief.
Dunkelheit umfing sie.
Cass kämpfte dagegen an. Als Schwarz wieder zu Grau wurde und

sie wieder ein wenig Licht sah, schlug sie die Augen auf und erwartete, Isabel zu sehen, die auf sie herabstarrte.
Doch da war niemand. Cass merkte, dass sie auf dem Boden lag und keuchend zur Decke blickte.
Der Flur war totenstill.
Cass bekam wieder Luft. Der Veilchenduft verflüchtigte sich rasch. Sie sog tief die frische Luft ein, immer wieder, bis sie keine Veilchen mehr roch.
Cass rappelte sich mühsam auf. Sie zitterte am ganzen Körper, und ihr war schrecklich schwindlig. Doch sie hatte sich den Vorfall gerade eben nicht eingebildet. Sie war beinahe erstickt – sie wäre beinahe gestorben.
Cass sank gegen die Wand. Sie starrte auf ihre geschlossene Zimmertür.
Sie wollte sich nicht von der Stelle rühren, außer um nach unten zu flüchten. Doch irgendwie trugen sie ihre Füße in die andere Richtung. Sie bewegte sich wider Willen den Flur entlang. Ihr Herz schien vor Grauen bersten zu wollen. Sie wollte nicht tun, was sie tun musste, sie konnte sich nicht davon abhalten, vorwärts zu stolpern, wobei sie sich an der Wand abstützte. Vor der Tür blieb sie stehen.
Öffne die Tür.
Die Stimme ertönte laut und deutlich in ihrem Kopf, erteilte ihr einen Befehl.
Öffne die Tür.
Sie sah ihre Hand nach dem Türknauf greifen. Obwohl sie nichts anderes wollte, als davonzulaufen, so weit und so schnell wie möglich. Obwohl sie wusste, dass es Isabel war, die ihr ihren Willen einflüsterte.
Öffne die Tür.
Cass gehorchte.
Isabel war nicht in ihrem Zimmer. Es war leer.
Cass sank erleichtert an den Türrahmen. *Gott sei Dank!*

Mitten in einem tiefen, erleichterten Seufzen fiel ihr Blick auf den leuchtenden Bildschirm ihres Computers.
Selbst von der Tür her war sie sicher, dass dort etwas geschrieben stand, und schlagartig begriff sie.
Isabel hatte eine weitere Botschaft für sie.
Cass konnte sich nicht von der Stelle rühren.
Sie wusste nicht, wie lange sie stocksteif in der Tür stand und auf den Bildschirm starrte, auf die kleinen leuchtenden Buchstaben, die sie aus dieser Entfernung nicht erkennen konnte. Schließlich zwang sie sich, einen Fuß vor den anderen zu setzen, langsam und mühselig, von Grauen erfüllt.
Cass blieb stehen – und musste sich am Tisch festhalten.
ICH BIN NUN DEINE SCHWESTER.

Einundzwanzig

Hampton Court – November 1554

Und wann werdet Ihr Seiner Lordschaft die Wahrheit sagen?«
Isabel hatte Kopfschmerzen. Sie waren nun doch in ihren Gemächern im Palast wohnen geblieben, und sie saß in einem hohen Lehnstuhl, der ihren ständig schmerzenden Rücken stützte. Ihr fielen die Augen zu. Sie wünschte, Helen würde verschwinden. Sie war eine nörgelnde Schnüfflerin geworden, und es war nicht leicht, sie zu täuschen.

Helen reichte ihr ein kaltes, feuchtes Tuch für ihre Stirn. »Gibt es einen Grund, weshalb Ihr Eurem Gemahl nicht sagen wollt, dass Ihr ein Kind erwartet, Isabel?«

Isabel wich Helens Blick aus. »Ich habe abgewartet, um ganz sicher zu sein, dass ich tatsächlich ein Kind unter dem Herzen trage«, erwiderte sie kalt. Abrupt stand sie auf.

Helen gab ein ungläubiges Schnauben von sich und ging. Isabel war erleichtert. Tränen stiegen ihr in die Augen.

Ihr Bauch zeichnete sich noch nicht unter ihrer Kleidung ab, aber wenn sie unbekleidet war, erkannte sie deutlich eine leichte, feste Wölbung. Sie hatte seit ihrer Hochzeit nicht ein Mal ihre monatlichen Beschwerden gehabt, daher konnte es gut sein, dass sie bereits im vierten Monat war. Isabel drehte sich der Magen um.

Was, wenn dies Robs Kind war?

Oh, wie konnte sie so dumm sein, sich einen Liebhaber zu nehmen, bevor sie einen Erben empfangen hatte? Was, wenn das Kind Robs blaue Augen und sein blondes Haar hatte?

Sie rang zittrig nach Luft und dachte, vielleicht würde Alvarado es gar nicht merken. Sie hatte ja selbst blaue Augen, ihr Haar war weder rot noch blond, der außergewöhnliche Farbton lag irgendwo dazwischen. Vielleicht würde er keinen Verdacht schöpfen – vielleicht würde niemand Verdacht schöpfen, bis das Kind älter und einem der beiden Männer immer ähnlicher wurde. Der Schmerz in ihren Schläfen fühlte sich an, als wolle ihr Kopf zerspringen.

Bevor sie noch länger grübeln konnte, erschien Helen wieder in ihrem Schlafgemach. »Es wird Zeit, dass Ihr zum Essen hinuntergeht, Isabel, oder soll ich Seine Lordschaft benachrichtigen, dass Ihr unpässlich seid?« Ihr Blick und ihre Stimme drückten deutlich ihr Missfallen aus.

Isabel biss sich auf die Lippe. Helen wusste, dass sie einen Liebhaber hatte, da war Isabel beinahe sicher. An unzähligen Nachmittagen war Isabel mit verträumtem Blick und seligem Lächeln in ihre Gemächer zurückgekehrt und konnte an nichts anderes denken als an Rob, während Helen sie verdrießlich musterte. Wäre sie nur ein wenig diskreter gewesen, dachte sie verzweifelt. Isabel erhob sich. »Nein, ich werde hinuntergehen.« Sie lächelte traurig. Sie würde ihrem Mann nicht zu ihrem Vergnügen Gesellschaft leisten, sondern weil ihn das erfreute, und sie fürchtete sich neuerdings sehr davor, bei ihm in Ungnade zu fallen.

Isabel ging langsam durch die vielen Säle und Flure des Palastes. Sie war längst mit dem Leben bei Hofe vertraut geworden. Sie nickte manchen Herren im Vorbeigehen zu und ignorierte den lauten Streit zwischen einigen spanischen und englischen Höflingen.

»Gräfin?«

Die Stimme klang vertraut, und doch wieder nicht. Isabel zögerte, blickte auf und sah eine Gruppe Edelmänner auf sich zukommen. Strahlend blaue Augen fingen ihren Blick auf. Plötzlich erkannte Isabel, dass sie Douglas Montgomery gegenüberstand, und sie schluckte. Sie hatte ihn nicht mehr gesehen, seit sie ihn mit ihrem

Täuschungsmanöver davon abgebracht hatte, um ihre Hand anzuhalten.

Er trat vor, den Blick immer noch auf ihr Gesicht geheftet, und verneigte sich.

Isabel war sprachlos vor Überraschung über diese Begegnung und spürte, wie heftig ihr Herz pochte. Aber, du lieber Himmel, was musste er von ihr denken? »Lord Montgomery«, brachte sie hervor.

Er richtete sich auf, und sein Blick glitt rasch über ihr Gesicht, bevor er ihr wieder in die Augen sah. »Ja. Anscheinend habe ich einen bleibenden Eindruck hinterlassen, da Ihr Euch so gut an mich erinnert.«

Isabel erkannte zu spät, dass er damit auf die üble Verkleidung anspielte, mit dem sie ihn getäuscht und beleidigt hatte, und sie errötete. »Mylord, ich weiß gar nicht, wo ich beginnen soll. Ich möchte mich für mein Benehmen bei unserer ersten Begegnung entschuldigen, ich …«

»Ich habe Eure Kostümierung sehr wohl durchschaut«, sagte er.

Isabel starrte ihn verständnislos an.

Er lächelte schwach. »Ich war zutiefst beleidigt, doch das liegt nun hinter uns, nicht? Ihr seid längst verheiratet und ich ebenfalls.«

Ihr Herzschlag dröhnte noch immer in ihren Ohren – Isabel verstand nicht, warum. »Es war weiß Gott nicht mein Wunsch, Euch zu beleidigen, Mylord.«

»Und ich habe nicht den Wunsch, der Vergangenheit nachzuhängen. Mich interessiert allein die Zukunft – und die Gegenwart.« Er sah sie durchdringend an.

Isabel verstand und konnte sich kaum rühren. Sie fesselte ihn immer noch. Sie konnte nicht anders, als sich ein wenig zu freuen.

»Ich möchte Euch zu Eurer Vermählung beglückwünschen«, sagte er schließlich nach einem langen, verlegenen Schweigen.

Isabel errötete. »Ich Euch ebenfalls.«

Plötzlich nahm er ihren Arm. »Gehen wir ein Stückchen. Möchtet Ihr mich auf einen Spaziergang begleiten, Mylady?«
Sie sah ihn an. Sie sollte sich bei ihrem Mann einfinden, doch sie freute sich, ihn nach so langer Zeit wiederzusehen, also nickte sie und ging mit ihm. »Ja, gern.«
»Wie gefällt Euch das Leben bei Hofe?«, fragte er.
»Es ist interessant und abwechslungsreich«, antwortete sie. »Ihr dürft nicht vergessen, dass ich eine graue Maus vom Lande war, bis mein Onkel sich plötzlich an mich erinnerte.«
Er sah sie freundlich an. »Ich bezweifle, dass Ihr jemals eine graue Maus wart. Dazu seid Ihr viel zu klug und zu schön.«
Sie verhielt den Schritt. Er machte ihr ein Kompliment. Doch es war ihr nicht unangenehm. Sie fühlte sich seltsam beschwingt, erwiderte seinen forschenden Blick und staunte. Bei Gott, er war so aufrichtig, stolz und warmherzig, und ebenso gut aussehend wie Rob. Warum hatte sie das nicht bemerkt, als er das letzte Mal bei Hofe war und um ihre Hand anhalten wollte?
Plötzlich fragte sie sich, ob sie einen furchtbaren Fehler gemacht hatte. Beschämt verdrängte sie diese Gedanken. »Was bringt Euch nach Westminster?«, erkundigte sie sich hastig.
»Um die Wahrheit zu sagen, ich hatte gehofft, Euch wiederzusehen«, sagte er leise, mit ernster Miene.
Isabel blieb stehen. Sie konnte den Blick nicht abwenden, wollte ihm weiterhin in die Augen sehen.
»Es ist nicht so, wie Ihr vielleicht meint.« Er ergriff ihren Arm. »Seit jenem Tag, als Ihr versucht habt, mich mit dieser schauderhaften Verkleidung zu täuschen, habe ich Euch nicht vergessen können. Ich fürchte, ich bin dennoch Eurem Zauber erlegen.« Er lächelte schief. »Doch das ist nicht der Grund, weshalb ich Euch sprechen wollte.«
Sie sah ihn zunehmend beunruhigt an. Wenn er nicht hier war, um ihr zu schmeicheln, was wollte er dann von ihr? »Ich verstehe Euch nicht.«

Sein Blick, seine Miene waren düster. »Isabel. Es gehen Gerüchte um, die ich nicht glauben wollte, doch nun muss ich mit Euch darüber sprechen.«
Sie bekam Angst. »Was für Gerüchte? Ach – Gerüchte, der König wolle gegen Frankreich in den Krieg ziehen? Die Königin erwartet ein Kind, wie Ihr wisst.« Sie sprach so schnell, dass sie sich beinahe verhaspelte. »Der König würde niemals fortgehen, ehe das Kind nicht geboren ist, und die Geburt wird erst im Frühling erwartet.«
Er packte sie an beiden Armen. »Gerüchte über Euch, Isabel, die ich zuerst nicht geglaubt habe. Doch mittlerweile habe ich Euren Gemahl kennen gelernt. Ich habe auch den Admiral kennen gelernt. Und ich sehe die Pein, die Zerrissenheit und den Kummer in Euren Augen. Lieber Himmel, jetzt verstehe ich, ich verstehe alles, auch, weshalb Ihr mich so grob zurückgewiesen habt – aber Ihr spielt ein sehr gefährliches Spiel.«
Isabel war erstarrt. Sie taumelte, die Welt um sie verschwamm. »Was für … Gerüchte? Ich weiß nicht, wovon Ihr sprecht!«, rief sie laut; ihre Stimme überschlug sich.
Er packte sie noch fester. »Der ganze Hof spricht über Euch und Admiral de Warenne, meine Liebe.«
Isabel starrte entsetzt in sein gebräuntes, schön geschnittenes Gesicht. Sie wollte protestieren: *Er ist mein Cousin.* Sie brachte kein Wort heraus.
»Wenn die ganze Welt von Eurer Liaison weiß, ist es lediglich eine Frage der Zeit, bis Euer Gemahl davon erfährt«, sagte Montgomery.
Plötzlich klammerte sie sich an seine Hände und schüttelte den Kopf. Sie sollte lügen, alles abstreiten; stattdessen begann sie zu weinen. »Wie können sie es wissen? Niemand kann davon wissen! Außer vielleicht Helen …«
Er sah sie durchdringend an. »Spielt es denn eine Rolle, woher sie es wissen?«
»Ich liebe ihn«, hörte sie sich flüstern.

»Das weiß ich.«

Etwas in seiner Stimme ließ sie den Blick zu ihm heben.

Er lächelte wehmütig. »Das Leben ist rätselhaft, nicht wahr? Selbst mit meinen zweiunddreißig Jahren, nach allem, was ich erlebt und ausgestanden habe, kann ich Gottes Willen noch immer nicht begreifen.«

Isabel konnte ihm nur zustimmen. Wusste wirklich der gesamte Hof davon? *O Gott! Er muss sich irren!*

»De Warenne ist wahrlich vom Glück gesegnet«, bemerkte Montgomery.

Sie erwiderte seinen Blick. »Ich bitte Euch, Mylord, sprecht nicht weiter«, sagte sie schließlich.

Doch seine nächsten Worte trafen sie völlig unerwartet. »Und er ist Eurer nicht würdig.«

»Beleidigt ihn nicht aus niederer Eifersucht!«, rief sie.

»Ich kann meine Eifersucht nicht leugnen, doch ich sage die Wahrheit. Denn wenn er Euch liebte, dann hätte er Euch niemals in solche Verlegenheit gebracht.« Montgomery blickte finster drein.

»Sprecht nicht von Angelegenheiten, die Euch nichts angehen.«

»Aber Ihr geht mich etwas an, Isabel. Es war mein Ernst, als ich sagte, Gottes Wille sei oft seltsam und unbegreiflich. Andernfalls gäbe es in meinem Herzen nur eine einzige Frau – meine Gemahlin.« Er sah sie drängend an. »Seid vorsichtig, Isabel. Traut niemandem. Der Hof ist eine Arena neidischer Intriganten, und er wimmelt von Spionen.«

Sie erwiderte seinen Blick. »Ich verstehe.« Sie merkte, dass er sich zum Gehen anschickte, doch seltsamerweise wollte sie noch nicht, dass er sie verließ.

»Solltet Ihr jemals meine Hilfe brauchen, so hinterlasst eine Nachricht in Carew Hall. Das Anwesen liegt an der Themse, und meine Bediensteten sind zuverlässig. Ich werde Euch nicht im Stich lassen.«

Isabel spürte neue Tränen in sich aufsteigen, begleitet von einer Verwirrung, die sie nicht verstand, und einer ebenso unbegreiflichen Angst. Sie nickte. »Ich danke Euch, Mylord. Das ist ein Angebot, das ich eines Tages vielleicht annehmen werde.«
»Ich bete darum, dass es niemals nötig sein wird«, erwiderte er.

»Ja, Isabel? Möchtet Ihr mir etwas sagen?«
Ihr Mann war wie üblich noch spät mit politischen und diplomatischen Geschäften befasst. Isabel stand zögernd vor seinem Schreibtisch und sah immer wieder Montgomerys braun gebranntes Gesicht vor sich. Es verfolgte sie seit ihrer unerwarteten Begegnung am Mittag desselben Tages.
»Habt Ihr einen Augenblick Zeit für mich, Mylord?«, fragte Isabel ängstlich. Sie dachte: *Unmöglich kann der ganze Hof davon wissen.* Montgomery musste sich irren. Und Alvarado hegte gewiss nicht den geringsten Verdacht. Sie hätte doch gespürt, wenn etwas so Schwerwiegendes zwischen ihnen gestanden hätte.
Seine Hand schloss sich um ihren Arm. Isabel hatte gar nicht bemerkt, dass er aufgestanden war. Sie zuckte bei seiner Berührung zusammen. »Bedrückt Euch etwas, meine Liebe?«
Atemlos sah sie ihm in die Augen, nur um den Blick sofort zu senken, weil sie fürchtete, er könnte ihr ansehen, wie schuldig sie sich fühlte.
»Weshalb wünscht Ihr mich zu sprechen, meine Liebe?«
Isabel zwang sich, klar zu denken. Sein Tonfall war nicht ungewöhnlich, erkannte sie; er klang wie immer, freundlich, ruhig und ein wenig gönnerhaft. Sie hatte keinen Grund zur Sorge. Sie und Rob waren überaus vorsichtig gewesen; sehr umsichtig und diskret. Isabel hob endlich den Kopf, doch sie konnte seinem Blick immer noch nicht begegnen. »Ich erwarte ein Kind, Mylord.«
Einen Augenblick lang wirkte seine Miene wie versteinert – einen Augenblick lang stand Isabel schreckliche Angst aus –, und

dann lächelte er. »Ich habe gehofft, dass dieser Tag bald kommen würde«, sagte er.
»Ich ebenfalls«, erwiderte sie – eine grässliche Lüge.
»Kein Wunder, dass Ihr abwechselnd bleich und erhitzt wart, großen Appetit hattet und dann wieder nichts essen wolltet«, sagte er, führte sie zu einem Stuhl und drängte sie, sich zu setzen. »Wann können wir das Kind erwarten?«
Isabel lächelte ihn an. Ihr Herz flatterte wie ein gefangener Schmetterling gegen ihre Rippen. »In fünf oder sechs Monaten, Mylord. Ich habe noch keinen Arzt aufgesucht. Ich wollte zuerst mit Euch sprechen.«
»Wie rücksichtsvoll Ihr seid, Isabel. Ihr macht mir wieder einmal große Freude. Gibt es einen glücklicheren Mann als mich? Ihr meint also, das Kind sei schon bald nach unserer Vermählung empfangen worden?«, fragte er.
»Bald nach unserer Vermählung«, flüsterte sie atemlos.
Er nickte lächelnd und ging dann zu einem Tischchen, wo er zwei Gläser Weißwein einschenkte. »Wir sollten auf unser ungeborenes Kind anstoßen, Isabel, und auf Euch, meine wunderschöne, kluge und treue Ehefrau.«
Isabel nahm das Glas mit zitternder Hand entgegen und ließ sich seine Worte auf der Suche nach einer Andeutung noch einmal durch den Kopf gehen, doch ihr fiel nichts auf. Montgomery hatte sie ebenfalls klug genannt – Alvarado hatte damit nichts weiter sagen wollen. Sie stießen auf eine glückliche Geburt an und auf die rasche Empfängnis. Sie stießen auf einen Sohn an. Der Wein floss wie Essig durch ihre Kehle, und Isabel wurde ein wenig schlecht.
Sie hatte sich immer ein Kind gewünscht, aber nicht so. Ihr Herz war schwer wie ein Stein, denn sie begriff das volle Ausmaß ihrer Torheit.
Wie war es nur dazu gekommen, dass sie sich in einer solchen Lage befand? Sie, die einst so unschuldig und vertrauenswürdig

gewesen war, von einem glücklichen Heim geträumt hatte, von einem eigenen Herd, einem liebevollen Ehemann und einem Leben in zufriedener Erfüllung ihrer Pflichten? Zumindest wusste er es nicht. Wenn er auch nur den Verdacht hegte, hätte er sie vermutlich auf der Stelle umgebracht.

Alvarado leerte sein Glas und lächelte sie an. »Dann ist es jetzt Zeit, meine Liebe.«

Isabel erstarrte. »Zeit wozu?«

»Zeit, dass Ihr nach Spanien geht. Mein Sohn wird in Kastilien zur Welt kommen, wie ich selbst und wie mein Vater, mein Großvater und sein Vater vor ihm.« Er hob das leere Glas wie zum Gruß. »Ihr reist ab, sobald die Ärzte ihre Untersuchungen durchgeführt und mir versichert haben, dass alles zum Besten steht.«

Isabel war wie vor den Kopf geschlagen. Mit aufgerissenen Augen starrte sie ihn fassungslos an. Nach Spanien sollte sie? Jetzt? Aber … Aber wie könnte sie Rob verlassen?

»Ihr werdet binnen einer Woche die Reise antreten, das versichere ich Euch«, sagte er. »Beginnt mit den Vorbereitungen.« Er ließ sie allein.

Ihre Unterredung war vorüber.

24. Dezember 1554

Mein liebster Rob,

mein Herz sehnt sich so nach der Heimat und allem, was mir lieb und teuer ist. Oh, Rob, der englischen Sprache fehlen die richtigen Worte, um Dir meine Einsamkeit und Pein zu schildern. Dieses Land ist so kalt und öd. Ich finde es abscheulich hier. Nie werde ich hier zu Hause sein. Beinahe zwei Monate sind vergangen, seit ich in dieses ferne Land kam, und ich habe schreckliche Angst, dass ich niemals nach England werde zurückkehren dürfen, dass ich in dieser garstigen Erde begaben werde.

Ich bin verzweifelt, umgeben von Dienern, deren Sprache ich nicht verstehe, mit Helen als einzigen Trost, und dem Kind, das unter meinem Herzen heranwächst. Selbst die Ärzte, die mich untersuchen, sind so seltsam und fremdländisch, und ich kann mich nicht mit ihnen verständigen. Ihr Nicken und Lächeln bedeutet wohl, dass sie zufrieden sind, doch mein Kummer ist so groß, dass ich mich nicht darüber freuen kann. Ich sehne mich zurück nach unseren gemeinsamen Stunden. Ich träume von nichts anderem. Du bist stets in meinem Herzen und in meinen Gedanken. Es vergeht nicht eine Minute, Stunde, kein einziger Tag, da ich nicht an Dich denke und verzweifelt wünsche, ich könnte nach Hause kommen. Dieses riesige, kalte Haus mit seinen viel zu dicken Mauern ist mein Gefängnis, und mein Ehemann der Wärter. Ich erbitte Deinen Rat und erwarte freudig Deine Antwort.

Deine Dir liebevoll und treu ergebene Cousine, auf ewig die Deine

Isabel

21. Februar 1555

Meine liebste Cousine,

es ist so viel Zeit vergangen, seit wir uns zuletzt sehen konnten. Ich erinnere mich mit Freude und Wehmut an unsere vielen Unterhaltungen und hoffe, wir werden noch zahllose gemeinsame Stunden verbringen. Wie geht es Dir und dem Kind, liebste Isabel? Ich habe hier bei Hofe nur erfahren, dass die Ärzte zufrieden sind, und ich kann Dir gar nicht sagen, wie glücklich mich das macht. Dein Glück und Wohlergehen und das des ungeborenen Kindes liegen mir sehr am Herzen.

Es gibt viel Neues zu berichten. Die Königin erfreut sich guter Gesundheit, nun, da ihre Zeit näher rückt; Philip brennt darauf, im Frühling in die Schlacht zu ziehen, und dieses Wissen stimmt sie ein wenig melancholisch.

Die protestantischen Rebellen plagen uns landauf, landab,

und es war dem Frieden nicht eben dienlich, dass Bischof Hoopers Los sich nun erfüllt hat. Er wurde zum Tod auf dem Scheiterhaufen verurteilt, zusammen mit einigen anderen Ketzern. Die brennenden Scheiterhaufen haben die Rebellen nur noch mehr angestachelt, vor allem im Südwesten.
Meine liebste Cousine, wie sehr ich mir wünsche, Du wärst hier und ich könnte meine Sorgen mit Dir teilen. Unser Heimatland ist gespalten, schlimmer denn je zuvor. Lutheraner gegen Calvinisten, Anglikaner gegen Katholiken. Vor ein paar Tagen habe ich zwei protestantische Geistliche dabei ertappt, wie sie einen katholischen Priester steinigten. Die beiden Pfarrer wurden sogleich unter Arrest gestellt, doch der Priester, ein alter Mann, war bereits tot. Lieber Gott, wie ist es nur dazu gekommen, dass wir in so grausamen Zeiten leben? Ich sehe keine Hoffnung in diesem Konflikt, zu stark brodeln Zorn und Erregung auf allen Seiten.
Es ist nicht meine Absicht, Dich mit solch trüben Gedanken zu bekümmern, doch Du warst immer die Einzige, mit der ich meine geheimsten Gedanken teilen konnte. Lieb gewordene Gewohnheiten sind anscheinend nicht leicht abzulegen.
Ich erwarte sehnlichst Kunde aus Kastilien.
Gott schütze Dich und das Kind,
Dein treu ergebener, liebender Cousin
Admiral Robert de Warenne.

Zweiundzwanzig

Vierter Tag – siebzehn Uhr

Cass wich langsam, Schritt für Schritt zurück, und das Herz hämmerte ihr so heftig in der Brust, dass es schien, als wolle ihr Brustkorb gleich bersten. Sie drehte sich um und rannte.

Sie rannte, als sei der Teufel hinter ihr her, platzte in Traceys Zimmer und erstarrte. Sie wusste nicht recht, was sie erwartet hatte, vielleicht, dass nun Isabel in Traceys Bett lag, doch Tracey schlief friedlich wie ein Kind.

O Gott, dachte sie und ging rückwärts zur Tür.

Im Flur draußen blickte sie sich panisch um, doch Isabel war nicht zu sehen. Sie rannte die Treppe hinunter. Sie musste Antonio finden. Tracey schwebte in großer Gefahr – sie alle schwebten in großer Gefahr, dachte Cass verzweifelt.

Als sie in die Bibliothek gerannt kam, fiel ihr als Erstes auf, dass die Kinder nicht da waren. Antonio stand auf einer Trittleiter und nahm Bücher aus einem der hohen Regale.

»Wo sind die Kinder?«, rief sie ängstlich.

Er fiel beinahe von der Leiter und stieg dann vorsichtig herunter. »Cassandra.« Er hielt sie bei den Schultern und sah sie durchdringend an. Cass merkte, dass sie zitterte. »Was ist passiert!?«

»Ich hatte eben einen Erstickungsanfall – genau wie Tante Catherine. Ich konnte nicht mehr atmen, ich wäre fast erstickt – an ihrem verdammten Parfüm!«

Er riss die Augen auf. »Aber es geht dir gut.« Er legte einen Arm um sie.

Cass' Zunge schien über jedes Wort zu stolpern – sie hatte noch nie so hastig gesprochen. »Ich bin ihr in mein Schlafzimmer gefolgt. Auf meinem Laptop war wieder eine Botschaft – eine neue Nachricht.« Cass fühlte sich sterbenselend. Was hatte diese Nachricht zu bedeuten? Sie wollte sie einfach nicht verstehen.

»Wie lautet sie?«, fragte Antonio angespannt.

Sie blickte zu ihm auf, denn sie glaubte, eine Spur von Angst in seiner Stimme gehört zu haben – zum allerersten Mal. Angst. Doch seine Miene wirkte gelassen, eine Maske eiserner Beherrschung; wie sehr sie ihn jetzt brauchte, ruhig und stark und vernünftig. Doch er fürchtete sich – das hatte sie eben deutlich erkannt –, und nun steigerte sich ihre Angst zu Übelkeit erregender Panik. »Komm mit«, sagte sie heiser.

Sie rannten die Treppe hinauf. Cass war nicht überrascht, als sie sah, dass sich diesmal auf ihrem Bildschirm nichts verändert hatte – er war immer noch mit diesem einen, grauenvollen Satz gefüllt, von oben bis unten, in endloser Wiederholung: ICH BIN NUN DEINE SCHWESTER.

Antonio trat näher und starrte darauf.

Cass schlang die Arme um sich. »Ich verstehe das nicht. Ich kann es nicht verstehen, und ich will nicht!«

Es war, als hätte ich zwei Menschen in mir … meine linke Hand konnte die rechte nicht aufhalten …

Antonio sah sie an und streckte die Hand nach ihr aus. Cass wich zurück. »Nein«, sagte sie und schüttelte den Kopf.

Antonios Blick blieb auf ihr Gesicht geheftet. »Will sie uns damit sagen, dass sie von deiner Schwester Besitz ergriffen hat oder dass sie deine Schwester ist?«, fragte er leise. »Ich glaube, das ist ein wesentlicher Unterschied.«

Cass war schwindlig. »Was für ein Unterschied?«, flüsterte sie schließlich – sie gab sich geschlagen.

Er nahm ihre Hand und hielt Cass an seiner Seite fest. »Wenn sie in gewissem Maße die Gedanken deiner Schwester beherrscht, gibt es noch Hoffnung. Wir könnten zu Tracey durchdringen – und Isabel verjagen.«

Cass sah ihm in die Augen. »Gibt es denn noch eine Chance? Wirklich? Sie hat jemanden dazu getrieben, den Elektriker umzubringen. Sie hat deine Großmutter dazu getrieben, deinen Großvater umzubringen. Sie hat Catherine dazu getrieben, Eduardo in den Tod zu locken!«

»Sie ist furchtbar wütend«, sagte er ruhig. »Aber Wut kann man zähmen, sogar besänftigen.«

Cass starrte ihn an. »Zähmen? Besänftigen? Sollen wir sie vielleicht zum Therapeuten schicken? Sie ist ein Geist, Antonio. Sie ist tot. Und stinksauer. Wahnsinnig sauer. Und ich habe keine Ahnung, wie ich mit ihr umgehen soll! Vielleicht ist sie erst dann zufrieden, wenn sie uns alle umgebracht hat!«

»Nimm nicht gleich das Schlimmste an«, erwiderte er mit scharfer Stimme. »Wir müssen stark bleiben – geistig, meine ich. Denn ihre Wut überträgt sich auf alle, die nicht stark genug sind, ihr zu widerstehen. Du darfst deiner Hysterie und Panik nicht nachgeben, Cass.«

Sein Tonfall klang warnend, drohend. Und beängstigend.

Sie klammerte sich an seinen Arm und dachte hilflos: *Tracey ist nicht stark. Sie ist schwach.* »Tracey ist das perfekte Opfer, nicht?« Sie zitterte.

»Wir sollten Tracey in ihrem Zimmer einsperren – sie vielleicht sogar fesseln, zumindest für den Moment«, entgegnete Antonio tonlos.

Cass schluckte entsetzt. »Vielleicht hast du Recht«, sagte sie schließlich. Ihr war übel. »Du glaubst, dass sie den Elektriker ermordet hat, nicht wahr?«

»Wenn Tracey etwas damit zu tun hatte, dann war sie zu diesem Zeitpunkt nicht sie selbst«, sagte er bestimmt.

Cass wich zurück. Er hielt Tracey für eine Mörderin – es stand ihm deutlich ins Gesicht geschrieben. »Vielleicht war es ja auch

Gregory«, schleuderte sie ihm entgegen. »Er verbirgt irgendetwas …«
Antonio brauste auf. »Glaubst du das wirklich?«
»Ich weiß nicht, was ich glauben soll«, schrie sie.
»Mein Bruder war nicht derjenige, der nach einer rätselhaften, längeren Abwesenheit blutverschmiert wieder aufgetaucht ist«, herrschte er sie an.
Einen Moment lang wechselten Cass und Antonio einen Blick voll plötzlichen, erschreckenden Begreifens. Sie waren heftig in Streit geraten – auch auf sie hatte sich Isabels Hass übertragen.
»Komm«, rief Antonio und packte ihre Hand. Sie rannten durchs Haus und hinaus auf den Hof – die Kinder spielten unter Alfonsos Aufsicht lachend im Sonnenschein.
Wieder wechselten sie einen Blick. Sie wirbelten herum und rannten hinauf.
Tracey war verschwunden.

Der schwarze Schleier hob sich.
Sein Verstand versuchte langsam wie eine verrostete Maschine wieder in Gang zu kommen und Zusammenhänge herzustellen.
Plötzlich spürte er den Schmerz, unerträglichen Schmerz, und er war völlig verwirrt – er wusste nicht, was mit ihm geschah oder wo er sich befand.
Dann kam schlagartig die Erkenntnis. Er wäre beinahe gestorben – aber war noch nicht tot.
Gregory rührte sich nicht. Er war nun wieder bei vollem Bewusstsein und spürte die grausamen Schmerzen, die durch seine rechte Schulter schossen. Nichts hatte je so wehgetan. Furchtbare Schmerzen durchzuckten auch sein Knie, und sein Kopf dröhnte.
Er lag auf dem Rücken auf hartem Gestein.
Und dann erinnerte er sich genau, was passiert war, bis ins kleinste, grässliche Detail – der Lastwagen hatte ihn absichtlich von der

Straße und über den Rand der Schlucht gedrängt. Unmöglich konnte Isabel am Lenkrad gesessen haben. Das hatte er sich ganz sicher nur eingebildet.

Langsam setzte er sich auf, wobei ihm vor Schmerzen die Luft wegblieb, und tastete mit der linken Hand nach seiner rechten Schulter. Sie war ausgerenkt. Er würde sie wieder einrenken müssen.

Doch bevor er weiterdenken konnte, schaute Gregory sich um. Es war niemand zu sehen.

Erleichtert rappelte er sich auf, und als er endlich mit quälenden Schmerzen im Knie aufrecht dastand, sah er einen Baum, nicht viel größer als er selbst. Er humpelte hinüber, holte tief Luft und warf sich mit der rechten Schulter gegen den Baum. Es gab ein scheußliches Knacken, und der Schmerz ließ beinahe sofort nach.

Jesu, dachte er. Er stand da, schwitzte und zitterte am ganzen Körper.

Er wartete, bis die Übelkeit abgeklungen war, und sah sich dann gründlicher in der Schlucht um. Der Abhang war nicht sehr steil, und er würde sicher irgendwie hinaufklettern können, doch mit dem verletzten Knie würde er vermutlich den restlichen Tag dafür brauchen. Plötzlich fiel ihm seine Familie ein, die in der Casa de Sueños festsaß. Isabel hatte ihn von den anderen abgesondert und hätte ihn beinahe für immer aus dem Weg geräumt – hielt sie ihn für tot? Was hatte sie mit den anderen vor, die immer noch in der Villa waren? Beim Gedanken daran wurde ihm schlecht.

Dann entdeckte er das Fahrrad.

Ihm standen die beiden Kinder vor Augen, die friedlich in der Bibliothek miteinander spielten, und dann sah er Isabel mit boshaft funkelnden blauen Augen vor sich. Gregory humpelte so schnell wie möglich zu dem Fahrrad hinüber.

Es war wundersamerweise kaum beschädigt. Es war zerbeult, der Lenker war verbogen, doch beide Reifen waren intakt. Gregory hätte beinahe laut gejubelt. Er stellte es auf, kletterte den Abhang

hinauf, hinkend und keuchend, jeder Schritt eine Qual, und blickte zur Sonne hoch.
Es war schon spät. Er war mehrere Stunden lang bewusstlos gewesen. Kein gutes Zeichen, aus medizinischer Sicht; er hatte wahrscheinlich eine Gehirnerschütterung. Jetzt musste er sich entscheiden.
Er konnte den Weg zurückfahren, den er gekommen war. Bis zur Villa würde er nur halb so lange brauchen wie in den Ort. Oder er konnte seine Mission fortsetzen.
Doch er fühlte sich schwach, und ihm war schwindlig. Er konnte kaum gehen; schon die Entfernung zur Straße schien ihm beinahe unüberwindlich. Sein Knie protestierte bei jedem Schritt, und er spürte etwas Klebriges – Blut – seinen Nacken hinabrinnen. Sein Herz schlug von der Anstrengung des Aufstiegs wie eine Buschtrommel, schmerzhaft und Unheil verkündend. Gregory wurde klar, dass er es niemals nach Pedraza schaffen würde. Er war nicht einmal sicher, ob er es zurück zum Haus schaffen konnte. Aber zumindest musste er in dieser Richtung nur bergab fahren.
Er wollte nicht umkehren.
Aber er wollte auch nicht sterben.

Hand in Hand eilten Cass und Antonio die Treppe wieder hinunter. Sie rannten in die große Halle, wo Cass plötzlich seine Hand losließ, zur Haustür lief und sie aufriss. Sie hatte nur noch einen Gedanken – wo war Tracey?
Das Erste, was sie sah, war Celia. Sie taumelte auf das Haus zu, die Brille schief auf der Nase, das Haar zerzaust, das Kleid zerfetzt, schmutzig und blutbefleckt.
Cass schrie auf und sprang die Vordertreppe hinunter.
Celia sah sie und fing an zu laufen. Sie weinte.
Cass schloss die ältere Frau fest in die Arme. »Geht es Ihnen gut? Was ist passiert?«
Celia sah Cass mit großen, verängstigten Augen an. »Miss de Wa-

renne, o Gott. Der Herr schütze uns, Sie können sich nicht vorstellen, was passiert ist.« Tränen rannen ihr übers Gesicht.

Plötzlich fürchtete Cass sich vor dem, was Celia erzählen würde.

»Gehen wir ins Haus. Sie sind verletzt.« Celia hatte eine tiefe Platzwunde an der Stirn, die mit Blut verkrustet war, und zahlreiche Schürfwunden und Kratzer. Sie humpelte.

»Eine grässliche Dämonin treibt hier ihr Unwesen«, rief Celia, als Antonio ihr die Vordertreppe hinaufhalf. »Sie hat es auf uns abgesehen, sie ist böse, und sie hat versucht, mich umzubringen.«

Cass knallte die Haustür hinter ihnen zu.

Es sprudelte nur so aus Celia hervor. »Wir haben Ihre Schwester am Fenster gesehen, und dann ist Alyssa hinausgerannt. Ich habe gar nicht erst überlegt und bin ihr einfach nachgelaufen. Mein Gott, war das furchtbar! Ich habe immer wieder nach ihr gerufen, und sie hat geschrien, und ich bin ihren Schreien gefolgt und habe mich immer weiter vom Haus entfernt. Und dann habe ich diese Frau gesehen – und ich wusste es, Miss de Warenne, im selben Augenblick wusste ich, dass sie nicht von dieser Welt war.« Celia zitterte.

Cass konnte kaum einen klaren Gedanken fassen. Doch sie wechselte einen Blick mit Antonio. Sie wusste genau, was er dachte. Sie hatten Alyssa nicht weit vom Haus gefunden. Celia war fortgelockt worden.

»Sie hat mich angelächelt, und es war abscheulich.« Celia brach wieder in Tränen aus. »Ich bin weggelaufen, so schnell ich konnte. Ach, Miss de Warenne, in meinem ganzen Leben habe ich noch nie solche Bosheit gesehen, solchen Hass!«

Cass brachte kein Wort heraus. Sie legte ihr einen Arm um die Schulter.

»Sie hat mich verfolgt! Ich bin gestolpert und einen Abhang hinabgestürzt, ich habe mir den Knöchel verrenkt und wäre beinahe ohnmächtig geworden. Sie hat meinen Namen gerufen. Mir ins Ohr geflüstert. Leise, aber deutlich. Ich weiß auch nicht! Vielleicht habe ich mir das nur eingebildet. Aber es hörte sich so echt an. Es war so real!«

»Ich weiß«, flüsterte Cass und versuchte, sie zu beruhigen. »Ich weiß.«

Celia hörte sie nicht. »Ich habe mich versteckt. Ich wusste nicht, was ich sonst tun sollte. Die ganze Nacht lang habe ich auf dem Grund der Schlucht im Gebüsch gelegen. Und als die Sonne heute Morgen aufging, war sie verschwunden.« Celia sank in einen Sessel. Sie vergrub das Gesicht in den Händen. Sie zitterte am ganzen Körper.

»Ihr Name ist Isabel. Wir wissen, was sie hier treibt«, sagte Cass und strich ihr über die Schulter. »Sie will sich an meiner Familie rächen und an den de la Barcas.« Doch sie musste daran denken, dass Isabel nicht Tracey dazu benutzt hatte, Celia fortzulocken. Sie hatte sich Cass' eigene größte Schwäche – ihre Liebe zu Alyssa – zunutze gemacht. Cass und Antonio tauschten einen Blick. Sie wusste, dass auch er das erkannt hatte. Seine Miene war finster.

Celia war noch nicht fertig. »Das ist noch nicht alles! Ich bin aufgewacht – und lag neben einer Toten!«

Cass erstarrte. »Was?«

»Ich habe neben einer Leiche geschlafen. Einer alten, vermoderten Leiche – eigentlich eher einem Skelett, in Lumpen gehüllt.« Sie begann von neuem zu weinen.

»O Gott«, flüsterte Cass und schlang die Arme um Celia.

»Woher wissen Sie, dass es eine Frau war, wenn der Leichnam nur noch ein Skelett war, die Kleidung nicht mehr als Lumpen?«, fragte Antonio.

Cass fuhr zusammen. Antonios Stimme klang angespannt. Plötzlich begriff sie. Er dachte sich – hoffte vielleicht oder befürchtete –, dass Celia womöglich die Leiche seiner Frau gefunden hatte.

»Der Schmuck. Sie trug einen schönen Verlobungsring und einen Ehering.«

Antonio rührte sich nicht und sagte kein Wort.
Cass richtete sich auf. »Antonio? Hat Margarita einen Verlobungsring und einen Ehering getragen?«
Er sah sie völlig ausdruckslos an.
Da wusste sie, die Antwort lautete: ja. Cass spürte einen grausamen Stich – mitten im Herzen. Doch darüber konnte sie jetzt nicht nachgrübeln. »Celia, wissen Sie, wo diese Schlucht war? Würden Sie sie wiederfinden?«
Celia deutete nach Norden. »Da ist ein ausgetrocknetes Flussbett, vielleicht einen Kilometer in dieser Richtung. Dem bin ich gefolgt, bis ich das Haus sah.«
Cass sah, dass Antonio der Schweiß auf die Stirn getreten war. Sie dachte: *Es wird noch etwa drei Stunden hell sein.*
»Alyssa?«, fragte Celia und legte eine Hand auf Cass' Arm. »Geht es ihr gut?«
»Ja, ihr fehlt nichts. Antonio hat sie, ein paar Minuten nachdem Sie hinausgelaufen sind, unverletzt gefunden.«
Celia sank in ihrem Sessel zurück. »Dem Himmel sei Dank.«

Alfonso trat mit einem Tablett ins Zimmer. *»La cena, niños«,* sagte er.
»Abendessen«, sagte Eduardo begeistert. »Ich habe solchen Hunger. Und du?«
»Ich auch.« Alyssa erwiderte sein Lächeln. Sie hasste dieses Haus, aber immerhin hatte sie einen neuen Freund gefunden – und vielleicht sogar einen festen Freund. Dann sah sie aus den Augenwinkeln etwas blinken.
Ihr Herz hörte auf zu schlagen. Alyssa drehte den Kopf – und sah ihre Mutter in der Tür stehen.
Alyssa sprang auf. Zuerst wollte sie nur zu ihr hinlaufen, doch dann erinnerte sie sich daran, was passiert war, nachdem sie ihre Mutter im Fenster gesehen hatte, und sie blieb stocksteif stehen. Ihr Herz klopfte schnell. »Mutter?«, flüsterte sie zögernd.

Tracey lächelte sie an. »Hallo, mein Liebling.«
Alyssa blinzelte ein paar Mal. Das war ihre Mutter – und kein Trugbild. Sie bildete sich das nicht nur ein, und sie war auch kein Gespenst.
»Señora?« Alfonso hatte das Tablett abgestellt.
Auch Celia, die im Sessel eingenickt war, wachte auf. »Tracey?«
»Es geht mir gut.« Sie sah ihre Tochter an. »Alyssa, komm bitte mit. Komm einfach.«
Alyssa wollte ja gehorchen, doch aus irgendeinem Grund weigerten sich ihre Füße, ihrem Verstand zu gehorchen.
Sie sah Eduardo die Krücken in die Hand nehmen und langsam aufstehen.
»Alyssa, komm mit mir«, wiederholte Tracey.
»*Señora. La cena. Ahora.* Abendessen. Jetzt.« Alfonso lächelte strahlend. »Mit die … Kinder.«
»Ich wünsche kein Abendessen«, sagte Tracey.
Celia erhob sich schwerfällig. »Tracey? Geht es Ihnen gut?«
Alyssa bekam auf einmal keine Luft mehr. Ihre Mutter redete so komisch. Sie machte ein seltsames Gesicht, und ihre Augen sahen auch sonderbar aus. Sogar ihr Lächeln war irgendwie nicht richtig.
Tracey antwortete Celia nicht. Sie lächelte. »Gehen wir, Alyssa.«
Alyssa konnte sich nicht rühren. Mit ihrer Mutter stimmte etwas nicht. Ganz und gar nicht. Alyssa wusste nicht, was sie tun sollte, und sie hatte Angst.
»Hast du nicht gehört?«, fragte Tracey.
Alyssa nickte. »Wir sollen aber doch alle zusammen hier bleiben«, flüsterte sie schüchtern.
Eduardo hinkte an ihre Seite, und Alyssa war dankbar für seinen Beistand.
Celia sagte: »Tracey, Sie wirken sehr erschöpft. Möchten Sie nicht doch etwas essen?« Ihr Lächeln war kurz und zittrig.
Tracey sah sie an, als habe sie sie vorher gar nicht bemerkt. Dann

wandte sie sich wieder ihrer Tochter zu. »Alyssa«, sagte Tracey. »Schreckliche Dinge werden geschehen. Komm jetzt mit mir.«

Celia trat vor. »Tracey.«

Alyssa fürchtete sich vor ihrer Mutter. Warum benahm sie sich so merkwürdig? Auf einmal sah sie diese andere Frau vor ihrem geistigen Auge – dieses Gespenst. Die, von der sie geträumt hatte – die sie draußen verfolgt hatte. Was sollte das heißen? Was für schreckliche Dinge würden passieren? »Ich will nicht«, flüsterte sie.

Alfonso ging mit beruhigendem Lächeln auf Tracey zu. Er hielt eine Suppenschüssel in der Hand. *»La sopa. Ahora.«*

»Mischen Sie sich nicht ein«, schrie Tracey und schlug ihm urplötzlich ins Gesicht.

Alyssa erschrak dermaßen, dass sie nicht einmal schreien konnte, als ihm die Suppenschüssel aus der Hand flog und der alte Mann zu Boden sank. Er knallte mit dem Kopf auf den Fußboden. Celia schrie auf.

»Alfonso!«, japste Eduardo.

Alyssa wollte zu ihm hinlaufen, denn er bewegte sich nicht, seine Augen waren geschlossen, und Alyssa hatte Angst, er könnte tot sein. Doch schon eilte Celia zu ihm und kniete sich neben ihn.

Alyssa hatte Angst, ihre Mutter könnte ihn getötet haben.

»Alfonso!« Eduardo humpelte zu ihm.

Plötzlich hörte Alyssa Traceys Schritte – schnell und laut, entschlossen. Alyssa wand sich, als ihre Mutter grob ihren Arm packte. »Komm … sofort … mit«, knurrte Tracey und zerrte Alyssa zur Tür.

»Tracey! Lassen Sie sie los. Bitte!«, rief Celia.

Alyssa wollte nicht mitgehen, und sie sträubte sich. Ihre Mutter zerrte sie unerbittlich auf die Tür zu. »Bitte«, schluchzte Alyssa, »zwing mich nicht, mitzugehen.« Sie merkte entsetzt, wie sie sich vor Angst in die Hose pinkelte.

»Lassen Sie sie los«, rief Eduardo und humpelte hinter ihnen her. »Señora!«

Tracey packte Alyssa noch fester und schleifte sie hinaus.

»Nein!«, schrie Alyssa. Sie wehrte sich, doch es nützte nichts. Ihre Mutter war so viel stärker als sie. »Eduardo! Celia!« Sie schaute durch einen Schleier von Tränen über die Schulter zurück und sah ihre weißen, ängstlichen Gesichter. »Lasst mich nicht allein! Bitte! Lasst mich nicht allein!«

Celia schien wie gelähmt. Doch Eduardo klammerte sich an seine Krücken und humpelte hastig hinterdrein.

Alyssa wurde von ihrer Mutter quer durchs Haus gezerrt. Ihr Gesicht war so angespannt, dass es aussah wie eine steife Maske, und ihre blauen Augen sprühten. Da erkannte Alyssa trotz ihrer Angst und Verwirrung, dass mit ihrer Mutter etwas Schlimmes passierte, doch sie wusste nicht, was es war. Dann öffnete sich vor ihr eine Tür.

Alyssa stand vor einem gähnenden schwarzen Loch.

Sie wurde von hinten gestoßen.

Alyssa kreischte, sie fiel und fiel, stieß irgendwo an und landete schließlich am Fuß einer schmalen, glitschigen steinernen Treppe.

»Mutter«, wimmerte sie.

Sie bekam keine Antwort.

Alyssa rollte sich auf dem Boden zusammen und wagte nicht, sich zu rühren. »Mutter!«

Tracey antwortete ihr nicht. Stattdessen wurde irgendwo eine Tür zugeschlagen – es klang dumpf und endgültig. Dann hörte sie ein Schloss einrasten.

»Mami! Lass mich nicht allein!«, kreischte Alyssa.

Dreiundzwanzig

Vierter Tag – zwanzig Uhr

Zum hundertsten Mal sah Cass auf die Uhr. Es war schon fast acht.

»Diese Schlucht finden wir nie«, rief sie. Antonio war aus dem trockenen Flussbett geklettert und stieg nun eine Anhöhe hinauf. »Wir müssen umkehren.« Sie blickte über die Schulter zurück. Das Haus war nicht mehr zu sehen, und es dämmerte rasch.

Sie mussten zurück. Cass bibberte. Es wurde kalt. Sie wusste nicht, welches Grauen diese Nacht für sie bereithielt, doch Isabel geisterte hier irgendwo herum, und sie durften die Kinder nicht allein lassen.

Plötzlich schrie Antonio auf.

Cass schrak zusammen und sah ihn über den Kamm des Hügels verschwinden.

Sie rannte ihm nach. Als sie die Anhöhe erreichte, sah sie unter sich Antonio in einer Felsklamm, und es gab keinen Zweifel, was da vor ihm lag.

Sie zögerte. Er sank auf die Knie.

O Gott. Hatten sie nach all den Jahren endlich Margarita gefunden?

Cass war hin- und hergerissen. Ein Teil von ihr hoffte, dass es so war, doch ein anderer Teil fürchtete sich davor.

Sie sagte sich, dass es keine Rolle spielte. Antonio musste endlich mit der Vergangenheit abschließen können, und wie auch immer seine Reaktion auf diese plötzliche Gewissheit aussehen würde, es ging sie nichts an. Isabel hatte ihrer beider Leben zerstört mit den

Verwicklungen, in die sie sie gestürzt hatte. Es konnte keine gemeinsame Zukunft für sie geben. Sie wollte das auch gar nicht mehr.

»Cassandra«, stieß er hervor.

Widerstrebend kletterte sie den steilen, felsigen Abhang hinunter. Es stank nicht nach Verwesung – denn die war längst beendet. Die Knochen waren schmutzig und staubbedeckt, aber glatt und weiß.

Er rührte sich nicht. Cass kniete sich neben ihn. Sogleich fiel ihr Blick auf die pfirsichfarbenen Stofffetzen, und dann sah sie den glitzernden Diamantring.

Antonio stand auf. Cass warf einen Blick in sein Gesicht und wusste, sie hatten sie gefunden. Sie richtete sich auf.

»Wir müssen zurück.« Er machte sich daran, den Abhang hinaufzuklettern.

Cass eilte ihm nach. Ohne darüber nachzudenken, hielt sie ihn am Arm zurück. »Es tut mir Leid.«

Er sah sie an. Sein Gesicht war zu einer undurchdringlichen Maske erstarrt. »Mir auch.« Er machte sich los und kletterte den Hügel hinauf.

Cass starrte ihm nach. Was, zum Teufel, sollte das heißen? Liebte er sie noch? Warum war Cass plötzlich eifersüchtig?

Ein Lufthauch strich über ihr Gesicht wie eine sanfte Brise oder weiches Haar.

Aus dem Boden schien ein leicht süßlicher Geruch aufzusteigen – Veilchen.

Cass' Puls begann zu rasen.

Hatte sie sich diesen Geruch nur eingebildet? Sie schnüffelte und konnte es nicht mit Sicherheit sagen. Sie schloss kurz die Augen. Sie fürchtete, den Verstand zu verlieren. *Ihre Angst würde sie noch umbringen.*

Cass riss die Augen auf. Hätte sie das bloß nicht gedacht.

Antonio marschierte entschlossen den Weg zurück, den sie gekommen waren. Cass musste rennen, um ihn einzuholen. Als sie ihn erreicht hatte, sah sie, wie starr seine Miene geworden war. Sie konnte nicht anders, Mitgefühl überwältigte sie. »Alles in Ordnung?«, fragte sie leise.

»Nein.«

Die Kopfschmerzen, die sie vermutlich schon seit Stunden quälten, schienen plötzlich ihren Kopf sprengen zu wollen. »Es ist doch nicht deine Schuld.« Sie musste laufen, um mit ihm Schritt zu halten.

Er fuhr herum, und plötzlich war sie mit einer so rasenden Wut konfrontiert, wie sie sie noch nie bei einem Menschen gesehen hatte. *»Nicht meine Schuld!?* Sie hat mich angefleht, wieder nach Hause zu fahren! Sie hat mich *angefleht*, Cassandra. *Stimmen.* Sie hat nachts Stimmen gehört. Sie sagte, sie hätte schlimme Träume. Albträume. Von einer Frau, die ihr Dinge einflüsterte und sie bedrohte. Die drohte, sie umzubringen. Sie hatte schreckliche Angst, und ich habe sie ausgelacht! Weil mir meine Arbeit wichtiger war, als ihr richtig zuzuhören, sie zu verstehen und nach Madrid zurückzubringen. Wie kannst du behaupten, es sei nicht meine Schuld gewesen? In Zukunft kümmere dich gefälligst um deine eigenen Angelegenheiten.«

Cass fuhr zurück, als habe er auf sie geschossen.

Sie sahen einander an. Cass nahm an, dass ihre Augen ebenso groß und angsterfüllt waren wie seine.

»Isabel«, flüsterte Cass. »Das ist ihr Einfluss. Ihre Wut. Nicht deine. Antonio – jetzt vergiftet sie *deine* Gedanken.«

Er starrte sie an. Dann sagte er: »Wir müssen schnell zurück zum Haus.«

Sie rannten los.

»Mami, Mami!«, heulte Alyssa. »Bitte komm zurück!«

Aber Tracey war fort, und Alyssa wusste es. Sie schrak zusammen, als sie über sich etwas auf der Treppe hörte. Sie zitterte vor Angst

und fragte sich, was das sein mochte – eine Ratte? Oder eine Schlange?
Sie ermahnte sich, dass es in Häusern keine Schlangen gab, nicht mal in so alten Häusern wie diesem, während ihr unablässig Tränen über die Wangen liefen.
Etwas polterte ein paar Stufen herab.
Alyssa schrie und kroch rückwärts über den kalten Steinboden, bis sie mit dem Rücken an eine Wand stieß.
»Ich bin's nur«, flüsterte Eduardo, und das Echo seiner leisen Stimme hallte gespenstisch.
»Eduardo!«, rief Alyssa erleichtert. Ihr wurde klar, dass eine der Krücken – oder beide – die Treppe heruntergefallen sein musste.
»Alles in Ordnung?«, fragte er mit zitternder Stimme.
»Ich habe solche Angst«, gab Alyssa zurück, und neue Tränen flossen, als sie sich an den irren Blick ihrer Mutter erinnerte. Wie konnte sie ihr das antun? Warum tat sie so etwas? Alyssa liebte niemanden auf der Welt, nicht einmal ihre Tante Cass, mehr als ihre Mutter. Aber die liebte Alyssa nicht. Ihre Mutter wollte sie nicht haben, deswegen hatte Tante Cass sie ja zu sich genommen.
Hasste ihre Mutter sie? Wollte sie sie umbringen? Hatte sie sie deshalb in dieses finstere Loch gesperrt? Weil sie wollte, dass Alyssa starb? Damit Tracey frei war, schön zu sein, um die ganze Welt zu fliegen und mit immer neuen Freunden für die Zeitschriften zu posieren?
Ihr Herz fühlte sich an, als zerreiße es in ihrer kleinen Brust.
Eduardo kam langsam die Treppe herunter; sie hörte ein dumpfes Poltern nach dem anderen. Plötzlich hatte Alyssa Angst um ihn.
»Komm nicht weiter runter, du tust dir weh«, rief sie. »Hast du deine Krücken? Wie bist du hier hereingekommen?«
»Ich habe … nur … eine«, keuchte er. »Ich bin reingeschlüpft … bevor sie … die Tür zugeschlagen hat.«

Alyssas Augen gewöhnten sich allmählich an die Dunkelheit, und sie konnte gerade noch einen dunkleren Schatten in der Schwärze erkennen, nicht weit von ihr.

Alyssa nahm all ihren Mut zusammen und kroch blindlings vorwärts, bis sie mit dem Fuß an etwas stieß, das nur seine Krücke sein konnte. »Warte«, flüsterte sie, »ich habe deine Krücke gefunden.«

Sie hob sie auf und kroch auf allen vieren weiter, bis sie die Treppe erreichte. »Wo bist du?« Sie tastete nach der zweiten Stufe.

»Hier«, flüsterte er direkt über ihr.

Alyssa hielt ihm die Krücke entgegen und spürte, wie er sie ihr abnahm. Sie stand auf, stieg die nächste Stufe hoch und fiel ihm um den Hals. »Danke«, flüsterte sie, »dass du mich nicht allein gelassen hast.«

»Nichts zu danken«, erwiderte er nonchalant und drückte sie ganz fest.

»Doch. Du bist ein Held, Eduardo, ein richtiger Held.«

Sie spürte, dass er lächelte. »Wo sind wir?«, fragte er.

»Du weißt es auch nicht?«, fragte sie entsetzt zurück. »Aber das ist doch euer Haus.«

»Ich war bis jetzt erst einmal hier – und daran kann ich mich nicht erinnern. Wir sind bestimmt in einem der Verliese«, sagte er langsam.

Alyssa wusste, was Verliese waren – schließlich war sie in England aufgewachsen. Was, wenn hier unten noch tote Leute herumlagen? Sie zitterte. »Warum hat sie das getan? Warum hat sie mir das angetan?«, schluchzte sie erstickt.

»Ich weiß es nicht. Hab keine Angst.« Alyssa wusste, obwohl sie es in der Dunkelheit nicht sehen konnte, dass er tapfer lächelte. »Sie werden uns finden. Ganz bestimmt. Mein Vater und deine Tante sind klug. Sie finden uns sicher bald.«

Alyssa hoffte, dass er Recht hatte. »Aber wenn nicht?«, flüsterte sie. »Was wird dann aus uns?«

Wieder einmal stand die Haustür weit offen, obwohl sie sie hinter sich geschlossen hatten. Cass und Antonio wechselten einen Blick, rannten ins Haus und durch die Halle. Beide hörten Alfonso stöhnen.

Sie stürmten in die Bibliothek. Antonio schrie auf, und Cass sah Alfonso auf dem Boden sitzen; Celia drückte ihm ein zusammengefaltetes Taschentuch an den Kopf. Er war so totenbleich, dass sie fürchtete, er würde jeden Moment bewusstlos werden. Und die beiden waren die Einzigen im Raum. Die Kinder waren weg.

Cass drängte sich an Antonio vorbei. Sie wusste, sie sollte den beiden keine Vorwürfe machen – sie wusste ja, dass Isabel dahinter steckte –, aber die Worte kamen ihr wie von selbst über die Lippen. »Wo sind die Kinder?«, schrie sie wütend. »Warum sind sie nicht hier?«

Alfonso wich erschrocken vor ihr zurück und brabbelte in dieser verdammten Sprache los, die sie nicht verstehen konnte.

Als Antonio sich neben seinen alten Diener kniete, rief Celia: »Miss de Warenne, das war Ihre Schwester!«

Cass fuhr herum. »Was!?«

Celia blickte so verstört drein, dass Cass vor Angst ganz schlecht wurde. »Sie ist hier hereinspaziert und hat Alyssa gesagt, sie solle mitkommen. Als Alfonso ihr Suppe anbieten wollte, hat sie ihn niedergeschlagen. Ich habe sie angefleht, bei uns in der Bibliothek zu bleiben, aber sie hat mich anscheinend gar nicht gehört. Alyssa wollte nicht mit ihr gehen, aber sie hat ihr keine Wahl gelassen.« Celia schien den Tränen nahe. »Der kleine Junge ist ihnen nachgerannt, Gott segne ihn.«

Cass blieb fast das Herz stehen. Sie rang nach Luft. »Sie würde doch ihrer eigenen Tochter nichts antun.«

»Tracey ist nicht mehr Tracey!«, rief Antonio mit funkelnden Augen. »Du kannst nicht wissen, wozu sie fähig ist.«

Cass wich zurück. »Du hast sie vor zwanzig Minuten selbst gesehen. Sie war völlig normal. Wie kannst du so etwas sagen, du

Mistkerl?« Sie wandte sich zur Tür; er packte sie am Handgelenk und riss sie herum.

»Sie ist nicht normal. Sie hat das Gedächtnis verloren, und irgendjemand hat ja wohl den Elektriker umgebracht … und meine Frau!«

Cass riss sich zitternd los. »Tracey kann mit dem Verschwinden und dem Tod deiner Frau nichts zu tun gehabt haben.« Bei diesen Worten empfand sie eine grausame Befriedigung, die ihr dennoch irgendwie falsch vorkam.

»Sie hat meinen Hausdiener beinahe umgebracht«, brüllte Antonio. »Er blutet, und die Wunde muss genäht werden!«

Cass konnte nicht widersprechen. »Tracey und die Kinder sind bestimmt in der Küche oder draußen im Hof. Ich gehe sie suchen.« Sie rannte zur Tür.

»Miss de Warenne!«, rief Celia ihr nach.

Cass wollte nichts hören, egal, was Celia zu sagen hatte. Sie ignorierte sie und stürzte hinaus in die Halle. Ihre Gedanken waren wirr, unzusammenhängend, panisch.

Antonio holte sie ein. Sie blieb nicht stehen. »Alyssa! *Alyssa!* Wo bist du?«, rief sie.

Er packte ihr Handgelenk und zwang sie, sich zu ihm umzudrehen. »Hör mir zu!«, schrie er.

»Lass mich los! Ich muss meine Tochter suchen!« Cass bemerkte ihren Versprecher, doch das kümmerte sie jetzt nicht. Sie wollte nur Alyssa finden, alles andere war ihr egal. Tracey würde ihr doch niemals wehtun. Nicht einmal, wenn Isabel ihr im Nacken saß. Alyssa war schließlich ihre Tochter, Herrgott noch mal.

Doch Antonio hielt sie an beiden Armen so fest, dass sie sich kaum rühren konnte. »Hör auf, Cassandra. Es tut mir Leid. *Es tut mir Leid!*«

»Dafür haben wir jetzt keine Zeit«, sagte Cass, doch sie wehrte sich nicht mehr. Sie war den Tränen nahe.

»Doch. Wir müssen uns die Zeit dafür nehmen. Hör mir zu. Sie versucht, uns auseinander zu bringen. Ich kann kaum mehr klar denken. Ich sehe immer wieder Margarita vor mir, und ich bin so wütend und verzweifelt … Wir dürfen nicht zulassen, dass sie uns gegeneinander aufhetzt. Wir müssen zusammenhalten. *Verstehst du, was ich dir sagen will?*«

Cass spürte eine Träne über ihre Wange rinnen. Sie nickte, obwohl sie wie erstarrt und völlig leer vor Panik war. »Sie versucht, uns zu trennen«, flüsterte sie. »Teile und herrsche.«

»So, wie sich mich und meine Frau getrennt hat! Sie hat auch deine Tante und meinen Onkel aufeinander gehetzt, meine Großmutter und meinen Großvater!«

Cass sah ihm in die Augen. »Tracey würde doch Alyssa nichts antun … oder?«

Er nahm ihr Gesicht in beide Hände. »Ich glaube, dass Isabel sehr viel stärker ist als deine Schwester und sie beherrscht. Cassandra. Bitte. Ich liebe dich. Ich brauche dich. Wir brauchen einander. Lass mich jetzt nicht im Stich.«

Cass starrte reglos und mit klopfendem Herzen in seine Augen.

»Vertrau mir«, sagte er.

Und dann veränderte sich sein Gesicht.

Seine Lippen kräuselten sich, bis er drohend die Zähne zu fletschen oder sie lüstern anzugrinsen schien. Seine Haut straffte sich, wurde weiß und glatt wie Porzellan, und seine Augen blitzten blau und hasserfüllt.

Cass schrie.

»Cassandra?« Antonio schüttelte sie, hielt sie aufrecht. »Cassandra! Ich brauche dich! Sei stark! Lass nicht zu, dass sie dich beherrscht! Kannst du mich hören?«

Sie starrte ihn an, und in ihrem Kopf hallten zwei Worte wider: *Vertrau mir.*

Cass schaffte es irgendwie, sich loszureißen. Entsetzt und verängstigt musterte sie sein Gesicht und suchte nach irgendeiner Ähnlichkeit mit Isabel. *Vertrau mir.*

»Ich muss Alyssa finden.«
»Gut.« Er nickte befriedigt. »Am besten trennen wir uns. Willst du oben oder unten suchen?«
»Unten.« Cass wartete seine Antwort nicht ab. Sie kam nicht mehr von dem grotesken Bild los, wie er sich plötzlich in Isabel verwandelte. Sie konnte gar nicht schnell genug von ihm fortkommen, drehte sich um, rannte durch die Halle und rief immer wieder nach ihrer Nichte. *Ich liebe dich. Ich brauche dich. Vertrau mir.*
Das konnte sie nicht mehr.
Es war eine Falle.

Die Kinder waren nirgendwo im Erdgeschoss, nicht im Patio, nicht im Schuppen, sie hatten sich auch nicht in der Garage oder in den Autos versteckt. Cass betete, dass Antonio sie vielleicht oben gefunden hatte. Sie blieb vor dem Haus stehen und sah sich noch einmal gründlich um – sie hatte überall gesucht. Ihr Blick fiel auf die Kapelle.
Dort drin hatte sie noch nicht nachgesehen. Das Gebäude reichte bis zum ersten Stock, hatte ein rotes Ziegeldach und war an das Herrenhaus angebaut. Cass starrte es an. Die Eingangstür war schon vor Jahrhunderten zugemauert worden, und sie fragte sich, warum. Es gab nur zwei Fenster, hoch über dem Boden; sie waren aus farbigem Bleiglas und hatten jeweils ein Kreuz in der Mitte. Auch zu beiden Seiten der einstigen Tür waren riesige Kreuze eingemeißelt.
Cass sträubten sich die Haare im Nacken. Langsam ging sie zurück ins Haus. Die Kapelle konnte man nur von drinnen durch eine Verbindungstür betreten.
Als Cass nach der rostigen alten Klinke griff, wusste sie plötzlich, dass etwas Furchtbares geschehen würde, wenn sie diese Tür öffnete. Doch sie holte tief Luft und schob sie langsam auf.
Nichts hätte sie auf diesen Anblick vorbereiten können: Ihre Schwester kniete betend vor dem Altar.

In der Kapelle brannten Hunderte von kleinen roten Kerzen, und die Luft war geschwängert mit süßlichem Duft, Weihrauch vermischt mit einem stark blumigen Geruch – Veilchen. Cass blieb wie angewurzelt stehen.

Tracey murmelte Worte vor sich hin, die Cass nicht verstand. Betete Tracey in einer fremden Sprache?

Betete sie auf *Lateinisch?*

Cass blinzelte und beobachtete fassungslos ihre kniende Schwester.

Tracey hatte nicht einen Funken Religiosität im Leibe – zumindest hatte Cass das geglaubt.

Ich bin nun deine Schwester.

Cass hatte Angst. Sie konnte sich nicht von der Stelle rühren. Vor sich hatte sie den Beweis für ihre schlimmsten Ahnungen und Befürchtungen.

Tracey stand auf.

»Trace?«, flüsterte Cass heiser. Sie stand breitbeinig in der Tür, bereit, sofort zu fliehen.

Tracey fuhr mit aufgerissenen Augen herum; sie hatte Cass offenbar nicht bemerkt.

Cass war wie vor den Kopf geschlagen. Ihr Verstand wollte einfach nicht wieder anspringen; es war, als hätte jemand auf einen Knopf gedrückt und ihn einfach abgestellt. »Alles in Ordnung?«

Tracey starrte sie an. Cass erkannte die Augen ihrer Schwester nicht wieder – sosehr sie es sich gewünscht hätte. »Tracey. Was tust du hier?« Wie locker sich ihre Stimme anhörte.

Tracey sah sie an. »Ich bete.«

»Seit wann denn das? Ich dachte, du wärst Atheistin.« Cass konnte sich immer noch nicht rühren. Sie nahm alles in sich auf: die wenigen Reihen uralter, abgenutzter Holzbänke, den groben, von zahllosen Füßen schimmernd glatt getretenen Fußboden, den Altar mit den brennenden Kerzen, das riesige Kruzifix darüber. *Ich bin nun deine Schwester.*

Cass fühlte sich hundeelend.
»Ich bin keine Atheistin«, sagte Tracey mit empört erhobenem Kinn. »Wage es nicht, mich gottlos zu schimpfen. Wie könnte ich je meinen Gott verleugnen? Jesus ist unser Erlöser, in Ewigkeit.«
Cass konnte sie nur anstarren. Schließlich sagte sie vorsichtig: »Bist du denn jetzt Katholikin?«
Tracey erwiderte ihren Blick. »Nein. Ich war niemals katholisch.« Sie reckte beinahe feindselig das Kinn vor. »Aber dies hier genügt mir. Es ist ein Haus Gottes.«
Sprach Cass nun mit Tracey – oder mit Isabel? »Es genügt dir wofür?« Sie brachte nicht einmal ein angedeutetes Lächeln zustande.
Tracey sah sie an, eine Braue hochgezogen. »Vielleicht solltest auch du beten«, erwiderte sie ruhig. »Das könnte dir *Frieden* bringen.«
Cass begann zu zittern.
Plötzlich kam Tracey auf sie zu. Ihr Schritt war rasch und sicher. »Ich bin fertig.«
Instinktiv trat Cass zurück, außer Reichweite ihrer Schwester. Ihre Blicke trafen sich. »Weißt du, wo die Kinder sind?«
Tracey blieb im Durchgang zum Haus stehen. »Sie sind in Sicherheit.«
Cass' Puls schoss in die Höhe. »Aber *wo* sind sie? Woher weißt du, dass sie in Sicherheit sind?«, flehte sie.
»Ich weiß es.«
»Weil du Isabel bist?« So – sie hatte es ausgesprochen. Cass wappnete sich für die Antwort.
Tracey blickte sie an und sagte: »Alles hat sich sehr verändert, nicht wahr?«
Cass stand da wie versteinert. Sie schwitzte. »Was!?«
»Ich spreche von dir und Antonio.«
Cass wurde stocksteif. »Ich verstehe nicht«, sagte sie, um Zeit zu gewinnen.

»Ich denke, du verstehst sehr wohl. Du bist seine Geliebte«, sagte Tracey mit starrem Blick. Das war keine Frage.
Cass brachte keinen Ton mehr heraus. Sprach sie nun mit Isabel – oder nicht?
»Und du bist meine Schwester?« Tracey lachte.
»Wir sind nur gute Freunde«, flüsterte Cass. »Trace, ich liebe dich. Ehrlich. Ich wollte dir doch nicht wehtun. Ich würde dich nie absichtlich verletzen. Da ist nichts zwischen Antonio und mir, und es wird auch nie etwas sein. Es kann einfach nicht sein.« Sie fühlte sich schuldig.
Aber erst vor wenigen Minuten hatte er gesagt: *Ich liebe dich.*
Tracey sah sie an, als glaubte sie ihr kein einziges Wort, und dann ging sie weiter.

Hatte Isabel Besitz von Tracey ergriffen?
Und wenn ja, wo hörte Tracey auf, wo begann Isabel?
Cass stand am lodernden Feuer und wärmte sich. Die Kinder waren verschwunden. Sie waren nirgends zu finden. Tracey hatte ihr auch nicht gesagt, wo sie waren – sofern sie es wusste. Da war Cass nicht ganz sicher, denn ihre Schwester war so seltsam, wie entrückt, gefangen zwischen ihrem eigenen Ich und Isabel.
»Wie konntest du sie einfach gehen lassen!«, rief Antonio, der ärgerlich auf und ab ging.
Cass ging zum Fenster und starrte in die Nacht hinaus. »Das ist nicht fair«, begann sie. Jetzt konnten sie Tracey nicht mehr finden. Als Cass ihr endlich zur Eingangshalle gefolgt war, war sie verschwunden gewesen. Eine rasche Suche im ganzen Haus war erfolglos geblieben.
»Mein Sohn ist verschwunden! Mein Sohn und deine Nichte. *Das* ist nicht fair!«, rief er.
Wie unwirklich das alles geworden war. Cass fühlte sich wie entrückt, als beobachtete sie sich von außen. Und sie konnte den

Wortwechsel in der Kapelle immer noch nicht einordnen. Mit wem hatte sie gesprochen? Isabel oder Tracey? Oder mit beiden?

»Sie ist einfach weggegangen. Es tut mir Leid. Aber sie hat gesagt, sie wären in Sicherheit.«

»Und du glaubst ihr? Erzähl mir noch einmal haargenau, was sie gesagt hat«, verlangte Antonio und baute sich vor ihr auf.

»Wir haben das doch schon zehnmal durchgekaut«, erwiderte Cass und merkte, dass sie wütend wurde. »Ich lasse mich nicht von dir verhören. Und anschreien schon gar nicht.«

»Sie weiß, wo die Kinder sind«, widersprach er erbittert. »Aber du hast sie einfach gehen lassen!«

»Jetzt bin ich also an allem schuld?«

»Habe ich das gesagt?«, gab er zurück. »Ich verstehe gar nicht, wie ich mich je mit dieser Irren einlassen konnte!«

Cass straffte die Schultern. »Tracey ist keine Irre«, sagte sie in drohendem Tonfall. »Du hast doch selbst darauf hingewiesen, dass sie von Isabel gesteuert wird.«

»Wie kannst du sie noch in Schutz nehmen, nach allem, was sie getan hat?« Er fuhr herum. »Verdammt. Wo ist Gregory?« Er begann wieder hin und her zu laufen.

Der Drang, ihn zu schlagen, überkam sie urplötzlich, und er war überwältigend stark.

»Wag es ja nicht«, knurrte er sie an.

Und als Cass gerade dem Drang nachgeben und ihn ihre rasende Wut spüren lassen wollte, hallten ihr seine Worte von vorhin durch den Kopf. *Ich liebe dich. Vertrau mir.*

Was tat sie da!?

»O Gott«, flüsterte Antonio gequält. »Cassandra …«

»Sie tut uns das an! Sie treibt uns dazu, einander zu hassen!« Sie nahm seine Hand. »Ich kann sie spüren.«

»Ich spüre sie auch. Sie spielt mit uns.«

»Aber warum?« Sie sah noch einmal Tracey vor sich, die am Altar betete. Die seelenruhig behauptete, sie wisse nicht, wo die Kinder

steckten. Cass drückte seine Hand. »Mir reicht es jetzt«, fuhr sie zornig auf. »Ich werde versuchen, mit ihr Kontakt aufzunehmen.«
Seine Augen blitzten auf. »Kontakt? Oder Verhandlungen?«
»Beides«, erwiderte Cass unsicher. Sie würde alles tun, selbst ihre eigene Seele an Isabel verkaufen, um die Kinder wohlbehalten zurückzubekommen.
Draußen gab es einen lauten Krach.
Cass erschrak sich fast zu Tode. Sie wirbelten im selben Augenblick herum, in die Richtung, aus der das Geräusch gekommen war. Es hatte sich angehört, als sei jemand oder etwas an die Vorderseite des Hauses geprallt.
Ein dumpfes Poltern dröhnte durchs Haus, das von der Tür zu kommen schien.
Antonio lief entschlossen durch den Saal.
Cass ertappte sich bei dem verrückten Wunsch, er hätte eine Waffe. Sie rannte ihm nach. »Halt.« Sie packte ihn von hinten. »Was, wenn wir uns die ganze Zeit geirrt haben? Wenn da draußen ein Mörder herumläuft – ein Mensch aus Fleisch und Blut, der vielleicht bewaffnet ist? Was willst du dann gegen ihn ausrichten?«
»Vielleicht ist das deine Schwester – und sie ist die Einzige, die ich hier als Mörderin im Verdacht habe«, erwiderte er.
Cass zuckte zurück. »Sie ist nicht bei Sinnen.«
»Und das rechtfertigt ihre Verbrechen?«, knurrte er und ging weiter.
»Schwingst du dich jetzt schon zum Richter auf? Hältst du dich vielleicht für das Gesetz?«, fragte Cass scharf.
»Ich werde meinen Sohn schützen – und dich und deine Familie, Cassandra –, egal, was dazu notwendig ist.«
»Dann mach doch die Scheiß-Tür auf«, gab Cass eisig zurück.
Er wandte sich ab und öffnete die Tür.
Im selben Moment stürzte eine dunkle Gestalt herein. Cass schrie auf.

Gleich darauf erkannte sie ihn – es war Gregory, verdreckt und blutig, der seinem Bruder vor die Füße fiel.
Cass stieß noch einen Schrei aus. Sie bemerkte, dass Gregory schwer verletzt war – er hatte eine große Platzwunde an der Stirn, und sein Gesicht und sein T-Shirt waren blutüberströmt. Seine Kleidung war schmutzig und zerfetzt. Antonio fiel neben ihm auf die Knie, zog ihn an sich und bettete ihn in seinen Schoß.
Cass' Herzschlag setzte holprig wieder ein. Sie schaute an den Brüdern vorbei durch die offene Haustür – hinaus in die gähnende Finsternis der kastilischen Nacht. Sie reagierte instinktiv. Die Nacht war bedrohlich. Sie rannte zur Tür, schlug sie zu und schob den Riegel vor.
Als könnte ein Riegel Isabel fern halten.
Dann drehte sie sich zu den beiden Männern um. *Was war passiert?* »Wie schlimm ist es?«
»Er hat schwere Platzwunden am Kopf, vorn und hinten«, sagte Antonio heiser. Er drückte Gregorys Kopf an seine Brust.
»Ich hole den Verbandskasten«, sagte Cass. *Isabel.* Konnte Isabel das getan haben?
Der Verbandskasten stand in der Bibliothek. Cass wartete Antonios Antwort nicht ab, sondern rannte sofort los, um ihn zu holen. Dabei fiel ihr schlagartig ein, dass Tracey nicht mehr im Haus war.
Nein. Tracey konnte das nicht getan haben. Auf gar keinen Fall.
Cass hatte das Gefühl, sich gleich übergeben zu müssen. Ihr war kotzübel. Der Verbandskasten stand auf dem Boden neben den Bücherstapeln. Cass zögerte. Da stand auch ihr Laptop. Doch sie konnte Gregory nicht einfach liegen lassen. Wortlos brachte sie Antonio den Verbandskasten und ging zurück in die Bibliothek, zurück zu ihrem Computer.
Der Puls dröhnte ihr gefährlich laut in den Ohren. Cass blickte von ihrem Laptop zum Fenster. Es war stockdunkle Nacht. Der Himmel war tiefschwarz, und nur wenige Sterne leuchteten aus

weiter Ferne. Cass erschauerte, ging zu ihrem Laptop und schaltete ihn ein.

Ihr Herz raste. Eine Botschaft. Ein Angebot. Eine Bitte. Wie sollte sie nur vorgehen?

Was wollte Isabel eigentlich?

Cass wand sich. Sie wollte Rache, gewiss. Aber das war nicht die Antwort, die sie gern hören wollte.

Cass wollte die größtmögliche Schriftgröße einstellen, doch dann wurde ihr klar, dass das nicht wichtig war. Sie tippte langsam ihre Frage.

ISABEL. WAS WILLST DU?

Cass zögerte. Dann markierte sie den Satz, kopierte ihn und drückte so oft »Einfügen«, bis die Frage den gesamten Bildschirm füllte.

Sie musste mit Isabel sprechen, ernsthaft mit ihr reden, so wie geschulte Polizisten mit Geiselnehmern verhandelten, aber sie war doch nur eine Schriftstellerin und ein Feigling obendrein.

Und die Nacht fing eben erst an. Die Standuhr in einer Ecke der Bibliothek schlug zehnmal.

»Cassandra!«, rief Celia von ihrem Sessel aus drängend und verzweifelt.

Cass blickte hastig von ihrem Bildschirm auf. Doch Celia sah sie nicht an. Sie starrte an Cass vorbei zur Tür.

Langsam drehte Cass sich um.

Tracey stand auf der Schwelle und starrte sie mit glänzenden, scharfen blauen Augen an. »Ja?«, sagte sie.

Und Cass wusste, dass sie Isabel vor sich hatte.

Vierundzwanzig

London – 3. Juni 1555

London mit seinen vielen Türmen, Kirchen und Dächern kam allmählich in Sicht, als das flämische Schiff mit Helen, Isabel und ihrem neugeborenen Sohn die Themse hinaufsegelte. Das Wasser floss träge und dunkel dahin, die Luft war feucht und schwül, es war unangenehm heiß. Doch die Stadt war das Schönste, was Isabel je gesehen hatte, und als sie an der Tower Bridge vorbei die anmutigen Türme von St. Paul's sah, stiegen ihr Tränen in die Augen. Zu Hause. Sie war endlich nach Hause gekommen.

»Ich hätte nicht erwartet, die Stadt so bald wiederzusehen, und unter solchen Umständen«, bemerkte Helen leise.

Isabels Herz pochte. Sie antwortete nicht. Helen kannte nur die halbe Wahrheit. Isabel senkte den Kopf und küsste ihren Sohn Philip, benannt nach dem König von Spanien und Königin Marys Gemahl. Sie fürchtete sich.

»Ich hoffe, Euer Ehemann wird Euch verzeihen, Isabel«, fügte Helen tadelnd hinzu.

Isabel blickte in ihr düsteres Gesicht. Helen glaubte, Isabel habe Spanien verlassen, um ihren Gemahl zu überraschen und ihm seinen Erben zu präsentieren. Sie irrte sich.

Isabel war davongelaufen – und sie hatte nicht die Absicht, jemals zurückzukehren.

Das Schiff glitt an seinen Liegeplatz. Isabel küsste noch einmal Philip, der friedlich in ihren Armen schlief. Es war eine leichte Geburt gewesen. Er hatte kräftig geschrien, als er das Licht der Welt erblickt hatte – und seine Haut war sehr hell, sein Haar so blond, dass es beinahe weiß wirkte, und seine Augen waren strahlend blau. Isabel hatte noch nie einen Menschen so geliebt wie ihr Kind. Als sie ihn zum ersten Mal ansah, erfüllte ein wunderschönes Gefühl ihre Brust, eine Mischung aus Glück und Liebe, das ihr Flügel zu verleihen und ihr den Himmel zu schenken schien. Und sie sah Rob in ihm.

Alvarado würde einen Blick auf das Kind werfen und die Wahrheit erkennen.

»Ich lasse uns eine Kutsche holen«, sagte Helen.

Sie hatte sich schon abgewandt. Isabel hielt sie am Arm zurück.

»Wir fahren nicht zu meinem Gemahl, Helen«, sagte sie ruhig.

Helen blinzelte. »Verzeihung?«

»Ihr habt mich schon verstanden. Der Hof ist nicht unser Ziel.« Isabel sah sie fest an.

»Wir fahren nach Carew Hall, zu Lord Montgomery.«

Helen starrte sie an, als habe sie griechisch gesprochen.

»Ich verlasse meinen Mann. Kein Wort jetzt! Mein Entschluss steht fest, und Douglas wird mir helfen.« Trotz ihrer festen Stimme wusste Isabel nur zu genau, was sie da tat – und welchen Preis sie dafür bezahlen würde. Ihr Mann kannte keine Milde, keine Gnade. Er würde ihr diesen Verrat niemals verzeihen und einen Weg suchen, sie dafür zu bestrafen.

Doch Isabel blieb keine andere Wahl. Das Kind war ganz offensichtlich nicht von ihm. Und sie brauchte Rob. Sie brauchte ihn als ihren Liebhaber, ihren Freund und als Vater ihres Sohnes. Er würde sie beide gewiss beschützen – vor allem, da er nun Witwer war. Er konnte wohl kaum seine Geliebte und die Mutter seines Kindes von der Schwelle weisen.

Sie nahm an, dass er sich bei Hofe aufhielt. Doch sie wagte es nicht, ihn dort aufzusuchen – denn auch ihr Mann wohnte im Palast. Sie brauchte einen Mittler.

Montgomery hatte gesagt, wenn sie jemals einen Freund brauchte, würde er sie nicht im Stich lassen.

Wie sehr brauchte sie einen Freund.
Helen starrte sie entsetzt an. »Nun habt Ihr völlig den Verstand verloren«, stöhnte sie schließlich. »Ich flehe Euch an, tut das nicht!«
Isabel traten Tränen in die Augen. »Helen, er wird einen Blick auf Philip werfen und Bescheid wissen.«
»Nicht, wenn Ihr ihn davon überzeugen könnt, dass Euer Sohn Euch ähnlich sieht!«, rief Helen. Sie hatten nie ein Wort über die Frage seiner Vaterschaft gewechselt, wie sie auch niemals über Isabels Affäre gesprochen hatten. Doch Isabel war sicher, dass Helen über alles im Bilde war.
Isabel staunte, denn sie hatte ihre Gefährtin noch nie so erregt gesehen – ihre Lippen zitterten, als würde sie gleich in Tränen ausbrechen. »Ich kann mein Leben nicht mit ihm verbringen. Ich kann nicht in diesem kalten, unwirtlichen Land leben, in diesem düsteren, eisigen, trübseligen Haus, und dort alt werden, nicht nur an Jahren, sondern im Gemüt. Ich kann es nicht ertragen, von Dienern umgeben zu sein, die kein Wort von dem verstehen, was ich sage. Ich kann es nicht ertragen, auf seine Rückkehr zu warten, ihm zu Gefallen zu sein, ihm noch einen Sohn zu gebären. Ich kann seine Berührung nicht mehr ertragen. Nicht, solange ich einen anderen liebe. Und verdient Philip nicht, seinen richtigen Vater zu kennen?«
Helen hielt sich an der Reling fest. Sie war blass geworden. »Philips Vater ist Alvarado de la Barca. Ihr schaufelt Euch Euer eigenes Grab«, flüsterte sie. »Gott erbarme sich Euer.«

»Isabel?« Montgomery trat mit großen Augen in die Eingangshalle des prächtigen Anwesens, das er von seiner ersten Frau geerbt hatte. Er hielt inne und starrte Isabel an.
Sie konnte den Blick nicht von seinen faszinierenden Augen wenden, eine kleine Ewigkeit verstrich, und ihr Herz geriet völlig aus dem Takt. Isabel war wie gelähmt.

Er hatte sich als Erster wieder in der Gewalt; er kam auf sie zu, bemerkte nun auch Helen und das Baby und beugte sich über ihre Hand. »Gräfin, welch angenehme Überraschung. Ich glaubte Euch sicher und glücklich in Spanien – in der Heimat Eures Gatten.« Er sah sie forschend an.

Isabel hätte weinen mögen. »Ich würde Euch gern einen Moment unter vier Augen sprechen, Mylord.«

Sein Blick glitt über ihr Gesicht, zum blonden Köpfchen ihres Sohnes, und er nickte. Er nahm sie sanft beim Ellbogen. »Kommt mit mir.«

Gleich darauf schloss er die Tür eines kleinen Salons hinter sich, und sie waren allein.

Isabels Herz klopfte immer noch beängstigend laut. Was sie ihm nun sagen musste, fiel ihr schwer.

Er musterte sie. »Mir ist ein wenig bang vor den Umständen, die Euch zu mir führen mögen«, sagte er schließlich leise.

»Vor nicht allzu langer Zeit habt Ihr gesagt, wenn ich einmal in Not geriete, könne ich mich auf Euch als einen Freund verlassen«, erwiderte sie atemlos und verzweifelt.

Er nickte grimmig. »Das habe ich nicht nur Euch geschworen, sondern auch mir. Und ich breche niemals mein Wort, Isabel.«

Er war ein erstaunlicher Mann, dachte Isabel traurig. Ein guter, ehrenhafter Mann. »Mein Gemahl weiß nicht, dass ich in England bin.«

»Das dachte ich mir bereits.« Er kam auf sie zu, ergriff ihre Arme und sah sie zutiefst besorgt an. »Isabel …«

»Ich bin davongelaufen«, rief sie.

Er erbleichte.

Sie sah ihn an und begann zu zittern. »Ich fürchte um das Leben meines Sohnes. Ich fürchte, Gott wird ihn für *meine* Sünden strafen. Ich fürchte den Zorn meines Mannes, wenn er Philip zu Gesicht bekommt. Ich fürchte mich davor, alt und verbittert zu werden, ungeliebt und verlassen, ich fürchte mich so sehr, Douglas …

Ich fürchte mich davor, in diesem abscheulichen Land zu sterben und in alle Ewigkeit dort begraben zu sein!« Es klang flehentlich. Er kam immer näher, irgendwie lag sie in seiner starken, sicheren, seltsam vertrauten Umarmung – als habe er sie schon oft so zärtlich in den Armen gehalten, wie nur Liebende es taten. Doch natürlich war dem nicht so. »Nein, fürchtet Euch nicht«, murmelte er, und Isabel wurde sich der Größe und Kraft, ja der Wärme seines Körpers bewusst.
»Ich kann niemals zurück«, flüsterte Isabel. Seine starken Arme umfingen sie, und ihre Blicke trafen sich. Da wusste sie es, mit derselben Gewissheit, die ihr sagte, dass die Sonne am Abend untergehen würde – er würde sie küssen, und er tat es.
Eine kleine Ewigkeit lang liebkosten seine Lippen die ihren, sanft und zärtlich, und dann traten plötzlich beide einen Schritt zurück.
Isabel starrte ihn fassungslos an.
Seine Miene wirkte nicht überrascht, sondern sehr ernst.
Sie wich zurück und schlug eine Hand vor den Mund. »Ich … ich bin gekommen, um Euch um Hilfe zu bitten«, hörte sie sich flüstern. »Ich bitte Euch, Rob eine Nachricht zu überbringen.«
Er lachte bitter auf. »Das dachte ich mir.«
»Das Kind …«
»Ist de Warennes«, beendete er ihren Satz. »Isabel, Ihr spielt mit dem Feuer. Ihr dürft dieses mörderische Spiel nicht weitertreiben. De la Barca wird Euch nie verzeihen, dass Ihr ihn betrogen habt.«
»Eben deshalb bin ich ja geflohen!«, rief sie. »Und weil ich nicht mehr ohne Liebe leben kann, nachdem ich sie einmal gefunden habe. Könnt Ihr das nicht verstehen?«
»Habt Ihr bei de Warenne Liebe gefunden?«, fragte er zornig.
Sein Blick und sein Tonfall gefielen ihr nicht. »Aber natürlich.«
Er sah sie stumm an, und sein Kiefer spannte sich. Sie sah so viel Wut in seinem Blick, in seiner Miene.
»Warum seht Ihr mich so an? Warum?« Sie bekam Angst.

»Ich will, dass Ihr zu Eurem Mann zurückkehrt. Hört auf meinen Rat, Isabel, den ich Euch aus selbstloser Liebe gebe. Wenn Ihr ihn wirklich verlasst, wird de la Barca Euch ausfindig machen, und niemand, nicht einmal ich, wird Euch dann vor seinem Zorn schützen können.«

Sie zitterte. »Aber wie kann ich zu ihm zurückkehren? Wie? Das Kind ist unübersehbar von Rob. Und Rob wird mich beschützen – er wird uns beschützen.«

»Ihr werdet ihm lächelnd eine Lüge auftischen«, brüllte er beinahe. »Ihr werdet ihn lieben, Ihr werdet ihn anlügen und ihn davon überzeugen, dass dies sein Kind ist!«

Isabel fuhr zurück, denn sie hatte ihn noch nie so zornig gesehen.

Er ging erregt auf und ab. Und als er sich ihr zuwandte, hatte er sich wieder gefasst, wenn auch mit großer Mühe. »Isabel. Ich fürchte, er würde Euch umbringen. Ihr müsst zu ihm zurückkehren.«

Sie schlang die Arme um sich. »Er wird mich auch umbringen, wenn ich zu ihm zurückkehre! Selbst wenn ich ihn anlüge, werde ich sterben, langsam, Stunde um Stunde, Tag für Tag. Ich hasse Spanien! Ich hasse die Spanier! Ich kann seine Berührung nicht ertragen.« Sie erschauerte. »Rob ist es, den ich liebe und brauche«, flehte sie.

Er kam mit großen Schritten auf sie zu. Plötzlich schüttelte er sie heftig. »Wann werdet Ihr endlich aufwachen? Wann?« Er war wieder laut geworden.

»Ich verstehe Euch nicht«, rief sie. »Und Ihr tut mir weh!«

Er ließ sie los. Doch sein Hände blieben zu Fäusten geballt. »Rob de Warenne dient niemandem, nur sich selbst. Doch dazu muss er sehr klug vorgehen. Euer Mann dient dem Gemahl der Königin. Versteht Ihr denn nicht? De Warenne wird niemals seinen Hals riskieren, um Euch und das Kind zu retten!« Er schrie sie förmlich an.

»Ihr irrt Euch«, sagte sie unter Tränen.

Er wandte sich ab, doch Isabel hatte den Ausdruck in seinen Augen gesehen und eilte ihm nach. »Was ist es, das Ihr mir nicht sagen wollt?«, flehte sie.
Er drehte sich langsam um, sagte jedoch kein Wort.
Panik stieg in ihr auf, und eine böse Ahnung. »Douglas?« Sie bekam kaum mehr seinen Namen heraus.
»Er hat eine neue Geliebte, Isabel.«

Oatlands – 5. Juni 1555

Sie lag in seinem Bett und wollte sterben. Ihr Verstand gehorchte ihr nicht mehr. Da war nichts mehr als die herzzerreißende Pein in ihrer Brust, die sie nun schon seit zwei Tagen ertrug.
Im Vorzimmer hörte sie Philip weinen, doch sie konnte nicht aufstehen. Das hungrige Geschrei verstummte. Isabel hörte, wie Helen das Kind tröstete, und sie sah sie vor sich, wie sie Philip in den Armen wiegte.
Rob hat eine neue Geliebte.
Ihr Kummer war grenzenlos; er war unerträglich.
»Bei Gott, was hat das zu bedeuten?«, rief ihr Gemahl im Vorzimmer.
Isabels Körper verkrampfte sich vor Angst. Er war gekommen; ihre Lüge musste nun beginnen.
Das gefährliche Spiel, zu dem sie für den Rest ihres Lebens gezwungen war.
Isabel wollte sterben.
Ihr Mann und Helen wechselten einige Worte, doch Isabel hörte nicht hin. Sie musste nun all ihre Kraft, all ihre schauspielerischen Fähigkeiten zusammennehmen, denn sie musste ihren Mann täuschen, und zwar gründlich. Das Schicksal ihres Sohnes stand auf dem Spiel. Und deshalb würde sie leben – und ihren Gatten überlisten.

Seine schweren Schritte dröhnten. Isabel wusste, dass er vor der Tür des Schlafgemachs stand; sie schlug die Augen auf und setzte sich in Positur.
Er stand da und starrte sie an, eine prächtige Erscheinung in einer weinroten, samtenen Weste, mit Juwelen besetzt und reich bestickt. Seine Augen waren weit aufgerissen; er wirkte ernst.
Isabel lächelte. »Überraschung, Mylord«, sagte sie leise – verlockend.
Er verharrte reglos.
Isabel glitt vom Bett, angetan mit einem tief ausgeschnittenen roten Gewand mit goldener Stickerei. Ihr Busen war beinahe entblößt, ihre Taille unmöglich eng geschnürt. Und sie hatte dem Badewasser ihren Lieblingsduft zugesetzt – Veilchen.
Alvarado musterte sie von oben bis unten. »Eine Überraschung, in der Tat«, erwiderte er in fließendem Englisch mit hörbarem Akzent.
Isabel war verblüfft. »Mylord, wie gut Ihr Englisch sprecht«, rief sie mit geheuchelter Freude aus.
»Ich bin schon lange am englischen Hof«, sagte er tonlos.
Isabel ging auf ihn zu. »Ich komme, um Euch das größte Geschenk darzubieten, das eine Dame ihrem Herrn und Gebieter machen kann«, sagte sie und schmiegte sich an ihn. »Habt Ihr Euren Sohn schon begrüßt?« Lächelnd umgarnte sie ihn.
Seine Hände schlossen sich um ihre Schultern. »Ist das denn mein Sohn, meine Liebe?«
Sie brauchte einen Moment, um seine Worte zu begreifen, denn sie hatte sich gerade auf die Zehenspitzen erhoben, um ihn auf die Wange zu küssen. Sie blinzelte.
»Habt Ihr nicht gehört?«, fragte er gefährlich leise.
O Gott, er kannte die Wahrheit, er wusste von ihrer Affäre, von ihrem Betrug, von ihrem Ehebruch. Isabel wollte zurückweichen, doch sie tat es nicht, sondern schluckte den plötzlichen, heftigen Abscheu hinunter, den sie gegenüber ihrem Mann empfand. Sie

schmiegte sich sogar noch enger an ihn. »Aber natürlich, Mylord. Was stellt Ihr für Fragen? Ihr beliebt zu scherzen?«, sagte sie und blickte mit kokett gesenktem Kopf zu ihm auf. Ihr Herz schlug in einem neuen, beängstigenden Rhythmus, gehetzt von einer sehr realen Gefahr.

Er stieß sie so abrupt von sich weg, dass sie zu Boden gefallen wäre, wenn er sie nicht gegen die Wand geschleudert hätte. Er ging hinaus, um gleich darauf mit einigen Seiten Pergament wieder zu erscheinen. Er schüttelte sie drohend vor ihrem Gesicht. »Ist das mein Sohn?«, fragte er mit Augen so düster wie Gewitterwolken.

Sie verstand nicht, was das sollte – was er in der Hand hielt. »Selbstverständlich«, sagte sie lächelnd. »Wie könnt Ihr daran zweifeln?«

Er lächelte sie an, doch dieses Lächeln war eiskalt, und er las vor: »›Mein liebster Rob, mein Herz sehnt sich so nach der Heimat und allem, was mir lieb und teuer ist. Oh, Rob, der englische Sprache fehlen die Worte, um Dir meine Einsamkeit und Pein zu schildern.‹« Er blickte zu ihr auf, ließ den Brief zu Boden fallen und las von einem anderen Pergament. »›Meine liebste Cousine, es ist so viel Zeit vergangen, seit wir uns zuletzt sprechen konnten. Ich erinnere mich mit Freude und Wehmut an unsere vielen Unterhaltungen und hoffe, wir werden noch zahllose gemeinsame Stunden verbringen. Wie geht es Dir und dem Kind, liebste Isabel?‹«

Isabel starrte ihn fassungslos an. Er hatte ihre Briefe, und er hatte Robs Briefe. Sie begriff nur langsam, was das bedeutete.

Er kam auf sie zu und schleuderte ihr das Pergament mit Robs schöner Handschrift ins Gesicht. »Soll ich fortfahren, liebste Isabel?«

Er hatte ihre Briefe abgefangen. Er hatte Robs Briefe an sich gebracht. Sie begann zu zittern und bekam schreckliche Angst.

»Ich wollte es zuerst nicht glauben, wisst Ihr?«, fuhr er fort, kochend vor Zorn. Sein ganzer Körper bebte. »Diese Gerüchte über ihn und Euch. Meine wunderschöne Ehefrau, die mir Hörner aufsetzte – nicht etwa hinter meinem Rücken, sondern vor meiner Nase. Ich habe es nicht geglaubt, selbst als ich gesehen hatte, wie de Warenne Euch mit Blicken verschlang – denn viele andere Höflinge haben Euch genauso begierig angesehen, meine überaus schöne Gemahlin. Doch dann las ich das hier.« Er bückte sich und hob den Brief auf, den sie Rob am vergangenen Heiligabend geschrieben hatte. »Und dann seine Briefe an Euch! Sprecht endlich, verdammtes Weib!«

Er schrie sie an, er raste vor Zorn, doch Isabel konnte sich nicht bewegen, nicht einmal, um sich vor seiner Wut zu retten.

»Werdet Ihr endlich den Mund aufmachen!«, brüllte er.

Tränen rannen ihr über die Wangen. »Ich liebe ihn, seit ich ein Mädchen von fünfzehn Jahren war«, flüsterte sie.

Er schlug sie so fest, dass sie die Knochen in ihrem Gesicht brechen hörte und schluchzend auf den harten Steinboden fiel.

Sie hörte, dass Philip im Vorzimmer zu weinen begann.

Dann hörte sie über sich Helens Stimme, die flehte: »Mylord, habt Erbarmen mit ihr, ich bitte Euch.«

»Hinaus!«, schrie Alvarado.

Der Tritt in die Rippen traf sie völlig überraschend, und sie krümmte sich unter schrecklichen Schmerzen zusammen. Doch er packte sie und zerrte sie auf die Füße. »Ist das Kind von mir?«, schrie er sie an, während sie taumelnd zu stehen versuchte.

»Nein«, hörte sie sich sagen.

Er schlug ihr noch einmal mit dem Handrücken brutal ins Gesicht, und Isabel fiel wieder zu Boden.

»Hure!«, brüllte er auf sie hinab, und dann hörte sie, wie er sich umdrehte und ging. Die Tür knallte hinter ihm zu.

Isabel begann zu weinen.

»O Gott.« Helen beugte sich über sie und betastete sanft ihr Gesicht.

Isabel schrie auf.
»O Gott! Ich mache Euch rasch einen Umschlag, Isabel!« Helen sprang auf und war verschwunden.
Philip schrie aus voller Kehle.
Philip. Ihr Sohn. Robs Sohn.
Nein, nicht Robs Sohn, niemals – nur ihr Sohn, ihrer allein. Sie musste aufstehen, sie musste zu ihm und mit ihm fliehen – sie mussten um ihr Leben rennen.
Isabel versuchte, sich auf Hände und Knie aufzurappeln. Doch die Schmerzen in ihrem Bauch waren so grausam, dass sie aufschrie und ihr schwarz vor Augen wurde.
Isabel kämpfte und verlor.
Dunkelheit senkte sich über sie, und sie empfand sie als einen Segen.

Oatlands – am selben Abend

»Hört Ihr mich? Isabel?«
Isabel hörte Helen, doch ihre Stimme klang seltsam und sehr fern. Und dann überfielen sie die Schmerzen, grausame Schmerzen. Ihr Gesicht tat entsetzlich weh, doch das war noch gar nichts im Vergleich zu der lodernden Pein in ihren Rippen – und in ihrem Herzen.
»Isabel, liebste Isabel, bitte, hört Ihr mich nicht?«
Helen. Oatlands. Montgomery … Rob hatte eine neue Geliebte, und ihr Gemahl kannte die ganze Wahrheit. Isabel war plötzlich hellwach. *Philip!*
»Gott sei Dank!«, rief Helen.
Schwach vor Schmerzen blickte Isabel zu ihrer verzweifelten Gefährtin auf. »Philip! Wo ist er?«
»Nur ruhig«, besänftigte Helen sie und strich ihr über die Stirn. »Er schläft nebenan.«

»Nein!« Isabel versuchte sich aufzusetzen, doch bei der geringsten Bewegung wurde ihr so übel, dass sie würgen musste.
»Bleibt liegen! Der Arzt sagt, Ihr hättet mehrere gebrochene Rippen. Bitte, liegt still«, flehte Helen.
Der Schmerz wollte nicht abklingen. Er überflutete Isabel in gewaltigen Wogen, so dass sie mit verzerrtem Gesicht die Augen zukniff, während sie nur noch daran denken konnte, dass sie ihren Sohn vor Alvarados Zorn in Sicherheit bringen musste. Nur wie? Sie war so schwer verletzt, dass sie nicht einmal das Bett verlassen konnte.
Montgomery.
Sie blickte zu Helen auf. »Geht sofort zu Douglas. Erzählt ihm, was geschehen ist. Er muss mir und meinem Sohn helfen – wir müssen fliehen, auf der Stelle, noch heute Nacht.« Allein das Sprechen kostete sie all ihre Kraft, und sie keuchte vor Schmerzen.
Helen, die gute Seele, widersprach ihr diesmal nicht. Sie sprang auf. »Ich will Euch nicht allein lassen«, sagte sie. »Doch es gibt keinen Boten, dem wir vertrauen könnten.«
»Geht. Geht jetzt«, rief Isabel mit tränenüberströmtem Gesicht.
Helen nickte, zögerte nur kurz und ging dann. Endlich hörte Isabel die Tür des Vorzimmers zuschlagen. Gott sei Dank. In wenigen Stunden würde Montgomery hier sein, und Isabel wusste, dass er Himmel und Hölle in Bewegung setzen würde, um sie zu retten.
Robs Antlitz stand ihr plötzlich vor Augen, und zu all dem quälenden Schmerz gesellte sich neue Pein und, zum allerersten Male, tiefe, verzweifelte Reue.
Wie dumm sie gewesen war.
Jemand hämmerte an die Tür zum Vorzimmer.
Isabel erstarrte und lauschte mit schreckgeweiteten Augen, während ein Diener zur Tür eilte und sie öffnete. Sie konnte nicht das gesamte Vorzimmer sehen, doch sie hörte viele Männer eintreten, deren gestiefelte Schritte polternd näher kamen. Isabel ver-

krampfte sich vor Angst, und ihre furchtbaren Schmerzen waren beinahe vergessen. Ihr Gefühl sagte ihr, dass sie Schreckliches zu befürchten hatte. Grauen erfüllte sie.
Ein Sergeant mit dem Abzeichen des Lordkanzlers erschien auf der Schwelle ihres Schlafgemachs, umgeben von seinen Männern.
Isabel setzte sich auf.
»Im Namen Gottes und des Heiligen Vaters, Ihr steht hiermit unter Arrest«, sagte er.
»Arrest?« Noch während Isabel mühsam dieses Wort wiederholte, schwärmten seine Männer aus, umringten ihr Bett und zerrten sie heraus.
»Unter Arrest? Weshalb denn, um Gottes willen?« Sie wurde grob hochgerissen, und plötzlich drehte ihr jemand die Arme auf den Rücken und legte sie in Ketten.
»Ihr seid des schändlichsten aller Verbrechen angeklagt, des Abfalls vom wahren Glauben. Ihr habt Euch wider Gott versündigt«, erklärte der Soldat drohend.
Isabel schnappte nach Luft. Sie verstand kaum, was hier vor sich ging … Sie wurde der Ketzerei beschuldigt? »Das ist ein schreckliches Missverständnis«, rief sie, als die Soldaten sie durchs Zimmer schleiften. Unerträgliche Schmerzen flammten in ihren Rippen auf. »Wo bringt ihr mich hin?« Niemand machte sich die Mühe, ihr zu antworten – oder sie auch nur anzusehen.
»Bitte sagt es mir, wo bringt ihr mich hin?«, kreischte sie, als sie durch die Tür geschubst wurde.
Endlich gab der Sergeant ihr Antwort. »In den Tower«, sagte er.

Fünfundzwanzig

Vierte Nacht, dreiundzwanzig Uhr

Cass konnte sich nicht rühren.

Entsetzt starrte sie ihre Schwester an, die in der Tür zur Bibliothek stand. Irgendwie drang die Tatsache in ihren betäubten Verstand vor, dass sie eben versucht hatte, mit Isabel zu kommunizieren, und dass nun Tracey erschienen war.

Tracey hatte auf ihre Frage reagiert. Nicht Isabel.

Weil sie ein und dieselbe waren.

»Ja?«, fragte Tracey wieder.

Cass zitterte. »Isabel?«, fragte sie vorsichtig.

»Ja. Was willst du von mir?« Traceys Blick wirkte eigenartig unstet, sie schaute immer wieder zwischen Cass und Celia hin und her. Alfonso beachtete sie nicht.

Cass warf Celia einen Blick zu, sah ihre verweinten Augen und ihr ängstliches Gesicht. Alfonso war bewusstlos geworden. »Wo sind die Kinder? Was hast du mit ihnen gemacht?«, fragte Cass in demselben vorsichtigen Tonfall.

»Das sagte ich bereits. Sie sind in Sicherheit.«

Cass bebte vor Angst. *Das sagte ich bereits.* »Aber wo sind sie denn? Bitte! Bitte sag es mir.«

»Nein.« Tracey lächelte.

Das Lächeln war kalt, unheimlich. Cass bekam eine Gänsehaut.

Tracey wandte sich ab.

Zu jedem anderen Zeitpunkt wäre Cass ihr nachgerannt und hätte sie von hinten gepackt. Aber sie konnte sich nicht bewegen.

»Was willst du?«, fragte sie heiser, als Tracey die Tür erreichte. »Was willst du von uns?«
Tracey zögerte. Langsam drehte sie sich zu Cass um. Ihre blauen Augen leuchteten gespenstisch. »Ich will, dass ihnen Gerechtigkeit widerfährt.«
Der Raum verschwamm vor Cass' Augen, und ihre Knie knickten ein. Ihr war schlecht vor Grauen. Sie konnte sich kaum noch auf den Beinen halten. »Wir alle wollen Gerechtigkeit. Wir können Gerechtigkeit herstellen. Tra... Isabel. Zieh die Kinder nicht mit hinein! Bitte!«
Aber Tracey – oder vielmehr Isabel – hörte nicht mehr zu; sie ging hinaus.
»Wir müssen Frieden schließen!«, rief Cass. »Es muss endlich Frieden geben, Isabel, *Frieden* zwischen unseren Familien! Bitte!«, schluchzte sie.
Tracey warf stumm einen Blick zurück auf Cass, ohne stehen zu bleiben, und war verschwunden.
Sie wollte Gerechtigkeit.
Cass graute davor, was das bedeuten könnte.
Celia schrie auf.
»Was ist?«, japste Cass und fuhr herum.
»Der Computer«, flüsterte Celia.
Cass drehte sich wieder um. Auf dem Bildschirm blinkte eine neue Botschaft.
DER TOD BRINGT FRIEDEN.

Cass sah Antonio, der sich breitbeinig und mit grimmiger Miene schützend vor Gregory aufgebaut hatte. Tracey stand vor ihm.
Cass rang nach Luft und überlegte verzweifelt. *Der Tod bringt Frieden.* Über die Bedeutung dieser Botschaft brauchte sie nicht lange nachzudenken. Isabel war entschlossen, einen von ihnen zu töten, wenn nicht gar alle.
»Was ist hier los?«, fragte Cass und brach das Schweigen, das auf

der großen Halle lastete. Gregory war bei Bewusstsein und hatte die Augen aufgeschlagen. Seine Pupillen waren stark erweitert, und er starrte Tracey an.

Antonio rührte sich nicht von der Stelle. Sein Blick war hart und ebenfalls auf ihre Schwester gerichtet.

Cass schlotterten die Knie. Antonios Blick war mörderisch, und Cass wusste, dass sie Tracey beschützen musste, doch irgendwie mussten sie ja auch Isabel loswerden.

Sie hatten immer noch keine Ahnung, wie das gelingen könnte.

Tracey stand mit dem Rücken zu ihr. Cass hörte sie sagen: »Er lebt.« Das klang milde überrascht, und Cass schrak aus ihren Gedanken.

»Mein Bruder ist sogar sehr lebendig«, erwiderte Antonio barsch.

Cass ging in weitem Bogen um Tracey herum, die misstrauisch dreinblickte, und stellte sich neben Antonio.

»Mir fehlt nichts«, sagte Gregory. »Ich bin erschöpft, aber es geht mir gut.«

»Es geht dir nicht gut«, widersprach Antonio und beugte sich über seinen Bruder, um die Schnittwunde an seiner Stirn zu säubern. »Ein Wahnsinniger hat dich von der Straße gedrängt. Du wärst beinahe umgekommen!«

Cass blickte in Traceys ungerührtes Gesicht. Nun glaubte sie, eine gewisse Ähnlichkeit mit Isabel zu erkennen – die ihr noch nie zuvor aufgefallen war. Und plötzlich fiel ihr ein weiteres Puzzlestück ein. Hatte ihr nicht irgendjemand erzählt, dass Catherine in den Tagen vor Eduardos Tod Isabel immer ähnlicher geworden war?

Cass warf einen weiteren verstohlenen Blick auf Tracey. Verdammt. Sie sah Isabel tatsächlich ein bisschen ähnlich. Selbst ihr Haar hatte einen leichten rötlichen Schimmer. Lag das an der schlechten Beleuchtung? Oder verlor sie allmählich den Verstand?

Cass ermahnte sich, dass Isabel ihren Opfern den Verstand vernebelte.

Antonio tupfte vorsichtig etwas Salbe auf Gregorys Stirnwunde.
»War es so?«, fragte Cass und beobachtete ihn aufmerksam.
Gregory blickte zu ihr auf. »Es war noch viel schlimmer. Aber ich denke, das werdet ihr mir nicht glauben.« Er sah wieder zu Tracey hinüber. »Was ist mit ihr?«
Cass zögerte und sah ihre Schwester an. Ihre Lippen wirkten schmaler, die Nase gerader, die Augen schienen weiter auseinander zu liegen. Cass spürte, wie etwas in ihr zu bröckeln begann. Vielleicht der letzte Rest von Hoffnung.
»Tracey geht es gut«, log Cass, der nervöse Schauer über den ganzen Körper liefen. Tracey ging es gar nicht gut, doch wo hörte Tracey auf, wo fing Isabel an? Was, wenn Tracey schon fort war – wenn überhaupt nichts mehr von ihr geblieben war? Was würde Antonio tun, wenn er von ihrer Unterhaltung in der Bibliothek wüsste? Cass konnte ihm nicht mehr trauen. »Was ist denn noch passiert?«
»Es war Isabel. Sie hat versucht, mich umzubringen. Sie saß irgendwie am Steuer des Lastwagens, der mich von der Straße gedrängt hat«, erklärte Gregory.
Cass starrte ihn an.
»Ich glaube kaum, dass eine Frau, die 1555 gestorben ist, einen Lastwagen fahren könnte«, erwiderte Antonio barsch. »Soll ich dir das Knie bandagieren?«, fragte er dann. »Vielleicht hilft es.«
»Ich glaube, ich muss es nur ein bisschen schonen«, sagte Gregory. »Und ich weiß, was ich gesehen habe«, rechtfertigte er sich. Sein Blick ruhte wieder auf Tracey.
Auch Cass beobachtete nun nicht mehr die beiden Brüder, sondern ihre Schwester.
Kühl und völlig gefasst erwiderte Tracey ihren Blick. Ihre Augen blitzten seltsam auf, beinahe selbstgefällig. Sie sagte: »Ich fahre nicht.«
»Nein. Du fährst nicht. Aber andere fahren dich, nicht wahr?«
Tracey lächelte. »Andere fahren«, bestätigte sie leise.

Da wusste Cass, dass sie von dem Lkw-Fahrer Besitz ergriffen hatte, um Gregory umzubringen.
Antonio sprang auf.
Cass erkannte, was er vorhatte, sah ihn kommen und versuchte, ihn aufzuhalten, doch ebenso gut hätte sie sich einer Lokomotive in den Weg stellen können. Er stieß sie so grob beiseite, dass sie hinfiel, packte Traceys Arme und schüttelte sie.
»Was hast du mit den Kindern gemacht, du Miststück?«, brüllte er.
Tracey Augen verwandelten sich. Sie wurden unnatürlich blendend hell. Sie stieß ihn fort.
Cass schrie auf, als Antonio zu Boden geschleudert wurde. Woher nahm ihre Schwester die Kraft, einen Mann von einem Meter achtzig, der gut neunzig Kilo wiegen musste, so durch die Gegend zu schleudern?, fragte sie sich staunend. Doch die Antwort war offensichtlich – ihre Schwester hatte übernatürliche Kräfte.
Antonio rappelte sich wütend auf. Mit schmalen Lippen und zusammengebissenen Zähnen ging er auf Tracey los. Zu spät schrie Cass ihm zu: »Hör auf! Ihr bringt euch noch gegenseitig um!«
Er stürzte sich auf Tracey.
Doch Tracey blieb trotz der Wucht seines Aufpralls auf den Beinen, es war unfassbar. Sein Schwung ließ sie beide auf die Tür zustolpern, die zum Innenhof hinausführte. Und dann kämpften sie ineinander verschlungen weiter, Tracey wehrte sich kräftig und blieb mit übermenschlichem Geschick auf den Füßen. Antonio konnte sie einfach nicht niederringen oder zu Boden stoßen. Er schaffte es nicht einmal, ihr die Hände auf den Rücken zu zwingen.
Tracey zerkratzte ihm mit den Fingernägeln das Gesicht und hinterließ blutige Spuren.
Cass sah sich verzweifelt nach einer Waffe um und merkte, dass Gregory mühsam aufstand. Sie fand nichts als den Verbandskasten, also schnappte sie ihn sich, wobei der Inhalt herausfiel, und

dann sah sie Gregory auf ihre Schwester und seinen Bruder zustürmen.

Später konnte Cass nicht sagen, ob Tracey diese Situation absichtlich herbeigeführt hatte. Als Gregory auf sie losging, trat Tracey beiseite und zog Antonio mit sich. Gregory stürzte mit dem Kopf voran in – und durch – die Glastür, die auf den Patio führte.

Cass kreischte, als das Glas bei seinem Aufprall zersplitterte und er schreiend zu Boden taumelte wie ein brennender Stuntman, nur dass er nicht mit Feuer, sondern mit Glas und Blut bedeckt war.

Antonio riss sich von Tracey los und drehte sich nach der Tür um. Cass sah nur noch überall Blut.

Und dann sah sie aus dem Augenwinkel, wie Tracey eine lange, tödlich spitze Glasscherbe nahm und sie hoch über den Kopf hob.

»Antonio!«, schrie Cass warnend.

Wie ein Messer stieß Tracey die Scherbe in Antonios Rücken.

Seine Augen weiteten sich vor Schreck und Überraschung, und dann kippte er vornüber und schlug mit dem Gesicht nach unten auf dem Boden auf.

Cass stand da wie erstarrt, und sie und Tracey maßen sich mit Blicken.

Tracey ließ die Scherbe fallen, warf Cass noch einen finsteren Blick zu, drehte sich um und floh.

Endlich gehorchten Cass' Beine ihr wieder. Sie rannte zu Antonio und legte beide Hände an die Wunde in seinem Rücken. »Tonio?«

»Gregory«, keuchte er.

Cass hielt ihn ruhig und drückte immer noch die Hände auf die Wunde. Schließlich riss sie sich das T-Shirt herunter, knüllte es zusammen und legte es auf die Wunde. »Ich will erst dich verbinden«, rief sie. Und sie dachte: Wenn er starb, würde sie nie, nie wieder dieselbe sein, denn sie liebte ihn von ganzem Herzen.

Er lag bäuchlings auf dem Boden, den Kopf zur Seite gedreht, und kniff fest die Augen zu. Als er sie aufschlug, stand entsetzlicher

Schmerz darin. »Es geht schon«, brachte er mühsam hervor. »Hilf mir auf. Ich werde sie umbringen.«

Cass erstarrte. »Nein! Das ist meine Schwester – auch wenn sie von Isabel besessen ist –, und du wirst sie nicht umbringen!«

»Sie hat die Kinder«, rief Antonio, und dann schloss er stöhnend die Augen.

Der Tod bringt Frieden.

»Wie sollen wir sie nur aufhalten?«, flüsterte Cass verzweifelt. Es zerriss ihr schier das Herz. Sie hatte solche Angst um Tracey, aber sie hatte noch mehr Angst um die Kinder und Antonio.

Cass kämpfte gegen heiße Tränen an und blickte auf ihn hinab. Er hatte das Bewusstsein verloren.

Wie schlimm war er verletzt? Und was war mit Gregory?

Vorsichtig zupfte Cass an ihrem T-Shirt, doch es blieb an der Wunde kleben, da das Blut bereits gerann, und sie hoffte, dass das ein gutes Zeichen war. Ein paar Verbände aus dem Erste-Hilfe-Kasten lagen herum. Sie würde einen Druckverband anlegen, entschied sie. Und dann würde sie sich ihrer Schwester stellen.

Nein. *Sie würde sich Isabel stellen.*

Ein paar Minuten später hatte sie Antonios Rücken verbunden. Cass eilte hinüber zu Gregory, doch der hatte überall so schlimme Schnittwunden, auch im Gesicht, dass sie gar nicht wusste, wo sie anfangen sollte. Sie wusste nur eines: Isabel hatte den Kindern etwas angetan, und Isabel hatte die Kontrolle über ihre Schwester übernommen. Sie wollte Gregory nicht einfach in diesem Zustand liegen lassen, doch sie hatte keine andere Wahl. Sie musste Isabel aufhalten, und sie musste die Kinder retten.

Cass hatte schreckliche Angst. Allen in der Casa de Sueños hatte Isabel etwas angetan – außer ihr. Es deutete alles darauf hin, dass sie bald ihr nächstes Opfer sein würde.

Es musste doch irgendeinen Weg geben, sie zu überlisten. Sie zu zerstören.

Cass richtete sich langsam auf und lauschte angestrengt. Sie bemühte sich, ihr Zittern und ihre Panik in den Griff zu bekommen. Doch auf dem nächtlich dunklen Patio lastete eine drückende Stille. Nicht einmal Grillen zirpten. Keine Eule schrie, kein Ventilator surrte, das knackende Feuer in der Bibliothek war nicht zu hören. Gar nichts.

Nur die Stille der kastilischen Nacht.

Sie fuhr sich mit der Zunge über die trockenen Lippen. Ihr Puls raste. Jede Faser ihres Körpers war zum Zerreißen gespannt. Dies war, dachte sie, der schlimmste Augenblick ihres Lebens.

Ein wahr gewordener Albtraum.

Sie ging zurück ins Haus, blieb neben Antonio stehen und lauschte wieder.

Nur Stille umgab sie, unendlich, vollkommen.

Tracey war in dem Flur verschwunden, der zu ihrem und Cass' Zimmer führte. Cass sah sich um. Sie musste sich bewaffnen, denn Tracey war übernatürlich stark.

Schließlich hob Cass eine lange, schmale Glasscherbe auf und wickelte das eine Ende in die übrig gebliebenen Verbände. Ihr Herz dröhnte. Sie durfte gar nicht daran denken, was sie vielleicht würde tun müssen, um ihr eigenes Leben zu schützen. Sie ließ rasch die spärlich erleuchtete Halle hinter sich und ging in den Flur.

Cass starrte angestrengt auf die dunkle Treppe. Sie fürchtete sich davor, hinaufzugehen, und vor dem, was ihr dort begegnen mochte, was – und wer – sie oben erwartete.

Die Bibliothek lag auf der anderen Seite des Innenhofes, und das Feuer drüben im Kamin spendete ein wenig Licht. Cass stieg die ersten Stufen hoch und dachte nichts als: *Angst, Angst, ich habe Angst.* Die Angst überwältigte sie beinahe.

Auf dem oberen Treppenabsatz blieb sie stehen. »Tracey?«

Es kam keine Antwort.

Cass schluckte. Ihr Zimmer lag auf der linken Seite am Ende des Gangs. Rechts vor ihr war Traceys Zimmer und ein weiterer unbenutzter Raum. Was sollte sie tun? Wohin war Tracey verschwunden?

Plötzlich hörte Cass eine Diele knarzen – das Geräusch kam aus ihrem Zimmer, das sie seit gestern nicht mehr betreten hatte. Sie erstarrte.

Dann ging sie zur Tür, die einen Spalt offen stand. Langsam schob sie die Tür ganz auf, packte die Glasscherbe fester und versteckte sie hinter ihrem Rücken, bereit, notfalls sofort zuzustechen.

Gähnende Schwärze empfing sie, nur die Sterne leuchteten gespenstisch herein.

»Tracey?«, fragte Cass. Sie wurde immer nervöser. Ihr Instinkt sagte ihr, dass Tracey hier drin war. »Ich bin es, Cass. Ich will dir nichts tun. Ich will dir helfen.«

»Warum hast du dann diese Scherbe in der Hand?«

Cass machte vor Schreck einen Satz. Tracey hatte hinter ihr gesprochen, so nahe, dass Cass ihren Atem im Nacken gespürt hatte. Sie fuhr herum, die Glasscherbe hoch erhoben. Tracey stand ihr auf der Schwelle ihres Zimmers gegenüber, und ihre Blicke trafen sich.

Cass erkannte, dass dies nicht mehr die Augen ihrer Schwester waren, denn es lag keinerlei Unsicherheit mehr darin, keine Verletzlichkeit, kein Gefühl, überhaupt keine menschliche Regung.

»Ich will dir helfen«, krächzte Cass.

Tracey schien nicht einmal mehr zu atmen, und die Ähnlichkeit mit Isabel war nun ganz deutlich; Cass hatte sich das nicht eingebildet. Es war, als veränderten sich Traceys Züge kaum merklich, aber wirkungsvoll, so wie das Gesicht eines Schauspielers sich verschiedenen Rollen anpasste, und plötzlich wurde die Tür vor Cass' Nase zugeschlagen.

Zwischen ihnen.

Cass schrie auf und sprang zurück, um dann zitternd mitten im Raum stehen zu bleiben. Sie war völlig geschockt. Und als sie noch versuchte, das Geschehen zu begreifen – Tracey musste die Tür zugeschlagen haben, auch wenn Cass nicht gesehen hatte, wie sie sich bewegte –, hörte sie das Schloss knirschen.

Ihre Augen weiteten sich, und sie dachte: *Nein. Das kann nicht sein.*

Cass rannte zur Tür und rüttelte daran, doch es half nichts. Die Tür war fest verschlossen.

Hinter ihr knallte ein Fenster zu.

Cass fuhr herum, doch sie war immer noch allein im Zimmer; Tracey war nicht durch die Wand gegangen, also konnte niemand dieses Fenster zugeschlagen haben. Sie hatte sich das eben selbst gesagt, als plötzlich ein zweites Fenster zuschlug, direkt vor ihren Augen, und gleich darauf das nächste, und dann das letzte.

Sechsundzwanzig

Tower of London – 8. Juni 1555

Sie hörte Schritte.

Isabel rappelte sich auf dem harten, feuchten, nach Urin stinkenden Boden ihrer Zelle zum Sitzen hoch und keuchte bei dieser plötzlichen Bewegung vor Schmerz. Ihre gebrochenen Rippen bereiteten ihr unablässige Qualen; ihr Oberkörper schien in Flammen zu stehen. Doch gleich darauf verblasste der Schmerz im Vergleich zu ihrer verzweifelten Angst.

Dies war ein furchtbarer Irrtum. Das konnte doch nicht ihr Schicksal sein. Gewiss würde der Mann – oder waren es mehrere –, der sich ihrem Kerker näherte, sie freilassen und diesen unvorstellbaren Irrtum aufklären.

Es war Mittag – das sagte ihr der Sonnenschein, der durch das schmale, vergitterte Loch hoch oben in der Wand fiel. Dennoch war es in ihrer Zelle kalt und düster, und sie blickte angestrengt ins Halbdunkel, wo sich zwei Männer näherten. Sah sie dort die Robe eines Geistlichen? Ihre Zuversicht schwand – und kehrte dann mit Macht zurück, als sie den zweiten Mann erkannte.

Douglas Montgomery umklammerte von außen das eiserne Gitter in ihrer Zellentür und erbleichte, als er sie sah. »Was hat er Euch nur angetan!«, rief er aus.

Isabel sah ihn an, und in diesem Moment schien ihr ganzes Leben vor ihrem inneren Auge vorüberzuziehen. Sie bereute alles, doch zu spät – ihr kindisches Verlangen nach Rob, ihr Fehler, Douglas zu verschmähen, ihre Heirat mit Alvarado und ihre Entscheidung, Rob wiederzusehen und ihre Affäre auch nach ihrer Heirat fortzuführen. Sie starrte zu Douglas hinauf, sah die Liebe und Angst in seinen Augen, und etwas flammte in ihr auf.

Plötzlich erkannte sie es. *Ich habe den falschen Mann geliebt*, dachte sie.

O Gott, ich habe den falschen Mann geliebt, vom falschen Mann ein Kind bekommen, und wenn ich die richtige Wahl getroffen hätte, wäre dieser Mann mein Gatte geworden, mein Gefährte, mein Leben. Tränen bitterer Reue brannten ihr in den Augen.

»Douglas«, flüsterte Isabel und bemühte sich, die Tränen zurückzuhalten.

»Wie schwer seid Ihr verletzt?«, fragte Douglas und umklammerte die Gitterstäbe so fest, dass seine Fingerknöchel weiß wurden. »Ich werde dafür sorgen, dass noch heute ein Wundarzt nach Euch sieht.«

Isabel stand langsam auf und unterdrückte ein qualvolles Stöhnen. Sie hielt sich am Gitter fest, und ihre Hände berührten sich. Die Anstrengung des Aufstehens und die paar Schritte hatten sie viel Kraft gekostet.

»Ihr habt Schmerzen«, flüsterte er erstickt. Er schob die Finger durch das Gitter und legte die Hand an ihre Wange.

So hatte er sie noch nie berührt, und trotz der Schmerzen und der Angst erfüllte seine Zärtlichkeit sie mit Freude und Erleichterung. *Ich liebe ihn*, dachte sie und schloss erschöpft die Augen. *Ich werde ihn bis zum Augenblick meines Todes lieben.*

Sie blickte zu ihm auf, und sie sahen sich in die Augen. »Danke, Douglas«, flüsterte sie.

»Wofür? Ich habe meine Aufgabe noch nicht erfüllt. Ihr werdet nicht sterben, Isabel.« Sein Blick verdüsterte sich. »Euer Gemahl steckt hinter alldem. Er hat Euch verraten. Er weiß nicht nur von Eurer Affäre, er verdächtigt Euch auch des Verrats – er verdächtigt Euch, für England spioniert zu haben.«

Isabel glaubte, mehr ertragen zu müssen, als menschenmöglich sei. »Sussex war mein Vormund, und er hat mir befohlen, meinen

Mann auszuspionieren. Doch das Wenige, was ich vor meiner Abreise nach Spanien an ihn weitergeleitet habe, war kaum von Bedeutung.«

»Spielt das eine Rolle? De la Barcas Liebe ist in Hass umgeschlagen. Er hat Einfluss beim spanischen König. Philip wiederum hat Einfluss auf die Königin. De la Barca will sich Eurer entledigen, und was wäre da leichter, als Euch der Ketzerei zu bezichtigen?«

Isabel klammerte sich an die Gitterstäbe. »O Gott. Dann gibt es keine Hoffnung mehr?«

Er schob beide Hände durch das Gitter und umfasste zärtlich ihr Gesicht. »Ihr müsst Eure Sünden bereuen. Gesteht Eure Sünden und zeigt Euch reuig, das ist Eure einzige Rettung vor dem Scheiterhaufen. Ich werde noch heute Abend mit Sussex sprechen. Gemeinsam werden wir uns bei der Königin für Euch verwenden. Versteht Ihr, Isabel?« Er hatte Tränen in den Augen. »Lieber Himmel, sie ist eine Frau, und sie ist gerecht, und wenn irgendjemand Eure furchtbare Lage verstehen wird, dann sie.«

Sie nickte, doch sie war Königin Mary nur ein einziges Mal begegnet – und hatte sie oft von fern gesehen. Isabel fürchtete sich sehr, denn wenn es jemals eine Frau gegeben hatte, die eher wie ein Mann war, dann diese Königin, die trotz ihrer kleinen Statur sehr willensstark und äußerst intelligent war. Und sie war eine glühende Verfechterin ihrer Sache – des Katholizismus. Isabel erinnerte sich sehr gut an ihre einzige kurze Unterredung. Die Königin mochte sie nicht leiden. »Sollte ich auch meine Affäre mit Rob gestehen?«

Er wirkte verzweifelt. »De la Barca hat Beweise dafür, nicht wahr? Ohnehin wusste der gesamte Hof davon. Leugnet nicht. Erfleht die Gnade Gottes, der Kirche und der Königin.«

Isabel blickte in das geliebte Gesicht. Die Luft über ihr fühlte sich so schwer an, als wolle sie sie in die Knie zwingen. Und sie war zu schwach – zu erschöpft –, um diese Last zu tragen. »Sie mag mich nicht«, hörte sie sich sagen.

Montgomery stieß einen Fluch aus. Dann beugte er sich vor und küsste sie.

Isabels Hände schlüpften durch das Gitter, bis sie seine Arme zu fassen bekam. Sie küssten sich, und trotz der Eisenstangen, die sich in ihre Gesichter drückten, wurde aus diesem Kuss, der zärtlich begonnen hatte, voller Angst und Reue, allmählich etwas anderes, wild, wunderschön, aber, ach, so bittersüß. Als es endete, glänzten Tränen in ihrer beider Augen.

»Wir werden dieses Unglück überstehen, Ihr und ich«, sagte er. »Das schwöre ich Euch, Isabel. Ihr werdet leben.«

Isabel nickte tapfer. »Douglas? Bevor Ihr geht – wenn es keine Gnade gibt, wenn ich sterben soll, würdet Ihr mir dann einen heiligen Eid schwören, dass Ihr für Philips Sicherheit sorgen werdet?«

Er packte durch die Gitterstäbe ihre Arme. »Sprecht nicht einmal davon! Und, Isabel, Ihr braucht mich nicht darum zu bitten. Selbstverständlich werde ich für die Sicherheit und das Wohlergehen Eures Sohnes ebenso gut sorgen wie für Euch selbst.«

Da weinte Isabel Tränen der Erlösung, denn sie vertraute ihm vollkommen.

Westminster Hall – 12. Juni 1555

Als Isabel den Gerichtssaal betrat, zauderte sie und blickte um sich.

Der Saal quoll förmlich über vor adeligen Damen und Herren, die zusehen wollten, wie sie des verwerflichsten aller Verbrechen angeklagt wurde. Vor ihr, am anderen Ende des Saales, standen drei Bischöfe, darunter Lordkanzler Gardiner. Die Königin war nicht anwesend, doch das hatte Isabel auch nicht erwartet, denn Mary musste immer noch das Bett hüten und erwartete jede Stunde die längst überfällige Geburt ihres Kindes.

Plötzlich fiel Isabels Blick auf Helen, und sie stolperte und konnte nicht mehr weitergehen.
Helens Augen waren rot geweint und verschwollen, ihr Gesicht furchtbar blass, und sie brach in lautes Weinen aus.
Isabel spürte, wie ihr selbst die Tränen kamen. Sie sah die Frau an, die, seit Isabel mit acht Jahren verwaiste, stets an ihrer Seite gewesen war. Sie hatte ihr nie vertraut und sie nie lieb gewonnen, und plötzlich erkannte sie, wie sehr sie sich all die Jahre in ihr getäuscht hatte. Helen schluchzte unaufhörlich und weinte bittere Tränen.
Erst in diesem Moment merkte Isabel, dass Helen sie liebte, dass sie ihr immer schon eine liebe und vertrauenswürdige Freundin gewesen war. »Helen?«, flüsterte sie.
»Seid stark, Isabel«, rief Helen. »Oh, Isabel, seid stark, und erfleht die Gnade des Gerichts.«
»Zurück da«, sagte eine der Wachen und stieß Helen grob in die Menge, die sich vordrängte, um Isabel anzustarren.
»Philip?«, rief Isabel, als zwei Soldaten sie vorwärts zerrten. »Mein Sohn! Helen?«
»Es geht ihm gut«, rief diese. »Admiral de Warenne ist selbst gekommen und hat das Kind in seine Obhut genommen, noch am Tag Eurer Verhaftung.«
Isabel schlug sich eine Hand vor den Mund, um einen Aufschrei der Erleichterung zu ersticken.
Die Soldaten führten sie eilig den Mittelgang entlang. Nicht wenige Lords standen vorn in der ersten Reihe, und als sie die Köpfe nach ihr drehten, entdeckte Isabel ihren Onkel, den Grafen von Sussex, unter ihnen. Und neben ihm stand Douglas Montgomery.
Ihr drehte es das Herz im Leibe um, nicht vor Angst, sondern aus dem stärksten aller Gefühle – aus wahrer, ewiger Liebe.
Ihre Blicke trafen sich.
Er war furchtbar blass, doch er lächelte tapfer, und in diesem Lächeln sah und spürte Isabel all seine Angst, all seine Hoffnung.

»Isabel de la Barca.«
Isabel war vor einem Stuhl stehen geblieben und wurde nun grob darauf niedergedrückt. Als ihr Name dröhnend in den Saal gerufen wurde, blickte sie auf. Vor ihr stand der Lordkanzler.
»Ihr seid der Ketzerei angeklagt. Wenn Ihr gesteht, Eure Sünden bekennt und bereut, wird das Gericht Gnade walten lassen. Bekennt Ihr jedoch nicht oder zeigt Ihr Euch nicht reuig, so wisset, dass Euch der Feuertod erwartet – und Gottes ewige Verdammnis.«
Isabel blickte starr zu ihm auf. Das Herz hämmerte ihr in der Brust. »Ich gestehe.«
»Wie? Habt Ihr etwas gesagt? Sprecht, Mylady. Was sagtet Ihr?«
Isabel hörte den Lordkanzler, doch plötzlich sah sie in das maskenhafte Gesicht ihres Onkels – und er wich ihrem Blick aus. Sie sah in ihm vorbei Douglas an, der ihr mit angespannter Miene zunickte. Da erst bemerkte Isabel, dass Rob sich nicht einmal bequemt hatte, zu ihrem Prozess zu erscheinen, in dem sich ihr Schicksal entscheiden würde.
»Ihr müsst Eure Verfehlungen gestehen, hier und jetzt, und Euren Verrat am wahren Glauben, wenn Ihr die Kirche, dieses Gericht, Gott und die Königin gnädig stimmen wollt. Darum sprecht, Mylady, sprecht!«
Wieder fiel ihr Blick auf ihren Onkel. Der Profiteur. Doch statt seiner sah sie plötzlich ihre Mutter vor sich, auf Knien im Gebet versunken in ihrer kleinen – und sehr geheimen – Kapelle, während der Priester die Messe zelebrierte. Isabel konnte sogar den süßen Duft ihres Räucherwerks riechen und Vater Joseph auf Lateinisch predigen hören, so deutlich, als stünde er hier bei ihr im Gerichtssaal. Und ihre zierliche, wunderschöne Mutter, mit ganzem Herzen bei der Andacht, stand ihr so lebendig und wirklich vor Augen, dass Isabel meinte, nur die Hand ausstrecken zu müssen, um sie zu berühren, während sie vor dem Altar in Romney Castle kniete. Tränen stiegen ihr in die Augen.

Der Lordkanzler hob die Stimme. Isabel glaubte, Helens Schluchzen zu hören.
Sie schloss die Augen und beschwor ein Bild ihres Vaters herauf, stark und unerschütterlich, der nach einer Jagd freudestrahlend das Haus betrat. Er drückte Isabel an sich, die noch ein sechsjähriges, mageres Kind war; er flüsterte ihr ins Ohr, wie stolz er auf sie sei, seine kleine Gräfin, und Isabel lachte und versprach, er werde immer stolz auf sie sein können …
Ihr Vater, der ihrer Mutter die Freiheit gewährt hatte, Gott so zu verehren, wie sie es wünschte. Ihr Vater, der sie bedingungslos geliebt hatte und der selbst ein frommer Anglikaner gewesen war. Ihr Vater, der ihr ihren Glauben, ihren Namen und ihren Rang in dieser Welt gegeben hatte.
Isabel blinzelte die Tränen fort und stand schwankend auf, wobei sie sich an einer Armlehne des Stuhles stützen musste. Erst jetzt merkte sie, dass der Lordkanzler sie schon seit einigen Minuten anschrie und dass die Menge in schockiertes Murmeln ausgebrochen war. Sie starrte ihren Onkel an.
Der Profiteur. Der Lügner. Der betrügerische, machtgierige Taktierer.
»Ihr habt mich nur an de la Barca verheiratet, damit ich für Euch spioniere«, sagte sie leise, aber deutlich.
Sussex' Augen weiteten sich. Plötzlich verstummte die Menge und lauschte gespannt.
»Doch die Tochter Eures Bruders hat Euch ohnehin nie etwas bedeutet, nicht wahr? Ich war nichts als eine Eurer Schachfiguren, die Ihr nach Belieben hin und her schieben und Euren ruchlosen Intrigen opfern konntet«, klagte Isabel bitter.
»Schweigt«, befahl der Lordkanzler. »Ihr habt an die anwesenden Zeugen nicht das Wort zu richten. Ich frage Euch zum letzten Mal, bekennt Ihr Eure Sünden? Gesteht Ihr, eine abtrünnige Tochter der einen und einzigen Kirche, des Papstes und Eurer Königin zu sein?«

»Ich gestehe, eine Närrin gewesen zu sein«, sagte Isabel, und die Erschöpfung der letzten Tage, Wochen, Jahre überwältigte sie, als sie sich mit einem wehmütigen Lächeln Douglas zuwandte – und da sah sie Rob.

Er hatte den Saal betreten, ohne dass sie ihn bemerkt hatte; er stand neben Douglas und starrte sie ernst und staunend an.

Sie musterte ihn genau, und sie sah einen schlanken Mann in Samt und Seide, behängt mit Pelzen und zu vielen protzigen Juwelen. Sie schaute in sein Gesicht und sah, wie er gealtert war, und dann, als sie schließlich kurz in seine hellblauen Augen blickte, wässrig und farblos, da sah sie nichts als Lügen, Eigennutz und übersteigerten, ungezügelten Ehrgeiz.

Wie hastig er den Blick abwandte.

Isabel lächelte Douglas an, kämpfte gegen die Tränen und spürte, dass sie verlor; sie merkte wohl, dass er sie stumm anflehte, sich besonnen und klug zu verhalten. In ihrem Herzen schenkte sie ihm ihre uneingeschränkte Liebe – sogar den kleinen Rest, den sie bisher zurückgehalten hatte – und wandte sich dem Lordkanzler zu. »Ich gestehe, einen Mann begehrt zu haben, der nicht würdig ist, den Boden unter meinen Füßen zu küssen. Ich gestehe, in unbesonnener, jugendlicher Einfalt mein Ehegelöbnis gebrochen zu haben. Ich gestehe, für meinen Onkel, den Grafen von Sussex, spioniert zu haben, entgegen besserer Einsicht und wider mein eigenes Gewissen, und ich gestehe, nun endlich einen starken, aufrechten und wahrlich edlen Mann zu lieben, viel zu spät und voller Reue.« Ihr Lächeln war schwach. »Und, ja, ich bereue.«

»Isabel«, hörte sie Douglas gequält rufen.

»Ihr gesteht jedoch nicht, vom wahren Glauben abgefallen zu sein?«, donnerte Gardiner, während die Menge in erstauntes Gemurmel ausbrach.

Isabel starrte in Gardiners gerötetes Gesicht, glühend vor fanatischem Eifer. Sie warf einen Blick auf ihren Onkel und sah nichts als gnadenlosen Rachedurst. Sie sah Douglas an und erkannte, dass er weinte. Und sie sah Rob hastig, mit grimmiger Miene und gesenktem Kopf den Saal verlassen.

Sie blickte zu ihrem Gemahl hinüber. Sein Hass war unvermindert, doch das störte sie nicht. Denn sie hasste ihn ebenfalls. Sie würde ihm nie verzeihen, wie er sie gequält hatte und was er ihr nun antat.

»Gesteht, bevor dieses Gericht Euch zum Tod auf dem Scheiterhaufen verurteilt«, schrie Gardiner sie an.

»Ich gestehe, Gott angebetet zu haben, wie schon mein Vater vor mir, in wahrem Glauben, wahrer Hingabe und wahrer Andacht. Ich gestehe, schon immer auf diese Weise zu Gott gebetet zu haben. Ich gestehe meine Absicht, Gott für den Rest meines Lebens auf diese Weise anzubeten, wie kurz diese Spanne auch sein mag. Weiter habe ich nichts zu gestehen«, schloss sie. Ihr Herzschlag dröhnte in ihren Ohren.

Gardiner starrte sie fassungslos an.

Sussex räusperte sich.

Douglas schrie auf, und Helen kreischte: »Nein! Isabel, fleht um Gnade!«

»Ich flehe um die Gnade«, sagte Isabel erstickt und unter Tränen, »von dieser Heuchelei, dieser Lüge, dieser lächerlichen Posse erlöst zu werden, die Ihr ein Leben nennt.«

Tower Hill – 13. Juni 1555

Isabel starrte auf die Reisigbündel hinab, die um ihre Beine aufgestapelt waren. Sie sah zu, wie zwei Männer dem Stoß, auf dem sie stand, Späne hinzufügten. Sie war mit den Händen auf dem Rücken an einen Pfahl gefesselt.

Eine Menschenmenge war zusammengeströmt, um sie sterben zu sehen. Männer, Frauen und Kinder, Lords und Ladys, Kaufleute und niederer Adel, Bauern, Lehrlinge und Dienstboten, ja selbst

Mönche und Priester drängten sich um den Scheiterhaufen, und sie verhöhnten und beschimpften sie, nannten sie »Hure«, »Ketzerin«, »spanische Hexe« und Schlimmeres. Ihr Johlen und Brüllen betäubte sie nur noch mehr. Isabel fühlte sich, als habe man ihr einen Schlaftrunk eingeflößt.

Einer der Männer, der das Holz aufschichtete, berührte plötzlich ihre Beine. Isabel zuckte zusammen.

»Glaubt mir, Mylady, so ist es besser«, sagte er beinahe entschuldigend.

Isabel sah, dass er Schafsblasen in den Händen hielt.

»Die sind mit Schießpulver gefüllt«, erklärte er. »Sonst lebt Ihr noch, wenn Euer Körper schon schwarz verkohlt ist.«

Ihr Herz setzte einen Schlag aus und verfiel dann in donnernden Galopp. Isabel sah zu, wie er die Schafsblasen unter ihre Röcke schob.

»O Gott, hab Erbarmen«, hörte sie sich flüstern. Und plötzlich hatte sie Angst. »Gott hab Erbarmen«, rief Isabel.

Soldaten umringten den Scheiterhaufen. Sie waren wie aus dem Nichts erschienen. Isabel starrte in ihre unbewegten Gesichter, und da wurde ihr bewusst, dass ihre Zeit gekommen war. Sie sah dem Tod ins Auge.

Und dann zündete einer der Männer die Späne zu ihren Füßen an.

Eine Flamme züngelte auf, und der erste Span fing Feuer.

Todesangst überkam Isabel. »O Gott!«, schrie sie. »Ich will nicht sterben!«

Zu spät, viel zu spät erkannte sie, dass sie noch nicht sterben wollte, und nicht auf diese Weise, denn sie war feige, und als die Flammen sich durch den Zunder fraßen, dachte sie an ihr Kind und an Douglas – sie würde Douglas niemals wiedersehen, ihren Sohn niemals mehr im Arm halten, ihn küssen oder miterleben, wie er heranwuchs. »Ich bereue!«, schrie Isabel, als die ersten Späne in Flammen aufgingen.

Die Menge zischte, johlte und verhöhnte sie, und Isabel wusste, dass niemand sie gehört hatte. Schlimmer noch, nun spürte sie die Hitze an ihren Fersen, ihren Zehen. Es war so heiß …

»Ich bereue!«, kreischte sie den Soldaten zu, doch falls einer von ihnen sie hörte, so gab er es nicht zu erkennen.

Und dann spürte sie die Flammen an ihren Zehen züngeln – und gleich darauf unter ihren Füßen.

Isabel schrie und schrie.

Plötzlich sah sie einen Reiter durch die Menge jagen, der ein Schwert schwang und sich damit einen Weg bahnte. Sie sah nur seine blitzenden blauen Augen und das dunkle, lockige Haar, und dann schrie sie unablässig nach Douglas.

Er war gekommen, um sie zu retten, und während ihr Fleisch zu brennen begann, spürte sie eine letzte Hoffnung in sich aufwallen.

»Isabel!«, schrie er und trieb sein Pferd vorwärts.

Gleichzeitig durchbohrten ihn zwei Pfeile von vorn und von hinten, doch er ritt weiter auf sie zu.

Er würde ihretwegen sterben, und Isabel dachte nur, dass das nicht geschehen durfte – weil sie ihn liebte, weil er zu gut und ehrenhaft war, um zu sterben, und weil er sich um ihren Sohn kümmern musste. Doch sie konnte ihn nicht aufhalten, und dann traf ein weiterer Pfeil ihn in die Brust; er stürzte vom Pferd, das scheute und davongaloppierte.

»Nein!«, kreischte Isabel. »Douglas!«

Dann schrie sie vor Schmerz, denn das Feuer verbrannte ihre Füße, die Glut loderte schon an ihren Beinen, ihr Gewand fing Feuer und ging in Flammen auf.

Sie brannte lichterloh.

Isabel starrte wie von Sinnen durch die Flammen und sah plötzlich Sussex in der Menge. Hinter ihm standen Rob und de la Barca. Jemand hatte Douglas vom Feuer weggeschleift; er saß aufrecht da, er lebte.

Und ihre Angst war verschwunden. Es gab nur noch unbeschreib-

liche Höllenqualen, und mit den grausamen Flammen loderte rasende Wut in ihr auf.
»Ihr sollt noch an mich denken! Ihr alle!«
Ihre Hölle wurde noch heißer und mit ihr Isabels Hass. Sie schrie:
»Ihr werdet mich niemals vergessen!«
Die Blasen explodierten.
Einen Sekundenbruchteil spürte Isabel noch, wie ihr Körper in Stücke gerissen wurde, und dann spürte sie nichts mehr.

Siebenundzwanzig

Casa de Sueños – Mitternacht

Cass dachte gar nicht erst nach, sondern rannte zum nächsten Fenster und versuchte, es aufzustemmen. Sie wollte hinausspringen. Doch noch während sie sich bemühte, es hochzuschieben, schnappte der Riegel vor ihren Augen zu.

Cass schrie auf und sprang zurück, und dann stand sie da und sah fassungslos zu, wie alle Fenster wie von Geisterhand verriegelt wurden.

Eingeschlossen. Isabel hatte sie eingeschlossen.

Warum?

Cass drehte sich keuchend zur Tür um und erwartete, jeden Augenblick Isabel auftauchen zu sehen. Doch die Tür blieb geschlossen, nichts als ein heller Schatten in dem düsteren Zimmer. Cass musste hier raus.

Dann begriff sie, dass es Tracey war, besessen oder nicht, die vor der Tür stand – Tracey, ihre Schwester.

»Trace!«, rief Cass, rannte zur Tür und rüttelte vergeblich an der Klinke. »Trace? Hörst du mich?«

»Ich höre dich«, erwiderte Tracey unheimlich ruhig.

»Bitte, Tracey, du musst dich gegen sie wehren, du musst sie bezwingen und mir helfen. Lass mich raus!«, rief Cass und drückte eine tränennasse Wange ans Holz und horchte auf die Antwort ihrer Schwester. »Bitte, Tracey, bitte!«

»Nein.«

Cass erstarrte, ihr graute vor der seltsam entrückten Stimme ihrer Schwester, die so schrecklich endgültig klang. Sie schlug ver-

zweifelt mit der Faust an die Tür. »Tracey! Tracey, wach auf! Wehr dich gegen diese Hexe! Bitte, Tracey, bitte!«
Sie bekam keine Antwort.
Hinter ihr ertönte ein lautes Fauchen.
Cass fuhr herum, drückte sich mit dem Rücken an die Tür und rechnete fest damit, Isabel gegenüberzustehen. Stattdessen sah sie ein Feuer im Kamin aufflackern, das rasch größer wurde. Binnen drei Sekunden war aus zwei kleinen, züngelnden Flämmchen ein hell loderndes Feuer geworden.
Cass versuchte noch, eine Erklärung dafür zu finden, als die Flammen so hoch schlugen, dass sie über den marmornen Kamin hinauszüngelten. Sie sagte sich gerade verwirrt, dass Marmor gar nicht brennen konnte – da sprangen die Flammen plötzlich vom Kamin ein gutes Stück weit auf den Teppich über, und sofort brannte der große Orientteppich lichterloh.
»Tracey!«, kreischte Cass, drehte sich um und hämmerte an die Tür. »Lass mich raus, bitte, ich flehe dich an!«
»Nein.«
Cass sank verzweifelt schluchzend zu Boden, und ihr Leben zog vor ihrem geistigen Auge vorüber. Der Tod ihrer Mutter, Abendessen nach der Schule mit Tante Catherine, unzählige Stunden allein auf ihrem Zimmer, in ein gutes Buch versunken; Tracey und ihre vielen Freunde, einer nach dem anderen, und Cass, die immer nur sehnsüchtig vom Rand aus zusah, bis Rick Tennant kam. Cass erinnerte sich, wie sie Alyssa nach der Geburt im Krankenhaus zum ersten Mal im Arm gehalten hatte, rot und verschrumpelt, und plötzlich erinnerte sie sich ebenso deutlich an das erste Mal, als sie Antonio gesehen hatte; er hatte in einem schwarzen Sportsakko, einem schwarzen Rollkragenpulli und schwarzer Hose den Vortragsaal des Museums betreten, seine Notizen unter einen Arm geklemmt.
»Was willst du?«, schluchzte Cass. »Isabel, verdammt noch mal! *Was willst du?*«

»Du weißt, was ich will«, sagte Tracey seelenruhig hinter der Tür.
Ja, Cass wusste es.
Das Feuer brannte nun so heiß, dass es ihren nackten Rücken versengte. Cass sprang auf – doch es gab kein Entkommen.
Isabel wollte sie bei lebendigem Leibe verbrennen.
Wie Isabel selbst verbrannt worden war.

Tracey hatte das Gefühl, in einem Zug zu sitzen, der mit Lichtgeschwindigkeit dahinraste und ungebremst durch einen Bahnhof nach dem anderen donnerte, ohne anzuhalten. Sie wollte aussteigen. Sie wollte den Zug anhalten, doch er wurde nicht einmal langsamer.
Es war wie in einem Traum. Einem schrecklichen Albtraum, der einfach nicht enden wollte. Einer von diesen Träumen, in denen man um sein Leben rannte, aber die Füße dem Verstand nicht gehorchten und man sich nicht rühren konnte, während der Tod immer näher kam. Träumte sie? Tracey wollte aufwachen.
War das Cass, ihre Schwester, die da nach ihr schrie? Sie um Hilfe anflehte?
Aber ihre Stimme klang so fern, und außerdem war das ja nur ein Traum, richtig?
Ein Traum – die Nacht – diese Frau – Isabel.
Cass schrie um Hilfe. Tracey starrte wie betäubt auf die Tür, als ihr plötzlich der Gestank von brennender Wolle in die Nase stieg. Sie sollte die Tür aufmachen, dachte sie verwirrt. Stattdessen drehte ihr Körper sich um, ihre Füße bewegten sich, und sie stieg die Treppe hinunter.
Nein, dachte Tracey, in der plötzlich Panik aufstieg. *Ich muss nach oben, ich muss Cass rauslassen.*
Nein, erwiderte sie. *Alles ist gut, du musst jetzt hinunter. Der Tod bringt Frieden.*
Frieden. Tracey schloss kurz die Augen, als sie den Flur betrat, in

dem es stockfinster war. Der Tod bringt Frieden. Wie sehr sie sich nach Frieden sehnte.

»Tracey!«, hörte sie Cass oben kreischen.

Tracey stolperte, obwohl ihre Beine sich weigerten, umzukehren. Panik stieg in ihr auf – sie wollte kehrtmachen und wieder hinaufgehen.

Nein. Alles wird wieder gut. Vertrau mir, hörte Tracey sich denken.

Tracey wollte sich selbst glauben. Sie sehnte sich so sehr nach Frieden. Warum glaubte sie sich nicht? Ihre Beine gehorchten ihren Gedanken doch sowieso nicht. Sie konnte ihren Körper nicht aufhalten, der immer weiter ging, sie konnte nicht aus dem Zug steigen …

Vertrau mir … Der Tod bringt Frieden …

Dieses Mantra brachte ihr Ruhe. Tracey erreichte die große Halle, und ihre Panik verebbte. Sie würde es schaffen, ganz sicher. Solange sie nur auf sich selbst hörte.

Ja. Vertrau mir.

Die Worte hüllten sie ein; ein sanftes, verführerisches Flüstern.

Die Kerzen, die sie in der Halle aufgestellt hatten, waren bis auf zwei erloschen, und die Halle war in tiefe Schatten getaucht. Tracey starrte auf Antonio hinab, der auf dem Boden lag. Er schien tot zu sein. Dann blickte sie durch die geborstene Glastür hinaus zu Gregorys ebenso regloser Gestalt.

Gregory stöhnte. Er hörte sich stöhnen. Es klang tief und schmerzerfüllt, und er konnte kaum glauben, dass dieser Laut aus seinem eigenen Mund kam.

Himmel.

Er war durch die Glastür geflogen. Wie schwer hatte er sich verletzt? Er wollte nicht sterben, verdammte Scheiße! Nein, verdammte Isabel.

Wo war sie jetzt? Warum lag er immer noch auf den Steinplatten im Patio? Gregory erstarrte vor Angst.

Als er seinen keuchenden Atem ein wenig unter Kontrolle hatte, als sein beängstigend rasender Puls sich etwas beruhigt hatte, drehte er mühsam den Kopf und schaute ins Haus. Er erschrak. Antonio lag bäuchlings vor der zersplitterten Tür, und die Verbände um seinen Brustkorb waren am Rücken blutgetränkt.
O Gott. Was ist passiert?, fragte Gregory sich entsetzt. Und wo war Cass?
Hilfe. Er musste seinem Bruder helfen. Er durfte Antonio nicht sterben lassen.
Gregory rollte sich auf die Seite, keuchend und schwitzend vor Schmerzen, und ihm wurde schwarz vor Augen. Dann kroch er langsam und unter großen Anstrengungen auf die Tür zu.
Nach wenigen Zentimetern brach er zusammen. Doch er gab noch nicht auf, gönnte sich nur einen kurzen Augenblick, um Kraft zu schöpfen, als er plötzlich spürte, dass er beobachtet wurde.
Sein Instinkt sagte ihm, dass Isabel zurückgekehrt war. Er blickte auf.
Tracey stand drinnen vor der zersplitterten Tür und schaute zu ihm heraus.
Erleichtert ließ er sich wieder zurücksinken. »Tracey.« Er wusste, dass er kaum hörbar geflüstert hatte. Wie sehr er sie jetzt brauchte. Er war noch nie so froh gewesen, jemanden zu sehen.
Sie lächelte.
Die Frau aus seinen Albträumen lächelte und hob das Messer.
Gregory wusste, dies war das Ende. »Nein!«
Er versuchte, dem blitzenden Metall auszuweichen, doch in dem Augenblick, da das Messer in sein Fleisch drang, durch Muskeln und Knochen, wusste er, dass er versagt hatte – es war zu spät.
Sie stach noch einmal zu.

Antonio kämpfte schon eine ganze Weile gegen die Dunkelheit, die ihn umfing. Denn irgendwo in den Tiefen seines Unterbe-

wusstseins spürte er ein Drängen, eine Ahnung, eine Gewissheit, die ihm keine Ruhe ließ.
Er musste aufwachen. Es stand zu viel auf dem Spiel. Es ging um Leben und Tod.
Sein wunderbarer Sohn. Seine tote Frau. Sein verletzter Bruder. Das kleine Mädchen. Cassandra …
Plötzlich kam Antonio zu sich. Und schlagartig stürmte die Erinnerung auf ihn ein.
Tracey war von Isabel besessen, und er musste sie zerstören, bevor sie sie alle tötete.
Antonio schlug die Augen auf und konnte zunächst kaum etwas erkennen, weil die meisten Kerzen in der Halle erloschen waren. Und dann sah er ihren Schatten, nicht weit von der Stelle, wo er am Boden lag. Er drehte den Kopf ein wenig und sah sie mit dem Rücken zu ihm ein paar Schritte entfernt stehen und in die Nacht hinausschauen.
Nein, nicht in die Nacht, sondern auf seinen Bruder, der verletzt und wehrlos im Innenhof lag.
Er musste aufstehen, sagte er sich, und in ihm erwachte Panik und die ersten Vorboten großer Wut. Aufstehen, bevor sie das Unvorstellbare tat.
Als Antonio sich hochstemmte, sah er aus den Augenwinkeln, wie sie sich bewegte.
Er erstarrte, nur sein Kopf fuhr herum, und er musste zusehen, wie sie ihrem Bruder das Messer in den Rücken stach.
Der Adrenalinstoß verlieh ihm schier unglaubliche Schnelligkeit, Kraft und Beweglichkeit. Er sprang auf, ließ Tracey keine Sekunde aus den Augen, sah sie ein weiteres Mal das Messer heben und reagierte sofort. Er stürzte sich auf sie.
Und erkannte, dass er zu spät kam. Kurz bevor er mit seiner ganzen Kraft und seinem Gewicht von beinahe neunzig Kilo gegen sie prallte, drehte sie sich um und sah ihn. Tracey wurde über Gregory hinweggeschleudert, und Antonio mit ihr.

Als sie auf dem Boden aufschlugen, packte Antonio ihr Handgelenk – und die Hand mit dem Messer. Sie wehrte sich mit einer Kraft, die seine weit überstieg. Und zu spät erinnerte er sich daran, dass Tracey nicht mehr Tracey war, sondern ein übernatürliches Wesen und viel, viel stärker als er.
Sie fauchte ihn an, entwand ihm mühelos ihr Handgelenk und hob das Messer, um es ihm ins Gesicht zu stoßen.
Antonio riss den Kopf zur Seite, das Messer zischte knapp an seinem Ohr und seinem Hals vorbei und prallte auf den Steinboden.
Er blickte in die hasserfülltesten, bösartigsten Augen, die er je gesehen hatte. Augen, die erbarmungslos funkelten.
Er legte beide Hände um ihren dünnen Hals und drückte zu.
Ihre Augen weiteten sich vor Überraschung.
Er hatte noch nie solche Befriedigung empfunden. Rasende Wut verlieh ihm Kraft. Er würde sie erwürgen und jede Sekunde dieser grässlichen Tat genießen.
Sie ließ das verbogene Messer fallen, griff nach seinen Händen und zerrte sie von ihrem Hals weg.
Ihre Kraft verblüffte Antonio. Schockiert und ängstlich sah er zu ihr auf.
Sie lächelte ihn kurz mit gebleckten Zähnen an, und dann sah er den großen Stein in ihrer Hand, der auf ihn herabsauste.
Antonio riss den Arm hoch und versuchte sich wegzurollen. Unmittelbar darauf spürte er den Schlag, den Schmerz, und dann wurde alles dunkel.

Cass schlug die letzten Flämmchen mit dem letzten Kissen aus, und als das Feuer nur noch im Kamin loderte, brach sie zusammen. Ihre Lungen schmerzten furchtbar von all dem Rauch. Sie lag auf den warmen Dielen, schloss die Augen und konnte sich nicht mehr bewegen.
Doch sie hatte keine Zeit, sich auszuruhen.

Antonio und sein Bruder waren unten, beide verletzt und wehrlos, sie musste Tracey und Isabel aufhalten, und, lieber Himmel, sie musste endlich die Kinder finden.

Cass schaffte es, sich aufzusetzen. Sie zitterte vor Erschöpfung. Aber immerhin war es ihr gelungen, das Feuer zu löschen und das Haus zu retten.

Cass stand keuchend auf; ihr schlotterten die Knie. Sie wusste nicht, was genau sie da unten erwartete. Doch bevor sie hinunterging, um sich Isabel in den Weg zu stellen, brauchte sie eine Waffe.

Tränen traten ihr in die Augen. Wie sollte sie gegen Tracey vorgehen – die von Isabel besessen war? Selbst wenn sie ihre eigene Schwester umbrachte, würde das Isabel nicht aufhalten.

Cass konnte ihre Schwester nicht umbringen. Obwohl sie wusste, dass Isabel sie töten wollte – und dazu Tracey benutzte –, konnte sie ihre eigene Schwester nicht töten.

Cass wusste nicht, was sie tun sollte.

Wenn sie nur irgendwie zu Tracey durchdringen könnte.

Sie ging zur Tür, doch die war immer noch verschlossen. Auf diesem Weg kam sie nicht hinaus. Entschlossen schnappte sie sich den ersten Gegenstand, der ihr in die Finger kam – eine kleine, schwere bronzene Tischuhr – und schleuderte das Ding in eines der Fenster, die auf den Innenhof hinausgingen. Das Glas splitterte.

Sie wickelte sich ein Kissen um den Arm und befreite den Fensterrahmen von den restlichen Scherben. Tracey musste aufgehalten werden. Cass spürte, dass ihr Tränen über die Wangen liefen. *O Gott.*

Sie beugte sich über das Fensterbrett. Als Erstes sah sie zwei dünne Abflussrohre, die außen am Haus entlangliefen, eines waagrecht unter dem Fenster, das andere im rechten Winkel dazu. Cass' Blick folgte dem senkrechten Rohr, das gut zwei Meter über dem Boden des Innenhofs endete. Das war ein hoher Sprung, doch sie

konnte die beiden reglosen Gestalten dort unten erkennen – Gregory und Antonio.
Cass drehte es vor Angst den Magen um, sie zwang sich zu handeln.
Wütend schwang sie sich aufs Fensterbrett, hielt sich daran fest und ließ sich vorsichtig hinab, bis ihre Füße das waagrechte Rohr berührten. Als sie ganz langsam ihr Gewicht auf das Rohr verlagerte, spürte sie es unter sich nachgeben. Doch Cass hatte keine Wahl.
Sie ließ das Fensterbrett los, das Rohr brach, doch Cass hatte sich schon in Richtung des senkrechten Rohrs geworfen, und tatsächlich hing sie nun daran; auch dieses Rohr bog sich gefährlich nach außen, Cass ließ sich so schnell wie möglich daran hinabgleiten, und dann brach das Rohr aus der Wand und riss sie mit sich.
Cass prallte hart mit dem Rücken auf den Stein und blieb einen Moment lang still liegen.
Doch sie hatte keine Zeit zu verlieren.
Sie rappelte sich hoch und stürzte auf Antonio zu, doch noch bevor sie ihn erreicht hatte, sah sie die Blutlache um seinen Kopf. Ihr blieb das Herz stehen.
»Nein!«, schluchzte Cass und sank auf die Knie. Sie bettete ihn auf ihren Schoß und rang schluchzend nach Luft.
Die Angst war wie ein Feuer in ihr, das sich nach außen durchfraß, sie von innen heraus zerstörte – es war unerträglich.
Cass glaubte, auch sie müsse jetzt sterben.
Und dann hörte sie eine Kinderstimme.
Die Kinder.
Cass blieb stocksteif sitzen und versuchte, trotz ihres keuchenden Atems etwas zu hören. War das wirklich eine Kinderstimme gewesen?
Plötzlich war sie auf den Beinen. Diese Stimme – die sie sich nicht eingebildet hatte – kam aus dem Haus, von der großen Halle her.
Die Kinder. Sie musste die Kinder retten. Cass rannte ins Haus, in

die Halle, ohne auf das Glas unter ihren Füßen zu achten. Sie hielt nicht inne, sondern rannte weiter zum großen Salon und dem Gang, der zur Treppe nach oben führte. Sie war gerade um die Ecke gebogen, als sie Tracey entdeckte. Cass blieb stehen wie angewurzelt.

Mitten im Gang stand eine Geheimtür offen. Sie bestand aus demselben Stein wie die gemauerte Wand, und Cass hätte sie nie im Leben dort vermutet. Tracey stand mit dem Rücken zu ihr, doch Cass hörte sie sagen: »Ihr könnt jetzt herauskommen.«

Cass wurde klar, dass Tracey, unter Isabels Kontrolle, die Kinder versteckt hatte und sie nun wieder freiließ. Aber wozu? Dann sah sie Alyssa aus der verborgenen Türöffnung treten, die Gott weiß wohin führte; sie war schmutzig und zerzaust und umklammerte einen Arm, doch sie war am Leben. Tränen nahmen Cass die Sicht.

Eduardo kam ebenfalls herausgehumpelt.

»Tante Cass!«, kreischte Alyssa, die sie entdeckt hatte, und flog auf sie zu.

Cass fing sie auf und drückte sie fest an sich, so fest sie konnte, denn sie wusste, dass sie nichts und niemanden auf der Welt so sehr liebte – außer vielleicht Antonio, doch der war tot. Sie weinte um Alyssa, um Gregory, um Antonio. Und auch um Tracey.

Plötzlich sträubte sich jedes Härchen an Cass' Körper, und sie erstarrte, Alyssa in ihren Armen, das Gesicht in ihr weiches, dunkles Haar gedrückt. Langsam blickte sie auf.

Tracey stand vor ihr, Eduardo neben sich, und starrte mit diesem irren, dämonischen Blick auf sie herab.

Cass richtete sich auf und schob Alyssa hinter sich. »Eduardo, komm her«, sagte sie leise und mit wild klopfendem Herzen.

Eduardo zögerte nicht. Er humpelte an Tracey vorbei, die keine Regung zeigte, und stellte sich hinter Cass zu Alyssa.

»Ich würde den Kindern nichts antun«, sagte Tracey.

Cass rang nach Luft. »Tracey, bitte sprich mit mir.«

»Ich spreche mit dir«, sagte sie.
»Nein. Isabel spricht mit mir. Ich will mit Tracey sprechen – mit meiner Schwester.«
Sie lächelte. »Ich bin nun deine Schwester.«
»Nein. Du bist nicht meine Schwester, und ich will meine Schwester wiederhaben«, sagte Cass wütend. Ihre Wangen glühten. »Ich will meine Schwester wiederhaben.«
»Du bist am Leben«, sagte Tracey plötzlich mit glühenden Augen.
»Ich lebe noch. Warum willst du mich umbringen? Hast du nicht schon genug angerichtet?«, rief Cass.
»Ihr habt mich in den Tod geschickt«, sagte Tracey wütend. »Ihr alle.«
»Nein. Ich habe dich nicht getötet. Ich hatte nichts mit denen zu tun, die dich verraten haben. War es Sussex? Er war ein einflussreicher Mann, gewiss hätte er dich vor dem Scheiterhaufen retten können. War es dein Mann? War er derjenige, der dich der Ketzerei bezichtigt hat – wollte er dich so schrecklich leiden sehen? Oder war es vielleicht sogar Rob? War es dein Geliebter, der Vater deines Kindes, der dich so grausam betrogen hat?«, schrie Cass; sie war schweißgebadet und roch ihre eigene Angst.
»Sie alle haben mich verraten, Sussex, Rob, de la Barca, möge Gott sie auf ewig verdammen«, sagte Tracey mit kaltem Blick.
Cass nahm diese Worte in sich auf und erwiderte: »Tracey! Wo bist du? Warum wehrst du dich nicht gegen sie? Sie wird uns beide umbringen, wenn du dich nicht gegen sie wehrst, verdammt noch mal!«
»Ich bin Tracey«, sagte sie und hob das Messer.
»Lauft!«, schrie Cass, ohne sich nach den Kindern umzudrehen, und als die Klinge herabsauste, schaffte sie es sogar, ihr auszuweichen.
Traceys Miene wurde starr vor Wut, sie packte Cass mit unglaublicher Kraft am Arm. Cass wusste, dass sie ihre Schwester nicht überwältigen konnte, solange Isabel sie beherrschte. Cass ver-

suchte sich zu befreien, und Tracey hob das Messer ein zweites Mal, um es Cass in den Hals zu stoßen.

Ihre Blicke trafen sich.

»Nein, Tracey, nicht!«, schrie Cass.

Tracey lächelte.

Der Schuss fiel, und auf Traceys Arm erblühte ein roter Fleck. Cass keuchte auf, Tracey ließ sie los und stolperte rückwärts, während der Fleck immer größer wurde, und dann kippte sie nach hinten, gegen ein marmornes Tischchen an der Wand.

Cass drehte sich um und sah Antonio schwankend auf der Schwelle stehen, eine kleine Pistole in der Hand; sein Gesicht und seine Brust waren blutig. *Er lebte.* Cass wurde schwach vor Erleichterung. Doch die währte nicht lange.

»Ihr könnt … mich nicht umbringen«, keuchte Tracey, umklammerte ihren Arm und lehnte immer noch aufrecht an dem Tischchen.

Cass starrte sie an, während ihr überforderter Verstand sich um einen klaren Gedanken bemühte. Sie konnten Tracey umbringen, doch das würde Isabel nicht zerstören. Plötzlich fuhr sie, einer schlimmen Ahnung folgend, herum; Antonio hatte die Waffe wieder erhoben und zielte auf Tracey. »Nein!«, schrie sie. »Du darfst sie nicht erschießen!«

Sein Blick flackerte kurz zu ihr, wütend, hasserfüllt und ängstlich. Doch dann wurde er weicher, und Antonio ließ die Pistole sinken.

Cass stellte sich vor ihre Schwester. »Tracey«, drängte sie hastig. »Sprich mit mir. Ich bin es, deine Schwester! Ich liebe dich! Bitte, Tracey, du musst dich von ihr befreien!«

»Ihr könnt … mich nicht umbringen«, keuchte Tracey, beugte sich vornüber, den Arm immer noch mit der anderen Hand umklammernd, und das Blut sickerte ihr durch die Finger.

»Tracey, ich weiß, dass du da bist«, rief Cass und wagte sich noch einen Schritt näher heran. Tracey war verletzt und damit Isabel vielleicht nicht mehr nützlich. Cass betete darum. »Tracey, weißt du noch, als Mama gestorben ist? Und wir Papa in seinem Lieblingssessel gefunden haben – er hat im Schlaf geweint, weißt du noch? Wir sind nach oben gegangen, haben uns aneinander geklammert und auch geweint, weil wir solche Angst hatten.«

Tracey blickte zu ihr auf. Cass glaubte zu ihr durchgedrungen zu sein, denn ihr Blick wirkte ein wenig erstaunt, doch dann sagte sie: »Ihr könnt … mich nicht umbringen.«

»Ich will dich nicht umbringen«, schrie Cass frustriert und verzweifelt. »Ich liebe dich doch, du bist meine Schwester!«

»Nein«, keuchte Tracey und starrte sie an. »Nein. *Ich* bin jetzt deine Schwester.«

Cass schaffte es einfach nicht. »Ich liebe dich, und ich will dich wiederhaben!«, rief sie. *»Ich liebe dich.«*

Das Schweigen schien ewig zu dauern. Dann schloss Tracey die Augen und flüsterte erstickt: »Nein … liebst mich … nicht.«

Cass erstarrte. Dann sagte sie: »Ich weiß, dass ich eifersüchtig auf dich war, wegen deiner Schönheit, den vielen Männern, und dann, verdammt, ich geb's ja zu, war ich eifersüchtig, weil du Alyssas Mutter bist und ich nur ihre Tante, aber ich bin schließlich auch nur ein Mensch, oder?« Cass merkte, dass sie weinte. Doch sie betete – hoffte inständig –, dass sie endlich zu ihrer Schwester durchdrang. »Aber das bedeutet doch nicht, dass ich dich nicht liebe. Ich will nicht, dass du stirbst!«

»Nein. Liebst … mich … nicht«, stieß Tracey hervor; sie sank zu Boden und drückte den verletzten Arm an sich.

Cass holte tief Luft. Irgendwie hatte sie ihre Schwester doch erreicht. »Ich habe dich sehr lieb«, sagte sie heiser. »Ich würde nie zulassen, dass Antonio dich tötet, so sehr liebe ich dich. Und ich lasse auch nicht zu, dass Isabel dich zerstört.«

Tracey sackte an der Wand zusammen. »So … viel … Schmerz«, flüsterte sie.

»Kämpf gegen sie an!«, schrie Cass und eilte zu ihr, um sie zu stützen.

»Cassandra, geh nicht näher heran!«, rief Antonio vom Ende des Flurs.

Doch Cass ignorierte ihn und legte einen Arm um ihre Schwester. »Wehr dich. Für mich, für Alyssa, wir haben dich alle so lieb.«

»Zwei … in … mir«, hauchte sie, schlug die Augen auf und sah Cass an. Für einen Moment war ihr Blick klar, waren es wieder Traceys Augen.

»Du musst kämpfen! Wehr dich gegen dieses Biest«, knurrte Cass.

»Kann nicht«, japste Tracey, und nun merkte Cass, was vor sich ging. Die Finger von Traceys linker Hand, die auf der Schusswunde lag, verkrampften sich und wurden ganz weiß vor Anstrengung. Offensichtlich versuchte ein Teil von ihr, den verwundeten rechten Arm festzuhalten – und der andere Teil wollte ihn loslassen. Cass war sofort klar, warum.

Weil Tracey immer noch das Messer in der rechten Hand hielt.

Cass starrte auf Traceys Linke, deren Griff sich langsam lockerte. Sie blickte hinab und sah, dass zugleich die Rechte das Messer fester packte.

Langsam nahm Tracey die linke Hand von ihrem Arm. Tränen strömten ihr übers Gesicht, vermischt mit Schweiß.

»Wehr dich gegen sie, Tracey, du schaffst es«, flüsterte Cass und fragte sich, ob sie das Messer gegen sie erheben würde.

»Es tut zu weh«, stöhnte Tracey, und plötzlich war ihr rechter Arm frei, und im nächsten Moment hob sie das Messer.

Cass starrte auf die blutige Klinge. Sie hatte nur einen Gedanken: Das war's. Sie hatte verloren. Isabel würde am Ende doch gewinnen. Cass sah dem Tod ins Auge.

Und dann lief alles wie in Zeitlupe ab, als sei die Zeit angehalten worden.

Tracey sah Cass in die Augen, und Cass konnte nur zuschauen, wie sie das Messer herabstieß.

Nicht in Cass' Brust.

In ihre eigene.

Achtundzwanzig

Cass konnte nicht einmal schreien.

Sie konnte nur stocksteif dastehen und auf ihre Schwester hinabstarren.

»Mutter«, ertönte ein entsetztes Flüstern.

Cass fuhr herum und sah Antonio, der beide Kinder in den Armen hielt, doch Alyssa versuchte sich loszureißen. Tränen glänzten auf ihrem bleichen, verängstigten Gesicht.

Cass warf einen letzten Blick auf Tracey und lief dann zu ihrer Nichte hinüber, um sie fest in die Arme zu schließen. Dabei traf ihr Blick ganz kurz Antonios. Und in seinen Augen sah sie alles, was sie sich je erhofft hatte – Sorge, Mitgefühl, Liebe und Kraft.

»Ist sie tot?«, fragte er.

Cass glaubte es. Dann erst merkte sie, dass sie es nicht sicher wusste, und in diesem Moment hörte sie Antonio, der an ihr vorbeieilte. Cass strich Alyssa über den Kopf, murmelte beruhigende Worte und drückte sie an sich.

Doch plötzlich fragte sie sich, wo Isabel war.

»Sie lebt, aber sie braucht schnell einen Arzt«, sagte Antonio und richtete sich auf.

Cass ließ Alyssa los, zittrig vor Erleichterung, doch die währte nicht lange. Sie hatten keine Möglichkeit, einen Krankenwagen zu rufen oder Tracey zu einem Arzt zu bringen. Sie blickte sich mutlos in dem dämmrigen Flur um. Wo war Isabel? Cass spürte ihre Nähe. Die Luft fühlte sich drückend und zu dicht an, sie lastete wie ein schweres Gewicht auf Cass. Eigentlich fühlte es sich eher so an, als käme der Druck von innen – was überhaupt keinen

Sinn ergab. Cass' Schultern waren so steif vor Anspannung, dass sie meinte, davon niedergedrückt zu werden.
Ihr Instinkt schrie ihr zu, dass sie sich nun im Zentrum des Sturms befand.
Dass das Schlimmste noch bevorstand.
Antonios Blick wurde scharf. »Cassandra?«
»Hier gibt es keinen Wundarzt«, sagte Cass. Während sie sprach, während sie Antonios Blick erwiderte und sich fragte, weshalb er sie so seltsam ansah, hörte sie sich selbst und wunderte sich über ihre eigenen Worte. Sie klangen irgendwie falsch. Sie klangen … fremd.
»Wir müssen die Wunde verbinden. Aber ich habe Angst, das Messer herauszuziehen.« Er sah sie immer noch an. »Gregory braucht ebenfalls dringend einen Arzt. Ich werde losgehen und Hilfe holen müssen.«
Cass beobachtete sich dabei, wie sie auf ihre Schwester hinabstarrte, die in einer Blutlache lag. Ihr war entsetzlich schlecht, aber auch wieder nicht, denn ein anderer Teil von ihr empfand tiefe Befriedigung. Grausame Befriedigung.
Der Tod bringt Frieden.
»Ich werde das Messer herausziehen«, sagte sie, und noch bevor sie selbst recht wusste, was sie vorhatte, kniete sie schon neben Tracey, die offenbar nicht einmal mehr atmete, und streckte die Hand nach dem Messer aus.
»Nein!«, schrie Antonio und packte ihren Arm, bevor sie die Klinge aus der Brust ihrer Schwester ziehen konnte.
Achtlos fegte Cass ihn beiseite.
Sie sah ihn rücklings zu Boden fallen. Sie war erstaunt über ihre Kraft, doch dann fiel ihr wieder ein, dass er ja verwundet war; das erklärte, weshalb er so schwach war. Dennoch hatte sie ihm nicht wehtun wollen. Sie wollte nach ihm rufen, doch sie brachte die Worte nicht heraus.
Der Tod bringt Frieden. Vertrau mir.

Cass erstarrte mitten in der Bewegung. Sie wollte gerade das Messer herausziehen und hörte wie aus weiter Ferne Antonio rufen, sie dürfe es nicht herausziehen, weil ihre Schwester sonst verbluten würde; er rief ihren Namen, immer wieder – doch es klang so weit weg.
Die Szene war völlig unwirklich geworden, dachte Cass. Passierte dies wirklich?
Der Tod bringt Frieden. Nimm das Messer. Tu, was du tun musst, und finde Frieden.
Isabel, konnte Cass noch denken, und dann verschwamm das bleiche, leblose Gesicht ihrer Schwester vor ihren Augen. »Isabel«, murmelte sie, und ihr seltsam betäubter Verstand versuchte, diesen Gedanken festzuhalten. Isabel war zurückgekehrt.
Isabel hatte es auf Cass abgesehen.
Und dann blickte Cass von oben auf die Szene hinab. Antonio starrte sie an, die beiden Kinder kauerten sich an der Wand zusammen, ihre Schwester lag sterbend in einer riesigen Blutlache. Und da kniete sie selbst, eben im Begriff, ihrer Schwester das Messer aus der Brust zu ziehen.
Antonio rannte von hinten auf sie zu.
»Cassandra!«, schrie er.
Er packte sie.
Cass riss sich von ihm los, ohne recht zu wissen, was sie da tat, und sah zu, wie er wieder durch den Raum geschleudert wurde und hart auf den Steinboden prallte.
Sie fragte sich, woher sie diese Kraft nahm.
Schluchzen drang zu ihr durch.
Entferntes Schluchzen – wie aus einer anderen Welt, einem überirdischen Reich.
Der Tod bringt Frieden. Die Stimme in ihrem Kopf klang warm und tröstlich, betörend. Der ständig wiederholte Satz brachte ihr Ruhe, endlos tiefe, unvorstellbare Ruhe.
Aber die Kinder weinten.

Cass blinzelte und sah Alyssa, die unter dem marmornen Tischchen kauerte und sie weinend anstarrte, und Eduardo, der das Mädchen schützend im Arm hielt und ebenfalls weinte.
Die Kinder, dachte sie. *Ich muss die Kinder retten.*
»Cassandra. Lass das nicht zu. Cassandra. Sieh mich an. Cassandra. Kannst du mich hören? Sieh mich an!«, rief Antonio und packte wieder ihre Arme.
Sein Gesicht war dicht vor ihrem, und Cass sah ihm in die Augen, während sich ihr Körper anspannte, um ihn abzuschütteln, und sie seine Einmischung verfluchte.
Töte ihn.
Dieser brutale Gedanke stieg in ihr auf, und einen entsetzlichen Augenblick lang wollte Cass das Messer aus Traceys Brust ziehen und Antonio zwischen die Rippen stoßen. Im nächsten Moment blickte sie in seine Augen und spürte seine Anziehung.
Ich liebe dich. Vertrau mir.
Der Tod bringt Frieden. Töte ihn.
Bilder schwirrten durch ihren wirren Kopf. Wie er in seinem schwarzen Rollkragenpulli einen Vortrag hielt, während sie in den Reihen der Zuhörer saß und jedes seiner Worte in sich aufnahm; wie sie und Antonio Seite an Seite vor dem Rubincollier standen und sich angeregt unterhielten; wie sein Gesicht vor intellektueller Erregung strahlte; ein Blick, ein Lächeln; wie er mit staunenden, hungrigen Augen ihren nackten Körper streichelte, über ihr, in ihr war. *Ich liebe ihn,* dachte Cass und sah ihm in die Augen. *Ich liebe ihn, ich liebe die Kinder, ich liebe sie doch.*
»Cassandra«, sagte er eindringlich. »Du bist stärker als Tracey. Wehr dich gegen Isabel. Du musst kämpfen. Bitte«, schluchzte er.
Der Tod bringt Frieden!, kreischte Isabel in ihren Gedanken.
Cass fühlte die Pein in ihrem Kopf, schwarz und quälend, ein endloser Strudel, reißend, tosend, der ihren Verstand in die Tiefe zog. Aber sie liebte ihn doch. Wie könnte sie ihn da töten?
Cass schüttelte den Kopf, sah nur noch Isabel vor sich und hörte

das Mantra durch ihre Gedanken schallen. Sie bekam den Kopf nicht frei. *Der Tod bringt Frieden … töte ihn. Tu es jetzt.*
Cass merkte, dass sie heftig zitterte. Verzweifelt hielt sie sich die Ohren zu. Wenn das Geschrei in ihrem Kopf nicht aufhörte, würde sie taub werden – oder wahnsinnig.
Der Tod bringt Frieden töte ihn tu es vertrau mir …
»Nein!«, schrie Cass.
»Cassandra! Nicht!«, brüllte Antonio.
Cass hörte ihn, und sie hörte die Kinder weinen, aber sie begriff es nicht. *Töte ihn töte sie alle vertrau mir … Ich liebe sie,* erwiderte sie stumm. Sie blickte zu den beiden ängstlich zusammengekauerten Kindern hinüber, dann sah sie Antonio, weiß wie ein Gespenst aus einem Kinderbuch, und dann blickte sie auf die blutige Brust ihrer Schwester hinab – und auf das Messer in ihrer Hand.
TÖTE SIE.
Cass starrte auf ihre Hand, die das Messer umklammerte, und spürte Isabel hinter sich, über sich, in sich; sie dachte daran, wie sehr sie sie liebte, und fühlte Isabels Wut und Hass, die sich immer enger um sie schlangen. Cass bekam keine Luft mehr, ihr Körper wurde zusammengepresst wie in einem Schraubstock, und Cass blickte immer noch auf das Messer hinab.
TÖTE SIE.
Ich … liebe … sie, dachte sie schluchzend.
Sie sah das Messer zu Boden fallen.
Sie starrte auf die blutige Klinge hinunter, die plötzlich vor ihren Füßen lag, und musste dann mit ansehen, wie ihr Körper langsam, wie in Zeitlupe, zusammenbrach und neben dem Messer auf den Boden schlug.
»Cassandra«, krächzte Antonio und schlang von hinten die Arme um sie.
Die Pein, der schwarze Strudel, das gewaltige, wirbelnde schwarze Loch in ihrem Kopf verschwand.

Einen Augenblick lang fühlte Cass eine tiefe, erlösende Dunkelheit, eine tiefschwarze Leere, und dann kam das Licht in ihrem Kopf. So viel Licht.
Cass spürte seine warmen Arme, die sie umschlangen, seine Brust, und sie hörte sein Herz an ihrem Ohr schlagen. »Bin ich … wieder da?«
»Ich dachte, ich hätte dich verloren«, stöhnte er in ihr Haar. Er hielt sie fest an seine Brust gedrückt.
Und endlich war es still.

Die Sonne war noch nicht aufgegangen, als die ersten Rettungswagen und Polizeiautos eintrafen.
Cass stand allein draußen, in einem leichten Pullover, die Hände in den Taschen ihrer Jeans, und beobachtete das Gewimmel vor dem Haus. Ein halbes Dutzend Polizisten liefen herum, sie unterhielten sich aufgeregt in ihrer Muttersprache. Sie wirkten erschrocken und schockiert. Die Blicke, die sie wechselten, waren schon beinahe komisch.
Der Notarzt meinte, ihre Schwester würde überleben. Tracey und Gregory waren schon vor Stunden auf Bahren aus dem Haus gerollt und in einen Krankenwagen geschoben worden, der sie ins nächste Krankenhaus nach Segovia brachte. Alfonso hatten die Sanitäter gleich vor Ort versorgt, und Antonio ebenso. Nur eine Stunde nachdem er das Haus verlassen hatte, um Hilfe zu holen, hatte er einen Lastwagen anhalten können, und der Fahrer hatte über Funk Hilfe gerufen.
Sie machte sich Sorgen. Niemand würde ihnen glauben, was geschehen war. Tracey würde vermutlich in einer Anstalt landen, würde vielleicht sogar vor Gericht gestellt. Würde man sie wegen des Mordes an dem Elektriker verhaften?
Die Sonne stand schon hoch am Himmel.
Der Tag war erstaunlich klar, erstaunlich schön und absolut friedvoll.

Isabel war verschwunden. Da war Cass ganz sicher. Aber für wie lange?

Sie fragte sich, ob sie nun für immer Ruhe geben würde. Dieser Tag erschien ihr anders als die Tage zuvor. Es war immer noch ruhig, aber nicht mehr totenstill. Cass hörte nicht nur die leisen Stimmen der Polizisten; eine Brise raschelte in den Bäumen, ab und zu bellte irgendwo ein Hund oder ein Vogel zwitscherte. Immer wieder quäkte und rauschte der Polizeifunk dazwischen.

Der ruhige Tag fühlte sich beinahe herrlich friedvoll an; die unerträgliche Spannung, unter der sie seit ihrer Ankunft gestanden hatte, war verschwunden.

Es war fast so, als habe sich ein riesiger Sturm zusammengebraut und dann fürchterlich gewütet, um dann frische, kühle, klare Luft zu hinterlassen.

»Señora?«

Cass blickte auf. Ein Polizist kam auf sie zu, und er hielt ihren offenen Laptop in den Händen. Hinter ihm sah sie Antonio auf der Vordertreppe stehen. Ein Arm lag in einer Schlinge, die seine Schulter mit der Stichwunde im Rücken entlasten sollte. Er unterhielt sich mit dem Polizisten, den Cass für den Einsatzleiter hielt. Sie hatten noch kaum zwei Worte gewechselt, seit er zurückgekehrt war – gleich darauf war die Polizei erschienen.

Antonios Blick traf sie.

Cass lächelte.

Er erwiderte das Lächeln und wandte sich dann wieder dem Polizeibeamten zu.

Cass' Herz machte einen kleinen Satz; sie ermahnte sich, nicht darüber nachzudenken, was nun noch vor ihnen lag. Sie war erschöpft. Völlig fertig. So viel war in diesen wenigen Tagen passiert. Aber … was stand ihnen noch bevor?

»Señora, entschuldigen Sie, mein Englisch ist schlecht«, sagte der

Polizist. »Das haben wir in der Bibliothek gefunden. *El conde* sagt, es gehört Ihnen. Im Moment können Sie es behalten, aber vielleicht brauchen wir es später, als Beweisstück.«

Cass unterdrückte ein Lächeln. Als Beweisstück wofür? Sie brauchte sich keine großen Gedanken zu machen. Diese Dorfpolizisten waren mit dem Fall völlig überfordert. Das könnte Traceys großes Glück sein. »Ja, das ist meiner.«

»Würden Sie das erklären, *por favor?* Was da steht?«

Plötzlich erstarrte Cass, und ihr lief es eiskalt über den Rücken. »Darf ich?«, fragte sie furchtsam.

Er reichte ihr den Laptop.

Cass blieb fast das Herz stehen.

Ihr Word-Programm war immer noch geöffnet. Doch die Frage, die sie an Isabel gerichtet hatte, war verschwunden. Stattdessen stand dort jetzt ein einziger, kurzer Satz, sogar mit einem Punkt am Ende.

ICH WILL NACH HAUSE.

»Señora?«

»Hier ruht Isabel de la Barca. Eine Ketzerin und ein unkeusches Weib. Gott sei ihrer Seele gnädig. Sie ruhe in Frieden«, flüsterte Cass.

Die Sonne war gerade aufgegangen. Cass stand an Isabels Grab. Isabel wollte nach Hause.

Antonio legte einen Arm um ihre Schultern. »Fändest du das nicht angemessen?«, fragte er. »Sie in England zu beerdigen, wo sie hingehört?«

Cass drehte sich zu ihm um, und sie sahen einander an. »Zu Romney Castle gehört ein Friedhof«, erklärte sie. »Wir können bestimmt erreichen, dass sie dort beigesetzt werden darf.«

»Ich helfe dir«, sagte er schlicht.

Sie schmolz dahin. »Die Kinder?«

»Sind eben aufgewacht, und Celia fährt mit ihnen nach Pedraza, zu einem ausgiebigen Frühstück. Einer der Polizisten hat angeboten, sie mitzunehmen.«

Cass nickte. Sie musste sich bald in Ruhe mit Alyssa hinsetzen und versuchen, ihr alles zu erklären. Das würde nicht einfach sein.

»Vielleicht sollten wir auch mitfahren«, sagte sie. Zum ersten Mal seit Tagen spürte sie wieder so etwas wie Appetit.

»Vielleicht«, stimmte er zu. »Aber ich würde lieber hier bleiben und ein wenig mit dir allein sein, obwohl ich großen Hunger habe.«

In diesem Augenblick wusste Cass, was sie wollte – sie konnte es nicht mehr abstreiten, nicht einmal vor sich selbst. Sie schmiegte sich in seine Umarmung. »Ich auch«, flüsterte sie an seiner Brust. Dann bog sie den Kopf in den Nacken und sah ihn an. »Ich glaube, sie ist weg. Ich glaube, sie ist endgültig verschwunden. Heute fühlt sich alles völlig anders an.«

»Ich glaube auch, dass sie weg ist«, sagte er. Sie sahen einander tief in die Augen. »Ihre Wut hat jahrhundertelang gelodert. Heute, glaube ich, ist sie endgültig ausgebrannt.«

Cass standen plötzlich Tränen in den Augen. »Ich weiß, was Tracey durchgemacht hat. Ich hätte dich beinahe getötet – euch alle. Sie war so stark, Antonio. Aber – wie könnte ich ihr das vorwerfen?«

Er lächelte und strich ihr übers Haar. »Gott erbarme sich ihrer«, flüsterte er. »Gott schütze sie. Aber, Cassandra … du warst nicht einmal kurz davor, einen von uns wirklich zu verletzen.«

Sie lächelte zu ihm auf und genoss seinen Glauben an sie. »Himmel, die Sonne fühlt sich heute herrlich an, nicht?«

»Ja, herrlich«, sagte er. »Aber du fühlst dich noch viel besser an, Cassandra.«

Cass sah ihm ernst und voll neuer Sorge in die Augen. »Was geschieht jetzt, Antonio?«

»Die Polizei hat unsere Aussagen aufgenommen. Sie halten uns alle für völlig unzurechnungsfähig.« Sein Lächeln war bitter.

»Deine Schwester wird nie vor Gericht gestellt werden, Cassandra, falls das deine Sorge ist.«
»Sie hat den Elektriker ermordet.« Cass konnte es nicht mehr abstreiten.
»Ich finde es zwar unschön, so etwas zu sagen, aber es ist ein Glück, dass der Elektriker keine Familie hat. Ich werde meinen ganzen Einfluss geltend machen, damit diese Angelegenheit stillschweigend unter den Tisch fällt.«
Sie schöpfte Hoffnung. »Wie ist das möglich?«
»Das sind einfache Dorfbewohner«, erklärte er. »Sie sind altmodisch und abergläubisch. Es gibt viele Gerüchte über meine Familie und den tragischen Fluch, der angeblich auf uns liegt. Wenn wir einfach die Wahrheit sagen, erschrecken wir sie damit so sehr, dass sie den Fall als ungeklärt abhaken. Ich habe in Kastilien sehr viel mehr Einfluss, als ich habe durchblicken lassen. Ich bin sicher, dass alles gut ausgeht … für sie, für alle … für uns.«
Cass erstarrte. »Uns.« Bis vor kurzem hatte sie nicht einmal zu träumen gewagt, dieses Wort jemals von einem Mann zu hören – und schon gar nicht von Antonio de la Barca. »Gibt es ein ›uns‹? Isabel hat uns bei jenem ersten Mal zusammengebracht, aber …«
»Ganz sicher gibt es ein ›uns‹«, unterbrach er sie. »Und ich glaube nicht, dass sie uns erst zusammengebracht hat; ich fühlte mich schon vom ersten Moment an zu dir hingezogen, als ich dich sah.«
Cass jubilierte innerlich. Schüchtern fragte sie: »Im Museum?«
Er lachte. »Du willst es also ganz genau wissen? Ja, obwohl ich damals noch nicht über den Verlust meiner Frau hinweg war, habe ich dich sehr wohl bemerkt, auch damals schon. Schönheit und Verstand sind eine unwiderstehliche Kombination, weißt du?«
Cass war unendlich glücklich. Doch dann erlosch ihr Lächeln. »Aber was, wenn wir diese schreckliche Zeit vergessen wollen?«
Er schüttelte den Kopf. »Könntest du das denn? Könntest du dies hier jemals vergessen? *Sie* vergessen?«
Cass sah Isabel und ihren mörderischen Zorn vor sich, und dann

dachte sie an die junge Frau, die von ihrem Onkel, ihrem Liebhaber und ihrem Mann betrogen worden war. Ein Mädchen, das mit acht Jahren seine ganze Familie verloren hatte. »Ich will sie gar nicht vergessen. Was mit ihr passiert ist, war eine schreckliche Tragödie … ein gravierendes Unrecht«, sagte sie. »Nein, ich will sie nicht vergessen. Ich will die Vergangenheit dort ruhen lassen, wo sie hingehört, eben in der Vergangenheit. Und ich will …« Sie brach ab.

»Was?«, fragte er.

Tränen verschleierten ihr die Sicht. »Ich will eine Chance«, brachte sie hervor. »Ich will eine Chance, zu erkennen, ob das mit uns echt ist.«

»Das will ich auch«, sagte er ernst.

Sie sahen sich in die Augen. Cass konnte kaum fassen, dass dies wirklich geschah. Als er ihre Hand nahm, sagte er: »Ich brauche dringend Urlaub. Wann wirst du Eduardo und mich nach Belford House einladen?«

»Urlaub?«, flüsterte sie, schwindlig vor Hoffnung.

»Und du musst dich auch erholen«, verordnete er wie ein strenger Arzt.

Cass lachte. Leicht und unbekümmert schallte es in den strahlend schönen Sommertag hinaus. »Möchtest du mit Eduardo zu uns nach Belford House kommen?«, lud Cass ihn förmlich ein.

Er lächelte. »Ich dachte schon, du fragst mich nie«, sagte er.

Epilog

Romney Castle – Gegenwart

Die Burg stand oberhalb des Friedhofs, ganz oben auf der Anhöhe. Cass ging langsam den Pfad zu dem kleinen Friedhof entlang und stemmte sich gegen den stürmischen Winterwind. Sie trug einen fleecegefütterten Anorak, doch die eisigen Böen von der stürmischen See drangen durch alles hindurch. Eine Wollmütze bedeckte ihr Haar. Die Wolken zogen schwer und tief dahin und versprachen weiteren Regen.

Sie hielt zwei Sträuße mit weißen Rosen in einer Hand; mit der anderen schob sie das Tor zum Friedhof auf.

Ihr Herz schlug ein wenig schneller. Cass folgte dem gewundenen Pfad zwischen den Grabsteinen hindurch, die jahrhundertealt und ihr sehr vertraut waren. Dann musste sie innehalten – wie immer.

Mitten unter den vielen verwitterten Grabsteinen stand einer mit der schlichten Inschrift: »Philip de Warenne, geboren am 10. Mai 1555, gestorben am 1. Februar 1608.«

Isabels Sohn. Der Bastard ihres Geliebten. Sie war schockiert gewesen, als sie ihn hier in Romney gefunden hatte – doch da sein Vater, Admiral de Warenne, ebenfalls hier begraben lag, hätte es sie nicht überraschen sollen.

Cass kniete nieder und legte einen Strauß auf sein Grab. Dann erhob sie sich wieder.

Ein Stein auf dem großen Friedhof war besonders auffällig. Dieser war nicht Hunderte von Jahren alt, sondern war erst vor vier Monaten hier aufgestellt worden. Sie ging langsam darauf zu. Der

Stein war aus weißem Marmor, weder alt noch verwittert und so groß wie Cass selbst. Er erhob sich zwischen kleineren, verwitterten Steinen, und Cass blieb davor stehen. Selbst die Erde vor dem Stein sah noch so aus, als sei sie erst kürzlich aufgeworfen worden, und das kleine, grasbewachsene Rechteck wirkte frisch und grün. Ein Strauß verwelkter roter Rosen lag darauf.

Hier ruht Isabel de Warenne de la Barca
geboren ? – gestorben am 13. Juni 1555
Tochter von Ralph de Warenne, Graf von Sussex,
Ehefrau von Alvarado de la Barca, Graf von Pedraza.
Eine Frau, die schlimmes Unrecht erdulden musste.
Gott segne sie, möge sie in Frieden ruhen
jetzt und in alle Ewigkeit

Cass stiegen Tränen in die Augen. So erging es ihr jedes Mal. Sie konnte Isabels Grab nicht besuchen, ohne von Gefühlen überwältigt zu werden – obwohl schon über ein Jahr seit jenen wenigen Tagen in Kastilien vergangen war.
Tage, die sie niemals vergessen würde.
Manchmal wachte sie morgens auf und vermisste ihre Tante schrecklich. Doch sagte man nicht: »Wenn sich eine Tür schließt, öffnet sich eine andere«? Sie würde Catherine immer vermissen, immer liebevoll in Erinnerung behalten. Aber sie war noch nie so glücklich gewesen.
Tracey war nicht wegen Mordes angeklagt worden. Doch sie hatte sich auf eigenen Wunsch in eine private Londoner Klinik einweisen lassen, die auf Alkohol- und Drogenentzug spezialisiert war. Mittlerweile musste sie nur noch regelmäßig zur Behandlung dorthin. Sie hatte seit der Zeit in Spanien keinen Schluck mehr getrunken und wurde wegen ihrer Depressionen behandelt.
Cass legte die frischen Blumen neben die verwelkten.
Eine Hupe ertönte.

Cass erschrak, weil sie allein zur Burg gefahren war, doch sie wusste es, noch bevor sie sich umgedreht hatte.
Ein schwarzer BMW hatte alle Schilder ignoriert, die Autos die Durchfahrt verboten, und stand unmittelbar vor dem Tor zum Friedhof. Cass sah, wie die Fahrertür aufging und der Mann ausstieg. Er trug ein schwarzes Sportsakko – er musste schrecklich frieren – und eine Brille mit Perlmuttrahmen, die auf seiner Nase herabrutschte. Sie konnte es nicht erkennen, doch sie wusste, dass er lächelte.
Ihr Herz machte einen Satz. Sie hatte ihn seit Wochen nicht gesehen und erst morgen erwartet. Freudig lief Cass den Pfad entlang und winkte.
Er winkte zurück.
Sie flog in seine Arme.
Nach einem langen, langen Kuss trat ihr Mann ein wenig zurück und strich ihr ein paar widerspenstige Strähnen unter die Mütze.
»Hallo, Cassandra«, sagte er.
»Du wolltest doch erst morgen kommen«, entgegnete sie. Die ersten dicken Schneeflocken wirbelten herab.
Er hielt ihr die Wagentür auf. »Ich habe gelogen.« Er lächelte.
Cass erwiderte das Lächeln, und als Antonio auf dem Fahrersitz Platz genommen hatte, fuhren sie den Hügel hinab, weg von den Gräbern und der Burg, wo alles seinen Anfang genommen hatte, heim nach Belford House.

Brenda Joyce

Kates Geheimnis

Roman

»Ich liebe dich, Kate.« Dies sind die letzten Worte von Jillian Gallaghers Verlobtem Hal, als er nach einem Autounfall stirbt. Jill bringt seinen Leichnam nach London zurück, und seine blaublütige Familie begegnet ihr, der Amerikanerin, mit unverhohlenem Hass und Argwohn. In Hals Zimmer findet sie das vergilbte Foto von Kate Gallagher, einer amerikanischen Erbin, die vor fast hundert Jahren urplötzlich verschwand. Und diese Frau sieht ihr verblüffend ähnlich …

»Joyce versteht es meisterhaft, Vergangenes mit der Gegenwart zu verknüpfen und so leidenschaftliche, hochspannende Geschichten zu erzählen.«

Publishers Weekly

Knaur Taschenbuch Verlag